W0000728

BASTEI
LÜBBE

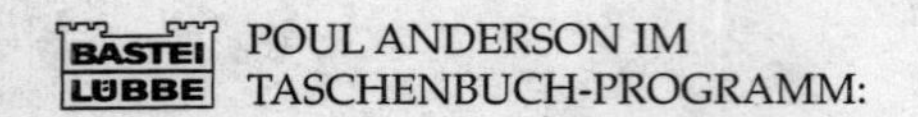

POUL ANDERSON IM
TASCHENBUCH-PROGRAMM:

23 156 Die Sternenhändler

DER STERNEN-ZYKLUS
23 161 Band 1 Sternengeist
24 224 Band 2 Sternenfeuer
24 248 Band 3 Sternennebel

POUL ANDERSON

WELTEN-WANDERER

ROMAN

INS DEUTSCHE ÜBERTRAGEN
VON MICHAEL KUBIAK

BASTEI LÜBBE TASCHENBUCH
Band 24 276

1. Auflage: August 2000
2. Auflage: Mai 2001

Vollständige Taschenbuchausgabe

Bastei Lübbe Taschenbücher
ist ein Imprint der
Verlagsgruppe Lübbe

Titel der amerikanischen Originalausgabe: Starfarers

Lektorat: Alexander Huiskes / Stefan Bauer
Titelillustration: Michael Whelan / Agentur Schlück
Umschlaggestaltung: QuadroGrafik, Bensberg
Satz: Fotosatz Steckstor, Rösrath
Druck und Verarbeitung:
Brodard & Taupin, La Flèche, Frankreich
Printed in France

ISBN 3-404-24276-9

Für Jim Funaro,
der so manche Kontakt-Mission
geleitet hat

Danksagungen

Für Informationen, Ratschläge und vieles mehr bedanke ich mich bei Karen Anderson (wie immer), Victor Fernández-Dávila, Redakteur Robert Gleason, dem leider verstorbenen Kenneth Gray, G. David Nordley und Aaron Sheer. Besonderer Dank gilt Robert L. Forward und Sidney Coleman. Die Idee von einer nuklearen ›Zeitmaschine‹ stammt von ersterem. Eine Idee des letzteren brachte mich auf das Prinzip des Null-Null-Antriebs. Freundlicherweise sandte er mir eine Ausgabe seines Artikels zu, aber ich möchte ausdrücklich festhalten, daß meine Spekulation sich grundlegend von seinem wissenschaftlichen Gedankengebäude unterscheidet und vielleicht sogar in direktem Widerspruch dazu steht.

Die in Kapitel 3 zitierten Gedichtzeilen stammen aus *The Book of Songs,* übersetzt von Arthur Waley, Copyright © 1937, erneuert 1965 von Arthur Waley, abgedruckt mit Genehmigung des Verlags Grove/Atlantic, Inc.

Die Verszeilen von Jorge Luis Borges und ihre englische Übersetzung von Richard Howett und César Rennart, die in Kapitel 9 zitiert werden, stammen aus *Selected Poems 1923-1967* von Jorge Luis Borges, bearbeitet von Norman Thomas di Giovanni, Copyright © 1968, 1969, 1970, 1971, 1972 by Emecé Editores, S.A., and Norman Thomas di Giovanni, abgedruckt mit Genehmigung des Verlages Bantam Doubleday Dell.

Die Verszeilen von Rudyard Kipling, die in Kapitel 17 zitiert werden, sind nicht mehr durch Copyright geschützt.

Kapitel 21 erschien zuerst in einer anderen Form als ›Ghetto‹ in *The Magazine* of *Fantasy and Science Fiction*, Mai 1954, Copyright © by Fantasy House, Inc., erneuert 1982 von Poul Anderson. Die Zeilen aus der Ballade ›Jerry Clawson‹, die darin zitiert werden sind Copyright © by the Author, Gordon R. Dickson, und wurden mit seiner Genehmigung abgedruckt.

Kapitel 17 erschien zuerst in leicht geänderter Form als ›The Tale of the Cat‹ in *Analog Science Fiction and Fact*, Februar 1998, Copyright © 1998 by Poul Anderson.

Keine der hier genannten Personen ist in irgendeiner Form verantwortlich für Fehler oder andere Mängel in diesem Buch.

Besatzungsmitglieder des Raumschiffs Envoy

Kapitän: Ricardo Iriarte Nansen Aguilar
Schiffsoffizier und Chefpilot: Lajos Ruszek
Zweite Pilotin: Jean Kilbirnie
Ingenieurin: Yu Wenji
Zweiter Ingenieur: Alvin Brent
Physikerin: Hanny Dayan
Planetologe: Timothy Cleland
Biologin und Ärztin: Mamphela Mokoena
Biochemiker: Selim ibn Ali Zeyd
Linguist und Semantiker: Ajit Nathu Sundaram

Prolog

»Sieh mal dort.« Der Mann deutete nach Nordosten und in die Höhe. »Dieser sehr helle Stern in der Milchstraße. Kennst du ihn?«

»Ja«, antwortete sein Sohn. »Alpha Centauri. Der von uns aus nächste. Es sind eigentlich zwei, dazu noch ein dritter, der schwach ist.«

Don Lucas Nansen Ochoa nickte erfreut. Juan hatte gerade erst seinen siebenten Geburtstag gefeiert. »Nun laß deinen Blick ein wenig höher und nach rechts wandern. Dieser andere helle Stern ist Beta Centauri.«

»Ist er auch so nahe?«

»Nein, er ist weit weg. Fast siebzigmal so weit, habe ich irgendwo gelesen. Aber er leuchtet tausendmal heller als unsere Sonne. Die meisten von denen, die wir sehen, sind Riesen. Anderenfalls könnten unsere Augen sie bei den Entfernungen gar nicht erkennen.«

Mann und Junge saßen für eine Weile schweigend auf ihren Pferden. Sie hatten angehalten, nachdem sie das Haus und die Nebengebäude, die von einem Kiefernwäldchen abgeschirmt wurden, weit genug hinter sich gelassen hatten. Die Herbstluft war kühl und klar. Auch ohne Mond hatten sie genug Licht: Sterne übersäten den Himmel, der galaktische Gürtel funkelte eisig. Die paraguayanische Prärie erstreckte sich vor ihnen von abendlicher Dämmerung bis hinein in nächtliche Dunkelheit, Grasland, das von vereinzelten Baumgruppen und buckelförmigen Ameisenhügeln unterbrochen wurde. Kein Vieh war zu sehen, aber ab und zu drang ein klagendes Muhen durch die junge Nacht.

»Wo sind *sie*?« flüsterte der Junge schließlich. Ehrfürchtige Scheu schwang in seinen Worten mit.

Don Lucas' Hand beschrieb einen weiten Bogen und folgte dem Sternbild. »Schau von Beta aus ein Stück weiter hoch und dann nach links. Epsilon – siehst du ihn? – und danach Zeta. Der Name Zeta bedeutet, daß er der sechsthellste im Centaurus ist. Dort sind die Zeichen.«

»Auf Zeta?«

»Nein, soweit ich aus den Nachrichten entnehmen konnte, befindet sich dieser Stern rein zufällig in unserer Blickrichtung auf die Erscheinungen. Tatsächlich befinden sie sich weit dahinter.«

»Kommen sie ... kommen sie hierher?«

»Das kann niemand sagen. Aber keiner von ihnen ist direkt zu uns unterwegs. Und wir wissen nicht, was sie sind, ob natürlich oder künstlich oder was auch immer. Alles, was die Astronomen mit Sicherheit sagen können, ist, daß es gewisse leuchtende Punkte gibt, die Röntgenstrahlen aussenden, sich sehr schnell bewegen und sehr weit entfernt sind. In den Nachrichtensendungen ist die Rede von einer fremden Zivilisation, aber in Wirklichkeit ist es noch viel zu früh, um so etwas behaupten zu können.« Don Lucas lachte kurz. »Am wenigsten kann ich mich als alter *estanciero* dazu äußern. Es tut mir leid, du hast mich gebeten, dir zu erklären, was im Fernsehen zu sehen war, und ich kann nicht viel mehr dazu sagen, als daß du Geduld haben mußt.«

Juan hakte nach. »Und hast du sie?«

»Hm-hm, ich hoffe, daß sie die Wahrheit herausfinden, so lange ich noch nicht unter der Erde bin. Aber du solltest es in deinem Leben eigentlich noch erfahren.«

»Was denkst du denn?«

Don Lucas richtete sich im Sattel auf. Juan erkannte sein Gesicht, das von dem breitkrempigen Hut überschattet wurde, der vor dem Himmel aussah wie ein Paar Schwingen. »Ich kann mich natürlich irren«, sagte er. »Dennoch hoffe ich, daß da draußen jemand von Stern zu Stern reist, und daß auch die Menschen eines Tages dazu in der Lage sein werden.«

Plötzlich schien ein kaltes Blitzfeuerwerk in seinem Innern abzubrennen, und der Junge blickte überwältigt an seinem Vater vorbei in die Unendlichkeit. Ihm war, als spürte er, wie der Planet sich unter ihm rasend schnell drehte, als wollte er ihn von sich weg in die Grenzenlosigkeit schleudern, und sein Geist frohlockte.

Er sollte einst der Großvater von Ricardo Nansen Aguilar werden.

Ohne jemals einen Blick auf die wunderschöne, veränderliche Erde zu haben, herrschte auf Farside stets eine Nacht, angesichts derer die Sterne nichts weiter waren als der Hintergrund ihres Leuchtens. Die Mondmasse schirmte den Posten von den Funksignalen seiner Mutterwelt ab. Die solide Masse, auf der er stand, und das fast vollkommene Vakuum über ihm waren gleichermaßen ideal für alle möglichen wissenschaftlichen Arbeiten. Es verwunderte kaum, daß sich einige der begabtesten Menschen seiner Zeit dort versammelt hatten, und das trotz geradezu mönchischer

Behausungen und minimaler Annehmlichkeiten. Aber, dachte Muramoto, jene sollten besser werden. Die Trostlosigkeit aus Gestein und Staub wurde bereits durch die strenge Eleganz von Kuppeln, Detektoren, Schüsseln und straff gespannten, silbrig glänzenden Stromkabeln aufgelockert.

Während sein Wagen sich der Beobachtungszentrale näherte, blickte er durch seine Sichtkugel und fand das rote Signallicht, das die Marsposition anzeigte. *Auch dort gibt es heutzutage Menschen.* Die alte Erregung meldete sich wieder. *Ja, der Mensch lebt nicht nur von Brot allein, und auch nicht von Wirtschaft und Politik. Es war die Vision von Schiffen, die in den Himmel fliegen, die uns wieder haben in den Weltraum vordringen lassen. Verdammt noch mal, diesmal bleiben wir hier und machen weiter!*

Er erreichte den oberen Turm, dockte an der Luftschleuse an, wechselte über und stieg hinunter. Der Korridor wirkte vergleichsweise trist und primitiv. Er konnte sich jedoch ziemlich schnell darin bewegen und genoß den langen Marsch bei verminderter Schwere.

Normalerweise erwartete man von einem Offizier der United States Aerospace Force ein deutlich formelleres Verhalten.

Er hatte sich vorher angemeldet. Die Direktorin erwartete ihn in ihrem Büro. Sie begrüßte ihn ein wenig mißtrauisch, bot ihm einen Stuhl an, befahl das Schließen der äußeren Tür und nahm wieder hinter ihrem Schreibtisch Platz.

Ein paar Minuten lang tauschten sie die rituellen Förmlichkeiten aus – wie liefen die Dinge hier, wie liefen die Dinge auf der Erde, wie war sein Flug von der

Erde und seine Fahrt von Port Apollo hierher gewesen?

Dann beugte Helen Lewis sich vor und sagte: »Nun, Ihre Zeit ist sicherlich genauso kostbar wie meine, Colonel. Können wir jetzt zur Sache kommen? Warum haben Sie um diese Zusammenkunft gebeten, und warum wollten Sie, daß sie vertraulich behandelt wird?«

Er wußte, daß sie die gleiche Abneigung gegen das Militär hegte, wie sie zumindest seit der Sibirischen Aktion unter Intellektuellen üblich war. Seine beste Taktik wäre wohl totale Offenheit. »Es schien Ihnen so am liebsten zu sein, Dr. Lewis. Darf ich ganz offen sein? Sie haben einen Antrag für eine erhebliche Vergrößerung Ihrer Einrichtungen gestellt. Das hochorbitale interferometrische System dürfte selbst in besseren Zeiten als überaus kostspielig angesehen werden, und Sie wissen ja, wie knapp unsere Gelder im Augenblick sind. Ich fürchte, eine Wunschliste von Forschungsprojekten dürfte so bald keine Taschen öffnen. Überdies liefern Sie bereits mit der Ihnen zur Verfügung stehenden Ausrüstung wundervolle Ergebnisse. Wonach wollen Sie denn tatsächlich suchen?«

Sie hielt seinem fragenden Blick stand. »Warum wollen Sie ... warum will Ihr Unternehmen das wissen?«

»Weil wir Hinweise erhalten haben, daß es etwas sein könnte, an dem auch wir interessiert sind.« Muramoto hob beschwichtigend die Hand. »Nein, bitte, niemand denkt an eine mögliche militärische Nutzung. Wenn unsere Vermutung zutrifft, dann geht es um einen Bereich, dem unsere größte Aufmerksamkeit gilt, aber ›wir‹ sind nicht nur ein paar Männer und Frauen in Uniform. In unseren Reihen befinden sich auch Zivilisten, Wissenschaftler und verschiedene Angehörige des President's Advisory Council.«

Sie lief unter ihrem grauen Haar rot an. Eine Hand ballte sich zur Faust. »Mein Gott, hat denn diese Clique heutzutage ihre Finger in allen Entscheidungen?«

Muramoto machte sich seine eigenen Gedanken über die Republik, die Thomas Jefferson zu gründen und zu festigen mitgeholfen hatte, aber das war in diesem Moment nicht von Bedeutung. »Ich für meinen Teil hoffe, daß Ihrem Antrag stattgegeben wird. Ja, und ich möchte, daß es als internationales Projekt durchgeführt wird, wie Sie es vorgeschlagen haben. Das wollen auch meine Vorgesetzten, und zwar teils, um amerikanisches Geld zu sparen, und teils aus Prinzip. Wir sind keine blinden Chauvinisten.«

Betroffen saß sie einige Sekunden lang schweigend da, ehe sie murmelte: »Ich ... denke ... nein.«

»Aber Sie haben uns keinerlei Gründe geliefert, um uns vehement für das einzusetzen, was Sie wollen«, fuhr er fort. »Wenn Sie mir erzählen, was Sie vorhaben und warum es nicht an die Öffentlichkeit dringen soll« – er lächelte – »dann werden Sie feststellen, daß wir Militärs ziemlich gut darin sind, den Mund zu halten.«

Lewis gelangte zu einer Entscheidung. Sie erwiderte tatsächlich sein Lächeln. »Die Wahrheit ist nichts Schlimmes. Sie kommt sowieso über kurz oder lang ans Tageslicht, und das soll sie auch. Aber die Möglichkeit, das Ganze als Sensation zu verkaufen ...« Sie atmete seufzend ein. »Sehen Sie, unsere jüngsten Beobachtungen stoßen an die Grenzen der Auflösungsfähigkeit, die uns mit unseren Geräten zur Zeit zur Verfügung steht. Das Ganze könnte sich auch als Irrtum herausstellen. Eine Ankündigung, auf die umgehend ein Widerruf erfolgte, würde schlimmeres bewirken als nur die Zerstörung mehrerer Karrieren. Die gesamte Institution würde Schaden davontragen.«

»Ich verstehe. Das habe ich mir schon gedacht«, erwiderte er. Gespannt: »Sie nehmen an, Sie hätten weitere Raumschiffspuren entdeckt, nicht wahr?«

Sie nickte. Obgleich er nicht überrascht war, wanderte sein Geist durch die Zeit zurück, siebenundzwanzig Jahre, und wieder war er ein Junge, verfolgte die Nachrichten, lauschte den Diskussionen und spürte, wie der Traum geradezu explodierte und Realität wurde.

Punktähnliche Quellen harter Röntgenstrahlung mit Nachimpulsen von Funkwellen, die eine Region im Centaurus durchkreuzen: Einige sind, während wir unsere Beobachtung durchführten, plötzlich aufgeflackert, andere sind einfach verschwunden. Parallaxenmessungen, die über interplanetare Entfernungen durchgeführt wurden, zeigen, daß sie fünftausend Lichtjahre weit weg sind. Daher verbindet sich maximale Querbewegung mit dem Doppler-Effekt, um zu zeigen, daß sie praktisch mit Lichtgeschwindigkeit unterwegs sind.

Was können sie anderes sein als die Spuren von festen Objekten, die durch den interstellaren Raum rasen?

Zögernd, widerstrebend räumen mehr und mehr Physiker ein, daß die am wenigsten phantastische Hypothese besagt, daß sie auf das Vorhandensein von Raumschiffen hinweisen.

Viele sind es nicht, weniger als einhundert sicherlich,

und sie scheinen auf einen Raum beschränkt zu sein, dessen Durchmesser nur etwa zweihundert Parseks beträgt. Warum das so ist, warum sie nicht überall anzutreffen sind, warum sie uns noch nicht besucht haben – das alles sind Rätsel. Aber plötzlich wollen Menschen überall auf der Erde, daß wir ebenfalls in den Weltraum vordringen.

Während sich sein Pulsschlag beschleunigte, hörte er Lewis' kontrolliert sachliche Stimme: »Indem wir das supraleitende Maxwell-Teleskop benutzten, haben wir jüngst auch anderswo ähnliche Phänomene aufspüren können. Die Spuren sind schwach, verstreut und stammen aus Quellen, die noch weiter entfernt sind als die hinter Zeta Centauri. Es sind nur wenige, und keine Region ist so reich an Erscheinungen wie diese. Aber sie sind vorhanden. Jedenfalls nehmen wir das an.

Um unsere Annahmen bestätigen zu können, brauchen wir bessere Instrumente. Diese würden uns außerdem gestatten, ihre Position innerhalb der Galaxis genau zu bestimmen. Noch wichtiger ist, daß neue theoretische Arbeiten den Schluß nahelegen, daß genauere Daten Hinweise auf die Beschaffenheit der Energiequelle liefern dürften. Und das ist der große Stolperstein, wie Sie wissen. Woher kommt die Energie? Ich glaube fest, daß wir dicht vor einer Revolution hinsichtlich unseres Verständnisses des Universums stehen.

Ich kann Sie herumführen und Sie mit den Leuten bekannt machen, die die Forschungen betreiben, damit Sie sich ein eigenes Urteil bilden können, ehe Sie Ihren Leuten Bericht erstatten. Wäre Ihnen das recht?«

»Das wäre es«, antwortete er zögernd. »Und –

Ihnen muß klar sein, daß ich Ihnen nichts versprechen kann – ich gehe allerdings davon aus, daß Sie kriegen, was Sie haben wollen.«

Es ergab sich, daß Avery Houghton seinen Coup an dem Tag landete, an dem Edward Olivares ein Fernsehinterview aufnahm. Es hatten zwar keinerlei offenkundige Aktionen begonnen, als der Physiker sein Büro betrat, aber die Krise hatte sich seit Wochen entwickelt – Forderungen, Drohungen, Demonstrationen, Tumulte – und stand jetzt eindeutig vor dem Ausbruch. Die meisten Amerikaner, die es sich erlauben konnten, blieben zu Hause und verfolgten die Nachrichtensendungen. Die bernsteinfarbenen spanischen Fassaden von Caltech standen auf einem fast völlig verlassenen Campus, von der Sonne grell beschienen und friedlich, während Kampfflugzeuge über ihnen am Himmel ein Netz aus Kondensstreifen knüpften.

Olivares war stur, was das Einhalten von Versprechen betraf.

Er erschien um die vereinbarte Uhrzeit. Das Kamerateam war einsatzbereit und gab sich alle Mühe, sich seine Nervosität nicht anmerken zu lassen. Joanne Fleury schaffte das mit Bravour. Sie hatte ihren eigenen professionellen Stolz.

»Ich fürchte, wir werden nicht viele Zuschauer haben«, bemerkte Olivares, während die Techniker ihre Vorbereitungen trafen.

»Vielleicht nicht bei der ersten Ausstrahlung«, räumte Fleury ein, »obgleich ich mir vorstellen kann, daß ziemlich viele Leute weltweit einschalten werden, ungeachtet unserer Probleme hier. Aber die Wiederholungen werden sicherlich von Milliarden verfolgt.«

»Wir könnten das Ganze verschieben und ...«

»Nein, wenn es Ihnen nichts ausmacht, Sir. Dies wird sicherlich ein Klassiker auf dem Gebiet des Wissenschaftsjournalismus. Lassen Sie es uns durchziehen, so lange wir dazu die Chance haben.«

Die Planung und ein skizzenhafter Probelauf hatten schon lange vorher stattgefunden, und die ganze Angelegenheit entwickelte sich besser, als man hätte erwarten können. Allerdings bot sie auch eine Abwechslung zu dem, was draußen los war.

Nachdem die Kameras den Raum mit seinen Bücherwänden, dem ramponierten Schreibtisch und dem Einstein-Porträt an der Wand eingefangen hatten und während Fleury die Einleitung sprach, »... Wissenschaftler, Mathematiker und Physiker, gleichermaßen berühmt wie bescheiden – Wir werden später noch auf seine jüngste und größte Leistung eingehen ...« richteten sie sich auf sie und ihn, die beide in Drehsesseln Platz genommen hatten. Ein Projektor warf ein Bild der Galaxis hinter ihnen an die Wand, rötliche Leuchtpunkte und gekrümmte bläuliche Spiralnebel sowie atemberaubende unergründliche Schwärze. Irgendwie gehörte seine zierliche Gestalt vor dieses Panorama.

Sie deutete auf die dargestellte Pracht. »Fremde Raumschiffe sollen dort fast mit Lichtgeschwindigkeit unterwegs sein«, sagte sie. »Unglaublich. Vielleicht können Sie, Dr. Olivares, uns erklären, weshalb es so lange gedauert hat, so viele Experten davon zu überzeugen, daß dies die richtige Erklärung sein muß.«

»Nun«, entgegnete er, »wenn die Röntgenstrahl-

Quellen feste Objekte sind, entsteht die Strahlung bei ihrem Durchgang durch das Gas im interstellaren Raum. Es handelt sich um ein extrem dünnes Gas, nach unseren Standards hier auf der Erde nahezu ein Vakuum, aber wenn man mit einer Geschwindigkeit von fast *c* unterwegs ist – wir nennen die Geschwindigkeit von ungehindertem Licht *c* – prallt man in jeder Sekunde mit einer Menge Atome zusammen. Dadurch werden sie mit Energie aufgeladen, und diese Energie geben sie in Form harter Röntgenstrahlung wieder ab.«

Für einige Sekunden ersetzte eine Trickfilmsequenz die Galaxis. Elektronen lösten sich von Atomen, kehrten zu ihnen zurück und gaben Impulse ab. Die Sternformationen wurden wiederhergestellt, während Olivares seine Erläuterungen abschloß. »Um die Intensität an Strahlung zu erreichen, die unsere Instrumente messen, müssen diese Massen ungeheuer groß sein.«

»Vorwiegend abhängig von der Geschwindigkeit, habe ich recht?« half Fleury nach.

Olivares nickte. »Ja. Energie und Masse entsprechen einander. Während die Geschwindigkeit eines Körpers sich dem Wert *c* nähert, nimmt seine kinetische Energie, und damit seine Masse, uneingeschränkt zu. Nur Partikel wie Protonen, die keine Restmasse besitzen, können diese Geschwindigkeit erreichen. Für jedes feste Objekt wäre die Energiemenge, die benötigt würde, um die Geschwindigkeit *c* zu erreichen, unendlich. Dies ist einer der Gründe, weshalb sich nichts schneller als das Licht bewegen kann.

Die Objekte, die Schiffe, von denen hier die Rede ist, bewegen sich so nahe dem Wert *c*, daß ihre Massen um ein mehreres Hundertfaches zugenommen haben müssen. Indem wir zurückrechnen, kommen wir zu dem Ergebnis, daß ihre Restmassen – die Masse, die sie bei normaler Geschwindigkeit besitzen – zehntausende von Tonnen betragen müssen. Im Rahmen der traditionellen Physik bedeutet dies, daß man, um jedes dieser Schiffe zu beschleunigen, Millionen Tonnen Materie vernichten müßte und eine ähnlich große Menge, um das Tempo am Ende wieder zu drosseln. Diese Umwandlung erreicht astrophysikalische Dimensionen. Und das klingt wohl kaum besonders praktisch, oder? Außerdem würde dabei eine Flut von Neutrinos entstehen, aber wir haben nicht ein einziges gefunden.«

Fleury nahm ihr Stichwort auf. »Und würde denn nicht auch die Strahlung jeden Insassen des Schiffs töten? Und wenn man auf ein Staubkorn träfe, wäre das nicht genauso, als explodierte ein Atomsprengkopf?«

Ein Jet dröhnte über das Dach hinweg. Donner rollte durch das Gebäude. Kameras zitterten in Männerhänden. Fleury spannte sich innerlich. Der Lärm verstummte, und sie ertappte sich bei der Frage, ob sie diese Störung aus dem Band herausschneiden sollte oder nicht.

»Fahren Sie fort«, drängte sie.

Olivares hatte zuerst die Galaxis betrachtet und anschließend Einstein. Beides schien ihn zu beruhigen.

»Ja«, erzählte er der Welt. »Es muß so etwas stattgefunden haben wie der Bau einer – ich würde am liebsten von einer Stromlinienkonstruktion sprechen. Die neuen im Raum arbeitenden Beobachtungsinstrumente haben gezeigt, daß genau dies in der Tat geschieht. Gas und Staub werden abgelenkt, so daß sie nicht auf das Objekt selbst treffen, sondern in einiger Entfernung daran vorbeitreiben.« Eine Tricksequenz zeigte die Strömungsverläufe. Das Schiff hingegen war nur eine grobe Skizze. Niemand wußte, wie etwas nicht von Menschenhand Erbautes aussehen könnte. »Das kann im Prinzip mit Einrichtungen erreicht werden, die aus dem Bereich der, wie wir sie nennen, Magnetohydrodynamik stammen.«

Fleury hatte ihr Lächeln wiedergefunden. »Ein Wort, fast genauso kompliziert wie das anstehende Problem.«

»Sehr starke Kraftfelder sind nötig«, sagte Olivares. »Und erneut stehen wir vor der Energiefrage. Natürlich sind die Anforderungen geradezu winzig verglichen mit dem, was für das Erreichen der Geschwindigkeit gebraucht wird.«

»Und niemand könnte ein Kernkraftwerk bauen, um solche Mengen an Energie zu liefern.«

»Nein. Wenn man es schaffen würde, hätte man am Ende einen neuen Stern gebaut.«

»Woher kommt denn dann die Energie?«

»Die ursprüngliche Idee besagte, daß sie aus dem Vakuum stammt.«

»Könnten Sie das näher erklären? Das klingt nicht viel plausibler als, nun ja, die Grinsekatze aus ›Alice im Wunderland‹.«

Olivares zuckte die Achseln. »Das trifft auf einen großen Teil der Quantenmechanik zu. Ich will's versuchen. Der Raum ist kein passives Medium, in dem irgendwelche Ereignisse stattfinden. Er ist ein Meer von virtuellen Partikeln. Sie wechseln entsprechend der Unschärferelation ständig zwischen Existenz und Nichtexistenz. Die sich daraus ergebende Energiedichte ist enorm.«

»Aber wir wissen nicht, wie wir das Vakuum praktisch nutzen können, oder doch?«

»Nur in geringem Maße wie zum Beispiel beim Kasimir-Effekt. Dieser besagt, je mehr Energie wir dem Vakuum ›entleihen‹, desto kürzer wird die Zeit, bis sie wieder ›zurückgegeben‹ werden muß. Aber diese Mengen an Energie und Zeit sind viel zu gering, um ein Raumschiff anzutreiben.«

»Aber Sie, Dr. Olivares, haben gezeigt, wie es bewerkstelligt werden kann«, sagte Fleury leise.

Er schüttelte den Kopf. »Nicht selbst. Ich habe einfach einige Spekulationen überprüft, die bereits im vergangenen Jahrhundert aufgestellt wurden. Und dann erhielten wir durch die neuen Instrumente neue Informationen.«

Fleury deutete auf die Projektionswand. Die Galaxis verblaßte, und dafür erschien das Observatorium von Lunar Farside, das, wie sein Name verriet, auf der Rückseite des Mondes stand. Nach ein paar Sekunden erfolgte ein Schwenk über Millionen von Kilometern bis zu den Apparaten in ihren weiten Umlaufbahnen. Stilisierte Laserstrahlen flimmerten zwischen ihnen hin und her und zurück zum Mond und übermittelten Meßdaten. Eine Antenne war auf eine Sternformation gerichtet. Für einen kurzen Moment erschienen die Umrisse eines Centauren zwischen den Sternen. Sie verschwanden, und ein teleskopisches Sichtfeld vergrößerte sich. Der Blick ging an einer kugelförmigen Ansammlung von Sonnen vorbei, richtete sich auf Zeta und wanderte weiter und darüber hinaus. Winzige Feuerkugeln erschienen, trieben langsam über die bodenlose Schwärze hinweg und versanken wieder in der Dunkelheit, während neue erschienen. »Die Bugwellen der großen Schiffe«, kommentierte Fleury.

Die Tricksequenz endete. Die Galaxis erschien wieder.

»Details, die wir vorher nicht erkennen konnten, wie zum Beispiel bestimmte schwache Spektrallinien, liefern nun die Bestätigung für die Richtigkeit meines kosmodynamischen Modells«, sagte Olivares. »Und dieses Modell liefert wiederum die Erklärung für die Energiequelle eines solchen Raumschiffs. Das ist alles«, schloß er schüchtern.

»Ich würde meinen, das ist schon eine ganze Menge«, entgegnete die Journalistin. »Könnten Sie uns ein wenig von Ihren Ideen erzählen?«

»Ich fürchte, das ist alles ziemlich technisches Zeug.«

»Wagen wir es einfach. Bitte schildern Sie soviel wie möglich ohne mathematische Gleichungen.«

Olivares lehnte sich zurück und holte tief Luft. »Nun, Kosmologen sind sich schon lange darin einig, daß das Universum als ein Quantenfluß im brodelnden Meer des Vakuums entstanden ist. Es war eine zufällige Konzentration von Energie so großen Ausmaßes, daß sie sich explosionsartig ausdehnte. Daraus kondensierten die ersten Teilchen, und diese entwickelten sich zu Atomen, Sternen, Planeten und lebendigen Wesen.«

Die akademischen Formulierungen konnten das Erregende dieses Vorgangs nicht unterdrücken. »Anfangs sahen die Kosmologen es als erwiesen an, daß zum Beginn ein Absinken auf den Urzustand gehörte, vergleichbar mit dem Übergang eines Elektrons von einer hohen Bahn auf die niedrigste Bahn, die es einnehmen kann. Aber was ist, wenn das nicht zutrifft? Was ist, wenn dieses Absinken nur zum Teil stattfindet? Dann bleibt ein gewisser Vorrat an potentieller Energie erhalten. Für ein Elektron ist es die Menge, die einem Photon zuzuordnen wäre. Für ein Universum ist die Menge unbeschreiblich groß.

Ich habe aufgezeigt, daß, wenn der Kosmos sich tatsächlich in einem solchen metastabilen Zustand befindet, wir erklären können, was die Astronomen beobachtet haben, und mehrere andere Dinge, die uns bisher Rätsel aufgegeben haben. Es ist möglich, aus dem unverbrauchten Substrat Energie abzuzapfen – mehr als genug Energie für Zeitspannen, die sich nicht in Planck-Einheiten, sondern in Minuten, wenn nicht gar Stunden messen lassen.«

Fleury stieß einen Pfiff aus. »Wie ist das möglich?«

Olivares lachte verhalten. »Das überlasse ich den Laborphysikern und danach den Ingenieuren. Aber im Prinzip muß es mit Hilfe dessen, was ich als Quantenfeldtor bezeichne, zu bewerkstelligen sein. Wir können ein Bose-Einstein-Kondensat benutzen, um einen bestimmten laserähnlichen Effekt zu erzeugen und alle Atome in zwei parallelen superleitenden Gittern im gleichen Quantenstadium anzuordnen. Die Ergebnisse sind nichtlinear und resultieren in der Herstellung einer Singularität. Durch diese fließt die Energie des Substrats. Höchstwahrscheinlich wird es jede damit verbundene Masse gleichmäßig durchsetzen, so daß die Beschleunigung nicht zu spüren ist.«

»Hey, Sie haben recht, das ist ziemlich technisch.« Ein wenig Praxisbezogenheit würde das Ganze auflockern. »Wie schafft es der Pilot, das Schiff in die Richtung zu dirigieren, die man einschlagen will?«

»Eine gute Frage«, lobte Olivares. »Es freut mich, daß Sie den Unterschied zwischen einem Skalar und einem Vektor kennen. Ich denke, der Geschwindigkeitsvektor muß linear zunehmen oder abnehmen. Mit anderen Worten, wenn das Schiff die neue Energie aufnimmt, bewegt es sich in derselben Richtung schnurgerade vorwärts, in die es bereits unterwegs war. Zur Zeit arbeite ich noch am Problem des Winkelimpulses.«

»Weitere technische Einzelheiten«, stellte Fleury bedauernd fest. »Sie haben erklärt, daß diese Energie für eine bestimmte Zeitspanne, vielleicht sogar Stunden, zur Verfügung steht. Muß sie danach zurückkehren?«

Olivares nickte. »Ja, genauso wie beim vertrauten Vakuum muß eine Entnahme aus dem Substrat rückgängig gemacht werden. Das Produkt aus geborgter Energie und Zeit der Ausleihe ist eine Konstante. Bei dem Substrat jedoch ist die Konstante unendlich viel größer – um ein Vielfaches der Planck-Energie, die an sich schon enorm ist. Das Quantenfeld bricht zusammen und fordert die ausgeliehene Energie für das Substrat zurück.«

»Aber das Schiff kann sich doch gleich die nächste Portion ausleihen, oder?«

»Offensichtlich. Die Instrumente haben tatsächlich Schwankungen in der Röntgenstrahlung vermerkt, die ziemlich genau damit korrespondieren. Aus dem umgekehrten Verhältnis von Energie und Zeit folgert, daß jeder Sprung die gleiche Länge hat. Meine Vorausberechnungen ergeben, daß diese Länge im

Bereich von hundert astronomischen Einheiten liegt. Der genaue Wert hängt vom örtlichen metrischen ...« Olivares lachte.

»Vergessen Sie's!«

»Vielleicht können wir uns ein wenig darüber unterhalten, wie man eine Reise an Bord eines solchen Schiffs erlebt«, schlug Fleury vor.

»Warum nicht? Wir würden damit auf weniger exotisches Terrain zurückkehren.«

»Könnten Sie vielleicht die grundlegenden Fakten aufzählen? Bei einigen von uns sind die Physikkenntnisse sicherlich ein wenig eingerostet.«

»Es ist ganz einfach«, erwiderte Olivares mit sachlicher Ernsthaftigkeit. »Wenn man sich mit relativistischen Geschwindigkeiten vorwärts bewegt, nimmt man relativistische Effekte wahr. Ich habe schon die Zunahme von Masse erwähnt. Die Abnahme der Längenausdehnung in der Bewegungsrichtung ist ein anderer Effekt. Natürlich merkt man selbst nichts davon. Für den Reisenden ist die außerhalb liegende Umgebung geschrumpft und dichter geworden. Und die Beobachtungen des Reisenden sind genauso richtig wie die eines jeden anderen.«

»Was ist mit den Auswirkungen auf die Zeit? Ich könnte mir vorstellen, daß diese für die Mannschaft des Schiffs am bedeutsamsten sind.«

»Ah, ja. Zeitdilatation. Einfach ausgedrückt, wenn man sich mit einer Geschwindigkeit von nahezu *c* fortbewegt, verstreicht für einen die Zeit viel langsamer als für diejenigen, die man zurückgelassen hat. Eines dieser Raumschiffe brauchte vielleicht mehrere hundert Jahre, um die mehrere hundert Lichtjahre weite Strecke zwischen dem Heimathafen und dem

Zielort zu bewältigen. Für die an Bord befindlichen, wer oder was auch immer sie sind, werden hingegen nur ein paar Wochen verstrichen sein.«

Ehe sie ihn bremsen konnte – aber das konnte auch später noch herausgeschnitten werden, falls nötig –, fuhr Olivares fort: »Die neue Theorie modifiziert das ein wenig. Wenn man den Weg durch das Quantenfeldtor wählt, erhält man niemals die vollständige Zeitdilatation, die man erreichen würde, wenn man die gleiche Geschwindigkeit durch gewöhnliche, noch nicht realisierbare Raketentechnik erreichte. Bei hohen Energien wird der Unterschied jedoch derart gering, daß man ihn außer acht lassen kann. Andersherum, je weniger Energie man sich aus dem Substrat holt, desto schlechter ist das Leistungsverhältnis. Man könnte rein uhrenmäßig eine extrem lange Zeit benötigen – theoretisch eine Ewigkeit –, um die festgelegte Distanz eines Sprungs mit herkömmlicher Geschwindigkeit zurückzulegen. Besser wäre es, einen regulären Düsenantrieb zu benutzen.

Daher ist das Quantenfeldtor für die Reise zwischen den Planeten nicht geeignet. Zudem glaube ich nicht, daß es irgendeinem anderen prosaischen Zweck dienen wird.«

»Aber es wird uns zu den Sternen bringen«, meinte Fleury andächtig.

Von diesem Punkt an lenkte sie das weitere Gespräch, griff zahlreiche Punkte noch einmal auf, ließ weitere Erklärungen folgen und flocht ein paar persönliche, menschliche Elemente ein. Es war hervorragendes Rohmaterial für eine Sendung, die bei jedem halbwegs intelligenten Menschen auf der Erde, auf dem Mond und auf dem Mars, der sie sah, Interesse wecken müßte und die bis an den Rand des Sonnensystems vordringen würde.

Schließlich standen die beiden Gesprächspartner auf. Sie schüttelte seine zerbrechliche Hand und sagte: »Vielen, vielen Dank, Dr. Olivares, für diese Stunde«, – in Wirklichkeit waren es fast drei gewesen – »und unendlich viel mehr Dank für alles, was Sie der menschlichen Rasse gegeben haben.« *Das* würde ganz sicher auf dem Band bleiben.

Die Gegenwart meldete sich wieder. Obgleich es geradezu blasphemisch erschien, konnte sie nicht anders, sie ging zum Fernseher in seinem Büro und suchte eine Nachrichtensendung.

Der Bildschirm lieferte das nackte Entsetzen. Houghtons Junta hatte das Capitol und das Weiße Haus erobert. Er hatte den Ausnahmezustand und das Kriegsrecht ausgerufen. Eine Reihe militärischer Einheiten hier und da im Land hatte sich organisiert und Widerstand geleistet, und an mehreren Orten waren heftige Kämpfe ausgebrochen. Sie verfolgte einen Luftkampf über Seattle, eine Straßenschlacht in Houston und sah einen brennenden Straßenzug in Minneapolis.

Sie drehte sich um und ergriff erneut Olivares' Hand. Durch ihre eigenen Tränen sah sie, daß auch er weinte. »Nein, verdammt noch mal«, rief sie aus. »Wir haben noch soviel zu erledigen, Sie und ich!«

Die Auseinandersetzungen ließen in den nächsten Tagen nach, während Houghton seine Position festigte. Trotz allem waren er und sein Anliegen in breiten Kreisen populär. Er war nun der ständige Chief Advisor für jeden Präsidenten der Vereinigten Staaten. Der Prozeß gegen seinen Vorgänger und dessen

Hinrichtung gewährleisteten die Fügsamkeit des Kongresses und der Gerichte. Sein Regiment dauerte bis zu seinem Tod, neunzehn Jahre später.

Olivares lebte in der Geschichte viel länger.

Sobald ein Aspekt der Natur bekannt ist, sorgen Quantencomputer und nanotechnische Konstruktionen für rasanten Fortschritt. Knapp zehn Jahre verstrichen von der Veröffentlichung der Theorie bis zum Start des ersten Raumschiffs zum Alpha Centauri.

Es waren sicherlich Milliarden von Augen, die die Bildschirme betrachteten, während das Schiff den Erdorbit verließ. Ein paar Leute auf Himalia hatten mehr Glück. Der Zufall wollte es, daß dieser kleine Jupitermond in der Nähe war, als das Raumschiff passierte. Für einige Stunden vor und nach diesem Moment ruhte alle Arbeit. Fast jeder drängte sich in den Wohnkuppeln, von denen aus das Schiff mit bloßem Auge zu sehen war.

Dmitri Sumarokov und Karl Vogel verließen ihre Posten nicht. Sie und ihre Roboter suchten in der Gegend um den Stephanoskrater nach Bodenschätzen. Es wäre sicherlich aufregender gewesen, das Ereignis mit einer Gruppe Gleichgesinnter zu beobachten, aber es wäre ganz gewiß auch ungemütlicher gewesen. Die Partner schlüpften einfach in ihre Raumanzüge, nahmen mit, was sie an optischen Hilfsmitteln zur Verfügung hatten und verließen ihre Schutzhütte.

Dicht über einem beängstigend nahen Horizont hing der fast volle Riesenplanet. Er war an diesem Himmel größer als der Mond am Erdhimmel, löwenmähnenbraun, mit Wolkenbändern umgürtet und von Stürmen in allen möglichen Farbschattierungen umtost. Durch das Glitzern der Ringe, ringsum als helles Leuchten erkennbar, überstrahlte er die meisten Sterne und machte sie unsichtbar. Das Leuchten überflutete Eis, Felstürme, Schluchten und pockennarbigen Grund. Atem und Pulsschlag klangen in der Stille übermäßig laut.

Probleme mit dem Luftaufbereitungssystem hatten für eine Verzögerung gesorgt. Reparaturen konnten nicht warten; Tote können sich gar nichts mehr ansehen. Da sie kaum Zeit zum Aufstellen ihrer Geräte hatten, vergeudeten sie auch keine mit Gesprächen bis auf einen gelegentlichen gemurmelten Fluch. Aber als sie ihr Teleskop auf das Objekt richteten und im Display ein Bild erschien, stieß Sumarokov einen Freudenschrei aus. »Da! Sieh doch, Karl!«

Ein Lichtpunkt erschien in dem Displayrahmen und wuchs schnell an. Er verwandelte sich in eine Ansammlung von Lichtreflexen und Schatten. Dann formte er sich zu einer hellen Kugelerscheinung, von der Strukturen ausgingen, die so zerbrechlich wie Spinnweben erschienen. Das Teleskop schwang herum und verfolgte das Gebilde. Vogel schaute zum Himmel. Er deutete nach oben und sagte mit bebender Stimme auf deutsch: »Dort, das Schiff!« Dann meinten die beiden Männer auf Englisch: »Irgendwann werden unsere Kinder uns darum beneiden, Dmitri.«

Das bloße Auge sah einen Funken über eine Felsspitze und durch die Nacht rasen. Es hätte praktisch jeder Satellit sein können, auf dem sich die Strahlen der untergehenden Sonne brachen. Zwei galileische

Monde überstrahlten ihn. Aber Sumarokov und Vogel standen wie gebannt da.

Der Funken verblaßte und verschwand in der Ferne.

Ihre Blicke kehrten wieder zum Display zurück. Abrupt löste das vergrößerte Bild sich flackernd auf. Sie verfolgten die reale Erscheinung als einen winzigen Punkt neben der Scheibe des Jupiter. »Was war das?« rief Sumarokov.

»Die Düse wurde betätigt«, antwortete Vogel. Er hatte die Erscheinung eingehender studiert als der andere Mann. »Ein Annäherungsmanöver.«

»So früh schon?«

»Du würdest wahrscheinlich auch nicht mit einem Plasmajet im Strahlungsgürtel des Jupiter operieren wollen, oder?«

»Nein ... nein, ganz bestimmt nicht.« Erneut erschien der Körper vergrößert, setzte seinen Weg, angetrieben von seinem eigenen Schwung und der Gravitation, fort und wurde kleiner und kleiner. »Eines Tages«, sagte Sumarokov andächtig, »wird all das nicht mehr nötig sein.«

»Hm, ich weiß nicht so recht«, erwiderte Vogel. »Diese Roboter müssen von der Sonne ziemlich weit entfernt sein, ehe sie auf den Null-Null-Antrieb umschalten. Es hat wohl damit zu tun, daß der Raum nicht zu gekrümmt sein darf.«

Sumarokov musterte ihn blinzelnd. »Null-Null?«

»So wird seit kurzem der Quantenfeldtor-Antrieb genannt. Hast du noch nichts davon gehört? Ein Schiff springt vom in diesem Universum normalen Energiestadium, das Null-Level genannt wird, auf ein superhohes Energiestadium, das jenseits des Universums liegt, und sinkt dann wieder auf normal herab, und das immer wieder.«

»Ich verstehe.«

»Zuerst dürften sie wohl Treibstoff sparen, indem sie sich von Jupiter aus der Ekliptik ziehen und auf ihr Ziel ausrichten lassen.« Vogels Stimme klang geistesabwesend, da seine Aufmerksamkeit ausschließlich dem Displaybild galt. Nicht lange, und es wäre auch dort unendlich klein und damit unsichtbar.

»Ja, ja, das weiß ich«, sagte Sumarokov. »Das weiß doch jeder.« Die Begeisterung verdrängte die Verärgerung. »Ich meine, die Technologie wird Fortschritte machen. Neue Antriebssysteme werden entwickelt. Treibstoff wird an Bedeutung verlieren. Und es werden Menschen und nicht Maschinen sein, die zu den Sternen reisen.«

»Falls Maschinen nicht so intelligent werden wie Menschen oder sogar noch intelligenter.«

»Dazu wird es niemals kommen. Ich habe ein wenig Ahnung von Neuropsychologie. Bewußtsein, schöpferisches Denken, das ist nicht nur das Werk von Elektronen in Schaltkreisen. Das ist etwas, woran der gesamte menschliche Organismus beteiligt ist.«

»Nun, mag schon sein. Aber uns allen ginge es ohne unsere Roboter ziemlich schlecht.«

Das Gespräch versiegte. Beide Männer blickten sehnsüchtig dem Sternenschiff nach.

Als es endgültig nicht mehr zu sehen war, gingen sie hinein und nahmen ihre Arbeit wieder auf, als erwachten sie aus einem Traum.

Aber die Arbeit hatte ihren Reiz. Sie bereiteten die Einrichtung einer Station im Jupitersystem vor, die mit den Außenposten auf den Asteroiden Verbindung halten sollte – all das Schritte in der Industrialisierung des Raums, bis der Reichtum der Planeten zur Mutter Erde floß und die Menschen sie nicht mehr zu mißhandeln und auszubeuten brauchten.

Das war die Hoffnung der Weitsichtigen. Die Hoffnung der meisten, die an diesem Projekt beteiligt waren, richtete sich auf einen möglichen Profit. Und das war durchaus richtig und nötig. Keine Zivilisation, ganz gleich wie ihre sozialen und wirtschaftlichen Strukturen aussehen mögen, kann es sich leisten, ihre Ressourcen auf unabsehbare Zeit zu vergeuden. Irgendwann muß sich auch ein materieller Gewinn einstellen.

Achteinhalb Jahre, nachdem das Raumschiff Sol verlassen hatte, kamen seine ersten per Laser übermittelten Meldungen von Alpha Centauri zurück. Was sie mitteilten, war wunderbar. Drei Jahre später hörten die Sendungen auf. Die Unvorhersehbarkeiten eines Fluges durch die Steinwolken zwischen zwei Sonnen hatten die Computer überfordert. Das Schiff starb nach einer schweren Kollision. Sein Wrack wurde zu einem von vielen himmlischen Objekten.

Mittlerweile unternahmen jedoch die ersten Schiffe, die für den Transport von Menschen geschaffen worden waren, ihre ersten Flüge.

1

»Mann gestrandet.«

Ricardo Nansen trieb schwerelos dahin und blickte durch einen Sichtschirm hinaus, als der Alarm ertönte und die Ansage folgte. Er wurde dieses Anblicks niemals überdrüssig. Während das Schiff auf seiner Kreisbahn in den Morgen schwebte und die Sonne rot aus einem pfauenblauen Band um den Rand des Planeten aufstieg, drängte blau-weiße marmorne Schönheit die Nacht über die große Kugel zurück. Es war beinahe genauso wie auf der Erde. Aber die Sonne war Epsilon Eridani, es gab keinen Mond, und hier schien Sol nur nach Einbruch der Dunkelheit, ein Stern zweiter Größe in Serpens Caput. Diese Tatsache verwandelte Pracht in ein Wunder.

Der Ruf riß ihn davon los. Er machte sich auf den Weg, jagte durch einen Korridor. Kapitän Gascoynes Stimme drang aus jedem Interkom: »Pilot Nansen, Vorbereiten zum Alarmstart!«

»Schon unterwegs, Sir«, erwiderte er. »Wer ist in Schwierigkeiten?«

»Flieger Shaughnessy. Abgestürzt. Und das war zur Zeit der einzige Flieger im Einsatz.«

Mike Shaughnessy! durchzuckte es Nansen. Der Mann war sein bester Freund unter der Besatzung.

Das hätte nicht passieren dürfen. Flugzeuge ebenso wie Raumboote waren unter den härtesten herzustellenden Bedingungen immer wieder auf ihre Zuverlässigkeit getestet worden, ehe die Expedition aufgebrochen war. Bis jetzt waren sie mit allem bestens fertig geworden, was sich ihnen entgegengestellt hatte. Und

Shaughnessy war lediglich auf dem Rückweg zur Zentralen Basis gewesen, nachdem er einen Trupp Biologen auf einer Insel im Meer mit Nachschub versorgt hatte.

Wenigstens war er noch am Leben. Fast elf Lichtjahre von zu Hause entfernt, war jedes Menschenleben unermeßlich wertvoll.

Der Zweite Ingenieur Dufour wartete an der Startrampe von Nansens Flieger, um ihm bei den Startvorbereitungen zu helfen. Gewöhnlich war das nicht nötig, aber heute lag erhöhte Dringlichkeit vor. Während sie ihn anzog und bei seiner weiteren Ausrüstung behilflich war, konzentrierte er sich auf den Interkomschirm in seiner Nähe. Er erhielt seine Einsatzdaten verbal, in Bildern und in mathematischer Form.

Die Informationen waren dürftig. Shaughnessy hatte ein plötzliches totales Maschinenversagen gemeldet. Er glaubte nicht, eine gleitende Bruchlandung durchführen zu können, und hatte die Absicht auszusteigen. Minisatelliten transportierten seine Meldung zum Schiff. Als es über seinem Horizont auftauchte, fand die Suchoptik ihn neben dem Wrack. Offenbar hatte er seinen Motorschirm dem abstürzenden Flieger folgen lassen. Seine Kommunikationsanlage war jedoch defekt, sogar der in seinen Rucksack eingebaute Sender. Er schien unverletzt zu sein, aber wie sicher war das? Auf jeden Fall würde sein Luftvorrat in Kürze erschöpft sein.

Um die Lage noch zu verschlimmern, tobte ein Hurrikan an der Meeresküste westlich von ihm. Im Orbit zu warten, bis sich ein Fenster für einen Anflug von Osten öffnete, wäre reine Zeitvergeudung. Außerdem hatte das Wetter auf diesem Kurs seine eigenen Tücken. Diese Atmosphäre gehörte schließlich nicht zur Erde. Eine steile Achsneigung und eine schnelle Rotation verstärkten seine Wechselhaftigkeit. Der Meteorologe Hrodny mühte sich noch immer damit ab, adäquate Computerprogramme zu entwickeln. Die Besatzung diskutierte ständig darüber, ob eine Umbenennung des Planeten in Satan oder Loki vorgenommen werden sollte.

»Wir haben einen Kurs für Sie, der Sie um den heftigen Sturm herumführen müßte«, sagte Gascoyne. »Nehmen Sie ihn an?«

»Ja, natürlich«, antwortete Nansen.

»Viel Glück«, flüsterte Dufour. »*Bonne chance, mon bel ami.*« Sie küßte ihn rasch. Er schlängelte sich durch die Luftschleusen.

Während er sich vor dem Armaturenbrett anschnallte, teilte das Boot ihm mit: »Alle Systeme überprüft und betriebsbereit. Start jederzeit möglich.«

Nansen grinste. »*¡Ay, la sensación del poderio absoluto!*« Unter Angespanntheit und Besorgnis funkelte Heiterkeit. Die Mission war nicht ausgesprochen verwegen, aber sie reizte ihn. Er gab mittels eines Touchpads den Befehl zum Start.

Die Beschleunigung preßte ihn in seinen Sessel, anfangs eher sanft, doch dann heftig. Hinter ihm wurde das Schiff rasend schnell kleiner. Vorne schwoll die Kugel an, bis sie nicht mehr vor ihm, sondern unter ihm war und der Bogen ihrer Krümmung sein Universum halbierte.

Der Antrieb schaltete sich aus. Indem es sich steil nach unten neigte, bohrte das Boot sich in die Atmosphäre. Ein hohes Pfeifen verstärkte sich zu Donner, das Sichtfeld füllte sich mit Feuer, der Kontakt zum Schiff brach ab. Die auf ihn einwirkende Kraft wurde brutal. Er hätte einen angenehmeren Kurs wählen können, aber er hatte es eilig.

Indem es langsamer wurde, befreite das Boot sich aus dem Radio-Blackout. Die Sicht wurde klar, das Gewicht normalisierte sich. Die Tragflächen erhielten Auftrieb. Seine Hände gaben dem Düsentriebwerk den Startbefehl. Er flog.

Unten schimmerte ein Ozean. Ausgedehnte Flächen aus Tang und Schaum befleckten sein Azurblau. Eine dunklere Wand erhob sich am Rand, wuchs höher und höher und war mit einer alabasterfarbenen Wolke gekrönt.

»Verdammt!« stieß er murmelnd hervor. »Der Hurrikan. Der sollte doch gar nicht auf meinem Kurs sein.«

Das Schiff war unter seinem Horizont durchgegangen und konnte nicht helfen. Seine eigenen Instrumente sondierten die Lage. Unvorhersehbar und unglaublich schnell war der Sturm umgeschwenkt.

»Empfehle Rückkehr in den Orbit«, sagte das Boot.

Nansen studierte die Karte, die auf dem Sichtschirm erschien. Wir können nicht einfach drumherum fliegen, gab er zu. Das Boot war in der Luft zu schwerfällig für ein solches Manöver. Normalerweise tauchte es hinab in die Stratosphäre und entließ ein geeignetes Flugzeug, wenn eine Forschungsgruppe eines brauchte. Wenn es Zeit wurde zurückzukehren, trafen beide Flugkörper sich in dieser Höhe. Eines Tages haben wir Boote, die sowohl in der Atmosphäre wie auch im Weltraum operieren können. Aber zur Zeit ...

»Nein«, entschied er. »Wir stoßen direkt hindurch.«

»Ist das klug?« Die synthetische Stimme blieb wie immer absolut ruhig. Man mußte sich immer aufs Neue klarmachen, daß hinter der Kontrolltafel kein Bewußtsein steckte, kein richtige Geist, sondern nur eine Menge raffinierter Hardware und Software.

»Abzubrechen und es von neuem zu versuchen, würde viel zu lange dauern«, erklärte Nansen – unnötigerweise, da er das alleinige Kommando inne hatte. »Wir haben noch genug Schwung, um in dieser Höhe den Rand abzuschneiden, wenn wir uns vom Wind schieben lassen.« *Es sei denn wir stoßen auf etwas, das irdischen Piloten völlig fremd ist. In Deine Hände, mein Gott, lege ich* – »Los!« Seine Finger betätigten die Kontrollen. Das Boot beschleunigte.

Tief unter sich sah er flüchtig riesige Wellen auf einem Meer, das plötzlich mit weißer Gischt bedeckt war. Ein hohes Pfeifen vertiefte sich zu dumpfem Kanonendonner. Der Rumpf erbebte. Dunkelheit und wütendes Toben hüllten ihn ein. Das Boot sackte ab, kämpfte sich wieder hoch, bekam Schlagseite und schwankte hin und her. Er lenkte es noch nicht selbst. Mit Hilfe vielfältiger Sensoren, zahlreicher Lenkmöglichkeiten, Computerknoten an allen wichtigen Punkten in seinem Innern und einem Atomantrieb flog es sich selbst. Es war jedoch sein Wille, der es vorantrieb.

Sie brachen durch in einen klaren Himmel. Das Toben nahm ab. Nansen atmete auf und lehnte sich entspannt zurück. In seinen Ohren hallte der dumpfe Donner der Sturmböen nach. Schweiß rann über seine Haut und reizte mit seinem säuerlichen Geruch seine Schleimhäute. Sein Fleisch schmerzte dort, wo die

Beschleunigungskräfte ihn in seine Gurte gepreßt hatten. Aber was für ein wilder Ritt war es gewesen!

Der Sturm blieb zurück, die Luft beruhigte sich. Er flog über einen Kontinent. Sandiges Ödland, Felsenberge, vom Regen ausgewaschene Schluchten und hohe, vom Frost weiß überstäubte Schutthalden erstreckten sich bis zum fernen Gebirge. Hier und da schufen von einem See oder einem Fluß erzeugte Sonnenreflexe eine willkommene Abwechslung. Bald zeigte die Landkarte, daß er dort angekommen war, wo er hingewollt hatte. »Landen laut Plan«, sagte er. Der Befehl war kaum nötig, außer als Ausdruck seines Triumphs.

Nicht anhalten, um zu feiern, dachte er. *Noch nicht.*

Der Landeplatz war vom Weltraum aus ausgesucht worden. Er war der nächstliegende Punkt, der sicher aussah, ohne so nahe zu sein, daß Shaughnessy in Gefahr geriet, falls irgend etwas schiefgehen sollte. Das Boot ging in Vertikalflug über und fuhr die Landestützen aus. Staub wirbelte hoch, ein dumpfer Laut ertönte beim Aufsetzen. Der Rumpf begann sich zu neigen. Die Stütze auf dieser Seite verlängerte sich selbst, um die Neigung aufzuhalten und auszugleichen, und dann stand das Boot fest und sicher.

Nansen schnallte sich los und schlängelte sich nach unten und weiter nach hinten zum Tochterboot. Er hätte das letzte Stück zu Fuß zurücklegen können, aber vielleicht mußte Shaughnessy getragen werden. Ein paar Minuten lang war er damit beschäftigt, seine Ausrüstung zusammenzustellen. Er trug bereits die Handschuhe, die Stiefel und den Overall mit der Kapuze, die ihn vor der ultravioletten Strahlung schützte. Er schwang sich den Rucksack mit seiner

Preßluftflasche und den anderen Ausrüstungsgegenständen auf den Rücken, zog sich Schutzbrille und Atemmaske übers Gesicht, öffnete das innere Ventil der Luftschleuse und lenkte den kleinen Geländewagen hindurch. Die Kammer vergrößerte sich, um sie aufzunehmen. Das Ventil schloß sich, Nansens Finger befahlen dem äußeren Ventil, sich zu öffnen. Eine geringe Menge Innenluft entwich in die örtliche Atmosphäre. Er gab dem Wagen einen Stoß, der ihn die Rampe hinunterrollen ließ, die sich ausgeklappt hatte. Auf ebenem Untergrund schwang er sich in den Steuersitz und fuhr los.

Seltsam, dachte er, wie er es auch vorher schon oft getan hatte, wie seltsam vertraut einem die Szene vorkam. Das Sol-System, wo er seine Ausbildung absolviert hatte, hielt mehr Fremdartigkeit bereit als diesen Ort, von den rot-braunen Marswüsten unter hellroten Himmeln bis hin zur Pracht der Saturnringe. Hier wog er ungefähr genauso viel wie auf der Erde, der Horizont war etwa genauso weit entfernt, eine Sonne, die so ähnlich aussah wie Sol stand an einem blauen Himmel, der Wind war fast angenehm warm, Sand knirschte unter den Rädern, und Staub wirbelte träge über den Fahrspuren hoch. Aber in der sauerstoffarmen Luft wäre er erstickt, und rundum erstreckte sich totale Leere.

Auch dieser Gedanke beschäftigte ihn schon seit längerem: *Warum sollten wir etwas anderes erwarten? Auf der Erde hat das Leben drei Milliarden Jahr gebraucht, um vom Wasser aufs Land überzuwechseln. Unser riesengroßer Mond, ein kosmisches Kuriosum, hat diesen Prozeß wahrscheinlich durch die von ihm erzeugten Gezeiten beschleunigt. Hier dürfte das Leben einige zusätzliche geo-*

logische Zeitalter gebraucht haben. Klar, es war schade, daß hier keine Bäume und Blumen und große, exotische Tiere zu sehen waren. Aber wir wußten, daß alles dagegen sprach. Andererseits gewinnen wir hier eine Unzahl von neuen wissenschaftlichen Erkenntnissen.

Indem er sich nach dem Trägheitskompaß richtete, gelangte er auf einen Felskamm und sah das abgestürzte Flugzeug vor sich. Obgleich es sich etwa einen halben Meter tief ins Geröll gebohrt hatte, hatte der aus Kompositmaterial hergestellte Rumpf nur geringe Schäden davongetragen. Der Aufprall hatte dafür gewiß die meisten inneren Systeme zerstört. Nansens Blick irrte ab. Shaughnessy ...

Ja, dort, winzig klein, in einem Kilometer Entfernung, aber zu Fuß! Nansens Herz machte einen Hüpfer. Das Geländefahrzeug rumpelte bergab.

Shaughnessy stolperte auf ihn zu. Nansen hielt an und sprang aus dem Sitz. Sie schlossen einander in die Arme.

»Bist du in Ordnung?« fragte Nansen atemlos.

»So gerade. Mit meiner Atemluft sieht es übel aus. Ich brauche Nachschub.« Shaughnessy schloß sich an den großen Tank des Fahrzeugs an.

Gewichtsersparnis oder nicht, dachte Nansen, Rucksackeinheiten sollten ebenfalls über Aufbereitungssysteme verfügen, genauso wie Raumanzüge. Aber wer hätte einen solchen Fall voraussehen können? Jede interstellare Expedition war ein Sprung ins Unbekannte. Oh ja, man konnte Roboter vorschicken, wie es anfangs getan worden war, aber dann müßte man zu lange auf weitaus weniger Daten warten, als Menschen mitbringen würden.

»Ah-h-h!« seufzte Shaughnessy. »Wie der Duft einer

Frühlingswiese. So kommt es mir jedenfalls vor, wenn ich an unsere bescheidenen Mittel hier denke. Mein Vater bedankt sich bei dir, meine Mutter bedankt sich, desgleichen meine Schwester und mein Bruder, und ich danke dir auch.«

Die Mannschaft redete nur selten von ihren Familien.

Wenn sie nach Hause zurückkehrten, dauerte die Reise für sie nur wenige Tage – während auf der Erde ein Vierteljahrhundert verstrich. Man hatte kaum den Wunsch, darüber nachzudenken, was die Zeit unterdessen bewirkt haben konnte. Nansen verzieh ihm diese Taktlosigkeit. Er war zu erleichtert, daß sein Freund noch lebte.

»Bist du sonst okay, Mike?« erkundigte er sich besorgt.

»Das bin ich. Die Landung war ziemlich hart und hat meinen Sender zerstört. Wir müssen unbedingt etwas Robusteres konstruieren. Ansonsten nur ein paar blaue Flecken, weniger schlimm als mein armer Flieger. Ich fürchte, meine Pilotenkollegen werden in Zukunft weniger Missionen fliegen, Rico, denn ich werde meine Anzahl an Einsätzen beanspruchen.«

»Sie werden genug andere Arbeiten erledigen, um nicht auf dumme Gedanken zu kommen. Das gleiche gilt für dich.« Die nicht fliegenden Teams förderten mehr Überraschungen zutage, als sie bewältigen konnten. Jede zusätzliche Hilfe würde dankbar angenommen werden. »Hast du irgendeine Idee, was diesen Unfall ausgelöst haben könnte?«

»Ich habe eine Vermutung, nachdem ich ein wenig nachgeforscht habe. Ich habe es auf Band aufgenommen, für den Fall, daß ich auf der Strecke bliebe, aber ich würde mich lieber bei einem Glas Bier darüber unterhalten.«

»Mit einem Zuhörer kann ich dir dienen, aber das Bier wird warten müssen.« Ein erwartungsvolles Kribbeln lief über Nansens Wirbelsäule. »Was war los?«

»Nach meinem Dafürhalten ist die Luftschaufel korrodiert. Wie du dich sicherlich erinnern kannst, habe ich bei den heißen Quellen von Devil's Playground Materialproben deponiert. Sicher, das Material, aus dem der Flieger besteht, soll reaktionsträge sein, aber wir haben es hier mit extremsten Umweltbedingungen zu tun. Ich vermute, daß mikroskopisch kleine Lebensformen allmählich an Land kommen und daß irgendeine Bakterie eine Reaktion ausgelöst hat, vielleicht mit der Fulleren-Komponente. Aber das sollen die Wissenschaftler aufklären. Die hiesige Biochemie unterscheidet sich von unserer erheblich.«

»*¿Qué es?*« rief Nansen aus. Ein Schreck durchfuhr ihn. »Meinst du – unser Schiff ...«

Shaughnessy lachte ziemlich unsicher und klopfte ihm auf den Rücken.

»Ich glaube, wir brauchen uns keine Sorgen zu machen. Sonst wäre nämlich unser ganzer Haufen längst tot. Diese Tierchen sind wahrscheinlich auf diesen Bereich beschränkt. Außerdem würden sie im Weltraum sofort eingehen. Wir haben zwar einen Flieger verloren, aber dafür vielleicht eine große Entdeckung gemacht.«

Und um zu forschen und zu entdecken sind wir hergekommen.

»Wenn du dich genug erholt hast, sollten wir zum Schiff zurückkehren«, schlug Nansen vor.

»Das habe ich, aber laß es bitte nicht zu schnell angehen«, sagte Shaughnessy. »Ich möchte nämlich das versprochene Bier noch mit Genuß trinken können.«

2

Oh, you'll take the high road and I'll take the low road,
and I'll be in Scotland before you;
But me and my true love will never meet again
On the bonnie, bonnie banks of Loch Lomond.

Jean Kilbirnie sang nur den Refrain fast flüsternd. Er versickerte in der Stille, die eingetreten war, seit sie und Tim Cleland die Anhöhe erreicht hatten. Für eine Weile hörten sie nichts anderes als Rauschen im Laub über ihnen.

Sie saßen auf einer Klippe über einem Fluß. Die im Westen untergehende Sonne, Tau Ceti, schickte ihre Strahlen in das langgestreckte Tal, und das Wasser glänzte wie flüssiges Gold. Bäume warfen breite Schatten auf die Wiesenlandschaft, die trotzdem die Luft mit ihrem würzigen Duft erfüllte. Nach drei irdischen Jahren nannten die ersten Menschen, die diese Welt je zu Gesicht bekamen, sie in ihren unterschiedlichen Sprachen Puerto, Limani, Kiang, Harbor, Hafen.

Aber nur sehr wenig erinnerte an die Erde, wie sie einmal war. Das Gras war kurz und dicht, eine Matte aus winzigen kleinen weichen Kügelchen. Einige der Bäume schraubten ihre Zwillingsstämme in Form einer altertümlichen Leier himmelwärts, bis sie sich in frische Schößlinge auffächerten, an denen federartiges Laub wisperte. Andere ragten säulenartig hoch und endeten in dichten Laubkronen. Andere wiederum erinnerten an riesige, mit Fransen behangene Spinnennetze. Nirgendwo war auch nur eine Andeutung von Grün zu sehen. Alles schimmerte in Gelb- oder Orangetönen, bis auf einen leuchtend roten Fleck. Nichts konnte den Besuchern als Nahrung dienen, und vieles hätte ihnen geschadet und sie krank werden lassen.

Es war nicht so schlimm. Daß zwei Evolutionen, zehn Lichtjahre weit voneinander entfernt, einander so ähnlich waren, daß man frei umhergehen, die Luft atmen, das Wasser trinken und ihre Schönheit genießen konnte – war eigentlich schon fast mehr als genug.

»Du überraschst mich«, platzte Cleland heraus.

Kilbirnie drehte sich zu ihm um. »Wie das?« fragte sie.

»Nun ja, wenn du plötzlich sentimental wirst ... erwarte ich nicht, daß du es offen zeigst. Du wärest wahrscheinlich besonders großtuerisch. Vielleicht würdest du sogar eines deiner alten frechen Lieder singen.«

Kilbirnie lächelte. Ihre heisere Stimme klang noch belegter als sonst. »Wir Schotten können äußerst sentimental werden. Lies mal Burns – oder hast du noch nie etwas von ihm gehört?« Sie kam auf ihre augenblickliche Situation zu sprechen. »Heute ist unser freier Tag, unser letzter friedlicher Moment.« Am nächsten Morgen würde ihre Gruppe das Lager abbrechen und ins Raumschiff zurückkehren. Sie hatte sich für einen Fußmarsch entschieden. Er hatte sofort vorgeschlagen, sie zu begleiten. Sie hatte ihn nicht zurückgewiesen, hatte aber während ihrer Wanderung nicht viel geredet. »Unsere letzte Gelegenheit, einen Blick auf diese schöne Landschaft zu werfen.«

»Du hättest doch mehr Bodendienst machen können«, erinnerte er sie. »Ich hatte vorgeschlagen ...«

»Das hast du.« Sie hielt für einen Moment inne. »Versteh mich nicht falsch, Tim. Ich beklage mich nicht. Es gab einfach zu viele Wunder in unseren drei kurzen Jahren.« Sie blickte zu den Wolken und dem blauen Himmel hinauf. »Ich mußte mich entscheiden. Und ich hatte natürlich meine Pflichten, meinen Dienst.« Sie steuerte eines der Boote, die nicht nur Flugzeuge hin und her transportierten, sondern auch Forscher an die verschiedensten Stellen des Systems brachten.

»Ich meine, du hättest mehr Zeit auf Harbor für dich herausholen können. Ich wünschte, du hättest es getan. Wir hätten beide ...« Seine Stimme versiegte.

Sie gab ihm keine Gelegenheit, den Satz zu beenden. »Du warst gelegentlich auch im Weltraum unterwegs.«

»Aber nur wenig.« Er war einer der drei Planetologen, die nahezu ausschließlich diesen Himmelskörper untersuchten. Seine Flüge ins All waren vorwiegend zu dem Zweck unternommen worden, den Planeten von außen zu betrachten. »Ich wünschte, ich hätte auch dorthin gelangen können, wo du warst. Es war faszinierend.«

Sie lachte. »Manchmal zu faszinierend.«

Ein Ring aus Steinen, die um den mächtigen vierten Planeten kreisen; ein plötzlich einsetzender wilder Regen von Bruchstücken, die auf den Mond zurasten, auf dem Lundquist und seine Roboter ihrer Arbeit nachgingen; sie, geschickt, tollkühn, jegliche Vorschrift mißachtend, tauchte aus dem Orbit hinab auf die Oberfläche, um ihn zu retten, während bereits die ersten Steine wie Geschosse einschlu-

gen. Cleland streckte die Hand nach Kilbirnie aus. »Oh Gott ...«

Sie reagierte nicht auf die Geste, sondern zuckte nur die Schultern. Er errötete und meinte trotzig: »Auf Harbor war es auch nicht immer hundertprozentig sicher, weißt du.« Er hatte ebenfalls ein oder zwei prekäre Situationen erlebt.

Sie nickte. »Er ist ungezähmt. Das macht einen Teil seines Reizes aus. Ich beneide die zukünftigen Siedler.«

»Du hast davon gesprochen ... eine von ihnen zu sein. Ich habe darüber nachgedacht.«

Kilbirnie seufzte. »Nein, das ist nichts für mich.« Sie sah ihn, bemerkte seinen verzweifelten Blick und lieferte eine Erklärung. »Ich habe weiter gedacht. Es wird noch ziemlich lange dauern, ehe das erste Auswandererschiff Sol mit irgendeinem Ziel verläßt. Sie brauchen bessere Informationen, als eine Vorausexpedition wie unsere sie liefern kann, und jede Reise hierher bedeutet zweiundzwanzig Jahre hin und zurück plus die Zeit, die hier verbracht wird. Dann müssen die Transportschiffe gebaut werden, und nicht nur das, sie müssen auch finanziert werden, und ... Nein, wir würden auf der Erde alt werden und nichts tun als warten. Wahrscheinlich werden wir sogar sterben. Da ist es schon besser, auf Sternfahrt zu gehen.«

»Möchtest du das wirklich? Für den Rest deines Lebens? Und zu einer Erde zurückkehren, die dir immer fremder wird?«

Sie musterte ihn mit ernster Miene. Ihre Stimme wurde noch leiser und bebte. Ihre blauen Augen schienen sich zu bewölken. »Sie war schon fremd, als wir sie verließen, Tim. Was werden wir dort antreffen, wenn wir zurückkommen? Nach einer Generation …, Bestenfalls, so fürchte ich, mehr Überbevölkerung, mehr Dreck und weniger Freiheit. Ich habe meine Zweifel, daß ich gerne bleiben würde. Und was das restliche Sonnensystem angeht – nun, wir wissen zuviel darüber. Es gibt nichts wirklich Neues mehr.«

»Du möchtest lieber weiter die Forscherin spielen?« Er versuchte verzweifelt, sie zu verstehen. »Hier draußen?«

Sie lächelte strahlend. »Das wäre doch toll!« Das Lächeln verblaßte. »Aber wahrscheinlich wird es in absehbarer Zeit keine solche Möglichkeit geben. Es gibt zu wenige Sternenschiffe und zu viele Sterne.« Dann in entschlossenem Ton: »Ich nehme, was ich kriegen kann, sobald es sich anbietet.«

Der Wind flüsterte im Laub.

»Du – du ergehst dich in sinnlosen Grübeleien«, meinte er unsicher. »Das sieht dir gar nicht ähnlich. Ich hasse es, dich … so trübsinnig zu sehen.«

Sie hatte die Arme um ihre Knie geschlungen und vor sich hin gestarrt. Nun richtete sie sich auf, warf den Kopf nach hinten und rief: »Ich bin es aber nicht!« Ein wenig leiser: »Andere Leute tun mir schon mal leid, aber ich mir selbst niemals.« Ihre Stimme vibrierte: »Ein ganzes Universum, um darin auf Entdeckungsreise zu gehen!«

»Vielleicht gibt es keine zweite Welt wie diese«, wandte er verzweifelt ein. »Nichts als Wüste, giftige Luft, so wie wir es schon von anderen Orten gehört haben – nichts als ein Schiff als dein Zuhause, bis du an irgendeinem schrecklichen Ort stirbst …« Er spreizte in einer Geste der Hilflosigkeit die Hände. »Jean, nein, bitte.«

Sie tätschelte seine Schulter. »Ach, mir wird es schon gut gehen. Und dir auch, Tim. Du bist wie geschaffen für einen hohen Posten in irgendeinem Forschungsinstitut oder an einer Universität oder wo auch immer, wenn du zurückkommst. Die Daten, die wir mitbringen und die von den anderen Expeditionen kommen, können einen Wissenschaftler wie dich eine Ewigkeit lang in Atem halten und glücklich machen.«

Er sackte in sich zusammen. »In Atem schon, aber glücklich machen sie mich nicht.«

Sie zog die Hand zurück und betrachtete ihn aufmerksam.

Er ballte die Hände zu Fäusten. »Jean, ich liebe dich«, sprudelte es aus ihm hervor. »Ich will dich nicht verlieren. Das darf nicht passieren.«

Sie biß sich auf die Unterlippe. Ein paar kleine Tiere flogen summend vorbei. Ihre Flügel glänzten.

»Es tut mir leid, Tim«, sagte sie schließlich und war kaum zu verstehen. »Du bist wirklich ein reizender Kerl. Aber ... Nun, aber.«

»Gibt es jemand anderen?« murmelte er.

»Nein.« Ihr Tonfall wurde scharf. »War das denn nicht zu erkennen? Ich möchte einfach ungebunden bleiben, frei umherziehen können.«

Tief erschüttert wie er war, sprach er aus, was ihm in diesem Moment in den Sinn kam. »War dein früheres Leben denn so schrecklich?« Er bereute es sofort. »Das tut mir leid. Das hätte ich nicht sagen dürfen. Ich bitte um Entschuldigung.«

»Nicht nötig«, erwiderte sie. »Ich wünschte mir aber, du würdest glauben, was ich sage. Ich habe allen erzählt, was für eine schöne Kindheit ich hatte und wie schön meine Zeit im Sonnensystem war, ehe ich hierher kam. Ich hatte alles, was ich mir wünschte. Wenn ich heute ein wenig kurzangebunden bin, dann nur, weil ich daran denke, wie die Dinge, die ich liebte, Landschaften, Wälder, alte Städte voll reizender Menschen, alte Angewohnheiten, allmählich zerfielen und mittlerweile sicherlich längst vollständig verschwunden sind.« Sie schüttelte den Kopf. Ihre Miene hellte sich wieder auf. »Aber da sind immer noch die Sterne!«

Sie erhob sich. Er folgte ihrem Beispiel, unbeholfen und wie vor den Kopf geschlagen. Sie ergriff seine Hände. »Warum machst du es mir so schwer? Oh, Tim, armer Liebling, ich weiß genau, was du fühlst, ich weiß es schon seit einem Jahr oder noch länger, und es tut mir wirklich und wahrhaftig leid.«

Sie küßte ihn. Seine Reaktion war schüchtern. Sie schlang die Arme um seinen Hals. Seine Arme legten sich um ihre Hüften. Der Kuß wurde inniger.

Sie machte sich behutsam von ihm los. »Komm«, sagte sie, »wir sollten lieber zusehen, daß wir vor Sonnenuntergang wieder im Lager sind.«

3

Während sie warteten, meldeten sich bei Yu Wenji Erinnerung und Hoffnung. Sie mußte es laut aussprechen. ». . . und diesmal zeige ich dir noch viel mehr als nur mein Heimatdorf. Wir wandern durchs Tal. Wo der Hwang Ho zwischen Frühlingsblumen dahinfließt – es ist der schönste Fleck auf der Erde.«

»Ich glaube, da bist du nicht ganz vorurteilsfrei, meine Liebe«, sagte Wang Xi ein wenig geistesabwesend. Sein Hauptaugenmerk galt den Instrumenten und Kontrollen.

Yu, die neben ihm saß, lächelte. »Stadtjunge.«

»Nun, ich lasse mich gerne überzeugen.«

Der Schirm vor ihnen zeigte den Himmel nicht so, wie das bloße Auge ihn gesehen hätte. In der Mitte des Schirms war ein Bild vor dem dunklen Hintergrund zu erkennen. Seine blendende Helligkeit war erstaunlich, Sirius A leuchtete in einem grellen Blauweiß. Auswüchse schlängelten sich wie rote Zungen von der Scheibe weg. Die Korona, deren eigenes Leuchten verstärkt wurde, erinnerte an eine bunt schillernde Mähne. Die Verstärkung machte auch Sterne im Hintergrund sichtbar. Zufälligerweise befand sich auch Sol in dieser Richtung, ein mattes Funkeln inmitten eines dichten Gewimmels.

Der Schirm war nicht für Beobachtungszwecke bestimmt. Er überprüfte ein optisches System, das Yu vor kurzem hatte einer Generalüberholung unterziehen müssen. Vielleicht war es eine unterschwellige Unsicherheit – er machte sich ständig Sorgen, dachte sie oft, dieser übergenaue Schatz – die sich bemerkbar machten, als Wang hinzufügte: »Natürlich nimmst du an, daß die Dinge, von deren Existenz wir wußten, immer noch da sind.«

Yu straffte sich. »Sie werden da sein. Sie müssen da sein. Wir waren nicht zu lange fort.« Ein Jahr waren sie hier, beobachteten, untersuchten, installierten automatisch arbeitende Instrumente, die zurückbleiben würden, um weitere Daten zu liefern. Siebzehn Jahre hin und zurück – an Bord des Schiffs weniger als ein Monat.

»Wir werden sehen.« Sie hatten sich schon zu oft über dieses Thema unterhalten.

Zum Glück erklang in diesem Moment eine Klingel. »Schluß!« sagte Wang. »Es hat angefangen!«

Skalen und Displays erwachten zum Leben. Er ließ sich entführen und konzentrierte sich nur noch darauf. Yus Aufmerksamkeit war ein wenig breiter gefächert, und sie achtete auch auf mögliche Fehlfunktionen. Er war ein Forscher, sie eine Technikerin. Aber ihre Arbeit erforderte ein umfangreicheres physikalisches Wissen, als viele Physiker es vorweisen konnten. Ehemann und Ehefrau waren ein wissenschaftliches Team.

Die eingehenden Daten waren mehr als eine Stunde alt. Kein lebendiges Wesen wagte es, sich der riesigen Sonne oder ihrer Gefährtin zu nähern. Sie strahlten zu stark. Diese neu aktivierte Station war die erste, die sich in einem Orbit um Sirius B befand.

Eine Bildsicht zeigte letzteren Stern weißglühend. Er flackerte an den Rändern. Geisterhafte Wirbel jagten darüber hinweg, wurden von einer rasenden Rotation der Beobachtung entzogen und wieder zugeführt. Es waren Stürme in einer Atmosphäre, die zu einer Dicke von nur wenigen Kilometern zusammengepreßt wurde. Das Bild trieb über den Schirm und außer Sicht und schließlich aus dem Meßbereich der Instrumente, beschleunigt auf die rund dreißig Millionen Stundenkilometer, mit denen der Weiße Zwerg um A kreiste.

Aber eine Sonde hatte die Station verlassen und raste auf den Zwerg zu. Extrem abgeschirmt, hatten ihre Instrumente ihre Beobachtungen über Laserstrahlen gesendet, für die Plasmawolken kein Hindernis darstellten. Begeisterung machte sich breit ...

Der Sichtschirm leerte sich. Die Schutzvorrichtungen der Sonde waren sehr schnell außer Gefecht gesetzt worden. Dennoch hatte ihr Kamikazeunternehmen weitaus mehr als nur einen kurzen Eindruck geliefert. Erkenntnisse über Massenverteilung, Vektoren, Felder, Magnetflüsse sowie tausend andere Aspekte der Realität waren gewonnen worden. Mehr kam von der Station, eine Menge von einigen Terabytes.

»Alles scheint in Ordnung zu sein«, sagte Yu mit nicht ganz fester Stimme.

Wang sprang aus seinem Sessel hoch und tanzte durch die Kabine. So nahe bei der Rotationsachse des Schiffs betrug die Gravitation nur ein Viertel der irdischen. Er hüpfte herum wie ein Ball. »Wunderbar, wunderbar!« sang er. »Jetzt erfahren wir eine ganze Menge!«

Yu verließ ihren eigenen Sessel und folgte seinem Beispiel. Sie waren beide noch jung.

»Und wir können bald nach Hause zurückkehren«, sagte sie, als sie innehielten, um Luft zu holen.

Sein Pessimismus meldete sich wieder. In diesem

siegreichen Augenblick verdrängte er ihn. »Und wir werden mit allem fertig, was wir dort antreffen.«

Ihre Fröhlichkeit erhielt einen Dämpfer. »Rechnest du ernsthaft mit Schwierigkeiten?«

»Wir werden mit so viel Ruhm zurückkehren, daß wir ihn in Macht und Einfluß umwandeln können. Wir werden es schaffen.« Seine Finger streichelten ihre Wange. »Hab keine Angst, meine Kirschblüte.«

»Niemals«, erwiderte sie, »so lange wir einander haben.« Und sie murmelte ein paar alte Zeilen aus dem Hohelied Salomos, die sie ganz besonders schätzte:

Wind und Regen und finstere Nacht,
Der Hahn krähte und wollte nicht schweigen.
Nun, da ich meinen Herrn sah,
Wie kann ich da noch bitter sein?

4

Der alte Mann lag im Sterben. Zu ihm kam Selim ibn Ali Zeyd.

Die Suite befand sich in einem der oberen Stockwerke eines Krankenhauses. Das Fenster war einem herbstlichen Nachmittag geöffnet und ließ das leise Murmeln des Straßenverkehrs herein. Ein leichter Wind spielte mit halb durchsichtigen weißen Vorhängen. Die Fenster gingen hinaus auf die dicht gedrängten Dächer von Istanbul, eine byzantinische Mauer und das Goldene Horn, auf dem Boote auf kleinen aufgeregten Wellen tanzten. Dahinter ragten braune Berge auf, bedeckt mit den dunklen Schatten dichter Wälder und dem Funkeln erleuchteter Wohnhäuser.

Zeyd trat leise neben das Bett und verbeugte sich.

Osman Tahir schaute blinzelnd von seinem Kissen hoch. Sein kahler Schädel, das mumienhafte Gesicht und die verschrumpelten Hände ließen den kräftigen Knochenbau darunter deutlich hervortreten. Seine Stimme war ein kaum wahrnehmbares Flüstern. Heiser und schleppend, aber die Worte kamen klar und deutlich heraus. »Sie sind herzlich willkommen.«

Er sprach Arabisch, denn Zeyd verstand kein Türkisch. Beide hätten sich auf Englisch oder Französisch verständigen können. Höflichkeit war für beide eine königliche Tugend.

»Es ehrt mich, daß Sie meinen Besuch gewünscht haben, Herr«, antwortete Zeyd. »Viele wollen Ihnen die letzte Ehre erweisen, und die Ärzte lassen nur wenige zu Ihnen.«

»Pedantische Bastarde. Aber es ist wahr, mir ist nur

noch wenig Kraft geblieben.« Tahir grinste. »Es gab eine Zeit, wie Sie sich sicherlich erinnern, da konnte ich mich den ganzen Tag in der Versammlung herumstreiten, vor dem Abendgebet noch zehn Kilometer laufen, bis Mitternacht feiern, bis zum Morgen lieben und noch vor meinen Gegnern wieder bereitstehen, um sie weiter einzuschüchtern.«

Du alter Gauner, dachte Zeyd spontan, ohne es zu wollen. *Aber es trifft mehr oder weniger zu. Dieser Mann, Soldat und Politiker, hatte die Geschichte nachhaltig beeinflußt und dann nach den Sternen gegriffen. Aber wir sind trotzdem alle sterblich. Die Biomedizin mag uns hundert oder mehr Jahre gesunden Lebens geschenkt haben, aber am Ende hat der Organismus sich doch selbst verbraucht.* »Es ist Gottes Wille.«

Tahir nickte.

»Wir wollen keine Zeit mit Förmlichkeiten verlieren. Ich hatte meine Gründe, Sie herkommen zu lassen. Nicht daß ich mich nicht freue, Sie zu sehen – ich beneide Sie ja so sehr . . .«

Zeyd war auf Epsilon Indi gewesen.

Tahir mußte mehrere mühsame Atemzüge machen, ehe er fortfahren konnte: »Die verdammte Schwester wird Sie bald rauswerfen. Ich brauche Ruhe – ha! Als ob drei oder vier weitere Tage bis zu meinem Ende soviel ausmachen.«

So war er immer, dachte Zeyd. *Das war sein Markenzeichen. Und er hat es immer äußerst raffiniert eingesetzt.* »Was kann ich für Sie tun, Herr?«

»Sie können mir . . . die Aussichten der . . . *Envoy*-Mission schildern.«

Erschrocken protestierte Zeyd. »Ich gehöre nicht zur Organisation, Herr. Ich bewundere, was Sie für uns getan haben, aber ich weiß nichts außer dem, was in den Nachrichten allgemein veröffentlicht wird.«

Ein englisches Wort wurde hervorgestoßen. »*Bullshit!* Bei Ihrer Laufbahn und den Verbindungen, die Sie zur Raumfahrergemeinde unterhalten ...« Die Stimme hatte sich erhoben. Überanstrengt schwächte sie sich zu einem Pfeifen ab.

Besorgt beugte Zeyd sich vor. Tahir winkte ab. »Seien Sie ganz ehrlich zu mir«, verlangte er.

Zeyd straffte sich, als nähme er Habachtstellung an. »Nun, Sir, tja, ich – ich höre so einiges. Ich kann es weder bestätigen noch dementieren. Der Status des Projektes ist unsicher.«

Eine Faust schlug auf die Bettdecke. »Wegen des Krieges, dieses verdammten, törichten, nutzlosen Krieges im Raum«, krächzte Tahir. Die Hand öffnete sich, wanderte zitternd hoch, griff nach Zeyds Hand und hielt sie fest wie ein Kind. »Aber sie werden das Unternehmen doch nicht abbrechen, oder?« fragte Tahir in flehendem Ton. »Das tun sie doch nicht, oder?«

Die ehrlichste Antwort wäre wahrscheinlich die beste, entschied Zeyd. »Soweit ich es aus meiner Position erkennen kann, nein. Im Augenblick befindet sich alles in Wartestellung, wie Sie wissen, und alle Bürokraten aller daran beteiligten Länder halten sich zurück. Aber es scheint, als würden Leute innerhalb der Foundation ungeachtet ihrer Nationalität zusammenarbeiten – ich habe den Eindruck, als behaupteten sie sich ganz gut. Wir können nur hoffen, daß die Arbeit wieder aufgenommen wird, nachdem die Feindseligkeiten beendet wurden.« *Wann immer das sein mag.*

Tahir mußte einen ähnlichen Gedanken gehabt haben, denn er sagte, während er den Arm sinken ließ: »Das liegt in Gottes Hand. Aber vielen Dank, junger Mann, danke. Ich wage nun zu hoffen ...« Wehmut trübte seinen Blick. »Ich hatte gehofft, ich würde es noch erleben, wie das Schiff startet.«

Sein Ziel, seine Idee während des letzten halben Jahrhunderts, für die er all seine Kraft eingesetzt hat. Deshalb haben sie ihn einen Irren genannt, einen Besessenen. Aber er hat die Mission in Gang gesetzt, er hat es geschafft!

»Sie werden es vom Paradies aus verfolgen, Herr«, sagte Zeyd.

»Mag sein. Gott ist mitfühlend. Aber was wissen wir schon?« Tahirs Augen, trübe und eingesunken, suchten den Blick des Besuchers. »Sie jedoch können mitfliegen.«

Tahir musterte ihn stumm.

»Sie wollen doch mit, nicht wahr?« fragte er besorgt. »Sie haben doch schon soviel dafür geopfert.«

Seltsam, wie mein Interesse geweckt wurde. Ein Spektogramm, aufgenommen von einer Reihe Instrumente in einem Orbit – Sauerstoff auf einem Planeten von Epsilon Indi, ein Anzeichen für Leben – und ich habe mich von Narriman scheiden lassen, damit sie sich einen anderen Mann, einen Stiefvater für unsere Kinder suchen kann – und hier bin ich wieder, ein gemachter Mann, aber in einer Welt, die fremder geworden ist, als ich es mir jemals vorgestellt hätte ...

Es wäre falsch, eine Sünde, diesem Mann ein Versprechen zu geben, das vielleicht niemals gehalten werden kann. Und doch ... »Jeder, der mitfliegt, muß notwendigerweise ... ein wenig seltsam sein«, sagte Zeyd.

»Das war von Anfang an allen klar. Ich würde gerne glauben, daß ich einen von dieser Sorte vor mir habe.«

»Was geschehen wird, liegt alleine in Gottes Hand, Herr.«

Tahir versuchte sich aufzurichten. Er sank zurück. Seine Stimme gewann jedoch an Kraft. »Es ist nur zu seinem Ruhm. Und in zehntausend Jahren, wenn alles ringsum mit Nineveh untergegangen ist, dann werden Sie sich daran erinnern, Zeyd, dann werden Sie es wissen ... Aber es geschieht nicht dafür, sondern für die Menschheit. Für die Menschheit und zum Ruhme Gottes.«

»Ja ...«

Eine Krankenschwester kam herein. »Es tut mir leid, Dr. Zeyd, aber Sie müssen jetzt gehen«, sagte sie auf Englisch.

Tahir kanzelte sie nicht lautstark ab, wie er es früher getan hätte. Er lag still im Bett, ausgelaugt, schwach.

Zeyd verbeugte sich erneut. »In Gottes Namen, leben Sie wohl, Herr, und Friede sei mit Ihnen.« Seine Augen wurden feucht und brannten.

Er konnte kaum die Antwort verstehen. »Leben Sie wohl, und gute Reise.«

Er ist nicht verrückt, dachte Zeyd, während er hinausging. *Er war es niemals. Es ist nur so, daß seine Gedanken über das Verständnis der meisten Menschen hinausreichten.*

5

Der Sonnenschein eines jungen Tages lag auf alten Gebäuden. Die Villa stand, wie sie schon seit Jahrhunderten gestanden hatte, mit ziegelrotem Dach und bernsteingelben Mauern. Und noch immer wohnte dieselbe Familie darin. Modernisierungen im Laufe ihrer Geschichte hatten die äußere Erscheinung der Villa weder verändert noch ihr etwas von ihrer Seele geraubt. Scheune, Stall und Werkstatt waren ebenfalls wenig verändert, obgleich sie nun lediglich Artefakte der Vergangenheit enthielten, Ausstellungsstücke. Bäume – Kastanie, Kiefer, Quebracho – warfen ihren Schatten auf einen breiten Rasenstreifen. Blumen entfalteten üppig ihre Farben. Mehrere Angestellte waren draußen und gingen verschiedenen Tätigkeiten nach. Einer führte eine Gruppe Touristen herum. Ihre Unterhaltung klang unbeschwert, verwehte aber schon bald im Wind.

Er blies träge von Süden, ein kühler Hauch, der die Insektenschwärme durcheinanderwirbelte. Die Gerüche, die er mitbrachte, waren genauso grün wie das Grasland, das sich bis zum Horizont erstreckte. Ameisenhügel bedeckten die Ebene wie dunkelrote Baumstümpfe. Dazwischen standen vereinzelt kleine Baumgruppen als dunkle Schemen, die nur dann Leben verrieten, wenn ein zitterndes Blatt einen Lichtreflex erzeugte. Ein paar Emus wanderten nicht weit entfernt vorbei, und der Himmel war voller Schwingen – Rebhuhn, Drossel, Taube, Papagei, Geier und mehr. Die Fauna kehrte nach und nach zurück, seit die Rinderherden verschwunden waren.

Ricardo Iriarte Nansen und Hanny Dayan ritten davon. Er hätte ihr mehr zeigen können, wenn sie ein Luftkissenfahrzeug genommen hätten, und später würden sie das auch tun. Aber als er für ihren ersten Morgen einen Ausflug zu Pferde vorgeschlagen hatte, war sie sofort Feuer und Flamme gewesen. Für sie war es etwas aufregend Neues, für ihn eine nostalgische Rückkehr in die Vergangenheit.

Hufe schlugen dumpf auf den Erdboden, Leder knarrte. Ansonsten ritten sie schweigend, bis sie offenes Gelände erreicht hatten. Das Flüstern des Windes im Gras sank herab zu einer Begleitmusik zum Zwitschern und Kreischen von oben. Dayan blickte, wohin sie auch sah, über grenzenlose Weite. Sie war am Vorabend eingetroffen, aber die Begrüßung hatte so lange gedauert, daß sie sich am Ende nur noch in ihr Gästezimmer zurückziehen konnte.

»Ein wunderschönes Land, dieses Paraguay«, sagte sie auf Englisch, das sie beide beherrschten. »Ich kann nicht begreifen, daß Sie dies hier verlassen wollen ... für immer.«

Nansen zuckte die Achseln. »Es ist nicht mein Vaterland«, entgegnete er halblaut.

»Nein? Aber das Ihrer Familie, und ich vermag zu erkennen, daß sie sehr eng zusammenhält, und Ihre eigenen Wurzeln sind doch hier, oder nicht? Ihr Großneffe hat mir erzählt ...«

Sie zögerte. Jener Mann war grauhaarig und faltig im Gesicht. Der Mann an ihrer Seite hingegen war immer noch jung, unter fünfzig. Er saß gerade im Sattel, war schlank, und die Schultern und Hände waren für seine Statur erstaunlich ausgeprägt. Unter glattem schwarzem Haar dominierten das Gesicht die blau-grauen Augen, die römische Nase und ein energisches Kinn. Seine Kleidung war völlig unauffällig – strahlend weißes Oberhemd, eng geschnittene schwarze Hose, weiche Stiefel –, aber er trug sie mit einer Haltung, wie man sie, wie sie vermutete, vor langer Zeit vielleicht bei einem Gaucho hatte beobachten können.

Nun, er war zu den Sternen vorgedrungen und wieder zurückgekehrt.

»... Ihr Großneffe, Don Fernando, hat mir erzählt, Ihr Vorfahr, der dieses Anwesen gründete, ist im neunzehnten Jahrhundert aus Europa hierher gekommen«, beendete Dayan ihren Satz. »Soviel Geschichte hat sicherlich eine große Bedeutung.«

Nansen nickte. »Ja. Allerdings waren wir nicht alle *estancieros,* müssen Sie wissen. Ein Sohn erbte alles. Die meisten anderen ergriffen einen Beruf, ein Gewerbe, gingen zur Kirche, in die Armee oder in der Zeit der Demokratie in die Politik – und schließlich, als es soweit war, in den Weltraum.«

»Gehören Sie denn nicht hierher?« hakte Dayan nach. »Das Land, die Porträts an den Wänden, Bücher, Ehrenkelche, Schmuck, Erinnerungsstücke, Traditionen – die Familie.« Sie lächelte. »Ich habe mich vorher mit Ihnen beschäftigt, Captain Nansen, und jetzt kann ich alles mit eigenen Augen sehen.«

»Sie sehen nur die Oberfläche, das Äußerliche«, erwiderte er ernst. »Sie sind sehr freundlich zu mir, ja, weil ihr Blut in meinen Adern fließt, und sie sind sehr stolz auf das, was ich getan habe und noch tun werde. Aber im Grunde sind sie Fremde, Dr. Dayan.« Er verstummte und blickte in die Ferne. Ein Habicht stieß herab. Sie wußte aus diversen Berichten über ihn, daß er in seiner Kindheit Raubvögel abgerichtet hatte. »Ich kam von Epsilon Eridani zurück, und viele von denselben Leuten waren noch am Leben. Die Dinge hatten sich nicht soweit verändert, daß nichts mehr wiederzuerkennen war. Trotzdem ... Nun, es schien in Ordnung zu sein, sich der 61 Cygni-Expedition anzuschließen.«

»Aber bestimmt nicht aus Verzweiflung, oder?«

»Oh nein. Es war ein Forschungsunternehmen. Trotz allem meine Berufung. Ich bedaure es nicht. All diese Planeten, leblos, aber voller Wunder und Herausforderungen.«

Sein Blick wanderte nach oben. Jenseits der Bläue leuchtete Centaurus. Fünftausend Lichtjahre weiter, und andere Schiffe wären dort unterwegs, und ihre Besatzungen bestünden nicht aus Menschen.

»Ich nehme an, Sie kennen unsere Berichte«, sagte er betont knapp, als wäre ihm soeben klar geworden, daß er mehr von sich offenbart hatte, als ihm lieb war.

Dayan ließ ihn nicht so einfach davonkommen. »Sie sind wieder zurückgekehrt, und alles war anders.«

»Ja.« Erneut schwang in seiner Stimme so etwas wie Gefühl mit. »Als ich aufwuchs, war noch etwas von der alten Lebensart übrig.« Das Gentlemanhafte, das Sportliche und teilweise Zügellose, aber auch Kultiviertheit und Eleganz. »Zweifellos hatte es sich längst überlebt, aber es war noch vorhanden, und wie es vorhanden war. Zum Beispiel lernten wir immer noch aus Höflichkeit gegenüber den Indios Guarani, obgleich sie selbst vorwiegend Spanisch sprachen. Heute ist die Sprache ausgestorben. Die Indios haben sich im Schmelztiegel der Bevölkerung verloren. Die Rinderzucht ist genauso überholt wie der Pyramidenbau, und die paar Pferde, die wir noch haben, sind ausschließlich für sportliche Zwecke gedacht. Die Nansens haben einen Teil ihres Besitzes erhalten, indem sie ihn in ein Naturschutzgebiet umwandelten und sich selbst zu seinen Verwaltern machten.«

»Ist das schlecht?«

»Nein. Es ist ganz einfach Ausdruck des Wandels.«

»Aber Sie fühlen sich so wurzellos, daß Sie die große Reise unternehmen wollen.«

Er verzog das Gesicht. Für einen Moment befürchtete sie, ihn verärgert zu haben. Er mochte es nicht, wenn man die Nase in seine Angelegenheiten steckte. Sein Lachen klang rauh und bellend, aber es beruhigte sie. »Genug von mir. Das ist schon mehr als genug. Ich habe Sie eingeladen – womit auch Fernando einverstanden war –, um mich mit Ihnen vertraut zu machen.« Er musterte sie prüfend. »Der Kapitän muß schließlich seine Mannschaft genau kennen. Nicht wahr?«

Das hatte sie erwartet. »Fragen Sie, was Sie wollen, Sir. Ich hoffe, daß Sie mich nehmen.«

»Offen gesagt ist mir nicht ganz klar, weshalb Sie sich freiwillig gemeldet haben.«

Sie konnte der Versuchung nicht widerstehen, mit einem kleinen Scherz zu antworten. »Vielleicht bin ich völlig von Sinnen. Vielleicht trifft das auf jeden an Bord der *Envoy* zu.«

»So etwas können wir uns nicht leisten«, entgegnete er scharf. Nicht wenn man in die absolute Einsamkeit vordringen wollte.

Sie wurde ernst. »Das ist richtig.« Um zu demonstrieren, daß sie über die ganze Angelegenheit intensiv nachgedacht hatte, sagte sie: »Osman Tahir konnte von der Idee, Kontakt mit dem Yondervolk aufzunehmen, besessen sein. Er konnte die zweite Hälfte seines Lebens und sein gesamtes politisches Kapital dafür einsetzen, ein Schiff zu bauen, das dorthin starten kann. Aber er war nur besessen, nicht verrückt. Warum sollte jemand überhaupt diesen Flug antreten? Zehntausend Jahre hin und zurück! Jeder von uns muß ein ziemlich seltsamer Zeitgenosse sein. Ich habe auch über Sie nachgedacht, Captain Nansen. Deshalb habe ich versucht, Sie auszufragen.«

Er reagierte mit einem Lächeln. »Das nenne ich ehrlich. Und jetzt erzählen Sie mal etwas von sich.«

»Sie haben meinen Lebenslauf gelesen und wahrscheinlich auch eine ziemlich dicke Akte über mich. Und wir haben uns unterhalten.«

»In ein paar Büros. Bei ein paar Abendessen. Jetzt wird es Zeit für mich, *Sie* kennenzulernen.«

»Und zu entscheiden, ob Sie mich an Bord haben wollen.«

»Ja. Nichts für ungut. Sie erscheinen einfach zu perfekt, um echt zu sein. Wie Sie schon meinten, es gab einige Freiwillige, und fast jeder war nicht ganz richtig im Kopf oder für nichts auf der Erde geeignet oder auf andere Art und Weise nutzlos. Sie sind jung, gesund und offensichtlich absolut ausgeglichen. Sie haben Ihr Können unter Beweis gestellt. Und Sie sehen gut aus.«

Trotz der Reserviertheit, in die er sich wie in einen Mantel einhüllte, wußte er, wie dieses Kompliment auszusprechen war und wie er sie dabei möglichst unauffällig beobachtete. Er sah eine Frau, zierlich, aber mit wohlgerundeter Figur, mit hoher Stirn und ausgeprägten Wangenknochen, großen nußbraunen Augen mit langen Wimpern, einer geschwungenen

Nase und einem ausgeprägten Mund, der offenbar gerne lachte. Rotes Haar wallte auf ihre Schultern herab. Eine Halskette mit einem Anhänger in altem ägyptischen Stil verlieh ihrem Overall einen Hauch von Extravaganz.

»Warum also«, fragte er, »wollen Sie sich auf eine Reise begeben, die sie praktisch über den Tod hinaus führt?«

Sie richtete sich im Sattel auf. »Sie wissen warum. Ich bin in Lebensgefahr.«

Er zügelte sein Pferd. Sie folgte seinem Beispiel. Sie schauten einander an. Die Pferde senkten die Köpfe, um zu grasen.

Schmetterlinge und ein Kolibri schwebten als funkelnde Farbtupfer über sattem Grün. Schwingen peitschten über ihnen die Luft, Vogelstimmen trieben im Wind.

»Stimmt das wirklich?« fragte er.

Sie hielt seinem forschenden Blick stand. »Sie wollen nur ganz sicher gehen, daß ich nicht hysterisch bin.«

»Ich habe die biographischen Unterlagen gelesen, die Sie mir haben zukommen lassen. Mehr als nur einmal. Aber würde es Ihnen etwas ausmachen, mir die Punkte, die Sie für wichtig halten, noch einmal zu erzählen, von Frau zu Mann, sozusagen?«

»Damit Sie mein persönliches Auftreten beurteilen können?« Sie hatte einen Teil ihres Studiums in Nordamerika absolviert. Gelegentlich war dies ihrer Sprache anzumerken. »Wie weit soll ich zurück gehen?« Sie grinste ihn flüchtig an. »Ihre Familie beruft sich auf eine entfernte Verwandtschaft mit Fridtjof Nansen. Ich bin ein direkter Abkömmling von Moshe

Dayan. Was ist an meinem Leben denn sonst noch Besonderes?«

»Fast alles«, erwiderte er.

Sie war in Latakia geboren, wo ihr Vater, ein Offizier der Israelischen Hegemonie, stationiert gewesen war. Ihre Mutter war in der Neulandgewinnung tätig. Daher hatte sie als Kind viel Fremdes kennengelernt, bis die Familie nach Jerusalem zurückkehrte. Nachdem sie, ziemlich frühzeitig, ihren Doktortitel in Physik erworben hatte, arbeitete sie für die Central Technical Supply Company. Dabei war sie meistens im Jupiter- und im Saturn-Bereich unterwegs gewesen und hatte mitgeholfen, Instrumente für den Einsatz unter den verschiedensten Umweltbedingungen zu entwickeln.

»Sie sollten eine brillante Zukunft haben«, fügte er hinzu.

Sie verzog das Gesicht. »Ja. Die hätte ich haben sollen. Dann geriet ich mit den Kosmosophisten aneinander.«

»Das war ziemlich dumm von Ihnen.«

»Wahrscheinlich. Eine Spontanreaktion.« Sie errötete. Ihre Stimme bebte. »Aber ich habe sie so sehr gehaßt. Ich werde sie immer hassen.«

Sein Blick taxierte sie. »Prinzipiell pflichte ich Ihnen bei. Philo Pryor war ein entsetzlicher Scharlatan, und seine Anhänger haben einige fragwürdige Dinge getan. Ich greife allerdings bei denen nicht zu Gewalt.«

»*Sie* tun es aber.«

»Was Sie taten, war eine Provokation.«

Sie reckte das Kinn vor. »Es mußte getan werden.«

Bei jeder nördlichen Sommersonnenwende auf dem

Mars holte der Orden der Wahren Kosmosophie aus Pryors Grabmal den Gegenstand, den er angeblich in einer Höhle auf Ascraeus Mons gefunden hatte und der von den Galaktikern zurückgelassen wurde, um auf einen Genius zu warten, der es aushalten würde, ihn zu benutzen. Seit seinem Übergang in eine höhere Existenzform lag er wieder unbenutzt da. Aber in einer Prozession wurde er zum Tempel der Wahrheit gebracht, wo eine feierliche Zeremonie veranstaltet wurde, ehe er wieder an seinen Ruheplatz zurückkehrte. Vielleicht würde irgendwann ein neuer Genius erscheinen, in dessen Gehirn die quantenmechanischen Resonanzen zu schwingen beginnen würden und weitere Manifestationen von den Einen erzeugten. Bis dahin erinnerte sein Hervorholen die Gläubigen an die Doktrinen, die ihr Prophet erhalten hatte und die die Synode der Übersetzer in leicht verständliche Gebote übertrugen. Eine solche Gemeinschaft reagiert auf keinen Fall freundlich auf eine Ungläubige, die in einem Appartement voller technischer Geräte lebt, an dem die Prozession vorbeiziehen muß, und die anschließend ihre Meßdaten veröffentlicht und ausführt, daß sie beweisen, daß die Schaltkreise in dem ominösen Kasten nichts bewirken und niemals etwas bewirken werden.

»Warum haben Sie das getan?« wollte Nansen wissen.

»Das habe ich den Leuten immer wieder erklärt«, stieß sie wütend hervor. »Um den Schwindel aufzudecken.«

»Das haben Sie nicht geschafft, wissen Sie«, sagte er. »Fromme Gläubige glauben weiterhin und nennen Sie eine Lügnerin. Sie sind nicht dumm. Auch glaube ich nicht, daß Sie völlig naiv sind. Sie haben sich ziemlich viel Ärger für etwas eingehandelt, das Sie eigentlich als fruchtlosen Schabernack hätten erkennen müssen. Warum? Was hat Sie dazu getrieben?«

Sie schluckte krampfhaft, während ihr Gesicht bleich wurde, um sich gleich wieder zu röten. Die Sonne verwandelte ihr Haar in eine lodernde Flamme. Er wartete.

»Na schön«, rang sie sich schließlich zu einer Antwort durch. »Ich habe es nicht in meinem Lebenslauf erwähnt, weil ich nicht annahm, daß es jemand anderen irgendetwas anginge. Aber ich glaube, Sie sollten Bescheid wissen und werden es für sich behalten. Ich hatte einen guten Freund. Er besaß Land auf dem Mars. Der Orden wollte es haben und raubte ihm seinen Besitz und spielte ihm dabei übel mit. Er fing an zu trinken, achtete nicht mehr sorgfältig genug auf seinen Luftvorrat, wenn er hinaus in die Wüste ging, und starb eines Tages. Er wurde erst gefunden, als es für lebensrettende Maßnahmen zu spät war. Und darüber war ich rasend vor Zorn.«

Nansen nickte. »Ich verstehe.« Er verzichtete darauf, sich nach der Identität des Freundes zu erkundigen. Statt dessen sagte er nach einer Pause: »In Ihrem Bericht erwähnen Sie, daß seitdem mehrere Anschläge auf Sie stattgefunden haben. In den Polizeiberichten werden drei bestätigt. Woher wissen Sie, daß der Orden dahinter steckt?«

»Wer sollte es sonst sein?« Dayan schaute an ihm vorbei zum Horizont. »Oh, ich habe meine Verbindungen in Israel. Ich könnte einen perfekten Schutz für mich arrangieren. Aber was für ein Leben wäre das dann? Oder ich könnte mich zu einer interstellaren Expedition melden, falls mich eine nimmt, und zurückkehren, nachdem meine Feinde gestorben sind. Aber ich bezweifle, daß fünfzig Jahre genug sein werden, und längere Missionen sind nicht geplant, außer Ihrer.« Sie schwieg für einen Moment. Der Wind im Gras und das Geräusch der grasenden Pferde schien an Lautstärke zuzunehmen. »Und zwar erheblich länger!«

»Das ist aber ein extremer Schritt, um sich in Sicherheit zu bringen.«

»Viel lieber würde ich diese Schweine natürlich erschießen. Aber das Gesetz läßt so etwas nicht zu, und außerdem kenne ich die einzelnen Personen gar nicht, die versucht haben, mich aus dem Weg zu räumen.«

»Auf Sie wartet aber keinesfalls eine sichere Zuflucht.«

»Ich weiß!« Während sie fortfuhr, gewann Begeisterung Oberhand über ihren Zorn, und ihre Miene hellte sich auf. »Aber so ist das Ganze für mich keine nutzlos vergeudete Zeit. Ja, ich trauere schon jetzt um die Menschen, die ich liebe, um jeden, um alles, was ich nicht wiedersehen werde, aber – was mag uns dort draußen wohl erwarten? Was werden wir tun? Und wenn wir zurückkehren, ist auch dies hier eine völlig neue Welt geworden.«

»Wir müssen uns noch einmal eingehender über diese Frage unterhalten«, sagte er ernst. »Ihre Einstellung gefällt mir.«

»Und ich – ich – nun, ich glaube nicht, daß es mir in Ihrer Gesellschaft langweilig sein wird«, gestand sie ihm. Für zwei oder drei Sekunden musterten sie einander prüfend.

Nansen ergriff die Zügel und rammte seinem Pferd die Fersen in die Weichen. Diese Reaktion verriet, daß der Captain es nicht zuließ, daß zwischen ihnen eine echte Intimität aufkeimte. »Kommen Sie, das ist für den Anfang schon eine ganze Menge. Lassen Sie uns den Tag genießen. Sie sind keine erfahrene *caballista*, nicht wahr?«

Sie kicherte. »Ist das denn nicht offensichtlich?«

»Ich bringe Ihnen ein wenig Technik bei, und dann reiten wir!«

16

Vom *stoep* des kleinen Hauses von Mamphela Mokoena hatte Lajos Ruszek einen weiten Blick. Im Westen erhoben sich die grünen Anhöhen des Transkeigebirges mit Plantagen, auf denen Sträucher und Bäume ihre verschiedenen Früchte unter dem eisblauen Himmel hervorbrachten. Nach Norden und Süden erstreckte die City sich über den Horizont hinaus, Städte, die angeschwollen waren, bis sie miteinander verschmolzen, ein buntes drangvolles Sammelsurium entlang verkehrsreicher Straßen, mit Türmen, die aus dem Gewimmel aufragten, umschwirrt von Luftwagen, und überall waren Menschen, zu Fuß oder auf Motorskates, deren Stimmen eine alltägliche Kulisse für das Konzert pulsierender, niemals verstummender Maschinen bildeten. Im Osten funkelte der Indische Ozean im Sonnenschein, doch auch in ihn war die City bereits eingedrungen mit ihren Wohnplattformen, Wärmeenergieanlagen und Bohrtürmen zum Abbau der Bodenschätze. Ergänzt wurden diese Anlagen durch landwirtschaftliche Marikulturen in Form großer Anbaumatten, zwischen denen Boote und Arbeitsroboter geschäftig kreuzten. Ganz gleich, wie sauber die Industrie produzierte, in der Luft lag ein schwacher Gestank – Chemikalien, Schwebeteilchen, menschliche Ausdünstungen.

Mokoena kam mit einem Tablett heraus, auf dem ein Krug und zwei Gläser mit Eistee standen. Sie stellte das Tablett auf einen Tisch und setzte sich in einen Korbsessel, der Ruszek gegenüberstand. Ihr Gast ergriff sein Glas und trank.

»Ah-h-h!« seufzte er genußvoll. »Das tut gut. Vielen Dank, Mademoiselle.«

Mokoena lächelte. »Ich fürchte, diese Anrede paßt nicht ganz zu mir«, erwiderte sie in einem Englisch, das weniger Akzent aufwies als seins.

»Eh? Ich dachte – ich hatte angenommen, Sie wären nicht verheiratet.«

»Das stimmt. Aber …« Sie deutete auf sich selbst, eine Geste, die teils humorvoll, teils traurig war. Ihr Gewand verhüllte eine Gestalt, die ziemlich groß und früher einmal schlank gewesen war, nun jedoch, mit Ende dreißig, erheblich an Gewicht zugenommen hatte. Ihr Gesicht, braunhäutig, mit breiter Nase, gekrönt von buschigem schwarzem Haar, war immer noch makellos glatt, und die funkelnden Augen waren noch immer wie die eines jungen Mädchens.

»Egal«, sagte sie. Ihre Stimme klang nach seinem rauhen Baß doppelt melodisch. »Ich danke für das Kompliment. Und es ist überaus nett von Ihnen, den weiten Weg zurückgelegt zu haben, um mir einen Besuch abzustatten.«

»Ich möchte jeden von der Mannschaft kennenlernen«, gab Ruszek auf seine direkte Art zu. »Mir vorher schon ein Bild von jedem machen. Wir werden schließlich ziemlich lange zusammen sein.«

Mokoenas Lächeln verflog. »Lange …« Es kam ihr vor, als wäre der Schatten, in dem sie saßen, schlagartig eiskalt geworden. *Zehntausend Jahre und mehr.*

Ruszeks prosaische Frage riß sie aus ihrer Grübelei. »Wie soll ich Sie anreden?«

Sie studierte ihn. Weder sein Benehmen noch seine Erscheinung ließen auf besondere Ritterlichkeit schließen. Mittelgroß, aber massig gebaut, hatte er den Fehler gemacht, sich für Jacke und Hose im Marinelook entschieden zu haben, und nun schwitzte er heftig und übelriechend.

Sein kugelrunder Kopf war völlig kahl bis auf buschige Augenbrauen und einen breiten schwarzen Schnurrbart. Braune mandelförmige Augen blickten aus einem breiten, ziemlich flachen Gesicht. Er war fünfundfünfzig Jahre alt.

Sie entspannte sich. »Ach, ich glaube ›Dr. Mokoena‹ ist ganz in Ordnung, bis wir uns gut genug kennen, um auf solche Förmlichkeiten verzichten zu können. Wie möchten Sie am liebsten genannt werden?«

Ruszek schenkte sich frischen Tee ein. Eiswürfel klirrten. »Wie Sie wollen. Ich war schon vieles.«

»Das habe ich mir schon gedacht. Obgleich die Informationen bemerkenswert sparsam sind, wenn man berücksichtigt, wie eifrig die Reporter hinter uns her sind. Haben Sie absichtlich dafür gesorgt, daß sie Ihnen feindselig gesonnen sind?«

»Ich gebe dieser Landplage nur, was sie verdient.«

»Verzeihen Sie mir, aber ist das klug? Zumal Sie den zweithöchsten Posten an Bord des Schiffes innehaben.«

»Außerdem bin ich auch noch dessen Pilot«, erinnerte er sie und lenkte von einem Thema ab, das ihm nicht gefiel. »Das interessiert mich viel mehr.«

Sie ließ ihn gewähren. »Das tut es ganz bestimmt, wenn ich mir ins Gedächtnis rufe, was ich alles über Sie gehört habe.«

»Überdies braucht Captain Nansen wirklich keinen zweiten Mann.«

Sein Tonfall hatte sich merklich verändert. »Sie klingen, als würden Sie ihn bewundern«, sagte sie.

»Es gibt keinen besseren, sei es im Raum oder auf dem Boden.«

»Haben Sie sich deshalb zu der Mission gemeldet? Um unter ihm zu dienen? Ich wußte gar nicht, daß Sie beide einander schon mal begegnet sind.«

»Das sind wir auch nicht, ehe ich mich freiwillig gemeldet habe. Dann habe ich es erfahren.«

»Darf ich fragen, weshalb Sie sich gemeldet haben?«

Ruszek lachte gepreßt. »Ich bin hergekommen, um Ihnen diese Frage zu stellen, Dr. Mokoena.«

»Gleiches Recht für alle, Mr. Ruszek.«

»Nun, aus Abenteuerlust, um mich der Herausforderung zu stellen, wenn es Ihnen um große Worte geht.«

»Es gibt weitaus näher liegende Sterne, kürzere Reisen, keinen Mangel an Entdeckungen und Großtaten.«

»Würde ich einen Platz in einer solchen Expedition bekommen? Höchst unwahrscheinlich ... Bisher gibt es zu wenige Sternenschiffe. Die Konkurrenz ist zu groß.«

»Ja, das denke ich auch. Wie Sie schon sagten, Abenteuer und Herausforderung, und die Zeit, die man von zu Hause weg bleibt, sind gewöhnlich nicht allzu viele Jahre.«

Er grinste. »Vergessen Sie nicht den Verdienst. Besatzungsmitglieder streichen anschließend Vortragshonorare, Versicherungsbeträge, Buchverträge und lukrative Jobs auf der Erde ein. Die Foundation oder wer immer das Schiff gebaut und ausgerüstet hat, erhält die Proben und Funde, um sie zu verkaufen – und Aufführungsrechte sowie das Veröffentlichungsrecht für Dokumentationen und Bühnenfassungen. Am Ende macht sich der Einsatz mehr als bezahlt.«

»Es macht sich für uns alle bezahlt, und zwar in Bezug auf Wissen und auf Hoffnung – die Hoffnung, andere Intelligenzen kennenzulernen und neue Welten zu besiedeln«, sagte sie ernst.

»Weshalb tauschen wir all diese dämlichen Platitüden aus?« fragte er. »Um es auf den Punkt zu bringen, Dr. Mokoena, die *Envoy* ist das einzige Sternenschiff, das nirgendwo eine ernsthafte Konkurrenz hat, was seinen Auftrag angeht.«

»Nichtsdestoweniger ...«

Er schnitt ihr das Wort ab.

»In Ordnung, verdammt noch mal, es ist schon gut, mein Gott, ich erzähle Ihnen alles über mich. Aber geben Sie nicht mir die Schuld, wenn Sie schon fast alles wissen.

Geboren in Budapest, unterer Mittelstand, war ein ziemlich schwieriges Kind, hab' das Elternhaus mit sechzehn verlassen und bin für ein paar Jahre durch die Welt gejobbt – ja, manchmal kam ich auch mit dem Gesetz in Konflikt –, bis ich zum Friedenscorps der Westlichen Allianz stieß. Große Überraschung, gefiel mir, ich entschloß mich, eine Ausbildung zu absolvieren. Ich kam zu einem militärischen Bautrupp auf Luna und im freien Raum, erlernte das Pilotenhandwerk, wurde aber ab und an degradiert, weil ich keinem Ärger aus dem Weg ging. Am Ende meiner Dienstzeit fand ich eine zivile Arbeitsstelle beim Solmetals Consortium und lernte als Pilot jeden Hafen zwischen Mars und Saturn kennen. Ich habe sogar am Raumkrieg teilgenommen.

Ihre Augen weiteten sich. »Tatsächlich? Aber sie

sagten doch, Sie wären damals Zivilist gewesen. Und noch dazu Europäer.«

Er zuckte die Achseln. »Es war kein anständiger Krieg wie in der guten alten Zeit, vergessen Sie das nicht. Es war eine häßliche, langwierige Auseinandersetzung zwischen den Großmächten, in deren Verlauf es darum ging, wer die Kontrolle über dies oder jenes da draußen haben sollte. Sogar nachdem Europa sich zurückgezogen hatte, wollten die Chinks – Ach, das ist Schnee vom letzten Jahr. Ich kam ungeschoren durch und hatte nachher eine Erfolgsbilanz vorzuweisen, die Captain Nansen die Foundation heftigst bearbeiten ließ, damit ich angenommen wurde. Sind Sie zufrieden?«

»Ein bewegtes Leben«, murmelte sie und betrachtete ihn nachdenklich. »Sehr oft härter, als Sie zugeben wollen, glaube ich.«

Seine Ungehaltenheit verflog.

»Sie haben eine gute Menschenkenntnis, Dr. Mokoena.«

Sie lächelte. »Schon möglich. Das ist mein Job.«

»Jetzt sind Sie an der Reihe. Ich weiß kaum etwas über Sie.«

»Da gibt es nicht viel zu wissen. Ich hatte ruhige Jahre, ganz andere als Sie.«

»Warum fliegen Sie dann mit?«

»Ich kann mich nützlich machen.«

Er lehnte sich zurück, wischte sich mit der Hand über den Schweißfilm, der auf seiner Glatze glänzte, und sagte: »Nun, wir brauchen natürlich einen Biologen und einen Arzt, und wenn beides sozusagen gebündelt geliefert wird, dann war Gott uns sehr gnädig. Aber es geht Ihnen auf der Erde doch ganz gut, oder? Warum sollten Sie den Wunsch haben, sie zu verlassen?«

Sie trank ihren Tee, versuchte Zeit zu schinden, ehe sie zögernd antwortete: »Die Gründe dafür sind rein persönlicher Natur. Kapitän Nansen und die Direktoren der Foundation kennen sie natürlich. Sie werden sie irgendwann sicherlich erfahren. Mir wäre es lieb, wenn sie nicht an die Öffentlichkeit dringen, um bestimmte ... Personen nicht in Verlegenheit zu bringen.« Sie traf eine Entscheidung. »Nun, Sie werden es sicher nicht an die Medien weitergeben.«

Er grinste wieder.

»Mein Ehrenwort.«

»Was wissen Sie über mich?«

»Hm ... Sie haben Medizin studiert und jahrelang für die Armen gearbeitet, zuerst in dieser Region und später bei anderen Hilfsmaßnahmen überall in Afrika. Am Ende brachen Sie diese Tätigkeit ab, kehrten an die Universität zurück, wurden Biologin und leisteten hervorragende wissenschaftliche Arbeit vor allem bei der Untersuchung der Funde, die von Tau Ceti zurückkamen. Ist das der Grund, weshalb Sie uns begleiten wollen? Die Forschung?«

»Die wird sicherlich spannend sein.«

»Sie werden Ihre Erkenntnisse vielleicht niemals veröffentlichen können, wie Sie wahrscheinlich wissen. Wenn wir zurückkommen, finden wir hier vielleicht gar keine Welt mehr vor.«

»Das ist mir klar. Ich wage zu hoffen – mit dem Yondervolk zusammenzutreffen, von ihnen zu lernen, wird für die Menschheit sicherlich von großer Bedeutung sein.« Mokoena machte eine wegwerfende Handbewegung. »Aber ich will nicht zu spießig klingen. Indem ich mitgehe, kann ich hier und jetzt etwas in Ordnung bringen.«

»Was?«

Sie seufzte.

»Es hat wehgetan, die Medizin aufzugeben. Sie wurde so dringend gebraucht. Ich kam mir so egoistisch vor. Aber ich – ich glaubte, ich könnte nicht noch mehr Leid ertragen, ohne dagegen abzustumpfen, und das wollte ich nicht. Meine Eltern sind Geistliche der Samaritan Church. Meine Arbeit erwuchs aus diesem Glauben, wurde für sie geleistet. Als ich damit aufhörte, fühlten sie sich verraten und betrogen.« Ihre Hand krampfte sich um das Trinkglas. »Die *Envoy* brauchte dringend jemanden wie mich. Ich erklärte mich zur Teilnahme unter der Bedingung bereit, daß die Exploratory Foundation ihrer Kirche eine namhafte Spende zukommen läßt, eine Summe, mit der sich etwas bewirken läßt. Wir haben uns wieder versöhnt, meine Eltern und ich. Sie sagen, sie warten im Jenseits auf mich und werden mich freudig begrüßen. Ich für meinen Teil bin mir da nicht so sicher. Aber sie sind glücklich.«

Er betrachtete sie mit einem erstaunten Ausdruck. »Sie sind eine Heilige.«

Sie stellte ihr Glas auf den Tisch, legte den Kopf in den Nacken und lachte schallend. »Ha! Ganz bestimmt nicht, Mr. Ruszek, ich habe auch gar nicht den Ehrgeiz, eine zu sein. Ich erwarte, daß ich bei allem, was passiert, meinen Spaß habe. Den habe ich nämlich bei so etwas immer.«

Nach einem Moment meinte sie: »Wir wollen einander doch ein wenig besser kennenlernen, warum bleiben Sie dann nicht zum Abendessen? Wenn ich für mich koche, dann koche ich ganz gut, aber es macht noch mehr Spaß, wenn man es für Gäste tut.«

»Das ist das beste Angebot, das ich in dieser Woche hatte«, erwiderte er offensichtlich erfreut.

»Eine Sache ...«

»Oh, ich habe ein Zimmer im Hotel de Klerk.«

»Nein, nein, was ich meinte, war ... Es war mir irgendwie entgangen, aber wir haben gleich die Möglichkeit, etwas über unseren Zweiten Ingenieur zu erfahren.«

»Alvin Brent? Den habe ich bereits kennengelernt.«

Sie wurde ernst. »Was für einen Eindruck hatten Sie?«

»Nun ... keinen schlechten. Er kennt sein Geschäft. Nicht so sehr die Physik des Quantentors, aber das ganze technische Drum und Dran. Wenn Yu Wenji irgend etwas zustößt, kann Brent uns heil nach Hause bringen.«

»Aber als Mensch? Sehen Sie, ich habe ihn nie persönlich kennengelernt. Ich habe nur seine Berichte gesehen und kenne ein paar Nachrichtenmeldungen.«

»Seine Herkunft ist nicht schlechter als meine.«

Amerikaner, geboren in Detroit, die Eltern waren im Dienstleistungsgewerbe tätig und hatten Mühe, sich während der Depression und bedrängt von Steuern und Kontrollen über Wasser zu halten. Er war ihr einziges Kind, offenbar mehr ein Wunschkind des Vaters als der Mutter. Sie ergab sich in ihre Pflichten, wie die New Christian Church es von den Frauen und der Advisor es von den Bürgern allgemein verlangte. In der Schule ein Außenseiter, zeigte er schon früh ein Talent im Umgang mit Computern und Technik, wodurch seine gesellschaftliche Außenseiterposition noch verstärkt wurde. Auf Empfehlung seines örtlichen Vorarbeiters – die Radiums hatten beim regionalen Regierungsbeauftragten einen Stein im Brett – errang er die Zulassung zur Space Academy. Dort blühte er regelrecht auf. Zwar immer noch eher ein Einzelgänger, kam er mit seinen Kameraden ganz gut zurecht, und seine Zensuren waren exzellent. Da er auf Luna und im Raumflug ausgebildet worden war, geriet er auch in den Raumkrieg und machte Dienst auf ›Beobachtungs‹-Schiffen, die gelegentlich in Kampfhandlungen verwickelt waren. Während dieser vier Jahre vollbrachte er einige mutige Taten.

Sie brachten ihm herzlich wenig ein. Des größten Teils ihrer interplanetarischen Besitzungen beraubt, mußten die Vereinigten Staaten an allen Ecken und Enden sparen. Entlassen in ein von-der-Hand-in-den-Mund-Leben, ergatterte Brent schließlich einen kleinen Posten bei Consolidated Energetics. Er war sich darüber im klaren, daß ein Automat ihn ersetzen würde, sobald das Kapital verfügbar war, um ihn zu installieren. *Envoy* bot bessere Aussichten. Ob zum Guten oder Schlechten, wußte niemand.

»Ich dachte eher an seine Ideen«, sagte Mokoena.

»Welchen Unterschied machen sie dort, wo wir hin wollen?« hielt Ruszek ihr entgegen.

»Schlecht für unsere Einigkeit und unsere Moral, wenn sie anstoßerregend sind. Er war wegen der Dinge, die er von sich gibt, ziemlich oft in den Nachrichten. Aber was sie bedeuten, ist mir nicht ganz klar.«

»Keine Sorge. Wenn er zu einer Plage werden sollte, dann knöpfe ich ihn mir vor. Aber er kam mir eigentlich recht vernünftig vor. Zumindest so vernünftig wie jemand sein kann, der sich auf eine solche Mission begeben würde.«

»Ich habe in den Nachrichten gehört und gesehen, daß er in Australien eine Rede über die North Star Society halten will. Um 21 Uhr. Nach unserer Zeit in ein paar Minuten.«

»Und wir können es uns ansehen, hm? Na schön, wenn Sie es wollen.«

»Es wäre mir lieber. Wenn so viel von dem, was wir liefern, aufgenommen oder synthetisiert wird oder nur virtuell ist ... Nennen Sie es von mir aus Aberglauben, aber ich denke, wir gehören in die reale Welt.«

»Das denke ich auch. Wenn wir an sie herankommen können.«

Mokoena erhob sich und ging voraus hinein. Ruszek schaute sich um. Das Wohnzimmer war sauber, aber voller Unordnung: Tonbandkassetten, Folianten, Computerausdrucke, Photos, Kinderspielzeug, Seemuscheln, Souvenirs von gräßlich bis wunderschön, gewebte Wandbehänge, alte Kunsthandwerkobjekte – Küchengeräte, Schüsseln, Musikinstrumente, Fetische, Masken, zwei Wurfspeere gekreuzt hinter einem Schild. Sie ließ sich auf eine zerschlissene und durchgesessene Couch sinken, bedeutete ihm mit einem Winken, sich neben sie zu setzen, und sprach mit dem Fernseher.

Er schaltete sich ein und zeigte einen Blick in einen Zuschauerraum. Das Gebäude stammte mindestens aus dem vorangegangenen Jahrhundert, denn es schien die ungefähr hundert Menschen, die sich als Zuhörer eingefunden hatten, regelrecht zu erdrücken. Auf Anfrage meldete das Net jedoch, daß auf der ganzen Erde an die zwanzig Millionen Fernseher auf diesen Sender eingestellt waren. Zweifellos würde die gleiche Anzahl Wiederholungen oder zumindest kurze Ausschnitte abrufen. »Sind wir nicht die Weltsensation, wir, die *Envoy*-Besatzung?« fragte Ruszek in spöttischem Tonfall. »Jedes Niesen und jeder Furz von uns ist eine Meldung wert. Wie lange wird es wohl dauern, bis wir vergessen sind, wenn wir erst einmal die Reise angetreten haben? Sechs Monate?«

Die Kamera richtete sich auf Brent, als er an den Bühnenrand trat. Er war vierundvierzig Jahre alt, mittelgroß und in soldatischer Aufmachung erschienen. Er trug eine schlichte armeegraue Jacke und Hose und am Kragen ein Polaris-Emblem. Sein schwarzes Haar war kurz geschnitten, sein Bart gestutzt. Sein Gesicht war kantig und blaß und wurde von intensiv blickenden dunklen Augen beherrscht.

»Er sieht gut aus«, stellte Mokoena fest.

Ruszek hob die Augenbrauen. »Hm? Das kann ich nicht behaupten. Er scheint kein Schürzenjäger zu sein.«

Mokoena lächelte. »Das macht sicherlich einen Teil seines Reizes aus.« Dann ernsthaft: »Und seine ... seine Hitzigkeit, seine Intensität.«

Die Einladung, als Redner aufzutreten, war von einer Gruppe gekommen, die mit seinen Ansichten sympathisierte. Auch Australien hatte im Weltraum Verluste zu verzeichnen.

Der Vorsitzende des Vereins stellte den Gastredner ziemlich übertrieben vor. Im Gegensatz zu ihm fesselte Brents gemessener Tonfall sofort die Aufmerksamkeit der Zuhörer.

»Vielen Dank. Guten Abend. Dieser Gruß geht an

alle Menschen auf der Erde, die unsere Sorge teilen, und an alle, die so sind wie wir, im Sonnensystem.

Ich, der Sie schon bald für einen Zeitraum, der länger ist als die bisher aufgezeichnete Geschichte, verlassen wird, fühle mich geehrt, daß ich hier sein darf. Weshalb bin ich hergekommen? Um Ihnen eine Vision anzubieten. Um Ihnen zu erklären, daß die Hoffnung lebendig ist und immer lebendig sein wird, so lange es unerschrockene Männer und Frauen gibt. Ich für meinen Teil hoffe, daß Sie sich dieser Vision anschließen, daß Sie unsere Fehler erkennen und mit der Welt einen neuen Kurs einschlagen, damit das, was ich vorfinde, wenn ich wieder zurückkomme, wundervoll sein wird.«

Die Stimme begann zu pulsieren und schließlich sogar zu explodieren: »... ja, die North Star Society sagt, wir wurden verraten. In den Federated Nations faselten sie lautstark von ›Frieden‹ und übten jeden verfügbaren Druck auf uns aus. Aber das war nicht mehr als eine Geste für unsere Feinde. Die Intellektuellen, die Nachrichtenmedien, die Politiker schrien von Atombomben, die auf die Erde geworfen würden, wenn die Auseinandersetzungen ›ernst‹ werden sollten – als wären sie es nicht längst gewesen! Die Bankiers, die Kirchenchefs, die Industriemanager, sie alle hatten ihre geheimen Agendas. Glauben Sie mir, die hatten sie. Und so hielten wir uns zurück, demonstrierten nicht unsere volle Stärke. Wir taten so, als wären wir überhaupt nicht an einem Krieg beteiligt. Und tapfere Amerikaner und Australier starben, weil wir ihnen unsere Hilfe versagten. Wollen Sie, daß sie für nichts und wieder nichts gestorben sind?«

»*NEIN!*« brüllte das Publikum.

»Es ist kein Wunder, daß seine Regierung gegen diesen Club vorgeht«, murmelte Mokoena. »Das ist ziemlich starker Tobak.«

»Ach, ich weiß nicht«, meinte Roszek. »Sie machen zumindest keine Demonstrationen.« Sein Schnurrbart unterstrich sein spöttisches Grinsen. »Der Mob sitzt zu Hause und verfolgt in unzähligen Shows andere virtuelle Realitäten. Vielleicht hat er sich uns deshalb angeschlossen – aus reiner Frustration. Dort, wohin wir gehen, kann er keinen Schaden anrichten.«

Mokoena schüttelte den Kopf. »Ich glaube nicht, daß er ein böser Mensch ist. Ich glaube, er ist schrecklich verbittert und ... Ja, mal sehen, ob wir ihm zu seiner Heilung verhelfen können.«

»Er soll nur seinen Job erledigen, dann bin ich schon ganz zufrieden. Nicht, daß er viel zu tun hätte, solange Yu das Kommando hat.«

»Eine reine Sicherheitsmaßnahme. Eine solche Erkenntnis muß ziemlich hart sein.«

Brent fuhr fort.

Seine Stimme wurde schrill, als er die Verschwörer anklagte und eine Wiedergeburt des westlichen Handlungswillens forderte. Gegen Ende beruhigte er sich aber wieder, und Tränen glänzten auf seinen Wangen, während er schloß:

»... ich lege die Arbeit in Ihre Hände. Ich muß mit meinen Kameraden quer durch die Galaxis reisen, um mit der nächsten der großen Sternfahrerzivilisationen zusammenzutreffen. Sie, Ihre Kinder, Ihre Kindeskinder, müssen einen eigenen Weg gehen und die Sterne für die Menschheit in Besitz nehmen. Worauf wir mit unserem Schiff stoßen, das weiß heute noch niemand. Aber auch wir nehmen eine Bestimmung mit, eine menschliche Bestimmung. Und wenn wir zurückkehren, wenn wir mitbringen, was wir errungen haben, um teilzuhaben an dem, was Sie und Ihr Blut hervorgebracht haben wird, wird die Menschheit vorwärtsstreben, um das Universum in Besitz zu nehmen!«

Die Zuhörer applaudierten, ein Lärm, der in der Leere um sie herum verhallte. Mokoena befahl dem Fernseher, sich auszuschalten.

Für ungefähr eine Minute saßen sie und Ruszek schweigend da.

»Wissen Sie«, sagte er, »ich denke, er glaubt tatsächlich daran.«

»An Bestimmung? Ja, ich glaube, das tut er. Und Sie nicht?«

»Nein. Ich glaube an das – Trotten, ist das nicht Ihr Wort? An das langsame Vorwärtstrotten, so gut wir können. Und wenn wir versagen, dann versagen wir eben. Pech, mehr nicht.«

»Ich glaube, jede Existenz muß einen Sinn haben. Aber das Ziel kann niemals sein, daß wir alles auf Kosten von . . . allen anderen übernehmen.«

»Worte, nichts als Worte. Ich sage es Ihnen, machen Sie sich wegen Al Brent keine Sorgen. Ich habe Männer mit weitaus wilderen Ideen gekannt, die absolut perfekt ihren Dienst versehen haben. Captain Nansen hätte ihn niemals genommen – ganz gleich, wie knapp qualifizierte Freiwillige gewesen wären –, wenn er irgendeine Art von Gefahr darstellte.«

Sie entspannte sich. »Sie beide sind sicherlich mit allen Wassern gewaschene Menschenkenner.« Sie grinste hinterhältig. »Und ich habe gestanden, daß er gut aussieht.«

»Das ist etwas, was die Mitglieder unserer Besatzung im Umgang miteinander entscheiden müssen«, sagte er.

Sie lächelte. »Wir können ja schon mal damit anfangen.«

Der Abend und die nächsten paar Tage verliefen äußerst angenehm.

7

Aus der Ferne betrachtet, vor der Schwärze, gespalten durch die Milchstraße und gesprenkelt mit Sternen, darunter die Erde ein blauer Funke, der im grellen Schein der verlöschenden Sonne unterging, erschien das Raumschiff *Envoy* wie ein Juwel, einzigartig in seiner Schlichtheit. Zwei vierspeichige Räder drehten sich mit flirrender Geschwindigkeit, gehalten von einer reglosen Achse zwischen ihnen. An der hinteren Nabe befand sich ein netzartiger Zylinder, der Beschleuniger des Plasmaantriebs. Von der vorderen Nabe ragte eine Lanze nach vorne, dünn und hell wie ein Laserstrahl. Es war der Lenkmast für das abschirmende Kraftfeld. Beide Systeme waren momentan inaktiv. Das Schiff hatte seine vorgesehene Geschwindigkeit erreicht und befand sich auf einer Kometenbahn hinaus ins All. Es gab keine unmittelbare Strahlungsgefahr.

Indem sie sich näherte, verfolgte Jean Kilbirnie, wie das Gebilde vor ihr zu seiner enormen Größe anschwoll. Die Räder hatten einen Durchmesser von vierhundert Metern, ihre äußeren Ringe waren zehn Meter dick, und jede Speiche war eine Röhre mit sechs Metern lichter Weite. Sie rotierten in einem Abstand von hundert Metern gegeneinander. Der Beschleuniger ragte vierzig Meter weit hinaus, der Mast einen ganzen Kilometer. Andere Sternenschiffe hatten einen ähnlichen Aufbau, aber keins glich diesem Modell auch nur annähernd. Die *Envoy* verfügte über ein Quantentor mit der Fähigkeit, ein Gamma, einen relativen Masse-Strecke-Zeit-Faktor, von vollen Fünftausend abzugeben. Das Schiff mußte alles transportieren, was zehn Menschen und ihre Maschinen auf einer Reise ins völlig Unbekannte nötig haben mochten.

Noch war es nicht zu dieser Reise aufgebrochen. Im Augenblick befand es sich auf einem einmonatigen Testflug innerhalb des Sonnensystems. Der Null-Null-Antrieb würde nicht aktiviert. Nichts im Schiff bedurfte einer Überprüfung. Das hatten bereits Roboter wieder und wieder erledigt, und alle Fehler waren längst beseitigt worden. Nein, es war die Mannschaft, die sich selbst einem Test unterzog.

Kilbirnie beobachtete die Sichtschirme und die Instrumente. Feinere Meßwerte erreichten sie über die bioelektronischen Schaltkreise. Fast *war* sie selbst das Raumboot. Das Schiff neigte sich, als wollte es auf sie stürzen. Die zylindrische Achse füllte ihr Sichtfeld aus, eine gerundete Bastion glänzenden Metalls, das auf ein Kompositmaterial aufgebracht worden war, dessen Widerstandsfähigkeit nahezu unerschöpflich war. Türme, Schleusen, Antennenschüsseln, Verstrebungen, Öffnungen, Luken, die gesamte komplexe Konstruktion sprang regelrecht aus dem Schatten heraus. Es war die äußere Hülle mit fünfzig Metern Durchmesser. Die innere Hülle ragte an beiden Enden etwa zwanzig Meter weit hinaus, umgeben von Manschetten, in denen sich die Magnetlager der Räder befanden. Kilbirnie näherte sich dem Schiff von hinten, wie es die Vorschrift verlangte. Keine Person befand sich in dem Rad, sondern nur Maschinen, Vorräte und Ausrüstungsgegenstände, die darauf warteten, jederzeit benutzt zu werden.

Jetzt! Ihre Finger befahlen vollen Schub. Der Bremsvorgang rammte sie in ihren Sessel. Blut rauschte in ihren Ohren, rote Fähnchen flatterten vor ihren Augen. Die kurze Qual brach ab, und sie trieb schwerelos in ihren Gurten. Sie hatte diese Vektoren nicht festgelegt. Lebendige Nerven, Muskeln, Gehirne waren zu langsam, zu beschränkt. Aber es war ihr Geist, der die Maschinen lenkte, die die Manöver auslösten. »Ki-ai!« rief sie und drehte *Herald* herum.

Das nächste Manöver war eigentlich noch heikler, löste bei ihr aber nicht die gleiche Begeisterung aus. Nachdem sie die Geschwindigkeiten angeglichen hatte, als sie sich in Höhe ihrer Andockstation und ungefähr einen halben Kilometer davon entfernt befand, lenkte sie ihr Boot vorsichtig darauf zu. Die Andockstation streckte Haltearme aus, die das Boot erfaßten, es parallel zum Schiff ausrichteten, es heranzogen und festmachten.

Kilbirnie blieb still sitzen und wartete, bis ihr Herzschlag sich beruhigte. Der KomSchirm erhellte sich. Captain Nansens Konterfei blickte grimmig heraus. »Pilot Kilbirnie«, sagte er, »dieser Anflug war absoluter Leichtsinn. Sie haben keinerlei Sicherheitsspielraum gelassen.«

Sie drückte auf den Antwortknopf. »Ach, *Herald* und ich wußten durchaus, was wir taten«, erwiderte sie.

Er funkelte sie an. Immer noch in Wallung befindliches Blut rötete ein schmales Gesicht mit ausgeprägten Zügen, einer geraden Nase, einem breiten Mund und blauen Augen unter dicken schwarzen Augenbrauen, das von hellbraunem, bis über die Ohren herabfallendem Haar eingerahmt wurde. In einen Overall gehüllt, war sein Körper drahtig bis an die Grenze zur Magerkeit. Er war dreiunddreißig Jahre alt, aber der Tau Ceti-Flug hatte fünfundzwanzig unsichtbare Jahre hinzugefügt.

»Sie haben Ihr Boot, das Schiff und die ganze Mission gefährdet«, schnappte er.

Lajos Ruszek meldete sich, unterließ es jedoch, auch den Videokanal zu aktivieren. Sein Boot, *Courier*, ein Schwesterschiff von *Herald*, war kaum mit bloßem Auge zu erkennen und nicht mehr als ein stumpfnasiges Geschoß zwischen Sternen.

»Captain, ich habe ihr die Erlaubnis dazu gegeben«, sagte er. »Ich wußte, daß sie es schaffen würde. Wir sind schon lange genug zusammen im Einsatz gewesen.«

»Warum haben Sie es getan?« wollte Nansen von Kilbirnie wissen.

»Nicht um damit anzugeben oder zu experimentieren, Sir«, erklärte sie, ein wenig ernüchtert. »Es wäre übel gewesen, unnötige Risiken einzugehen. Es sollte eine Übung sein. Wir haben ungewöhnlich wenig Zeit, um unsere Fertigkeiten ausreichend auszubilden und zu trainieren. Anschließend gehen wir auf den großen Sprung und können ein Jahr lang überhaupt nicht mehr üben. Wer weiß, was uns am anderen Ende erwartet? Lajos und ich sollten lieber dafür sorgen, daß wir so gut wie möglich auf alle Eventualitäten vorbereitet und entsprechend gedrillt sind.«

»Es lag im Entscheidungsspielraum des Piloten, Captain«, erinnerte Ruszek ihn.

Nansen entspannte sich ein wenig. »Na schön«, sagte er. »Ich nehme den Tadel zurück. Aber wiederholen Sie beide weder dieses noch ein ähnliches Manöver.« Er schenkte ihr die Andeutung eines

Lächelns. »Wir hier an Bord wollen schließlich so gut wie möglich unsere Nerven schonen.«

Kilbirnie senkte den Kopf. »Tut mir leid, Sir. Daran habe ich nicht gedacht.«

»Wir lernen aus unseren Fehlern.« Nansen unterbrach die Verbindung.

»Lernen Sie auch aus Ihren?« murmelte sie. »Ich glaube, ich habe mal irgendwo gehört, daß Sie in Ihrer eigenen Zeit als Pilot ein ziemlicher Draufgänger gewesen seien.«

Ihre alte Fröhlichkeit stellte sich wieder ein. Sie löste die sensorischen Schnittstellen von ihrer Haut, schnallte sich los und trieb zur Luftschleuse im Bug. Die Andockstation hatte ein Transitmodul dorthin bugsiert und angeschlossen. Sie ging hindurch. Innerhalb des großen Rumpfs erstreckte sich vor ihr ein kahler und nur trübe beleuchteter Laufgang. Vielleicht würde jemand im Laufe der langen Reise für helleres Licht sorgen. Indem sie sich mit Händen und Füßen an speziellen Haltesprossen abstieß, eilte Kilbirnie durch den Korridor. Am Ende brachte ein steil abfallender Flur sie zu einer Schleuse in der Nähe des inneren Rumpfs. Dahinter betrat sie eine ausgepolsterte Kammer mit mehreren Sitzplätzen, von denen sie einen in Beschlag nahm.

Die Kammer war die Passagierkabine einer Fähre. Diese bewegte sich nicht per Düsenantrieb, sondern sprang die zehn Meter bis zum Rad. Magnetohydrodynamische Kräfte fingen sie unterwegs auf und stellten den Kontakt mit einer Andockstation in der Speiche her, die genau im richtigen Moment vorbeirotierte. Dort war der Radius nur kurz, der Aufprall war leicht wie auch das Gewicht, das Kilbirnie plötzlich spürte. Sie gurtete sich los, schob sich durch die beiden Luftschleusen und gelangte auf eine Plattform, die sie in die Röhre führte. Von dort hätte sie einen Schienenwagen zum Ring besteigen können, zog es jedoch vor, die fest installierte Leiter zu benutzen.

Der Aufstieg hätte ebensogut auch Abstieg genannt werden können. Das Gewicht nahm zu, während sie kletterte, bis am Ende wieder die volle Erdschwere herrschte. Sie gelangte in einen Korridor, der mit Türen gesäumt war, die nach rechts und links aufwärts führten, obgleich der Boden unter ihren Füßen völlig eben war. Die Decke verströmte ein weiches Licht. Sie konnte Tannenduft riechen und atmete genußvoll ein. Obwohl ein Trip mit dem Boot immer aufregend war, konnte sie nicht leugnen, daß das Schiff über eine bessere Belüftungsanlage verfügte.

Tim Cleland erwartete sie bereits. Er war schrecklich nervös, ein hochgewachsener junger Mann, nachlässig gekleidet, von schmächtiger Statur, mit einem runden Gesicht, Stupsnase, braunen Augen und lockigem braunem Haar. »Jean«, krächzte er.

Sie blieb stehen. »Was machst du denn für ein Gesicht?« fragte sie.

»Ich hatte ... Angst.« Und hastig fügte er hinzu: »Nicht um mich. Ganz allein um dich. Wenn du abgestürzt wärst ...« Er streckte die Arme nach ihr aus.

Sie ignorierte die Geste. »Diese Gefahr bestand nicht«, versicherte sie ihm. »Ich liebe eigentlich mein Leben.«

Seine Arme sanken heran. Er starrte sie an. Die Belüftung flüsterte.

»Tust du das?« fragte er langsam.

Ihr Lächeln erstarb. Ihr Blick forderte ihn heraus.

»Tust du das?« wiederholte er seine Frage. »Warum wirfst du es dann weg, al- ... alles, was zu deinem Leben gehört? ... Zehntausend Jahre eingeschlossen in dieser Nußschale.«

Kilbirnies Stimme klang rauher als sonst. »Falsch, insgesamt nur zwei Jahre, Schiffszeit. Dazwischen fünf Jahre Elvenland.«

»Dir wird nicht gefallen, was aus der Erde geworden ist«, warnte er. »In zehntausend Jahren – wie wird sie dann aussehen?«

Ihre Zähne blitzten in einem breiten Lächeln, das für sie typisch war. »Das ist ein ganz wesentlicher Punkt dieser Reise, nämlich am Ende zu sehen, was aus ihr geworden ist.« Ihre Stimme wurde wieder leise. »Aber wenn du das Ganze so siehst, warum kommst du dann mit?«

Seine Schultern sackten herab. »Du weißt warum. Ich habe es dir schon oft genug gesagt.«

Sie nickte. »Weil ich dabei bin. Tim, Tim, das ist kein besonders vernünftiger Grund.«

Er versuchte Munterkeit hervorzukehren. »Ich glaube, ich mache dich allmählich mürbe.«

»Das glaube ich nicht, Tim. Du bist ein Schatz, aber ich glaube es wirklich nicht. Am besten verzichtest du auf eine Teilnahme, ehe es zu spät ist. Wir haben noch eine Reihe Freiwillige bereitstehen, wie du sicher weißt.«

Cleland schüttelte den Kopf. »Nein. Sie sind zweite Wahl. Zu diesem Zeitpunkt käme ich mir auch wie ein Verräter vor.« Er seufzte. »Außerdem ist der wissenschaftliche Aspekt einfach zu spannend, das ist wahr. Wie sehen die Planeten aus, welche Wesen gibt es dort? Und – und, hm, ich habe erklärt, daß ich sozial gesehen nicht allzuviel vorzuweisen habe. Ich bin keine Führungspersönlichkeit, keiner, der gerne folgt oder sich mit anderen zusammentut. Ich gebe weitaus weniger auf als die meisten Leute.« Er schluckte. »Und ich gebe *dich* nicht auf.«

»Verzeih mir«, sagte sie leise. »Ich muß jetzt gehen. Ich habe ein Rendezvous.«

Er starrte sie an, als hätte sie ihn ins Gesicht geschlagen. Sie lachte. »Mit Mamphela im Turnraum. Wir bringen uns gegenseitig alte Tänze bei, aus dem Hochland und von den Zulus.«

Sein Mund klappte auf. »Direkt nachdem du ... aus dem Weltraum zurückgekommen bist?«

»Wann könnte ein Mädchen mehr Lust haben, einmal kräftig die Beine zu schwingen?« meinte sie fröhlich und entfernte sich.

Die Maschinen des Plasma- und des Null-Null-Antriebs befanden sich achtern im inneren Rumpf. Die meisten ihrer Wartungseinrichtungen lagen in ihrer Nähe. Im vorderen Rand befanden sich jedoch weniger Werkstätten und Labors. Dort bot der Ring ausreichend Raum.

Als sie an einer Werkstatt vorbeiging, hörte Chefingenieurin Yu Wenji Geräusche durch die Tür, öffnete sie und trat ein, um nachzusehen. Alvin Brent, ihr Zweiter, saß vornübergebeugt an einem Tisch und arbeitete an einer Schaltungsplatte. Werkzeuge und Bauteile lagen verstreut vor ihm. Ein schwacher Ozongeruch in der Luft verriet, daß kurz vorher ein Ionenbrenner benutzt worden war. Die Computerschirme zeigten Diagramme verschiedenster Art.

»Was treiben Sie gerade?« fragte Yu.

Brent drehte sich auf seinem Hocker um. Für einen kurzen Moment verfinsterte sich seine Miene. Sie ließ sich dadurch nicht irritieren und erwiderte seinen ungehaltenen Blick, eine kleine, stämmige Frau mit unauffälligen Gesichtszügen zwischen hohen Wangenknochen, brauner Haut und schwarzem Haar, das hochgekämmt und mit einem Kamm festgesteckt war. Ihre bestickte Jacke und blaue Hose erschienen wie ein versteckter Tadel seiner beschmutzten Arbeitskleidung.

Er bemühte sich um einen neutralen Gesichtsausdruck und sagte lauernd: »Ich habe eine Verbesserung in unsere Raketenstartkontrolle eingebaut. Es ist nichts Großartiges, aber eines Tages könnte sie von Bedeutung sein. Momentan setze ich das Gerät wieder zusammen. Wir werden auf diesem Trip noch genug Zeit haben, um das Modul zu installieren und auszuprobieren.«

Sie nahm eine gespannte Haltung an. »Davon haben Sie mir nichts erzählt.«

»Ich sah keinen Grund dazu, Ma'am. Es besteht keinerlei Verbindung zu Ihren Maschinen und fällt daher nicht in Ihren Verantwortungsbereich.«

»Jeder Apparat an Bord und jedes Programm, um ihn zu betreiben, fällt in meinen Verantwortungsbereich. Es ist schon schlimm genug, daß wir Waffen mit uns führen . . .«

»Woher wollen Sie wissen, daß wir sie nicht brauchen?« unterbrach er sie.

Sie seufzte. »Das weiß ich natürlich nicht. Aber ich kann nicht glauben, daß Zivilisationen, die Tausende oder Millionen Jahre alt sind, sich derart idiotischer

Mittel bedienen.« Sie schaute den Techniker kühl an. »In Zukunft werden Sie mich über weitere ihrer Ideen, umgehend in Kenntnis setzen, Mr. Brent. Inzwischen werden Sie dieses Projekt abbrechen, bis ich mir darüber ein Urteil gebildet habe.«

»Was schadet es?« protestierte er. »Sie hätten es schon noch erfahren, ehe ich irgendetwas versucht hätte. Jeder hätte es erfahren.«

»Ich hätte dann aber nicht Gelegenheit gehabt, es auf mögliche Auswirkungen auf das gesamte System zu untersuchen. Haben Sie jede Möglichkeit berücksichtigt? Außerdem ist das eine Frage des Prinzips. Sie können nicht so mir nichts dir nichts entscheiden, welche Ihrer Aktivitäten für das Schiff am besten sind.«

Er knallte die Platte auf den Tisch. »Habe ich richtig gehört?« explodierte er. »Was erwarten Sie denn von mir? Daß ich untätig herumstehe wie all Ihre anderen Maschinen, bis Ihnen danach ist, mich einzuschalten?«

Sie hob eine Hand und erwiderte in einlenkendem Ton: »Ich habe überlegt, ob Sie Ihren Schiffsgefährten nicht etwas von dem beibringen können, was Sie wissen und können für den Fall, daß Ihnen ein Unglück zustößt. Ich brauche Ihnen die Bedeutung von Redundanz nicht eigens zu erklären. Davon haben wir aber auch nicht annähernd genug.«

»Wer in dieser Bande von Irren hat denn ein solches Talent?«

»Nun, ganz sicher Schiffsoffizier Ruszek, Pilotin Kilbirnie und Dr. Dayan. Wahrscheinlich noch andere. Sie werden für jede Art sinnvoller Beschäftigung auf unserer Reise dankbar sein. Das gilt für uns alle.«

»Am meisten für Sie«, kam es aus seinem Mund.

»Wie bitte?«

»Sie haben es wahrscheinlich viel nötiger zu vergessen als jeder andere. Oder glauben Sie, daß Ihre teure chinesische Kultur immer noch existiert, wenn wir zurückkommen?«

»Das reicht jetzt, Mr. Brent«, sagte sie knapp.

Er schluckte, stand auf, als wollte er Haltung annehmen, und erklärte steif: »Ich bitte um Entschuldigung, Ma'am. Ich hätte das nicht sagen sollen.«

Erneut lenkte sie ein. »Nun, Sie stehen unter Streß. Wir sollten es nicht schlimmer machen, als es ist. Wenn Sie einen kurzen Bericht über dieses von Ihnen entwickelte Modul anfertigen, werde ich ihn gerne lesen und, wenn er mich überzeugt, mit dem Kapitän darüber sprechen. Ich wünsche Ihnen noch eine ruhige Wache.«

Ehe er etwas erwidern konnte, hatte sie kehrt gemacht und war hinausgegangen. Ihre Schritte auf dem Korridor draußen waren schnell, aber nicht ganz gleichmäßig. Tränen glänzten in ihren Augen. Sie blinzelte sie weg.

Schließlich gelangte sie zum Gemeinschaftsraum. Noch war er öde und leer, eintönig wie das meiste der Inneneinrichtung. Das Anbringen von Dekorationen würde mithelfen, die Zeit der Reise schneller verstreichen zu lassen. Er war ziemlich groß, komfortabel möbliert und bot Möglichkeiten für Spiele, die Wiedergabe von Unterhaltungskonserven oder Live-Darbietungen. Interferenzprojektoren konnten für all jene Ruhezonen schaffen, die nicht gestört werden wollten. Der Raum bot eine Abwechslung von ihren Privatkabinen.

Um diese Uhrzeit war er gewöhnlich verlassen. Die Besatzung war mit anderen Dingen beschäftigt. Als Yu eintrat, entdeckte sie Ajit Nathu Sundaram in einem Sessel.

Er erhob und verbeugte sich. Sie erwiderte diese höfliche Geste. Er war ein kleiner Mann am Beginn seines mittleren Alters, zierlich, schokoladenfarben, mit schwarzem Haar, das die ersten grauen Strähnen zeigte. Wie immer trug er lediglich einen Leinenanzug und Sandalen. »Ich wünsche Ihnen einen schönen Nachmittag, Ingenieurin Yu«, begrüßte er sie. Seine Stimme war ziemlich hoch, sein Englisch ohne Hinweis auf seine regionale Herkunft.

»Ja, der Uhr nach ist jetzt Nachmittag, nicht wahr?« entgegnete sie mehr oder weniger automatisch. »Das gleiche für Sie, Sir. Sie sehen zufrieden aus.«

»Ich habe keinen Grund, es nicht zu sein.« Er betrachtete sie. Sie hatte nicht alle Anzeichen ihres Kummers kaschieren können. »Einige unserer Freunde sind nicht so glücklich.«

Sie sehnte sich nach Konversation. »Womit haben Sie sich beschäftigt, wenn ich fragen darf?«

»Ich habe nachgedacht. Das war vermutlich nicht sehr produktiv, nehme ich an.«

Sie schaute ihn lange an. »Kann irgend etwas Sie erschüttern?« murmelte sie.

»Viel zu viele Dinge. Sie sollten es nicht, sicher.« Er lächelte. »Da Sie schon einmal hier sind und offenbar nichts zu tun haben, hätten Sie Lust auf eine Partie Schach?«

»Ich – ich glaube, Sie sehen viel mehr, als Sie offen zugeben wollen.«

»Eigentlich nicht. Ich bin ein Theoretiker. Was ich an

Sachkenntnis habe, ist abstrakt und erwächst aus der grundlegenden Struktur und Logik der Sprache«, sagte der berühmteste Linguist und Semantiker der Menschheit. »Aber vielleicht kann ich meinen Schachfiguren ein wenig Blut und Feuer einhauchen.«

»Vielen Dank«, sagte sie leise. »Ein Spiel ist genau das, was mir jetzt gefallen würde.«

Um 19 Uhr 30 strömte die Besatzung von wo immer sie sich im Rad aufgehalten hatten in der Offiziersmesse zusammen. Selim ibn Ali Zeyd traf Hanna Dayan kurz vor dem Eingang.

Er blieb stehen und betrachtete sie von oben bis unten.

»*Quelle surprise délicieuse*«, begrüßte er sie höflich, aber mit einem Ausdruck unverhohlener Bewunderung.

Sie hielt ebenfalls an. Ihre Lippen verzogen sich zu einem Lächeln. Ein dunkelblaues Kleid, knöchellang und tief ausgeschnitten, umschmeichelte ihre Gestalt. Der ägyptische Anhänger ergab ein wunderschönes Farbenspiel über ihren Brüsten, ein silbernes Stirnband bändigte ihr rotes Haar. »Vielen Dank«, sagte sie.

»Als der Kapitän darum bat, daß wir uns in Zukunft zum Abendessen immer umziehen sollen, hatte ich nicht etwas so Herrliches erwartet.«

»Er aber schon, wie wir wissen.«

Mittlerweile war die Beschleunigungsphase beendet, und das Gewicht war nichts anderes als Zentrifugalkraft. Die Reisenden waren aus den engen, kardanisch aufgehängten Decks ausgezogen. Mit diesem Treffen sollte der endgültige Umzug in die eigentlichen Privatquartiere gefeiert werden.

»Daher habe ich ein paar zusätzliche Kleider mitgenommen«, schloß Dayan.

»Sehr zur Freude der Gentlemen unter uns«, meinte Zeyd.

Sie betrachtete ihn genauso offen und neugierig wie er sie. »Sie haben sich aber auch recht elegant herausgeputzt.«

Der schlanke Biologe mit seinem Raubvogelgesicht, glattem schwarzem Haar und sorgfältig gestutztem Schnurrbart trug maßgeschneidertes Weiß. »Wie nett von Ihnen«, erwiderte er. »Auch daß Sie diesen Schmuck tragen. Ich bin Ägypter, wie Sie sich vielleicht entsinnen können.«

»Aber noch nicht mumifiziert.«

»Sie scheinen mir recht ausgelassen zu sein.«

Sie runzelte nachdenklich die Stirn. »Ich habe aufgehört, Dingen nachzutrauern, so gut es ging. Wir müssen in die Zukunft blicken.«

»Eine überaus vernünftige Einstellung. Sie verleiht Ihnen Glanz.«

Wachsamkeit schwang in ihrer Stimme mit. »Danke, Dr. Zeyd.«

»Da im Augenblick großer Wert auf Förmlichkeiten gelegt wird«, sagte er unverändert freundlich, »darf ich?« Er bot ihr seinen Arm an. Sie erwiderte sein Lächeln und nahm ihn. Sie betraten die Offiziersmesse und setzten sich.

Appetitliche Gerüche erfüllten die Luft. Die Nanotechnik der angrenzenden Küche konnte jeden mit seiner oder ihrer Auswahl eines Gerichts aus der Speisekarte der ganzen Welt versorgen. Heute sollte die

Auswahl für jeden eine Überraschung sein, jedoch befanden sich Angaben über individuelle Vorlieben, religiöse Einschränkungen und so weiter in der Datenbank. Schneeweiße Servietten lagen unter funkelndem Silberbesteck. Ein Diener rollte umher und plazierte mit seinen mechanischen Armen geschickt die Hors d'oevres und die ersten Weinflaschen auf der Tafel.

Als die ganze Gesellschaft Platz genommen hatte, klopfte Nansen mit einem Messer gegen sein Weinglas. Der glockenhelle Klang brachte das allgemeine Gemurmel zum Verstummen. Die Aufmerksamkeit aller wandte sich ihm zu, der in einem grauen Rock mit goldenen Tressen am Kopfende der Tafel saß. »Ich bitte um Ruhe«, sagte er. »Einen Moment des Schweigens für jene, die ein Tischgebet sprechen wollen.«

Er machte selbst ein Kreuzeichen. Er war nur dem Namen nach ein Reformierter, beachtete aber die Regeln, soweit es die Etikette verlangten. Ruszek folgte seinem Beispiel. Zeyd senkte den Kopf. Mokoena schaute auf ihre gefalteten Hände hinab und murmelte ein Gebet. Yu und Sundaram meditierten. Die anderen warteten respektvoll.

»Nun, meine Damen und Herren«, ergriff Nansen wieder das Wort, »da wir endlich unsere Testreise angetreten haben, sollten wir ein wenig mehr als nur ausprobieren, eine richtige Mannschaft zu sein. Lassen Sie uns einander erfreuen und die Reise genießen, die wir gemeinsam unternehmen.« Nach diesen herzlichen Worten schlug er einen ernsteren Ton an. »Ich verspreche Ihnen, solche Ansprachen nicht zu einer ständigen Einrichtung zu machen, aber bei dieser ersten Gelegenheit dürften ein paar Anmerkungen durchaus in Ordnung sein. Sie alle sind sich dieser Dinge bewußt und haben sicherlich gründlich darüber nachgedacht. Ich möchte sie lediglich in ein paar Worte kleiden, um sicherzugehen, daß wir alle die gleiche Auffassung vertreten. Jeder, der meint, daß ich in irgendeinem Punkt einem Irrtum unterliege, sollte es tunlichst aussprechen, wenn nicht hier und jetzt, dann aber wenigstens während unserer regelmäßigen Diskussionsrunden.

Wir sind im Begriff, uns in das größte Abenteuer seit Menschengedenken zu stürzen. Ich glaube, es wird sogar mehr ein Abenteuer des Geistes als das von Körper und Verstand sein. Wir haben unterschiedlich Gründe für unsere Teilnahme, und nicht alle von uns haben ihre Entscheidung frohen Mutes getroffen. Aber wir sollten Sorge, Schuld und Zweifel hinter uns lassen. Erwarten wir lieber das eine oder andere Wunder.

Nichtsdestoweniger werden wir einsamer sein, als zehn Seelen jemals zuvor einsam waren. Nur zehn ...«

Unbedeutendere Expeditionen hatten mehr Teilnehmer gehabt, bis zu fünfzig sogar, und noch nicht einmal einzelne Wissenschaftler und Techniker, sondern ganze Teams. Fortschritte bei der Entwicklung von Computersystemen und Robotern hatte die notwendige Anzahl nicht so weit abgesenkt. Aber Einsatzbereitschaft und Kompetenz kamen für eine Reise wie die der *Envoy* nur höchst selten zusammen. Und natürlich erfordert eine möglichst kleine Mannschaft geringere Mengen an Vorräten und lebenserhaltenden Systemen, was wiederum bedeutete, daß der Antrieb des Schiffs, so beispiellos leistungsfähig er auch war, sie der Lichtgeschwindigkeit noch näher bringen konnte und so ihre Reisezeit um Jahrhunderte verringerte. Zudem waren Psychologen der Auffassung, daß geringer bevölkerte Räumlichkeiten weniger soziale Reibung erzeugte, was sich durchaus als entscheidend erweisen konnte. Wenn das eigentliche Ziel einer Mission unbekannt war, dann nahm man sie nach bestem Wissen in Angriff und versuchte aus dem, was einem zur Verfügung stand, das Beste zu machen.

»Wir werden niemals nach Hause zurückkehren. Wenn wir wieder zur Erde kommen, müssen wir notwendigerweise als Fremde, als Immigranten erscheinen. Ich glaube, daß das, was wir mitbringen, uns willkommen machen wird, und daß wir neue Freunde und eine neue Heimat finden. Aber niemand wird uns jemals so nahe stehen können, wie wir einander auf der Reise vertraut werden und es sein müssen. Wir müssen mehr sein als nur eine Mannschaft. Wir müssen eine Familie sein.

Ich wünschte, wir könnten mit bereits existierenden, stabilen Beziehungen untereinander anfangen, vor allem zwischen Männern und Frauen. Aber wir sind, was wir sind, nämlich eine Handvoll von Menschen, die für eine solche Reise die beste Eignung aufweisen, und wir können nicht warten, bis sich Beziehungen und sonstige Arrangements zwischen uns ausgebildet haben, denn dann würde diese Reise niemals beginnen. Daher müssen wir nicht nur mutig und tapfer, sondern auch tolerant, mitfühlend und großzügig sein. Lassen Sie uns stets daran denken, daß wir als Mannschaft der *Envoy* vor allem anderen die Vertreter und Gesandten der gesamten Menschheit sind.

All das ist eigentlich offensichtlich. Aber – weil das gesprochene Wort oft eine geradezu magische Wirkung haben kann – ich hielt es für nötig, dies noch einmal auszusprechen. Nun möchte ich, wenn Sie nichts dagegen haben einen Toast ausbringen, ehe wir mit unserer Mahlzeit beginnen, einen Toast ausbringen.« Er hob sein Sherryglas. »Auf die Sterne.«

Aus dem Munde eines jeden anderen hätte diese Rede wahrscheinlich bombastisch oder schwülstig geklungen. Aber Don Ricardo wußte, wie man den richtigen Ton traf, um seine Zuhörer mitzureißen.

8

Nachdem das Schiff in den hohen Erdorbit zurückgekehrt war, hatte seine Besatzung sechs Wochen Freizeit, ehe es zum Centaurus startete.

Stahl klirrte. Nansen parierte und ripostierte. Ein Licht blinkte an der Spitze seines Säbels auf, als der Kontakt erfolgte. »*Touché!*« bestätigte Pierre Desmoulins. »*Très belle!*« Mit einer Serie von Ausfällen, Gleitstößen und Hieben hatte Nansen ihn über die halbe Bahn zurückgetrieben.

Eine Minute lang standen sie heftig atmend da, die Gesichter schweißglänzend und lächelnd. Andere Paare trainierten ringsum im *salle d'armes,* ein Tanz von Körper und Klingen, aber mehrere hatten innegehalten, um diesen beiden zuzuschauen. »*Encore une fois?*« bot Desmoulins an.

Nansen schüttelte den Kopf. »*Merci, non. J'ai –*« Sein Französisch versagte. Er spreizte die Hände. »*Une femme.*«

Desmoulins lachte. »*Ah, mais naturellement. Bon jour. Bonne nuit.*« Seine Fröhlichkeit versiegte, verdrängt von tiefem Respekt. »*Et ... bon voyage, M. le capitaine.*«

Nansen schüttelte die dargebotene Hand. Sein eigenes Lächeln erstarb. Er konnte das Stocken nicht aus seiner Stimme verbannen. »*Adieu, mon ami.*«

Dies war höchstwahrscheinlich das letzte Mal, daß er gefochten hatte. Er nahm nicht an, daß irgend jemand an Bord des Schiffes bereit wäre, es zu erlernen, und virtuelle Gefechte waren ein armseliger

Ersatz. Und wer würde in zehntausend Jahren noch wissen, daß es überhaupt eine solche Sportart gegeben hatte?

Er könnte hierher zurückkommen, wenn er wollte, aber er wollte nicht. Zu wenig Zeit blieb für zu vieles andere.

Er ging schnell hinaus, legte seine Ausrüstung ab, schlüpfte in Straßenkleidung und begab sich zur rue de Grenelle. Obgleich die Luft warm war, trug er ein Cape mit einer Kapuze – nicht ungewöhnlich an diesem Ort, und außerdem blieb er damit vielleicht unerkannt. Eine bunt gestreifte Markise über einem Straßencafé lockte ihn an. Er könnte ein kaltes Bier vertragen. Aber nein, er mußte im Hotel baden und sich umziehen, ehe er Odile Morillier traf. Sie würde warten, wenn es sein mußte – nur wenige Frauen hätten nicht auf einen Mann von der *Envoy* gewartet –, aber jemand von solcher Schönheit war Warten nicht gewöhnt, und er wollte nicht überheblich erscheinen.

Ein Sinfoniekonzert im Parc Monceau, dann ein Diner in einem Separee im Vert Galant, anschließend ein Spaziergang am Fluß oder unter Bäumen, die nach Frühling dufteten, und dann, ja, die Nacht und die Tage und Nächte, die noch folgten. Er hatte in der Vergangenheit genug Eroberungen gemacht und hatte manchmal mit Wehmut an Heirat, an Kinder gedacht ... Nein, die Sterne hatten ihn zu einem Fremdling gemacht. Sie ließen ihn eine Frau kennen und lieben lernen, sie verehren – so gut und intensiv, wie es die Zeit zuließ – und das Glücksgefühl in seiner Erinnerung mitnehmen. Dadurch konnte er sich den Schmerz des Abschiednehmens erträglicher machen.

Er hoffte, sie würde diesen Schmerz nicht ebenfalls durchleiden, sondern ihn, Nansen, liebevoll und vergnüglich in Erinnerung behalten.

Ein wachhabender Polizist im Foyer überprüfte ihre Identität und salutierte, während er sie zum Fahrstuhl durchließ. Sie fuhr in seliger Einsamkeit in den fünfzigsten Stock hinauf. Nach den dicht bevölkerten Straßen, den Leuten, die schrien und sie bedrängten, während sie vom Taxi zum Eingang eilte, war diese kühle Stille wie eine andere Welt. Sie fand die Nummer, die sie suchte, und legte die Hand auf die Tür. Sie mußte von unten bereits aktiviert worden sein, denn sie schob sich augenblicklich auf und ließ sie durch.

Der Raum dahinter war großzügig, die Möblierung makellos modern, doch die Vasen, in denen Lilien und Jasmin die Luft mit ihrem Duft anreicherten, waren eindeutig antik. Auf Transparenz eingestellt, gestattete die südliche Wand einen Blick auf das geschäftige moderne Rehavia. Im Osten sah sie die Alte Stadt, den Tempel der Versöhnung und die Olivenberge unter einem mediterranen Himmel, an dem Luftfahrzeuge wie glitzernde Milben umherflitzten.

Dayan war aus einem Sessel aufgesprungen und eilte der Besucherin entgegen. »Wenji, willkommen – *shalom*!« rief sie und umarmte sie. »Komm, mach es dir gemütlich.« Sie führte sie zu einem Liegesessel. »Was möchtest du trinken: Tee, Kaffee, etwas Stärkeres?«

»Vielen Dank, ich nehme, was du nimmst«, erwiderte Yu. Sie setzte sich, blieb aber angespannt.

»Sprich lauter, Liebes. Ich kann dich kaum hören. Es

ist zwar noch ziemlich früh am Tag, aber, wie ich finde, nicht zu früh für ein Bier. Einen Moment.« Dayan verschwand durch einen gewölbten Durchgang in ein anderes Zimmer. Sie kam kurz darauf mit zwei mit Kondenswasser beschlagenen Krügen und einer Schüssel mit gesalzenen Erdnüssen zurück. Sie stellte alles auf einen kleinen Beistelltisch, ließ sich in den Sessel gegenüber fallen und lächelte strahlend. »Ich freue mich, dich zu sehen.«

»Vielen Dank«, flüsterte die Ingenieurin.

Die Physikerin hob ihren Krug. »*Mazel tov*. Ich weiß nicht, wie man das auf Chinesisch ausdrückt.«

Yu rang sich ein Lächeln ab. »*Kann bei* in meinem Landesteil.« Sie trank kaum etwas.

»Dein Anruf war eine große Überraschung.«

»Ich ... war mir nicht sicher. Sollen wir uns nicht während dieses letzten Heimaturlaubs möglichst voneinander fernhalten?«

»Das ist schon richtig. Aber du bist für mich die reinste Sauerstoffdusche, Wenji.« Dayan verzog ungehalten das Gesicht und machte eine wegwerfende Geste. »Dieses verdammte bewachte Leben.«

Mitgefühl schwang in Yus Stimme mit. »Fühlst du dich eingesperrt?«

Dayan seufzte. »Nicht unbedingt. Ich möchte bei meinen ... Eltern, bei meinem Bruder, meiner Schwester, ihren Kindern, unseren Leuten, unseren Freunden sein, und zwar so lange wie möglich. Aber die Regierung übertreibt es mit der Sorge um meine Sicherheit. Ich darf Jerusalem nicht verlassen oder mich draußen ohne bewaffnete Eskorte bewegen, sonst – all diese Augen, die einen ständig beobachten. Ich möchte niemanden enttäuschen oder ihm Kummer bereiten, doch ...« Sie lachte. »Das ist schon eine ganze Menge über mich! Erzähl mir, was mir diese Unterbrechung der Routine beschert hat?«

Yu schwieg für einen kurzen Moment, ehe sie mühsam murmelte: »Ich fühle mich auch beobachtet.«

»Wie das denn? Ich hatte angenommen, daß du deinen Urlaub in China verbringst. Du hast so liebevoll von deiner Heimat erzählt.«

Das alte mit Dachziegeln gedeckte Dorf in der alten grünen Landschaft, der behäbig dahinströmende Hwang Ho, der Klang einer Abendglocke, Lebensweisen und ein tiefer Respekt vor ihnen, deren Ausdrucksformen sich im Laufe der Jahrtausende nur wenig geändert hatten; Wissenschaft und Maschinen konnten ein Mädchen betören, sie konnte ein Stipendium ergattern und sich im Zauber der Stadt und der Universität und eines bestimmten jungen Mannes verlieren, aber sie würde sich immer und überall dorthin zurücksehnen.

»Ich kann nicht«, sagte Yu. »Nein, ich meine, ich werde es nicht tun.«

Dayan musterte sie erstaunt. »Wie bitte?« Als ihre Besucherin nicht sofort antwortete, murmelte sie: »Ich habe gehört, du hättest irgendwelche politischen Schwierigkeiten, aber du hast offenbar nicht darüber reden wollen, und ich wollte nicht aufdringlich erscheinen, indem ich dich danach fragte. Wir haben genug Zeit.« Ihr Ton wurde schärfer. »Gewiß, obgleich du, dein Ruhm und ... dein Ansehen – sie können dir die Einreise nicht verweigern. Ich denke, sie würden dich zu einer Nationalheldin machen.«

Yu hatte einen Entschluß gefaßt. »Das würden sie«, sagte sie steif. »Ich werde nicht ... öffentlich mit ihnen auftreten, werde ihre Orden und Lobpreisungen nicht annehmen und sie schon gar nicht an meinem Ruhm teilhaben lassen.«

»Es fällt dir sicherlich schwer, darüber zu reden.«

»Das ... tut es. Ich habe mich von meinem Mann scheiden lassen. Alle im Schiff werden den wahren Grund erfahren ... irgendwann später. Dir kann ich ihn jetzt schon anvertrauen, Hanny, wenn du bereit bist, mir zuzuhören. Aber zuerst mußt du mir versprechen, zu niemandem darüber zu sprechen, bis wir gestartet sind. Wenn die Wahrheit bekannt würde, wäre das für sie – meine geliebte Regierung – äußerst peinlich. Sie haben eine Geisel, die darunter zu leiden hätte.«

Dayan ergriff Yus Hand. »Ich schwöre. Mögen Gott und meine Mutter mich verstoßen, wenn ich nicht solange schweige, bis du mich von meinem Gelübde entbindest.«

Sie ließ die Hand los und hielt ihren Bierkrug fest, während Yus Worte zögernd herauskamen. »Als Xi und ich vom Sirius zurückkamen, waren wir entsetzt. Der Raumkrieg hatte stattgefunden, und in China war der Protektor gestürzt worden, aber der Neunerrat war schlimmer, und – trotzdem nahm er die Professur an, die ihm an der Nanjing-Universität versprochen worden war. Ich leistete interplanetare Arbeit und entwickelte einige der Asteroiden, die China annektiert hatte. Wir waren viel zu oft getrennt. Wir faßten den Plan, nach Australien auszuwandern. Aber ohne mein Wissen kam er mit der Free Sword Society in Berührung. Ja, er glaubte, daß die Demokratie von den Toten auferstehen könnte, sowohl in unserem Land wie auch auf der ganzen Erde. Sie schnappten ihn. Sie erklärten mir, sie würden ihn begnadigen, wenn ich mich freiwillig für die *Envoy* melden und angenommen würde – sie würden ihn begnadigen und ziehen lassen, wohin er wollte, nachdem ich die Erde verlassen hätte, aber ich müßte das für mich behalten, und die Wahrheit über diese Abmachung dürfte niemals herauskommen. Sie wollten die Anerkennung, sie wollten sagen können, daß sie eine Chinesin ausgesandt hätten, um mit dem Yondervolk Kontakt aufzunehmen, aber sie hatten niemand anderen, der sich dafür geeignet hätte. Ich spielte ihr Spiel voll und ganz mit. Ich erklärte den Direktoren der Foundation, daß ich Xi immer noch liebte, und bat sie, sich für seine Freilassung einzusetzen. Sie versprachen es mir. Ich kann nur hoffen, daß es geschehen wird, und er wird sicherlich erraten, was hinter der Sache steckt, aber ich werde es niemals erfahren.«

Sie verstummte, starrte vor sich hin. Ihre Tränen waren längst versiegt. Dayan weinte ein wenig, erhob sich, beugte sich vor und umarmte ihre Besucherin. »Oh, meine Liebe, meine Liebe.«

Die eiserne Ruhe Yus wirkte auch auf sie, und sie setzte sich wieder hin.

»Du brauchst mich nicht zu bedauern«, sagte Yu. »Wir werden Wunder erleben. Und es ehrt mich überaus, daß ich etwas von dem lebendig erhalten darf, was mein Land und mein Volk einmal dargestellt haben.«

»Du ... hast mir noch nicht verraten ... weshalb du hergekommen bist.«

»Ich dachte, ich würde diese Wochen damit verbringen, mir die schönsten Dinge auf der Erde anzusehen. Aber dazu habe ich keine Ruhe. Überall nur Reporter,

Kameras, Schaulustige. Und ständig muß ich aufpassen, was ich sage.«

Dayan nickte.

»Du brauchst eine Zuflucht, wo du eine Mahlzeit einnehmen kannst, ohne daß dir zwanzig Hände Autogrammblöcke unter die Nase halten und ein Reporter dich mit Fragen nach deinem Liebesleben belästigt. Nun, du bist genau an den richtigen Ort gekommen.«

»Ich möchte dich nicht stören«, sagte Yu wieder in zaghaftem Tonfall. »Ein oder zwei Tage, wenn du so nett wärest ...«

»Unsinn.« Dayan schüttelte lebhaft den Kopf. »Du bleibst bei mir, bis wir aufbrechen. Ich habe zu allem entschlossene Männer mit Waffen, die auf mich aufpassen, und die teilen wir uns. Meine Familie und meine Freunde werden begeistert sein, meine Reisegefährtin kennenzulernen.« Sie rieb sich die Hände. »Wir zeigen dir, womit wir uns die Zeit vertreiben. Und vielleicht lernen wir dank dir sogar, Fisch mit Stäbchen zu essen.«

»Du bist zu großzügig.«

»Ganz und gar nicht. Es ist reiner Eigennutz. Ich sagte dir doch, daß dieses Leben ein wenig trist ist. Du bringst auf deine stille Art ein wenig Abwechslung hinein.« Dayan hielt inne. »Und – hm – ab und zu mache ich mich schon mal gerne aus dem Staub, alleine, ohne daß irgend jemand etwas weiß. Ein Gentleman oder zwei, du verstehst, nicht wahr?«

»Das ist nichts für mich«, erklärte Yu ernst.

»Das glaube ich dir. Aber wir werden uns sicher eine List ausdenken, wobei du mich deckst. Wenn du so nett sein könntest.«

Zum zweitenmal lächelte Yu. »Ein interessantes technisches Problem.«

»Hoy, du hast ja dein Bier kaum angerührt. Schmeckt es dir nicht und bist du nur zu höflich, es zu sagen?«

»Nein, nein ...«

»Was möchtest du stattdessen?« Dayan sprang auf. »Tu dir keinen Zwang an. Wir haben während unseres restlichen Urlaubs noch eine Menge Leben vor uns.«

Zu Mokoenas Leben gehörten ebenfalls Gentlemen – mehr als einer oder zwei – und Festivitäten, die manchmal ziemlich heftig wurden. Nachdem sie sich über allzu aufdringliche Fremde beschwert hatte, erließ ihr König ein Edikt, dessen Einhaltung mit entmutigender Strenge durchgesetzt wurde. Ihre Wächter waren jedoch vorwiegend ein lustiges Völkchen, die ihren Teil zu dem allgemeinen Vergnügen beitrugen wie auch zu den traditionellen Feierlichkeiten ihr zu Ehren.

Aber dies war eigentlich nur ein kleiner Teil dessen, womit sie sich beschäftigte. Sie war viel mit ihren Eltern und den Leuten in ihrer direkten Umgebung zusammen und verbrachte ihre Zeit in Ruhe und Frieden. Im Laufe der Zeit begab sie sich immer häufiger in Krankenhäuser. Die Patienten und vor allem die Kinder unter ihnen waren auf eine herzerwärmende Art glücklich, einen Menschen kennenzulernen und mit ihm zu reden, der im Begriff war, zu den Sternen zu reisen.

Isla Floreana zeichnete sich jäh und dunkel an einem strahlenden Himmel ab. Licht brannte aufs Meer. Jean Kilbirnie watete vom Strand weg und tauchte unter. Das Wasser umströmte sie wie ein Streicheln, kühl und seidig. Seine Farbe veränderte sich von einem gelblichen Grün zu einem tiefen Blau, während sie abwärts schwamm. Die Blasen aus ihrer Atemmaske funkelten, bildeten Ketten und tanzten. Fische flitzten vorbei. Zwei Seehunde näherten sich ihr spielerisch. Weiter entfernt, ein geisterhafter Schatten nur, zog ein Tümmler vorbei. Sie frohlockte innerlich.

Armer Tim, dachte sie ein oder zwei Sekunden lang. Es war ihr nicht leicht gefallen, ihm den Urlaub zu verweigern, damit er mitkommen konnte. Sie wollte ihn nicht verletzen. Aber er hätte ganz sicher die Tricks aufgedeckt, mit deren Hilfe sie inkognito unterwegs war. Außerdem durfte sie sich auf keinen Fall behindern lassen. Aus dem gleichen Grund hatte sie auf die Begleitung eines sehr reizenden jungen Mannes verzichtet, den sie vor kurzem kennengelernt hatte.

Sie genoß männliche Gesellschaft und hatte einige Affären gehabt, war sich aber gleichzeitig darüber im klaren, daß ihr Sexualtrieb eher schwach war. Ihre Energie strahlte nach außen, in die Welt und ins Universum.

In der vergangenen Woche Alaska und Mount Denali. Diese Woche die Galápagos-Inseln. Nächste Woche die Anden, gefolgt von einem Marsch durch den Amazon Park – Virtuale reichten aus als historische und kulturelle Monumente. Hier, hingegen, gab es die Realität der lebendigen Erde oder dessen, was davon noch übrig war. Ihr blieben nicht mehr allzu viele Tage, und niemand wußte, was sie am Ende ihrer langen Reise erwartete oder was sie noch vorfinden würde, falls sie jemals zurückkehrte.

Noch eine Generation nach seinem Weggang erzählte man sich in den verrufeneren Gegenden zahlreicher Städte rund um den ganzen Erdball von Ruszeks Zug durch die Kneipen und Frauen. Zahlreiche Männer hatten seine Faust zu spüren bekommen, und zweimal hatte ihn nur sein Status vor dem Gefängnis bewahrt. Die örtlichen Behörden empfahlen ihm mit Nachdruck, seine Zelte woanders aufzuschlagen. Aber solange er nicht provoziert und sein Zorn geweckt wurde, war er ein nie versiegender Quell uneingeschränkter guter Laune.

Er hatte andere Interessen, die seine Saufkumpane und Bettpartner ziemlich überrascht hätten, aber er dachte, daß diese noch warten könnten.

Seine Schiffsgefährten konnten ihm, ohne daß es ihnen bewußt war, in vieler Hinsicht dankbar sein. Seine lauten Auftritte nahmen einiges von dem öffentlichen Druck von ihnen.

Die Strahlen der tiefstehenden Abendsonne lagen auf den Dächern Kairos. Der Gebetsruf klang von den Minaretten herab, die von diesen Strahlen vergoldet wurden. Zeyd hörte sie direkt, nicht elektronisch, da er die Fenster seines Appartements, nun, da die Tageshitze nachließ, geöffnet hatte. Er kniete sich auf den Teppich. Dessen Biogewebe reagierte mit einer Sanftheit, die er in diesem Moment nicht mehr wahrnahm.

Nachdem die Worte gesprochen und die Gedanken gedacht worden waren, verharrte er noch für einige Zeit in seiner Haltung, während sein Geist immer noch mit Gott Zwiesprache hielt. Er wußte, daß dies nicht ganz den orthodoxen Regeln entsprach, aber eine größtenteils europäische Erziehung hatte ihre Spuren bei ihm hinterlassen.

Friede der Seele Osman Tahirs, der bedeutendsten Persönlichkeit des Ahmaddiyah Movement seit Abdus Salam. *Er hat mich zu allem inspiriert, Dir zu Ehren.*

Friede, dir, lieber Narriman und den Kindern. Du, Gott, der mir ins Herz schauen kann, Du weißt, daß ich nicht nur aus reiner Selbstsucht handelte, als ich sie verließ, um nach Epsilon Indi zu gehen. So war es doch, oder? Ja, die Wissenschaft lockte mich, aber sie würde gewiß der Menschheit nützen. Das tat sie wirklich. So primitiv das Leben auf diesem Planeten auch ist, so lernten wir dort sehr viel, und die Physiker wenden unsere Erkenntnisse bereits in der Praxis an. Und ständig, wie Dein Prophet Abmad es gelehrt hat, gewinnen wir durch das Wissen um Deine Werke und kommen Dir näher.

Ein Visiphon erklang. Zeyd erhob sich, um den Ruf anzunehmen. Der Anrufer, ein alter Freund, gab ihm spezielle Information, die ihm den diskreten Besuch eines bestimmten Etablissements ermöglichten. Ein Cordon Bleu-Essen befände sich in Vorbereitung – ja, erlesene Weine –, und das anschließende Unterhaltungsprogramm wäre etwas ganz Exquisites.

»Ich komme ganz bestimmt«, versprach Zeyd. »Vielen Dank.« Er hatte seine Ideale, aber keinerlei Ambitionen, ein Heiliger zu sein.

Ein nahezu voller Mond stieg über den Bergen auf und zeichnete eine flirrende Lichtschneise über dem Lake Louise. Ein leichter Wind kam auf, kalt und rein. Cleland wünschte sich, er könnte noch verweilen. Aber er hatte eine Verabredung, und die Chance ergab sich vielleicht nie wieder. Seufzend machte er sich auf den Weg zum Ferienhotel.

Fahnen flatterten noch über dem asphaltierten Platz, aber die Fackeln und ihre Träger waren verschwunden. Der Redner hatte gesprochen, die Zuhörer hatten applaudiert, nun war die Kundgebung vorüber. Die Polizei war der letzte handfeste Beweis für ihr Stattfinden. Es war ein Trupp, der noch nicht abgezogen war und dessen Gesichter Feindseligkeit und Mißtrauen widerspiegelten.

Cleland ging unbehelligt und unerkannt an ihnen vorbei und gelangte hinein. Ein Fahrstuhl brachte ihn von der pseudorustikalen Lobby hinauf ins oberste Stockwerk. Die Wohnungstür des Redners gewährte ihm Eintritt.

Brent erhob sich von seinem Platz an einem Tisch, auf dem Whiskey, Eis und Sodawasser standen. »Hallo«, sagte er und kam heran, um seinem Besucher die Hand zu schütteln. »Tut mir leid, daß ich Sie nicht schon früher treffen konnte, aber Sie haben ja gesehen, was passiert ist.«

»Ja-a«, sagte Cleland zögernd. Er hatte nicht teilgenommen. Stattdessen hatte er sich den Schönheiten in der Nähe gewidmet: manikürt, abgenutzt, aber trotzdem Schönheiten, wie er sie vielleicht nirgendwo anders als in Virtualen sehen würde.

»Nicht daß es besonders bedeutend war«, gab Brent zu. Er ergriff den Ellbogen des anderen Mannes und nötigte ihn, auf einem Stuhl Platz zu nehmen. »Die Regierung, müssen Sie wissen, hat alles mögliche unternommen, um uns zum Schweigen zu bringen. Ich wünschte, sie hätte noch mehr Grund dazu. Wie möchten Sie Ihren Drink?«

»Nicht zu stark, bitte ... Danke.«

Brent entschied sich für einen stärkeren und setzte sich ebenfalls, lehnte sich zurück und schlug die Beine übereinander. Seine Haltung und seine uniformhafte Kleidung machten aus ihm einen Soldaten, der sich nach einer Schlacht entspannte. »Nun«, sagte er, »Ich kann nur hoffen, daß wir wachsen. Daß unser Anliegen energischer vertreten wird, überall.«

Weil er mehr über diesen Mann erfahren wollte, wagte Cleland zu bemerken: »Das werden wir wohl nie erfahren, Sie und ich, oder?«

Obgleich Brents Stimme ruhig und kontrolliert blieb, schwang irgend etwas darin mit. »Vielleicht doch. Vielleicht hat sogar nach zehntausend Jahren das, was wir heute tun, noch eine Bedeutung.« Er zuckte die Achseln, lächelte und trank einen Schluck. »Zumindest ist es nett, einen Sympathisanten an Bord zu haben.«

Cleland wehrte sich. »Ich bin hergekommen ... um mich zu informieren. Ich bin nicht unbedingt Ihrer Meinung.«

»Außerdem«, meinte Brent mit einem hinterhältigen Grinsen, »hatten Sie im Augenblick nichts besseres zu tun, nicht wahr?«

Verblüfft über die scharfe Beobachtungsgabe seines Gegenübers geriet Cleland ins Stottern. »Hm, nun – also, ich hätte auch –«

»Sicher, alles mögliche tun können. Die meisten von

unserer Mannschaft nutzen die Gelegenheit, nehme ich an. Aber Sie sind nicht der Typ.«

»Da wir – da wir auf engstem Raum zusammenleben –«

Brent erlöste ihn. »Okay. Ich denke, ich werde Ihnen heute nur das ein oder andere erklären, und dann machen wir es uns gemütlich. Diskutieren können wir während der Reise, wenn Sie wollen.«

»Als ich – mich bei Ihnen meldete, deutete ich an, daß mich Ihre Sicht der Dinge interessiert. In den Nachrichten ...«

»Ja, ja, die Nachrichten«, schimpfte Brent. »Sie machen aus dem North Star eine Bande verrückter Chauvinisten, die einen zweiten Raumkrieg vom Zaun brechen wollen und denen es nichts ausmachen würde, Ziele auf der Erde mit Atombomben anzugreifen. Wie viele Leute hören uns zu?« Er schürzte die Lippen. »Regierungen empfinden uns als störend. Wir könnten schließlich die unterdrückten Gefühle der Öffentlichkeit wecken, Anhänger finden. Natürlich lassen sie und ihre Speichellecker uns als gefährliche Irre erscheinen.«

Cleland mußte schlucken, ehe er einen Ton herausbrachte. »Ich muß sagen, daß meiner Meinung nach Amerikaner nicht ihr Leben opfern sollten, um die Asteroiden von General Technology für sie zurückzuholen.«

Brent schlug mit der Faust auf die Armlehne seines Sessels. »Schlagworte!« schimpfte er. Und, ruhiger: »Okay, der North Star hat ebenfalls einen Schlachtruf, aber ist das wirklich so unvernünftig? ›Verhandle stets aus einer Position der Stärke.‹ Müssen wir für immer die Rolle der Opfer spielen? Sehen Sie, die Juden haben vor zwei, drei Jahrhunderten entschieden, daß sie von dieser Stellung genug haben – und heute haben wir die Israelische Hegemonie. Sind wir nur einen Deut anders?«

»Was meinen Sie mit ›wir‹?« fragte Cleland.

»Gewöhnliche Leute wie Sie und ich. Nordamerikaner, Australier. Ich würde sagen Westler, wenn die Europäer nicht gekniffen und die Südamerikaner nicht zurückgetreten wären. Sie wurden hier geboren und sind hier aufgewachsen, nicht wahr? Nun, denken Sie mal zurück. Schauen Sie sich um. Was ist falsch daran, daß unsere Leute einen fairen Anteil am Sonnensystem beanspruchen? Was ist falsch an der gesamten menschlichen Rasse, wenn sie, falls man sie unter dem richtigen Führer einen kann, sich ihren angemessenen Teil des Sonnensystems sichert?«

Eine Vision, dachte Cleland. *Von gewisser Erhabenheit.*

Er war nicht überzeugt, aber es lohnte sich Brent zuzuhören, und er erwies sich als überraschend sympathisch.

Sundaram saß auf dem Erdboden am Ufer des heiligen Ganges und blickte über das Wasser. Es kräuselte sich und glänzte unter dem Mond und wälzte sich durch die Nacht, breit, mächtig, begleitet von einem gelegentlich auftauchenden Schatten flatternder Schwingen oder einem vorbeitreibenden Krokodil. Man konnte fast vergessen, daß Menschenwerk die Fluten lenkte und reinigte, und ihn als ewig betrachten. Laub raschelte über ihm, ein Bambuswäldchen klapperte leise in einer warmen Brise voll brackiger Gerüche.

Er war alleine in diesem winzigen Park. Die Massen, die ihn verehrten und sich darum stritten, seine Hände berühren zu dürfen, gewährten ihrem Mahatma seine Einsamkeit, wenn er sie brauchte, und hielten Störenfriede und Fremde von ihm fern.

Sie wären vielleicht ziemlich verwirrt gewesen, wenn sie gewußt hätten, daß er, während er dort saß, nicht über das Prinzip des Seins nachdachte. Seine Gedanken beschäftigen sich mit dem Yondervolk. Welche Sprache hatten sie? Die Prinzipien von Mathematik und Physik gelten im gesamten Kosmos von seinem feurigen Beginn bis hin zum eisigen Untergang. Gibt es dann ein grundlegendes Gesetz der Kommunikation? Wie sollen wir mit jemandem reden, der uns absolut fremd ist?

Er hatte sich seinen Ruhm errungen, indem er die Richtigkeit wichtiger Theoreme bewiesen hatte. Weitere entstanden in seinem Geist.

9

In den Freifall übergehend und jede Sekunde mehr als hundert neue Kilometer zwischen sich und eine schrumpfende Sol legend, war die *Envoy* im Begriff, in den Tiefraum vorzustoßen.

Die Mannschaft hatte sich in den Wochen der Beschleunigungsphase nicht an Bord befunden. Es war nicht nötig gewesen, dies den unvorhersehbaren Belastungen hinzufügen, die vor ihnen lagen. Zwei Hochleistungsraumgleiter holten die *Envoy* ein, während ihre lebendige Fracht traumlos in elektronisch erzeugtem Gehirnschlaf in gewichtsneutralisierenden Tanks ruhte. Beim Rendezvous geweckt, verabschiedeten sie sich und wechselten mit einer Fähre zum Raumschiff über.

Es war das letzte Lebewohl. Eine Nachricht von der Erde hätte eine Stunde gebraucht, um sie zu erreichen. Nach all den Feierlichkeiten und Festreden waren sie sich einig, daß es ein Segen war. Trotzdem fühlten sie sich ziemlich einsam, als sie die Gleiter in der Unendlichkeit verschwinden sahen.

Hier, in dieser Entfernung von der Sonnenmasse, war der Raum hinreichend abgeflacht, so daß das Quantentor funktionieren konnte. Soweit Instrumente in der Lage waren, entsprechendes anzuzeigen, steuerten sie auf einen Punkt in nächster Nähe von Zeta Centauri an, einer Zwischenstation auf ihrer Reise zu ihrem fernen Ziel. Das System legte die Richtung fest, in die die Energie von jenseits der Raumzeit sie schleudern würde: Tempo, eine skalierbare Größe, wurde zu Geschwindigkeit, einem Vektor.

Sie suchten umgehend ihre zugewiesenen Stationen auf, ein Vorgang, den sie so oft geprobt hatten, daß er nun automatisch ablief und irgendwie nicht real erschien. In gewisser Hinsicht war das Gefühl ganz richtig. Computer, Schaltkreise, Maschinen würden alles erledigen. Menschen gaben lediglich die Kommandos, und zu dieser Stunde war der einzige Kommandeur der Kapitän.

Seine Stimme erklang über das Interkom: »Bereithalten für die Schirm-Generierung« – ein rein zeremonieller Befehl, aber solche Zeremonien hatten sich als wichtig und notwendig erwiesen.

Ein Surren ertönte, als das Hauptfusionsaggregat seine volle Kraft entfaltete und stetig Energie produzierte. Augen, die elektronische Sichtschirme beobachteten, nahmen keine Veränderung wahr. Die Sterne drängten sich funkelnd vor dem schwarzen Hintergrund. Bilder fügten sich zusammen und verharrten, obgleich das Rad sich stetig weiterdrehte. Aber Meßgeräte registrierten Ströme, die durch große superleitende Spulen flossen, und magnetohydrodynamische Felder formten schon bald einen Schild, der das Schiff im Abstand von zwanzig Kilometern umhüllte.

»Alles klar«, meldete der künstliche Geist, der sie leitete.

»Bereithalten für Null-Null-Antrieb«, befahl der Meister.

Muskeln spannten sich, Fäuste wurden geballt, Kehlen schluckten. Niemand fürchtete sich. Mannschaften waren seit Generationen auf diese Art und Weise gereist, ohne Schaden zu nehmen. Obgleich das Tor der *Envoy* das ausgedehnteste war, das je gebaut wurde, um ihren Gamma-Faktor auf bisher nie erreichte fünftausend zu steigern, hatten Roboter es wiederholt getestet und sogar Tiere mitgenommen und so seine absolute Zuverlässigkeit bewiesen.

Das Tor war so mächtig, weil die Reise ein mächtiges Unternehmen würde.

»*Los*«, sagte Nansen ruhig.

Achtern im inneren Rumpf wurden Schalter betätigt. Die meisten waren materiell nicht existent, sondern es waren lediglich bestimmte Quantenzustände von Atomen. Eine unheimliche Einzigartigkeit erwachte zum Leben. Zwischen zwei Platten erschien eine nackte Singularität, auf die die vertrauten Gesetzmäßigkeiten der Physik nicht mehr zutrafen. Sie wurde von einem winzigen Teil der Energie durchflossen, die das Universum im Augenblick seiner Geburt nicht verloren hatte.

Es war nur sehr wenig, aber genug, um die Masse des Schiffs und seiner Ladung um das Fünftausendfache zu vermehren und es auf eine Geschwindigkeit zu beschleunigen, die nur wenige Prozentpunkte unter der des Lichts lag.

Nichts war zu merken, außer daß die Sichtschirme verrückt spielten und sich mit formlosen Farbwirbeln und –wolken füllten. Die Energie durchdrang alles fast gleichzeitig. Es war wie ein Quantensprung.

Nichtsdestoweniger arbeitete die Energieerzeugung im Innern des Schiffs dicht am Grenzbereich, während die Steuerung der Abschirmfelder Befehle mit einer Geschwindigkeit berechnete und erteilte, zu der nichts anderes als ein Quantencomputer fähig war. Der Raum ist nicht leer. Abgesehen von Sternen und Planeten mag er nach unseren Vorstellungen ein totales Vakuum darstellen, aber auch er wird von Materie durchdrungen, und zwar in Form von Staub und Gas – Wasserstoff, ein wenig Helium sowie Spuren höherer Elemente. Die Dichte beträgt in Solnähe ungefähr ein Atom pro Kubikzentimeter, und kosmische Strahlung durchdringt dieses Medium nahezu ungebremst. Wäre aber das Schiff mit seiner augenblicklichen Geschwindigkeit mit ihr zusammengetroffen, hätte die Strahlung es schon bald vernichtet. Die Mannschaft wäre innerhalb von Sekunden gestorben. Kein Schutz hätte standgehalten. Multimegawatt mußten wirksam werden.

Durch die Vorwärtsbewegung gelenkt und geformt, waren die Felder wie eine schützende Hülle. Nach vorn gerichtete Laserstrahlen ionisierten neutrale Atome, die die Kräfte dann erfaßten und als Wind vorausschickten, der andere Stoffe mitriß, zur Seite und nach hinten schleuderte. Tatsächlich flog ein riesiges stromlinienförmiges Gebilde durch das Medium, welches in sich das Schiff einschloß.

Röntgenstrahlen trafen frontal auf, verstärkt durch den Doppler-Effekt, aber nicht stärker, als Rad und Rumpf abwehren konnten. Im übrigen sorgte die Ablenkung dafür, daß sie durch einen achtern gelegenen Leitkegel gingen und durch Entfernung und Verlängerung ihrer Wellen abgeschwächt wurden. Sorgfältig schützte die *Envoy* ihre Insassen. Doch der Kampf tobte ständig, und der Energieverbrauch war hoch. Unterdessen mußte sie ihre Kondensatoren mit noch mehr Energie aufladen.

So raste sie, an die zweihundert astronomische Einheiten lang, weit hinaus in die Kometenwolke Oort. Beobachter in der Sol-Umlaufbahn registrierten die

Zeitdauer als ein wenig länger als einen Erdentag. Für das Schiff und seine Insassen waren es knapp unter zwanzig Sekunden. Und beide Werte waren korrekt. Ihre relativistische Zeitdilatation war reziprok gegenüber ihrem Gamma-Faktor und genauso real.

Dann wurde die Anleihe fällig. Das Quantenfeld brach zusammen, das Hochenergiestadium fand sein Ende, und das Schiff bewegte sich mit derselben Geschwindigkeit vorwärts wie zuvor, mit etwa hundertfünfzig Kilometern pro Sekunde. Für das Schiff waren die Dauer und das Verstreichen von Zeit dieselben wie zu Hause. Genauso wie die Beschleunigung erfolgte die Verzögerung zu schnell und gründlich, um wahrgenommen zu werden.

Die *Envoy* mußte ihre Anleihe in voller Höhe zurückgeben. Sie hatte Arbeit geleistet, hatte interstellare Materie beiseitegeschoben und sich weiter von Sol entfernt. Das zusammenbrechende Feld hätte sich das Defizit aus den Atomen des Schiffs geholt, wenn es nicht darauf vorbereitet gewesen wäre. So floß die Energie in ihren Kondensatoren in das Feld und glich es aus. Der Nettoverbrauch hatte genau Null betragen.

»Sprung eins!« rief der Kapitän, wie es die Tradition verlangte.

Es war eine Geste, die nicht wiederholt wurde. In einem Sekundenbruchteil hatte das Tor sich schon wieder geöffnet, und die *Envoy* war schon wieder dem Licht auf den Fersen.

Das optische System kompensierte schnell, und erneut zeigten die Sichtschirme die Sterne. Drei zeigten den Himmel durch die Geschwindigkeit grotesk verzerrt, um den Flug zu überwachen. Die restlichen Schirme ließen die Computer aus den Photonen, die in den kurzen Intervallen zwischen den Sprüngen aufgenommen worden waren, ein Bild erzeugen, das gleichmäßig von Punkt zu Punkt wanderte. Bisher hatte sich die Szenerie kaum verändert. Ein paar Lichttage, ein paar Lichtjahre mehr oder weniger sind in der Unendlichkeit der Galaxis ziemlich unbedeutend. Aber Sol schrumpfte schnell von einer kleinen Scheibe auf die Größe der hellsten Sterne, und Sekunde für Sekunde wurde sie kleiner, als fiele sie in einen bodenlosen schwarzen Brunnenschacht.

Nansen und Dayan standen in der Kommandozentrale und verfolgten das Geschehen. Sie gehörten in dieser Stunde zusammen, Kapitän und Physikerin. Sie verfügten über Intuitionen, Instinkte, Einsichten, zu denen keine künstliche Intelligenz fähig war. Wenn es am sinnvollsten erscheinen sollte, diese Reise abzubrechen, so würden sie diese Entscheidung treffen.

Sie fanden keinen Grund dazu. Ringsum leuchteten die Instrumente und zeigten Werte an, das Schiff murmelte unpersönlich, ein Lufthauch, der nach frisch gemähtem Gras duftete, durchwehte die Zentrale. Sie verfolgten, wie ihre Sonne abnahm, und sie schwiegen ergriffen.

Nansen durchbrach die Stille mit einem Flüstern. »*. . . el infinito / Mapa de Aquél que es todas Sus estrellas.*«

»Wie bitte?« fragte Dayan fast ebenso leise.

»Ay –« Er schreckte aus seinem Tagtraum hoch und schüttelte sich wie ein Schwimmer, der den Strand erreicht hat. »Ach. Ein Gedicht, das mir durch den Kopf ging. *›Der geheimnisvolle Bauplan des Erhabenen, der die Summe aller Sterne ist.‹* Von Borges, einen Schriftsteller aus dem Zwanzigsten Jahrhundert.«

Sie betrachtete das schmale, ernste Gesicht einige Sekunden lang, ehe sie sagte: »Es ist schön. Ich wußte gar nicht, daß Sie so belesen sind.«

Er zuckte die Achseln.

»Man hat sehr viel Zeit totzuschlagen, wenn man den Weltraum durchquert.«

»Und es bringt einen zum Nachdenken, nicht wahr?« Sie blickte hinaus in den galaktischen Ozean. »Wie unbedeutend sind wir doch für alles andere außer uns selbst.«

»Stört Sie das?«

»Nein.« Der rothaarige Kopf hob sich trotzig. »Wir müssen nun mal alles nach uns selbst beurteilen.«

»Dessen bin ich mir nicht so sicher. Die Tatsache, daß es unzählige Dinge gibt, die wir niemals wissen werden, und viele, die wir gar nicht wissen können, bedeutet nicht, daß sie nicht existieren – sondern nur, daß wir es nicht beweisen können. Ich bin ein philosophischer Realist.«

»Oh, ich auch. Kein Physiker nimmt heute irgend etwas von jener Metaphysik ernst, die sich wie ein lästiger Pilz im Anfangsstadium der Quantenmechanik entwickelt hat. Ich meinte nur, daß wir winzig sind, ein Zufall, ein Punkt in der Raumzeit, und falls und wenn wir aussterben, hat dies, haben wir, aber auch nicht die geringste Auswirkung auf den Kosmos.«

»Auch dessen bin ich mir nicht sicher.«

»Nun, Ihre Religion –« Sie brach ab und schüttelte

ein wenig verlegen den Kopf. »Ich weiß ja nicht mal, was meine Religion ist.«

Nansen schüttelte den Kopf. »Wenn überhaupt, dann stammt der Glaube, dem ich anhänge, aus diesem materiellen Universum. Es will mir nicht einleuchten, daß etwas so hervorragend organisiertes, etwas, das bis tief ins Atom und weit weg über die Quasare hinaus reicht, etwas so wertvolles wie Leben und Intelligenz rein zufällig hervorgebracht haben soll. Ich denke, die Realität muß um einiges besser motiviert sein, und wir gehören genauso dazu und seiner Existenz wie die Galaxien.« Sein Mund zuckte in einem angedeuteten Lächeln. »Zumindest ist es ein tröstlicher Gedanke.«

»Ich denke, er gefällt mir«, sagte Dayan, »aber wo ist der überzeugende Beweis? Und wir brauchen keinen Trost, oder besser, wir sollten keinen nötig haben. Was immer wir sind, können wir mit Stil und Würde sein!«

Er betrachtete sie. »Ja, das paßt zu Ihnen.«

Sie erwiderte seinen Blick. »Zu Ihnen aber auch«, gab sie zurück.

Für ein paar Pulsschläge standen sie reglos voreinander.

»Ich sollte in mein Labor zurückkehren«, sagte sie schnell. »Hier scheint alles in Ordnung zu sein, und wie Sie wissen, führe ich gerade einige Experimente durch. Bei unserem Gamma-Faktor, wer weiß, was wir da alles entdecken?«

Nachdem die Reise begonnen hatte, waren die restlichen Expeditionsmitglieder wie auf eine geheime Vereinbarung hin in den Gemeinschaftsraum geströmt. Dort saßen sie und schauten zu, wie die Sonne zurückblieb. Schon in wenigen Stunden ihrer Zeit wäre sie nicht einmal mehr der hellste Stern am Himmel. In einem Tag und einer Nacht ihrer Zeit verstrichen auf der Erde dreizehneinhalb Jahre.

Sundaram erhob sich aus seinem Sessel. »Ich glaube, das reicht mir«, verkündete er. »Wenn Sie mich entschuldigen würden, ich ziehe mich zurück.«

»Zu einem Nickerchen?« fragte Kilbirnie so beiläufig, wie sie es vermochte.

»Schon möglich«, erwiderte er genauso beiläufig. »Vielleicht kann ich aber auch die eine oder andere Idee weiterentwickeln.« Er ging hinaus.

Brent schaute ihm mit zusammengekniffenen Augen nach.

»Gütiger Himmel«, murmelte der Zweite Ingenieur, »ist er auch noch etwas anderes als nur eine Denkmaschine?«

»Viel mehr«, sagte Zeyd schneidend. »Ich habe mir nämlich die Mühe gemacht, ihn kennenzulernen.«

Brent hob beschwichtigend die Hand. »Ich hab's doch nicht böse gemeint. Wenn er für Frauen nichts übrig hat, dann macht das für mich alles nur einfacher – falls er nicht versucht, mich anzumachen.« Er sah ringsum ein allgemeinen Stirnrunzeln und preßte die Lippen zusammen. »Hey, tut mir leid, das sollte nur ein Scherz sein.«

Yu stand auf. »Ich glaube, es wäre klug, wenn wir uns mal die Recyclingsysteme ansehen würden«, sagte sie.

»Warum, droht dort irgendeine Gefahr?« fragte Zeyd.

»Nein. Ich bin überzeugt, daß sie einwandfrei funktionieren. Die letzte Verantwortung liegt jedoch bei meiner Abteilung« – die Verantwortung für die Nanotechnik und die Vorgänge, mittels derer Abfälle wieder in frische Luft, reines Wasser, Nahrung und die Annehmlichkeiten umgewandelt wurde, die fast genauso lebenswichtig waren. »Außerdem würde sich jede Inspektion, da wir im Augenblick unter Null-Null sind, auf unserer Teamgeist und unsere Zusammenarbeit förderlich auswirken.«

»Na schön, in Ordnung«, sagte Brent.

»Das ist wirklich eine willkommene Abwechslung.« Zeyd deutete auf die Unendlichkeit auf dem Bildschirm. Als Biochemiker interessierte ihn diese Inspektion besonders.

»Soll ich auch mitkommen?« fragte Mokoena, die Biologin und Ärztin.

»Nicht nötig, es sei denn, es ist Ihr ausdrücklicher Wunsch«, sagte Yu. Sie ging mit Brent und Zeyd hinaus.

Mokoena blieb zurück. »Das war eine saubere Leistung«, meinte sie zu denen, die ebenfalls dageblieben waren. »Sie hat gekonnt eine möglicherweise heikle Situation entschärft.«

Cleland rutschte auf seinem Platz hin und her, räusperte sich und wählte seine Worte vorsichtig. »Meinen Sie, Al hätte einen Wutanfall bekommen können? Das glaube ich nicht. Er ist kein schlechter Kerl.«

»Das habe ich auch nicht behauptet«, wehrte Mokoena sich.

»Außerdem«, warf Ruszek ein, »glaube ich, daß

Wenji ihrer Gruppe einfach zu einer Beschäftigung verhelfen will. Je eher jeder etwas zu tun hat, desto besser ist es. Herumzusitzen und ... das da ... anzustarren, ist nicht gut.«

Mokoena kicherte. »Was das betrifft, so können wir uns darauf verlassen, daß unser Kapitän für unser erstes Abendessen irgendein Ritual geplant hat.«

Ruszek zuckte die Achseln. »Wahrscheinlich. Er hat mich darauf nicht angesprochen.«

Kilbirnie sprang auf. »In der Zwischenzeit brauchen wir irgendeine Abwechslung!« rief sie. »Wie wäre es mit einem strammen Handballmatch?«

Ruszeks Miene hellte sich auf. »Das ist ein Wort«, sagte er. Gemeinsam begaben sie sich zur Turnhalle.

Cleland machte Anstalten, ihnen zu folgen, ließ sich aber dann zurücksinken. »Haben Sie keine Lust, bei den beiden mitzumachen?« fragte Mokoena.

Er senkte den Blick. »Ich wäre viel zu langsam und unbeholfen.«

»Tatsächlich? Sie sind aber bisher auch in haarigen Situationen ganz gut zurecht gekommen.«

Er errötete. »Das war ... eher ein Kampf gegen die Natur ... nicht gegen Menschen.«

»Sie dürfen sich nicht von Ihrer Eifersucht auffressen lassen, Tim«, sagte sie sanft.

Sein Kopf zuckte hoch, und er starrte sie an. »Was meinen Sie damit?«

»Man sieht es Ihnen doch schon von weitem an.« Sie beugte sich vor und ergriff seine rechte Hand. »Denken Sie an das, was der Kapitän bei unserem Testflug gesagt hat. Wir können uns keine Feindseligkeit oder Bitterkeit leisten, die unter uns Zwietracht stiften könnte.«

»Ich denke ... wir hätten ... unsere persönlichen Arrangements treffen sollen, ehe wir starteten.«

»Sie wissen, daß das nicht ging. Vor allem unter dem Aspekt, daß Beziehungen sich auf der Reise verändern können.«

»Sie und Lajos –«

»Wir sind Freunde«, fiel sie ihm ins Wort. »Aber dadurch ist keiner von uns beiden in irgendeiner Weise gebunden.« Ihr Lächeln strahlte nichts anderes als Freundlichkeit aus, eine Freundlichkeit ohne Anspruch oder Notwendigkeit, mehr oder etwas anderes zu sein.

10

Die Stadt begann als Viertel in einer kleinen City. Menschen neigen dazu, sich zusammenzudrängen, was sie um so lieber tun, je fremdartiger sie durch ihre Lebensweise auf alle anderen wirken. Im Laufe der Zeit entwickelte sich das Viertel zu einer eigenständigen Gemeinde. Und sie überlebte, während die Veränderungen ringsum sie umbrandeten wie der Ozean einen Felsen.

An diesem Tag sah Michael Shaughnessy sie während des Sinkflugs als eine Ansammlung von Dächern und Sonnenkuppeln zwischen Bäumen. Ein Energiemast ragte in der Mitte auf, als wollte er auf die Wolken deuten, die als weiße Watteberge vor blauem Hintergrund vorbeitrieben. Ringsum wogte eine weite Grasfläche. Sonnenblumen hoben ihre gelben Augen aus silbrigem Grün. Eine Herde Neobisons weidete friedlich ein Stück entfernt in südlicher Richtung. Nur wilde Hunde und Männer der Führerklasse machten Jagd auf sie, aber nicht sehr oft. Krähen flatterten umher, schwarz, geräuschvoll und auf Beute hoffend. Nach Norden zu waren ein hoher Hügel und ein paar eingestürzte Mauern die letzten Überbleibsel von Santa Verdad. Gras verbarg verstreute Trümmer und Scherben, so wie es die Überreste früherer Farmhäuser verborgen hatte. Diese Region Nordamerikas war nun ein vikariales Reservat.

Shaughnessy setzte mit seinem Mietflieger auf einer Stelle am Rand der Siedlung auf und stieg aus. Ein leichter Wind wehte und brachte die vielfältigen

Düfte mit, die die Sonne aus der Erde herausgebacken hatte. Es gab keinen Wächter, aber er war auch nicht nötig. Shaughnessy betrat die Stadt.

Die Straße, für die er sich entschied, war starr und hatte antike Gehsteige. Das Indurit, aus dem sie bestand, zeigte erste Abnutzungsspuren nach jahrhundertelangem Gebrauch durch Füße und Räder. Die Bäume, die sie überschatteten, waren jünger. Sie waren ersetzt worden, als sie alt wurden und abstarben. Hinter ihrem leise raschelnden Laub standen Häuser in akkuraten Reihen, jedes auf einem eigenen Rasenstück mit Garten. Die Häuser waren ebenfalls alt, aber nicht im gleichen Alter. Die meisten waren zur Hälfte ins Erdreich gebaut, und ihr Oberteil wölbte sich in sanftem Schwung zu einer Kuppel. Ein ziemlich archaischer Baustil. Einige waren aber noch älter und stammten aus einer Zeit, als noch unmodernere Formen eine Wiedergeburt erlebten – hier war es ein verwinkelter, mit Efeu überwucherter Bungalow, dort ein Giebeldach auf zwei Klinkerstockwerken mit Fenstern und einem Kamin. Die meisten waren mit einem Symbol der Familie versehen, die es bewohnte – ein Namensschild, ein *mon,* das Porträt eines Urahns, eine kunstvolle Inschrift, ein Stein von einem fernen Planeten – und dem Wappen der Schiffe, auf denen Angehörige gedient hatten. Nichtsdestoweniger, vielleicht weil sie alle von bescheidenen Ausmaßen waren, vielleicht auch weil sie alle auf die eine oder andere Art von der Zeit gezeichnet waren, erzeugten sie keinerlei Disharmonie. Sie gehörten zusammen.

Nicht viele Leute waren am Nachmittag in diesem Wohnviertel unterwegs. Ein paar Kinder rannten vorbei, ein fröhlicher Wirbel aus Farben, lauten Rufen und ausgelassenem Gelächter. Ein paar Erwachsene gingen spazieren oder standen auf schnurrenden Motorboards. Hier unter ihresgleichen trugen sie die traditionelle Landmode, die einen Hang zur Extravaganz hatte. Die Stirnbänder der Männer glitzerten, ihre Hemden bestanden aus schimmerndem Metalloidgewebe, und farbenfrohe Hosen mit eingewobenen Goldfäden steckten in weichen Halbstiefeln. Der Kopfputz der Frauen bestand aus Edelsteinen oder Federschmuck, hauchdünne Capes flatterten von den Schultern, glänzender Biostoff veränderte unaufhörlich Form und Aussehen, während sie sich bewegten. Keiner kannte Shaughnessy, aber sie grüßten ihn mit einer erhobenen Hand, eine Geste, die er erwiderte.

Eine Frau, die auf ihn zukam, war zwischen ihnen eine auffällige Erscheinung. Sie trug eine Uniform, einen opalisierenden Trikotanzug mit einem Kometenemblem auf der linken Brust, und ein Käppi, das verwegen auf den schwarzen Locken saß. Ohne Zweifel war sie unterwegs zu einem Treffen mit anderen Offizieren von ihrem Schiff, einer dienstlichen Besprechung oder einer Party. Obgleich ihre Kluft ihm völlig neu war, erkannte er, um welches Schiff es sich handeln mußte.

Als sie ihn sah, verlangsamte sich ihr Schritt. Ihre Hand zuckte hoch zur Stirn, ein förmliches Salutieren, das sich nicht geändert hatte. Er blieb stehen und erwiderte den Gruß, wobei er den Anblick genoß. Sie war klein und dunkelhäutig – wie man es bei immer mehr Sternfahrern sehen konnte – und attraktiv. Er lächelte. »Das war sehr nett von Ihnen, Fähnrich«, sagte er.

Sie musterte ihn neugierig. Er war hager, hochgewachsen und grauhaarig. Seine eigene Uniform, die er aus einem Impuls heraus angezogen hatte, war blau mit rotem Besatz. »Sie sind ... ein Captain, nicht wahr?« fragte sie.

Ihr Akzent war nicht allzu stark, so daß er sie ganz gut verstehen konnte.

Das Englisch des Raumvolks schien sich allmählich zu stabilisieren – vor allem, da Englisch auf diesem Kontinent nicht länger die am meisten gesprochene Sprache war.

»Ich bin es dem Rang nach, aber ich bin kein Schiffsführer«, erwiderte er. »Woher wußten Sie das?« Die Streifen auf ihren Schultern waren dieselben wie damals, als er sie getragen hatte, doch seine augenblickliche Sonnenscheibe war völlig anders als der Spiralnebel, der heutzutage einen Captain auswies. Ohne Zweifel findet auch eine Vereinheitlichung von Rangabzeichen statt, dachte er.

»Wir haben in der Schule auch einen ziemlich gründlichen Geschichtsunterricht, Sir.«

»Tatsächlich? Das freut mich zu hören. Wir haben das in meiner Jugend auch gehabt, aber seitdem ist sehr viel passiert.« *Aber was wären wir ohne unsere Geschichte?*

»Sie sind sicherlich von einer langen Reise zurückgekehrt, Sir«, sagte sie. »Bestimmt mit der *Our Lady*.«

»In der Tat, mein Schiff, zurück von Aerie und Aurora.«

»Ich gehe auch bald auf die Reise«, sagte sie mit erwartungsvoller Miene.

»Wohl auf der *Estrella Lady*, und zwar zu einem längeren Trip, als wir ihn gemacht haben. Möge die Reise angenehm, die Welten einladend und Ihre Rückkehr heiter sein.«

Ihr Wimpern flatterten. »Danke, Sir.«

Sie würde sich gerne weiter unterhalten, dachte er, *und ich würde es auch gerne tun, aber wir gehen unterschiedlichen Aktivitäten nach. Später vielleicht? Ja.* »Guten Tag und einen schönen Abend für Sie, Fähnrich.«

Sie gingen beide ihrer Wege.

Shaughnesssys Weg führte ihn an einer Reihe Geschäfte und Dienstleistungsunternehmen vorbei. Einige befanden sich in Familienbesitz und wurden von Mietlingen oder Pensionären geführt. Einige gehörten Outsidern die jedoch möglicherweise schon seit Generationen hier wohnten. Alle wirkten veraltet. *Nun, wenn man zwanzig, dreißig, fünfzig oder hundert Jahre weg war, war es ganz gut, wenn einen etwas halbwegs Vertrautes erwartete.*

Er kam zu einem Haus in einer anderen Wohnstraße. Eine Veranda erstreckte sich vor seinen weiß verputzten Mauern. Er hatte vorher aus seinem Flieger angerufen, und der Bewohner stand schon draußen. »Seien Sie gegrüßt, Captain«, rief Ramil Shauny. Er winkte den Besucher auf die Veranda. »Bitte, setzen Sie sich. Was darf ich Ihnen anbieten?«

Leicht gebeugt, weißhaarig und in einem schlichten braunen Gewand, erinnerte er manchmal an einen Offizier. Sein Anblick löste keinen Schock aus; Michael Shaughnessy erinnerte sich an den jungen Ramil Shauny, aber man mußte schließlich davon ausgehen, daß Jahrzehnte ihre Spuren hinterließen, und überdies waren sie vor nicht allzu langer Zeit schon einmal zusammengetroffen. Seltsam war allenfalls, daß Ramil, hundertzehn biologische Jahre alt und Bürgermeister der Stadt, jemandem mit allen äußeren Anzeichen tiefen Respekts begegnete, der nur siebzig war. Doch immerhin war Ramil Michaels Enkel.

Sie machten es sich in Kontursesseln bequem, die nebeneinander standen. Ein Neoschimp-Diener – ein Lebewesen, das Michael noch nicht kannte und das er mit gelindem Unbehagen betrachtete – nahm ihre Getränkewünsche entgegen. Für eine Weile saßen sie schweigend da, genossen den Schatten und den kühlen Lufthauch und schauten hinaus auf die Straße. Ein Mädchen ging vorbei. Auf der Hand trug sie eine Flederkatze. Michael fragte sich, welche Vorkehrungen sie für das Tier treffen würde, wenn sie erwachsen war und auf ein Schiff ging. Natürlich nur, falls sie so etwas tat. Vielleicht würde sie lieber nicht zu den Sternfahrer gehen. Sie hatten kein leichtes Leben. Vielleicht würde sie, da sie so schlau war, wie es die Nachkommen der Raumleute gewöhnlich waren, einen gut bezahlten Posten in einer Gilde oder in der vikarialen Bürokratie ergattern. Oder sie könnte, da sie durchaus hübsch war, die Geliebte eines örtlichen Magnaten werden und abends umherfahren, um ihre Flederkatze Jagd auf Briefkrähen machen zu lassen. Oder sie würde sich für die Sterne entscheiden.

Sie geriet außer Sicht.

»Und wie verliefen Ihre Reisen um die Erde?« fragte Ramil.

Michael verzog das Gesicht. »Nicht sehr gut. Ich dachte, von Irland wäre wenigstens noch ein bißchen übrig. Ich war schließlich weniger als ein Jahrhundert unterwegs.«

Eine Reise zu zwei Sonnen mit je einem Planeten, auf dem Menschen leben können. Ich sollte dankbar sein für die wenigen, die wir gefunden haben. Wären ohne sie außer der Envoy *noch andere Sternenschiffe unterwegs? Es sind die Kolonien und deren Bedürfnisse, weniger nach materiellen Gütern als nach menschlichem Kontakt, nach Neuem, nach mehr Worten, als ein Laserstrahl sie übertragen kann – und wohl kaum nach einem oder zwei Passagieren – sie sind es und der Handel, den sie untereinander treiben, die uns im Geschäft halten.*

Oh ja, wir unternehmen unsere gelegentlichen Erkundungsflüge, und manchmal erweist einer sich auch als sehr profitabel, aber meist ist das nicht der Fall. Ich denke, der einzige Grund für sie oder für alle Sternfahrten ist der, daß einige Leute noch immer wissen wollen, was sich jenseits ihres Himmels befindet.

Mögen sie weiterhin so neugierig sein. Möge alles so weitergehen, die Reisen, die Entdeckungen, die Abenteuer!

Aber zählt im Grund nicht nur eins, nämlich daß in der Zwischenzeit die Erde alt wird?

»Ich habe nicht mehr den Wunsch, mich dort niederzulassen«, sagte Michael.

»Nun, es war ein schweres Jahrhundert«, gab Ramil zu.

»Das habe ich mir schon gedacht.«

Der Diener brachte die Getränke – Whiskey und Soda für Michael, Wein von maianischen Himmelstrauben für Ramil – zusammen mit Kelpkräckern und Knoblauchbällchen. Ramil blickte in die Luft. »In vieler Hinsicht beneide ich Sie«, sagte er. »Ich wünschte, ich hätte dorthin zurückkehren können, wo Sie gewesen sind. Aber Juana wäre an Bord eines Schiffs niemals glücklich geworden. Und jetzt ist es zu spät für mich.«

»Aber es hat sich doch gelohnt, ihretwegen den

Raum aufgegeben zu haben, oder etwa nicht?« erwiderte Michael leise.

Ramil nickte. »Oh ja. Sie kennen Sie ja.«

Das tat Michael – er erinnerte sich an sie und an die Hochzeit, denn sie fand zufälligerweise gerade dann statt, als er das letzte Mal auf der Erde war. Von Zeit zu Zeit geschah es, daß Sternfahrer außerhalb ihrer Sippschaft heirateten. Und Ramils frühere Reisen waren ziemlich kurz gewesen. Er war für sie nicht zu fremd.

Ja, Juana war ein Schatz. Aber meine Eileen – deine Urgroßmutter, Ramil –, die in meinen Armen starb, während das Licht von Delta Pavonis durch die Bullaugen hereindrang – ich hatte erheblich mehr Glück.

»Verstehen Sie mich nicht falsch«, fügte Ramil hinzu. »Es ist nicht so, daß ich mir selbst leid tue. Ich hatte trotz allem immer noch Kampf und Vergnügen.«

»Um hier unsere Autonomie zu erhalten?« fragte Michael, teils aus Taktgefühl und teils weil er es nicht wußte. Noch war er im Hinblick auf die zurückliegenden Ereignisse nicht auf dem Laufenden. Als er aufgebrochen war, war der Großherr von Mongku Herrscher der Erde gewesen, nicht irgendein Aushängeschild für irgendeine Clique, die erst kürzlich an die Macht gelangt war.

»Nein, die ist in keinerlei Gefahr«, sagte Ramil, offensichtlich erleichtert, von Themen ablenken zu können, die zu persönlich waren. »Bisher nicht. Unsere Schiffe und unsere Frachten verleihen uns einigen Einfluß. Nichts Überwältigendes, aber die reinen chemischen Elemente, die speziellen Rohstoffe und Zwischenprodukte, die neuen Daten – ja, vor allem die neuen Informationen für Naturwissenschaft oder Industrie oder brandneue profitable Ideen – all das zahlt sich aus.«

»Wie immer.« *Heißt immer etwa ewig?*

Ramils Tonfall wurde härter, rauher. »Der Vikar von Isen jedoch, der Oberherr in dieser Region – er ist ein habgieriger Knochen. Wenn wir es nicht immer wieder schafften, ihn und seine Spießgesellen gegeneinander auszuspielen, würden uns die Steuern auffressen.«

Michael runzelte die Stirn. »Weshalb kriegt ihr keine Hilfe, wird für euch kein Druck ausgeübt von den Lunariern, den Marsianern oder den Raumleuten?«

»Keiner von denen verspürt ein großes Bedürfnis, für uns tätig zu werden. Sie helfen uns indirekt, indem sie einfach da sind. Ich habe mich erst kürzlich dahingehend geäußert, daß wenn der Druck auf uns zu groß wird und wir weiterhin in dieser Weise gemolken werden, wir unsere Geschäfte in einer anderen Gegend des Sonnensystems betreiben können.«

»Warum nicht? Wäre das im Hinblick auf das, was ich über die gegenwärtige Situation gehört habe, nicht ohnehin viel besser und angenehmer?«

»Es wäre nicht die Erde«, sagte Ramil.

Nein, dachte Michael, *Luna, die Asteroiden, die Monde der riesigen Planeten, nicht einmal der Mars kann es sein, ganz gleich was die Menschen für sie getan haben. Die Erde ist unsere Mutter, ganz gleich, was die Menschen ihr antun ... Oh, die Kolonialwelten bei anderen Sonnen mögen durchaus einladend erscheinen, aber sie verändern die Menschen noch mehr, als es hier geschieht. Wir Stern-*

fahrer – unsere Sternfahrten sorgen dafür, daß wir uns nicht ändern.

»Ich verstehe«, sagte er gedämpft. »Ohne wenigstens dieses bescheidene Band zwischen uns, das ein Heimathafen sicher darstellt, würden wir uns von dem entfernen, was wir sind. Es ist die Erde, wo wir uns sammeln und zu uns zurückfinden.«

Und heiraten. Diejenigen, die den Raum lieben, heiraten uns, diejenigen, die die Mühsal nicht ertragen können, verlassen uns, und in dem Genetik und Gewohnheit voranschreiten, entwickeln wir uns aus einer Handvoll Besatzungen zu einem Volk, einer Sippe.

Ramil lächelte wehmütig. »Überdies«, sagte er, »wären die Leute an Bord der *Envoy* sehr traurig, wenn sie zurückkämen und niemanden wie uns anträfen, der sie begrüßt.«

Michael seufzte. »Ich bin mir gar nicht so sicher, ob sie wirklich jemanden antreffen werden, was immer wir auch tun. Zehntausend Jahre sind eine verdammt lange Zeit.« *Und sie haben erst 750 Jahre ihrer Reise hinter sich. Für sie allerdings waren es weniger als zwei Monate, nicht wahr? ... Unsinn, absoluter Quatsch. Unter diesen Umständen ist ›Gleichzeitigkeit‹ nur ein leerer Begriff.*

Ramil sah ihn von der Seite an. »Sie kannten Ricardo Nansen, nicht wahr?«

Michael nickte. »Ich kannte ihn. Wir nahmen zusammen an der ersten Expedition nach Epsilon Eridani teil. Er hat mir auf dieser unwirtlichen Welt das Leben gerettet.«

Ramil trank einen tiefen Schluck aus seinem Glas. »Nun«, sagte er, »wir sind erheblich vom Thema abgekommen.«

Michael lachte verhalten. »Meinen Sie denn, wir hatten eins?«

»Es tut mir leid, daß Ihr Besuch Sie enttäuscht hat.«

Michaels Humor verflog. »Sie haben mir nicht gesagt, daß das Irland, das ich kannte, verschwunden ist.«

»Aber das ist es nicht«, protestierte Ramil. »Sie haben zumindest einen Teil davon grün und in Schuß gehalten.«

»Zur Freude des Vikars«, schimpfte Mike. »Einfaches Volk mag in seinen Dörfern hocken, wenn es ihm gefällt, wie wir, denen gestattet wird, in diesem Kaff zu leben, aber sie sind nicht mehr mein Volk.«

»Es tut mir leid. Ich hätte es Ihnen erzählt, wenn ich gewußt hätte, was Sie vorhatten.« Sie hatten sich in ihrer persönlichen Geschichte zu weit voneinander entfernt. »Nun, wenn nicht dort, warum nicht hier? Wir fühlten uns geehrt, wenn wir Sie in unserer Stadt hätten, und ein Mann wie Sie brauchte sich über Mangel an Arbeit niemals zu beklagen. Zum Beispiel das Maklergeschäft –«

Michael schüttelte den Kopf. »Vielen Dank«, unterbrach er den anderen, »aber vorerst habe ich die Absicht aufgegeben, mich auf der Erde niederzulassen.«

Ramil schickte ihm einen erschrockenen Blick. »Wie bitte? Aber –«

»Ich habe mich erkundigt. Die *Estrella Linda* könnte einen weiteren erfahrenen Offizier gut gebrauchen.«

»Aber ... aber sie startet doch schon bald und – Sie waren nur ein paar Wochen hier. Wenn Sie unbedingt wieder weg wollen, können Sie sich vorher doch ein oder zwei Jahre frei nehmen, bis die *Our Lady* wieder startet.«

»Das würde ich normalerweise auch tun«, sagte Michael. »Aber die *Estrella Linda* startet zu einer langen Mission. So weit ich herausbekommen konnte, ist für die nächsten Jahrzehnte nichts besonderes geplant. Lediglich ein paar Kurzreisen von zwanzig oder dreißig Jahren. Dann ergreife ich lieber diese Chance jetzt und –« Sein grauer Kopf reckte sich. Er lachte. »Großmänner, Vikare, ich werde diese Mistkerle überleben.«

11

Während die Tage an Bord der *Envoy* sich zu Wochen addierten, entwickelte die Mannschaft vielfältige Methoden, ihre im Überfluß vorhandene freie Zeit auszufüllen. Man konnte sich sportlich betätigen, Spiele veranstalten, sich alle möglichen Videos ansehen. Man konnte seinen Hobbys frönen, Studien betreiben und sogar forschen. Man konnte zwei oder drei entsprechend interessierte Gefährten in etwas unterrichten, worin man sich gut auskannte, wie zum Beispiel in irgendeiner Fertigkeit oder einer Sprache. Man konnte sich an der Produktion von live aufgeführten Unterhaltungsprogrammen beteiligen, an einem Spiel oder einem Konzert oder was auch immer; man konnte sich mit Problemen befassen, über die nachzudenken man bisher auf Grund vielfältiger Ablenkungen keine Zeit gefunden hatte. Man konnte – vielleicht bei einem Drink oder zwei – lange Gespräche mit anderen Mannschaftsangehörigen führen und sein Gegenüber besser kennenlernen.

Das funktionierte nicht bei jedem perfekt und bei einigen ganz sicher nicht so gut, wie es eigentlich hätte funktionieren sollen. Dann war da noch der Reiz, sich in das Pseudo-Leben eines interaktiven Programms virtueller Realität zu stürzen. Jede Kabine war mit den entsprechenden Geräten ausgestattet. Aber man mußte mit dieser Möglichkeit sehr sparsam umgehen. Maßhalten und unausgesprochene gesellschaftliche Zwänge waren auch jetzt noch das Gebot der Stunde.

Eine beliebte und produktive Beschäftigung war

die Verbesserung und Verschönerung des Innenraums. Einzelne Mitglieder oder kleine Gruppen steuerten ihren Teil je nach Talent und Neigung bei, nachdem man sich allgemein einig geworden war, was in einer bestimmten Region des Schiffs geschehen sollte. Während einer Tageswache, etwa drei Monate nach Start des Schiffs, trafen Mokoena und Brent zu diesem Zweck im Gemeinschaftsraum zusammen.

Da die beiden sich alleine darin aufhielten, strahlte der nahezu verwaiste Gemeinschaftsraum eine höhlenartige Atmosphäre aus. Kilbirnie, Dayan und Zeyd hatten die Schotts und die Decke in fröhlichen Farben und Mustern gestrichen. Ein Wandschirm zeigte ein von Yu geschaffenes Fresko: eine schwarzweiße Landschaft aus Bergen und einem Fluß, einem Haus und einem Bambushain, dazu ein Gedicht von Li Bo in der rechten oberen Ecke. Sie war gerade dabei, ein zweites Bild zu progammieren. Mokoena war der Auffassung, daß dieser Ort auch etwas Dynamisches brauchte, allerdings etwas, das solide, greifbar und kein technisch erzeugtes Bild war. Niemand hatte etwas dagegen.

Brent kauerte an der Basis eines Aluminiumgerüsts. Es erinnerte an eine winzige kahle Fichte mit kompliziert gebogenen Ästen und Nebenästen. Motorgetrieben, konnten sie schaukeln, sich drehen und sich ineinander verschlingen, und alles nach dem Zufallsprinzip. Er hatte den Baum nach ihrem Entwurf in seiner Werkstatt zusammengebaut und heute, kräftig und geschickt wie er war, Eigenschaften, über die sie nicht verfügte, auf dem Fußboden befestigt und dafür gesorgt, daß er ordnungsgemäß funktionierte. Als der Aluminiumbaum wieder in Ruhestellung ging, erhob er sich. »So«, sagte er. »Das scheint okay zu sein. Ist es recht so?«

Sie strahlte erfreut, ihre Zähne ein weißes Leuchten in ihrem dunklen Gesicht. »Wunderbar. Ich kann es kaum erwarten, den Baumschmuck aufzuhängen.« Spiegel, Schmucksteine, funkelnde Fraktale – alles ihre Schöpfungen. Sie sollten sich bewegen und in einem fort funkeln und glitzern, fast als wäre das ganze Gebilde lebendig. »Möchtest du mir nicht dabei helfen?«

»Nein, ich bin künstlerisch nicht besonders begabt.«

»Nun, dann danke ich dir doppelt.«

»Keine Ursache. Ich hatte sowieso nichts anderes zu tun. Jedenfalls nicht mit meinen Händen.«

Mokoenas Lächeln verflog. »Ja, ich habe mir schon gedacht, daß es für dich schwierig sein muß, Al.«

Groll flackerte plötzlich auf. »Yu Wenjis Ersatzmann für den Fall der Fälle.«

»Moment mal, du machst deinen Wachdienst, hast eine Reihe Aufgaben –«

»Reine Beschäftigungstherapie. Nichts, was ein Roboter nicht genauso gut oder sogar besser tun könnte. Gebt diesem Klotzkopf was zu tun, denn wenn er nicht beschäftigt ist, kann er am Ende noch aus Mangel an irgendwelchen anderen Interessen den größten Ärger vom Zaun brechen.«

Sie runzelte die Stirn und sah ihm in die Augen. »Also das ist absoluter Unsinn. Erstens wußtest du ganz genau, wie die Situation während des Fluges sein würde –«

»Oh ja. In der Theorie. Die Praxis erweist sich jedoch als erheblich schwieriger. Aber keine Sorge, ich komme mit dieser Monotonie schon zurecht und hoffe, daß wir am Ende etwas finden, weshalb es sich gelohnt hat, all das durchgemacht zu haben.«

»Zweitens, Al, wissen wir alle, daß du kein Dummkopf oder Monomane bist, und du weißt, daß wir es wissen. Wir haben von dir Dinge aus der Geschichte erfahren, die wir sonst niemals erfahren hätten, und wir haben ein wenig von der Musik gehört, die du für dich alleine spielst, und zu Weihnachten«, als sie einen Feiertag begingen, der nur auf dem Schiffskalender existierte, »beim Kognak, als du plötzlich den Mund aufgemacht und angefangen hast zu erzählen von –« Sie brach ab. Verlegen, weil sie es vergessen hatte, fragte sie: »Wie hieß er noch? Dieser Komponist?«

»Beethoven.«

»Ja. Ich würde gerne mehr über ihn und seine Musik erfahren.«

Seine Miene hellte sich auf, seine Stimme wurde lebhaft.

»Möchtest du das tatsächlich?« Bitterkeit legte sich wieder auf seine Miene. »Damit wärest du so gut wie einmalig. Wen interessiert es schon, etwas über seine Herkunft, sein Erbe zu erfahren?« Seine Augen funkelten plötzlich von einem inneren Feuer. Er schien ehrlich entrüstet zu sein.

»Die Zeiten ändern sich«, hielt sie ihm entgegen. »Ideen, Geschmäcker, die Art und Weise, Dinge zu tun und auszusprechen, sogar das Denken und Empfinden wechselt.«

»Aber nicht unbedingt zum besseren.« Er sah sie ernst an. »Das ist einer der Gründe, weshalb ich mitgekommen bin. Damit wenigstens einer da ist, der sich und andere daran erinnert, was die westliche

Zivilisation war und wie sie aussah, und sie wieder zur Erde zurückbringt.«

Sie war überrascht. »Das hast du uns in dieser Form noch nicht klargemacht, Al.«

»Ich hatte nicht erwartet, daß irgend jemand das verstehen würde. Nun, Tim Cleland vielleicht, ein wenig zumindest. Und Nansen, wahrscheinlich, nur hat er es aufgegeben. Er behält seine Traditionen für sich und versucht lediglich, der perfekte Kapitän zu sein, der perfekte Roboter.«

»Du bist unfair. Ich persönlich muß zugeben, daß ich nicht sehr viel darüber weiß. Wir hatten in Afrika andere Probleme, die uns beschäftigten, inklusive unsere eigenen Traditionen. Aber ich würde sehr gerne mehr erfahren.«

»Tatsächlich?« Brent stand reglos da. Als er weiterredete, hatte seinen Stimme einen warmen Klang. »Nun, das ist wundervoll, Mam.«

»Ich wüßte nicht, wie –«

»Wir werden schon einen Weg finden. Paß auf, ich verstaue das Werkzeug, und dann ziehen wir beide uns zurück und fangen an.«

Er kam ihr näher. Sie wich einen Schritt zurück. »Vielleicht ist das nicht so klug, Al.«

Er stoppte. »Hmm? Du –«

»Ich glaube, ich verstehe, was du vorhast. Nein, ich bin nicht böse. Es ist völlig natürlich.« Sie lachte melodisch. »Ein schönes Kompliment. Vielen Dank.«

Er erstarrte wieder. »Aber du willst nicht.«

»Nicht so plötzlich.«

»Du und Lajos Ruszek zeigt ziemlich offen, was zwischen euch beiden läuft.«

»Das ist unsere Sache.«

»Und Tim, neuerdings –«

»Hör auf!« schnappte sie. »Zu deiner Information –« Sie hielt inne. »Willst du behaupten, du hättest es nicht gewußt? Ich dachte, so oft, wie ihr miteinander geredet habt – Nun, er ist ein sehr verschlossener Mensch. Er macht eine schwierige Zeit durch. Ich versuche nur, ihm ein wenig darüber hinweg zu helfen. Ich möchte die Dinge nicht noch schlimmer machen.«

Er errötete. »Meinst du es statt dessen mit diesem Ruszek, diesem Rüpel, ernst? Denn falls du nur zum Vergnügen mit ihm bumst –«

»Ich hab dir gesagt, kümmere dich um deine eigenen Angelegenheiten!« rief sie. »Und achte auf das, was du sagst, Freundchen!«

Er schluckte und funkelte sie zornig an.

Sie entspannte sich nach und nach. »Oh, ich verstehe«, sagte sie nach einer Weile. »Der Streß ist offenbar zuviel für dich.« *Und du bist weniger stabil, als wir annahmen,* dachte sie und sprach es lieber nicht laut aus. »Komm bitte bald mal zu mir in die medizinische Abteilung. Es gibt eine ganze Reihe hilfreicher Medikamente. Du kannst dich darauf verlassen, daß ich nicht über meine Patienten tratsche, Al.«

»Diese Art von Hilfe brauche ich nicht.«

»Nun, ich kann dich nicht zwingen«, seufzte sie. »Nur denk daran, daß solche Hilfsmittel zur Verfügung stehen und daß du jederzeit zu mir kommen kannst. Sollten wir einstweilen diesen Vorfall nicht lieber vergessen?«

»Na schön.« Seine Stimme klang erstickt. Nachdem er sein Werkzeug eingesammelt hatte, entfernte er sich mit schleppenden Schritten.

In seiner Kabine suchte er sich ein Programm aus, stellte die bioelektronische Verbindung her, legte sich hin und streifte mit Daniel Boone durch die Wildnis. Die Eingeborenenfrauen, denen sie begegneten, waren sehr gastfreundlich.

12

Michael Shaughnessy saß alleine auf einer Bergspitze über dem Tal des Kshatriya. Delta Pavonis wärmte ihn ähnlich wie die Sonne seiner Kindheit, aber zwei Tagesmonde hingen matt leuchtend zwischen Wolken, deren weißer Glanz orange und bernsteinfarben von winzigen Lebewesen durchsetzt war. Die Luft, die er atmete, war rein und süß, aber unter dem Duft von Gras und wildem Thymian lauerte ein schwefliger Hauch von vereinzeltem Feuerstrauch. Das Land senkte sich in elegantem Schwung zum glänzenden Fluß ab und stieg auf der anderen Seite in vertrauten Wellen an, geformt vom Wind und von Regen. Auf einem Hang ragte ein gezackter Buckel aus Lehm und kleinen Steinen auf, der einmal als Nest einer Tierart gedient hatte, die mittlerweile ausgestorben war. Am Ufer des Flusses lag eine Stadt, doch deren gerundete Pyramiden und spiralförmigen Türme waren etwas, das er noch nie woanders gesehen hatte. Die Leute, die dort lebten, waren friedlich und umgänglich, aber die Zeit und ihre Welt hatten sie ihm total entfremdet.

Der alte Mann saß auf einem Baumstamm und zupfte eine Harfe. Er hatte sie selbst gebaut, und er begleitete sein Spiel mit einer Art Sprechgesang, der einer Tradition entsprang, die gestorben war, ehe er geboren wurde, und die erneut sterben würde, und zwar für immer, wenn er, der sie wiedererweckt hatte, nicht mehr wäre.

»Ich bin zu dir gekommen, Feng Huang, die du niemals eine andere Erde warst, niemals sein kannst oder sollst. Ich bin gekommen, um meine Gebeine in deine

Erde zu betten. Zuerst, jedoch, werde ich dir von der Erde erzählen, werde ich deinen Winden verkünden, wie die Erde war, als ich das letzte Mal auf ihrem Antlitz wandelte.

Sie hat geblutet, Feng Huang, und wurde überschattet von vielen Toden und von der Angst von vielen weiteren. Neue Träume rührten sich, so grausam wie es neue Träume nun mal sind, und die alten Oberherren mit ihren alten Ideen standen dagegen und hofften, die neugeborenen Träume und die, die sie hatten, auszulöschen. Ein schrecklicher Krieg kündigte sich an, und niemand konnte vorhersehen, welche Vernichtung er hinterließ und was die Mächte des Schicksals verschonten.

Ich, der ich dem Ende meiner Tage nahe war, weinte um die Jungen. Ich, der im Begriff war, wegzugehen, wanderte umher und verabschiedete mich von all den Dingen, die auf der Erde blieben, wundervoll, schön und schutzlos, aus all den Zeitaltern, die sie erlebt hatte. Ich gab mich nicht zufrieden mit Bildern und Illusionen. Ich suchte Erinnerungen daran, daß ich selbst gesehen hatte, was des Menschen Hand geformt hatte, was des Menschen Auge gesehen, des Menschen Fuß betreten, das Lippen geküßt hatten, die längst zu Staub zerfallen waren.

In einem grünen Land, saftig vom Frühling, fand ich die mächtigen Steine von Newgrange, wo ein versunkenes Volk einst seine Könige begrub. Und an der westlichen Felsenküste entlang, wo das Meer wild tobte, ging ich in eine kleine Kirche, in der die Menschen Trost fanden bei Jesus Christus, und ich kniete vor dem Altar nieder.

Licht traf auf mich in vielen Farben durch die Fenster der märchenhaften Klosterkirche von York und der erhabenen Kathedrale von Chartres. An der Universität von Salamanca, die das Andenken an die weisen Mohren pflegt, vergrub ich mich in Büchern.

Ich schaute in die großen Augen der Kaiserin Theodora von Ravenna und erkannte, warum die Männer sie geliebt hatten.

Ich sah Michelangelos Jüngstes Gericht in Rom und wünschte, daß der Untergang in unserer Kosmologie eine solche Bedeutung hätte.

Die Säulen des Parthenon ragten vor mir auf, geborsten, abgetragen, aber sanft golden vom Wetter der Jahrhunderte, und sie stärkten meinen Geist auf daß er standhaft war wie sie.

In den Gräbern in Ägypten, wo die Bilder von der Liebe zum Leben erzählten, staunte ich über die Beharrlichkeit, mit der sie unter einem glühenden Himmel aus Felsen herausgehauen worden waren.

Shwe Dagon erinnerte sich an einen anderen Glauben, der über das Leben hinaus nach Einheit strebte, sich aber auch in großem Prunk erging.

Ich stand auf der Chinesischen Mauer, wo tapfere Männer Wache gehalten haben und auf die Barbaren warteten, und ich suchte in der verbotenen Stadt, nach all dem Schönen, das Dynastie für Dynastie aufgehäuft hatte.

Unter blühenden Kirschbäumen an einem Abend in Kyoto war es mir, als hörte ich wieder Tempelglocken erklingen.

Die Hallen, in denen Washington und Jefferson von der Freiheit sprachen, stehen nicht mehr, aber ich bin über die Berge Virginias gewandert, die sie kannten.

Auf einem Berg in den Anden erwies ich den Steinen von Machu Picchu, dessen Erbauer ihren eigenen Träumen folgten, meine Reverenz.

Ich sag dies deinen Winden, Feng Huang, daß sie es verstreuen können, wo immer sie wollen. Es gibt keine andere Form des Erinnerns, die ich kenne.

Nun werde ich bald meine Knochen in deiner Erde zur Ruhe betten, wo meine Eileen die ihren vor vielen Jahrhunderten niedergelegt hat.«

13

Sechzehnhundert Lichtjahre von zu Hause und gemäß der Uhren vier Monate nach Beginn der Reise, legte die *Envoy* eine Pause ein. Nachdem die schützenden Kraftfelder ausgeschaltet wurden, bewegte sie sich vom eigenen Schwung getrieben mit einigen -zig Kilometern pro Sekunde vorwärts durch einen Raum, der nicht geschrumpft war, eine Zeit, die nicht ablief wie in Elf Hill, und zwischen Sternen, die das bloße Auge in ihren echten Farben und an ihren angestammten Positionen am Himmel sehen konnte. Es bestand die Notwendigkeit, genauere navigatorische Zielbestimmungen vorzunehmen und den Geschwindigkeitsvektor entsprechend neu auszurichten. Dieser Ort war ideal dafür, denn all jene an Bord, die über die entsprechende Qualifikation verfügten, konnten hier wissenschaftlich arbeiten.

In einen Raumanzug gehüllt, arbeitete Dayan draußen. Induktionsstiefel hielten sie auf dem Rumpf fest. Ähnliche Vorrichtungen fixierten ihre Instrumente an Ort und Stelle. Cleland stand neben ihr und assistierte.

Der mächtige Zylinder erstreckte sich je fünfzig Meter nach links und rechts. An beiden Enden rotierten die senkrecht aufragenden Räder. Hinter ihnen erstrahlten die Sterne und flackerten, wenn die Radspeichen über sie hinwegwischten. Stahl glänzte im Licht der Sternenschnüre einer in eisiger Schönheit dahintaumelnden Milchstraße und sich mühlenartig drehender Nebel und Galaxien, deren Helligkeit nur durch ihre Entfernung gedämpft wurde. Aber Instrumente und Gedanken waren nach vorn gerichtet. Der weitere Plan sah vor, daß die *Envoy* in wenigen Lichtjahren Entfernung den offenen Sternhaufen NGC 5460 passieren sollte.

Rund vierzig Sonnen ballten sich dort, ein Feuerschwarm aus Rubinen, Gold und Diamanten. Der hellste der Sterne leuchtete mit der hundertfachen Kraft Sols. Genauso wie die Venus als hellster Stern am Himmel der Erde warfen sie zwar Schatten, aber sie glühten nicht, sondern waren erstarrtes Feuer.

Dayan justierte den Spektrometer, schaltete die Beleuchtung der Bedienungstafel aus und wartete in der Schwerelosigkeit, daß sie ihre Nachtsicht wieder gewann. Die Geräusche, die ihr Körper erzeugte, waren nur ein vages Rascheln, kaum lauter als die totale Stille. Als sie ihre volle Sehkraft wiedererlangt hatte, atmete sie aus und gab einen Seufzer von sich, der wie ein Gebet klang.

»*Yafeh* – Welche Pracht.«

»Und – ein Meer von Fragen«, stotterte Cleland ein wenig lauter.

»Ja. Ich werde diese Daten sicherlich noch wer weiß wie lange analysieren. Ich glaube, daß wir Dinge entdecken werden, die man vom Sol-System aus niemals sehen könnte.«

»Es gibt vielleicht auch ein paar bemerkenswerte Planeten, die unter solchen Bedingungen entstanden sind«, – in den aufgewühlten Gravitationsfeldern riesiger Massen, die dicht beieinander stehen –, »Und Leben?«

»Ich bezweifle, daß wir Anzeichen dafür finden.« Sie dachte an die Spektren der Plantenatmosphären, die darüber Aufschluß geben müßten. »Würden

Supernovae, die in einer Nähe von ungefähr 10 Parsec explodieren, nicht alles Leben auslöschen?«

»Wie auch immer, ob etwas existiert oder nicht – *Müssen* wir unbedingt sofort weiter?«

Dayans Ergriffenheit verwandelte sich in Mitgefühl. »Wir haben eine Verpflichtung, Tim.« Ihre behandschuhte Hand legte sich auf seine. »Mach dir keine Sorgen. Du wirst noch genug interessantes Material dort finden, wohin wir unterwegs sind.«

Seine Stimmung erhielt einen argen Dämpfer. »Zweifellos. Ich werde mich schon irgendwie beschäftigen.«

Dayan sah ihn an. Sein Gesicht im Helm war ein lebhaftes Wechselspiel von Dunkelheit und fernen Lichtern. »Du vermißt die Erde sehr, nicht wahr?« fragte sie.

»Und das ist ziemlich sinnlos, nicht wahr? Die Erde, so wie wir sie kannten – die ist wohl gestorben mit allem, das für uns wichtig war ... sie ist vergessen.«

»Und jetzt hast du das Gefühl, du hättest sie wahrscheinlich für nichts und wieder nichts aufgegeben, oder?«

Er hatte es vermieden, sich zu der Situation zwischen ihm und Kilbirnie zu äußern, obgleich sie für jeden offensichtlich war. Er straffte sich so plötzlich, daß diese Bewegung seinem klobigen Raumanzug deutlich anzusehen war. »Nein, natürlich nicht. Ich sagte, daß ich meine Arbeit haben werde. Jeder wird sie haben. Arbeit, wie sie, hm, noch nie zuvor erledigt wurde.«

Erneut suchte Dayans Hand die seine und drückte sie jetzt. »Das ist der richtige Geist, Tim. Man sollte niemals seine Hoffnung aufgeben.«

Er schaute hinaus in die unendliche Nacht. »Was meinst du? Glaubst du wirklich –« Dayan und Kilbirnie waren befreundet und führten oft private Gespräche.

»Abwarten und Tee trinken«, erwiderte die Physikerin. Er wußte nicht zu sagen, ob sie lediglich nicht bereit war, vertrauliche Dinge zu offenbaren, nichts dergleichen mitzuteilen hatte oder ob sie zu deutlich an ihre eigenen Niederlagen erinnert worden war. Sie wandte sich wieder den Instrumenten zu. »Setzen wir lieber unsere Beobachtungen fort.«

Nansens Worte erklangen in ihren Helmempfängern wie die Stimme der Vorsehung. »*Hallo,* da draußen. Ich glaube, Sie sollten Ihr Projekt aufschieben und so schnell wie möglich wieder herein kommen.«

Die Physikerin spannte sich. Sie alle schienen im wahrsten Sinne des Wortes im Dunkeln zu tappen. Und vor kurzem schienen der Kapitän und sein Chefingenieur sich wegen irgend etwas Sorgen zu machen, über das sie nicht redeten. »Was ist los?«

»Nichts Schlimmes. Alles in Ordnung.« Nansen hatte einen aufgeräumten Tonfall. »Aber Yu hat die Neutrino-Detektoren nach Ihren Anweisungen neu justiert. Sie scheinen eine nicht stellare Quelle zu orten – in dem Sternhaufen.«

Dayan und Cleland waren schlagartig hellwach. In ihren Ohren rauschte das Blut.

»Mein Gott«, stieß der Planetologe hervor, »das könnte auf Atomkraftwerke hinweisen. Eine hoch technisierte Zivilisation!«

»Also doch Leben«, flüsterte Dayan. »Trotz allem.«

»Jetzt müssen wir einfach dorthin!«

»Zuerst einmal müssen wir feststellen, ob die Signale echt sind. Komm, packen wir unsere Sachen zusammen und gehen wieder rein. Wir haben jetzt wichtigeres zu tun!«

Im Verlauf eines Dutzends von Null-Null-Sprüngen erreichte das Schiff ebenso viele Beobachtungspunkte und sammelte Daten, die die Computer analysieren konnten: Interferometrie, Spektroskopie, Analysen, Untersuchungen über jeden Aspekt von Materie und Energie, zu denen das Schiff in der Lage war. Unter den Mannschaftsangehörigen, die nicht an den Untersuchungen beteiligt waren, fanden angeregte Diskussionen statt. Nur einige wenige zogen sich von all der Aufregung zurück, um in Ruhe nachzudenken.

Sie trafen sich im Gemeinschaftsraum, wie sie es immer taten, wenn Nansen eine Versammlung einberief. Er trat vor seine Crew, die auf Stühlen sitzend einen Halbkreis bildete. Für eine kurze Weile sagte niemand ein Wort. Die Lüftung summte. Sie arbeitete lauter und stärker als sonst. Weltraumansichten füllten zwei große Sichtschirme. Auf dem einen funkelte der Sternhaufen, während der andere die Milchstraße in ihrer eisigen Schönheit zeigte.

Nansens Blick wanderte über die Köpfe der Versammelten. Sundaram erschien völlig ruhig und hatte ein leichtes Lächeln auf den Lippen. Clelands Blick irrte immer wieder zu Kilbirnie ab, um sofort wieder zum Kapitän zurückzuspringen. Ab und zu erschauerte Yu ein wenig. Brent hielt sich betont gerade und hatte die Hände flach auf die Oberschenkel gelegt. Ruszek hatte seine muskulösen Arme vor der athletischen Brust verschränkt. Mokoenas Augen glänzten – waren es etwa Tränen, in denen sich das Licht brach? Kilbirnie saß zusammengekauert da. Zeyd machte einen trügerisch entspannten Eindruck, während Dayan die zu Fäusten geballten Hände in den Schoß gelegt hatte.

Unser guter Biochemiker läßt niemals eine Gelegenheit aus, sich zwischen zwei Frauen zu setzen, dachte Nansen. Er wurde wieder ernst. »Zur Sache, bitte«, sagte er ohne lange Einleitung. Die betonte Sachlichkeit war eine Tarnung für seinen inneren Aufruhr, der nichts anderes war als ein Widerstreit zwischen wachsender Gespanntheit und Unternehmungslust auf der einen Seite und bohrender Sorge und Ungewißheit auf der anderen. »Wir alle wissen, weshalb wir hergekommen sind. Können wir uns zuerst einen Bericht von Dr. Dayan anhören?« Er war der Ansicht, daß Förmlichkeit und Reserviertheit angeraten waren, wenn er bei einer Besprechung den Vorsitz führte.

Sie ließ einen Blick über die Versammlung schweifen, sprach jedoch direkt nur ihn an, obgleich er längst wußte, was sie sagen würde. »Es ist eindeutig. Falls die Natur uns nicht irgendeinen Streich spielt, was wir von ihr eigentlich nicht erwarten, haben wir eine Neutrinoquelle unweit des Zentrums des Sternhaufens gefunden. Sie scheint sich auf einem Stern zu befinden, ist aber selbst keiner. Die Verteilung der Energie und ihr Typ passen nicht zusammen. Allerdings entsprechen die Daten denen eines Kernreaktors, so wie wir sie kennen.«

Ein Seufzen erklang und eine zunehmende Unruhe erfaßte die Gruppe. Gerüchte und Vermutungen hatten sich nun zu Fakten verdichtet.

Sundaram zeigte auf. »Entschuldigen Sie«, sagte er, »ich bin kein Physiker, aber wie kann etwas Künstliches stark genug sein, um etwas auf diese Entfernung aufzuspüren, vor allem bei dieser enormen Hintergrundstrahlung von so vielen dicht beieinander stehenden Sonnen?«

»Unsere Ausrüstung ist empfindlich genug, sofern sie genügend Datenmaterial erhält, außerdem ist zu beachten, daß die aufgefangenen Signale sich grundlegend von der natürlichen Strahlung eines Sterns unterscheiden«, erklärte Dayan. »Tatsächlich haben wir keinen eindeutigen Punkt als Quelle ausmachen können. Es kann sich auch um eine größere Zahl von Reaktoren innerhalb eines eng umgrenzten Gebiets handeln. Das ist es auch, was ich erwarte.«

»Wenn es dort Wesen gibt, die solche Kraftwerke bauen können«, überlegte Kilbirnie laut, »warum haben sie sich dann nicht im Raum ausgebreitet?«

»Offenbar haben sie keinen Null-Null-Antrieb«, sagte Dayan.

»Aber die Sterne da draußen bilden einen dichten Haufen! Sie könnten andere Sterne mittels eines Plasmaantriebs erreichen, oder sie könnten wenigstens Roboter zur Erkundung aussenden, und man könnte dann die Schiffe während der Beschleunigungsphase aufspüren, nicht wahr?«

»Wir können unsere Psychologie kaum auf sie übertragen«, wandte Mokoena ein. »Es wäre durchaus möglich, daß sie uns in praktisch nichts gleichen.«

»Das werden wir rauskriegen«, polterte Roszek.

Mokoena krümmte sich innerlich. Nansen hatte einen Teil des Gesprächs zwischen ihnen mitbekommen. Der Maat hatte nicht sehr erfreut reagiert, als sie durchblicken ließ, daß sie gewisse Hemmungen hatte, sich den Sonnen zu nähern. Er gierte nach einer Abwechslung im gleichförmigen Tagesablauf, der ihm schlimmer auf die Nerven zu gehen schien, als er erwartet hatte.

Kilbirnie verschränkte die Hände und schwenkte sie über dem Kopf hin und her. »Hey, mit mir kannst du rechnen! Auf geht's!« rief sie.

»Einen Moment mal –« setzte Brent an.

»Wäre das klug?« fragte Yu gleichzeitig.

»Würdet ihr euch tatsächlich eine solche Chance entgehen lassen?« wollte Zeyd von ihnen beiden wissen.

»Eine einmalige Chance«, warf Cleland ein.

Yu hob eine Hand. Alle lauschten. »Zuerst dachte ich genauso«, sagte sie. »Aber dann dachte ich weiter nach. Wir haben unser Ziel noch nicht erreicht. Hier gibt es keine Sternfahrt.« Sie warf einen Blick auf Nansen. Er behielt seine gleichgültige Haltung bei. »Die Umgebung ist so völlig anders als alles, womit die Menschen bisher Erfahrungen gemacht haben.«

Mokoenas Gesicht spiegelte ihre uneingeschränkte Zustimmung wider.

Kilbirnie konnte sich nicht bremsen, sich in die Diskussion einzumischen. »Zumindest war das noch so, als wir Sol verließen. Ein Grund mehr zu erforschen und in Erfahrung zu bringen, was wir können.«

»Wir kennen die Gefahren nicht«, fuhr Yu fort. »Oder den Nutzen, verglichen mit« – ihre Worte stockten – »mit dem, was wir uns vom Yondervolk erhoffen.«

»Und wissen nicht, wieviel Zeit wir verbrauchen«, sagte Brent.

Zeyd zuckte die Achseln. »Ein paar zusätzliche kosmische Jahre. Für uns wären es vielleicht nur ein paar Monate.«

»Wie können wir in ein paar Monaten etwas Grundlegendes über völlig fremde Planeten, ganze Welten, in Erfahrung bringen?« fragte Mokoena.

»Menschen haben gearbeitet und Opfer gebracht, um uns auf unsere Mission zu schicken«, endete Yu. »Wir sollten ihr Vertrauen rechtfertigen.«

Selbst wenn die Mission sich als erfolglos erweisen sollte, dachte Nansen. Sie mußte die gleiche düstere Vorahnung haben. *Vielleicht sogar besonders dann, wenn sie sich tatsächlich als erfolglos erweist.*

Aber hier haben wir eine möglich Beute sozusagen direkt vor der Nase. Sie könnte sich sogar irgendwie auf das Geheimnis des Yondervolks auswirken, das zunehmend dunkler erscheint, als wir angenommen haben.

Yus Bemerkung hatte Zeyd nachdenklich innehalten lassen. Er starrte für einen Moment ins Leere. »Stimmt«, murmelte er. »Osman Tahir.«

»Verdammt noch mal, das ist ein wissenschaftliches Forschungsunternehmen!« rief Cleland aus. Sie hatten ihn noch nie in einem derartigen Erregungszustand gesehen. »Wir sind geradezu auf einen wissenschaftlichen Goldschatz gestoßen. Ich sage, es ist unsere Pflicht, uns dort wenigstens *umzusehen*!«

»Ein Hoch auf Sie, Tim!« jubelte Kilbirnie. »Ich stimme dafür.«

»Wir würden das Unternehmen natürlich mit der entsprechenden Vorsicht angehen«, sagte Dayan.

»Was halten Sie denn davon, Captain?« rief Ruszek. »Sie sind in den letzten Tagen so stumm wie ein unbezahlter Spion.«

Yu Wenji weiß warum.

Nansen hatte sich schon lange vorher zurechtgelegt, was er sagen würde. »Ich für meinen Teil befürworte eine Erkundung, solange keine vermeidbaren Risiken eingegangen werden. Wenn wir sie durchführen wollen, dann sollten wir es jetzt tun. Wer weiß denn, was sich in ein paar tausend Jahren alles verändert haben wird? Außerdem werden wir auf dem Rückweg höchstwahrscheinlich müde, ganz gewiß aber älter sein. Unser Schiff könnte beschädigt sein. Insgesamt würde ein solches Unternehmen dann weitaus gefährlicher sein. Hier könnten wir möglicherweise etwas erfahren, das uns später bei unserer eigentlichen Mission in irgendeiner Form helfen könnte.

Kilbirnie hüpfte auf ihrem Platz auf und ab. Ruszeks Schnurrbartenden zeigten nach oben, als er grinste. Dayan lächelte, und Cleland nickte heftig. Zeyd hing seinen Gedanken nach. Mokoena schien zu resignieren, doch dann hellte ihre Miene sich auf: selbst wenn alles, was sie hier fanden, ein paar flüchtige Eindrücke einer fremden Biologie sein sollten, so würden diese trotzdem wichtige Erkenntnisse liefern. Sundaram saß reglos da, während seine Miene wie immer einen Ausdruck milder Freundlichkeit zeigte. Yu konnte ihre Sorge nicht vollständig verbergen.

Brent meldete sich. »Eine Sache noch«, polterte er. »Ein Punkt. Wenn wir in diesen Sternhaufen gehen und uns dort für einige Zeit aufhalten, wie wird dann diese Zeit gezählt?«

Nasen hob die Augenbrauen. »Wie meinen Sie das?«

»Der Vertrag. Die Paragraphen, die wir unterschrieben haben. Fünf Erdenjahre höchstens, nachdem wir am Ziel eingetroffen sind und ehe wir nach Hause aufbrechen. Wird ein Ausflug wie dieser dem hinzugerechnet? Ich finde, das sollte geschehen.«

»Entschuldigung«, schaltete Sundaram sich ein, »aber darf ich fragen, welchen Unterschied dies in einer Zeitspanne von zehntausend Jahren macht?«

»Für uns macht es einen. Für unser Leben.«

»Die Frage ist lächerlich«, schnappte Dayan. »In den Paragraphen des Vertrags stand auch, daß wir darüber abstimmen können, länger als fünf Jahre wegzubleiben.«

»Ja, wenn sieben von zehn das wollen.«

»Möchtest du denn nicht mit dem Wissen nach Hause kommen, das zu erlangen unser Ziel ist?«

»Klar, klar. Ich sage ja nicht, daß ich nicht für eine Verlängerung der Mission stimmen würde, wenn es sein muß. Ich wollte nur, daß dieser Punkt geklärt ist.«

»Es gibt diesen Punkt«, entschied Nansen, »aber er ist noch nicht von Bedeutung. Wir werden darüber diskutieren, wenn wir feststellen, daß wir für eine längere Zeitspanne in dem Sternhaufen bleiben müssen. Das heißt, wenn wir entscheiden, hier mit der Erkundung anzufangen. Im Augenblick möchte ich weder meine Gedanken noch Energie für Nebensächlichkeiten vergeuden.«

Brent starrte ihn wütend an, schluckte, schwieg jedoch.

»Captain«, sagte Yu, »wir sollten wirklich unseren Weg wie geplant fortsetzen. Die Spuren –«

Nansen schnitt ihr mit einer heftigen Geste das Wort ab. »Bitte, Ingenieurin Yu, wir hatten uns darauf geeinigt, diese Angelegenheit auszusparen, bis wir bessere Informationen haben.« Sie lehnte sich zurück.

»Was zum Teufel soll das?« fragte Ruszek rauh.

»Das werden Sie schon beizeiten erfahren«, versicherte Nansen ihm. »Jetzt, wo wir alle einen klaren Kopf brauchen, wäre es nur eine Ablenkung.« Und an alle gewandt: »Ich werde keine Entscheidung diktieren. Wenn es keine weiteren Fragen oder Diskussionsbeiträge gibt, vertagen wir die Entscheidung um vierundzwanzig Stunden. Denken Sie darüber nach, beschaffen Sie sich Informationen, unterhalten Sie sich untereinander darüber, und morgen werden wir abstimmen.«

Er wußte, daß es so einfach ganz sicher nicht würde. Zum Beispiel würden die meisten sämtliche Angaben über offene Sternhaufen aus den Datenbanken abrufen und versuchen, sie zu verstehen und zu bewerten. Er selbst hatte es ebenfalls getan.

Nichtsdestoweniger wußte er, wie die Entscheidung ausfallen würde.

14

In sorgfältig berechneten Sprüngen näherte die *Envoy* sich dem Sternhaufen und drang in ihn ein.

Innerhalb des Haufens verlor sie beinahe die Galaxis aus den Augen. Alles hier wirkte durch Staub und Gas verschwommen. Es war immer noch ein nahezu absolutes Vakuum, aber die Trübung reichte aus, um die meisten der weit entfernten Sterne vor dem unbewehrten Auge verblassen zu lassen. Die Sterne des Clusters leuchteten praktisch ungehindert und überstrahlten den Rest. Man konnte ein mattes Funkeln erkennen, aber man schenkte ihm keine Beachtung. Fast ein halbes Hundert Lichtpunkte waren an der Himmelskuppel verteilt. Sogar die kleinsten leuchteten so hell wie Rigel oder Aldebaran über der Erde. Riesen loderten hell entweder im Rot des Feuers oder im blauen Schimmer von Stahl, als hätten sich Unmengen von Siriussen versammelt, und wenn man den Kopf abwandte, brannte das Nachbild im Bewußtsein weiter. Die Mannschaft setzte die Reise in namenlosem Staunen fort.

Aber die alltäglichen Notwendigkeiten des Lebens blieben erhalten. Zu ihnen kamen die wissenschaftlichen Notwendigkeiten, von denen möglicherweise ihr Überleben abhing.

»Ich kenne die Zielsonne«, meinte Dayan während ihres dritten Orientierungsstopps zu Nansen. Die Computer hatten die neuen Daten mit früheren Messungen verglichen, und sie hatte die Zahlen und Graphen analysiert und entschlüsselt. »Es handelt sich um einen Körper vom späten G-Typ mit vier Fünfteln der Masse Sols, und der Körper besitzt Planeten. Der zweite zeigt in seinem Spektrum Sauerstoff-Absorptionslinien.«

»Er ist nicht die Quelle der Neutrinos«, fügte Yu hinzu. »Deren Ausgangspunkt wandert durch den interplanetaren Raum und zwar bevorzugt in der Nähe eines Asteroidengürtels, allerdings können wir auf diese Entfernung etwas so kleines nicht eindeutig erkennen. Sie bewegen sich periodisch. Dieses Verhalten weist auf starke Maschinen hin, die Raumfahrzeuge auf hyperbolische Geschwindigkeiten beschleunigen und wieder abbremsen.«

»Wie viele sind es?« fragte Nansen. Die Frage fuhr ihm wie ein Stromschlag durch Mark und Bein.

»Unmöglich festzustellen. Bis jetzt habe ich fünfundneunzig gefunden, aber ich kann nicht sagen, welche vom selben Schiff kommen, vor allem dann nicht, wenn wir über Lichtjahre hinweg springen und dadurch die Meßdaten verfälschen. Zweifellos bewegen sie sich die meiste Zeit über auf einer Flugbahn, wobei ihre Reaktoren auf einer viel zu niedrigen Leistungsstufe arbeiten, um von uns wahrgenommen zu werden, ehe wir nicht viel näher herangekommen sind.«

»Eine große Flotte, *de calquier modo*. Ist etwa die gesamte Industrie dieser Wesen in den Weltraum umgezogen?«

»Das ergibt für mich keinen Sinn.« Dayan schnalzte mit der Zunge. »Eine weitere Anomalie, die man der Liste der Absonderlichkeiten hinzufügen kann.«

Nansen bellte nur selten eine Frage. Jetzt tat er es. »Was sonst noch?«

»Nun, die Sonne ist heißer als bei dieser Masse

üblich. Das läßt darauf schließen, daß sie sich noch in der Hauptsequenz befindet, aber schon im Begriff ist, sie zu verlassen. Der Metallgehalt anderer Sonnen des Clusters unterstützt diese Vermutung, desgleichen die Häufigkeit Weißer Zwerge. Tatsächlich befindet sich eine periodisch auftretende Nova nur wenige Lichtjahre von dem Stern entfernt, an dem wir interessiert sind.«

»Hätte sie das Leben auf ihren Planeten nicht in starkem Maße geschädigt, wenn nicht gar vernichtet?«

»Ich habe von einer ›Nova‹ gesprochen, nicht von einer ›Supernova‹.«

Nansen nickte. »Das habe ich wohl gehört, auch daß Sie ›periodisch‹ gesagt haben. Darf ich annehmen, daß demnach die Ausbrüche auf eine solche Entfernung nicht stark genug sind, um die Hintergrundstrahlung deutlich zu erhöhen?«

»Ja, zumindest danach zu urteilen, was ich beobachtet habe. Der Begleiter ist nur ein mittlerer M-Typ. Die Spektralwerte zeigen, daß jüngst eine Eruption stattgefunden hat, vor mehreren tausend Jahren – wenn Sie wollen, kann ich ermitteln, wann genau –, daher wird es noch für einige Zeit ruhig bleiben. Aber es muß in der Himmelsregion, zu der wir unterwegs sind, ein grandioses Schauspiel gewesen sein.«

Nansen starrte auf den Sichtschirm. Er wußte nicht, wo er diese verblichene Pracht suchen sollte. Seine Einbildungskraft ließ ein Bild entstehen: zwei Sterne, die sich in geringem Abstand zueinander umkreisen, einer ein matt leuchtender und alter roter Zwerg, einer ein verschwenderischer Riese, der noch einmal aufloderte, ehe er zu der winzigen, superdichten, weißglühenden Kugel eines Neutronensterns zusammenfiel. Er hatte den größten Teil seiner Masse und Gravitation behalten, wodurch er seinem Begleiter Materie raubte. Eine brennende Gasbrücke verband sie miteinander – nein, ein Strom, ein Katarakt, der sich vom roten zum weißen ergoß – Wasserstoff, der sich auf der Oberfläche des Neutronensterns sammelte, vom Gewicht zusammengepreßt und von der Energie seines luziferischen Falls erwärmt wurde, bis der thermonukleare Zündpunkt erreicht war und er explodierte wie eine kosmische Bombe, die kurzzeitig leicht die fünfzig- oder hundertfache Strahlkraft Sols erreichte ... Der Zyklus lief immer wieder aufs neue ab, über Millionen von Jahren hinweg, aber die eine Sonne schrumpfte nach und nach auf ein Bruchteil ihrer ursprünglichen Größe ein, während die andere unaufhörlich wuchs ... Am Ende würde vielleicht, in einer fernen Zukunft, daraus die letzte Katastrophe resultieren, eine Supernova vom I-Typ, und danach jenes Mysterium, das die Menschen Schwarzes Loch nennen ...

»Natürlich ist die Strahlung in ihrer Nähe enorm«, sagte Dayan.

Einige Orte im Universum werden wir niemals selbst aufsuchen. Nur unsere Maschinen, unsere Roboter wagen sich dorthin, und sogar sie könnten zu der Feststellung gelangen, daß es für sie gefährlich ist.

»Aber ich denke, das ist für uns irrelevant, außer als zusätzlicher Hinweis darauf, daß wir es mit etwas enorm Altem zu tun haben«, fuhr Dayan fort. »Möglicherweise nähern wir uns einer Zivilisation, die schon uralt war, als die Saurier noch die Erde beherrschten.«

»Warum unternehmen nicht auch sie Reisen zu den Sternen?« murmelte Nansen halblaut. »Warum haben sie uns nie besucht?«

»Genau das wollen wir doch erforschen, nicht wahr?« erwiderte Dayan.

Erforschen. Richtig! Nansen straffte sich.

Das Quantentor konnte in einem Abstand von sieben astronomischen Einheiten von einer Sonne wie der betreffenden funktionieren. Mittels geschickter Null-Null-Manöver erreichte die *Envoy* die ekliptische Ebene in etwa dieser Entfernung, wobei die Distanz zwischen ihr und dem lebendigen Planeten noch geringer war. Ihre relative Geschwindigkeit war jedoch keine große Hilfe. Sie mußte den Rest des Weges mit Hilfe ihres Reaktionsantriebs bewältigen. Nansen entschied sich für ein ständiges halbes g mit Schubumkehr nach der Hälfte der Strecke. Das würde etwa zehn Tage dauern. Eine höhere Beschleunigung war möglich, aber sie hätte mehr Delta-*v* verbraucht, als es die eingesparte Zeit wert war, und das bei einer Geschwindigkeit, die kaum variiert werden konnte. Un bei einer so hohen Geschwindigkeit wären sie zudem weniger manövrierfähig, als ihm lieb war.

Bei solchem Schub, wenn linearer und rechtwinkliger Vektor zusammenwirkten und die Richtung ›unten‹ umkehrten, mußten die Leute ihre Kabinen und andere komfortable und bequeme Einrichtungen verlassen und in die Enge der kardanisch aufgehängten Decks umziehen, die herumschwangen, um den Eindruck einer horizontalen Standfläche zu erhalten. Gedränge ließ sich dabei nicht vermeiden. Die flexibel miteinander verbundenen Deckelemente mußten kurz genug sein, um sich der Krümmung des Rades anzupassen. Außerdem durften sie mit ihrer direkten Umgebung nicht ins Gehege kommen, und zwar von den Labors bis hin zum Freizeitpark. Dort und in den darüber liegenden Ebenen hatte man Gegenstände, die normalerweise nicht an bestimmten Punkten befestigt waren, sorgfältig gesichert.

Zwischen den kardanischen Ringen lag die Kabine des Kapitän, die mit Instrumenten und Kontrollen vollgestopft war und als vorübergehende Kommandozentrale diente. Zwei Schlafsäle, für Männer und Frauen, teilten sich ein Bad. Es war nicht verwunderlich, daß die Besatzung den größten Teil ihrer Wachzeit im Salon zubrachten, wo sie Bildschirme, Spiele und eine bescheidene Auswahl anderer Dinge vorfanden, die der Zerstreuung und Freizeitgestaltung dienten. Ein Trainingsraum schloß sich an den Salon an, wo die Besatzung paarweise oder zu dritt abwechselnd Trainingseinheiten in Sportarten absolvieren konnte, für deren Ausübung nicht allzu viel Platz erforderlich war.

Im großen und ganzen kamen sie mit der Situation gut zurecht. Sie hatten alles in der Vergangenheit eingeübt. Es würde nicht allzu lange dauern, und am Ende erwarteten sie Überraschungen, Entdeckungen, Abenteuer. Sogar die Mehrheit jener, die sich gegen den Abstecher ausgesprochen hatten, waren aufgeregt.

Außerdem konnten sie den Bereich für eine begrenzte Zeit verlassen, wenn sie sich in acht nahmen. Einige mußten es, weil ihr Dienst es von ihnen verlangte. Andere taten es freiwillig.

Kilbirnie hüpfte durch einen Korridor, streckte und krümmte sich bei jedem Satz, als befände sie sich auf einem steilen Berghang. Der Biomat verlieh ihren Schuhsohlen ein wenig Griffigkeit, aber sie war nur gering, so daß Kilbirnie jeden Moment stolpern und stürzen konnte. Um die Krümmung kam ihr Nansen entgegen. Obgleich er sich ebenfalls zügig vorwärts bewegte, war er nicht so schnell, und sein linker Fuß benutzte die Schutzwand, die senkrecht vom Boden aufragte, als Halt. Sie bemerkten einander, hielten für einen kurzen, erschrockenen Moment inne und bewegten sich langsamer weiter. Als sie auf gleicher Höhe waren, verharrten sie.

Zeyd hatte diesen Abschnitt im Pharaonen-Stil ausgeschmückt – eine königsblaue Decke mit stilisierten goldenen Sternen, die Seitenwände mit Marschlandschaften voll Papyrus, Lotus und Wildtieren, deren Bilder aus der Datenbank stammten. Die Luft war für diese Tageszeit absolut richtig, warm, feucht und erfüllt mit einem Geruch von Wachstum. Kilbirnie und Nansen waren ein wenig verschwitzt. Sie nahmen jeder den Geruch des anderen auf. Beide trugen Ganzkörpertrikots, die einerseits seine breiten Schultern und schmalen Hüften und andererseits ihre weiblichen Kurven und ihren kleinen festen Brüste unterstrichen.

»*Hola*«, grüßte er. »Was tun denn Sie hier?«

Sie lächelte. »Das könnte ich Sie auch fragen.«

»Ich mache eine Inspektionsrunde. Was sonst?«

Kilbirnie schüttelte den Kopf. Ihre hellbraunen Locken tanzten über ihrer Stirn und neben ihren Wangenknochen. »Da habe ich meine Zweifel«, sagte sie fröhlich. »Weshalb sind Sie denn dann ausgerechnet hier?« Ihre Stimme nahm einen schnarrenden Klang an. »Das ist ja wohl kaum der Weg zur Brücke oder zum Transferdock, noch nicht mal zu Ihrer Kabine.«

»*Bien* –« Er räusperte sich. »Nun –«

Sie lachte und hob in einer beschwichtigenden Geste die Hand. »Stehen Sie bequem, Skipper! Ich gestatte Ihnen, die Wahrheit zu sagen.«

Er starrte sie verblüfft an, gewann seine alte Sicherheit zurück und fragte: »Wie bitte?«

»Ich glaube, Sie haben Ihre Runde gemacht, pflichtbewußt wie immer. Aber auf dem Rückweg konnten Sie der Versuchung nicht widerstehen, sich die Zeit zu vertreiben und in dieser total auf dem Kopf stehenden Umgebung herumzuturnen, nicht wahr? Genauso wie ich. Nur brauche ich dafür keine Ausrede.«

Nansen lächelte. »Nun, ja. Man kommt sich hier schon mal ziemlich eingeengt vor, nicht wahr?«

»Ich war unterwegs zum Turnsaal, und zwar dem offiziellen, um ein wenig an den Ringen zu schaukeln und an seinen um sechsundzwanzigeinhalb Grad aus der Vertikalen gekippten Maschinen zu trainieren. Haben Sie Lust mitzumachen?«

Er runzelte die Stirn. »Das könnte gefährlich werden.«

»Eigentlich nicht. Ich weiß sehr wohl, daß wir uns keine Knochenbrüche leisten können, aber wir sind ganz gut in Form und weltraumerfahren. Warum kommen Sie nicht mit?«

Er stand schweigend zwischen einem Ibis und einem Krokodil an der Wand.

Sie legte eine Hand auf seinen Arm. »Ach, Skipper, ich weiß, daß Sie glauben, Sie müßten immer reserviert und korrekt und unparteiisch auftreten und sich benehmen, wie es sich für einen richtigen Aristokraten gehört.« Erneut verlieh sie ihrer Stimme einen schnarrenden Klang. »Aber Sie brauchen nicht ständig den entsetzlichen Wichtigtuer herauszukehren.«

»Ich glaube nicht, daß ich das getan habe«, wehrte er sich indigniert.

Sie wich, erschrocken über die heftige Reaktion, einen Schritt zurück. »Es tut mir leid. Ich wollte nicht – Nein, ich habe wohl das völlig falsche Wort benutzt. Ich bitte um Entschuldigung.«

Seine verkniffene Miene entspannte sich. Er lächelte plötzlich viel wärmer, als man es von ihm kannte. »Schon in Ordnung. Wenn wir nicht von Zeit zu Zeit reden könnten, wie uns der Schnabel gewachsen ist, würde es ziemlich schnell Probleme geben.

Unter ihrem Trikot konnte er erkennen, wie sie sich spannte.

»Aber Sie ringen sich niemals zu einem offenen Wort durch.«

Er konnte nur erwidern: »Wie kommen Sie darauf, daß ich irgendetwas loswerden möchte?«

»Sie sind doch ein Mensch, nicht wahr? Vielleicht versuchen Sie, es sich nicht anmerken zu lassen, aber –« Sie wechselte schnell zu einem anderen Thema über, das sie schon länger beschäftigte. »Sie und Wenji bewahren offenbar ein Geheimnis.«

Sein Gesicht wurde ausdruckslos. »Nein«, widersprach er. »Es geht um eine Sache, derer wir uns noch nicht ganz sicher sind. Einstweilen muß das Ganze absolut vertraulich behandelt werden –«

Sie betrachtete ihn aufmerksam. Er erahnte das belustigte Grinsen hinter ihrer betont ernsten Miene, hob kapitulierend die Hände und lachte. »Ha! Sie haben recht, Pilotin Kilbirnie. Ich bin manchmal wirklich ziemlich wichtigtuerisch.«

Ihre Miene entspannte sich. »So ist es schon besser.« Leise meinte sie weiter: »Es wird nichts so heiß gegessen, wie es gekocht wird. Lassen Sie sich einfach ab und zu mal gehen.«

Er atmete aus. »Ich glaube, das sollte ich wirklich mal tun.«

»Aber im Augenblick stehen wir vielleicht vor einer großen Entdeckung.«

»Ja.«

Seine Unbeschwertheit verflüchtigte sich. Eine Falte entstand zwischen seinen Augenbrauen. Sie hatte ihn wieder an das Unvorhersehbare und an die Entscheidungen erinnert, die er treffen mußte und die sich durchaus als tödlich falsch erweisen konnten.

Sie ergriff seinen Arm. »Bis es soweit ist«, sagte sie, »lockt aber unsere schräge Sporthalle. Was halten Sie von einer Runde Handball? Das dürfte doch ziemlich wild sein.«

Er war unschlüssig. »Also, ich weiß nicht so recht –«

»Nun kommen Sie schon.« Sie zog an seinem Arm. Er verharrte für eine weitere Sekunde, dann gab er nach.

Das war zwei Tage vor dem Angriff.

15

Die Sonne warf ein trübes Licht und messerscharfe Schatten auf die *Envoy*. Auf einem Sichtschirm, mit reduzierter Helligkeit dargestellt, war die Scheibe winzig klein. Aber sie war kein Stern mehr. Das Schiff hatte längst auf Schubumkehr geschaltet und bremsend näherte es sich rückwärts sinkend seinem Ziel.

Nansen rief ein Bild ab und betrachtete es stirnrunzelnd. Das optische System hatte es etwa eine Stunde vorher über eine Entfernung von gut zwei Millionen Kilometer aufgenommen. Ein großer Asteroid befand sich vor ihnen am Himmel und rotierte langsam. Seine Kugelform war zu perfekt, um natürlichen Ursprungs zu sein. Nur etwa ein halbes Dutzend kleine Meteorkrater zeichneten sich wie Pockennarben auf der grauen Oberfläche ab. Daher mußte er ziemlich jung sein, wahrscheinlich nicht älter als hunderttausend Jahre. Es gab auch noch andere Kratzer und Löcher, die die Oberfläche verunstalteten. Ihr Inneres war schwarz, Schutt lagerte an ihren Rändern, die nicht rund, sondern rechteckig waren. Ein quadratischer Felsen kam am Horizont in Sicht, während der Körper sich drehte. Seine Oberfläche war eben und glatt bis auf Löcher, die verrieten, daß etwas ausgegraben und mitgenommen worden war.

»Eine Basis«, murmelte er. »Das war wohl so eine Art Raumzentrum. Ein Hafen, schätze ich. Vielleicht standen hier auch Sende- und Empfangstürme und wer weiß, was sonst noch.«

»Und alles wurde zerstört und aufgegeben«, sagte Yu leise neben ihm. »Warum? Wurde alles überflüssig? Eine Technologie, die solche Bauten errichten kann, hat es bestimmt nicht nötig, irgendwelche eigenen Einrichtungen auf Ersatzteile hin auszuschlachten. Und warum finden wir keine Spuren von dem, was das alles vielleicht ersetzt hat?«

»Umherkreuzende Raumfahrzeuge – andernorts scheint irgendetwas im Gange zu sein –« Sie sahen andere Asteroiden, zwei Monde von Riesenplaneten, aber sie befanden sich nicht auf dem Kurs der *Envoy*. Die lebendige Welt war ein blaues Leuchten in Sonnennähe. »Wir sind immerhin unterwegs, um es zu erkunden.«

Die Stimme des Zentralcomputers meldete sich, melodisch, ruhig, geschlechtslos. »Achtung! Achtung! Detektorprogramm meldet thermonukleare Kraftquelle, die einen Plasmajet antreibt. Möglicherweise Raumschiff auf Begegnungskurs.«

Yu hielt den Atem an. Rufe, Pfiffe und ein ungarischer Fluch drangen aus dem Interkom. Nansen sprang von seinem Platz auf. »Ruhe!« befahl er. »Alles in Bereitschaft halten. Wir brauchen weitere Informationen.«

Kilbirnie konnte sich eine Erwiderung nicht verkneifen. »Sie könnten wenigstens ein bißchen Begeisterung zeigen, Skipper.«

Nansen grinste kurz und verkniffen. »Ich bin ziemlich beschäftigt. Zeit zum Jubeln haben wir später noch.«

Tränen glänzten in Yus Augen. »Oh, wie wundervoll«, flüsterte sie ergriffen.

»Das ist keine Überraschung«, meinte Nansen unnötigerweise. »Sie mußten uns einfach bemerken.« Nach einer kurzen Pause fuhr er fort: »Was mich jedoch überrascht – Nein, zuerst muß ich mir mal die Parameter ansehen. Ingenieurin Yu, bitte begeben Sie sich auf Ihre Alarm-Station.«

»Das ist kein Notfall, Captain. Wir haben sicher nichts zu befürchten. Aber wir sollten trotzdem wachsam sein ... Überraschungen kann es immer geben.« Sie verließ die Kabine. Nansen setzte sich und stellte dem Computer einen ganzen Katalog von Fragen.

Kurz darauf informierte er die Mannschaft. »Ja, es handelt sich um ein Begrüßungsschiff. Es bewegt sich mit fast elffacher Erdbeschleunigung. Wir haben gerade noch eine weitere Bewegung in größerer Entfernung aufgefangen, die ebenfalls unseren Kurs kreuzen wird. Die erste Begegnung dürfte in etwa drei Stunden stattfinden.

Das heißt, wenn wir weiterhin im gleichen Maß unsere Geschwindigkeit drosseln. Stattdessen schalten wir ab. Das würden wir sowieso tun, wenn wir aufeinander träfen, und damit gewinnen wir Zeit, um uns vorzubereiten. Der Zeitpunkt des Rendezvous wird sich nicht wesentlich verschieben, falls diese Schiffe ihren Kurs und ihr Tempo ändern, sobald sie sehen, was wir getan haben, was sie zweifellos tun werden.«

»Elffache Erdbeschleunigung?« rief Zeyd. »Aber dieser Planet hat doch nur – Moment mal – eine um sieben Prozent höhere Gravitation als die Erde.«

»Drogen oder Flüssigkeitsliegen könnten den Besatzungen Schutz bieten«, äußerte Mokoena eine Vermutung.

»Oder es sind Maschinen und Gott weiß was«, erwiderte Nansen. »Sie alle haben nach dem Shutdown eine Stunde Zeit für persönliche Vorbereitungen, Essen, Trinken, Umziehen, was immer Sie für nötig halten.« Seine Stimme wurde sanfter. »Vielleicht auch für ein Gebet. Danach suchen Sie bitte Ihre Stationen auf und halten sich einsatzbereit.«

Er gab einen Befehl ein. Der Antrieb schaltete sich ab. Immer noch rückwärts fliegend, bewegte die *Envoy* sich mit hoher Geschwindigkeit in einer fast schnurgeraden Linie weiter. Das Gewicht in ihrem Innern kehrte auf seinen Normalwert zurück, der Boden richtete sich horizontal aus, die Trennwände kippten zurück in die Senkrechte, und das Gehen wurde einfacher.

Die Zeit raste und schlich zugleich. Die Besatzung wartete auf ihren Posten – Yu und Brent in der zentralen Maschinenkontrolle, Dayan im mit Instrumenten vollgestopften Nervenzentrum, Ruszek und Kilbirnie bei ihren Booten, Mokoena im Operationsraum des Krankenreviers, Zeyd und Cleland an den gegenüberliegenden Enden eines Raddurchmessers, bereit, sofort dorthin zu eilen, wo sie gebraucht wurden. Sundaram hielt sich mit Nansen im Kommandozentrum auf. Falls schnell jemand gebraucht wurde, der aufgefangene Botschaften in einer fremden Sprache verstand, war physische Anwesenheit an Ort und Stelle sicher besser als das Interkom. Dieses verbreitete im Augenblick vorsichtig geäußerte Vermutungen, oberflächliches Geplauder sowie gezwungen humorvolle Bemerkungen. Doch nach einer Weile erstarb all das allmählich, und Stille herrschte im Schiff.

Die *Envoy* schickte auf allen verfügbaren Frequenzbändern Signale aus und erntete nichts als beharrliches Schweigen.

»Man kann nicht unbedingt davon ausgehen, daß ihre Geräte und Anlagen mit unseren kompatibel sind, oder doch?« fragte Sundaram schließlich.

Dayan erwiderte: »Sie kennen aber das elektromagnetische Spektrum ganz gut. Wenn sie nicht wenigstens eine unserer Nachrichten aufpicken und nicht wenigstens eine Antwort gleicher Art absetzen können, dann sind sie wahrscheinlich blöder, als ich es bisher für möglich gehalten habe.«

»Vielleicht«, sagte Cleland, »sammeln sie erst einmal jede Menge Daten über uns. Wir könnten schließlich die ersten Besucher ein, die sie je hatten.«

»Wir werden sehen«, sagte Nansen.

»Werden wir das wirklich?« fragte Mokoena.

Das fremde Schiff gelangte nun in optische Sichtweite, war winzig klein und verschwamm anfangs. Dann wurde das vergrößerte Bild von Sekunde zu Sekunde deutlicher. Nansen und Sundaram starrten hinaus.

Sie brauchten nicht zu beschreiben, was sie sahen. Jede Station verfügte über einen Sichtschirm. Ein langer Zylinder endete hinten in einem Beschleunigungsgitter, das dem der *Envoy* nicht unähnlich war, und das gleiche bläulichweiße Plasmafeuer trieb es an. Am Bug bildete eine andere Gitterkonstruktion eine weite, flache Schüssel, die von einem Mast durchbohrt wurde. Der Rumpf war aus matt glänzendem Metall und ohne spezielle Merkmale, abgesehen vom zweiten Viertel seiner Gesamtlänge, vom Bug aus gezählt. Dieser Abschnitt bestand aus nackten Rippen und Stützbalken und war ansonsten offen. Er enthielt ein kompliziertes Netz, in dem solide Gebilde zu erkennen waren. Allerdings waren dank der abschirmenden Wirkung des Metalls und dem raffinierten Licht- und Schattenspiel des Vakuums keinerlei Details auszumachen.

»Etwa einhundert Meter lang, abgesehen von der Antriebseinheit, und höchsten dreißig im Durchmesser, ohne die vorn angebrachte Schüssel gerechnet«, berichtete Nansen. »Ich kann mir natürlich sicher sein, aber ich vermute, daß die Schüssel mehr zum Senden als zum Empfangen dient, wenn sie Radiofrequenzen benutzt. Sie muß aus einem Komposit hergestellt worden sein, das mindestens so widerstandsfähig wie unsere Materialien sein dürfte, um bei der Beschleunigung, der die Schüssel ausgesetzt war, nicht verbogen worden zu sein.«

»Das Ganze kommt mir immer mehr so vor, als wäre es ein einziger riesiger Roboter«, sagte Sundaram. »Das würde auch zu einem industrialisierten Planetensystem passen, in dem die Mutterwelt ein Wohnpark ist. Als die Bewohner uns entdeckten, schickten sie Patrouillenboote aus, um uns zu inspizieren.«

»Zuviel von dem, was wir bisher gesehen haben, paßt nicht zu dieser Theorie«, sagte Nansen. »Abwarten. Bestimmt wissen wir bald mehr.« Die Anspannung verursachte regelrechte Schmerzen. Er befahl seinem Körper, sich Muskel für Muskel zu entspannen.

Das fremde Schiff ging auf gleiche Geschwindigkeit und schaltete den Antrieb ab. Es hing in einem halben Kilometer Entfernung scheinbar reglos vor den großen Sternen.

»Immer noch keine Antwort«, teilte Nansen seiner Mannschaft mit. »Wir – *Moment!*«

Die Vergrößerung zeigte ihm und Sundaram die Formen, die aus der Skelettkonstruktion herauskletterten. Instrumente zeichneten Größenverhältnisse und Bewegungen auf. Für das unbewehrte Auge wären sie nicht mehr als ein mattes Glitzern gewesen, aber sie näherten sich schnell in geordneter Keilformation.

Kein Schirm lieferte ein derart klares Bild. »Roboter, jawohl«, sagte Nansen, der selbst fast wie eine Maschine klang. »Insgesamt fünfzehn. Zylinderförmig, ungefähr drei Meter lang. Vier Zusatzgeräte mit Düsen rund um die Außenhülle in Taillenhöhe – Jetantriebe, vermute ich, wahrscheinlich chemisch. Vier Landestützen hinten, jedenfalls sehen sie so aus ... Klauen an den Enden, wahrscheinlich dienen sie gleichzeitig als Greifer. Vier Arme vorne, verzweigt – ja, an den Enden befinden sich offenbar ebenfalls Greifer und verschiedene Werkzeuge. In Nasenhöhe ragt etwas heraus – mit einer Linse darin? Ein Laser? Weitere Vorrichtungen sind zu erkennen – Sensoren? – *¡Esperad!* Sie drehen sich ... innenliegende Kreisel, Minidüsen?« Flammen flackerten. Dampf wallte auf, zerfaserte, verschwand. »Ja, sie sind im Anflug, sie kommen auf uns zu.«

Die Gebilde näherten sich. Das optische Programm verfolgte sie und zeigte sie den Betrachtern.

»*¿Qué es?* Sie ... sie kommen von hinten – sie landen – Induktionsfixierung wie bei unseren Stiefeln? Aber es ist – *¡Madre de Dios, nein!*«

Die Maschinen hatten das Gitter des Plasmaantriebs erreicht. Sie hingen daran wie Wespen an einer Beute. Ein strahlender Glanz drang aus ihren Linsen. Metall glühte plötzlich weiß, Funken sprühten, ein Kabel löste sich, ein dünner Träger wurde durchtrennt, und ein zweiter Roboter packte die Enden und bog sie auseinander, ehe sie sich wieder miteinander verbanden.

»Sie greifen uns an«, stellte Mokoena wie vom Donner gerührt fest.

»Antrieb aktivieren!« brüllte Ruszek. »Wir müssen die Kerle wegbrennen!«

»Nein«, widersprach Yu. »Wir haben bereits zuviel Feedback für die Steuerfelder verloren. Wir würden die gesamte Konstruktion zerschmelzen.«

»Aufhören, bitte, aufhören«, flehte Sundaram. Seine kleinen braunen Hände flogen über das Keyboard vor ihm und suchten einen Befehl, der von der Gegenseite verstanden wurde.

»Beschießt ihr Schiff!« schrie Kilbirnie.

Schweiß brannte in Nansens Augen. »Noch nicht. Wir wissen nichts über sie, *nada*.«

Brents Stimme erklang. »Nun, wir können uns durchaus selbst verteidigen. Lajos, wir beide gehen am besten raus und killen diese Dinger, ehe sie unseren gesamten Rumpf auseinanderschneiden.«

»Bei Gott, ja!« rief der Maat. »Tim, du bist dem Spind mit den Handwaffen am nächsten. Bring sie her. Selim, komm, hilf uns mit den Anzügen!«

»Ich gehe mit«, entschied Zeyd.

»Und ich auch«, meldete sich Kilbirnie.

»Nein«, erklärte Nansen. »Nicht Sie beide. Ruszek und Brent haben militärische Erfahrung. Mehr können wir nicht riskieren.« Ein ärgerlicher Seufzer drang über seine Lippen. Er mußte ebenfalls zurückbleiben.

Dayan schickte ihm sein Mitgefühl. »Wir wissen, was in Ihnen vorgeht, Kapitän.«

»Das Ganze muß ein tragischer Irrtum sein«, stieß Yu aufgewühlt hervor. »Sie würden doch niemals – als vernunftbegabte Wesen –«

»Sie tun es aber«, sagte Zeyd.

Sundaram hatte sein inneres Gleichgewicht wiedergewonnen. »Ich arbeite gerade an einem Programm, das man ihnen übermitteln kann«, erklärte er. »Grundlagen der Mathematik, Zahlen von eins bis einhundert, digitale Symbole für Telegrafisten, Operationen, die dazu gedacht sind, sie zu identifizieren. Außerdem variieren wir eine Amplitude sinusförmig, parabolisch und exponential und präsentieren ihnen eine Folge von Primzahlen. Mit all dem wollen wir ihnen zeigen, daß wir keine Automaten, sondern mit Bewußtsein ausgestattete Wesen sind. Sie können jetzt auf jeder Wellenlänge, die Sie haben, damit anfangen. Ich werde weitere hinzufügen.«

Nansen bereitete es für ihn vor. Er zweifelte an der Wirksamkeit, aber was könnte es schaden? Wenigstens wurde er dadurch von der Zerstörung draußen abgelenkt. Trümmer flogen durch den Raum, taumelten davon und verschwanden in der Ferne. Mehrere Roboter brachen ihre Aktionen ab, um weiter vorzurücken. Sie umkreisten das Heckrad und bewegten sich parallel zum Rumpf, indem sie ihre Steuerdüsen überaus behutsam einsetzten und damit leichte Antriebsstöße erzeugten. Vor ihnen befanden sich Geschütztürme, Andockvorrichtungen, Luftschleusen und empfindliche Sensoren. Hinter dem vorderen Rad ragte der Mast auf, der den Strahlungsschild aufbaute und steuerte. Wenn er diesen Mächten doch nur Einhalt gebieten könnte – Aber sie schoben sich übereinander, um eine hohle Schale zu bilden, und die

Erfordernisse des Feedback machten ihre Darstellung von der Stärke der Hintergrundstrahlung abhängig.

Das Mutterschiff wartete stumm. Instrumente registrierten seinen Gefährten, der schnell näher kam.

Eine Fähre sprang vom vorderen Rad hinüber zum Rumpf. Indem sie auf seinen Befehl herumschwenkte, lieferte die Optik Nansen ein Bild davon. Die Fähre erreichte eine Andockstelle und sicherte sich. Die Männer an Bord eilten hindurch und in den Gang dahinter. Sie wollten zum nächsten Ausgang in den Raum.

Er wußte, welcher es sein würde, und richtete die Optik darauf. Nach einer Ewigkeit, während das Zerstörungswerk am Heck andauerte und Scoutroboter sich zum Bug vorarbeiteten, schwenkte das Ventil zur Seite. Zwei Gestalten in Raumanzügen kletterten heraus und suchten festen Stand, um sich umzuschauen. Ihre Stiefel hafteten auf dem Rumpf, und in den Händen hielten sie Schußwaffen. Weitere hatten sie sich über die Schultern gehängt. Im harten Sonnenlicht sahen sie aus wie gepanzerte Ritter. Die Jetpacks auf ihren Rücken erinnerten an die Schwingen des kriegerischen Erzengels Michael.

Sie trugen jedoch keine Bezeichnungen. Zu erkennen waren sie an ihrer unterschiedlichen Statur. Ruszek war der stämmigere, Brent der schlanke. Eine Antenne fing ihren Funkverkehr auf.

»Weiter zum Antrieb«, sagte der Zweite Ingenieur. Seine Stimme klang drängend. »Schieß auf Sicht. Und zwar Kugeln. Eine Rakete würde sie völlig zertrümmern. Wir brauchen sie in einem Zustand, in dem wir sie untersuchen können.«

»Sie sollen zuerst eine Chance bekommen«, knurrte

der Maat. »Wenn sie uns sehen, dann werden sie vielleicht – Stopp! Gib mir Deckung!«

Ein Roboter kam um den Rumpf herum und hielt sich dicht über seiner Krümmung. Lichtreflexe entstanden auf den glatten, metallischen verästelten Armen, den wachsamen Pseudoaugen. Während er weiterhin sein Gewehr festhielt, breitete Ruszek die Arme in einer symbolischen Willkommensgeste aus.

Die Laserlinse leuchtete auf. Sein Helmvisier verdunkelte sich gerade noch rechtzeitig, um sein Augenlicht zu schützen. Er machte einen Satz, löste sich vom Rumpf und trieb ab. Metall glühte, wo er gerade noch gestanden hatte, und warf Blasen entlang der Kerbe, die der Energiestrahl gebrannt hatte.

Brent feuerte bereits. Der Roboter wurde vom Aufprall der Kugeln zurückgeworfen. Die Kugeln durchschlugen seinen Panzer. Er taumelte mit erloschenen Steuerdüsen davon. Die Arme wackelten schlaff hin und her.

Zwei weitere erschienen. Ruszek hütete sich, im freien Fall auf sie zu schießen. Er drehte sich, aktivierte seinen Antrieb, landete wieder auf dem Rumpf und wanderte Schritt für Schritt darauf entlang zu seinem Partner. Brents Gewehr hämmerte.

Am Heck stiegen die anderen Maschinen auf. Sie erschienen vor den riesigen Sternen wie ein Fliegenschwarm. Ruszek hängte sich das Gewehr über die Schulter und machte seinen Raketenwerfer bereit.

Ein Laserstrahl suchte blitzgleich ein Ziel. Metall glühte auf.

»Die Befehle dafür kamen vom Schiff«, sagte Nansen. Dann sendete er: »Nein, du wirst meine Männer nicht töten.«

Eine Rakete zog eine weiße Rauchspur hinter sich her. Ihr Radar fand ein Ziel, der Sprengkopf explodierte. Eine Feuerrose blühte lautlos auf, zerfaserte, verschwand. Trümmerteile wirbelten hoch, wo gerade noch zwei Roboter gewesen waren, und blinkten im Sonnenlicht.

Im Vakuum hatte die Erschütterung die anderen nicht erreicht. Trotzdem stoben sie auseinander. Für einige Zeit entfernten sie sich in alle Himmelsrichtungen, als wären sie völlig durcheinander.

Nansen hatte seinen Befehl eingegeben.

Die Roboter sammelten sich wieder. Sie rückten erneut gegen die Männer vor. Ruszek und Brent hatten sich Rücken an Rücken aufgestellt.

Ein Torpedo glitt aus einem Startrohr der *Envoy* heraus. Nansen gab seine Instruktionen. Das schlanke Gebilde suchte sein Ziel und aktivierte seinen Jetantrieb.

Obgleich von eher geringer Wirkungskraft, füllte die Atomexplosion den Himmel mit weißer Glut. Der Feuerball blähte sich zu einer leuchtenden Wolke auf. Als diese sich aufgelöst hatte, wirbelten rot glühende Scherben und Tropfen geschmolzenen Metalls umher wie verrückt spielende Kometen.

Nansen richtete seine Aufmerksamkeit wieder auf seine Männer. Sie hatten den Rumpf als ausreichenden Schutz zwischen sich und der Explosion gehabt. Anderenfalls hätte er das Schiff zuerst herumdrehen müssen. Sie hatten ihre Position nicht verlassen. Brent zielte gerade auf einen herankommenden Roboter. Auch jetzt durchschlugen die Kugeln seine dünne Haut und zerfetzten seine Schaltkreise. Die Maschine taumelte zurück. Bauteile rieselten aus ihr heraus.

Der Anblick war beinahe mitleiderregend, denn die gesamte Gruppe schien völlig durcheinander zu sein. Der eigene Schwung ließ einzelne Roboter vorbeischweben. Zwei von ihnen stießen gegen das Schiff, klammerten sich daran fest und stellten sich darauf. Werkzeuge an den Armgliedmaßen fuchtelten sinnlos im Vakuum herum. Die restlichen Roboter trieben vorbei und wurden mit zunehmender Entfernung immer kleiner.

»Feuer einstellen, Al«, erklang Ruszeks heiseres Murmeln. »Ich glaube, wir haben gewonnen.«

Ein paar Trümmer des vernichteten Schiffs prallten nicht zu hart gegen die *Envoy* und wurden drinnen als dumpfes Poltern wahrgenommen.

Nansen atmete zischend aus. Seine Haut prickelte. Er roch seinen Schweiß, spürte ihn auf der Stirn und unter den Armen und hörte seine eigene Stimme wie aus weiter Ferne: »Kommen Sie wieder rein, Sie beide. Gut gemacht.«

»Wir sollten lieber noch ein Weilchen hier bleiben und Wache halten.« Brents Worte waren ein wenig schrill, aber entschlossen.

»*No hay necesidad* – nicht nötig.« Nansen zögerte. Seine Gedanken hatten sich beschleunigt, glaubte er. Es war die Sprache, die schwerfällig geworden war. »Zumindest erscheint es eher unwahrscheinlich, daß es in der unmittelbaren Zukunft weiteren Ärger gibt. Wir haben schließlich das Mutterschiff vernichtet. Das hat offensichtlich die ganze Sache geleitet. Die Roboter haben sicherlich eine gewisse Autonomie, aber ohne ausdrückliche Befehle würden sie niemals ... wissen sie nicht ... was sie tun sollen. Auf jeden Fall wissen sie es ganz bestimmt nicht, wenn sie auf jemanden so Unerhörtes treffen, wie wir es für sie sein müssen.«

Mokoenas Stimme klang entsetzt. »Sie haben es vernichtet – ohne zu wissen, wer oder was dort an Bord war?«

»Sie hatten es auf uns abgesehen«, fauchte Kilbirnie.

»Nein, das Schiff muß ebenfalls ein Roboter gewesen sein«, sagte Dayan. »Die Zerstörer waren – Agenten, Organe, Teilchen, die ihm dienten. Ich kann nicht glauben, daß intelligente Wesen einen sinnlosen Angriff ausführen. Ihr Handeln entsprach lediglich einem Programm, das ganz bestimmt nicht für jemanden wie uns geschrieben wurde.«

Nansens Zunge gewann allmählich ihre Feuchtigkeit wieder zurück. Sie bewegte sich ein wenig geschmeidiger. »Das können wir in aller Ruhe besprechen und gleichzeitig über neue Pläne nachdenken«, sagte er. »Unterdessen, Maat Ruszek und Ingenieur Brent, wollen wir Sie nicht länger einer Gefahr aussetzen. Kommen Sie zurück.«

»Um als Helden begrüßt zu werden«, krähte Kilbirnie.

»Zuerst sollte ich diese beiden hier erst mal zerblasen«, sagte Ruszek.

»Nein!« rief Brent aus. »Wir wollen sie untersuchen, zerlegen. Ihr militärischer Wert – Laser dieser Stärke, dann dieses kleine –«

»Nun, ich lasse sie ganz bestimmt nicht auf unserem Rumpf hocken, wenn ich ihnen nicht wenigstens das Licht ausgeblasen habe. Richtig, Captain?«

»Schaffen Sie das mit einem Gewehr?« fragte Nansen.

»Das haben wir schon getan.«

»Schieß nicht auf die gleichen Stellen«, bat Brent. »Laß andere Teile heil. Wir müssen alles über sie in Erfahrung bringen.«

»Für Kriegszwecke?« brauste Yu auf. »Warum? Ich dachte, wir wären uns darin einig, daß dies im Grunde ein Unfall war.«

»Dessen können wir uns nicht sicher sein«, erwiderte Nansen. »Das versuchen wir herauszufinden. Zuerst sehen wir uns natürlich die Schäden an und beginnen mit der Reparatur.«

Sundaram meldete sich zu Wort. »Nein«, widersprach er. »Zuerst sollten wir versuchen, mit dem zweiten Schiff Kontakt aufzunehmen. Es wird in ungefähr einer Stunde hier sein, nicht wahr?«

»Das wird es nicht«, entschied Nansen. »Ich werde eine zweite Rakete abfeuern.«

»Oh, nein!« kreischte Yu. »Sie können doch gar nicht wissen –«

»Ich kann Wahrscheinlichkeiten abschätzen«, erwiderte Nansen, »und dieses Robotergehirn da drüben könnte aus dem, was geschehen ist, etwas gelernt haben. Es wird keine Gelegenheit haben, diese Informationen zu seinem Vorteil zu nutzen. Ich hoffe, daß die restliche Flotte dies als Warnung verstehen wird, uns in Ruhe zu lassen.«

»Aber, Captain –«

»Ich bin der Kapitän. Ich nehme jede Schuld auf mich. Ich bin schließlich für alle von uns verantwortlich.«

Sundaram wollte etwas sagen, verkniff es sich jedoch.

Nansens Finger gaben einen Befehl ein. Ein weiteres

Torpedo glitt hinaus in den Raum. Es drehte, wendete, suchte, fand sein Ziel, berechnete den Kurs und raste davon. Nach einer Weile blitzte für sehr kurze Zeit ein neuer Stern auf.

Aus dem Maschinenzentrum drang kein Laut. Vielleicht hatte Yu ihr Interkom abgeschaltet, vielleicht weinte sie.

16

Roboter und Menschen arbeiteten Hand in Hand und setzten den Plasmaantrieb der *Envoy* wieder instand. Er war nicht sehr stark beschädigt worden, da die Zerstörer zu wenig Zeit gehabt hatten, um ihr Werk zu vollenden. Das Schiff wurde auf einen neuen Kurs gebracht und schwenkte schließlich in einen Orbit um einen Planeten ein, auf dem sich Leben befand.

Niemand behelligte sie mehr. »Sie müssen Informationen über uns weitergegeben haben«, sagte Kilbirnie. »Sie dürften erfahren haben, daß mit uns nicht zu spaßen ist.«

»Ja, sie können zwar nicht denken, aber sie können lernen – innerhalb ziemlich weiter Grenzen, würde ich meinen – falls meine Vermutung über sie zutrifft«, erwiderte Nansen.

»Und wie sieht Ihre Vermutung aus?«

»Damit warte ich, bis wir mehr Informationen haben.«

»Wie schön, dann gönnen wir anderen uns solange den Spaß, unsere eigenen Theorien aufzustellen.« Nach der kurzen Begegnung mit dem Tod herrschte eine ausgelassene Fröhlichkeit, allerdings wirkte sie ein wenig gezwungen.

Mondlos, mit einem Viertel der Masse der Erde, sich einmal in 42 Stunden um eine Achse drehend, die kaum zur Ekliptik gekippt war, die Atmosphäre ein wenig dichter, wirkte der Planet immer noch vertraut genug, um einem Menschen das Herz schwer zu machen. Obgleich eisige Polkappen fehlten, schimmerten die Ozeane saphirblau, und das Land erstreckte sich graubraun unter weißen Wolkenformationen. Die Luft bestand aus Stickstoff, Sauerstoff, Wasserdampf, Kohlendioxyd. Es gab Regen, Schnee, Sonnenschein. Leben blühte. Das Reflektionsspektrum der Pflanzen ließ Chlorophyll vermissen, dafür lebten sie mit einer Eiweißchemie, und es gab einen Überfluß an Tieren.

Dazu gehörten auch vernunftbegabte Wesen. Die hochauflösenden optischen Systeme fanden große braune Lebewesen mit kurzen, dicken Beinen und sechsfingrigen Händen in Dörfern(?), die vorwiegend aus kuppelförmigen Behausungen bestanden. Sie betrieben Ackerbau, gruben nach Bodenschätzen, verarbeiteten Rohstoffe, produzierten Fertiggüter, und sie transportierten und reisten mit Hilfe von domestizierten Tieren und primitiven Maschinen. Die Meere befuhren sie mit Segelbooten. Manchmal flogen sie in Flugzeugen, die leichter als Luft waren. Staudämme, Windmühlen und Sonnenkollektoren ergänzten mit Treibstoff betriebene Kraftwerke, um eine ausreichende Menge an elektrischem Strom bereitzustellen. Die Konstruktionen waren exotisch und deuteten oft auf eine hochentwickelte Technik hin, doch die Hauptenergiequelle schien die Verbrennung von Biomasse zu sein, und für deren Anbau waren offensichtlich große Landflächen reserviert worden. In allem waren lokale Variationen zu erkennen, jedoch nicht so kraß, wie man es aus der Geschichte der Erde kannte. So könnte durchaus eine Welt aussehen, auf der sich eine einzige dominante Kultur entwickelt und ausgebreitet hatte.

Es waren die Ruinen, die einem ins Auge sprangen und zum Nachdenken anregten. Überreste mächtiger

Mauern und himmelhoher Türme überragten die Baumkronen der Wälder, die mit Büschen bewachsenen Ebenen und die einsamen Inseln. Kleinere Überbleibsel sah man überall. Einige waren in später errichtete Bauwerke integriert worden. Andere Spuren – alte Flußbetten, seltsam geformte Berge, atypische Vegetationsmuster – erinnerten auf ähnliche Weise an vergangene Pracht.

»Hat ein Krieg zerstört, was hier eins blühte?« fragte Zeyd eines Abends im Gemeinschaftsraum. »Sind die Schiffsmörder vielleicht als einzige übrig geblieben?«

»Das bezweifle ich«, sagte Dayan. »Nichts sieht aus, als wäre es durch etwas anderes als durch Vernachlässigung und Witterungseinflüsse zerstört worden.«

»Außerdem«, meinte Ruszek, »waren es eigentlich keine richtigen Schiffsmörder. Sie haben lediglich versucht, uns auseinander zu nehmen, mehr nicht. Als wir uns wehrten, gingen sie sofort kaputt.«

Mokoena erschauerte. »Nicht sofort.« Sie ergriff seine Hand. »Wenn der Kapitän auch nur ein paar Sekunden langsamer reagiert hätte, dann wären Sie jetzt tot.«

»Aber Lajos hat recht«, erklärte Yu. »Sie hatten keine richtigen Abwehrmechanismen. Sie waren keine Kriegsmaschinen. Wir sollten unsere Psychologie nicht auf die hier existierenden Wesen projizieren. Vielleicht haben sie noch nie einen Krieg geführt.«

»Das wäre wundervoll«, meinte Sundaram sinnend. »Wenn wir sie doch nur kennenlernen könnten – das wäre eine Offenbarung –«

Nansen verwarf diese Idee während ihrer formellen Versammlung mehrere Tage später. »Wir haben den Auftrag, das Yondervolk aufzusuchen«, erklärte er mit Nachdruck.

»Aber die wissenschaftlichen Erkenntnisse, die wir gewinnen könnten«, wandte Mokoena ein. »Eine völlig neue Biologie.«

»Die Wesen«, fügte Sundaram auf seine ruhige Art hinzu. »Ihre Gedanken, Gefühle, ihre Kunst und ihre geheimnisvolle Geschichte.«

»Ich weiß«, erwiderte Nansen. »Aber Sie und wir alle wissen, daß wir unser ganzes Leben hier verbringen könnten und sie am Ende noch nicht einmal ansatzweise verstehen würden. Wir sind auf der Suche nach einer raumfahrenden Rasse. Ich habe diesem Abstecher nur zugestimmt, weil er vielleicht« – er zögerte – »für gewisse Fragen hinsichtlich der Stabilität von Hochtechnologie von Nutzen hätte sein können.«

»Nun, ist er das nicht?« fragte Cleland herausfordernd.

»Ja und nein«, sagte Nansen zu den Versammelten, die vor ihm einen Halbkreis bildeten. »Sie haben es ganz eindeutig nicht bis zum Null-Null-Antrieb geschafft. Es scheint, als läge ihre beste Zeit schon sehr weit zurück. Vielleicht hat damals die Zivilisation, zu der wir unterwegs sind, noch gar nicht existiert. Vielleicht hat der Dunst in diesem Cluster verhindert, daß sie Spuren weiter entfernter Zivilisationen fanden. Es waren Entdeckungen wie diese, die uns auf die Prinzipien des Quantentors brachten.«

»Jemand mußte es unabhängig von allen äußeren Einflüssen als erster tun«, argumentierte Kilbirnie. »Ich bezweifle, daß wir es geschafft hätten.

Nansen zuckte die Achseln. »Wer kann das schon mit Bestimmtheit sagen? Auf jeden Fall habe ich mir darüber Gedanken gemacht, wie es zu dieser Situation hier hat kommen können. Ich habe mich mit Ingenieurin Yu und Physikerin Dayan darüber unterhalten, die meine Ideen weitergesponnen haben. Mittlerweile können wir so etwas wie eine vernünftige Hypothese vorweisen.«

Brent warf Yu, Kilbirnie und Dayan neidische Blicke zu. Kilbirnie verfolgte fasziniert die Diskussion.

»Eine hochentwickelte Technologie, die Nukleonik und gewiß auch genetisches Engineering einschloß, entstand auf diesem Planeten, und offenbar herrschte hier auch ein weltweiter Frieden«, sagte Nansen. »Vielleicht gab es ihn schon immer. Sie erforschten das Planetensystem. Sie bedienten sich seiner Ressourcen: Energie, Mineralien, industrielle Standorte, die die Biosphäre in ihren Lebensräumen nicht beeinträchtigten. In all diesen Punkten waren sie wie wir.

Warum also hätten sie nicht tun sollen, was unsere Vorfahren haben tun wollen und auch sicher getan hätten, wenn der Null-Null-Antrieb das nicht völlig irrelevant gemacht hätte? Nämlich Sonden zu den nächsten Sternen geschickt – und in einem Cluster ist jeder Stern nahe. Roboter könnten die Untersuchungen und Studien durchführen und ihre Entdeckungen nach Hause funken.«

»Unsere Vorfahren haben das mehrmals getan«, erinnerte Cleland.

Nansen nickte. »Richtig. Aber sie schafften es nie, auch den nächsten Schritt zu tun, nämlich von Neumann-Maschinen loszuschicken.«

»Was?«

Nansen blickte zu Dayan. »Möchten Sie das nicht erklären?«

»Es ist ganz einfach«, begann sie. »Wir wenden dieses Prinzip praktisch täglich in unserer Nanotechnik an. Wir schicken Maschinen los, die nicht nur erforschen und uns berichten, sondern auch weitere Maschinen nach ihrem Ebenbild herstellen und diese auf die Reise schicken, nachdem sie darauf programmiert wurden, die gleiche Arbeit zu leisten.«

Brent stieß einen Pfiff aus. »Donnerwetter! Wie lange würden sie wohl brauchen, um die gesamte Galaxis aufzubrauchen?«

»So schlimm würde es nicht«, erklärte Yu ihm. »Es würde ausreichen, ein paar in jedes bekannte Planetensystem vordringen zu lassen. Ein oder zwei Asteroiden würden als Rohmateriallieferanten völlig ausreichen.«

»Eine Sonde wäre keine einfache Maschine«, fügte Dayan hinzu. »Das wissen wir aus eigener Anschauung. Man braucht einen Transporter, der den Zentralcomputer und sein Programm in sich trägt. Dann eine Anzahl Roboter, die die eigentliche Arbeit leisten, wozu auch der Bau der nächsten Maschinengeneration gehört.«

»Aber keiner ist jemals bei uns angekommen«, hielt Ruszek dem einigermaßen ratlos entgegen. »Warum nicht? Wenn es hier vor, hm, einer Million Jahre begann – nun, wir haben gesehen, was für einen Antrieb die Transporter haben. Sechzehnhundert Lichtjahre. Sie hätten das hier schon lange vor uns durchqueren müssen.«

»Leistungsfähige Antriebe«, sagte Brent, »aber begrenzte Delta-*v*.« Er hatte sich die aufgezeichneten

Informationen genau angesehen und mittlerweile damit begonnen, die ausgeschalteten Roboter zu zerlegen. »Vielleicht ein Fünfzigstel oder ein Hundertstel *c*.«

»Trotzdem –«

Zeyd kniff die Augen zusammen. »Die Schiffszerstörer«, zischte er. »Können Sie der Grund sein?«

»So einfach ist es bestimmt nicht«, erwiderte Dayan. »Unsere Vermutung – Aber, Captain, Sie können es wahrscheinlich mit dem wenigsten technischen Kauderwelsch erklären.«

Ein Lächeln spielte um Nansens Lippen. »Vielen Dank. Ich werd's versuchen.

Im wesentlichen nehmen wir an, daß eine von-Neumann-Sonde zu dem Doppelstern auf die Reise geschickt wurde, kurz nachdem er zur Nova geworden war. Wir wissen nicht, ob die Eruption erst vor kurzem oder schon vor längerer Zeit stattgefunden hat, aber wir gehen davon aus, daß es die letzte war. Die Mission war auf ihre Art völlig natürlich, in dem sie einer auffälligen Erscheinung in ziemlicher Nähe galt. Und das System hatte zweifellos noch ein paar Planeten behalten oder band zumindest genügend Schutt in einem Orbit, der als Baumaterial zu benutzen war.

Nun bedeutet das von Neumann-Prinzip nicht, daß eine Maschine sofort nach ihrer Ankunft damit beginnt, weitere Maschinen herzustellen, um sie zu ferneren Sternen auf die Reise zu schicken. Zuerst produziert sie ihresgleichen, um das System zu erforschen, in dem sie eingetroffen ist. Die Maschinen müssen sich auf viele unvorhergesehene Situationen einstellen. Die Hardware muß vielen Ansprüchen gerecht werden. Aber noch wichtiger ist, daß eine ausgeklügelte Software benötigt wird. Es müssen Programme sein, die nicht nur lernfähig sein, sondern auch Lösungen für Probleme entwickeln können müssen, die sich erst im Laufe der Zeit ergeben. Außerdem werden Programme benötigt, die alle sich bietenden Möglichkeiten nutzen können müssen, um ihre Arbeit besser, effizienter zu leisten.

Nun, unsere Hypothese läuft darauf hinaus, daß unter der extrem hohen Strahlung kurz nach dem Ausbruch der Nova ein Programm mutiert ist. Wahrscheinlich waren es sogar mehrere, und sie reagierten auf unterschiedliche Art und Weise und versagten. Es wäre vernünftig, die noch einsatzfähigen Teile der Maschine zu nehmen und sie in neue Maschinen einzubauen. Aber dieser Mutant ging noch weiter. Er stellte fest, daß er sich noch viel besser reproduzieren konnte, indem er andere Maschinen, im Grunde alles an Maschinen, was er finden konnte, attackierte und entsprechend veränderte, was er sich von ihnen holte.«

»Mein Gott, ein Räuber!« platzte Kilbirnie heraus. Sie starrte ins Leere. »Und kein Bewußtsein, das ihm klar machte, daß sein Handeln falsch, eine schlechte Lösung war. Evolution in freier Wildbahn.«

»Ich denke ... Kannibalen ... sind nicht besonders spezialisiert«, murmelte Yu. »Sie müssen die Fähigkeit behalten haben, Rohmaterialien zu verwenden. Es ist ganz einfach ein Fehlen von ... Hemmungen. Aber am Ende verschlangen sie alle anderen in dem Nova-System.«

»Und dann suchten sie sich neue Beute«, sagte Dayan tonlos.

»Ist das der Grund, weshalb solche Maschinen niemals bis zu Sol vorgedrungen sind?« fragte Mokoena. In ihrer Miene paarte sich Schock mit professionellem Interesse.

»Nein«, sagte Zeyd. »Wie konnten sie die Forschungseinheiten überholen?«

»Die Wölfe haben die Büffel nie ausgelöscht«, fügte Brent hinzu.

»Räuber und Beute entwickelten eine enge Beziehung«, sagte Sundaram. »Wir haben auf der Erde nach und nach gelernt, wie unklug es ist, sich in den normalen Ablauf des Lebens einzumischen.«

»Bitte«, sagte Nansen. »All das sind lediglich Nebenaspekte. Diskutiert später darüber.«

»Die Analogien mit der organischen Evolution treffen nicht hundertprozentig zu«, räumte Yu ein.

»Unsere Vermutung geht dahin, daß Maschinen, die fähig sind, als interstellare Forschungseinheiten zu funktionieren, notwendigerweise derart kompliziert sind, daß ihre Programme für Mutationen besonders anfällig sein dürften«, sagte Dayan. »Sie brauchen gar nicht in die Nähe einer Nova zu gelangen. Früher oder später, wird, wenn nichts anderes passiert, allein die kosmische Strahlung ihr Vernichtungswerk vollbringen. Im allgemeinen verlieren sie ihre ›Intelligenz‹ und treiben ziellos für alle Ewigkeit dahin. Wahrscheinlich gelangt keine Generation von von Neumanns weiter als ein paar hundert Lichtjahre, ehe sie im wahrsten Sinne des Wortes stirbt.«

»Auch das ist reine Spekulation«, sagte Nansen. »Wir, unsere Mannschaft, wird niemals erfahren, was wirklich zutrifft. Aber man kann durchaus vermuten, daß diese eine Mutation auf ihre Art und Weise erfolgreich war. Und einige Räuber kehrten zu diesem Stern zurück. Es kann reiner Zufall gewesen sein, aber es hätte auch die Folge eines gewissen ... Erinnerns sein können.

Aber es war auch so, daß die hier existierende Zivilisation von ihren Industrien im Raum abhängig war. Plötzlich wurden sie ausgelöscht. Falls die Wesen erkannten, was im Gange war und versuchten, die Invasoren mit irgendwelchen Waffen anzugreifen, dann waren diese Waffen entweder wirkungslos, oder sie wurden ganz einfach aufgefangen und zerlegt, sobald sie die Atmosphäre verließen. Oder vielleicht waren die Wesen auch viel zu friedfertig, um überhaupt an Waffen zu denken. Was immer geschah, auf jeden Fall brach ihre Technologie zusammen. Es muß grauenvoll gewesen sein.«

Mokoena schüttelte sich. »Hungersnöte. Epidemien. Milliarden starben.«

»Sie scheinen alles so gut sie konnten wiederaufgebaut zu haben«, erinnerte Nansen sie behutsam. »Es sieht so aus, als hätte es eine stabile Bevölkerung und Ökologie gegeben, als wäre es eine Welt gewesen, die sehr gut existieren konnte, bis ihre Sonne zu heiß wurde.«

Kilbirnie verzog das Gesicht. »Aber was dann? Und währenddessen keine Ausflüge, keine Erkundungsreisen mehr?«

»Nicht während die Räuber unterwegs waren«, knurrte Brent.

»Ich behaupte, sie haben auch ein Gleichgewicht erreicht«, sagte Dayan. »Sie reproduzieren sich wahrscheinlich aus den Rohstoffen und aus den Teilen derer, die, hm, gestorben sind. Möglicherweise werden sie ab und zu in irgendwelche Kämpfe verwickelt, aber das kann nicht die Grundlage ihrer Existenz sein. Aber ihre Programme erinnern sich. Sie haben gelernt. Und als wir auftauchten – das war wie Manna vom Himmel.«

Zeyd sprang auf. »Machen wir Jagd auf sie!« rief er. »Wenn wir schon nichts anderes tun, können wir diese armen Wesen wenigstens befreien!«

Ruszek richtete sich kerzengerade auf, sein Schnurrbart zitterte. Brent unterdrückte einen Hochruf.

»Nein«, entschied Nansen. »Es würde einige Jahre dauern, wenn wir es überhaupt schaffen würden. Abgesehen davon können wir überhaupt nicht einschätzen, welche Folgen sich daraus ergeben würden. Wir sind nicht Gott. Und wir müssen uns an unser Versprechen halten.

Nein, wir haben das Rätsel, auf das wir gestoßen sind, nicht richtig gelöst. Wir haben allenfalls eine vage Vorstellung, nicht mehr. Das ist alles, was wir uns unter diesen Umständen wünschen konnten. Falls niemand einen triftigen Grund für unser Hierbleiben findet, setzen wir unsere eigentliche Mission noch in dieser Woche fort.«

Zeyd atmete heftig ein, ließ den Blick über seine Teamgefährten gleiten und setzte sich. Stille breitete sich aus.

Kilbirnie hob eine Hand. »Bravo, Skipper!« rief sie. »Wir haben noch viel vor uns. Also bringen Sie uns hin!«

Wenigstens sie steht ganz und gar auf meiner Seite, dachte Nansen. *Ich würde mich ihr liebend gerne anvertrauen – ihr verraten, weshalb ich es so eilig habe –, falls das, was ich befürchte, sich als zutreffend herausstellt.*

Und dann, während er sie ansah, dachte er: *Angst? Weshalb? Unsere Mission besteht darin, die Wahrheit herauszufinden, ganz gleich, wie sie aussieht.*

Seine Gedanken wanderten lichtjahreweit zurück, dorthin, was noch ungewisser war als das, was vor ihnen lag. *Mögen die zu Hause Gebliebenen vom gleichen Geist beseelt sein wie sie.*

17

Die Erde war die Mutter, und ihre Sippen-Stadt war die kleine Heimat jedes Sternfahrers. Aber es gab auch andere Welten, auf denen Menschen lebten. Dort waren die Schiffe fast immer willkommen, brachten sie doch Neuigkeiten und Handelsware, die, ganz gleich wie dürftig, die Abgründe zwischen ihnen überbrückten. Das war auf der Erde nicht immer so.

So kam es, daß Tau Ceti im Laufe der Jahrhunderte jene Sonne wurde, deren System Reisende oft zuerst aufsuchten. Harbor war so anheimelnd wie jeder bekannte extrasolare Planet, und dort herrschte gewöhnlich Frieden. Nachrichten, die von Sol abgestrahlt wurden, trafen nur mit einer Verspätung von elfeinhalb Jahren ein. Wenn man sich im Ungewissen gewesen war, konnte man jetzt Pläne schmieden. Ob man nun weiterreiste zu seinem Ziel oder nicht, dort war auf jeden Fall ein Ort, an dem man einen Zwischenstopp einlegen konnte, um Geschäfte zu machen, neue Bekanntschaften zu schließen und frische Luft zu atmen. Ein Sippen-Dorf entstand, wuchs und etablierte sich in seiner eigenen typischen Zeitlosigkeit.

Bei den zurückgelegten Entfernungen konnten Schiffe nur sehr selten ein Rendezvous vereinbaren. Es war eine Gelegenheit zu Spaß und Spiel, wenn zufällig zwei Schiffe gleichzeitig gelandet waren. Waren es gar drei oder mehr, bedeutete dies den Anlaß für einen Jahrmarkt.

Fleetwing kam nach Harbor und fand *Argosy* und *Eagle* im Orbit vor. *Argosy* war im Begriff aufzubrechen, verschob aber sofort seinen Start. Profit war nicht so wichtig. So berauschend war er sowieso nicht mehr. Kameradschaft, Liebeswerben, der Austausch von Erlebnisse und Erfahrungen, Festigung der Bindungen, die Rituale, die die Zugehörigkeit zur Sternfahrersippe bestätigten und stärkten, waren von größerer Bedeutung.

Ormer Shaun, Zweiter Maat an Bord der *Fleetwing*, und Haki Tensaro, der mit Textilien handelte, wo immer die *Eagle* landete, spazierten zusammen durch das Dorf zum Erzählkreis. Tensaro wollte sich anhören, was Shaun zu erzählen hatte. Sie hatten sich während der letzten Tage angefreundet, und außerdem war das Geschichtenerzählen mit bardischer Begleitung eine Kunst, die in nur vier Schiffen praktiziert wurde, zu denen nicht die *Eagle* gehörte. Die beiden Männer hatten sich auf ein Bier im ›Orion and Bull‹ getroffen und setzten ihre Unterhaltung fort, während sie ihrem Ziel entgegenstrebten. Praktisch wie von selbst waren sie von harmlosen zu ernsteren Themen übergewechselt.

»Eine Enttäuschung, das muß ich zugeben«, sagte Shaun. Festlicher Lärm unterstrich seine Worte. »Nicht so sehr für mich oder den größten Teil unserer Mannschaft. Aber für den Jungen. Er hat sich wirklich auf all die wundervollen Altertümer gefreut.«

»Wir sind heutzutage auf der Erde völlig unbehelligt und sicher«, hielt Tensaro ihm entgegen. »Es gibt keine Verfolgung mehr.«

»Sie mögen uns aber immer noch nicht, oder? Wenn man nach dem geht, was alle sagen.«

Tensaro zuckte die Achseln.

»Ich habe es dort schon besser erlebt, allerdings

auch schlechter. Ich glaube, die nächste Generation wird ziemlich tolerant sein.«

»Bis zu einem gewissen Punkt. Ich glaube, wir werden außerhalb der Sippen-Stadt auf der Erde nirgendwo besonders beliebt sein.«

»Warum nicht?«

Shaun hielt inne, um sich die richtigen Worte zurechtzulegen. Er hob sich deutlich von Tensaro ab, der einen hautengen schwarz glänzenden Anzug mit weißer Schärpe und weißem Cape trug. Um den Kopf hatte er sich ein Stirnband geschlungen, auf dem eine winzige Lichtfontäne an eine tanzende Kokarde erinnerte. Shaun war größer als die meisten Angehörigen der Sternfahrersippe. Er war stämmig, sein Gesicht war zerfurcht, und sein Haar schimmerte in einem dunklen Mahagoniton. Als Bekleidung hatte er sich für ein Hemd entschieden, das ständig seine Farbe innerhalb des sichtbaren Spektrums wechselte, dazu eine Weste mit silbernen Schließen, einen breiten, mit Aerianischen Augensteinen besetzten Ledergürtel, einen zottigen grünen Kilt und kniehohe Stiefel. Eine Kappe saß schräg über seiner Stirn. Beide Kombinationen galten als festliche Kleidung und entsprangen den Traditionen von zwei verschiedenen Schiffen.

»Die Erde hat mit dem Weltraum nicht mehr allzuviel im Sinn«, sagte Shaun. »Die Leute neigen dazu, ihre Lebensweise als einzige richtige und angemessene zu betrachten. Die Regierungen ziehen daraus ihre Vorteile. Währenddessen beharren wir darauf, ein wenig seltsam zu sein, bringen bisher völlig fremde Gedanken und Ansichten von wer weiß wo mit und stellen unbequeme Fragen.«

Die Straße, die sie entlang gingen, schien ihn Lügen

zu strafen. Gras bedeckte sie. Es fühlte sich unter den Füßen rauh und federnd an und verströmte in der kühlen Luft einen Geruch, der an Rosmarin erinnerte. Auf der einen Seite reckte ein Leierbaum seinen doppelten Stamm und sein gefiederartiges Laub in die Höhe, auf der anderen Seite spann eine Arachnea ihr Netz vor einer Wolke, die im Licht der untergehenden Sonne golden schimmerte. Die Häuser, die die Straße säumten, standen jeweils auf einem eigenen Stück Rasen zwischen Blumenbeeten. Sie waren in archaischen Baustilen gehalten und zeigten pastellfarbene Mauern und rote Ziegeldächer. Die Zeit hatte ihre Kanten abgerundet. Alle standen zur Zeit leer. Die meisten Familien, denen sie gehörten, waren weit weg, irgendwo zwischen den Sternen unterwegs, und hatten Maschinen zurückgelassen, die ihren Besitz instand hielten. Jeder, der sich hier aufhielt, ob Durchreisende oder ständige Bewohner, war zum Jahrmarkt geeilt.

Zwischen den Häusern schimmerte Wasser. Dahinter waren die weißen Klippen von Belderland zu erkennen.

Gegenüber prunkte ein einheimischer Wald über den Dächern mit rötlichen Ocker- und Goldtönen. Schon vor langer Zeit per Vertrag den Sternfahrern zur Verfügung gestellt, hatte die Insel Weyan ihre Wildnis größtenteils behalten.

»Ja«, sagte Shaun. »Ich glaube, die *Fleetwing* wird von hier auf eine neue Reise gehen – nicht so lang wie das letzte Mal, aber wir können der Erde weitere vierzig oder fünfzig Jahre Zeit geben, zu reifen, ehe wir uns dort wieder blicken lassen. Der Junge wird enttäuscht sein, wie ich schon erwähnte. Aber was soll's –

abzuwarten lernen, gehört einfach zur Entwicklung eines echten Sternfahrers.«

»Nun, wenn deine Mannschaft es so will, dann ist es okay«, erwiderte Tensaro. »Ich denke, daß ihr das, was ihr an Bord habt, genauso gut auf Aurora oder Maia anstatt hier verkaufen könnt. Es ist sicher ausreichend exotisch, um einen guten Preis zu erzielen. Aber du bist wirklich zu pessimistisch. Ich kann verstehen, daß dein letzter Besuch auf der Erde dich verbittert und dazu gebracht hat, dich für eine lange Sternenreise zu entscheiden. Aber mittlerweile –«

Eine Trompete schnitt ihm das Wort ab. Der Lärm, auf den sie zugingen, hatte zugenommen: Stimmengewirr, Füßestampfen, Gesang, Geschrei und Getöse, ausgelassene Fröhlichkeit. Shaun und Tensaro standen plötzlich auf einem freien Platz, wo der Jahrmarkt stattfand. Er wogte rund um das Dorf. Sie waren von der Taverne am einen Rand zur anderen Seite gewandert.

Shaun hob die Hände. Er lachte laut. »Haki, wir alten Narren, wir sind tatsächlich ernst geworden! Was fällt uns ein? Hat das Bier so schnell seine Wirkung verloren? Komm schon, konzentrieren wir uns lieber auf das, was hier und heute angesagt ist.«

Er beschleunigte seine Schritte. Sein Gefährte grinste schief und folgte ihm.

Leute liefen herum. Nationaltrachten von den verschiedenen Schiffen mischten sich mit bunter individueller Garderobe, die häufig von anderen Welten in anderen Zeitaltern inspiriert war. Ein Paar mittleren Alters schlenderte vorbei, er in einem blau-goldenen Mantel und weiter, weißer Hose, sie in einem roten Gehrock mit safranfarbenem Cape und üppigem

Schmuck von der *Eagle.* Shaun lächelte eine junge Frau an, die er von der *Fleetwing* kannte. Sie trug ein kurzes, dünnes Hemdchen, das mit funkelnden Sternpunkten besetzt war, und ging Hand in Hand mit einem jungen Mann, dessen mit Fransen besetztes gelbes Hemd und schwarze Kniehose verrieten, daß er von der *Argosy* kam. Die Erinnerung meldete sich – Liebeleien loderten auf wie Feuer, wenn die Besatzungen zusammenkamen, und auch wenn die Hochzeiten, die darauf folgten, schnell stattfanden, waren die Ehen dauerhaft, denn die Eltern beider Familien hatten vorher entschieden, was klug war und was nicht. Shauns Frau tat auf der *Flying Cloud* Dienst, aber sein Bruder war seiner Braut auf die *High Barbaree* gefolgt, denn das schien für beide das beste zu sein ... Kinder rannten umher, kreischten ausgelassen und knabberten an kleinen Stücken Regenbogenkrokant.

Überall waren große, bunte Pavillons aufgestellt worden. Fahnen und Wimpel flatterten über ihnen im Seewind, angestrahlt vom abendlichen Lichtschein. Aus dem einen drangen appetitliche Gerüche und das Geräusch klirrender Tassen und angeregter Gespräche. In wieder einem anderen verfolgte ein interessiertes Publikum die Darbietung eines Bühnendramas, ein Zelt weiter lauschten die Leute einem Konzert, zu dem auch Musik gehörte, die von Künstlern stammte, die nicht alle der menschlichen Rasse angehörten. In einem weiteren Pavillon waren Kunstwerke ausgestellt, sowohl an Bord eines Schiffs geschaffen wie auch auf fernen Planeten, und in dieser stillen Atmosphäre nutzten einige Offiziere die Gelegenheit, geschäftliche Angelegenheiten zu besprechen oder ganz einfach nur Informationen auszutauschen. Auf einem freien Platz spielte eine Kapelle fröhlich für Scharen von Tanzwütigen auf. Belustige Rufe erschallten, während sie voneinander neue Tänze und Schritte zu erlernen versuchten, den Sarali, den Henriville, den Doppelhupf.

In der Nähe stand der Monument Stone. Die bronzene Platte darauf glänzte hell, da sie vor kurzem gegen die verwitterte alte Platte ausgetauscht worden war. Die Inschrift war dieselbe geblieben: *Hier campierten Jean Kilbirnie und Timothy Cleland von der ersten Expedition nach Harbor, später auf der* Envoy *und unsere Zukunft im Kosmos.* Dann folgte die Datumsangabe eines Kalenders, der schon lange abgeschafft war. Außerdem konnten nur Gelehrte die Sprache, ein Vorläufer des offiziellen Sternfahreridioms, lesen. Aber jedermann wußte, was die Inschrift bedeutete. Ein paar Meter weiter war Holz aufgeschichtet worden, um nach Einbruch der Dunkelheit verbrannt zu werden. Ein Feuer sollte angefacht werden, das prähistorische Erinnerungen und noch ältere Instinkte wecken würde, die gerade bei einem Volk besonders stark ausgeprägt waren, das solches nur selten zu Gesicht bekam.

Der Pavillon der Erzähler stand noch ein kleines Stück weiter. Etwa hundert Personen saßen darin und warteten. Es waren vorwiegend Erwachsene, hauptsächlich von der *Eagle* und der *Argosy*, aber auch mehrere junge Leute und Angehörige der *Fleetwing*-Crew hatten sich eingefunden, um sich die Darbietung anzusehen. Sie begrüßten Shaun mit Applaus, als er eintrat, durch den Mittelgang nach vorne ging und auf die Bühne kletterte. Rusa Erody war bereits anwesend. Sie bot einen bezaubernden Anblick in ihrem langen Kleid aus Schuppen, die im gedämpften Licht glitzerten und funkelten. Sie selbst, hochgewachsen und blond, war ein genetischer Atavismus. Ihre Finger brachten auf dem Polymusikon auf ihrem Schoß wuchtige Akkorde zum Klingen. Das Lied, das sie sang, war genauso alt wie ihre äußere Erscheinung. Es war im Laufe der Jahrhunderte immer wieder neu übersetzt worden, da es sich an die Sternfahrer wandte.

»Nur der Herr selbst weiß, was wir finden, mein Schatz.
Und der Teufel wird uns dann sagen, was wir tun können –
Aber zumindest stehen wir wieder auf den alten Pfaden, uns'ren eigenen Straßen, dem Weg in die Ferne,
Und schon sind wir wieder unterwegs, unterwegs in uns'ren Schiffen auf jenen Langen Weg – dem langen, ewig neuen Weg.«

Worte und Töne verklangen. Shaun setzte sich auf den Stuhl neben ihr. Der Lärm draußen war wie eine Brandung, die gegen die plötzlich einsetzenden Stille anrollte.

Er hob eine Hand. »Gute Landung, Freunde«, begrüßte er das Publikum. Eine lässige Ungezwungenheit kennzeichnete seine Auftritte bei solchen Gelegenheiten. »Vielen Dank für Ihr Erscheinen, wo es doch so vieles andere gibt, womit Sie sich zerstreuen können. Nun, den Männern empfehle ich meine Partnerin, Rusa Erody, Bio-Sicherheitstechnikerin und Bardin. Ich bin Ormer Shaun, Zweiter Maat und gelegentlicher Geschichtenerzähler. Diejenigen von Ihnen, die früher schon mal hier gelandet sind, haben sicherlich gehört, wie andere von Dingen erzählten, die die *Fleetwing* entweder selbst getan oder erlebt oder von denen sie erfahren hat, Dingen, die vor einigen Generationen stattgefunden haben. Rusa und ich wollen von einem Ereignis während unserer letzten Reise berichten, die soeben erst zu Ende ging.

Aber es liegt trotzdem gut hundert Jahre zurück, denn Aerie ist die fernste aller Welten, auf denen Menschen leben. Es ist unser letztes einsames Heim im All«, erklärte die Frau und sang die Worte fast. Musik erklang leise zu ihren Worten. Ihre Aufgabe bestand darin, eine bestimmte Stimmung zu erzeugen und einer Szene Leben einzuhauchen. Wenn sie es für richtig hielt, allgemein bekannte Tatsachen zu wiederholen, funktionierte dies wie eine Art Refrain oder eine vertraute Melodie. »Nicht einmal unsere Forscher sind viel weiter dorthin vorgedrungen, wo die Zeit sie viel gründlicher von uns trennt als der leere Raum es tut.«

Shaun runzelte leicht die Stirn. Das Erzählen einer Geschichte wurde nicht geprobt, sondern es war reine Improvisation. Der Hinweis darauf, daß die Ferne etwas Verwirrendes war, paßte nicht zu der Leichtigkeit, die ihm vorschwebte. *Aber Rusa weiß im allgemeinen, was sie tut,* dachte er. Ein wenig Traurigkeit oder Angst ist wie die Prise eines scharfen Gewürzes – Er entschied, für einen Moment ihrem Beispiel zu folgen, und zwar auf prosaische Weise, ehe er mit seiner Geschichte fortfuhr.

»Nun, weil es so weit weg ist, verirren sich nur wenige Besucher nach Aerie. Der letzte Besuch fand, soweit wir herausbekommen konnten, vor einem Jahrhundert statt. Wir dachten, wir könnten mit den Waren und Informationen, die wir anzubieten hatten, ein gutes Geschäft machen.

Aber nach dem, was wir auf der Erde gerade durchgemacht hatten, verspürten wir wenig Interesse, sie so bald wiederzusehen. Beleidigungen, Einschränkungen, kaum einer wollte uns als Kunden haben, dazu halsabschneiderische Steuern – ja, einmal wurden wir sogar von einer Bande Jugendlicher mit Steinen beworfen, und eine unserer Frauen wurde getroffen und erlitt eine blutende Wunde, und ich hörte einige unserer kleineren Kinder weinen – aber das kennen viele von euch ebenfalls, vielleicht sogar noch besser als wir. In die Dunkelwolke mit ihnen! Wir würden zurückkehren, nachdem sie gestorben wären, falls sie sich unterdessen nicht allzu stark vermehrt hätten.«

Ein Lächeln zerknitterte sein Gesicht. Sein Tonfall wurde leichter. »Überdies waren viele von uns, offen gesagt, einfach neugierig. Was war draußen auf Aerie passiert? Was würden wir an neuem und seltsamem dort vorfinden? Wir beteiligten uns schon seit längerer Zeit im Virecks-Geschäft und fanden es zunehmend langweilig. Es wurde Zeit für einen Schauplatzwechsel, und zwar einen gründlichen.«

»Das Virecks-Geschäft«, erhob Erody ihre Stimme. »Biochemische Rohstoffe aus den Meeren von Maias unbewohnbarem Schwesterplaneten Morgana. Es lohnt sich, die Rohstoffe einzusammeln und abzutransportieren, da es viel teurer ist, sie synthetisch herzustellen. Seltene, nützliche Isotope aus dem System, in dem Aurora ihre Bahn zieht. Kunst und Kunstgewerbe von Feng Huang. Biomaterial von der

Erde, um irdisches Leben auf fernen Welten zu erhalten.«

Das war kein ganz neuer Chorus für Shaun. Weder die *Eagle* noch die *Argosy* waren in diesem Geschäft tätig gewesen; und die Mannschaftsangehörigen kannten es, wenn überhaupt, nur ganz vage. Sie fügte nicht hinzu, daß auch dieses Geschäft einschlief und kaum noch Gewinne einbrachte, da die Nachfrage nach solchen Frachtgütern nachgelassen hatte. »Wir begaben uns vom Viereck zum Sternbild Löwe«, endete sie.

»Wahrlich, ein weiter Sprung«, sagte Shaun. »Wenn man bedenkt, wie selten die Händler auf Aerie waren und wie klein die Bevölkerungszahl und wie unbedeutend die Industrie immer noch war, luden wir doch sehr viel mehr ein als üblich, darunter auch Maschinen und so weiter.

Zusätzlich zu mehreren hundert Männern, Frauen und Kindern wie immer, ihren lebenserhaltenden Systemen, ihren persönlichen Habseligkeiten, ihren Werkzeugen und Waffen, die sie vielleicht brauchten, wenn wir dort einträfen, ihrem Bedürfnis, zusammenzusein, als Familien zusammenzubleiben und auf diese Art und Weise das Schiff am Leben zu erhalten.« Das waren keine neuen Informationen für die Zuhörer – sondern die Bestätigung eines altüberlieferten Sachverhalts für jeden Angehörigen der Sternfahrersippe, lebendig, tot oder noch ungeboren.

»Daher war unser Gammafaktor ziemlich im Keller, da unser Quantentor nicht größer ist als die aller anderen. Nicht so groß wie das der *Envoy*, denn keins unserer Schiffe ist die *Envoy*, unterwegs dorthin, wo alle Geschichte aufhört, und mit nicht mehr Leuten an

Bord als den legendären zehn. Natürlich könnten wir einen Antrieb wie diesen gut gebrauchen, aber das Auf und Ab des Handelns entscheidet, daß er sich nicht auszahlen würde, und obgleich wir nicht nur zum Geschäftemachen unterwegs sind, ist es das Reisen, das zu unserem Wesen als Sternfahrer gehört.« Ein weiteres Ritual ähnlich einem Priester, der einen Abschnitt des Glaubensbekenntnisses vorträgt, um das Zusammengehörigkeitsgefühl einer Kongregation zu stärken, die den Text Wort für Wort auswendig kennt.

»Für siebenundneunzig Lichtjahre brauchten wir acht Null-Null-Monate. Oh, wie waren gut und müde, als wir dort eintrafen – auf jeden Fall fühlten wir uns müde und eingeengt und schmutzig und waren durchaus bereit, einen längeren Aufenthalt einzulegen.

An einem Ort, wo wir festen Boden und Gras unter unseren Füßen spürten, wo eine frische Brise und ungefilterte Gerüche von Natur und Wachstum unsere Nasen umwehten, wo sich ein blauer Himmel über uns spannte und wir von Fremden umgeben waren, von neuen Seelen, die wir kennenlernen konnten.

Die noch nicht jeden Witz und jede Anekdote kannten, die wir zu erzählen hatten. Leute, die uns für einmalig hielten und meinten, unsere Waren wären einzigartig. Und sie würden natürlich auch für uns von Interesse sein und würden Dinge anbieten, die in den Zentralsystemen sicherlich gute Preise erzielen würden.

Dennoch ist ihr Dasein kein Zuckerschlecken.

Sie alle wissen, daß Aerie nicht nur weit weg ist von

allen menschlichen Siedlungen. Es ist ein Gesteinsbrocken, der niemals besiedelt worden wäre, wenn es nicht so wenige Planeten gäbe, auf denen Menschen leben können.

Verschwindend wenige. Die Sonne von Aerie ist schwach, ihr Licht im Sommer nicht stärker als das dunstige Herbstlicht auf der Erde. Die Gletscher im Norden und Süden sind hohe Berge. Das Meer, das um den einzigen tropischen Kontinent wogt, den unsere Rasse besetzen konnte, ist eisig. Aber die Ringe, Überreste eines zerschmetterten Mondes, die Ringe, die man in einer klaren Nacht sehen kann, sind einfach wundervoll.«

»Nun, so schlecht ist das Land nicht überall. Die Region, in der wir unser Lager aufschlugen, nachdem die *Fleetwing* in den Orbit eingeschwenkt war, zeichnete sich durch eine gewisse Ungezwungenheit aus. Natürlich wollten wir dort nach Möglichkeit bleiben, und sie gehörte natürlich dem erhabenen hohen Herrn.«

Shaun fuhr fort mit Ereignissen während des ersten Kontaktes, der Einrichtung des Lagers, erzählte von Handel und persönlichen Begegnungen und gestaltete die Schilderung so amüsant wie möglich. Erody lieferte, wenn nötig, detaillierte Beschreibungen.

»Unsere Hütten standen auf Weideland, denn auf Aerie gibt es große Viehherden und umfangreichen Ackerbau«, erklärte sie. »Sie wagen es nicht, sich ausschließlich auf Roboter und künstliche Versorgung umzustellen, wenn Erdbeben oder Unwetter oder die metallfressenden Milben jederzeit furchtbar zuschlagen können. Auf der einen Seite erstreckten sich weite, mit terrestrischen Gräsern bewachsene Flächen bis zum Horizont und schimmerten an hellen Tagen dunkelgrün, während auf der anderen Seite die hübschen Häuser und Läden der Gefolgsleute des Magistrats und ihrer Familien standen. Den Norden bildete der einheimische Wald, eine düstere Domäne, in die nur wenige sich hineinwagten, und wenn, dann nicht sehr weit. Die Festung stand zwischen uns und dem Wald. Ihre Türme schienen die Wolken zu berühren. Schutzwälle waren nicht nötig, da Flugzeuge, Raketen und bewaffnete Männer Wache hielten. Die Festung war eine eigene Gemeinde mit Wohnhäusern, Werkstätten, Kirchen, einem Sportstadion und sogar Labors und einem Museum.«

»Aerie steht nicht unter Gewaltherrschaft«, sagte Shaun. »So wie es aussah – zumindest während wir uns dort aufhielten – wurde vorwiegend mittels regelmäßiger Städteversammlungen überall im Land regiert. Der Magistrat sorgte für Frieden und Ordnung. Seine Miliz stellte die Polizei, und die oberste Gerichtsbarkeit – Berufungsgericht, Rechtsmittelgericht – nahm er mittels seiner Telepräsenz wahr. Ansonsten wurden die Leute in Ruhe gelassen, was meist das beste ist, was eine Regierung tun kann. Aber nachdem mehrere Generationen das Amt weitergegeben hatten, besaß er eine Menge Güter, und die Leute widersprachen ihm kaum einmal. Er war jedoch auf seine ungehobelte Art ein durchaus vernünftiger Bursche. Wir hatten keine Schwierigkeiten, in unseren Flitzern umherzufliegen, uns alles anzusehen und unsere Geschäfte zu machen. Zudem befanden wir uns auf einer lebendigen, nicht überbevölkerten Welt. Ja, das waren gute drei, vier Monate.«

»Für uns«, fügte Erody hinzu. Ihre Musik pulsierte und klagte. »Unsere Anwesenheit hatte nicht nur Gutes zur Folge. In einigen, mit denen wir zusammentrafen, weckten wir Sternenleute längst vergessene Träume, unerfüllbare Wünsche, und wahrscheinlich werden wir niemals erfahren, was nachher aus dieser Unzufriedenheit entstanden ist.«

»Ich denke speziell an einen Jungen«, sagte Shaun. »Er hieß Valdi Ronen. Ein unehelicher Sohn des Magistrats, in der Festung mit wechselndem Erfolg aufgezogen, aber mit den besten Aussichten auf eine erfolgreiche Zukunft. Da er intelligent und aufgeweckt war, konnte er Offizier bei der Miliz oder Bauer oder Ingenieur werden. Nach irdischer Rechnung war er etwa vierzehn Jahre alt.«

»Ein magerer, hoch aufgeschossener Bursche, dessen Hände und Füße an ihm viel zu groß wirkten, obgleich er sich überhaupt nicht unbeholfen bewegte«, erinnerte Erody sich. »Blasse Haut, wie die meisten auf Aerie sie haben, flachsblondes Haar, große blaue Augen und markante Gesichtszüge. Er ging in den Wäldern oft auf die Jagd – manchmal sogar alleine trotz der Anordnung seiner Mutter, stets ein oder zwei Begleiter mitzunehmen. Wir vermuten, daß er bei diesen Gelegenheiten sogar tiefer in den Wald vordrang, als erwachsene Männer für ratsam gehalten hätten.«

»Nach unserer Ankunft tat er nichts dergleichen«, widersprach Shaun. »Nein, er umkreiste uns ständig wie ein Mond einen Planeten. Die meisten von uns hatten während der Anreise die örtliche Sprache erlernt. Sie hatte sich gegenüber dem, was wir in unseren Datenspeichern darüber hatten, nicht wesentlich verändert. Ich selbst beherrschte sie sogar ziemlich fließend. Wir konnten uns unterhalten.

Ich war bereit, mich mit ihm zu befassen, wenn ich nicht zu beschäftigt war, seine zahllosen Fragen zu beantworten, sein Ungestüm und alles zu ertragen, was für dieses Alter typisch ist. Mein Sohn hatte es vor nicht allzu langer Zeit ebenfalls durchgemacht und sich dabei zu einem annehmbaren menschlichen Wesen entwickelt. Außerdem erzählte und zeigte Valdi mir eine ganze Menge – viel besser, als Erwachsene es vermögen – im Zusammenhang mit der einheimischen Tierwelt und mit den Spielen der Kinder und dem Aberglauben der Unterklasse und was nicht noch alles. Einiges davon konnte sogar in die Dokumentation aufgenommen werden, die unser Produktionsteam vorbereitete, und trug vielleicht dazu bei, sie besser verkaufen zu können, wenn wir wieder zurückkehrten. Tatsächlich war Valdis Hilfe für uns von unschätzbarem Wert. Wenn wir ihn um irgend etwas baten, nahm er sich der Sache sofort an, ganz gleich wie mühsam oder schmutzig die jeweilige Aufgabe war.«

»Solche wißbegierigen Kinder trifft man heutzutage auf den verschiedenen Welten nicht mehr so oft an wie früher, oder?« fragte Erody leise. »Aber wie dem auch sei, auf jeden Fall tat es richtig weh, den Schmerz in seinen Augen zu sehen, als wir uns verabschiedeten.«

»Ja, ich erkannte, was kommen würde, und versuchte, dem zuvorzukommen«, fuhr Shaun fort. »›Valdi‹, sagte ich zu ihm, ›die Sternfahrerei ist unser Leben, und wir würden, selbst wenn wir es könnten, nichts daran ändern. Wir wurden schließlich dazu erzogen.‹«

»›Wir wurden dazu geboren‹, erklärte ich ihm«, erinnerte sich die Frau. »›Unsere Vorfahren vor vielen Generationen wollten es so. Sie, die es nicht ertragen konnten, verschwanden und nahmen ihre Gene mit. Das Sternfahrervolk heute ist genauso für den Weltraum geboren wie Vögel zum Fliegen.‹ Seine Vorfahren hatten einige Vögel dorthin gebracht, und daraus hatten sich mehrere Arten entwickelt.«

»›Aber Menschen haben keine Flügel!‹ widersprach er«, fügte Shaun hinzu. »Seine Stimme kippte über. Er errötete. Trotzdem redete er weiter. ›Die Menschen bauen Schiffe, und – und ich lerne, sie zu segeln.‹

Ich hatte nicht das Herz, ihm zu erwidern, daß niemand außer einem Bodenhocker davon reden würde, ein Raumschiff zu segeln. Statt dessen schilderte ich ihm die Schattenseiten dieser Tätigkeit. Ich erzählte von Wochen, Monaten, vielleicht sogar Jahren, die man eingesperrt in eine stählerne Hülle oder in noch engere Schutzgehäuse zu bringen mußte, ohne sie jemals anders als in einem klobigen Anzug verlassen zu können, um ein wenig frische Luft einzuatmen – denn, so machte ich ihm klar, Planeten, auf denen Menschen sich frei und ungehindert bewegen können, waren immer noch verdammt dünn gesät, und um den Profit zu erzielen, der uns am Leben erhält, müssen wir oft genug auf anderen Planeten landen. Ich erzählte von Gefahr und Tod und von noch Schlimmerem, das einem durch eine lebensfeindliche Umgebung zugefügt werden kann wie verkrüppelte Körper, beschädigte Geister oder anderes, wogegen unsere Meditechs so gut wie nichts ausrichten können. Und wenn man auch von einer kurzen Reise zurückkommt, sind zehn, zwanzig, fünfzig, hundert oder mehr Jahre vergangen, und die Leute, die man mal kannte, sind alt oder tot, und nach jeder Reise kommt man sich mehr und mehr wie ein Fremdling vor. Und wie sie auf den Planeten darauf reagieren – auf der Erde – Oh, ich habe vielleicht ein wenig dick aufgetragen, aber ich versuchte, ihn davon zu überzeugen, daß er lieber mit dem zufrieden sein sollte, was er hatte.

Sinnlos. ›Sie haben einander‹, sagte er. ›Und Sie besuchen all diese Welten, Sie reisen zu den Sternen. Hier ist immer alles gleich.‹« Shaun seufzte. »Wann hat ein Vierzehnjähriger schon mal auf vernünftige Argumente gehört?«

Erody nickte. »Ja, er träumte davon, uns zu begleiten.« Ihre Hand schlug einen Akkord, der wie ein Schrei klang. »Vielleicht war es auch die Vision, die ihn gefangen nahm, denn er war am Ende davon erfüllt. Für ihn war nichts anderes mehr real.«

»Hm, das würde ich nicht sagen«, hielt Shaun ihr entgegen. »Er war weiterhin aufgeweckt und wißbegierig. Manchmal jedoch verhielt er sich altersgemäß und ging einem entsetzlich auf die Nerven, zum Beispiel als er einen Matschkäfer in Nando Fanions Schuh versteckte oder als er mich durch den Wald führte, wo ich schließlich in die Suhle eines Schleichebers stürzte und er sich vor Lachen schier ausschüttete. Ich hätte ihn jedesmal am liebsten nach Strich und Faden verhauen, wenn er nicht der Sohn des Magistrats gewesen wäre.« Er zuckte die Achseln. »Vielleicht aber auch nicht. Er war schließlich ein Junge, der sich voller Inbrunst nach etwas sehnte, das er niemals haben konnte.«

»Unsere Schelte sorgte schließlich dafür, daß er mit

seinen Streichen aufhörte«, sagte Erody. »Er kam zu mir und bat mich, ihm beim Erlernen unserer Sprache zu helfen. Ich warnte ihn, daß es sinnlos wäre, aber er bettelte so überzeugend, bis ich ein Programm für ihn vorbereitete. Er stürzte sich in diese Aufgabe, als wäre es ein echter Kampf. Ich staunte, wie schnell er die ersten Brocken der Sternfahrersprache beherrschte und welche Fortschritte er machte. Und als er erfuhr, daß auf den Zentralsystemen das Xyresisch weitverbreitet ist, konnte ihn nichts davon abhalten, auch diese Sprache zu studieren, und auch dort brachte er es schon bald zu großer Meisterschaft.«

Shaun nickte. »Deswegen kam ich auf den Gedanken, ob er nicht doch zum Rekruten taugen würde. Es war in der Vergangenheit gelegentlich vorgekommen, daß Planetenleute zur Sternfahrersippe stießen. Und ... ein wenig frische DNS in unseren Blutlinien würde nicht schaden.

Ich machte seinen Vater darauf aufmerksam und gewann den Eindruck, daß er nichts dagegen hätte. Er würde zwar seinen Sohn nie wiedersehen, aber andererseits brauchte er auch nicht mehr für ihn zu sorgen oder damit zu rechnen, daß unter seinen Nachkommen irgendwann ein Geschwisterstreit entbrannte. Daher ging ich eines Tages mit dem Vorschlag zu Captain Du, ganz privat und inoffiziell. Er sollte es sich nur einmal durch den Kopf gehen lassen. Aber er wollte nichts davon wissen. Wir wären eine zu verschworene Gemeinschaft, sagte er. Unsere Lebensweise wäre zu fremdartig, ein Neuzugang müßte viel zu viel lernen. Und selbst wenn er es schaffte – was Valdi, wie ich sicher war, auch getan hätte –, würde das, was er während seines restlichen Lebens leistete, ausreichen, um die Zeit und die Mühe aufzuwiegen, die seine Erziehung, seine Integration, uns gekostet hätte?«

»Unsere Gewinnspanne ist ziemlich klein«, flüsterte Erody und begleitete diese Mitteilung mit kalten, durchdringenden Tönen, »sowohl was Waren als auch geistige Dinge betrifft.«

»Ich verwarf den Gedanken. Natürlich erwähnte ich gegenüber Valdi nichts davon. Aber ich war irgendwie froh, daß wir schon bald wieder aufbrechen würden.«

»Wir wissen bis heute nicht, wie er herausbekam, was er schließlich wußte. Möglich, daß er in unseren Reihen andere, verschwiegenere Freunde hatte. Ormer war nicht der einzige Sternfahrer, dem er zu Diensten war. Irgend jemand mußte in unserem Camp etwas aufgeschnappt und ihm weitererzählt haben. Oder er hat es einfach erraten. Körper – Haltung, Schritt, Blick, Tonfall – offenbaren oft, was Zungen verschweigen. Wir wissen nur, daß Valdi Ronen auf einmal zu Alisa Du mit ihren braunen Locken, den Sommersprossen auf der Nase, den schicken Kleidern und der großen schwarzen Katze ausgesprochen freundlich und zuvorkommend war.«

»Die Tochter des Captains und der Mittelpunkt seines Universums«, erklärte Shaun. »Nichts Unanständiges passierte, überhaupt nichts Erotisches. Sie war gerade halb so alt wie er. Aber sie war von ihm fasziniert, seit er regelmäßig zu uns kam. Für sie war er ebenso fremd und romantisch wie wir für ihn. Sie folgte ihm, wo und wann auch immer er sich aufhielt, manchmal sogar mit Rowl auf dem Arm.«

Die Bardin lächelte. »Rowl war eine Schiffskatze,

ein Kater, aber umgänglich, da er chemokastriert war, und ziemlich intelligent, und was ihre Liebe zu ihm betraf, stand er gleich hinter Mommy und Daddy an zweiter Stelle. Er teilte mit ihr das Bett und schnurrte sie allabendlich in den Schlaf. Ja, sie bewunderte Valdi und betete ihn geradezu an, ihre violetten Augen ließen ihn niemals los, wenn er in der Nähe war, aber es war immer nur Rowl, zu dem sie zurückkehrte.«

Shaun ergriff wieder das Wort. »Bis jetzt war Valdi zu ihr lediglich höflich und zuvorkommend gewesen. Das war ihm sicherlich nicht leicht gefallen, aber er wußte, was sie dem Captain bedeutete – und auch einigen von uns. Daher unterhielt er sich häufig mit ihr, erzählte ihr Geschichten oder zeichnete auch schon mal ein Bild für sie. Er hatte unter anderem ein ausgesprochenes künstlerisches Talent. Falls er erwartet haben sollte, daß sie ihm nicht mehr nachlief, hatte er sich geirrt. Das Gegenteil war der Fall! Er ertrug die lästige Begleitung jedoch, denn ihm blieb nichts anderes übrig, wenn er weiterhin in unserem Camp ein- und ausgehen wollte.

Das änderte sich plötzlich. Er besuchte sie nicht mehr, sondern lud sie zu sich ein und empfing sie äußerst freundlich. Er nahm sich die Zeit und lauschte ihrem Geplapper und führte mit ihr ernsthafte Unterhaltungen wie mit seinesgleichen. Er erzählte viel ausführlicher und farbiger als je zuvor. Er zeigte ihr Blumen und Wildtiere, unternahm mit ihr Spazierflüge in einem offenen Luftkissenfahrzeug, begleitete sie zu örtlichen Tanz- und Sportveranstaltungen, was sie mit ihrem glockenhellen Lachen quittierte. Ach ja, und er strengte sich an, sich mit Rowl anzufreunden. Er brachte Leckereien aus der Festungsküche mit, er kraulte den Kater unterm Kinn und am Bauch, saß manchmal ein, zwei Stunden lang in einem Sessel, nachdem Rowl auf seinem Schoß eingeschlafen war, bis Rowl die Gnade hatte, aufzuwachen und hinunterzuspringen – na ja, auf jedem Schiff gibt es Katzen. Sie wissen schon, was ich meine.

Ich konnte in all dem keinen Sinn erkennen. Ganz bestimmt erlag er nicht der Vorstellung, daß er Captain Du auf diese Art und Weise dazu bringen konnte, seine Adoption zu befürworten – für die ohnehin eine Abstimmung notwendig gewesen wäre. Bestenfalls schaffte er es, sich den Alten Mann und die Erste Lady gewogen zu stimmen, damit sie ihn nicht als ungehobelten Flegel betrachteten. Welchen Sinn sollte das haben? Vakuum, giftige Luft, harte Strahlung, Himmelsmechanik – sie haben für Nettigkeiten nicht sehr viel übrig.«

Die Musik gewann kurzzeitig einen düsteren Charakter. »Ich habe mich auch gewundert«, berichtete Erody. »War das vielleicht eine besonders raffinierte Form der Rache, nachdem seine Hoffnungen enttäuscht worden waren? Wir würden bald aufbrechen. Niemand, der auf Aerie lebte, würde uns wiedersehen, und auch wir würden nicht mehr mit ihnen zusammentreffen. Wollte er Alisa mit gebrochenem Herzen wegschicken?« Die Musik wurde sanfter, freundlicher. »Nein, das konnte ich nicht glauben. So grausam konnte Valdi nicht sein –«

»Jedenfalls nicht grausamer als die meisten Jungen«, murmelte Shaun.

»– und außerdem mußte ihm klar sein, daß es dazu nicht kommen würde. Alisa würde ihn für eine Weile vermissen, aber sie war noch ein Kind. Neue Abenteuer warteten auf sie, und sie hatte ihren Rowl.«

»Dann überstürzten sich die Ereignisse«, sagte Shaun. »Die Sonne ging unter, es wurde für die Kinder Zeit, zu Bett zu gehen – Aerie hat eine sechsundzwanzigstündige Rotationsperiode, wie Sie vielleicht noch wissen, daher hatten wir uns ganz gut umgewöhnt –, und plötzlich war Rowl verschwunden. Große Unruhe!«

»Die Neuigkeit breitete sich aus wie Wellen auf einem Teich, in den ein Stein geworfen wurde«, schloß Erody sich an. »Es war keine schlimme Sache, keine Krise, in der es um Leben oder Tod ging. Aber überall im Lager begannen wir zu suchen und herumzustöbern. Das fahle Abendlicht senkte sich auf uns herab, warf Schatten, die über das Gras wanderten, während die Festung noch düsterer im Norden aufragte. Dahinter durchdrang die Nacht den Wald. ›Hallo, Miez, Miez!‹ riefen wir, rannten närrisch herum, schauten in Winkeln und Höhlen nach, während die Sonne sich verabschiedete, das blaue Dämmerlicht sich zu einem undurchdringlichen Schwarz vertiefte und die Ringe schließlich in ihrer geisterhaften Pracht am Himmel standen. Daß Captain und Lady Du eine Belohnung versprachen, nutzte gar nichts. Unsere Alisa weinte bitterlich.«

»Die Suche verlief erfolglos«, sagte Shaun. »Die Katzen liefen stets frei herum. Sie verließen nur selten unser Lager und wagten sich erst recht nicht in den Wald. Dort roch es für sie nicht besonders einladend. Rowl hingegen war, auch wenn sein natürliches Katerverhalten unterdrückt wurde, schon immer besonders neugierig und unternehmungslustig gewesen. War er vielleicht auf eine Trippelmaus gestoßen und hatte sie verfolgt, bis er den Heimweg nicht mehr fand? Ich glaube nicht, daß Alisas Eltern sie auf diese Möglichkeit aufmerksam machten. Auch glaube ich nicht, daß sie in dieser Nacht einen ruhigen Schlaf hatte.«

»Am Morgen konnte von einer zielstrebigen Vorbereitung unseres Aufbruchs keine Rede sein«, berichtete Erody. »Einige, die genug Zeit übrig hatten, drangen tiefer in den Wald ein. Aber nicht so tief, daß vom Sonnenlicht nichts mehr zu sehen war, das die umgestürzten Baumstämme und die dornigen Büsche unter dem dichten Laubdach erhellte. Diese Büsche konnten einen Menschen festhalten und seine Haut zerkratzen, oder sie verbargen tiefe Schlammlöcher, die von Blutmücken umschwärmt wurden, die einen stachen und einem in die Nasenlöcher krochen, bis man nicht mehr atmen konnte. Schimpfen und Fluchen drang aus dem Halbdämmer. Die Jäger hatten ihre eigenen Tricks, sich gegen die Unannehmlichkeiten zu wehren, aber auch sie wagten sich niemals allzu tief in den Wald. Als Captain Du sich erkundigte, ob einer von ihnen sich an der Suche beteiligen würde, lehnten sie ab. Falls Rowl sich im Wald verirrt hatte, könnte das, was ihn erwischt hatte, durchaus auch einen Menschen zur Strecke bringen. Die Tiere dort sind Fleischfresser und betrachten uns als willkommene Beute.«

»Eine Katze war entlaufen«, sagte Shaun. »Das Mädchen würde darüber hinwegkommen. Wir hatten wichtige Arbeiten vor uns.

Gegen Mittag erschien Valdi. Ich fragte, wo er gewesen wäre. Er erklärte mir, seine Schule hätte sich darüber aufgeregt, daß er zu viele Lektionen versäumt hatte, und er hätte am Instruktions-Terminal ein Nachhilfe-Programm absolvieren müssen. Sobald das beendet war, wäre er sofort zu uns gekommen. Ich erzählte ihm die Neuigkeit, machte aber nicht viel Aufhebens darum.«

»Ich war dort«, fiel Erody ein. »Ich sah, wie er errötete.« Ein schwingender Ton erhob sich. »›Ich werde auf die Suche gehen!‹ rief er. ›Ich kenne mich im Wald aus, ich finde den Kater!‹« Erodys Instrument klang wie ein Trompetenstoß.

»Die Stimme des Jungen krächzte wieder«, stellte Shaun nüchtern fest. »Klar, dachte ich, natürlich, ein jugendlicher Held. Er rannte los. Nach kurzer Zeit kehrte er zurück, ausstaffiert wie ein Jäger, grüner Einteiler mit Atemvorrichtung, Wasserflasche und Verpflegungstasche und ein Messer am Gürtel, Lokator am rechten Handgelenk, Satphon am linken, Gewehr über der Schulter und eine Feder am Hut, den er sich aufs ungekämmte Haar gestülpt hatte. Wirklich, ein dramatischer Anblick! ›Ich finde Rowl‹, versprach er Alisa, die gehört hatte, daß er draußen war, und voller Hoffnung erschienen war. Und schon zog er los.«

»Sterne funkelten in ihren Augen hinter ihren Tränen«, berichtete Erody. »Ich dachte, wie unbarmherzig von ihm, ihr Herz derart mit Hoffnung zu füllen, wenn es am Ende doch eine tiefe Enttäuschung erleben würde. Wie unachtsam – aber er war noch ein Junge.«

»Ich dachte in etwa das gleiche«, fuhr Shaun fort. »Aber wie die anderen war ich mit den Startvorbereitungen beschäftigt. Außerdem ist Alisa keine Heulsuse.«

»Ein tapferes kleines Wesen. Im Laufe des Tages fand sie sich mit den Gegebenheiten ab, verdrängte ihren Kummer und widmete sich ihren Pflichten. Aber sie lächelte nicht. Ich sah sehr oft, wie sie einen hoffnungsvollen Blick nach Norden zum Wald schickte.«

»Ich habe ja selbst ab und zu hinübergeschaut«, gab Shaun zu. »Und ich machte mir zunehmend Sorgen. Wie lange wollte der Junge nach der Katze suchen? Welchen Sinn hatte es? Oder hatte er vielleicht schon aufgeben, sich ins Schloß geschlichen, weil er uns gegenüber nicht eingestehen wollte, daß er kein Glück gehabt hatte? Er konnte gar nicht ernsthaft mit einem Erfolg gerechnet haben. So dumm war er wirklich nicht. Oder war vielleicht auch er zu Schaden gekommen?«

»Es war ein böser Wald.« Klirrende Klänge unterstrichen diese Feststellung.

»Auf jeden Fall feindselig. Du und ich waren die einzigen Sternfahrer, die sich Sorgen machten. Die meisten konnten Valdi Ronen gut leiden. Wir fragten in der Burg an. War er dort aufgetaucht? Nein, niemand hatte ihn dort gesehen.«

»Wieder brach Dunkelheit herein. Der Abendstern leuchtete am westlichen Himmel. Die Ringe erschienen als eine Brücke aus blassen Farbschattierungen. Ringsum gruppierten sich die echten Sterne und dahinter war der galaktische Gürtel zu sehen, so eisig und abweisend wie die Luft, die in weißen Nebelschwaden unsere Füße umtanzte. In der Ferne heulte ein wildes Tier. Wollte es damit seine erfolgreiche Jagd kundtun? Fenster leuchten gelb und einladend im düsteren Schatten der Burg. Lampen flackerten wie

Leuchtfliegen in den Händen von Dienern und Soldaten, die aufgebrochen waren, um Valdi zu suchen. Vereinzelt drangen ihre Rufe zu uns.«

»Wir Sternfahrer blieben zusammen im Schiff. Unsere unbeholfenen Versuche hätten nicht viel gebracht. Der Junge hatte sich nicht per Satphon gemeldet. Kein Satellit hatte etwas aufgefangen. Nun, um Aerie waren nicht viele im Orbit. Außerdem behinderte das Laubdach des Waldes ihre Sicht bis auf den Grund. Erst am nächsten Morgen, wenn die Lichtverhältnisse besser wären, würden wir mehr erkennen können.«

»Ich habe gehört, daß Alisa mittlerweile um ihren Freund weinte. Ihre Mutter wiegte sie stundenlang in den Armen, ehe sie einschlief. Auf Aerie hat man nicht allzu viel Vertrauen zu Psychodrogen.«

»Ich lag ebenfalls lange wach und wälzte einige unschöne Gedanken. Ich erinnerte mich an Geschichten, was einem Menschen zustoßen konnte, der sich im Wald verirrte: Nachtpfeifer, Klettdornen – ich wollte die Liste gar nicht verlängern. Schließlich nahm ich eine Schlaftablette. Meine Frau war schon früher auf diesen Gedanken gekommen und schlief bereits.

Unser Wecker riß uns aus dem Schlaf, als sich der erste Schimmer der Morgendämmerung am östlichen Himmel abzeichnete. Wir schlüpften in die Kleider und stolperten hinaus, um die nächste Messebude aufzusuchen und dort einen heißen Kaffee zu ergattern. Ringsum im Halbdunkel waren Leute mit dem gleichen Ziel unterwegs. Ich bekam alles nur halb mit und wollte eigentlich nichts genaueres hören. Als die Sonne aufging, fühlten ihre Strahlen sich genauso kalt an wie der hartnäckig zwischen den Gräsern hängende Morgennebel.

Und dann ... quer über das nasse, zertrampelte Gelände kam Valdi Ronen auf uns zu.«

»Sein Haar war triefnaß vom Tau, seine Kleider troffen, er schniefte und nieste«, sagte Erodi. «Aber vor der Brust trug er einen Käfig, aus Weidenrohr geflochten, und darin regte sich und miaute ein schwarzes pelziges Etwas.«

»Wir kamen zusammen und waren plötzlich hellwach. Hatte er Rowl tatsächlich gefunden? Wie das? Durch welchen verrückten Zufall? Und warum hatte er nicht zu Hause angerufen? Wir redeten wild auf ihn ein. Er schaute speziell mich eindringlich an –«

»Das Licht der tiefstehenden Sonne brach sich in seinen Augen und brachte sie zum Leuchten.«

»Er antwortete ruhig und gemessen, wie es sich für einen Mann gehörte. Ja, er hatte schon vermutet, daß der Kater in den Wald gelaufen war. Da er sich im Wald besser auskannte als die meisten anderen Leute, wußte er, nach welchen Spuren er Ausschau halten mußte, zum Beispiel nach geknickten Zweigen, nach Pfotenabdrücken im weichen Untergrund – Nun, ich selbst bin kein Spurenleser, daher kann ich dazu keine eingehendere Erklärung liefern. Er hätte keinen geraden Kurs verfolgt, sagte er. Aber er wäre nur langsam vorangekommen und hätte mehrmals eine falsche Richtung eingeschlagen. Als er das Tier endlich fand, war bereits die Nacht hereingebrochen.

Dann stellte er fest, daß sein Satphon tot war. Trotz aller Vorsichtsmaßnahmen gelangten auf Aerie gelegentlich Metallmilben in die verschiedenen Geräte und verrichteten dort ihr zerstörerisches Werk. Er hätte besser nachschauen sollen, ehe er aufbrach, hatte es jedoch versäumt. Er hatte es zu eilig gehabt.

Sich in der Dunkelheit einen Rückweg durch den Wald zu suchen, wäre zu riskant gewesen. Er flocht für Rowl aus Weidenzweigen einen Käfig, damit das verrückte Tier nicht noch einmal abhaute, und machte es sich so gemütlich wie möglich. Einmal, erzählte er, wäre etwas Riesengroßes vorbeigekommen. Gesehen hätte er nichts, nur das Krachen der Äste hätte er gehört und seine Schritte gespürt, da sie den Boden erschütterte. Er hätte sofort das Gewehr von der Schulter genommen und es gespannt. Aber nichts wäre passiert. Bei Tagesanbruch hätte er sich dann auf den Heimweg gemacht.«

»Alisa jubelte. Werde ich jemals wieder so viel Glückseligkeit und danach unendliche Bewunderung sehen?« fragte Erody. »Alisas Mutter drückte Valdi an ihre Brust und küßte ihn vor allen Versammelten. Ihr Vater rang die Hände und mußte schlucken, weil ihm fast die Tränen kamen.«

»O ja«, sagte Shaun. »Dabei war es nur eine gerettete Katze, ein Haustier. Die Dus, das ganze Schiff, schuldeten Valdi eine Belohnung, unseren Dank und sonst nichts. Dennoch hatte der Bursche bewiesen, was er zu leisten imstande war. Er war vielleicht ein wenig unvorsichtig gewesen, aber das gehört nun mal zu einem Jungen. Außerdem hatte er eine wirklich schwierige Aufgabe bravourös gelöst. Ein Wagnis einzugehen, wenn es keine andere Möglichkeit gibt, zeichnet einen Sternfahrer aus.

Und dann, wir befanden uns in einer Art Aufruhr, desgleichen unsere Gefühle – wir standen kurz vor dem Start, wußten, daß wir unsere Freunde nie wiedersehen würden, daß die ein oder andere Liebesaffäre keine Fortsetzung fände – Sie verstehen.

Schließlich adoptierten wir Valdi Ronen. Als Lehrling. Und er erwies sich, das muß ich zugeben, trotz aller Handicaps als sehr vielversprechend.«

»Was natürlich Alisa und Rowl ganz besonders gefällt«, meinte Erody lachend.

Für ein paar Sekunden herrschte Stille, und nur der Festlärm war zu hören.

Shaun lächelte ins Publikum. »Bestimmt überlegen Sie, was die Moral dieser Geschichte ist«, sagte er. »Und da wir eine Gemeinschaft von Kaufleuten sind, haben Sie sicherlich eine Vermutung.

Wenn ja, dann haben Sie recht. Ich hatte meine Zweifel – es war nicht das erste Mal für mich, aber ich war der Offizier, der Valdi beiseite nahm und ihn einwies, nachdem das Schiff gestartet war.«

»Die Sonne von Aerie versank«, murmelte Erody, »und um uns herum erstrahlten wieder die Sterne.«

»›Das alles kam einfach zu gelegen‹, sagte ich zu ihm. ›Ich bin jetzt dein Vorgesetzter, und du wirst meinen Befehlen gehorchen. Ich möchte jetzt wissen, was mit der armen Katze wirklich passiert ist.‹

Er lachte. Kein schrilles Kichern, es war das Lachen eines Mannes und kam aus tiefster Brust. ›Welche arme Katze?‹ erwiderte er. ›Sie war gewiß kein bemitleidenswertes Opfer. Sehen Sie, Sir, ich habe Rowl mit Köstlichkeiten gelockt und verführt, die mein Vater nur an Festtagen vorgesetzt bekommt. Dann habe ich ihn in einen Käfig gesperrt und versteckt, bis ich ihn unbemerkt in den Wald tragen konnte. Aber ich habe ihn weiter mit Leckerbissen gefüttert.‹

Und tatsächlich«, sagte Shaun«, es dauerte tatsächlich eine ganze Weile, ehe Rowl aufhörte, naserümpfend um seine täglichen Rationen herumzustreichen.

›Ist denn niemandem aufgefallen, daß Rowl, als ich ihn aus dem Käfig freiließ, weder etwas zu fressen noch Wasser gesucht hat?‹ fragte Valdi mich. ›Ich hatte fast sicher erwartet, daß irgendwer etwas bemerken würde. Aber da Sie kurz vor dem Aufbruch waren, was hatte ich da zu verlieren? Hm, Sir?‹ Ich sah, daß er Mühe hatte, sein Gesicht ernst zu halten.

›Nun, es war eine herzzerreißende Szene, wie du richtig erwartet hast‹, sagte ich. ›Wir Sternfahrer sind schrecklich sentimental in solchen Dingen.‹ Ich musterte ihn todernst. ›Dazu gehören auch bestimmte Gefallen, die man einem unschuldigen kleinen Mädchen tut.‹

Er hatte den Anstand, betreten zu Boden zu schauen. ›Das tut mir leid, Sir‹, murmelte er. ›Ich hatte wirklich nicht daran gedacht, wie sehr ich ihr weh tue. Bis es zu spät war.‹ Vielleicht stimmte das sogar. Er war ein Junge, der in rauher Gesellschaft aufgewachsen war, den man oft vernachlässigt hatte und der von einem Traum besessen war. ›Ich werde mir jegliche Mühe geben, das alles bei ihr wiedergutzumachen, Sir‹, schloß er.

›Nun‹, sagte ich, ›diejenigen, die etwas ahnten, haben geschwiegen, was man als eine Art von Komplizenschaft verstehen könnte. Eine Bestrafung würde dazu führen, daß Alisa noch mehr weint, diesmal aber nicht vor Freude. Keine Gesellschaft kann Bestand haben ohne ein gewisses Maß an Heuchelei, um sie zu schmieren und in Gang zu halten. Aber du hättest unsere Einschätzung deiner Person besser rechtfertigen sollen, Lehrling Ronen.‹

Shaun hielt inne. Sein Blick wanderte zum Eingang des Pavillons und weiter zu dem lustigen Treiben draußen und zum Himmel, der sich darüber wölbte.

»Unsere Einschätzung habe ich ihm nicht verraten«, sagte er. »Er mußte bestraft werden. Aber unser Schiff braucht mehr mutige, schlaue Kerle, als es zur Verfügung hat.

Valdi zieht heute über das Fest, genießt die Pracht, die er sich so sehr gewünscht hat. Ich denke, er beobachtet auch und lernt und denkt nach. Ich hoffe es zumindest.«

Erodys Instrument klimperte.

Shaun richtete seine Aufmerksamkeit wieder auf die Leute, die sich eingefunden hatten, um ihm zuzuhören, und begann eine neue Geschichte.

18

So launisch wie auf der Erde – denn in der Enge eines Schiffs ist jede Form von Unbeständigkeit eine Art Lebenselixier für Organismen, die von der Erde stammen – war die Luft, die gerade durch die Kommandozentrale wehte, kühl und feucht und nach Ozon riechend, als wäre ein Gewitter im Anzug. Die beiden Personen, die zwischen den Instrumenten und Sichtschirmen standen, achteten nicht bewußt darauf, sondern nahmen die Brise allenfalls unterschwellig wahr. Auf der einen Seite, verstärkt durch eine innere Illumination, leuchtete der Cluster in seiner ganzen Pracht. Auch darauf achteten sie nicht. Ihr Blick war nach vorne gerichtet, auf die Sterne, die ihr Ziel waren. Nansen redete langsam, bemühte sich um einen sachlichen, neutralen Tonfall, schaffte es aber nicht ganz. »Jeder Zweifel ist ausgeschlossen. Hier, wo die Detektoren ständig aufzeichnen, werden die Signale spärlicher.«

»Wie bitte?« flüsterte Kilbirnie.

»Ich war mir bis jetzt nicht ganz sicher. Deshalb haben Yu und ich nichts verlauten lassen. Vielleicht war das ein Fehler. Aber ... in der gesamten Region, zu der wir hin wollen – und sie ist erheblich kleiner geworden – empfangen wir Signale von weniger als einem Viertel der Schiffe, die wir von zu Hause aus beobachtet haben.«

Für einen kurzen Moment schwieg sie. Der geisterhafte Wind umwehte sie. Eine Haarsträhne, die unter ihrem Stirnband hervorgerutscht war, begann im Luftstrom zu flattern.

»Und das liegt mehr als dreitausend Jahre zurück«, sagte sie schließlich. »Wie viele sind denn jetzt zu erkennen?«

»›Jetzt‹ hat bei solchen Entfernungen überhaupt keine Bedeutung.«

»Oh, das finde ich aber doch. Zum Beispiel wenn wir wie in diesem Moment den Null-Null-Antrieb abgeschaltet haben und nicht schneller vorankommen als die Sterne ... Haben die Instrumente schon einmal zu Sol zurückgeblickt?«

Sol, längst in der Masse der Sterne untergegangen, war nicht zu identifizieren. »Nein. Warum? Wir würden bestenfalls ein paar vereinzelte Signale auffangen, Hinweise auf Sternenreisen, die im Gange waren, als wir aufbrachen.«

Kilbirnies Blick blieb auf den Sichtschirm gerichtet, als weigerte sie sich ganz bewußt, wegzuschauen. »Aber es wäre immerhin ein kleiner Trost.«

»Ich hatte nicht damit gerechnet, daß Sie Trost brauchen«, sagte er.

Sie lächelte wehmütig und drehte den Kopf ein wenig, um ihn anzusehen. »Nein, den brauche ich auch eigentlich nicht. Ich bin entsetzt. Ich hatte gehofft, wir treffen das Yondervolk in einem weitläufigeren und schönerem Gebiet an.«

Er versuchte, sie zu imitieren. »Das haben wir alle gehofft.« Er wurde wieder ernst. »Vielleicht sollten wir gar nicht überrascht sein. Sie sind schließlich nie zu uns gekommen, oder?«

Sie zuckte die Achseln. »Und wenn schon – wir wollen trotzdem erfahren, weshalb nicht.«

Er nickte.

»Deshalb habe ich Sie hergebeten, um es Ihnen als

erster mitzuteilen. Ich dachte mir, diese Nachricht würde Sie nicht entmutigen.«

»Vielen Dank. Trotzdem verhalten Sie sich meinen Kameraden gegenüber unfair.«

»Sie sind keine Feiglinge, ich weiß. Aber sie hatten die unterschiedlichsten Gründe oder Motive, um dieses Schiff zu betreten. Nur Sie wollten einzig und allein aus Abenteuerlust mitmachen. Das wird für die anderen ein schlimmer Schock sein. Wir müssen möglicherweise eine neue, harte Entscheidung treffen. Dabei lege ich auf Ihren Rat und Ihre Unterstützung großen Wert.«

Aller Unmut wich aus ihrer Miene. »Nein, es ist keine Entscheidung zu treffen, kein Rat und keine Unterstützung ist nötig. Was gibt es anderes, als die Reise fortzusetzen – als dorthin zu gehen und die Wahrheit herauszufinden?«

»Helfen Sie mir? Sie können sie aufmuntern, wie niemand sonst es vermag.«

Ihre blauen Augen fixierten ihn. »Ich helfe Ihnen immer, Skipper, auf jede erdenkliche Weise.«

Brent und Cleland saßen in der Kabine des zweiten Ingenieurs. Sie war weniger individuell als die anderen eingerichtet und wirkte geradezu mönchisch. Die einzige Dekoration waren inaktive Porträts seiner Idole. Im Augenblick galt seine Verehrung Alexander dem Großen, Karl dem Großen und Houghton. Eine Kaffeekanne stand auf dem Tisch zwischen den Männern. Sie hatten beinahe vergessen, wie er roch. Ihre Tassen waren noch halbvoll, der Inhalt längst eiskalt.

Brent richtete einen Finger auf seinen eingeladenen

Gast, als wollte er ihn damit aufspießen. »Extrapoliere die Meßpunkte«, drängte er. »Jedesmal, wenn wir anhalten und eine Messung durchführen, sind die Spuren weniger und auf ein kleineres Gebiet beschränkt. Richtig? Die interstellaren Wege werden kürzer und kürzer, geringer und geringer. Wenn es in diesem Tempo weitergeht, werden wir in ein oder zwei Monaten überhaupt nichts mehr auffangen.«

Cleland blickte an ihm vorbei. »Und wir haben immer noch eine Strecke von zweitausend Lichtjahren vor uns«, sagte er dumpf.

»Ja. Wenn wir dort ankommen, dann ist die Sternfahrerei seit viertausend Jahren tot.«

Cleland richtete sich auf und versuchte, die Schultern zu straffen. »Es sei denn, sie wird wiederbelebt.«

»Wie wahrscheinlich ist das? Weshalb setzen wir unsere Reise überhaupt fort?«

»Um in Erfahrung zu bringen, was geschehen ist.«

Brent machte ein finsteres Gesicht. »Ich wünschte, wir wären gar nicht erst gestartet.«

»Was meinst du?«

»Was immer diese Zivilisation vernichtet hat, könnte auch uns gefährlich werden. Denk nur an die Roboter im Sternhaufen – Das nächste Mal haben wir vielleicht nicht mehr soviel Glück.«

»Es ist nicht die gleiche Situation«, meinte Cleland ohne viel Überzeugungskraft. »Die da draußen verfügen über den Null-Null-Antrieb.«

»Meinst du wirklich?«

Brent ließ die Frage für einen Moment im Raum stehen. Die Belüftung summte.

»Nun«, sagte er. »Ich bin nur froh, daß wir ein paar Waffen haben.« Seine Stimme wurde nachdenklich.

»Und wenn ich an die Maschinen denke, die wir geschnappt haben und jetzt untersuchen, tja, dort findet sich ein eindrucksvolles militärisches Potential.«

Cleland schüttelte den Kopf. »Mußt du denn immer nur an Krieg und Schlachten denken?«

»Jemand muß es tun«, erwiderte Brent. »Nur für den Fall des Falles, finde ich. Und dann, wenn wir zur Erde zurückkehren, was dann?«

Erneut ging Clelands Blick in die Ferne. »Die Erde«, seufzte er.

Brent betrachtete ihn nachdenklich. »Im Grunde willst du die Reise gar nicht fortsetzen, nicht wahr, Tim?«

Cleland biß sich auf die Unterlippe.

»Planetologische Beobachtungen kann man auch um einiges näher an der Heimat durchführen«, sagte Brent. »Sogar direkt von der Erde aus, und zwar mit Hilfe der Daten, die dort sicherlich gesammelt wurden.«

Cleland hob den Kopf, schaute ihm in die Augen und fragte: »Willst du damit sagen, daß wir umkehren sollen?«

Als Brent antwortete, wählte er bedachtsam seine Worte. »Weißt du, ich habe mich gemeldet, um diese ganze Dekadenz hinter mir zu lassen. Ich dachte, daß wir mit Erkenntnissen zurückkehren, an die unsere Rasse auf andere Art und Weise niemals herangekommen wäre. Ich dachte, wir gewännen an Ansehen, an Macht – der Macht, das in Ordnung zu bringen, was im Argen liegt, und für die Menschen einen neuen Anfang zu schaffen. Ein großes und langwieriges Unterfangen, aber ich war bereit, es in Angriff zu nehmen. Nun, wenn alles, was uns erwartet, die Überreste und Ruinen eines toten Imperiums sind, was können wir daraus lernen? Welchen Sinn hat es dann, die Reise fortzusetzen? Warum kehren wir nicht um, so lange wir es noch können?«

»Welchen Unterschied würde es machen? Wir haben die Erde längst verloren, jedenfalls die Erde, die wir kannten.«

»Sie wird uns im Laufe der Zeit nicht weniger fremd werden. Sechstausend verstrichene Jahre sind bestimmt weniger schlimm als zehntausend.« Brent senkte die Stimme und beugte sich über den Tisch. »Wobei der Unterschied vielleicht darin liegt, daß wir uns selbst retten oder sogar mehr als unsere Leben bewahren.«

Cleland musterte ihn blinzelnd. »Was meinst du damit?« stellte er die nächste Frage.

»Das solltest du doch erst recht wissen. Sechs Männer, vier Frauen. Und deine scheint sich mit Riesenschritten von dir zu entfernen, nicht wahr?«

Cleland reagierte heftig. »Moment mal!«

Brent hob beschwichtigend die Hand. »Ich wollte dich nicht beleidigen, Tim. Denk nur mal darüber nach, mehr nicht. Zwei Jahre in diesem Fliegenden Holländer. Dazwischen fünf Jahre, falls wir sie überleben. Welche Auswirkungen hat das auf unsere Beziehungen, unsere Moral, unsere Mission? Auf uns? Was erwartet uns am Ende?«

»Darüber waren wir uns schon klar, ehe wir starteten. Wir haben tagelang Psychotests gemacht, sind intensiv unterwiesen worden und – wir sind ausgebildet, fähig –«

»Und stehen unter Streß wie niemand sonst in der gesamten Menschheitsgeschichte. Sicher, der Arzt kann einem etwas verschreiben, damit man sich besser fühlt, aber dadurch ändert sich nichts an den Ursachen des Streß. Und ist es wirklich so klug, sich besser – sorglos – zu fühlen, wenn man auf Probleme stößt, die niemand vorausgesehen hat und die niemand lösen kann? Tim, du kennst mich. Ich gerate nicht so leicht in Panik. Ich frage nur, wo der Mut aufhört und die Tollkühnheit anfängt. Wie setzen wir unsere Kraft, unsere Fähigkeiten am besten ein, so lange wir noch uneingeschränkt darüber verfügen können?«

»Wir haben ein Versprechen gegeben. Wir haben uns dieser Mission verschrieben.« *Jean hat es ganz bestimmt.*

Brent nickte. »Bis jetzt. Vielleicht sehe ich alles zu schwarz. Vielleicht wird alles besser. Wir werden sehen. Was immer geschieht, wir werden auf dem Schiff treu und brav unseren Dienst tun, du und ich. Aber das hat nichts mit blindem Gehorsam zu tun. Bleib wachsam, Tim. Hör nicht auf, nachzudenken.«

Die Versammlung war kaum mehr als eine Formalität gewesen. Alle wußten es längst: die *Envoy* hatte die letzte Lichtwellenfront passiert, vor ihnen gab es keine Spur mehr vom Yondervolk, daher mußte eine Entscheidung getroffen werden. Es überraschte auch nicht, daß zwei Leute den Vorschlag machten umzukehren – Yu wollte diese Möglichkeit lediglich zur Diskussion stellen, während Ruszek ziemlich kategorisch vortrug, daß der gesunde Menschenverstand dies verlange. Cleland öffnete den Mund, blickte zu Kilbirnie und schwieg. Er saß zusammengekauert da. Brent machte sich gar nicht erst die Mühe, das Wort zu ergreifen. Argumente und Spekulationen hatten während der vergangenen Wochen ohnehin dafür gesorgt, daß eine richtige Diskussion nicht mehr möglich war. Vorgebrachte Einwände waren allenfalls fürs Protokoll gedacht.

Zeyd: »Wir müssen das in uns gesetzte Vertrauen rechtfertigen.«

Dayan: »Wir müssen in Erfahrung bringen, was damals falsch gelaufen ist. Es könnte als Mahnung für unsere eigene Rasse dienen.«

Kilbirnie: »Vielleicht ist gar nichts falsch gelaufen. Vielleicht sind sie irgendwohin weitergezogen, wo alles besser war, als wir ahnen.«

Nansen ließ nicht abstimmen. Einige Dinge sollten lieber unausgesprochen bleiben, ganz gleich, wie gut sie verstanden würden. Die Versammlung löste sich auf.

Mokoena und Sundaram blieben zurück. Der Gemeinschaftsraum wirkte öde und leer, seine Farben und Verzierungen waren bedeutungslos, die Luft war kalt. Eine Zeitlang standen sie nebeneinander vor dem Sichtschirm, auf dem sich die Sterne drängten.

»Ein besserer Ort«, sagte sie schließlich. Er hörte den spöttischen Unterton in ihrer Stimme. »In Gottes Namen, was?«

»Vielleicht genau das, in Gottes Namen«, erwiderte er leise.

Sie musterte ihn erstaunt von der Seite. »Wie bitte?«

Er deutete ein Lächeln an. »Nun, es geht höchstwahrscheinlich nicht um einen wissenschaftlichen oder technologischen Fortschritt, oder? Wie zum Beispiel den legendären Schneller-als-Licht-Hyperraum-Antrieb.«

Sie nickte. »Ich weiß. Ich habe gehört, wie Hanny seine physikalischen Grundlagen erklärt hat.«

»Ich denke, falls die Konstruktion eines solchen Antriebs möglich wäre, hätte irgend jemand in dieser riesigen Galaxis ihn längst gebaut, und wir wüßten davon.«

»Sie müßten nicht unbedingt zu uns gekommen sein. Oder sie haben der Erde während unserer Frühgeschichte einen Besuch abgestattet, oder sie haben uns in Ruhe gelassen, damit wir von selbst darauf kommen, oder – ach, diese Szenarios sind uralt und sattsam bekannt. Es sind Träume, die unsere Rasse einmal geträumt hat. Aber jetzt sind wir endlich aufgewacht. Träume sind reinster Bewußtseinsschrott und sollten am besten aus der Erinnerung gestrichen werden.«

»Darin bin ich nicht ganz Ihrer Meinung. Aber das ist auch egal. Ich habe einen anderen logischen Einwand gegen diesen Gedanken vorgebracht. Sie waren zufälligerweise bei diesem Gespräch nicht zugegen. Falls der Schneller-als-Licht-Antrieb entwickelt worden wäre, während es bereits Null-Null-Schiffe gab, wäre dieser augenblicklich überholt gewesen, und seine Spuren wären schon nach wenigen Jahren verschwunden. Statt dessen haben wir ein langsames Ab- und Aussterben beobachten können.«

»Vor uns. Und auch woanders in den anderen, weit, weit verstreuten Regionen – soweit Wenji und Hanny es erkennen können –« Mokeona löste den Blick von den Sternen. »Was meinen Sie mit in Gottes Namen?«

»Vielleicht hat das Yondervolk die Sternfahrerei ganz aufgegeben. Vielleicht hat es sich dafür ausschließlich geistigen Dingen zugewandt.«

Mokoena schüttelte den Kopf. »Das kann ich auch nicht glauben. Es tut mir leid, Ajit, aber das kann ich beim besten Willen nicht.«

»Ich behaupte ja gar nicht, daß es so war oder ist. Es war nur so ein Gedanke.«

»Die Raumfahrt ist tatsächlich ein spirituelles Erlebnis. Selim hat damit recht. Was für ein Gott auch immer existieren mag, wenn überhaupt, dann erkennen wir ihn am ehesten in seinen Werken. In der Erhabenheit, dem Wunder –« Sie erschauerte. »In der Größe, der Übermenschlichkeit.«

Er sah sie ernst an. »Sie sind beunruhigt, Mamphela.«

»Nein... ich bin enttäuscht, aber damit werde ich fertig.« Er sah, wie sie den Kopf hob und zum Himmel schaute. »Ich bin mitgekommen, um mich wissenschaftlich zu betätigen, und genau das werde ich weiterhin tun.«

»Natürlich. Was Sie jedoch empfinden, ist keine Enttäuschung. Wir alle haben genug Zeit gehabt, uns mit der augenblicklichen Situation abzufinden und weiterzumachen. Sie – aber ich will nicht bohren.«

Jetzt betrachtete sie ihn eingehender. Der Luftstrom umfächelte sie. Die Schmucksteine im Spinnbäumchen warfen farbige Lichtreflexe auf die Trennwände.

»Sie nehmen sehr viel mehr in Ihrer Umgebung wahr, als Sie offen zugeben, nicht wahr?« sagte sie. »Vielleicht sogar mehr als jeder andere. Glauben Sie vielleicht, ich würde mich gerne einmal aussprechen? Sind Sie deshalb zurückgeblieben?«

»Ich denke, Sie sollten wenigstens die Gelegenheit dazu bekommen«, erwiderte er. »Es ist allein Ihre Entscheidung.«

Der Impuls war übermächtig. »Na schön. Ich möchte es. Ich weiß, daß Sie Vertraulichkeit respektieren. Aber das ist wahrscheinlich offensichtlich. Es geht um Lajos. Sie haben gesehen, wie er steifbeinig hinausging, das Gesicht verschlossen, die Hände zu Fäusten geballt. Er wird sich jetzt betrinken. Und das nicht zum erstenmal. Oh nein, keinesfalls zum erstenmal.«

»Tut er das immer, wenn er wütend oder traurig ist?«

»Ja. Ziemlich töricht, nicht wahr?«

»Das würde ich nicht sagen. Er ist intelligent, aber ein sehr gefühlsbetonter Mensch. Von uns allen hat ihn die Nachricht am tiefsten getroffen. Und er hat nichts und niemanden als sich selbst, an dem er sich abreagieren kann.«

»Und mich. Sie haben nur gesehen, wie er vor sich hinbrütete, mit sich haderte, kennen nur seine schlechte Laune. Wenn wir in einer unserer Kabinen sind – nein, nein, es gab keine Bedrohung, keine Gewalt gegen mich. Er hämmert mit der Faust gegen die Stahlwände. Er zerbricht, was ihm in die Finger kommt, schleudert es zu Boden oder trampelt darauf herum. Er schimpft und flucht, bis er schließlich einschläft. Oder er wird anlehnungsbedürftig und will sofort mit einem schlafen –« Mokoena hielt die Luft an.

»Es tut mir leid.« Ihre Stimme wurde rauh. »Ich sollte mich nicht so sehr über ihn ärgern. Ich sollte lieber noch intensiver versuchen, ihm zu helfen.« Sie zuckte hilflos die Achseln. »Aber ich weiß nicht wie. Ich soll doch hier die Ärztin sein. Dabei kann ich ihn nicht dazu bringen, irgendwelche Beruhigungsmittel einzunehmen. So wenig, wie ich es tue, dabei könnte ich damit meinem Zorn vorbeugen. Aber es sähe zu sehr nach einer Kapitulation aus. Daher brause ich auf, und wir streiten uns. Wir werfen uns die schlimmsten Worte an den Kopf, und während der nächsten Tageswache herrscht zwischen uns bitteres Schweigen.«

»Ich wage zu behaupten, daß sein Verhalten ganz und gar nicht Ihren Standards entspricht.«

»Das ist richtig.« Sie wurde wieder sachlich. »Meine Erziehung. Nicht daß ich stets danach gelebt habe. In den Augen meiner Eltern war ich eine Sünderin. Daß sie mir das verzeihen konnten, immer und immer wieder, ließ sie mich um so mehr lieben. Aber einiges von dem, was sie mich gelehrt haben, ist haften geblieben. Trunkenheit hat mich schon immer abgestoßen.«

»Nichts zwingt Sie, das zu ertragen.«

»Nein.« Sie nickte traurig. »Aber er ist im Grunde ein guter Mann. Wenn wir zusammen waren, haben wir diese Zeit meistens genossen. Wir haben uns nicht geliebt, aber wir freuten uns an der Gesellschaft des anderen. Ich sollte ihn nicht im Stich lassen. Ich hoffe inständig, daß er sich ... erholt. Bis dahin empfinde ich jedoch große Wut und fühle mich eingeengt, unterdrückt.«

»In einer solchen Situation kann Arbeit manchmal ein wahrer Segen sein. Wie laufen Ihre Untersuchungen?«

»Nicht sehr gut. Ich kann mich nicht konzentrieren. Nicht, daß es um irgend etwas wichtiges geht. Ich schlage die Zeit tot, versuche, in Übung zu bleiben, bis wir dort ankommen, wo die richtige Arbeit wartet.« Ihre Stimme hatte einen verzagten Unterton. »Werde ich sie bewältigen?«

»Das will ich hoffen. Wir sind noch einige Monate unterwegs. Damit haben wir genügend Zeit, um uns mit der Wirklichkeit abzufinden, uns zu erholen. Sie selbst sind auch ein guter Mensch, Mamphela, und eine starke Persönlichkeit, und Sie sind in der Lage, die Dinge in aller Klarheit zu sehen. Diese Gabe ist längst nicht so verbreitet, wie man es sich wünschen würde. Dazu gehört auch die Hoffnung.«

Während er redete, entspannte sie sich. Als Sundaram verstummte, stand Mokoena einige Zeit reglos dar und wartete, daß ihr Atem sich beruhigte. Dann sagte sie leise und mit belegter Stimme: »Vielen Dank, Ajit. Es hilft schon. Ich danke dir.«

Er lächelte.

»Ich wüßte nicht, wofür du dich bei mir bedanken müßtest. Ich habe dir lediglich zugehört.«

»Aber Sie haben richtig zugehört. Und – können wir uns nicht hinsetzen und uns noch ein wenig unterhalten? Ich möchte Sie nicht bedrängen, aber –«

»Es ist mir eine Ehre«, sagte er. Er ergriff ihre Hand und geleitete sie zu einem Sessel.

Die *Envoy* setzte ihre Reise zu den Sternen fort, sieben Monate lang wachsam durch ewige Nacht.

Ein Park nahm dreihundert Meter des umlaufenden äußeren Decks ein. An einem Ende befanden sich Terrassen, die zu einem mit Blumen umgebenen Brunnen im inneren Deck anstiegen, das von Mannschaftsangehörigen bewohnt wurde. Zu planen, zu pflanzen und zu pflegen war das besondere, wenn auch nicht exklusive Vergnügen Yus, Mokoenas und Zeyds gewesen. Der Park wurde für alle zu einer Zuflucht.

Wohlgeruch entströmte dem Brunnen und durchdrang die gedämpfte Beleuchtung und kühle Luft eines verlassenen Korridors. Auf dem Weg dorthin strich Yu an schlummernden Stockrosen und Lilien vorbei. Der Weg die Terrassen hinunter war breiter, mit feuchtem Moos bewachsen und gab bei jedem Schritt federnd nach. Ein Bächlein schlängelte sich durch Rosmarin, Klee und Pampasgras. Es ergoß sich funkelnd und plätschernd über eine steinige Kante. An dieser Stelle war die Beleuchtung ein wenig heller als auf dem oberen Deck, jedoch entsprach sie noch immer einer nächtlichen Stimmung, wie sie etwa bei Vollmond auf der Erde herrschen würde. Glühbirnen, die in weiten Abständen neben den Fußwegen leuchteten, wiesen den Weg mit ihrem gedämpften rubinroten, samaragdgrünen und topasfarbenen Schimmer.

Die Gärten waren abwechslungsreich und liebevoll gestaltet. Sie waren durch Hecken oder Grünpflanzen voneinander abgetrennt, so daß ein Besucher den Eindruck gewann, er wechselte von einer winzigen Welt in eine andere über. Yu entschied sich für einen Weg, der sie zwischen hohen Bambusschößlingen hindurch zu dem Platz führte, den sie aufsuchen wollte: einer kleinen runden Wiese, umsäumt von Bambus, Liguster und Kamelien und nach oben offen. In der Mitte befand sich ein kleiner Tümpel, der von einem Springbrunnen gespeist wurde.

Yu blieb stehen. Ein Mann kauerte auf einer Bank. Trotz des gedämpften Lichts erkannte sie auf Anhieb Ruszeks kahlen Schädel und markanten Schnurrbart –

nicht daß es ihr jemals schwer gefallen wäre, ihre Schiffsgefährten auseinanderzuhalten. Er umklammerte eine Flasche.

»Oh«, murmelte Yu überrascht.

»Sie auch?« rief Ruszek heiser. Er dachte angestrengt nach. »Nein. Sie würden niemals herkommen, um sich zu betrinken.«

»Entschuldigen Sie.« Sie machte Anstalten, sich zu entfernen.

»Nein, warten Sie«, sagte er. »Bitte. Lassen Sie sich nicht von mir vertreiben. Ich bin völlig harmlos.«

Sie konnte sich die Andeutung eines Lächelns nicht verkneifen.

»Ich denke, das kann ich Ihnen getrost glauben, Lajos.«

»Ich habe nichts gegen Gesellschaft einzuwenden. Und Ihre wäre mir sehr angenehm. Wenn Sie es bei mir aushalten. Allerdings g-g-g-laube ich, daß Sie gehofft haben, hier ein wenig Ruhe und Frieden zu finden.«

»Und schöne Dinge und Erinnerungen«, gab sie zu. Mitgefühl gesellte sich zu Höflichkeit. »Wenn Sie reden wollen, dann höre ich gerne zu.«

»Sie sind eine sehr nette Lady.« Er machte eine einladende Geste.

Sie setzte sich zu ihm auf die Bank, achtete jedoch darauf, ihm nicht zu nahe zu kommen. Für eine Weile war nur der Brunnen, weiß unter dem grau-blauen falschen Himmel, mit seinem Rauschen und Plätschern zu hören. Ruszek hielt ihr einladend die Flasche hin. Sie machte eine ablehnende Bewegung und schüttelte den Kopf. Er setzte sie an die Lippen und trank.

»Nehmen Sie es mir nicht übel«, sagte sie, »aber finden Sie das klug?«

»Wen interessiert das schon?« knurrte er.

»Uns. Ihre Kameraden.«

»Nachdem sie dafür gesorgt haben, daß wir weiter ins Nirgendwo vordringen? Und weiter und weiter.«

»Das ist nicht fair. Die Natur unserer Mission mag sich geändert haben, aber sie denken, daß es immer noch unsere Mission ist.«

»Ja, ja. Jeder ist ehrlich, ehrenhaft. Außer mir. Der Kapitän duldet es nicht, daß man sich betrinkt, Mam auch nicht. Sie nicht. Ich habe Flaschen aus Läden herausgeschmuggelt. Schlecht. Schlimm.« Er trank wieder.

»Macht diese neue Information tatsächlich soviel aus?«

»Sie haben mich ja sicher zu diesem Thema gehört. Wir dachten, wir wären unterwegs zu einer anderen Sternfahrerrasse. Jetzt wird's wahrscheinlich todlangweilig. Nichts als Überreste, Ruinen, Gräber, Knochen. Reine Archäologie. Warum? Wir erfahren gar nichts, nicht in fünf Jahren und nicht in Hundert. Und ich habe mich nicht für die Archäologie eingetragen.«

»So braucht es doch überhaupt nicht zu sein.«

Er überging ihren Einwand. »Die Erde unterdessen – nun, die Erde ist uns vielleicht noch nicht völlig fremd geworden. Wenn wir sofort umkehren würden, könnten wir vielleicht noch immer Kneipen und leichte Mädchen antreffen und ... Straßenmusiker, Picknicks auf dem Lande, ein Leben, das sich noch nicht grundlegend verändert hat – wenn wir nicht zu verdammt spät zurückkehren. Aber genau das werden wir. Und wofür?«

»Ich fürchte, wir kämen schon jetzt zu spät.«

Er musterte sie mit zusammengekniffenen Augen. »Hm? Sie haben sich auch schon mal zu diesem Thema geäußert. Ich hab's gehört. Ich weiß noch, wie wir beide versuchten, Hanny Dayan zu überzeugen.«

Yu schüttelte den Kopf. »Dann erinnern Sie sich falsch, Lajos. Ich dachte ganz einfach, jemand sollte diese Möglichkeit mal zu Sprache bringen. Ich weiß sehr wohl, wie gering die Chance ist – selbst wenn wir sofort den Rückflug antreten würden – wie gering die Chance ist, daß von dem, was wir kennen, noch etwas übrig ist.«

»Ihre Regierung?« meinte er spöttisch.

Sie verzieh ihm diese Gehässigkeit und ging nicht darauf ein. »Ganz bestimmt nicht. Sie wird untergegangen sein, ausgelöscht, vergessen, wie alle Sorgen und Nöte, die einige von uns dazu getrieben haben, sich zu dieser Mission zu melden. Aber dasselbe ist so gut wie sicher auch mit allem der Fall, das wir ... geliebt haben.« Sie betrachtete unverwandt den Brunnen und faltete die Hände. Sie preßte die Fingerspitzen gegeneinander. »Das Land, die Berge, die Flüsse, das Gras, die Bäume, das Meer, die Erde, vielleicht ist all das noch vorhanden. Wenn ja, dann überdauert all das auch noch ein paar tausend Jahre mehr. Nein, das Beste ist, die Reise fortzusetzen.«

Er seufzte. Sie roch den Gin in seinem Atem. »Das ist vielleicht das beste, was wir aus einer verfahrenen Situation machen können.«

Sie drehte sich halb um und fixierte ihn im ungewissen Licht.

»Ich kann mir gut vorstellen, warum Timothy Cleland und Alvin Brent alles andere als glücklich sind.

Aber Sie auch? Offen gesagt, hat Ihre Haltung dazu mich sehr verblüfft.«

»Warum? Die Erde könnte doch trotz allem der Ort sein, an dem ich mich zwar nicht heimisch fühle, aber dort wäre ich frei und könnte mich ungehindert bewegen, da meine Feinde nicht mehr existierten.«

»War das Ihr Beweggrund für die Teilnahme? Feinde? Ich dachte – jedenfalls haben Sie uns eine entsprechende Erklärung aufgetischt –, sie wären ebenso wie Jean Kilbirnie aus reiner Abenteuerlust mitgekommen.«

»Ich hatte an Abenteuer in größerer Nähe meiner Heimat gedacht. Und zwar räumlich wie zeitlich näher. Allerdings ist mir zu Hause der Boden ein wenig zu heiß geworden.«

»Sie haben niemals auch nur angedeutet –«

Ruszek trank wieder. »Nansen weiß Bescheid. Ich mußte es ihm und der Kommission erklären. Er war froh, mich zu kriegen. Zumindest hat er sich so ausgedrückt. Wenigstens hatte ich schon Raumerfahrung, habe Schiffe gesteuert, das Kommando über Männer innegehabt, beim Militär und auch Zivil – im Raumkrieg – deshalb bin ich der Maat, der Pilot, wissen Sie. Falls ihm etwas zustößt, dann bin ich zwar nicht der gleiche edle, korrekte, makellose Gentleman, aber ich kann uns nach Hause bringen. Daher hat er seinen Einfluß bei den Direktoren geltend gemacht, hat an den richtigen Stellen Druck ausgeübt, und die Behörden haben darauf verzichtet, Anklage gegen mich zu erheben. Sie haben sich ruhig verhalten. Schließlich wären sie mich sowieso bald los. Ja, ich habe Ricardo Nansen einiges zu verdanken. Trotz allem diene ich ihm so gut ich kann.« Ruszeks Miene verdüsterte sich.

»Ich sollte mich nicht so sehr in Selbstmitleid ergehen. Wahrscheinlich macht mir zum Teil sogar Spaß, was hier im Gange ist. Vielleicht genieße ich die ganze Sache. Aber heute möchte ich vergessen, und Mam wird ziemlich wütend auf mich sein, und auch das will ich vergessen.«

»Sie geben Ihr aber auch jeden Anlaß«, sagte Yu vorwurfsvoll.

»Ich weiß. Und sie gibt mir auf ihre Art und Weise Anlaß, so zu reagieren. Als wir uns das letzte Mal stritten, meinte sie, wenn ich so weitermachte, gäbe es auch noch andere Männer an Bord.« Ruszek nahm einen tiefen Schluck aus der Flasche.

»Sie ist ein freier Mensch. Wenn sie ... wenn sie auch zu andern freundlich und entgegenkommend ist ... dann könnte das eine ohnehin schwierige Situation erheblich entkrampfen.«

Ruszek grinste, behielt aber seine freie Hand bei sich. »Das gilt aber auch für Sie, Wenji.«

»Eigentlich hätten sie von Anfang an ausschließlich Paare zulassen sollen. Aber die Foundation mußte nehmen, was sich an qualifiziertem Personal anbot. Außerdem herrschte damals kein allzu libertiner, auf sexuellen Angelegenheiten freizügiger Geist vor, wie es gelegentlich in früheren Zeiten der Fall war. Man erwartete von uns, daß wir uns ausschließlich von Vernunft leiten ließen und über eine ausgeprägte Selbstkontrolle verfügten.«

Das Blut war Yu ins Gesicht geschossen. Sie wandte sich ab und blickte auf das Wasser.

»Und später?« fragte Ruszek.

Yu zögerte. Er hatte nichts Beleidigendes gesagt oder getan, und sie wollte ihn nicht verletzen. Aber es wäre besser, dieses Thema nicht weiter zu verfolgen. Sie nahm ihren ganzen Willen zusammen und wandte sich einer anderen, wichtigeren Frage zu.

»Sind Sie mit dem Gesetz in Konflikt gekommen, Lajos? Wollen Sie darüber reden?«

»Nichts Schlimmes!« bellte er. »Nichts, weshalb ich mich schämen müßte!«

Sie erinnerte sich an ihre Ankläger in China. »Die Selbstgerechten bedauern niemals, was sie getan haben. Ich behaupte nicht, daß das auch auf Sie zutrifft. Aber ich behaupte, daß niemand seinen eigenen Fall angemessen beurteilen kann.«

»Aber eine Frau soll dazu fähig sein, nicht wahr?« hielt er ihr entgegen. »Na schön, wenn Sie darauf bestehen. Ich wollte niemanden mit meinem Schicksal behelligen. Aber wenn Sie es unbedingt wollen.«

»Ich –«

Seine Worte sprudelten unaufhaltsam hervor, undeutlich, aber immerhin so geordnet, als hätte er sie sich schon lange zurecht gelegt und als wäre er jetzt froh, sie endlich loswerden zu können.

»Sie kennen ja meine Laufbahn. Ich hab mich überall auf der Erde herumgetrieben, trat ins Raumkommando der Westallianz ein, bekam mein Offizierspatent, geriet in Schwierigkeiten, es gab Streit, ich wurde degradiert, bekam meinen Rang zurück, verlor ihn wieder wegen – Insubordination, verpflichtete mich nicht neu, nachdem meine Dienstzeit vorüber war, sondern war danach als Pilot für das SolmetallKonsortium tätig.

Der Raumkrieg brach aus, und ein chinesisches Schiff zerstöre eine unserer Asteroidenbasen. China nahm nicht offiziell am Krieg teil, aber ich war da und haben gesehen, was ich sah. Ja, wir transportierten militärische Güter, doch alles war völlig legal. Gute Freunde von mir fanden den Tod, einige sogar einen ziemlich fürchterlichen. Dann organisierten ein paar von uns eine Steueranlage und bugsierten einen riesigen Felsbrocken in einen neuen Orbit. Er stürzte ein Jahr später auf eine asiatische Marinebasis und zerstörte sie völlig.

Aber Europa hatte sich mittlerweile völlig aus dem Krieg zurückgezogen. Die Asiaten erkannten sofort, daß dieser Absturz künstlich herbeigeführt worden war, und zwar mit europäischer Technik. Das Militär dementierte jegliche Beteiligung. Die Asiaten forderten eine eingehende Untersuchung. Europa kam der Bitte nach. Schon bald folgte die gesamte verdammte Föderation. Meine Kameraden und ich verwischten unsere Spuren so gut wir konnten, aber irgendwann wurde uns klar, daß sie uns dicht auf den Fersen waren. Und wir waren natürlich Zivilisten, als wir den Felsen auf die lange Reise schickten.

Wir trennten uns. Ich flüchtete zu Nansen, und er rettete mich, wie ich es gerade beschrieben habe. Wenn der größte Teil der Schuld mir aufgehalst würde, wäre das nicht so schlimm. Damit kämen meine Freunde einigermaßen glimpflich davon.

Und ich schäme mich nicht!« rief Ruszek streitlustig.

Yu wich erschrocken vor ihm zurück. »Sie haben Menschen getötet, die Sie gar nicht kannten«, flüsterte sie. »Aus Rache, nicht wahr?«

»Es herrschte Krieg. Ich hatte keine Gewissensbisse und habe mich sogar auf diese Reise gefreut.« Er ließ seine Schultern herabsacken. »Ich hätte lieber nichts erzählen sollen, nicht wahr? Erst recht nicht Ihnen. Aber das Ganze ist vor dreitausend Jahren passiert, Wenji. Niemand erinnert sich mehr daran.«

»Wir tun es.«

Er nickte.

Es war eine schwerfällige, gewichtige Geste, und als er wieder redete, waren seine Worte ruhiger, deutlicher. »Ja. Die Neuigkeiten über unser Ziel haben mich zu nachdenklich gemacht. Meine Erinnerungen wurden geweckt. Wir alle sind regelrecht dazu verdammt, uns zu erinnern, nicht wahr? Dort, von wo ich herkomme, glaubte man an die ewige Verdammnis.«

Yu schwieg. Nur der Brunnen plätscherte.

»Wir müssen verzeihen«, sagte sie schließlich. »Wir alle müssen verzeihen. Wir sind hier draußen so alleine.« Sie erhob sich. »Gute Nacht, Lajos.« Ihre Stimme klang sanft, freundlich. Sie strich ihm mit einer Hand über den kahlen Schädel und eine Wange, ehe sie ihn verließ.

Und erneut hielten sich zwei Leute im Gemeinschaftsraum auf. Dabei war eine hineingeschmuggelte Flasche, diesmal Champagner, und sie steckte in einem Kühlmantel. Auch hier herrschte Dämmerlicht, wenngleich es ein wenig heller war, und ließ die Sterne auf den Sichtschirmen viel stärker erstrahlen. Musik erklang. Zeyd und Dayan hatten einige Möbel beiseite geschoben, um für sich Platz zu schaffen. Sie tanzten auf der freien Fläche. Es war ein archaischer Tanz, der während einer historischen Nostalgiewelle auf der Erde zu ihrer Zeit wiederbelebt worden war. Es war ein Walzer. Als ›An der schönen blauen Donau‹ ausklang, stimmten sie ein schallendes Gelächter an.

Während sie sich voneinander lösten, schauten sie sich in die Augen. Schweißperlen glänzten auf erhitzter Haut und erzeugten einen säuerlichen, menschlichen Geruch. Dayans Haar war zerzaust. Ein wenig außer Atem stieß sie hervor: »Wir sollten nicht so glücklich sein.«

»Warum nicht? Wir feiern einen Sieg. Vorherbestimmt, symbolisch, aber nichtsdestoweniger ein Sieg.«

Ihr Lachen erstarb. »War er das? Nicht für alle von uns. Durchaus möglich, daß wir am Ende mit einer kosmischen Tragödie konfrontiert werden.«

»Vielleicht auch nicht«, meinte er leichthin. »Wer weiß das schon? Hauptsache ist doch, daß wir etwas *entdecken* werden.«

»Ja. Und das entschädigt für vieles.«

Er verneigte sich galant. »Vom Vergnügen während der Reise ganz zu schweigen. Und von der angenehmen Gesellschaft.«

Da sie nicht ernst bleiben konnte, lächelte sie wieder, senkte den Kopf ein wenig und fixierte ihn durch ihre langen Wimpern. »Danke gleichfalls, verehrter Herr.«

Hand in Hand gingen sie zum Tisch, füllten ihre Gläser aus der Flasche, die bereits halbleer war. Er hob sein Glas. »Auf uns«, sagte er und prostete ihr zu. »*Saha wa 'afiah.*«

»*Mazel tov.*« Die Gläser stießen leise klirrend gegeneinander.

Während sie trank, neckte sie ihn: »Das sollten Sie lieber nicht tun, oder?«

»Sie haben mich doch während des Essens gesehen. Ich bin kein besonders guter Moslem, fürchte ich.«

»Aber ein hervorragender Tänzer.«

»Vielen Dank, liebste Hanny.« Er beugte sich zu ihr vor. »Und das meine ich auch so.«

Eine erregte Röte überzog ihr Gesicht, verblaßte und kehrte gleich wieder zurück. »Diese Nachtwache – oh, es ist eine Nacht, um alles andere zu vergessen ... sogar diese Sterne ...«

Seine monatelange Belagerung endete, als sie ihm entgegenkam und sich in seine Arme sinken ließ.

19

Die Uhren in der *Envoy* hatten ein Jahr und siebenunddreißig Tage gezählt. Daraus errechnete sich, daß sie, inklusive der Zeit, die sie im Normalzustand verbracht hatte, seit vier Jahrtausenden, neun Jahrhunderten, sechsundfünzig Jahren und acht Tagen unterwegs war. Ungefähr in der Mitte der Region, die sie ansteuerte, hatte die *Envoy* erneut ihren Null-Null-Antrieb angehalten, die Schutzvorrichtungen ausgeschaltet und mit sämtlichen zur Verfügung stehenden Instrumenten die nähere und weitere Umgebung abgesucht.

Die unbewehrte Sicht hätte nur wenig erbracht. Es wimmelte von Sternen, allerdings nicht mehr in ihren vertrauten Konstellationen, obgleich man sicher in Richtung der mittlerweile unsichtbaren Sonne Teile davon hätte erkennen können, wenn auch nur bruchstückhaft und erheblich verzerrt. Die Milchstraße beherrschte noch immer den Himmel, war noch immer durchsetzt mit Dunstwolken und schwarzen Flecken. Man mußte schon genau hinschauen und die jeweiligen Regionen genau kennen, um die Veränderungen, die sich durch die veränderte Perspektive ergaben, eindeutig zu erkennen. Die benachbarten Galaxien schimmerten so fern und unerreichbar wie eh und je.

Geräte, die in der Lage waren, einzelne Photonen aufzuspüren, lieferten plötzlich eine Flut von Daten. Als sie auszureichen schienen, machte das Schiff einen Sprung von ungefähr zweihundert astronomischen Einheiten und wiederholte die Überprüfung. Automatisiert und computerberechnet, erfolgten die Messungen zügig und wurden schnell abgeschlossen. Dann sprang das Schiff erneut und immer wieder. Die Interferometrie erbrachte auf diese Art und Weise weitere Daten. Nach weniger als einer Woche, während der einige an Bord ziemlich wenig Schlaf bekamen und die Spannung, unter der alle standen, stetig zunahm, ergab sich ein vollständiges Bild.

Nicht überraschend war, daß diese Region derjenigen um Sol in vielem ähnlich war. Ein Radius von dreißig Parsec, dem ungefähren Grenzbereich der zur Verfügung stehenden Meß- und Beobachtungsgeräte, definierte eine Kugel, in der sich ungefähr zehntausend Sterne befanden. Etwa eintausend davon wurden als ›Sol-ähnlich‹ eingestuft – einzeln, in der Hauptreihe liegend, Spektralklasse von Mitte F bis Ende K – und daher Kandidaten für eine eingehendere Inspektion. Dreiundfünfzig hatten einen Planeten in einer Entfernung, in der man durchaus mit Vorkommen von Wasser in flüssigem Zustand rechnen konnte. Einige dieser Planeten waren wahrscheinlich Riesen oder aus anderen Gründen unbewohnbar. Dayans Team hielt sich nicht mit ihnen auf. Statt dessen suchte die Spektroskopie nach Hinweisen auf Atmosphären in einem chemischen Ungleichgewicht, was auf organisches Leben hinweisen mußte. Auf große Entfernungen waren derartige Identifikationen ziemlich ungenau, aber innerhalb eines Bereichs von vierzig Lichtjahren wurden drei erfolgversprechende Himmelskörper aufgespürt.

Alle drei befanden sich in einem Spiralarm, in dem die Sterndichte nach außen hin rapide abnahm. Die meisten drängten sich um den galaktischen Kern und waren einer Grundstrahlung ausgesetzt, die eine organische Evolution unwahrscheinlich bis absolut undenkbar machte. Leben war dennoch im Universum eine sehr seltene Erscheinung und schwang sich kaum jemals bis zu einer Vernunftbegabtheit auf, und die Chance, auf eine hochentwickelte Technologie zu stoßen, war verschwindend klein.

Ungeachtet dessen hatten die Menschen, als die *Envoy* Sol hinter sich ließ, Spuren von vier raumfahrenden Spezies gefunden, die weit voneinander getrennt existiert hatten. Es mußte weitere geben, deren Spuren von den Staubwolken um den Galaxiskern verdeckt wurden – es sei denn, sie alle wären mittlerweile untergegangen. So unendlich groß ist die Zahl der Sterne.

Wenn man nur wenig weiß und jede Entscheidung einem Glücksspiel gleicht, dann rechnet man sich so gut es geht seine Chancen aus. Eine der Sonnen mit einem möglicherweise bewohnten Planeten war ein mittelalter G8-Zwerg, nicht ganz so hell wie Sol, aber praktisch ein Zwilling von Tau Ceti, und lag siebenundzwanzig Lichtjahre vom letzten Stopp der *Envoy* entfernt. Mit einem kurzen Antriebsstoß ihrer Plasmatriebwerke steuerte das Schiff darauf zu. Der interstellare Flug dauerte zwei Tage.

Er endete in einem Abstand von neun astronomischen Einheiten. Sie hätte sich noch weiter annähern könne, ehe sie so weit in den Gravitationsschacht der Sonne eingetaucht wäre, daß der Einsatz des Null-Null-Antriebs unmöglich geworden wäre. Die Manöver wären dann unverhältnismäßig schwieriger gewesen. Die *Envoy* benutzte ihre Korrekturdüsen, während sie auf den Rendezvouspunkt zusteuerte, drehte sich auf halber Strecke um hundertachtzig Grad und bremste. Bei eineinhalb *g*, einem Kompromiß zwischen Ungeduld und ökonomischen Treibstoffverbrauch, dauerte die Reise zwei Wochen. Niemand äußerte sich zu der Ironie. Lange bevor die *Envoy* die Erde verlassen hatte, hatten Sternfahrer dies für sehr dürftig gehalten.

Dayan kam aus der Reservesalonküche mit einem Tablett zurück, auf dem eine Teekanne, zwei Tassen und eine Schüssel mit Keksen standen. Sie setzte alles auf einem kleinen Klapptisch in der Mitte ihrer Kabine ab und ließ sich auf ihrer Schlafkoje daneben nieder. Yu saß bereits auf der gegenüberliegenden Koje. Dayan schenkte ein. »So«, sagte sie. »Um aus einem alten Buch, das ich früher mal gelesen habe, zu zitieren: Der Nektar, der aufmuntert, aber nicht berauscht. Leider.«

»Vielen Dank.« Die Ingenieurin trank vorsichtig. »Das tut gut.«

»Das könnte man in diesem Stadium wahrscheinlich von allem behaupten.«

Dayan deutete mit einer umfassenden Geste auf die Umgebung. In dem beengten Raum befanden sich der Tisch, ein Schrank und zwei mit Vorhängen versehene Schlafkojen auf beiden Seiten. Türen am Fußende führten auf einen Korridor, der kaum breit genug war, daß sich zwei Personen aneinander vorbei drängeln konnten, und zur Badezelle, die sie sich mit den Männern teilten, deren Schlafräume auf der anderen Seite lagen. Bis auf den Kapitän hatten die Männer es schlechter als die Frauen, da eine zusätzliche Koje hatte eingebaut werden müssen. Wieder verbrachte die Mannschaft gezwungenermaßen den größten Teil der Wachstunden im Salon, der Bildschirme, Spiele und andere Möglichkeiten zum Zeitvertreib bereit hielt.

Oder sie suchten den Sportraum auf, wo man sich körperlich betätigen konnte, wenn man dafür nicht allzu viel Platz brauchte. Das waren die Beschränkungen der kardanisch aufgehängten Decks.

»Ich will mich nicht beklagen«, fügte Dayan hastig hinzu. »Aber ich bin froh, daß wir für einen Moment mal ganz unter uns sein können, Wenji, und uns offen aussprechen können, ohne darauf Rücksicht nehmen zu müssen, was jemand denken könnte.« Seit Jerusalem hatten sie das des öfteren getan.

»Ich kann mir vorstellen, daß Selim sich auch ziemlich eingeengt fühlt«, meinte Yu mit gespieltem Bedauern.

Dayan lachte. »Ja, der arme Mann. Jean meint, sie sähe ihn auf allen Vieren knien und auf dem Deck scharren und heftig dampfen, wenn ich vorbeikomme.«

»Jean hat eine lebhafte Phantasie.«

»Sie nennt es das zweite Gesicht. Der Blick durch seine gesittete, reservierte Maske.«

»Ich denke, du bist auch schon mal ein wenig frustriert gewesen.«

»Mehr als nur ein wenig.«

Yu wurde ernst. »Ihr beide scheint glücklich zu sein.«

Dayan wandte den Blick ab. »Nun, er ist ein – ein charmanter und interessanter Zeitgenosse, wie wir alle wissen. Er hat auf der Erde viele Reisen unternommen, dann ist da seine Kultur, und – er ist ein erstklassiger Liebhaber.« Ihre Haut schimmerte rosig.

»Meinst du, daraus wird eine feste Beziehung?«

»Das weiß ich nicht«, antwortete Dayan zögernd. »Wer kann das schon sagen – hier draußen? Im Augenblick sind wir glücklich.«

»Mögest du es für immer sein, Hanny.«

Ihre Augen trafen sich. »Das gilt auch für dich, Wenji. Mögest auch du wieder glücklich werden.«

»Ich bin es. Ich habe meine Erinnerungen.«

Dayan zögerte, ehe sie weiterredete. »Meinst du, du kannst dich damit für den Rest deines Lebens zufrieden geben?«

Yu nahm ihre Teetasse zwischen die Hände, als wollte sie ihre Finger wärmen und den würzigen Duft einatmen. »Vielleicht muß ich das.«

»Du bist doch schon über den Schmerz hinweg, über die Trauer, die du zu verstecken versucht hast. Ganz bestimmt. Und du bist schließlich ein ganz normales, gesundes menschliches Wesen.«

Yu antwortete sachlich: »Aber wer ist denn noch da? Mit allem Respekt, auch vor deinem Selim, Hanny, wen von ihnen könnte ich mit meinem Xi vergleichen?«

Erneut wartete Dayan. »Ricardo Nansen?« Sie klang ein wenig unsicher.

Yu nickte. Das Licht der Deckenbeleuchtung zauberte Reflexe auf ihr nachtschwarzes Haar. »Er ist eine bemerkenswerte Persönlichkeit, das stimmt. Aber er ist ... geradezu abweisend. Wie oft kommt sein Lächeln wirklich von Herzen?«

»Er ist der Kapitän. Er denkt – glaube ich jedenfalls, er müßte unsere unpersönliche Vaterfigur sein.«

»Damit könnte er durchaus recht haben.«

Ein wehmütiges Lächeln huschte über Dayans Gesicht. »Wie schade. Ich gebe zu, daß auch ich gelegentlich an ihn denke.«

»Jean auch, vermute ich.«

»Ich weiß es genau.«

»Der arme Tim.«

»Nicht unbedingt. Er ist zu schüchtern und unfähig für derartige soziale Kontakte, aber er lernt vielleicht daraus.«

»Eine Verehrung wie seine sollte doch belohnt werden.«

»Hm, ich betrachte das eher als ein Handicap. Für Jean muß es so sein, als hätte sie ständig ein großes, tollpatschiges Hündchen im Schlepptau, das sie mit feuchten, verliebten Augen anschaut. Er hat eine ganze Menge Interessen, weißt du. Ich wünschte, Al Brents Theorien würden nicht dazugehören, aber das ist wahrscheinlich *faute de mieux*«, stellte Dayan beiläufig fest. »Tim ist ganz reizend, wenn er sich entspannt und ganz er selbst ist. Das Problem ist, daß er das in Jeans Gegenwart nicht schafft, zumindest nicht, wenn er nüchtern ist. Aber erinnerst du dich noch an unsere Apollo Day-Party, als er ein oder zwei Drinks zuviel hatte und zu singen begann?«

Yu kicherte. »Wie könnte ich das vergessen? Ich werde immer noch rot. Aber seine Lieder waren auch zu komisch.«

»Wenn jemand ihn verführen würde, könnte das wahre Wunder wirken«, spekulierte Dayan. »Wahrscheinlich würde Jean ihn dann auch in einem ganz anderen Licht sehen.«

Dieser unverblümte Pragmatismus machte Yu verlegen. Sie konzentrierte sich auf ihre Tasse, ehe sie erwiderte: »Wer sollte das sein? Ich mag ihn, aber nein.«

»Geht mir genauso. Keine von uns beiden könnte eine solche Sache geschickt genug inszenieren, vor allem nicht so, daß am Ende keiner verletzt ist. Mam?«

»Ich – ich glaube nicht, daß sie es tun würde, auch nicht aus reiner Menschenfreundlichkeit. Lajos –«

»Sie schlafen nicht mehr zusammen. Nein, ich habe sie nicht belauscht. Das wäre hier an Bord doch geradezu kriminell, nicht wahr? Aber ich bin nicht blind. Und du auch nicht.«

»Er hat aufgehört, so viel zu trinken.«

»Tatsächlich? Ich hatte es schon vermutet, war mir aber nicht sicher. Das würde diese seltsame Entfremdung erklären. Hat Mam es dir erzählt?«

»Nein.« Yu äußerte sich nicht weiter dazu. »Er ist ein – ein Krieger ohne eine Schlacht.«

»Genau das, als was Al Brent sich fühlt«, sagte Dayan bissig.

Yus Tonfall war freundlicher. »Das könnte stimmen. Lajos hingegen – er ist ein Mann der Tat und zu dem verdammt, was er als Untätigkeit bezeichnen würde. Und mit Erinnerungen, die schwerer zu ertragen sind, als er geahnt und als er sich selbst gegenüber bis vor kurzem eingestanden hat.« Dayan fragte nicht nach Einzelheiten. »Nun ja, wenn er eine Herausforderung hat, eine Aufgabe, für die er seine Kraft einsetzen kann, dann wird er damit auch fertig.«

»Würde sie ihn tatsächlich zurücknehmen?«

»Wer weiß? Würde sie? Auf jeden Fall kann ich mir nicht vorstellen, daß sie in absehbarer Zeit etwas tun würde, was die Situation noch komplizierter macht.«

Yu leerte ihre Tasse und stellte sie ziemlich heftig ab. Das Tablett klapperte. »Ist das nicht lächerlich?« rief sie. »Hier sitzen wir, durchqueren den Kosmos, unterwegs zu einem Mysterium, und tratschen wie Marktweiber über lächerliche Sexprobleme, Dinge, die wir längst kennen und die uns eigentlich gar nichts angehen. Sind wir wirklich so seicht?«

Dayan lächelte. »Ich bin gar nicht daran interessiert, ständig die reine Wissenschaftlerin und kühne Forscherin zu sein. Ab und zu brauche ich auch mal richtige Frauengespräche.«

Yu erwiderte ihr Lächeln wehmütig. »Naja, ich auch. Menschen sind wie Affen. Wir pflegen uns zwar nicht gegenseitig das Fell mit den Fingern, sondern wir benutzen Wörter. Aber der Instinkt ist der gleiche.«

Dayan nickte. Die roten Locken tanzten auf ihren Schultern.

»Wir sind, was wir sind. Vielleicht erbringen wir unsere großen Leistungen nicht, obgleich, sondern gerade weil wir so sind.«

Abgesehen davon, daß er keinen Mond besaß, rief dieser Planet noch mehr als der im Sternhaufen die Erinnerung an die Erde wach: blauer Himmel mit weißen Wolken, rötlich braune Landmassen in schimmernden Ozeanen, weiße Eiskappen an den Polen. Weitere Studien enthüllten Unähnlichkeiten in Masse, Achsneigung, Rotationsperiode, Zusammensetzung der Atmosphäre, Spektren und daher in der Art pflanzlichen Lebens – in unendlich vielen Dingen, ein

Katalog, der niemals vollständig war. Das tat der Schönheit freilich keinen Abbruch.

Und auch nicht der Entdeckung. Unten auf der Oberfläche standen Bauwerke und noch geheimnisvollere Artefakte: etwa zwanzig Gruppen, rund um den Planeten verteilt, unbewohnt, häufig von Pflanzen überwuchert, ähnlich den Überresten des anderen Raumfahrtzeitalters auf der anderen Welt. Diese Gebäude jedoch waren nicht zerstört. Die Zeit hatte ihren klaren, seltsamen Umrissen nicht viel anhaben können.

Es war, als ob ein Engel ein Buch in einer Sprache aufgeschlagen hätte, die niemand verstand – noch nicht.

Die *Envoy* befand sich in einem niedrigen Orbit. Instrumente suchten und prüften, Maschinen sammelten Proben ein, weitere Maschinen analysierten, Computer und menschliche Gehirne versuchten die Daten zu entschlüsseln, ehe ein Mensch den Fuß auf die fremde Welt setzte. Die Mannschaft nahm das hin. Es war die übliche Vorgehensweise. Einstweilen begnügten sie sich mit der Faszination des Entdeckens und dem Platz und dem Komfort ihrer regulären Umgebung.

Dayan half Yu, einen Beobachtungsapparat einsatzbereit zu machen, und kehrte in ihr Quartier zurück. Dort traf sie Zeyd an, der betete und sich in Richtung eines Mekka verneigte, das er nicht sehen konnte und das mittlerweile wahrscheinlich nur noch in seinem Herzen existierte. Respektvoll wartete sie, bis er das Gebet beendet hatte. Dann, als er hochsah, grinste sie ihn an und deutete mit einem Daumen auf das Bett. Er lachte und kam schnell auf die Füße,

Mokoena kniete und betete allein. Von der Simulation eines bunten Glasfensters in der kleinen christlichen Kapelle lächelte Jesus auf sie herab. Sie richtete ihre Gebete nicht an ihn, sondern an die Geister ihrer Familie, falls sie überlebten und sich an sie erinnerten, und benutzte dabei die Sprache ihrer Kindheit. Anschließend wanderte sie zum Park und pflegte die Blumen. Die armen Dinger, zwei Wochen in extremer Schieflage waren nicht leicht für sie gewesen. Und obgleich die Pflege durch Roboter durchaus sorgfältig erfolgte, mußten sie die Berührung durch lebendige Hände schmerzlich vermißt haben.

Brent sah sich am Planeten satt, suchte seine Kabine auf und stellte die Bioverbindung her. In voller sensorischer, interaktiver Simulation, die kaum von der Wirklichkeit zu unterscheiden war, wenn er es vermied, daran zu denken, ließ das Programm ihn an der Seite Pizarros einherreiten und die Welt erobern.

Cleland beschäftigte sich mit den eingegangenen Informationen und Daten. In dieser Zeit war er durchaus glücklich.

Sundaram genoß den Anblick der Welt draußen.

Nansen saß in seiner Kabine, die sich nicht von den anderen unterschied. Sie war geräumig, verfügte über eine verschiebbare Trennwand, die den Raum teilen konnte, sowie über eine Badezelle. Die Möblierung war ebenfalls die gleiche, Sessel mit verriegelbaren Greiffüßen, ein Bett, das man auf doppelte Breite auseinanderklappen konnte, Einbauschränke und ein großer Schreibtisch mit Sichtschirm, Computerterminal und Virtualitätsteinheit und andere Geräte, die zum Standard gehörten. Seine eigenen Mitbringsel verliehen dem Quartier eine persönliche Note. Auf dem Fußboden lag ein bunter Teppich aus der *estancia* seiner Familie. Gekreuzte Säbel hingen an einer Trennwand. Ihnen gegenüber befand sich ein verblichenes Photo von einem seiner Vorfahren, Don Lucas Nansen Ochoa. Bildschirme zeigten Panoramen von Regionen der Erde, die er kannte. Es waren vorwiegend Stilleben, außer einem, in dem das Gras sich wiegte und Bäume auf den Prärien seiner Heimat dem Wind widerstanden. Ein anderer Schirm, der im Augenblick Monets *La meule de Foin* wiedergab, schien ebenfalls lebendig zu sein. In Regalen befanden sich ein paar Erinnerungsstücke von Planeten, auf denen er sich aufgehalten hatte, sowie eine Spanische Bibel. Ansonsten konnte der Datenspeicher des Schiffs ihn mit allem versorgen, was er lesen oder sich ansehen und anhören wollte. Gespeichert war praktisch die gesamte Kultur der Menschheit bis zum Zeitpunkt ihrer Aufbruchs.

Er saß am Schreibtisch unter einem kleinen altertümlichem Kruzifix und formte eine kleine Pferdefigur. Sie bäumte sich auf, so daß Mähne und Schweif wehten. Früher hätte er sie in Bronze gegossen, doch hier mußte er sich mit Ton zufriedengeben. Das Material gab unter seinen Fingern nach und ließ sich nur widerstrebend in die gewünschte Form bringen.

Die Türglocke erklang. »Öffnen«, befahl er und drehte sich um.

Kilbirnie stand da, bekleidet mit Shorts und Trikothemd. »Hi«, begrüßte sie ihn. »Sind Sie beschäftigt?«

»Mit nichts Wichtigem.« Er erhob sich und ging ihr entgegen. »Was kann ich für Sie tun?«

»Nun, ich hatte Lust, wieder einmal einen Handball gründlich zu mißhandeln. Wir waren so lange eingesperrt. Aber ich finde niemanden, der mitspielen will. Hätten Sie Lust, Skipper?«

Das entspannte, fröhliche Lächeln verriet ihm, daß sie nicht allzu intensiv gesucht hatte. Er überlegte kurz, dann sagte er: »Es wäre mir eine Freude. Ich ziehe mich nur schnell um.«

Er verschwand hinter einer Trennwand. Sie schlenderte durch die Kabine. Es war nicht ihr erster Besuch – jeder kam ab und zu hierher aus dem ein oder anderen Grund –, aber drei Szenen an den Wänden waren neu: ein Pariser Straßencafé, ein Tukan, der auf einem fremdartigen Baum saß, und ein Blick nach vorne aus einem Segelboot, das hart am Wind kreuzte. Sie deutete auf die Bilder, als er wieder zurückkam. »Stammen die aus Ihrem persönlichen Leben?« fragte sie.

»Ja. Die Aufnahmen sind ganz gut geworden«, antwortete er. »Souvenirs.«

»Ich habe selbst auch welche.«

Er reagierte nicht auf die in dieser Bemerkung versteckte Aufforderung. Sie gingen hinaus.

Ihr Spiel war schnell und ausgelassen. Am Ende der Halle stemmte Ruszek schweigend und verbissen Gewichte. Für sie schien er völlig schief zu stehen, weil der Raum so lang war, daß seine Krümmung fast die Grenzen des Gesichtskreises erreichte. Markierungslinien auf dem Fußboden, Haken und Ösen an den Wänden sowie verschiedene Geräte in den Nischen boten eine große Auswahl an Übungsmöglichkeiten und Sportarten.

Nach einer Weile waren Nansen und Kilbirnie reif für eine Verschnaufpause. Schweiß glänzte auf Kilbirnies Haut, färbte ihr Hemd stellenweise dunkel und umhüllte sie mit seinem strengen Geruch. Unter ihrem Stirnband kräuselte sich ihr hellblondes Haar zu kleinen Löckchen. »Warum ist Hanny so aufgeregt?« fragte sie unvermittelt.

Überrascht antwortete er ausweichend, was für ihn ungewöhnlich war. »Was, warum – wie kommen Sie darauf?«

»Ich kenne sie. Ich sah Sie beide die Köpfe zusammenstecken und flüstern. Sie sind ebenfalls aufgeregt, Skipper.«

Er schickte einen Blick zu Ruszek und senkte die Stimme, obgleich der Mann sich außer Hörweite befand. »Ein ... erster vager Hinweis. Möglicherweise irreführend. Wir sollten nichts bekannt geben, ehe er sich nicht als zutreffend bestätigt hat.«

Sie zitterte gespannt. »Nun reden Sie schon. Ich werde schon nicht zusammenbrechen, wenn es sich als negativ herausstellt. Und ich werde nichts ausplaudern.«

»Das ist wissenschaftliche Tradition«, sagte Nansen. »Man veröffentlicht nichts, ehe man sich hinsichtlich des Ergebnisses nicht einigermaßen sicher sein kann.«

Kilbirnie schaute zur Seite, als blickte sie hinaus zu den Sternen. Sie lachte. »Veröffentlichen, hier? Skipper, ich habe es Ihnen schon einmal gesagt, diese Wichtigtuerei steht Ihnen nicht.« Er zuckte immerhin ausreichend heftig zusammen, so daß sie es bemerkte. Sie legte eine Hand auf seinen Arm. Bewunderung lag plötzlich in ihren Worten. »Ja, halten Sie nur immer fein an Ihren Traditionen fest.«

Er gab sich geschlagen. »Na schön, wenn Sie mir versprechen, nichts zu verraten und keine Andeutungen zu machen –«

»Das tue ich. Ich würde niemals ein Versprechen brechen, das ich Ihnen gegeben habe.«

»Es ist möglich – es wird einiges an Zeit und Mühe kosten, wenn man die Schwäche des Signals im Vergleich mit dem Hintergrundrauschen betrachtet, und es kann sich ebensogut als eine völlig normale Schwankung des Grundrauschens erweisen – es ist möglich, daß Dr. Dayan eine nicht-stellare Quelle von Neutrinos entdeckt hat. Innerhalb dieser Region. Aber es ist nur – es könnte lediglich ein Blip sein. Sie hat diese Quelle, falls es überhaupt eine ist, bisher nur auf einige Bogenminuten genau lokalisieren können.«

Kilbirnie stieß einen Pfiff aus.

Dann sagte sie: »Das ist vielleicht gar keine so große Überraschung. Ich habe ohnehin nicht geglaubt, daß eine Zivilisation, die die Raumfahrt beherrscht, praktisch über Nacht untergeht. Das habe ich ganz und gar nicht für möglich gehalten.« Sie sah zu ihm hoch. »Stimmt es, daß wir dorthin wollen?«

»Natürlich«, sagte er. »Vergessen Sie nicht, die Bestätigung – oder die Nichtbestätigung – dauert einige Zeit. Unterdessen sehen wir uns an, was es hier gibt. Wenn schon nichts anderes, so erhalten wir vielleicht einige wichtige Informationen.«

»Hm.« Ihr Eifer erwachte. »Wenn wir doch dort landen könnten.«

»Das hoffe ich.« Nansen wich ihrem Blick aus. Dann zwang er sich, ihr wieder in die Augen zu schauen. »Ihnen ist doch klar, daß in diesem Fall Pilot Ruszek als erster starten darf, oder? Wir dürfen auf keinen Fall beide Boote aufs Spiel setzen, und er ist der Dienstältere.«

»Das sei ihm gegönnt«, meinte sie. »Er braucht es. Aber lassen Sie mich bitte nicht zu lange warten.«

»Haben Sie Geduld, Pilot Kilbirnie.«

»Es fällt mir schwer, aber ich verstehe es.«

»Vielen Dank.«

»Und Sie –« Es brach aus ihr heraus. »Sie sind ein Heiliger.«

»Wie bitte? *Höchst unpassend.* Unsinn.«

Sie musterte ihn prüfend und sah plötzlich klar. »Sie wollen selbst hinunter, nicht wahr? So wie früher. Aber jetzt sind Sie der Kapitän, und der unternimmt selbst keine Aufklärungsflüge.«

»Nun, wenn wir auf das Yondervolk stoßen, könnte das einiges ändern.«

Ihr Lächeln signalisierte so etwas wie Zärtlichkeit. »Es bedeutet Ihnen unendlich viel, nicht wahr?«

»Unserer ganzen Rasse«, sagte er. »Warum sonst hätte ich diese Mission antreten sollen? Der Entfremdungseffekt nach meinen ersten kurzen Reisen reichte dazu als Grund nicht aus.«

Kilbirnies Kopf sank ein wenig herab. »Die Entfremdung. Wird es sie interessieren, wenn wir zurückkehren?«

»Ich stelle mir vor, daß es sie interessiert. Ganz gleich, zu was sie sich entwickelt haben, was wir zurückbringen, wird für sie eine Bedeutung haben.«

»Das Wissen als solches?«

»Ja, aber auch noch mehr. Neue Wissenszweige, neue Wege des Denkens, des Fühlens, des Lebens.« Obgleich er weiterhin Gelassenheit und Ruhe demonstrierte und seine Hände still hielt, wurde sein Tonfall plötzlich leidenschaftlicher, als sie es jemals bei ihm gehört hatte. »Ehe wir aufbrachen, sogar schon ehe wir geboren wurden, starb die Kreativität in den Menschen ab. Alle Möglichkeiten waren erschöpft. Es wurde nichts Originäres mehr geschaffen. Wissenschaft und Technologie befanden sich auf einem so hohen Stand, daß keine höheren Regionen mehr zu sehen waren, zu denen man hätte aufsteigen können. Regierungsformen, politische und gesellschaftliche Ideologien degenerierten über die Autokratie hin zum Feudalismus. Ja, man konnte malen wie Rembrandt oder Renoir, komponieren wie Bach oder Beethoven, schreiben wie Tolstoi oder Joyce, und viele taten es auch, aber was war neu, wo waren die neuen, jungen Welten? Ja, die Fraktalschule beflügelte für einige Zeit die Künstler, aber sie stützte sich auf Maschinen. Und auch dort stand am Ende der Entwicklung ein steriler Epigonismus. Vielleicht haben Kolonieplaneten dynamische Zivilisationen hervorgebracht, vielleicht haben Menschen dort Aliens getroffen, die sie inspirierten, aber wenn nicht, und selbst wenn doch, werden uns die Werke einer alten und großartigen fremden Gesellschaft zu einer Renaissance verhelfen.«

Er hielt inne.

»So ausführlich haben Sie sich noch nie zu diesem Thema geäußert«, murmelte Kilbirnie.

»Nein, ich wollte nicht wie ein Lehrer erscheinen.« Nansen deutete ein Lächeln an. »Mein Steckenpferd ist mit mir durchgegangen. Es tut mir leid.«

»Ist Begeisterung etwas, das sich für Don Ricardo nicht gehört, *el Capitán* Nansen? Ich wünschte, Sie würden ein wenig offener, Skipper.«

Er winkte ab.

»Ich bitte Sie. So – wie heißt das Wort? – reserviert bin ich doch gar nicht.«

»Beweisen Sie es.«

»Wie?«

»Nun«, schnurrte sie, »Sie haben mal davon gesprochen, mir einen alten südamerikanischen Tanz beizubringen.«

19

Abgekoppelt schwebte die *Herald* im harten Glanz der Sonne und weichen Schimmer des Planeten zwischen den Rädern hinaus. Als sie sich in sicherer Entfernung von ihrem Mutterschiff befand, schwenkte Kilbirnie sie in die richtige Flugrichtung und zündete die Düsen.

Sie fiel aus dem niedrigen Orbit schnell hinab. Die Kugel vor ihr – riesig, blau und bräunlich unter gesprenkelten Wolken, eingerahmt von schwarzer Nacht – schwoll an, war nicht mehr vor, sondern unter ihr, Ozean und Land. Das Pfeifen durchschnittener Luft steigerte sich zu Donner. Das Boot bockte und erzitterte. Hitze blendete die Sichtschirme mit Feuer.

Abgebremst, aber immer noch in rasender Fahrt, überwand sie die Barriere; ihre Insassen sahen unter sich eine Gebirgskette vorbeihuschen und hinter ihnen zurückbleiben. Kilbirnies Finger gaben klare Befehle. Tragflächen und Leitwerk, die zusammengefaltet im Rumpf ruhten, erinnerten sich auf Molekularebene an ihre frühere Form und entfalteten sich. Unter den Tragflächen befanden sich zwei Antriebsdüsen. Der Schock, als sie mit dieser Geschwindigkeit auf die Atmosphäre prallten, schüttelte Stahl und Knochen durch. »Hee-iy!« rief sie und startete die Maschinen. Das Boot machte einen Satz. Berge, bernsteinfarben vom Wald, der sie bedeckte, schienen nach ihnen zu greifen. Der Zielort tauchte am Horizont auf, eine nur spärlich bewachsene Mesa ohne allzu viele Steine. Ein brüllendes Bremsmanöver ausführend, drehte Kilbirnie die Nase des Schiffs in die Gegenrichtung, fuhr die Landestützen aus und setzte zügig auf.

In der plötzlich einsetzenden Stille hatten die Insassen noch für einige Zeit ein Summen in den Ohren.

»Grundgütiger, Jean«, ächzte Mokoena. »Mußtest du auf diese Weise landen?«

Cleland kicherte. »Das ist ihr Stil, Mam. Das durfte ich auch schon feststellen. Aber keine Sorge. Sie und ich sind noch am Leben.«

Kilbirnie hatte bereits ihre Sitzgurte gelöst. Sie sprang auf. »Auf was warten wir noch?« rief. »Raus mit euch, ihr Trantüten.«

Es gab wirklich keinen Grund zu warten. Zeyd hatte bei Untersuchung entsprechender Proben in seinem Quarantänelabor keinerlei Infektionsgefahr feststellen können. Das Leben, in Wasser gelöste Proteine, unterschied sich ansonsten von dem auf der Erde grundlegend. Beobachtungen aus dem Orbit hatten ein paar große Tiere und keine vernunftbegabten Bewohner ergeben – nur ihre Überreste. Danach hatte Ruszek mit seiner *Courier* demonstriert, daß man gefahrlos landen konnte.

Trotzdem sollten die Forscher lieber vorsichtig sein. Giftige Laubblätter und Stacheln gehörten sicherlich zu den offensichtlichen Gefahren. Die drei stiegen bekleidet mit Stiefeln, Overalls mit Kapuzen und Handschuhen aus. Zu den Ausrüstungsgegenständen, die sie bei sich führen, gehörten Feuerwaffen und Erste-Hilfe-Packs.

Minutenlang standen sie schweigend da und nahmen das Wunder in sich auf. Das Gewicht war merklich niedriger, die Luft war so dünn wie im Hochgebirge, und der Himmel zeigte ein tieferes Blau als der auf der Erde. Es war heiß, und die Luft war geschwängert von verschiedenen Düften, einige würzig, andere an nasses Eisen erinnernd. Die fransigen Halme, die regelrecht aus der Erde heraussprangen, ein paar Zentimeter hoch, waren gelb. Das membrandünne Laub(?) an den seltsam geformten Bäumen(?), die auf dem Abhang und den umliegenden Bergen wuchsen, zeigte eine dunklere Schattierung dieses Farbtons. Winzige Lebewesen, mit hauchdünnen Flügeln und hell leuchtend wie poliertes Kupfer, flatterten vorbei

»Hier könnten Leute leben«, sagte Cleland schließlich, als müßte er den Bann, der sie alle ergriffen hatte, mit der nächstbesten Banalität brechen, die ihm einfiel.

»Das haben sie auch«, erwiderte Mokoena. »Nicht unsere Rasse, aber irgendwelche Leute ganz gewiß.«

Kilbirnie hielt sich ein tragbares Funkgerät vor die Nase. »Wir machen uns jetzt auf den Weg, um uns einen ersten Überblick zu verschaffen«, meldete sie Nansen. Die *Envoy* würde bald hinter dem Horizont verschwinden, aber sie hatte ein paar Relaisstationen im Orbit installiert.

Kilbirnie verstaute das Gerät wieder in der Tasche an ihrer Hüfte und startete. »Armer Skipper«, murmelte sie. Als Pilotin hätte sie vielleicht beim Boot bleiben sollen, genauso wie Nansen im Schiff. Sie hatte jedoch erfolgreich eingewendet, daß Ruszek innerhalb kürzester Zeit mit der *Courier* herunterkommen und die *Herald* per Fernsteuerung in den Weltraum mitnehmen konnte. Die Notwendigkeit an Bord zu bleiben erschien demzufolge verschwindend gering. Andererseits könnte ein drittes Mitglied der Kundschaftergruppe sich als ein wesentlicher Vorteil erweisen.

Sie wanderten zum Rand der Mesa und schauten sich um. Die Haare auf Clelands und Kilbirnies Armen stellten sich auf. Unter ihnen befand sich ein Tal, das sich in der Ferne verbreiterte. Durch das Laub tief unten erkannten sie helle Farbtupfer und scharfe Kanten, Mauern. Etwas weiter entfernt ragten mehrere verstreut stehende Türme zwanzig oder dreißig Meter weit über den Wald. Dort, wo sie nicht von efeuartigen Gewächsen überwuchert waren, verströmten sie einen angenehmen Schimmer. Die Wildnis holte sich zurück, was die Bewohner im Stich gelassen hatten – wann, warum?

Sonoptische Geräte summten auf den Schultern, drehten sich hin und her und zeichneten unermüdlich auf.

»Die Totenstädte«, flüsterte Kilbirnie.

»Was?« fragte Cleland.

»Aus einem alten Buch, das der Skipper mir auf den Schirm geladen hat. Komm.« Sie ging voraus. Er biß sich auf die Unterlippe und folgte ihr. Mokoena bildete die Nachhut und achtete wachsam auf alles, was sie aus dieser Richtung angreifen konnte.

Nichts geschah. Der Abstieg war einfach und die Wälder unten frei von Unterholz. Offensichtlich verhinderte ein dichter, fester Untergrund sein Wachstum. Die Schritte wurden stark gedämpft. Die Gruppe bewegte sich durch stellenweise sonnendurchfluteten Schatten – nach der Hitze draußen eine hochwillkommene Abwechslung – und zwischen gewundenen Baumstämmen, die sich ganz oben zu überhängenden

Zweigen verästelten. Vögel schwirrten umher. Manchmal krächzte oder trällerte etwas irgendwo in der Tiefe.

Mokoenas Stimme erklang erschreckend laut. »Stopp! Bleibt stehen!«

Ihre Gefährten fuhren herum. Sie streckte einen Finger aus. Die ganze Hand zitterte. »Seht mal«, sagte sie.

Eine Gruppe von Büschen(?) füllte eine Lichtung aus. Sie waren etwa einen Meter hoch, bildeten ein dichtes Geflecht aus Zweigen und brachten Blätter mit drei spitzen Enden hervor, die auch im Wind der Erde hätten dahinsegeln können, sah man davon ab, daß sie eine kräftige rotbraune Farbe hatten. Weiße Blüten leuchteten an zahlreichen Ästen.

»Seltsam«, sagte Kilbirnie. »Aber kommt uns nicht alles hier seltsam vor?«

»Nicht so wie dies.« Die Biologin trat einen Schritt näher und betastete einen Halm. »Das ist völlig anders als alles, was bisher gesehen haben.«

»Nun, das ist ein Planet, eine ganze Welt«, erinnerte Cleland sie. »Da kann man doch eine gewisse Vielfalt erwarten. Auf der Erde kann man auf dem selben Fleck eine Palme, einen Kaktus und einen Mesquitestrauch antreffen.«

»Von wegen Fleck ... ich habe das Gefühl, als wäre das nicht natürlich. Wir müssen natürlich für Selim Proben mitnehmen, aber ich rechne damit, daß er feststellen wird, daß es sich nicht um eingeborene Lebensformen handelt. Daß alles hierher gebracht wurde. Aus der Heimat des Yondervolks?«

»Haben sie vielleicht etwas angepflanzt, so wie wir es mit Gras und Rosen auf neuen Planeten tun?«

»Kommt schon weiter«, drängte Kilbirnie. »Das ist

sehr interessant, aber was wir suchen, sind Artefakte, Bilder, alle Hinweise auf die Erbauer, die wir finden können.«

»Das Leben hier – zuerst eine Evolution, über Milliarden Jahre, und dann eine Invasion –« Mokoena hatte Mühe sich loszureißen und ihrem Team zu folgen.

Cleland blieb als nächster stehen. »Einen Moment«, bat er und ging ein Stück zur Seite. Die Frau beobachtete, wie er einen porösen grauen Steinklotz betrachtete, der etwa so groß war wie er. Er strich mit den Fingern darüber, schlug ein Stück mit dem Geologenhammer ab, der in seinem Gürtel steckte, und drehte den abgeplatzten Splitter hin und her.

»Was ist los?« wollte Kilbirnie wissen.

Er seufzte und kam zurück: »Dieser Stein«, sagte er, »ist vulkanischen Ursprungs, allerdings ist er außergewöhnlich groß für sein Art, doch er ist völlig isoliert, und ich möchte schwören, daß es hier seit mindestens einem Zeitalter keinen Vulkanismus mehr gegeben hat. Ich würde wirklich gerne wissen, wie er hierher gelangt ist. War dafür irgendein seltsamer geologischer Prozeß verantwortlich? Die Dynamik dieses Planeten muß der auf der Erde ähnlich sein, aber sie ist ihr ganz sicher nicht völlig gleich. Vielleicht gibt es hier gar nicht das, was wir Zeitalter, Perioden und Epochen nennen würden ... Oder wir haben es mit einem biologischen Produkt zu tun, wie zum Beispiel bestimmte Kalkformationen bei uns zu Hause.«

»Ich bezweifle, daß wir das je erfahren werden«, sagte Mokoena.

Er nickte. »Unsere Zeit hier ist so entsetzlich kurz.«

Kilbirnie warf den Kopf in den Nacken. »Ja, aber es ist eine Zwischenstation auf dem Weg zu dem Schatz, den wir suchen. Nun kommt schon weiter.«

An Bord des Schiffs hielten sie eine Versammlung ab.

Dayan erhob sich und berichtete: »Es scheint klar zu sein. Wir haben die Daten, bessere astronomische Werte als vorher für diese Gegend, eindeutige Identifikation des Neutrinoflusses in Verbindung mit Fusionsenergieerzeugung und eine vorläufige Triangulation. Das Yondervolk oder irgendeine andere hochtechnisierte Zivilisation, befindet sich in dieser Richtung« – sein Zeigefinger klopfte auf eine Stelle auf einer Trennwand – »und zwar in etwa hundert Lichtjahren Entfernung. Wenn wir uns diesem Punkt nähern, müßten wir eigentlich den Ort genau festlegen können.«

Atemlose Stille, bis Sundaram sich zu Wort meldete und fragte: »Liegt das nicht weitab von der Stelle, die früher als das Zentrum interstellarer Aktivitäten betrachtet wurde?«

»Ja, ziemlich«, gab Dayan zu.

»Wir nahmen an, daß die Zivilisation sich mehr oder weniger radial nach außen ausbreitet«, fügte Yu hinzu. »Das war lediglich eine Annahme.«

»Die astronomischen Messungen, die wir durchgeführt haben, können durchaus die Fakten erklären«, sagte Dayan. »Späte G- und frühe K-Sterne scheinen dort in größerer Dichte konzentriert zu sein als anderswo. Das legt die Vermutung nahe, daß die ursprüngliche Sonne zu diesem Typ gehört. Außerdem würde dadurch unsere Suche erheblich eingeengt. Ich denke, daß wir es in ein oder zwei Monaten finden werden, wenn wir Glück haben sogar in noch kürzerer Zeit.«

»Hurra!« jubelte Zeyd.

Unten in der verlassenen Siedlung, wo ein Empfänger eingeschaltet war, schrie Kilbirnie »Halleluja!« und führte auf der Terrasse vor seltsamen Bildern einen Freudentanz auf.

Ehe die Envoy die Umlaufbahn verließ, schmückte die Mannschaft die Sporthalle mit Girlanden und Bändern, stellte die Geräte bereit, die sie brauchte, und veranstaltete ein Fest. Ein Tisch war beladen mit Kartoffeln und Kanapees. Die Nanos konnten alles, was verzehrt worden war, sofort nachfüllen. Man trank, unterhielt sich, lachte. Einige führten auf einer erhöhten Bühne einige Darbietungen auf: Yu deklamierte ein paar Gedichtübersetzungen, die sie angefertigt hatte. Dayan schmetterte ein paar schwungvolle Soldatenlieder. Cleland und Ruszek stimmten ein und konnten einige derbere Melodien beisteuern.

Musik erfüllte die Halle. Mit archaischen Kostümen ausstaffiert, die ein Schneiderprogramm nach seinen genauen Angaben ausgeführt hatte, tanzten Nansen und Kilbirnie einen Tango. Als er die sinnlichen Schrittfolgen und Gesten verfolgte, verging Cleland seine Fröhlichkeit.

Alle anderen applaudierten. Nansen verbeugte sich lächelnd. Kilbirnie verteilte Küsse. Sie kehrten wieder unters Publikum zurück.

Im Raum wurde es dunkel. Nur die Bühne war mit einem flackernden roten und gelben Licht erleuchtet, das an züngelnde Flammen erinnerte. Auf die hintere Wand wurden schattenhafte Gestalten projiziert, die sich wiegten und stampften und geisterhafte Speere gegen phantomhafte Schilde schlugen. Mokoena erschien, Straußenfedern auf dem Kopf und einen Grasrock um den Bauch. Ihre Haut war mit Pfeilsymbolen in weißer Farbe bemalt. Begleitet wurde sie vom Klang von Pfeifen, Trommeln und einem tiefstimmigen Gesang. Sie hob die Arme und begann genauso zu tanzen, wie ihr Volk es vor langer Zeit getan hatte. Sie war der Löwe, der Elefant, das Feuer auf einem trockenen Feld, die vorwärts stürmende Horde schlanker Krieger, der Tod und der spöttische Triumph über ihn.

Als sie fertig war und die Beleuchtung wieder aufflammte, standen ihre Gefährten für einen Moment schweigend da, ehe sie applaudierten und Begeisterungsrufe ausstießen. Die meisten begaben sich dann zum Tisch, und viele wollten einen Drink.

Mokoena kehrte in den Saal zurück. Schweiß glänzte in ihrem Gesicht und über ihren Brüsten. Brent erwartete sie. »Mam, das war phantastisch«, erklärte er.

Sie blieb stehen. »Vielen Dank.«

»Diese Kraft und, ja, auch diese Raffinesse. Es war eine starke Kultur.«

Ihr Ausdruck veränderte sich. »Sie bewundern Kraft und Stärke, nicht wahr?«

»Sie tun das doch auch. Ihre Darbietung hat das deutlich gezeigt.«

»Das war reine Geschichte. Oder Romantik.« Ihre Miene hellte sich auf. »Ich denke, daß Sie auch auf Ihre eigenen Vorfahren große Stücke halten, aber würden Sie sich wirklich gerne blau anmalen und durch die Sümpfe rennen?«

»Nein, natürlich nicht. Aber sie und Ihre Vorfahren hatten etwas, das unseren Nationen verloren gegangen ist – das sie verloren hatten – und dringend brauchten.«

»Stärke? Ist die denn an sich so wichtig?«

»Grundsätzlich betrachtet, was gibt es anderes, das unser Überleben sichert?«

»Ehre. Güte.«

»Nicht einfach zu bewahren. Dafür braucht man Stärke.«

»Sie haben immer geglaubt, daß Sie stark sein müssen, nicht wahr?« murmelte sie. »Stark, um Enttäuschungen, Feindseligkeit, Einsamkeit zu ertragen. Um dieses Schiff mit der verzweifelten Hoffnung zu besteigen, etwas Wichtiges zur Erde zurückzubringen, nämlich einen Sinn, eine Bestimmung.«

»Ich glaube nicht, daß diese Hoffnung sinnlos ist. Außerdem bezeichnet, bezeichnete, dieser Ausdruck eigentlich eine Art militärische Abtrennung. Und zwar im Zusammenhang mit Südafrika.«

»Sie und Ihr Militär!« Mokoena lachte. »Wir sind tatsächlich in Gefahr, ernsthaft zu werden.«

Er lächelte steif. »Tut mir leid. Eine schlechte Angewohnheit von mir.«

»Dann sollten wir schnellstens etwas dagegen tun.« Sie bot ihm ihren Arm an, und sie gingen zum Tisch. Dort schenkten sie sich Champagner ein und stießen miteinander an.

Später, nachdem sie sich umgezogen hatte und konventionelle Partykleidung trug, absolvierte sie mit ihm mehrere Standardtänze und lustige, alberne

Spiele. Ruszek forderte sie einmal auf. Sie wechselten ein paar freundliche Worte. Er schien guter Laune zu sein und trank, wenn auch nicht mäßig, so doch zumindest nicht übermäßig. Den anderen Frauen gefiel seine leicht rauhbeinige Art. Er zwirbelte seinen Schnurrbart, verteilte Komplimente, erzählte Anekdoten, die der Wahrheit entsprachen oder auch nicht, riß Witze, ohne daß eine der beteiligten Personen den Anschein erweckte, es könnte mehr daraus werden.

Das Fest klang allmählich aus. Sundaram verabschiedete sich als erster, dann gingen Zeyd und Dayan zusammen hinaus. Brent und Mokoena standen in der Nähe der Tür und unterhielten sich. Sie hatten einander während der letzten Stunden mehr über ihr eigenes Leben offenbart – wenn auch keine allzu intimen Details – als jemals zuvor.

»Das war ein wundervoller Abend, Mam«, sagte er am Ende. »Für mich jedenfalls.«

»Ja«, pflichtete sie ihm bei, »gut für jeden von uns.« Ihre Lippen formten die Worte, nicht auf Englisch: »Für fast jeden.«

»Hm, hätten Sie nicht Lust, ihn fortzusetzen?«

Sie schaute zu der Nische, wo Ruszek in ein Gespräch mit Nansen und Kilbirnie vertieft war. Cleland stand schweigend in der Nähe. Ruszeks Blick irrte für einen kurzen Moment zu ihr ab. Sie wandte sich wieder Brent zu.

»Nein, danke, Al«, sagte sie sanft.

Er ballte die Fäuste. Seine Miene verhärtete sich. »Seinetwegen? Sie beide haben sich doch getrennt.«

Etwas derart Persönliches unaufgefordert zur Sprache zu bringen, verletzte die stillschweigend festgelegten Verhaltensregeln an Bord. Mokoena ging darüber hinweg. »Das ist ein zu hartes Wort. Wir haben uns darauf geeinigt, daß es am besten wäre, wenn wir uns ein wenig aus dem Weg gehen, bis ... die Verhältnisse sich ändern, falls das überhaupt jemals geschieht. Diese Beziehung hat zum Beispiel meine Rolle als Ärztin stark beeinträchtigt. Die Arbeit fällt mir viel leichter, wenn ich frei und ungebunden bin. Das trifft auch auf das Leben allgemein zu.« Vielleicht wäre sie weniger offen gewesen, wenn sie nicht soviel getrunken hätte, vielleicht war es aber auch ihr bewußter Entschluß, ihm auf diese Weise zu offenbaren, was sie aussprach. Er dachte aber nicht darüber nach, was bei ihr zutreffen mochte.

»Frei!« rief er aus. »Warum dann nicht – heute nacht?«

»Nein, Al. Das könnte ich nicht.«

Die Hoffnung versiegte hinter seinen Augen. »Sie könnten es ihm nicht antun.«

»Nein, *Ihnen*«, korrigierte sie ihn. »Gute Nacht.« Sie entfernte sich durch den Korridor.

Die *Envoy* startete wieder. Die Wochen der Beengtheit während der Beschleunigungsphase kamen dem größten Teil der Mannschaft nicht sehr lange vor.

Trotzdem wurde die allgemeine Stimmung gelegentlich ernst. Sundaram und Ruszek spielten im Salon eine Partie Schach. Sie waren in letzter Zeit häufig zusammen. Die behutsamen, unaufdringlichen Ratschläge des Linguisten, einige Meditationstechniken, die er erläuterte, oder einfach nur seine Gegenwart hatten dem Maat geholfen, sein emotionales Gleichgewicht wiederzufinden. Ruszek gewann die

Partie. »Das habe ich nicht erwartet«, gestand er.

»Sie unterschätzen sich, mein Freund«, sagte Sundaram.

»Nein, das tue ich nicht. Wäre dies eine Runde Poker gewesen, dann hätte ich Sie bis aufs Hemd ausgezogen, aber jetzt wollte ich mir nur die Zeit vertreiben und vielleicht mein Können ein wenig verbessern. Sie waren nicht aufmerksam genug.«

»Verzeihen Sie mir. Ich habe ein wenig nachgedacht. Über das Yondervolk – wie wir mit ihm kommunizieren – was mit ihrer Raumfahrt geschehen ist.«

»Ich frage mich viel mehr, was im Augenblick zu Hause geschieht«, sagte Ruszek.

21

Die Einschienenbahn setzte Kenri Shaun und seine Gefährten am Rand der Sternfahrerstadt ab. Dort waren die Gebäude niedrig und mit Spitzdächern versehen. Es waren vorwiegend Wohnhäuser. Zusammengedrängt erschienen sie dunkel unter den Türmen und Lichtern, die sie umringten. Es war, als hielten sie die Nacht und die Stille von der Stadt fern.

Für eine Minute stand die Gruppe schweigend da. Sie alle kannten Kenris Absicht, aber sie wußten nicht, was sie dazu sagen sollten.

Er ergriff so etwas ähnliches wie die Initiative. »Nun, wir sehen uns.«

»Na klar«, erwiderte Graf Kishna. »Wir sind noch einige Monate hier.«

Nach einer weiteren Pause meinte er: »Wir werden dich vermissen, wenn du wirklich weggehst. Ich, hm, ich wünschte, du würdest es dir noch einmal überlegen.«

»Nein«, erwiderte Kenri. »Ich bleibe. Aber vielen Dank.«

»Laß uns bald wieder zusammenkommen. Für eine Runde Kometenschweif, vielleicht.«

»Gute Idee. Das können wir tun.«

Grafs Hand legte sich kurz um Kenris Ellbogen, eine der Sternfahrergesten, die mehr sagten, als Worte je ausdrücken konnten. »Na dann, gute Nacht.«

»Gute Nacht.«

Die anderen murmelten das gleiche. Sie blieben noch einige Sekunden lang stehen, ein halbes Dutzend junger Männer in weit geschnittenen blauen

Wämsern, weiten Hosen und weichen Schuhen, wie sie bei der örtlichen Unterschicht in Mode waren. Trachten waren in der Öffentlichkeit nicht ratsam. Sie selbst hatten untereinander auch eine große Ähnlichkeit: ziemlich klein und schlank von Statur, dunkle Haut, hohe Wangenknochen und eine geschwungene Nase. Haltung und Gehweise ließen sie auf der Erde noch deutlicher auffallen.

Unvermittelt löste die Gruppe sich auf, und jeder ging seiner Wege. Kenri bog in die Aldebaran Street ein. Ein kalter Windhauch traf ihn, auf der nördlichen Hemisphäre hielt der Herbst seinen Einzug. Kenri zog die Schultern hoch und vergrub die Hände in den Hosentaschen.

Die Hauptverkehrstraßen in der Sternfahrerstadt bestanden aus schmalen Streifen Indurit, die von veralteten Glühbirnen beleuchtet wurden. Wenn man nach Hause kam, dann sollte dieser Ort so vertraut wie möglich aussehen, ganz gleich wie unmodern. Die Häuser waren zurückgesetzt und von Rasenflächen umgeben. Oft kamen auch noch ein oder zwei Bäume neben dem Haus hinzu. Nicht viele Leute waren unterwegs. Ein älterer Offizier in Mantel und Kapuze stolzierte vorbei; ein Junge und ein Mädchen gingen Hand in Hand spazieren; mehrere Kinder, die noch nicht ins Bett wollten, tobten herum, und ihr Lachen erfüllte die Stille und erhob sich über das leise Hintergrunddröhnen der Stadt. Einige dieser Kinder waren vor hundert oder mehr Jahren geboren worden und hatten Welten gesehen, deren Sonnen genauso schwach funkelten wie ferne Sterne an diesem Himmel. Im allgemeinen standen die Gebäude jedoch leer und wurden von Maschinen instandgehalten. Bis auf ein paar wenige Dauerbewohner waren die Eigentümerfamilien jahrzehntelang unterwegs und hielten sich nur zwischen ihren Reisen hier auf. Ein paar Häuser würden die Rückkehr ihrer Besitzer nicht mehr erleben. Diese Familien, diese Schiffe, kreuzten nicht mehr zwischen den Sternen.

Als er an der Residenz der Errifrans vorbeiging, fragte er sich, wann er Jong wiedersehen würde. Sie hatten, wenn ihre Schiffe sich trafen, immer viel Spaß miteinander gehabt. Die *Golden Flyer* war das letzte Mal mit Kurs auf Aerie gestartet und müßte eigentlich jetzt wieder auf der Rückkehr zur Erde sein. Da der nächste Ausflug Kenris *Fleetwing* nur nach Aurora führen würde, bestand die faire Chance, daß die beiden in derselben Periode in den Solarorbit einschwenkten – *Nein, Moment, ich bleibe auf der Erde. Ich werde alt sein, wenn Jong Errifrans eintrifft, immer noch jung, immer noch mit einer Gitarre auf dem Knie und einem Scherz auf den Lippen. Ich werde dann kein Sternfahrer mehr sein.*

Der Zufall wollte es, daß außer der *Fleetwing* drei weitere Sternschiffe gelandet waren, die *Flying Cloud*, die *High Barbaree* und die *Princess Karen*. Das war ungewöhnlich. Die Sternfahrerstadt würde eine Supernova von einem Jahrmarkt erleben. Kenri wünschte sich, er könnte daran teilnehmen. Oh, er könnte es, wenn er nicht anderweitig verpflichtet war, aber er würde sich irgendwie fehl am Platze vorkommen. Es wäre auch nicht sehr klug. Die Höflichen unter den Freigeborenen würden es bei einem Stirnrunzeln bewenden lassen. Diejenigen, die keine Hemmungen hatten, würden sagen, vielleicht sogar ihm ins Gesicht, daß dies bewies, daß er für immer und ewig ein – Tumy, war das die neueste Bezeichnung für einen Sternfahrer? – wäre.

»Guten Abend, Kenri Shaun.«

Er blieb stehen und schreckte aus seinen Gedanken hoch. Das Licht der Straßenlampen ergoß sich auf das schwarze Haar und die schlanke, schicklich gekleidete Gestalt der Frau, die ihn begrüßt hatte. »Guten Abend, Theye Barin«, sagte er. »Was für eine Freude. Ich habe dich – ich glaube, seit zwei Jahren nicht mehr gesehen.«

»Für mich war die Zeit ein wenig kürzer.« Es war auf Feng Huang gewesen, von wo die *Fleetwing* und die *High Barbaree* zu verschiedenen Zielen starteten, ehe sie zu Sol zurückkehrten. Sie lächelte. »Aber auf jeden Fall zu lange. Wo hast du dich herumgetrieben?«

»Ein paar von uns mußten mit dem Boot sofort zum Mars, nachdem unser Schiff gelandet ist. Sein Hauptnavigations-Computer braucht einen neuen Prozessor. Der Händler auf der Erde hatte uns mitgeteilt, daß er diesen Typ nicht mehr im Angebot hätte.« *Wir vermuten, daß er uns angelogen hat. Er wollte lediglich mit den Tumys keine Geschäfte machen.* »Wir haben auf dem Mars einen aufgetrieben, ihn geholt und eingebaut. Wir sind erst heute damit fertig geworden, und dann, hier unten, mußten wir uns zwei Stunden lang mit irgendwelchen Einreiseritualen herumschlagen. Das haben wir noch nie gemußt.«

»Das wußte ich. Ich habe deine Eltern gefragt, warum du nicht bei ihnen bist. Aber ich – sie nahmen an, du wärest früher fertig. Wurdest du denn nicht« – sie hielt für einen Moment inne – »ungeduldig?«

»Ja.« Er hatte es kaum ausgehalten. Er wollte zu

Nivala, die ihn erwartete. »Das Schiff hatte jedoch Vorrang.«

»Natürlich. Du warst für den Job am besten qualifiziert.«

»Mein Vater erledigt meine Verkäufe. Ich mag das nicht so sehr, und außerdem bin ich auch nicht sehr gut darin.«

»Nein, du bist der geborene Forscher, Kenri.«

Geplapper, unsinniges Zeug, es hält mich nur davon ab, zu Nivala zu eilen. Er konnte das Gespräch nicht einfach abbrechen. Theye war eine Freundin. Früher hatte er einmal gedacht, sie könnte mehr für ihn werden.

Sie fuhr hastig fort: »Oberflächlich betrachtet, hat sich nicht viel geändert, seit ich das letzte Mal hier war. Dieselbe Dominanz, dieselben Gebäude, dieselbe Technologie, dieselben Sprachen. Mehr Hektik, vielleicht. Nicht daß ich großes Interesse hatte, es mir mit eigenen Augen anzusehen. Ich habe meine Eindrücke aus den Nachrichten und den Unterhaltungsshows.«

»Da bist du wahrscheinlich ganz gut beraten. Wie ich höre, machen sie uns zunehmend Schwierigkeiten.«

Sie krümmte sich unwillkürlich. Ihre gute Laune verflüchtigte sich.

»Ja. Bisher wurde uns die Erlaubnis verweigert, den Jahrmarkt unter freiem Himmel zu veranstalten. Und wir müssen überall außer in der Sternfahrerstadt ein Abzeichen tragen.«

Ob es bei dieser Angelegenheit mit dem ›Sonderpaß‹ darum geht, überlegte er. *Wir wollten den Raumhafenbeamten nicht verärgern, indem wir ihn darüber ausfragten.* Er hatte aber auch jetzt keine Lust, sich zu erkundigen, und das zum Teil auch, weil er Tränen in ihren Augen glitzern sah.

Ihr Mund zitterte. Sie streckte eine Hand nach ihm aus. »Kenri, ist es wahr? Ich habe Gerüchte gehört, aber ich wollte nicht ... deine Eltern fragen –«

»Was soll wahr sein?« Er wünschte sich im gleichen Moment, nicht so heftig reagiert zu haben.

»Quittierst du? Verläßt du die Sippe? Wirst du ein Erdling?«

»Darüber können wir uns später unterhalten.« Er konnte sich eine gewisse Heftigkeit nicht verkneifen. »Es tut mir leid, aber ich habe heute abend keine Zeit.«

Sie zog die Hand zurück.

»Gute Nacht, Theye«, sagte er nun ein wenig freundlicher.

»Gute Nacht«, flüsterte sie.

Er salutierte noch einmal und entfernte sich mit schnellen Schritten und drehte sich nicht mehr um. Licht und Schatten huschten über ihn hinweg. Seine Schritte verhallten.

Nivala wartete. Er würde sie heute noch sehen. Aus irgendeinem Grund konnte er sich in diesem Moment nicht richtig darüber freuen.

Sie hatte alleine im Gemeinschaftsraum gestanden, die Sterne auf dem Sichtschirm betrachtet, und das Deckenlicht hatte ihr Haar zum Leuchten gebracht. Er sah sie an und trat leise ein. Sie war einfach wunderbar. Vor einem Jahrtausend waren solche hochgewachsenen, schlanken Blondinen auf der Erde sehr selten gewesen. Wenn die genetischen Adaptoren der

Dominanz schon nichts anderes getan hatten, sollte man sich zumindest voller Dankbarkeit daran erinnern, daß sie ihre Art wiedererschaffen hatten.

Mit ihren scharfen Sinnen, hörte sie ihn und drehte sich um. Die silberblauen Augen weiteten sich, die Lippen öffneten sich und wurden von einer Hand halb bedeckt. Er dachte, was für ein Kunstwerk eine weibliche Hand doch war, wenn man sie neben die knotige, behaarte Pranke eines Mannes hielt. »Oh«, sagte sie. Ihre Stimme war reinste Musik. »Sie haben mich erschreckt, Kenri Shaun.«

»Entschuldigung, Freelady.«

Da er keinen Grund gehabt hatte, hereinzukommen – jedenfalls keinen, den er ihr hätte nennen können – war er unendlich erleichtert, als sie ihn anlächelte. »Es ist nichts passiert. Ich bin einfach zu nervös.«

Eine Einladung zum Gespräch! »Ist irgend etwas nicht in Ordnung, Freelady? Kann ich Ihnen bei irgendetwas behilflich sein?«

»Nein.« Und: »Danke sehr.« Sie fügte hinzu: »Alle sind sehr zuvorkommend und hilfsbereit.« Das sollten sie auch lieber sein bei einer Passagierin von ihrem Stand. Während der ersten beiden Tageszyklen der Reise war sie sehr liebenswürdig gewesen, und er erwartete, daß sie es auch weiterhin bleiben würde. »Es ist dieses Gefühl von« – sie zögerte, was gar nicht zu einer Stern-Freien paßte – »Isolation.«

»Es ist ein Jammer, daß wir für Sie ein fremdartiges Volk sind, Freelady.« *Gesellschaftlich minderwertig. Oder sogar noch armseliger. Allerdings haben Sie mich nicht so behandelt.*

Sie lächelte wieder. »Nein, die Unterschiede sind

höchst interessant.« Das Lächeln erstarb. »Das sollte ich nicht sagen.« Ihre Finger strichen für einen kurzen Moment, den er niemals vergessen würde, über seine. »Ich hätte mich längst daran gewöhnen müssen, als ich draußen war. Und jetzt bin ich unterwegs nach Hause. Aber die Vorstellung, daß ... mehr als ein halbes Jahrhundert verstrichen sein wird ... belastet mich mehr und mehr.«

Er hatte lediglich Allgemeinplätze als Erwiderung auf Lager.

»Die Zeit-Dilatation, Freelady. Leute, die sie gekannt haben, werden viel älter geworden sein.« *Oder sie waren sogar gestorben.* »Aber der Friede der Dominanz hält immer noch. Dessen bin ich mir sicher.« *Viel zu sicher.*

»Ja, bestimmt kann ich mein altes Leben wieder aufnehmen. Wenn ich das möchte.« Ihr Blick richtete sich wieder auf die Schwärze; Sterne und Nebel und kalte galaktische Ströme. Sie erschauerte leicht unter dem dünnen blauen Chiton. »Zeit, Weltraum, Fremdheit. Vielleicht liegt es daran – denke ich mittlerweile –, daß ich die Reise in fast derselben Zeit mache wie vorher, die gleiche Entfernung zurücklege, soweit es das Universum angeht – aber es interessiert sich nicht dafür, es ist ihm egal, es weiß noch nicht einmal, daß wir je existiert haben –« Sie brach ab. »Und dennoch wird die Heim- neun Tage länger dauern als die Hinreise.«

Er nahm zu Fakten Zuflucht. »Das liegt daran, daß wir schwer beladen sind, Freelady, was die *Eagle* nicht war. Unser Gammafaktor ist auf etwa dreihundertfünfzig abgesunken.« *Nicht daß er jemals auf viel mehr als vierhundert ansteigt. Wir Kaufleute sind schließlich nicht mit der legendären* Envoy *unterwegs. So etwas brauchen wir nicht, und es würde sich überhaupt nicht rechnen. Und vielleicht haben wir Sternfahrer auch diese Vision verloren.* Kenri verdrängte den Gedanken. Er spukte ihm oft genug durch den Kopf.

Für eine Weile standen sie wortlos da. Die Belüftung summte, als führte das Schiff Selbstgespräche. Nivala hatte sich einmal laut gefragt, wie ein Schiff sich wohl fühlen mochte, wie es war, für immer fremde Himmel zu durchkreuzen. Er hätte eigentlich gar nicht erklären müssen, daß Computer und Roboter kein Bewußtsein besaßen. Sie wußte es. Es war für sie nicht mehr als ein flüchtiges Interesse. Aber in ihm blieb es wach, weil sie es geäußert hatte.

Sie hatte auch nichts dagegen, daß er ihr wie jetzt einen technischen Gesichtspunkt erklärte. Sie sah ihn wieder an. Ein leichter Windhauch wehte ihm den wilden Duft ihres Parfüms entgegen. »Die Zeit ist viel furchteinflößender als der Weltraum«, sagte sie leise. »Ja, ein einziges Lichtjahr übersteigt bereits unsere Vorstellungskraft. Ich kann nicht einmal wirklich begreifen, daß Sie vor achthundert Jahren geboren wurden, Kenri Shaun, und daß Sie noch von Stern zu Stern reisen werden, wenn ich schon zu Staub zerfallen bin.«

Er hätte die Gelegenheit ergreifen können, ihr ein Kompliment zu machen. Aber er blieb stumm. Er war ein Sternfahrer, ein Angehöriger der Sippe. Er gehörte nichts und niemandem außer seinem Schiff, während sie eine Stern-Freie war, ein unspezialisierter Geist, an der Spitze der genetischen Linie der Dominanz stehend. Das beste, was ihm einfiel, war: »Unsere Lebensspannen sind in etwa die gleichen, Freelady.

Ein Zeitmaß ist genauso gültig wie das andere. Alles unterliegt der elementaren Relativität.«

Ihre Stimmung wechselte. Sie konnte nicht sehr tief gewesen sein. »Nun ja, ich war in Physik nie sehr gut«, meinte sie lachend. »Das überlassen wir lieber den A-Stern- und A-Norm-Typen.«

Die Bemerkung war für ihn wie ein Schlag ins Gesicht. *Ja, Kopfarbeit und Muskelarbeit sind dasselbe. Nämlich Arbeit. Sollen doch die Suboptimalen schwitzen. Stern-Freie konzentrieren ausschließlich sich auf Ästhetik und Dekor.*

Sie bemerkte es. Er hatte nicht oft Gelegenheit gehabt, seine Gefühle zu verbergen. Unvermittelt und zu seiner Verblüffung ergriff sie mit beiden Händen seine Rechte. »Es tut mir leid«, sagte sie. »Ich hatte nicht vor – ich habe es nicht so gemeint, wie es für Sie geklungen haben mag.«

»Es ist nicht schlimm, Freelady«, erwiderte er verwirrt.

»Oh doch.« Ihre Augen waren unendlich groß, als sie ihn ansah. »Ich weiß, wie viele Menschen auf der Erde Sie und Ihresgleichen ablehnen, Kenri. Sie passen sich nicht an, Sie unterhalten sich über Dinge, die uns fremd sind, Sie bringen Waren und Informationen und verkaufen sie teuer, Sie stellen in Frage, was wir für selbstverständlich halten – Sie sind lebende Fragezeichen und verursachen uns Unbehagen.« Ihre blassen Wangen hatten sich gerötet. Sie senkte den Blick. Ihre Wimpern waren lang und kohlrabenschwarz. »Aber ich erkenne einen überlegenen Geist auf Anhieb. Auch Sie könnten ein Stern-Freier sein, Kenri. Wenn wir Sie nicht langweilen würden.«

»Niemals, Freelady!«

Sie vertieften dieses Thema nicht weiter, und er verabschiedete sich schon bald, als ihn ein Trompetensignal rief. *Drei Monate,* dachte. *Drei Schiffsmonate bis nach Sol.*

Ein Ahorn bewegte sich über ihm, als er das Tor der Shauns erreichte. Das Laub raschelte im Wind. Die Straßenbeleuchtung brachte das Scharlachrot der Blätter nicht richtig zur Geltung. *Dieses Jahr setzt der Frost schon früh ein,* dachte er. Der Wind war kalt und feucht, brachte herbstliche Gerüche mit, Rauch der traditionellen Herdfeuer, frisch beschnittene Pflanzen und Erde aus Gärten. Ihm wurde plötzlich bewußt, worüber er nur selten nachgedacht hatte, nämlich daß er noch nie während des Winters hier gewesen war. Er hatte niemals das leise Flüstern fallenden Schnees kennengelernt.

Warmes, gelbes Licht drang aus den Fenstern. Die Tür überprüfte und erkannte ihn. Sie öffnete sich. Als er den kleinen überladenen Wohnraum betrat, nahm er einen schwachen Essensgeruch wahr und bedauerte, zu spät gekommen zu sein. Er hatte im Raumhafen gegessen, und das nicht einmal schlecht, aber es war Tech-Nahrung gewesen. Hier kochte seine Mutter.

Er begrüßte seine Eltern, wie Etikette und Anstand es verlangten. Sein Vater nickte mit gleicher erzwungener Zurückhaltung. Seine Mutter hingegen schüttelte jegliche Würde ab, umarmte ihn und monierte, wie dünn er geworden war. »Komm, mein Lieber, ich mache dir ein Sandwich. Willkommen zu Hause.«

»Ich habe keine Zeit«, erwiderte er und zeigte hilfloses Bedauern. »Ich würde gerne bleiben, aber ich muß wieder weg.«

»Theye Barinn hat sich nach dir erkundigt«, sagte sie betont beiläufig. »Die *High Barbaree* ist vor zwei Monaten gelandet.«

»Ja, ich weiß. Ich habe sie auf dem Weg hierher getroffen.«

»Wie schön. Besuchst du sie heute abend?«

»Ein andermal.«

»Wußtest du, daß ihr Schiff vor unserem startet? Du wirst sie jahrelang nicht sehen. Es sei denn ...« Ihre Stimme versiegte. *Es sei denn, du heiratest sie. Sie paßt zu dir, Kenri. Sie würde auch gut auf die* Fleetwing *passen. Fabelhafte Kinder würde sie dir schenken.*

»Ein andermal«, wiederholte er und bedauerte seine brüske Reaktion, aber Nivala erwartete ihn. »Dad, was habe ich da von Abzeichen gehört?«

Wolden Shaun verzog das Gesicht. »Eine neue Steuer für uns«, sagte er. »Nein, schlimmer als eine Steuer. Wir müssen sie überall außerhalb der Stadt tragen und pro Nase für sie bezahlen. Möge jeder Beamte der Dominanz in einem lecken Raumanzug mit verstopftem Entsorger enden.«

»Meine Gruppe erhielt Passierscheine im Raumhafen, aber uns wurde erklärt, sie wären nur für die Dauer unseres Aufenthalts gültig. Kann ich für heute abend deines haben? Ich muß in die City.«

Wolden betrachtete seinen einzigen Sohn eine Zeitlang, ehe er sich abwandte. »Es liegt in meinem Arbeitszimmer«, sagte er. »Komm mit.«

Das Zimmer war vollgestopft mit seinen Erinnerungsstücken. Das Schwert hatte er von einem Waffenschmied auf Marduk erhalten, einem vierarmigen

Wesen, das sein Freund geworden war. Ein Bild zeigte das Panorama eines Osirismondes, gefrorene Gase wie Bernstein im Licht des mächtigen Planeten. Jenes Geweih dort stammte von einem Jagdausflug auf Rama in seiner Jugend. Diese grazile, rätselhafte Figur darunter stellte einen Gott dar, der auf Dagon verehrte wurde. Woldens kurzgeschorener grauer Schädel beugte sich über seinen Schreibtisch, während er zwischen den Papieren mit seinen Aufzeichnungen suchte.

Er zog dieses altmodische Medium einer Tastatur zur Niederschrift seiner Autobiographie vor, die Offiziere für die Datenbänke ihrer Schiffe erstellen mußten.

»Ist es dir wirklich ernst mit deinem Abschied?« fragte er.

Kenris Gesicht erhitzte sich. »Ja. Ich möchte dich und Mutter nicht verletzen, aber – ja.«

Wolden fand, was er suchte. Er ließ es auf dem Schreibtisch liegen. Gesicht und Tonfall blieben entsprechend seinem Rang ruhig und kontrolliert. »Ich habe erlebt, wie andere es ebenfalls getan haben, und zwar hauptsächlich auf Kolonieplaneten, aber auch einige Male auf der Erde. Soweit ich später erfahren konnte, gelangten sie zu Wohlstand. Aber ich vermute, daß keiner von ihnen sehr glücklich wurde.«

»Das ist mir neu«, sagte Kenri.

»Im Hinblick auf die hiesigen Verhältnisse erwägen der Kapitän und die Offiziere ernsthaft eine Änderung ihrer Pläne. Die nächste Reise soll nicht nach Aurora gehen, sondern ein langer Ausflug sein. Sehr lang, unter anderem in Regionen, die uns noch fremd sind. Möglich, daß wir tausend Jahre unterwegs sind, ehe wir zurückkehren. Dann wird es keine Dominanz mehr geben. Dein Name wird vergessen sein.«

Kenri hatte einen Kloß im Hals. »Sir, wir wissen nicht, wie es dann aussehen wird. Ist es da nicht besser, daß wir das Gute, so lange wir können, auskosten?«

»Hoffst du ernsthaft, dich den Hochgeborenen anzuschließen? Was ist so toll an ihnen? Ich habe fünfzehnhundert Jahre Geschichte gesehen, und dies ist eine der schlechten Epochen. Es wird noch schlimmer.«

Kenri schwieg.

»Das Mädchen könnte ebensogut einer völlig anderen Rasse angehören, mein Sohn«, sagte Wolden. »Sie ist eine Stern-Freie. Und du bist ein schmutziger kleiner Tumy.«

Kenri wich seinem Blick aus. »Sternfahrer sind schon früher zur Erde gegangen. Sie haben beständige Familien gegründet.«

»Das war damals.«

»Ich habe keine Angst. Darf ich das Abzeichen haben, Sir?«

Wolden seufzte. »Wir werden mindestens sechs Monate hierbleiben – sogar länger, wenn wir uns für eine Fernreise entscheiden und zusätzliche Vorbereitungen treffen müssen. Ich kann nur hoffen, daß du in der Zeit deinen Entschluß änderst.«

»Vielleicht«, sagte Kenri. *Und jetzt belüge ich dich, Dad, der du mir die alten Lieder vorgesungen hast, als ich noch klein war, und mich bei meinen ersten Exkursionen außerhalb des Sternenschiffs unterwiesen hast und an meinem dreizehnten Geburtstag so stolz neben mir standest, als ich den Eid ablegte.*

»Da, nimm.« Wolden reichte ihm die veschlungenen schwarzen Schnüre. Er holte eine Brieftasche aus einer Schublade. »Und da hast du fünfhundert Decards von deinem Geld. Dein Konto weist fünfzigtausend auf, und es wird ständig mehr, aber laß dir dies nicht stehlen.« Bitterkeit lag in seiner Stimme. »Warum soll man einem Erdling etwas für nichts überlassen?« Er faßte sich wieder.

»Danke, Sir.« Kenri drückte das Abzeichen auf seine linke Brusthälfte. Moleküle verbanden sich. Es war nicht schwer, fühlte sich jedoch an wie ein Stein. Er verdrängte die Empfindung. *Fünfzigtausend Decards! Was kann man davon kaufen? Eine Menge Handelsware –*

Nein. Er blieb hier. Er brauchte Tips für Investitionen auf der Erde.

Geld war das beste Gegenmittel gegen Vorurteile, nicht wahr?

»Ich komme vielleicht erst morgen wieder zurück«, sagte er. »Noch einmal danke. Gute Nacht.«

Kenri kehrte in den Wohnraum zurück, umarmte seine Mutter und trat hinaus in die Dunkelheit der Erde.

Zuerst war keiner besonders beeindruckt gewesen. Kapitän Seralpin hatte Kenri zu sich gerufen. »Wir haben eine Passagierin, wenn wir nach Sol zurückkehren. Sie befindet sich auf Morgana. Nehmen Sie ein Boot und holen Sie sie ab.«

»Sir?« fragte er erstaunt. »Ein Passagier? Haben wir jemals einen mitgenommen?«

»Kaum. Das letzte Mal geschah es vor Ihrer Geburt. Fast immer auf einer Rundreise. Wer möchte schon zehn, zwanzig, fünfzig Jahre auf eine Verbindung zurück warten? Dies hier ist ein Sonderfall.«

»Würde der Kapitän das näher erklären?«

»Das sollte ich wohl lieber. Es ist wohl besser. Rühren. Setzen Sie sich«, meinte Seralpin mit einer einladenden Geste. Kenri entschied sich für einen Stuhl vor dem Schreibtisch. Sie befanden sich auf Maia. Die Sternfahrersippe unterhielt Büros in Landfall, der Hauptstadt des Planeten. Sonnenschein drang durch ein offenes Fenster zusammen mit subarktischer Wärme und dem zimtartigen Duft von einer Gruppe einheimischen Silberrohrs.

»Nachdem ich die Nachricht erhielt, habe ich natürlich alles zusammengetragen, was ich über sie erfahren konnte«, berichtete Seralpin. »Sie ist die Freelady Nivala Tersis von Canda. Einer ihrer Vorfahren tätigte während der Pionierzeit größere Investitionen auf Morgana. Die Familie erzielt aus den Besitztümern immer noch einen ansehnlichen Gewinn, trotzdem ist die Freelady das erste Mitglied der Familie, das seitdem diesen Ort besucht. Offensichtlich hat sie – oder, was wohl eher zutrifft, ein Agent von ihr – in der Sternfahrer-Stadt Auskünfte hinsichtlich der aktuellen Transportmöglichkeiten und Startpläne für 61 Virginis eingeholt.«

›Aktuell‹ ist nicht ganz das richtige Wort, ging es Kenri durch den Kopf. Wir reden schließlich von einer Zeitspanne von mehreren Jahrhunderten. Aber nein, das ist nach kosmischer Zeit gerechnet. Für die Sternfahrersippe sind das nicht allzu viele Jahre. Und ›Startplan‹ ist ebenfalls ziemlich vage, um so mehr, als heutzutage viel weniger Schiffe die Routen befahren, als es früher der Fall war.

»Sie sehen ja, was dabei herausgekommen ist«, fuhr

Seralpin fort. »Dank des bestehenden Abkommens über Handelsrouten konnte sie mit der *Eagle* herkommen, da sie wußte, daß die *Polaris* und die *Fleetwing* innerhalb eines Jahres nach ihrer Ankunft landen würden, ehe sie ihren Weg nach Sol fortsetzten. Die *Fleetwing* landete als erste, und sie ist jetzt reisefertig, also nehmen wir sie mit.« Seralpin hielt inne. »Ich kann nicht behaupten, daß ich mich übermäßig freue. Sie zahlt jedoch ganz gut, und außerdem gehört es sich nicht, jemanden mit einem solchen Status zurückzuweisen. Jedenfalls nicht, wenn man weiterhin mit der Erde im Geschäft bleiben will.«

»Warum macht jemand wie sie eigentlich eine solche Reise, Sir?«

Seralpin zuckte die Achseln. »Offiziell um die Besitztümer zu inspizieren und Daten zu sammeln, um eventuell Verbesserungsvorschläge machen zu können. Wenn Sie mich fragen, tut sie es wegen des Nervenkitzels und des möglichen Ruhms. Wie viele Leute aus ihren Kreisen sind jemals über die Grenzen des Sonnensystems hinausgelangt? Sie wird für einige Zeit im Rampenlicht stehen, bis sich eine neue Mode in den Vordergrund drängt.

»Hm, hm, vielleicht ist ihr Anliegen aber durchaus ernsthaft, Sir. Zumindest teilweise. Sie nimmt schließlich ein großes Risiko auf sich und bringt erhebliche Opfer. Sie kann nicht wissen, wie es auf der Erde aussieht, wenn sie zurückkehrt, außer daß jeder, den sie kannte, stark gealtert wenn nicht sogar gestorben ist.«

»Umso besser«, erwiderte Seralpin zynisch. »Neue Moden, neue Zerstreuungen, neue junge Leute und neues Glück. Keine Langeweile mehr. Sie lebte bis vor kurzem auf diesem Planeten und kam erst später nach

Morgana. Nun möchte sie zurück, obgleich sie weiß, daß wir erst in mehreren Wochen starten.«

»Nun, Sir, Morgana ist für Menschen nicht bewohnbar. Diese wertvollen biochemischen Erscheinungen können in ihrem ursprünglichen Zustand ziemlich abstoßend aussehen oder auch gefährlich sein.«

Seralpin grinste. »Deshalb habe ich Sie ausgewählt, um sie abzuholen. Sie sind ein Idealist, der stets an das Gute in seinen Mitmenschen glauben möchte. Sie müßten mit ihr eigentlich ganz gut auskommen und werden sich gewiß nicht so sehr aufregen und ärgern müssen wie die meisten anderen von uns.« Er wurde wieder ernst. »Sehen Sie zu, daß Sie sich mit ihr gut verstehen. Seien Sie ausgesucht respektvoll und entgegenkommend. Sie gehört nicht nur zur Oberklasse, sie ist eine Stern-Freie.«

So kam es, daß Kenri Shaun mit einem Boot zum Nachbarplaneten flog. Bei der derzeitigen Konfiguration brauchte eine Ein-*g*-Beschleunigung vier Tage. Einen Teil der Zeit verbrachte er damit, ein Privatabteil für den Gast herzurichten – obgleich danach für ihn nicht mehr viel Platz übrig war – und für einige Annehmlichkeiten zu sorgen, die seine Mutter empfohlen hatte. Danach saß er vorwiegend vor dem Leseschirm und fuhr mit dem Studium von Murinns *Allgemeiner Kosmologie* fort. Er würde keine Beförderung schaffen, wenn er den Stoff nicht jederzeit im Kopf präsent hätte.

Aber mußte er dies als das absolut letzte Wort akzeptieren? Sicher, es hatte keine grundlegenden Veränderungen mehr gegeben, seit Olivares und seine Kollegen ihre einheitliche Physik ausgearbeitet hatten. Bis dahin gab es nur Details, empirische Entdeckungen, durchaus überraschend, aber niemals grundlegend. Alles in allem, so hieß es, ist das Universum endlich, weshalb der wissenschaftliche Horizont es ebenfalls sein muß. Wo eine quantitative Erklärung eines Phänomens fehlt – sei sie biologisch, soziologisch, psychologisch oder was auch immer –, liegt es lediglich daran, daß die Komplexität es unmöglich macht, die Große Gleichung für den jeweiligen Fall zu lösen.

Kenri hatte seine Zweifel. Er hatte zuviel vom Kosmos gesehen, um an seinem Glauben an die Fähigkeit des Menschen, ihn zu verstehen, festzuhalten. Er stand mit seiner Haltung unter seinesgleichen nicht allein. Wenn sie sich gegenüber einem Erdling dazu äußerten, war die Reaktion normalerweise ein verständnisloser Blick oder ein überlegenes Lächeln ... Nun, Wissenschaft war eine gesellschaftliche Übung. Vielleicht würde eine neue Zivilisation irgendwann neue Fragen stellen. Vielleicht würde es dann immer noch einige Sternfahrerschiffe geben.

Er landete auf dem Rodan Spacefield und nahm den Gleitweg nach Northport. Der heiße grünliche Regen, der auf die transparente Röhre prasselte, hätte ihn vergiftet. Obgleich Maschinen es sauber hielten, hatte sich eine unterschwellige Schäbigkeit im Far Frontier Hotel eingenistet. Zum Teil waren daran die Kolonisten schuld, die bei ihren Drinks in der Lounge herumsaßen. Sie waren zwar keine Radaubrüder, aber wenn man ein derart einsames Leben führt wie sie, hat man wenig Sinn für gesellschaftliche Umgangsformen.

Daher grenzte Kenris Überraschung an einen Schock, als er die Suite betrat und eine bildschöne junge Frau antraf. Er erholte sich schnell, verbeugte sich mit vor der Brust gekreuzten Armen und stellte sich vor. Das war laut jüngster Informationen aus den Laser-Nachrichten die vorgeschriebene Art, wie jemand von seinem Stand einen Vertreter ihres Standes ansprechen mußte

»Seien Sie gegrüßt, Fähnrich«, erwiderte sie. Ihre Sprache hatte sich nicht sehr verändert, seit er sie erlernt hatte. Sie hatte seinen Rang falsch erkannt. Er machte keine Anstalten, sie zu korrigieren. »Lassen Sie uns aufbrechen.«

»Sofort, Freelady?«

Er hatte gehofft, ein oder zwei Tage Zeit zu haben, um sich ein wenig zu entspannen, seine Muskeln zu strecken und mal etwas anderes zu sehen als nur das Innere seines Bootes.

»Ich bin diese Bude leid. Mein Gepäck steht im Nebenzimmer. Sie müßten eigentlich alles tragen können.«

Er lächelte gezwungen. Im Boot entschuldigte er sich für die engen, kargen Räumlichkeiten. »Das ist schon in Ordnung«, sagte sie. »Auf der Fähre hierher war es nicht besser. Ich hatte um ein Beiboot gebeten, um mal etwas anderes auszuprobieren.«

Nachdem sie gestartet und in stetige Beschleunigung gegangen waren, gurtete sie sich los und blickte auf ihren Zeitmesser. »Autsch, wie spät es schon ist«, stellte sie fest. »Machen Sie wegen des Abendessens keine Umstände. Ich habe schon gegessen und möchte jetzt ins Bett. Das Frühstück bitte um, hm, neun Uhr.«

Aber dann überraschte sie ihn aufs neue. Nachdem sie für einen Moment nachdenklich dagestanden hatte, schaute sie in seine Richtung, und der Ausdruck ihrer blauen Augen war überhaupt nicht unfreundlich. »Ich vergaß. Sie sind sicher in einem ganz anderen Zyklus. Wie spät ist es auf Ihren Uhren? Ich sollte mich schnellstens umgewöhnen.«

»Dazu haben wir vier Tage Zeit«, erwiderte er. »Das erste Frühstück wird serviert, sobald die Freelady es wünscht.« Es paßte ihm zwar nicht, aber aus irgendeinem Grund hatte er auch nichts dagegen.

Als er nach ein paar Stunden Schlaf aufstand, stellte er zu seiner neuerlichen Überraschung fest, daß sie schon auf den Beinen war. Ihr Kleidung wäre aufreizend gewesen, wenn sie vom gleichen Stand gewesen wären. So bewunderte er lediglich den Anblick. Sie hatte seinen Leseschirm aktiviert, da sie offensichtlich neugierig war, wofür er sich interessierte, und beschäftigte sich mit Murinns Text. Sie reagierte mit einem Kopfnicken auf seine Begrüßung und sagte: »Davon verstehe ich kein Wort. Benutzt er immer nur eine Silbe, wo sechs angemessen wären?«

»Er hielt viel von Präzision, Freelady«, antwortete Kenri. Und fügte spontan hinzu: »Ich hätte ihn liebend gern persönlich gekannt.«

»Sie und Ihre Gefährten lesen viel, nicht wahr?«

»Dazu ist im Raum viel Zeit, Freelady. Natürlich haben wir auch andere Freizeitbeschäftigungen. Und Pflichten der Gemeinschaft gegenüber wie zum Beispiel die Erziehung und Ausbildung der Kinder.« Er hatte wenig Lust einem Erdling diese Rituale zu erklären.

»Kinder – Brauchen Sie wirklich hunderte in einer Mannschaft?«

»Nein, nein. Hm, Freelady. »Aber wenn wir uns auf einem Planeten aufhalten, brauchen wir oft viele Helfer.« *Und alle wollen reisen, wollen diese Welten betreten. Es liegt uns im Blut.*

Sie nickte. »Mhm. Es ist auch die einzige Möglichkeit, eine Familie zu haben, nicht wahr? Um Ihre ganze Kultur lebendig zu erhalten.«

Er versteifte sich. »Ja, Freelady.« Was ging sie das an?

»Ich mag Ihre Stadt«, sagte sie. »Ich war schon oft dort. Sie ist richtig – anheimelnd. Wie ein Stück aus der Vergangenheit, nicht virtuell, sondern real.«

Klar. Leute wie Sie kommen zum Gaffen. Sie wanken betrunken herum und starren in unsere Häuser, und wenn ein alter Mann vorbeigeht, rufen Sie, ohne die Stimme zu senken, was für ein komischer kleiner Kauz er ist, und wenn Sie mit einem Ladeninhaber feilschen und er versucht, einen guten Preis zu erzielen, dann erzählen sie sich anschließend, daß dies beweist, daß wir an nichts anderes als an Geld denken. Klar, wir sind glücklich, daß Sie uns besuchen.

»Ja, Freelady.«

Sie wirkte gekränkt. Kurz nach dem Frühstück zog sie sich wieder hinter ihren Wandschirm zurück. Er hörte sie auf einem tragbaren Polymusikon spielen. Er kannte die Melodie nicht. Sie mußte sehr alt sein, und dennoch war sie jung und zart und vertraut, eben alles, was das Menschsein auszeichnete.

Als sie aufhörte, verspürte er den irrationalen Drang, sie zu beeindrucken. Die Sternfahrer hatten ihre eigenen Lieder, und viele davon waren ebenfalls alt. Genauso archaisch war das Instrument, das er hervorholte, eine Gitarre. Er stimmte sie, spielte ein paar Akkorde und ließ seine Gedanken dahintreiben. Dann begann er zu singen.

»When Jerry Clawson was a baby
On his mother's knee in old Kentuck
He said, ›I'm gonna ride those deep-space rockets
Till the bones in my body turn to dust.‹-«

Er spürte, wie sie hervorkam und hinter ihn trat, ließ sich aber nichts anmerken. Statt dessen blickte er zu den Sternen.

»– Jerry's voice came o'er the speaker:
‚Cut your cable and go free.
On full thrust, she's blown more shielding.
Radiation's got to me.

»›Take the boats in safety Earthward.
Tell the Blue Star Line for me
I was born with deep space calling
Now in space forevermore I'll be.‹«

Er endete mit einem lauten Schlußakkkord, drehte sich um und stand auf.

»Nein, bleiben Sie sitzen«, sagte sie, ehe er sich verbeugen konnte. »Wir sind nicht auf der Erde. Was für ein Lied war das?«

»›Jerry Clawson‹, Freelady«, antwortete er. »Eine Übersetzung aus dem alten Englisch. Es stammt aus der Zeit der rein interplanetaren Raumfahrt.«

Stern-Freie galten als Intellektuelle und Ästheten. Er erwartete, daß sie meinte, jemand sollte die alten Sternfahrer-Balladen in einer Datenbank sammeln.

»Das gefällt mir«, sagte sie. »Sogar sehr.«

Er senkte den Blick. »Vielen Dank, Freelady. Darf ich so kühn sein, zu fragen, was Sie gespielt haben?«

»Ach ... das ist sogar noch älter. ›Weide meine Schafe.‹ Von einem Mann namens Bach.« Ein Lächeln huschte über ihre Lippen. »Ihn hätte ich gerne kennengelernt.«

Er hob den Kopf und sah sie an. Sie sagten lange kein Wort.

Die Sternfahrer-Stadt lag in einem verrufenen Viertel. Das hatte sie nicht immer. Kenri erinnerte sich an eine friedliche Gegend, die vorwiegend von Angehörigen der Unterschicht bewohnt wurde. Seine Eltern hatten ihm vom Bürgertum erzählt. Seine Großeltern – die er nie kennengelernt hatte, denn sie hatten mit der Sternfahrerei aufgehört, ehe er geboren wurde, und waren daher schon seit Jahrhunderten tot – hatten von lebhaftem Handel und Wandel gesprochen. Ehe die City entstand, hatte die Sternfahrer-Stadt alleine existiert. Sie blieb für immer die Sternfahrer-Stadt, ganz und gar unverändert.

Nein, nicht ganz und gar und nicht für immer, wenn man betrachtete, wie der Verkehr abnahm. Nicht wirklich unverändert. Manchmal hatte dort der Krieg getobt, hatte die Mauern beschädigt und die Straßen mit Toten gefüllt. Manchmal waren Randalierer aufgetaucht und hatten geplündert und geprügelt. Und während der letzten Erdenleben waren Offiziere erschienen, um irgendeine neue Anordnung bekanntzugeben. Kenri fröstelte im Abendwind und ging schneller. Er hatte erfahren, daß es mittlerweile bis auf die eine Station, an der die Einschienenbahn vom Raumhafen hielt, in drei Kilometern Umkreis keine öffentlichen Verkehrsmittel mehr gab.

Das Licht wurde grell, als er das Erdling-Viertel betrat. Es strahlte von Leuchtpaneelen und hohen Lampen. Er hatte gehört, daß es weniger dazu dienen sollte, kriminelle Handlungen zu verhindern als eher die Überwachung zu erleichtern. Es gab nur wenige Fahrzeuge. Die Bewohner schlurften, schlenderten und hasteten über Wege voller Unrat zwischen schmutzigen Fassaden. Ihre Kleidung war schäbig, und sie stanken. Die meisten war genetisch unselektiert, aber er sah auch die dumpfen, groben Gesichter von D-Normalen oder die wachere Erscheinung eines C- oder B-Normalen. Zweimal drängte ein Standard sie beiseite, auffällig herausgeputzt in der Livree des Staates oder eines privaten Meisters. Dann glaubte Kenri in den Augen ringsum ein elektrisiertes Flackern erkennen zu können. Obgleich er sich noch immer nicht für aktuelle Politik interessierte, hatte er von ehrgeizigen Dominants gehört, die die Armen und Enterbten umwarben. Ja, und die Marsianer waren stets rastlos, und die Radianten vom Jupiter offen unverschämt ...

Aber der Zustand dürfte während seines und Nivalas Leben mehr oder weniger stabil bleiben, und sie könnten ausreichend Vorsorge für ihre Kinder treffen.

Ein Ellbogen bohrte sich in seine Rippen. »Aus dem Weg, Tumy!«

Er spannte sich, verließ aber den Gehweg. Der Mann stolzierte vorbei. Während Kenri wieder auf den Gehsteig trat, beschimpfte und bespuckte ihn eine Frau, die sich, fett und ungepflegt, aus einem Fenster im zweiten Stock lehnte. Er wich aus, konnte aber nicht dem Gelächter entgehen, das ringsum erschallte.

Ist es so schlimm geworden? fragte er sich. *Nun, vielleicht laden sie auf uns ab, was sie den Herrschern noch nicht zu sagen wagen.*

Die weite Sicht spendete wenig Trost. Er fror, und ihm war übel. Er dachte an die Traurigkeit seines Vaters und seiner Mutter – Obgleich Nivala ihn erwartete, brauchte er plötzlich einen Drink. Eine Lichtreklame in Form einer Flasche blinkte über einer Tür ein Stück weiter.

Er trat ein. Halbdunkel und ein säuerlicher Geruch hüllten ihn ein. Ein paar Männer mit mürrischen Gesichtern lümmelten an Tischen. Ein Wandbild über ihnen war mit Obszönitäten bedeckt. Eine junge, grell geschminkte D-Standard-Frau lächelte ihn an, sah seine Gesichtszüge und sein Abzeichen und wandte sich mit einem Naserümpfen ab.

Ein lebender Barkeeper bediente. Er bedachte den neuen Besucher mit einem eisigen Blick. »Vodzan«, bestellte Kenri. »Einen doppelten.«

»Wir bedienen hier keine Tumys«, sagte der Barkeeper.

Kenri atmete kurz ein und wandte sich zum Gehen. Eine Hand legte sich auf seinen Arm. »Einen Moment, Raummann«, sagte eine weiche Stimme. Und zum Barkeeper: »Einen doppelten Vodzan.«

»Ich habe dir doch –«

»Der ist für mich, Ilm. Und ich kann ihn geben, wem ich will. Ich kann ihn auch auf den Fußboden schütten, wenn ich das möchte. Oder dir über den Kopf.«

Der Barkeeper begab sich schnell zu seinen Flaschen.

Kenri blickte in ein haarloses, fahlweißes Gesicht.

Der Schädel dahinter hatte eine schmale Form. Die hagere grau gekleidete Gestalt saß zusammengesunken an der Bar. Mit einer Hand kippte der Mann Würfel auf die Platte, raffte sie mit der anderen Hand zusammen und würfelte erneut. Die Finger hatten keine Knochen. Es waren kleine Tentakel, und die Augen waren katzengelb und bestanden nur aus Iris und geschlitzter Pupille.

»Oh, danke, Sir«, stotterte Kenri verwirrt. »Darf ich –«

»Nein. Der geht auf mich.« Der andere nahm das Glas und reichte es ihm. Er holte kein Geld heraus. »Da.«

»Auf Ihre Gesundheit, Sir«, sagte Kenri und fühlte sich ein wenig sicherer. Er hob das Glas und trank. Der Schnaps brannte in seiner Kehle.

»Wenn Sie das meinen«, sagte der Mann gleichgültig. »Mir soll's recht sein.« Er war zweifellos irgendein Kleinkrimineller, vielleicht auch ein Auftragsmörder, falls dieses Gewerbe immer noch blühte. Sein Soma-Typ war nicht ganz menschlich. Er mußte ein X-Spezialer sein, geschaffen für eine bestimmte Arbeit oder für Forschungszwecke oder zur Belustigung. Wahrscheinlich war er freigelassen worden, als sein Herr keine Verwendung mehr für ihn hatte, und in den Slums gelandet.

»Waren Sie lange weg?« fragte er, während er die Würfel betrachtete.

Kenri konnte die Frage nicht auf Anhieb beantworten. »Etwa hundert Jahre.« Oder waren es mehr gewesen?

»Nehmen Sie sich in acht. Die Leute hassen heutzutage die Sternfahrer. Hier ganz bestimmt. Wenn Sie zusammengeschlagen oder ausgeraubt werden, dann hilft es Ihnen nicht einmal, sich an die Miliz zu wenden. Dort tritt man Ihnen wahrscheinlich noch zusätzlich in den Hintern.«

»Es ist nett von Ihnen –«

»Schon gut.« Die geschmeidigen Finger sammelten wieder die Würfel ein. Sie klapperten im Becher und rollten dann auf den Tisch. »Ich mag es, wenn ich jemanden habe, dem ich mich überlegen fühlen kann.«

»Oh.« Kenri stellte das Glas ab. »Ich verstehe, Nun –«

»Nein, gehen Sie nicht weg.« Die gelben Augen richteten sich auf ihn, und zu seiner Verblüffung sah er Tränen in ihnen. »Es tut mir leid. Manchmal bricht bei mir die Bitterkeit durch. Ich wollte Sie nicht beleidigen. Ich wollte früher auch mal Raummann werden. Natürlich wollten sie mich nicht haben.«

Kenri fiel dazu nichts ein.

»Eine einzige Reise wäre schon genug gewesen«, erklärte der X düster. »Kann nicht ab und zu auch mal ein Erdling träumen? Aber ich habe begriffen, daß ich wohl nutzlos gewesen wäre. Und dann mein Aussehen. Verfolgte lieben einander nicht.«

Kenri krümmte sich innerlich.

»Vielleicht sollte ich Sie gar nicht darum beneiden«, murmelte der X. »Sie sehen zuviel Geschichte. Ich für meinen Teil habe meinen Platz gefunden. Es geht mir nicht schlecht. Was nun die Frage betrifft, ob es die Mühe lohnt, am Leben zu bleiben –« Er zuckte die Achseln. »Für mich sowieso nicht. Ein Mann lebt nur, wenn er etwas größeres hat, wofür er leben und sterben kann. Nun ja.« Er würfelte. »Neun. Ich werde schlecht.« Und nach einem Moment: »Ich kenne einen Ort, wo es niemanden interessiert, wer man ist oder ob man Geld hat.«

»Danke, Sir, aber ich habe eine Verabredung«, sagte Kenri. Wie unbeholfen das klang. Und verlogen, obgleich es der Wahrheit entsprach.

»Das dachte ich mir. Gehen Sie ruhig.« Der X wandte den Blick ab.

»Danke für den Drink, Sir.«

»Schon gut. Kommen Sie mal wieder her. Ich sage Ilm, er soll sich Ihr Gesicht merken und Sie in Zukunft bedienen. Ich bin ziemlich oft hier. Aber erzählen Sie mir nichts über die Welten da draußen. Davon will ich nichts hören.«

»Nein, Sir. Danke und gute Nacht.« Kenri ließ sein fast volles Glas stehen und ging hinaus.

In der Tür hörte er noch, wie die Würfel auf der Theke klapperten.

Während sie auf Maia auf den Start der *Fleetwing* warteten, hatte Nivala die Gelegenheit ergriffen, die Tirianwüste zu besuchen. Sie hatte die Auswahl unter einem ganzen Heer von möglichen Begleitern, aber als sie erfuhr, daß Kenri schon einmal dort gewesen war und sich dort auskannte, benannte sie ihn. Weitaus weniger ärgerlich, als er selbst erwartet hätte, brach er vielversprechende Verhandlungen zum Erwerb von Vivaperlen ab und traf entsprechende Vorbereitungen. Ein Luftcamper brachte sie zum besten Lagerplatz. Er hatte vorgeschlagen, daß sie von diesem Punkt aus einen zweitägigen Ausflug in die Umgebung unternahmen und dort übernachteten. Sie war sofort Feuer und Flamme gewesen, obgleich sie dort alleine wären. Beide wußten, daß er ohne ihre ausdrückliche Erlaubnis keinen Annäherungsversuch unternehmen würde, und für jemanden von ihrem Stand war ein Skandal genauso uninteressant wie das Wetter auf einem anderen Planeten.

Eine Weile waren sie schweigend in dem Bodenwagen unterwegs, den er gemietet hatte. Steine und Sand breiteten sich mit ihren leuchtenden Farben ringsum aus. Phantastisch geformte Felsen überragten die Berge. Vereinzelte Dornbüsche verströmten einen leicht pfeffrigen Duft in die dünne, kühle Luft. Über ihnen wölbte sich der Himmel in einem leuchtenden Blau.

»Das ist eine wunderschöne Welt«, stellte sie schließlich fest. »Es ist ganz gut, daß wir schon bald aufbrechen. Ich könnte mich sonst in diese Gegend verlieben.«

»Abgesehen von der Landschaft, Freelady, würden Sie es hier ziemlich langweilig finden, glaube ich«, sagte Kenri. »Wahrscheinlich noch nicht einmal provinziell.«

Sie schüttelte ihr blondes Haar. »Hier ist alles real. Die Leute haben noch Hoffnungen.«

Darauf wußte er keine Antwort.

Nach einiger Zeit murmelte sie: »Ich beneide Sie, Kenri Shaun. Wenn ich mir vorstelle, was Sie alles gesehen und erlebt haben. Und was Sie noch sehen und erleben werden. Danke für die Informationen, die ihr Schiff mir zugänglich macht. Das alles ist unendlich viel besser als jegliche Fiktion oder ... jeder Zeitvertreib. Auf der Erde habe ich einen großen Teil meiner virtuellen Zeit mit Dokumentationen der Sternfahrer verbracht – indem ich Sie und Ihre Gefährten wie ein unsichtbarer Geist begleitete. Aber Sie erleben all das wirklich.«

Diese wehmütige Bemerkung brachte ihn zu der Frage: »Sind Sie deswegen hierher gekommen, Freelady?«

Sie nickte. »Ja. Die Besitztümer zu inspizieren war nur ein Vorwand. Es war durchaus sinnvoll, aber ein Agent oder vielleicht sogar ein Roboter hätte es sicher viel besser erledigen können. Ich wollte einmal diese Erfahrung, wollte eine Prise Realität kosten.«

Er dachte an die endlosen Wochen und Monate in einem fliegenden stählernen Gefängnis, an die Enge in einer Behausung auf einer Planetenoberfläche, während draußen der Tod regierte, dachte an Mühsal und Gefahr, Schmerzen und Tod – an flüchtige Tage voller Freundschaft, und dann begaben die Freunde sich auf ihre nächste Reise, und man fragte sich, ob man sie jemals wiedersehen würde. Manchmal geschah es nicht mehr, und dann fragte man sich, wie sie wohl den Tod gefunden hatten. »Die Realität ist nicht immer angenehm, Freelady.«

»Ich weiß. Weil es nun mal die Realität ist. Aber ich wußte bis zu diesem Ausflug gar nicht, wie sehr ich danach hungerte.«

Diese Worte gingen ihm nicht aus dem Kopf. Als sie zum Lager zurückkehrten, schlug er vor, ein Feuer anzuzünden und darauf ihre Abendmahlzeit zuzubereiten. Ihr Entzücken darüber machte ihn selig.

Die Sonne sank bereits, während er ans Werk ging. Ein kleiner, eiliger, fast voller Mond ging auf, und gesellte sich zu der kleineren Sichel, die bereits am Himmel stand, und ein silbriger Schimmer huschte über die Sanddünen. In der Ferne heulte ein Tier – ein Jagdgesang? Warm angezogen hockten sie dicht am Feuer. Flammenschein und Schatten spielten auf ihrer Gestalt, und ihr Haar erschien genauso eisgrau wie ihr Atem. »Kann ich etwas helfen?« erkundigte sie sich.

»Das ist nicht nötig, Freelady.« *Sie würden eher alles verderben.* Die Filets in der Pfanne brutzelten und dufteten appetitlich. Es war natürliches Essen, das von einer Wasserfarm stammte.

Sie sah ihn fragend an. »Ich wußte gar nicht, daß Sie und Ihre Sippe Fisch essen«, sagte sie.

Mittlerweile wußte er, daß sie es nicht herablassend meinte. »Einige tun es, andere nicht, Freelady. Sie haben ja gesehen, daß wir an Bord Obst, Gemüse und Blumen eher aus Freude an der Gartenpflege anbauen, denn als Ergänzung für die Nanosysteme, und wir haben auch oft Aquarien, ebenfalls mehr zum Vergnügen, aber manchmal auch, um mal etwas Besonderes zu essen. Früher, als die Schiffe noch kleiner waren, hätte ein Aquarium zuviel Gartenfläche belegt, und nur wenige hätten davon profitiert. Die Besatzungen konnten sich den allgemeinen Unmut und die daraus resultierenden Konflikte nicht leisten. So kam es, daß die Unterhaltung von Aquarien regelrecht tabuisiert wurde. Selbst außerhalb des Schiffs. Es war ein symbolischer Akt von Loyalität. Heutzutage halten sich vorwiegend ältere Leute noch daran.«

Sie lächelte. »Ich verstehe. Faszinierend. Man kommt kaum auf den Gedanken, daß die Sternfahrer eine Geschichte haben. Sie und ihresgleichen waren für uns einfach nur da.«

»Doch, Freelady, die haben wir. Vielleicht haben wir

sogar mehr Geschichte und Tradition als die meisten.« Er überlegte. »Vielleicht liegt es aber auch daran, daß wir mehr auf das achten, was wir haben, daß wir uns intensiver damit beschäftigen und mehr darüber reden. Das ist auch etwas, das uns zusammenhält, uns zu dem macht, was wir sind.«

Ihr Blick traf ihn durch den Rauch über die lodernden Flammen hinweg. »Und es ist eine intellektuelle Tätigkeit, nicht wahr?« sagte sie. »Ihr Sternfahrer seid ein gescheiter Haufen.«

Seine Wangen röteten sich. Er konzentrierte sich auf die Zubereitung ihrer Mahlzeit. »Sie schmeicheln uns, Freelady. Wir sind nicht mit Stern-Freien zu vergleichen.«

»Nein, ihr seid viel solider, gestandener.« Sie schaltete zurück auf ein unpersönliches Thema. Es war weniger heikel. »Ich habe mich über Ihre Gemeinschaft informiert, ehe ich die Erde verließ. Die Raumleute mußten schon immer besonders intelligent sein, mußten schnell reagieren, aber in ihrer Persönlichkeit stabil sein. Sie durften nicht zu groß, mußten aber zäh sein. Dunkle Haut bietet einen gewissen Schutz vor weicher Strahlung, obgleich ich vermute, daß auch der genetische Zufall seine Hand im Spiel hatte. Im Laufe der Generationen stiegen diejenigen, die nicht mit Ihrem schwierigen Dasein fertig wurden, nach und nach aus. Der Zeitfaktor und die immer weiter aufklaffende kulturelle Lücke machten mögliche Rekrutierungen immer schwieriger, bis sie heute als unmöglich angesehen wird. Und so entstand eine Rasse von Sternfahrern.«

»Nicht ganz, Freelady«, protestierte er. »Jeder, der es möchte, kann ein Schiff bauen und damit auf Reisen gehen. Aber es ist eine große Investition, und zwar eher in Bezug auf Lebenszeit als auf Kapital, und das für nur geringen oder gar keinen Profit. Daher macht niemand so etwas. Allerdings würden wir – wir würden uns niemals auf eine Reise begeben, wie sie von der *Envoy* unternommen wurde, ehe es auch nur so etwas wie eine Sternfahrersippe gab.« *Hat dieser Begriff irgendeine Bedeutung für Sie?*

Und die Profite schrumpfen von Jahrhundert zu Jahrhundert wie auch die Nachfrage. Daher ersetzen wir unsere Verluste nicht mehr, und unsere Zahl wird kleiner und kleiner.

»Geringer oder gar kein Profit? Nein, Sie gewinnen Ihr Leben, die Freiheit zu sein, was Sie sind«, sagte sie. »Außer auf der Erde – dort gelten Sie als Fremdlinge. Weil der Profit gering ist, müssen Sie hohe Preise verlangen. Sie gehorchen Ihren Gesetzen, aber Sie unterwerfen sich nicht mit dem Herzen. Und dafür werden Sie gehaßt. Ich habe mich gefragt, warum Sie die Erde nicht ganz verlassen.«

Dieser Gedanke war ihm auch schon öfter durch den Kopf gegangen. *Verdräng es. Sprich nicht darüber.* Es war gefährlich, auch für seine Seele. »Die Erde ist auch unser Planet, Freelady. Wir kommen zurecht. Sie brauchen kein Mitleid mit uns zu haben.«

»Ein halsstarriges Volk«, stellte sie fest. »Sie wollen noch nicht einmal Mitleid.«

»Wer will das schon, Freelady?« Er füllte einen Teller und reichte ihn ihr.

Dort wo der Slum endete, fand Kenri eine Station der Einschienenbahn und fuhr mit einem Lift zu der Linie hinauf, die er brauchte. Niemand bestieg den Wagen, der für ihn anhielt, und niemand anderer befand sich darin. Er setzte sich und blickte aus dem Abteil. Das Panorama, das draußen vorbeijagte, war unbestreitbar phantastisch. Türme ragten mit ihren Säulen und Verstrebungen und Spitzen in die Luft; Alleen und Hochstraßen funkelten wie phosphoreszierende Spinnennetze; Lichter in jeder bekannten Farbe strahlten und blinkten in Schnüren, Bögen, Fontänen; vereinzelte Ausschnitte des dunklen Himmels darüber verstärkten den Glanz. Gab es irgendeine Welt, die exotischer anmutete? Ganz gewiß könnte er sein ganzes Leben damit zubringen, dies alles, mit Nivala als seiner Führerin, zu erkunden.

Als er sich dem Cityzentrum näherte, hielt der Wagen an, und vier junge Fahrgäste stiegen ein. Es waren Freie, wie er sehen konnte, allerdings hatten Mode und Erscheinung und Benehmen sich verändert. Hauchdünne Capes flatterten um leuchtende Gewänder und Trikotanzüge, Edelsteine glitzerten in Stirnbändern. Die Männer hatten sorgfältig gekräuselte kurze Bärte, Frauen trugen blinkende Lichter in wehendem Haar. Kenri rutschte tiefer ins einen Sitz, als er sich der Langweiligkeit seiner äußeren Erscheinung schmerzhaft bewußt wurde.

Die Paare kamen durch den Mittelgang auf ihn zu. »Heh, seht mal, ein Tumy!« kreischte eine junge Frau.

»Der hat vielleicht Nerven«, schimpfte ein junger Mann. »Ich werfe ihn raus.«

»Nein, Scanish.« Die zweite weibliche Stimme klang sanfter als die erste. »Er hat das Recht dazu.«

»Sollte er aber nicht haben. Ich kenne diese Tumys. Gib ihnen einen Finger, und sie nehmen gleich den ganzen Arm.« Die vier gingen vorbei und nahmen hinter Kenri Platz. Sie ließen zwei Sitzreihen Distanz zwischen sich und ihm. Trotzdem drang ihre Unterhaltung an seine Ohren.

»Mein Vater ist bei Transsolar Trading. Er kann es dir bestätigen.«

»Nicht, Scanish. Er hört dich.«

»Nun, hoffentlich summen ihm die Ohren.«

»Und wenn schon«, sagte der andere Junge. »Was unternehmen wir heute abend? Das haben wir noch nicht entschieden, oder? Sollen wir zu Halgor's gehen?«

»Ach, da war ich schon hundertmal. Was haltet ihr von Zanthu? Ich kenne dort einen Laden, nichts Virtuelles, alles echt. Dort gibt es Apparate und Tricks, die ihr noch nie gesehen habt –«

»Nein, dazu bin ich nicht in der Stimmung. Ich weiß gar nicht, wozu ich Lust habe.«

»In der letzten Zeit bin ich ziemlich mit den Nerven fertig. Ich glaube, sie wollen mir irgendwas mitteilen. Ich will keine Drogen. Vielleicht versuche ich es mal mit diesem neuen Yanist-Kult. Der soll zumindest recht amüsant sein.«

»Sagt mal, habt ihr schon von Marlis letztem Typ gehört? Der gesehen wurde, als er aus ihrem Schlafzimmer kam?«

Ignoriere sie, dachte Kenri. *Sie gehören vielleicht zu Nivalas Klasse, sind aber nicht so wie sie. Sie ist eine von Canda. Eine alte stolze Familie. In ihren Adern fließt das Blut alter Krieger.*

Ein Sternfahrer ist einem Soldaten nicht unähnlich.

Ihr Gebäude kam in Sicht: Stein und Glas und Licht, das in den Himmel ragte. Ihr Wappen leuchtete an der Fassade. Die Niedergeschlagenheit, die ihn ergriffen hatte, verflüchtigte sich. Er gab das Zeichen zum Anhalten und erhob sich. *Sie liebt mich,* sang es in ihm. *Wir haben ein ganzes Leben vor uns.*

Ein Schmerz stach in seine rechte Gesäßhälfte, raste durch seinen Rücken und durch das Bein hinab. Er stolperte, sackte auf ein Knie und sah sich um. Ein Junge grinste und winkte mit einem Schockstab. Alle brachen in Gelächter aus. Er rappelte sich auf und humpelte zum Ausstieg. Das Gelächter folgte ihm.

Im Schiff diente er in der Navigationsabteilung. Gewöhnlich reichte eine Person als Wache in der Unendlichkeit zwischen den Sonnen völlig aus. Der Raum war jedoch groß. Wenn die Innenbeleuchtung gedrosselt wurde, verwandelte er sich in eine dämmrige Grotte, in der die Instrumententafeln schimmerten wie gedämpfte Leuchtbänke. Die Sichtschirme beherrschten ihn. Sie zeigten Feuerkugeln ringsum. Sie schienen Funken zu versprühen, die durch die Schwärze zuckten, um zu einem farbigen Gürtel zu verschmelzen. Die Belüftung war nicht zu hören. Es war, als ob das Schiff vor diesem Anblick verstummte.

Als Nivala hereinkam, vergaß Kenri sich zu verneigen. Sein Herz machte einen Hüpfer, sein Atem versiegte. Sie trug ein langes, enganliegendes blaues Gewand, das bei jedem Schritt raschelte. Die ungebändigten Locken fielen in blaßgoldenen Wellen auf ihre nackten Schultern.

Sie blieb stehen. Ihre Augen weiteten sich. Eine

Hand legte sich auf ihren Mund. »O-o-o-oh«, hauchte sie.

»Wahnsinn, nicht wahr?« war das beste, was ihm in diesem Moment einfiel. »Aber Sie haben das sicher schon auf Bildern und in Virtualen gesehen.«

»Nein. Nicht so. Ganz und gar nicht. Es ist einfach atemberaubend.«

Er ging zu ihr und blieb vor ihr stehen. »Ein optischer Effekt, Freelady. Das System hier verarbeitet keine Photonen in den Momenten zwischen Null-Null-Sprüngen. Es zeigt die Umgebung während der Sprünge, wenn wir uns fast mit Lichtgeschwindigkeit vorwärts bewegen. Die Brechung verschiebt die Sterne im Feld, der Dopplereffekt verändert ihre Farbe. Unter anderem helfen diese Beobachtungen uns, die Vektoren zu überwachen.«

Er hatte plötzlich Angst, daß er überheblich klang, und fürchtete nicht, daß sie sich darüber ärgerte, sondern daß sie ihn für einen pedantischen Narren hielt. Statt dessen lächelte sie und schaute vom Himmel zu ihm.

»Ja, ich weiß. Danke, daß Sie mich mit Ihrer Erklärung beruhigen wollten, aber das war nicht nötig.« Sie wurde wieder ernst. »Ich habe mich versprochen. Ich hätte sagen sollen ›überwältigend.‹ Das andere Gesicht des Universums, und ich darf es nicht nur betrachten, sondern ich bin unterwegs dorthin.«

»Es freut mich, daß es Ihnen gefällt.«

»Ebenso wie ein Kind durfte ein Passagier die wichtigen Bereiche der *Eagle* nicht betreten«, erzählte sie. *Und du hast deinen Status nicht eingesetzt, um dir den Zutritt zu erzwingen,* dachte er. »Danke, daß Sie mir das ermöglicht haben.«

»Gern geschehen, Freelady. Ich wußte, daß Sie keine Dummheiten machen würden.«

»Das war lieb von Ihnen, Kenri Shaun.« Ihre Finger glitten über seine Knöchel. »Sie sind immer so nett zu mir.«

»Könnte irgend jemand anders zu Ihnen sein?« platzte er heraus.

Errötete sie etwa? Er konnte es in dem Dämmerlicht, für das er gesorgt hatte, damit sie das Spektakel in voller Schönheit genießen konnte, nicht erkennen. Sie beruhigte ihn, indem sie lediglich sagte: »Mich würde interessieren zu erfahren, was Sie auf Ihrem Posten tun müssen.«

»Gewöhnlich nicht viel«, gab er zu. »Der Computer verarbeitet und überwacht die Daten; der Navigator ist nur für einen Notfall zugegen. Aber es kann vorkommen, daß sich ein Mensch einschalten muß. Keine zwei Reisen sind jemals gleich, denn die Sterne bewegen sich – und das nicht unwesentlich im Laufe von Jahrhunderten. Desgleichen Zwergnebel, schwarze Löcher oder vagabundierende Planeten. Ihre Zahl ist extrem gering, und die Abstände zwischen ihnen sind sehr groß, aber aus eben diesem Grund sind nicht alle identifiziert, und auf eine dieser Erscheinungen zu treffen, könnte sich als tödlich erweisen. Der Vergleich von extrem schnellen und extrem langsamen Konfigurationen kann Hinweise auf mögliche Gefahren liefern. Ich denke da beispielsweise an spektrale Absorptionslinien oder Schwerkraftlinsen. Aber sie zu interpretieren kann manchmal mehr kreative Phantasie erfordern, als ein Computerprogramm besitzt. Zweimal während meiner Tätigkeit mußte ein Navigator eine Kursänderung vornehmen. Und häufiger hat der

Navigator entschieden, daß eine Kursänderung nicht nötig war, weil es sich um einen falschen Alarm gehandelt hat.«

»Das ist also Ihre Arbeit hier, Kenri Shaun?« Sie lächelte wieder. »Ja, ich kann Sie mir ganz gut mit diesem angespannten Gesichtsausdruck vorstellen, als wäre das jeweilige Problem Ihr persönlicher Feind. Dann seufzen Sie, raufen sich die Haare und legen die Füße auf den Tisch, um in Ruhe nachzudenken. Habe ich recht?«

»Wie haben Sie das erraten, Freelady?« fragte er verblüfft.

»Ich habe in letzter Zeit sehr viel über Sie nachgedacht.« Sie sah ihn nicht an, sondern beobachtete die grell blaue Sternformationen vor ihnen.

Ihre Fäuste verkrampften sich. »Ich wünschte, Sie würden mir nicht dieses Gefühl geben, als wäre ich oberflächlich«, stieß sie hervor.

»*Sie* –«

Sie redete schnell weiter. Die Worte sprudelten über ihre Lippen. »Ich habe es schon einmal gesagt. Dies ist Leben, dies ist Realität. Hier geht es nicht darum, was man zum Dinner tragen soll und wer mit wem gesehen wurde und was man heute abend unternehmen soll, wenn man zu ruhelos und unglücklich ist, um zu Hause zu bleiben. Es geht auch nicht um den Handel mit Waren und Informationen. Die Laser-Meldungen liefern ausschließlich Nachrichten von den besiedelten Welten und dann auch nur das, was die Sender für übertragenswert halten. Sie bringen uns die Neuigkeiten von weither. Sie halten – bei einigen von uns – unsere Verbindung zu den Sternen aufrecht. Oh, ich beneide Sie, Kenri Shaun. Ich wünschte, ich wäre als Mitglied der Sternfahrersippe geboren worden.«

»Freelady –«

Sie schüttelte den Kopf. »Es hat keinen Sinn. Selbst wenn mich ein Schiff haben wollte, könnte ich nicht weg. Es ist zu spät. Ich habe weder die Fertigkeiten noch den Charakter oder die Tradition, die Sie mit der Muttermilch aufgenommen haben. Nein, vergiß es, Nivala Tersis von Canda.« Sie blinzelte, weil ihr Tränen in die Augen stiegen. »Wenn ich nach Hause komme, werde ich, da ich jetzt weiß, was die Sternfahrer wirklich sind, versuchen, Ihnen zu helfen? Werde ich mich für eine anständige Behandlung Ihrer Gemeinschaft einsetzen? Nein. Ich würde ohnehin irgendwann festellen, daß es mehr ist als eine löbliche Absicht. Ich bin einfach nicht standhaft genug, habe nicht die notwendige Courage.«

»Sagen Sie das nicht, Freelady«, flehte er. »Es wäre vergebliche Liebesmühe.«

»Zweifellos«, sagte sie. »Wie immer haben Sie recht. Aber Sie an meiner Stelle, würden Sie es versuchen.«

Sie schauten einander an.

Es war das erste Mal, daß sie ihn küßte.

Die Wächter vor dem Haupteingang waren gezüchtete Riesen, 230 Zentimeter schwerer Knochen und mächtiger Muskeln. Ihre Uniformen waren prachtvoll. Aber sie waren kein Zierrat. Stunner und Blitzer hingen an ihren Hüften. Eine mit einem Symbol versehene Platte im Pflaster zwischen ihnen konnte geöffnet werden, um eine Drehkanone hochfahren zu lassen.

Kenris Schmerzen hatten sich zu einem dumpfen Pochen abgeschwächt. Er ging schnell auf sie zu, blieb stehen und reckte den Kopf hoch. »Die Freelady Nivala von Canda erwartet mich«, sagte er.

»Häh?« dröhnte ein Baß. »Hast du etwa auch deinen Verstand verhökert, Tumy?«

Kenri holte die Karte hervor, die sie ihm gegeben hatte. »Überprüfen Sie das.« Er entschied, daß es klüger war, auch ein »Bitte« hinzuzufügen.

»Dort ist eine Party im Gange.«

»Ich weiß.« *Als ich sie über ihre Geheimnummer anrief, hat sie es mir mitgeteilt. Ich hätte bis morgen gewartet, aber sie bestand darauf, daß dies eine Chance wäre, die wir nutzen sollten. Zögere nicht, Shaun. Sie zählt auf dich.*

Die Titanen wechselten einen Blick. Er konnte ihre Gedanken erraten. *Könnte das ein Trick sein, eine Komödie für die Gäste? Oder ist er ein Geheimagent oder so etwas? Falls er lügt, verhaften wir ihn oder zerquetschen ihn gleich an Ort und Stelle?* Derjenige, der die Karte angenommen hatte, schob sie in einen Scanner. Der Schirm erhellte sich. Er las, schüttelte den Kopf und gab die Karte zurück. »In Ordnung«, brummte er. »Geh rein. Erster Lift auf der linken Seite, sechzigster Stock. Aber benimm dich, Tumy.«

Es wird mir später eine Freude sein, ihn zu mir zu zitieren und vor mir kriechen zu lassen. Nein. Warum? Kenri ging durch den imposanten Eingang und gelangte in eine überkuppelte Vorhalle, in der Wandgemälde an vergangene Schlachten und Siege erinnerten. Viel mehr als dieses bißchen Geschichte hatte während seines Lebens stattgefunden. Uniformierte Standard-Diener begafften ihn, glitten jedoch beiseite, als hätte er sie weggeschoben. Er bestieg den Lift und drückte den Knopf für die Sechzigste Etage. Er stieg in einem Schacht auf, umgeben von einer Stille, in der er seinen eigenen Herzschlag zu hören glaubte.

Er gelangte in einen mit rotem Biostoff dekorierten Vorraum. Weitere Diener bemühten sich, ihn nicht offen anzugaffen. Ein Durchgang gewährte ihm den Blick auf Bewegung, Tanz, irisierende Farben. Musik, Geplauder, sporadisches Gelächter drang heraus. Während er sich näherte, rang ein Lakai sich zu einer Entscheidung durch und versperrte ihm den Weg. »Sie können dort nicht hinein.«

»Und ob ich das kann.« Kenri zeigte seine Karte und ging um ihn herum. Geschliffene Kristalle brachen das Licht. Der Ballsaal war riesengroß und mit dichtem Gedränge erfüllt. Tänzer, Kellner, Schauspieler . . . Er blieb verwirrt stehen.

»Kenri! Oh, Kenri, Liebster!«

Nivala mußte sich in der Nähe aufgehalten und auf seine Ankunft gewartet haben. Sie warf sich ihm in die Arme. Er fragte sich für einen kurzen Moment, ob dies Schamlosigkeit oder das normale alltägliche Verhalten der Oberklasse war. Dann lagen sie sich in den Armen und küßten sich. Ihr Cape umflatterte sie, und ihr Parfüm duftete nach Rosen.

Sie lehnte sich zurück. Ihr Lächeln versiegte. Er sah, daß sie an Gewicht verloren hatte und dunkle Schatten unter ihren Augen lagen. Es traf ihn wie ein Schlag in den Magen: *Diese beiden letzten Wochen, seit die* Fleetwing *in den Orbit gegangen war, waren für sie schlimmer gewesen als für mich.* »Vielleicht sollte ich lieber wieder gehen«, sagte er.

»Nicht jetzt«, erwiderte sie und meinte angespannt: »Ich – ich hatte gehofft, daß du früher landen würdest, aber wir müssen uns ihnen sowieso früher oder später stellen, also auf in den Kampf ... Komm.« Sie ergriff seine Hand und zog ihn. Mit verzweifelter Fröhlichkeit fügte sie hinzu: »Ich will, daß sie endlich den Mann kennenlernen, den ich mir ausgesucht habe.«

Nebeneinander gingen sie in den Saal. Die Tänzer blieben stehen, ein Paar nach dem anderen, als die Erkenntnis sich ausbreitete wie die Welle nach einem geworfenen Stein, und Gesichter wandten sich ihnen zu. Stimmen verstummten abrupt. Die Musik erklang weiter. Sie klang blechern.

Nivala führte Kenri zu einem Podium. Sie erstiegen es. Ein Gruppe Erotiktänzer machte ihnen Platz. Sie hob den Kopf und trat an das Verstärker-Pickup. Ihre Stimme klang so laut wie die Stimme einer Sturmgöttin aus grauer Vorzeit.

»Stars und Standards, Angehörige und Freunde, ich ... ich möchte euch hiermit ... meinen Verlobten vorstellen ... Leutnant Kenri Shaun vom Sternenschiff *Fleetwing*.«

Eine Zeitlang blieb dies im Raum stehen, niemand rührte sich. Endlich vollführte jemand die förmliche Verbeugung. Dann folgte ein anderer, dann der Rest, wie miteinander verbundene Puppen. Nein, nicht alle. Einige wandten ihnen demonstrativ den Rücken zu.

Nivalas Stimme klang schrill. »Macht weiter! Vergnügt euch. Später –« Der Musikmeister reagierte und stimmte eine lebhafte Melodie an. Paar für Paar formierte sich zu einem Figurentanz. Sie wußten nicht, was sie sonst tun sollten.

Nivala blickte zu Kenri. »Willkommen zu Hause.« Sie hatte den Verstärker vergessen. Ihre Worte dröhnten. Sie führte ihn vom Podium herunter und zur Wand.

»Es hat so lange gedauert«, sagte er, weil ihm nichts anderes einfiel.

Eine Tür führte in einen Korridor. Er endete in einem Raum, der von Spalieren abgetrennt wurde, an denen sich Geißblattzweige entlangrankten.

Ein Sichtschirm in dem halbdunklen Raum lieferte einen Blick auf einen mondbeschienenen See. Die Musik drang bis hierher, aber nur schwach und nicht ganz real.

Wieder kam sie zu ihm, und jetzt hatten sie es nicht eilig. Er spürte, wie sie zitterte.

»Das ist eine ziemlich schwierige Situation für dich, nicht wahr?« sagte er, als sie Hand in Hand voreinander standen.

»Ich liebe dich«, sagte sie zu ihm. »Nichts anderes ist wichtig.«

Er schwieg.

»Oder doch?« rief sie.

»Wir, hm, sind hier nicht alleine auf unserem privaten Planeten«, mußte er erwidern. »Wie hat deine Familie es aufgenommen?« Die Ankündigung hatte freundliche Kommentare und diese Einladung zur Folge gehabt.

»Einige haben aufgeheult. Aber der Colonel hat sie zum Schweigen gebracht. Mein Onkel, jetzt unser Chef, da mein Vater gestorben ist. Er hat ihnen befohlen, sie sollten sich gefälligst benehmen, bis sie wissen, was wirklich los ist.« Nivala schluckte. »Du wirst ihnen und alle anderen zeigen, was du wert bist, und eines Tages werden sie sich damit brüsten, daß du einer von uns bist.«

»Einer von euch – Nun, ich werd's versuchen. Mit deiner Hilfe.«

Sie setzten sich auf eine mit Biopolster bedeckte Bank. Sie schmiegte sich an ihn. Sein rechter Arm legte sich um ihre Schultern, seine linke Hand ergriff die ihre, und er atmete den Sonnenglanz ihres Haars ein. Von Zeit zu Zeit küßten sie sich. Warum irrten seine verdammten Gedanken immer wieder ab?

Ich versuch's – was? Nicht ständig Partys vorzubereiten oder Tratsch auszutauschen oder irgendwelchen Idioten und Spinnern höflich zuzuhören. Nein, das ist auch nichts für sie. Was können wir tun?

Ein Mann kann nicht sein ganzes Leben damit verbringen, verliebt zu sein.

Sie hatten an Bord des Schiffs darüber gesprochen, obgleich er jetzt erkannte, wie unsinnig diese Gespräche gewesen waren. Er könnte in eine Handelsfirma eintreten. (Zehntausend Pelze von Kali erh. Pr. verr.; mit Magic Sociodynamics vereinbaren, Nachfrage zu erzeugen, und Blitze zuckten über diesen wilden Bergen. Mikroben auf Hathor entdeckt, deren Metabolismus nützliche nanotechnische Variationen ermöglicht, und der Dschungel war ein einziges Geheimnis. Interessante Gebräuche und Ideen auf einer kürzlich entdeckten Welt beobachten, und das Schiff war an fremden Sternen vorbei hinausgerast zu neuen Grenzen.) Oder vielleicht das Militär. (Auf die Beine, Soldat! Hopp, hopp, hopp, hopp! ... Sir, dieser Geheimdienstbericht vom Mars.... Sir, ich weiß, daß diese Waffen nicht besonders gut sind, aber wir können dem Lieferanten nichts anhaben, sein Boß ist ein Stern-Freier.... Der General verlangt Ihre Anwesenheit beim Bankett für den Lord Inspektor.... Jetzt erzählen Sie mal, Captain Shaun, was glauben Sie wirklich, wie sie mit diesen Rebellen verfahren, Ihr Offiziere seid so beängstigend wortkarg und verschlossen ... Anlegen! Zielen! Feuer! Nieder mit allen Verrätern. Lang lebe der Dominant!) Oder die Forschungszentren. (Nun, Sir, laut dem Text muß die Formel heißen –)

»Im übrigen, wie gefällt es dir, wieder zurück zu sein?« fragte er.

»Oh, abgesehen von dem familiären Ärger ist es, hm, herzerwärmend.« Sie lächelte unsicher. »Ich bin trotz allem eine Romantikerin. Und mich in den neuen Generationen zurechtzufinden, ist eine Herausforderung. Dir wird es auch gefallen. Und du wirst dann noch viel umschwärmter sein.«

»Nein«, knurrte er. Es war, als hätte seine Zunge sich selbständig gemacht. »Vergiß nicht, ich bin ein Tumy.«

»Kenri!« Sie versteifte sich in seinem Arm. »Wie kannst du nur so reden. Du bist es nicht, und das weißt du, und du wirst es nicht mehr sein, wenn du nur endlich aufhören würdest, wie einer zu denken –« Sie brach ab. »Es tut mir leid, Liebling. Das war schlimm, ich hätte es nicht sagen sollen.«

Er betrachtete das Seepanorama.

»Ich habe mich ... angesteckt«, sagte sie. »Du wirst mich heilen.«

Zärtlichkeit überkam ihn. Er küßte sie wieder.

»Ahem! Entschuldigen Sie.«

Sie wichen erschrocken auseinander. Zwei Männer waren eingetreten. Der erste war grauhaarig, hager, hatte den Kopf stolz erhoben, und sein nachtblauer Rock funkelte von Orden. In seinem Schlepptau befand sich eine junge Person, rundlich, bunt gekleidet, nicht besonders sicher auf den Füßen. Kenri und Nivala erhoben sich. Der Sternfahrer kreuzte die Arme vor der Brust und verbeugte sich.

»Oh, wie schön.« Nivalas Stimme klang brüchig. »Das ist Kenri Shaun. Kenri, mein Onkel, Colonel Torwen Jonach von Canda von Obersten Stab. Und sein Enkel, der Ehrenwerte Oms.« Ihr Lachen klang ein wenig gekünstelt. »Es ist richtig nett, nach Hause zurückzukommen und festzustellen, daß man einen entfernten Vetter im gleichen Alter hat.«

»Ich habe die Ehre, Lieutenant.« Der Tonfall des Colonel war so steif wie sein Rücken. Oms kicherte.

»Du mußt die Störung entschuldigen«, sagte von Canda zu Nivala. »Ich wollte so bald wie möglich mit Lieutenant Shaun reden. Ich muß morgen zu einer ... Operation aufbrechen, die vielleicht mehrere Tage in Anspruch nimmt. Sie werden sicher verstehen, daß es für das Wohl meiner Nichte und der gesamten Familie geschieht.«

Kenris Achselhöhlen waren schweißnass. Er hoffte inständig, daß er nicht stank. »Natürlich. Nehmen Sie Platz.«

Von Canda nickte und ließ seine kantige Gestalt auf der Bank neben dem Sternfahrer nieder. Oms und Nivala nahmen die Plätze an beiden Enden ein. »Sollen wir Wein bringen lassen?« fragte Oms.

»Nein«, lehnte von Canda ab. Die Augen des alten Mannes, winterkalt, suchten Kenris. »Zuerst«, sagte er, »möchte ich klarstellen, daß ich die Vorurteile gegen Ihre Leute nicht teile. Sie sind einfach absurd. Die Sternfahrer-Sippe ist das genetische Pendant zu den Stern-Familien und einer großen Anzahl ihrer

Angehörigen zweifellos überlegen.« Sein Blick richtete sich für einen kurzen Moment auf Oms. Ärgerte er sich über ihn? Kenri vermutete, daß der Enkel sich einfach aus Neugier oder was immer es gewesen sein mochte, angeschlossen hatte, und daß der Großvater es erlaubt hatte, um keine Szene zu machen.

»Die kulturelle Barriere ist erheblich«, fuhr von Canda fort, »aber wenn Sie sich dazu durchringen, sie zu überwinden, dann bin ich bereit, Ihre Adoption zu unterstützen.«

»Vielen Dank, Sir.« Kenri fühlte, wie der Raum schwankte. Kein Sternfahrer hatte jemals – Daß er – Er hörte Nivalas glücklichen leisen Seufzers. Sie umklammerte seinen Arm.

»Aber werden Sie es tun? Das muß ich in Erfahrung bringen.« Von Canda vollführte eine vage Geste. »Die nahe Zukunft wird nicht sehr friedlich. Die paar aktiven Kämpfer, die wir noch haben, werden zusammenstehen und mit aller Härte zuschlagen. Wir können uns in unseren Reihen keine Schwächlinge leisten. Und wir können uns erst recht keine starken Männer leisten, die nicht aus ganzem Herzen loyal gesonnen sind.«

»Das ... werde ich sein, Sir. Was kann ich mehr dazu sagen?«

»Fragen Sie lieber, was Sie tun können. Aber seien Sie gewarnt. Vieles wird sehr schwierig werden. Wir können Ihr spezielles Wissen und Ihre Verbindungen nützen. Zum Beispiel wurde die Abzeichensteuer, die die Sternfahrer zahlen müssen, nicht erhoben, um sie zu demütigen. Die Kassen der Dominanz sind leer. Dieses Geld hilft ein wenig. Noch wichtiger ist, daß damit ein Präzedenzfall für neue Abgaben anderswo geschaffen wird. Es wird weitere Forderungen geben, und zwar sowohl an die Sternfahrer als auch an Untertanen. Sie können Ihre Politiker dahingehend unterrichten. Wir wollen die Sternfahrer nicht aufstacheln, die Erde zu verlassen.«

»Ich –« Kenri schluckte. Er hatte einen sauren Geschmack im Mund. »Sie können nicht erwarten –«

»Wenn Sie es nicht wollen, kann ich Sie nicht zwingen«, sagte von Canda. »Aber wenn Sie mitarbeiten, kann ich Ihren ehemaligen Gefährten das Leben erleichtern.«

Es brach aus Kenri heraus: »Könnte ich es schaffen, daß sie wie menschliche Wesen behandelt werden?«

»Die Geschichte kann nicht per Dekret annulliert werden. Das müßten Ihnen klar sein.«

Kenri nickte. Diese Bewegung ließ seinen Hals schmerzen.

»Ich bewundere Ihre Gesinnung«, sagte der Colonel. »Meinen Sie, sie ist dauerhaft?«

Kenri senkte den Blick.

»Natürlich ist sie das«, sagte Nivala.

Der Ehrenwerte Oms kicherte. »Neue Steuern«, sagte er. »Knallt ihnen eine neue Steuer drauf, und zwar schnell. Ich habe einen Tumy-Händler am Haken. Neue Steuern werden ihn in die Knie zwingen.«

»Halt die Klappe«, schnappte von Canda.

Nivala straffte sich. »Ja, sei still!« rief Nivala. »Warum bist du hier?« Und zu ihrem Onkel meinte sie flehend: »Du wirst unser Freund sein, nicht wahr?«

»Ich hoffe es«, antwortete von Canda.

Kenri hörte Oms, während ein Wind aufkam:

»Davon muß ich euch erzählen. Eine wirklich spaßige Angelegenheit. Dieser in der Sternfahrer-Stadt ansässige Händler, kein Raumtyp, sondern auch ein Tumy, hat bei einer Tour hohe Verluste gemacht. Mein Agent hat für mich die Schuld aufgekauft. Wenn er nicht bezahlt, kann ich seine Tochter unter Vertrag nehmen. Ein scharfes kleines Ding. Nur veranstalten die anderen Tumys jetzt eine Sammlung für ihn. Das muß ich irgendwie verhindern. Das Geld ist mir eigentlich egal. Es heißt, diese Tumymädchen seien richtig heiß. Wie steht es damit, Kenri? Sag doch mal, stimmt es –«

Kenri stand auf. Der Raum ringsum trat überdeutlich zutage. Er hörte die Musik nicht mehr. Ein metallisches Singen erklang in seinem Schädel.

Er hörte Nivala: »Oms! Du Widerling!« und von Canda: »Schweig!« Die Stimmen schienen lichtjahreweit entfernt zu sein. Seine linke Hand packte das Gewand und riß den Ehrenwerten Oms von den Füßen. Seine rechte Hand ballte sich zur Faust und schlug zu.

Oms taumelte zurück, stürzte und blieb stöhnend liegen.

Nivala unterdrückte einen Schrei. Von Canda sprang ebenfalls auf.

»Verhaften Sie mich«, sagte Kenri. Er wünschte sich, er könnte freier reden. »Na los. Warum nicht?«

»Kenri, Kenri.« Nivala erhob sich. Sie streckte die Hand nach ihm aus. Er sah es aus den Augenwinkeln, reagierte aber nicht darauf. Ihre Arme sanken herab.

Oms stützte sich auf einen Ellbogen. Blut strömte aus seiner Nase. »Ja, verhafte ihn«, krakeelte er. »Zehn

Jahre Bußarrest. Ich nehme ihm alles weg, was er besitzt.«

Von Candas Schuh stieß seinem Enkel in die Rippen, nicht sehr sanft. »Ich habe dir befohlen zu schweigen«, sagte er. Oms wimmerte, kämpfte sich hoch in eine sitzende Position und schwankte hin und her.

»Das war leichtsinnig von Ihnen, Lieutenant Shaun«, stellte von Canda fest. »Es war allerdings nicht grundlos. Sie wurden herausgefordert. Daher wird es keine Anklage und keinen Prozeß geben.«

»Das Sternfahrermädchen –« Kenri dachte, er hätte sich zuerst bedanken sollen.

»Ich verspreche, ihr wird nichts passieren. Sie sammeln das Geld für ihren Vater. Die Sternfahrersippe hält zusammen.« Seine Stimme wurde hart. »Vergessen Sie nicht, daß Sie diese Verbindung gelöst haben.«

Kenri richtete sich auf. Ein seltsam hohler Friede war über ihn gekommen.

Er erinnerte sich an ein halb menschliches Gesicht, Augen ohne Hoffnung und an *Ein Mann lebt nur, wenn er etwas größeres hat, wofür er leben und sterben kann.* »Danke, Sir«, sagte er ziemlich verspätet. »Aber ich bin ein Sternfahrer.«

»Kenri«, hörte er.

Er drehte sich um und strich mit einer Hand über Nivalas Haar. »Es tut mir leid«, sagte er. Er war noch nie gut im Finden der richtigen Worte gewesen.

»Kenri, du kannst nicht gehen, du darfst es nicht, nicht jetzt, niemals.«

»Ich muß«, sagte er. »Ich war bereit, alles für dich aufzugeben. Aber nicht um mein Schiff, meine Gefährten zu verraten. Wenn ich das täte, würde ich dich am Ende hassen, und ich möchte dich lieben. Für immer.«

Sie wandte sich ruckartig ab, sank auf die Bank und starrte auf ihre Hände, die ineinander verkrampft in ihrem Schoß lagen. Die blonden Locken verbargen ihr Gesicht vor ihm. Er hoffte, sie würde nicht versuchen, ihn am nächsten oder übernächsten Tag zu erreichen. Er hatte keine Ahnung, ob er hoffen sollte, daß sie sich einer Behandlung unterzog, um ihren Seelenzustand der Situation anzupassen, oder daß sie abwartete und sich ganz natürlich im Laufe der Zeit von ihm erholte.

»Ich nehme an, wir sind jetzt Feinde«, sagte der Colonel. »Dafür respektiere ich Sie noch mehr als dafür, daß sie versucht haben, ein Freund zu sein. Und da ich annehme, daß Sie bald mit Ihrem Schiff aufbrechen und wir uns nie wiedersehen werden – viel Glück für Sie, Lieutenant Shaun.«

»Für Sie auch, Sir. Auf Wiedersehen, Nivala.«

Der Sternfahrer durchquerte den Ballsaal, wobei er die Blicke der Gäste ignorierte, und ging durch den Vorraum zum Lift. *Nun*, dachte er versonnen auf dem Weg nach unten, *ja, ich breche bald auf.*

Ich mag Theye Barinn wirklich. Ich sollte sie mal besuchen.

Die Zeit, die er brauchte, um in die Sternfahrer-Stadt zurückzukehren, kam ihm unendlich lang vor. Angekommen, wanderte er durch die leeren Straßen und atmete den kalten Nachtwind der Erde ein.

22

Nach ihrem letzten Null-Null-Sprung hielt die *Envoy* ungefähr sieben astronomische Einheiten von ihrem Ziel entfernt für eine Weile an. Erneut brachten Dayan und Cleland einige Instrumente nach draußen auf die Hülle.

Die Zielsonne leuchtete genauso hell wie Sol, wenn sie von der Saturnbahn aus betrachtet wurde. Sie war eine K0 mit etwa zwei Dritteln Helligkeit. Die Forscher wußten bereits, daß acht Welten sie umkreisten, daß die zweite sich in der Bewohnbarkeitszone befand und tatsächlich eine Sauerstoff-Stickstoff-Atmosphäre hatte und daß nicht nur auf ihm Kernkraftwerke in Betrieb waren, sondern auch an mehreren anderen Orten innerhalb des Systems. Nun sammelten sie genauere Daten, um Vorhersagen zu treffen oder vor möglichen Gefahren gewarnt zu sein.

Für eine lange Zeitspanne galt ihre Aufmerksamkeit jedoch einem Bereich, wo ihre unbewehrten Augen nichts anderes als Dunkelheit sahen. Meßinstrumente lieferten Zahlen, graphische Displays übermittelten Botschaften. Ihre Herzen klopften.

»Ja«, sagte Dayan, »es gibt keinen Zweifel mehr. Ein Pulsar, von uns etwa ein Drittel Parsek entfernt. Und er besitzt Planeten.«

Kein reiner Weißer Zwerg wie Sirius B – ein Neutronenstern, hochverdichteter Überrest eines Riesen, der in sich selbst zusammengesunken und jetzt nur noch Schlacke war, die ihre wilden Radiostrahlen in den Raum sendete ohne eine andere Botschaft als ihrer eigenen Heftigkeit – falls seit dem Start der

Envoy kein Schiff die Region um die Sonne verlassen hatte, waren Menschen noch nie einem solchen Stern so nahe gewesen.

»Würde die Supernova den Planeten nicht schon längst unbewohnbar gemacht haben?« Cleland erkannte sofort, daß seine Frage töricht und er damit in seiner ersten Erregung unüberlegt herausgeplatzt war.

Dayan, deren Gesicht hinter dem Helm nur schemenhaft zu erkennen war, schüttelte den Kopf. »Nein, zu dieser Zeit war er ihr nicht nahe genug. Er hat eine hohe Geschwindigkeit und passiert die Sonne nur. Ich habe dahinter eine sich ausdehnende Nebelerscheinung aufgespürt.« Sie deutete auf ein anderes Objekt, das durch die große Entfernung unsichtbar war. »Wenn das durch die Eruption hervorgerufen wurde, dann hat sie in einer Entfernung von tausend Lichtjahren und vor zehn Millionen Zeitjahren stattgefunden.«

»Nur zehn Millionen? Mein Gott, diese Planeten müßten sich dann noch immer in einem Zustand der Neuentwicklung befinden.«

Dayans Stimme bebte. »Ja, und der Pulsar hat wahrscheinlich noch kein stabiles Stadium erreicht. Seine Physik –« Sie ging daran, weitere Meßinstrumente zu aktivieren und für dringliche Messungen einzurichten. »Ich denke, das Yondervolk kann uns einiges darüber erzählen«, schloß sie ein wenig abrupt.

Die *Envoy* setzte ihren Weg ins System hinein mit einem ganzen *g* fort und achtete nicht auf die Wirtschaftlichkeit, um die Flugzeit auf eine Woche zu senken. Ihre Besatzung wurde zunehmend ungeduldig.

»Seht«, hauchte Kilbirnie. »Seht einfach nur hin.«

»*Apa sten.*« Ruszek schien gar nicht zu bemerken, daß er sich bekreuzigt hatte.

Das Schiff war zwölf Millionen Kilometer vom dritten Planeten entfernt. Die Crew hatte sich im Reserve-Salon versammelt, um sich anzusehen, was die optischen Geräte an Bildern lieferte. Vergrößert und optimiert, stand vor ihnen eine dicke Sichel, rot und fleckig – und mit silbrigen Wasserflächen durchsetzt. Die Luft ließ den Rand ein wenig verschwimmen und nahm der Grenze zwischen Tag und Nacht die Schärfe.

Die Wolken, eher langgestreckt und flächig als aufgetürmt und gesprenkelt, leuchteten nicht so strahlend weiß wie auf der Erde, aber sie leuchteten. Drei Satelliten funkelten wie Glühwürmchen vor der Schwärze dahinter. Die Instrumente hatten mindestens ein Dutzend weitere gefunden.

Gerade ein Drittel so groß wie der Mars und bei dieser Entfernung nicht mehr Licht von der schwächeren Sonne auffangend, hätte die Kugel ebenso öde und ihre Atmosphäre genauso dünn sein müssen. Aber wo das Sonnenlicht in bestimmten Winkeln auftraf, war eine leicht schimmernde, durchscheinende Hülle mit einem um etwa zwanzig Kilometer größerem Radius zu erkennen, die die Kugel umschloß. Einige der Reisenden glaubten, ein oder zwei Säulen erkennen zu können, die die Konstruktion stützten. Das Spektroskop zeigte an, daß die Luft innerhalb dicker war als auf der Erde und genauso warm. Sie bestand aus Kohlendioxid, Stickstoff, Wasserdampf, Spuren von Methan und anderen Gasen und war nicht für Lungenatmer geeignet. Nichtsdestoweniger lieferten Wasser und Land Farbspektren von komplexen organischen Stoffen. Leben?

»Diese Satelliten strahlen Neutrinos ab«, sagte Dayan. Nicht jeder an Bord hatte schon von ihren neuesten Entdeckungen gehört. »Thermonukleare Reaktoren. Ich glaube, sie strahlen Energie auf den Planeten ab und erwärmen ihn. Außerdem gibt es Zonen heftiger Aktivität auf der Oberfläche. Deren Abwärme kommt hinzu.« Erstaunen schwang in ihren trockenen Worten mit.

»Das Yondervolk betreibt umfangreiches Terraforming«, wunderte Mokoena sich.

Sundaram lächelte und erschien weniger gelassen, als man von ihm gewöhnt war. »Von ›terra‹ kann eigentlich nicht die Rede sein, Mam.«

Cleland, offensichtlich in seinem Element, sagte: »So einfach kann es nicht sein. Ich vermute, sie holten sich Eis von den Kometen und haben alles überdacht, um alles Flüchtige am Entweichen zu hindern. Wahrscheinlich filtert die Hülle auch übermäßige Ultraviolettanteile weg und hält harte Strahlung ab. Der Planet hat kaum genug Masse, um ein schützendes Magnetfeld aufzubauen, falls überhaupt. Es kann aber auch an fehlender Plattentektonik liegen. Wie wollen sie den Kohlenstoff-Silizium-Zyklus und die anderen zum Leben notwendigen Gleichgewichte aufrecht erhalten? Zum Beispiel verbraucht die Umwandlung aggressiver Gase in atembare Luft und von Steinen in Erde große Energiemengen. Was wiederum Zeit bedeutet – geologische Zeit.«

»Vielleicht denkt das Yondervolk so weit voraus«, sagte Yu leise.

Nansens Blick ruhte nachdenklich auf dem Bild.

»Soviel Zeit und Mühe«, murmelte er, »wo sie doch den Null-Null-Antrieb haben – oder hatten – und sich auf die Suche nach neuen Welten begeben konnten. Warum das alles?«

»Wir werden es erfahren, Skipper«, sagte Kilbirnie.

»Und auch, wie sie es bewerkstelligt haben.« Zeyds Begeisterung verdrängte für einen Moment die Skepsis.

Brents Blicke ruhten auf den leuchtenden kleinen Monden. »Was für eine Menge an Energie«, sagte er mit belegter Stimme. »Unglaublich.«

Die *Envoy* ging in den Orbit um die Welt, der ihre Suche galt.

Sie strahlte so schön wie erwartet, königsblau mit einem Hauch von Purpur, durchsetzt mit weißen Bändern und Schleifen. Für das anpassungsfähige menschliche Auge sah die Sonnenscheibe beinahe heimatlich aus.

Unterschiede waren reichlich vorhanden. Der Planet war dunkler als die Erde und hatte eine schwächere Albedo, denn nur die Hälfte der Oberfläche war mit Wasser bedeckt, es gab keine Polkappen, und die Vegetation, die den größten Teil der Landmassen bedeckte, rangierte farblich von rotbraun bis zu fast schwarz. Ein einzelner Mond, klein, aber nahe, erschien als Scheibe mit einem Siebtel des Durchmesser des irdischen Mondes. Er erinnerte an eine kleine Goldmünze. Narben waren geglättet, und die Vergrößerung lieferte seltsame, auf der Oberfläche verstreute Formen.

Die Aufmerksamkeit der Menschen konzentrierte

sich auf den Planeten. Gebannt ihre Instrumente und Sichtschirme im Auge behaltend, sahen sie Wälder, bestellte Felder, gerundete und aufragende Gebäude, flitzende, gleitende und fliegende Fahrzeuge, umhergehende Kreaturen, bei denen es sich um die Bewohner handeln mußte. Siedlungen lagen weit verstreut mit nur wenigen Ballungszentren und selbst die waren nicht mit irdischen Städten vergleichbar. Vieles schien sich unter der Oberfläche zu befinden, darunter auch Fusionsenergieerzeuger, obgleich der größte Teil der Energie auf dem Mond erzeugt und mittels eines halben Dutzends künstlicher Satelliten auf den Planeten hinuntergestrahlt wurde.

»Ein reiner nuklearer Kreislauf«, sagte Dayan, als sie das Neutrino-Spektrum identifizierte. »Außerordentlich hohe Übertragungsausbeute. Aber nicht mit der Gigawatt-Leistung zu Hause zu vergleichen. Die Bevölkerung muß geringer sein.«

»Oder weniger energiehungrig?« fragte sich Sundaram.

Die Exokommunikatoren des Schiffs gingen Band für Band des Spektrums durch – sichtbar, infrarot, Radio – und riefen, riefen.

Nicht mehr als drei atemlose Stunden waren verstrichen, als Nansens Kommando durch das Rad hallte: »Alle Mann auf ihre Alarmstationen. Raumschiff im Anflug.«

Seine Hände schwebten über der Steuerkonsole der Waffen. Er erwartete keine Feindseligkeiten, er drängte sich nicht danach, aber wer konnte schon sicher sein?

Das Schiff näherte sich mit dem Bruchteil eines *g*. Es mußte von der Oberfläche aufgestiegen sein, denn es hatte sich nicht in diesem Raumsektor befunden, als die *Envoy* eingetroffen war. Torpedoförmig, kupferrot glänzend und etwa fünfzig Meter lang, schwenkte es so elegant wie ein Flugzeug in den gleichen Orbit ein. Dort verharrte es in drei Kilometern Entfernung.

»K-k-keine Jets.« Sein Mannschafte hatte Nansen noch nie zuvor stottern gehört. »*Dios todopoderoso*, wie beschleunigt es?«

»Das werden wir schon noch erfahren!« rief Kilbirnie erneut.

Schweigen breitete sich aus.

»Wahrscheinlich überprüfen sie uns«, sagte Nansen.

»Würden wir mit unerwarteten Besuchern nicht das gleiche tun?« fragte Zeyd. »Ich denke, wir können uns wieder unserer eigentlich Arbeit widmen und uns dabei nützlicher betätigen.«

Nansen zögerte einen kurzen Moment. »Ja. Ingenieur und Bootspiloten bereithalten. Die anderen können ihre Stationen verlassen.«

»Nein, lassen Sie mich rausgehen«, schlug Ruszek vor. »Damit sie mal einen von uns zu sehen bekommen.«

Nansen überlegte. »Das könnte eine gute Idee sein. Machen Sie weiter.«

»Verdammt, Lajos, du warst wieder mal Erster«, schimpfte Kilbirnie.

Ehe der Maat seinen Raumanzug angelegt hatte, meldeten sich die Empfänger: visuelle Zeichen, Klicklaute und Glissandos – Antworten des Yondervolks.

Die Schnelligkeit war nicht übermäßig verblüffend. Obgleich man nicht davon ausgehen konnte, daß die Geräte kompatibel waren, sollten Wissenschaftler(?) eigentlich verhältnismäßig schnell analysieren können, was einging, und Möglichkeiten entwickeln, Signale gleicher Art zurückzusenden. Danach könnten die Menschen erklären, wie audiovisuelle Geräte aussehen mußten, um mit ihren eigenen zusammenwirken zu können. Das wäre sicher die beste Methode. Das Yondervolk hatte, verglichen mit einem Raumschiff aus einer Zeit vor fünftausend Jahren, sicherlich mehr Möglichkeiten auf einem ganzen Planeten.

Die Datenspeicher der *Envoy* enthielten die Arbeiten so mancher hervorragender Geister, die von einem Meinungsaustausch mit Fremden geträumt hatten. Entsprechende Programme war einsatzbereit. Nach den einfachen ersten Mitteilungen folgten binäre Nachrichten, durch die Diagramme in einem System dargestellt wurden, das durch zwei Primzahlen definiert wurde. Indem sie leicht erkennbare Dinge wie die Schwarzkörper-Kurve der Sonne und ihrer umlaufenden Planeten gezeigt hatten, legten sie Einheiten für grundlegende physische Mengen, Massen, Länge, Zeit oder Temperatur fest. Das Yondervolk reagierte ähnlich, allerdings erheblich verfeinert – zum Beispiel gaben sie die Quantenzustände des Wasserstoffatoms durch. Nicht alles war für beide Seiten auf Anhieb verständlich, aber Computer sortierten, prüften, eliminierten und entzifferten mit elektronischem Tempo. Die Natur selbst lieferte eine gemeinsame Sprache.

Die Zeit an Bord – wo niemand ruhig schlafen oder mit einem Anflug von Appetit essen konnte – erschien lang, aber so lange dauerte es gar nicht, bis Kreisdiagramme die Distanz überwanden und Schaltkreise zusammengefügt wurden und Bilder und Laute hin und her zu wandern begannen.

Nansen klingelte an Sundarams Tür. Sie öffnete sich. Eine karge Möblierung enthüllte wenig Persönliches außer einigen Ansichten und Erinnerungsstücken aus einem Indien, wie es früher einmal existiert hatte. Ein Räucherstäbchen verlieh der Luft einen schweren süßen Duft. Sundaram studierte eine Bildaufzeichnung. Er aktivierte sie für ein paar Sekunden und hielt sie an, um nachzudenken.

»Guten Abend, Captain«, begrüßte er seinen Besucher geistesabwesend. »Bitte, nehmen sie Platz.«

Nansen ließ sich in seinen Sessel sinken. »Es tut mir leid, Sie in Ihrer Konzentration zu stören«, sagte er, »aber ich muß wissen, wie Sie mit Ihrer Arbeit vorankommen, und sie wollen ja offenbar nicht öffentlich darüber reden.« Sundaram hatte sich regelrecht von allen anderen abgeschottet.

»Noch nicht. Es ist noch zu früh.«

»Ich verstehe. Ich hätte sicher nicht um dieses Treffen gebeten, nur ist es so ... Also, Zeyd hat mittlerweile diese Bioproben, die die anderen uns mit der Kapsel voller Behälter aus ihrem Raumschiff rübergeschickt haben, untersucht. Dabei hat er festgestellt, daß die Quarantänemaßnahmen unnötig waren. Nicht daß man daraus schließen kann, daß die Fremden uns nichts tun wollen. Wenn sie das wollten, könnten sie uns mit einem Atomsprengkopf vernichten.« Nansen redete nur selten so schnell. Er stand eindeutig unter Streß. »Keine gefährlichen Krankheiten. Die biochemischen Gegebenheiten schließen das aus, wie Mokoena bestätigt. Ich wage zu behaupten, daß die andere Seite in Bezug auf das Material, das wir ihnen geschickt haben, zur gleichen Schlußfolgerung gelangt sein müßte. Also, wie schnell können wir mit der anderen Seite ausreichend kommunizieren, um den nächsten Schritt zu tun, wie immer er aussehen mag? Können Sie mir irgendeinen Termin nennen? Untätig hier nur unsere Position zu halten, zerrte den Leuten nach und nach heftiger an den Nerven.«

Sundaram deutete auf den Bildschirm. Obgleich Nansen mittlerweile oft genug gesehen hatte, was er zeigte, und sich seit Stunden mit ähnlichen Bildern beschäftigt hatte, rieselte es ihm eiskalt über den Rücken.

Ein Wesen stand unbekleidet vor einem Hintergrund, der aus einem rätselhaften Apparat bestand. Das erste Worte an Bord für diese Erscheinung war ›Centaur‹ gewesen, aber das war genauso, als würde man einen Menschen einen Vogel Strauß nennen, nur weil beide Zweibeiner sind. Er stand auf vier stämmigen Beinen mit vierzehigen, pfotenähnlichen Füßen. Der Körper war genauso kräftig und hatte weder einen Schwanz noch irgendwelche sichtbaren Genitalien. Der Rücken wölbte sich wie ein schmaler Grat. Der Torso vorne war nicht sehr groß. Zwei lange, stämmige Arme endeten in Händen, an denen vier nagellose Finger symmetrisch angeordnet waren. Sie schienen flexibel und ohne Knochen zu sein wie ein Elefantenrüssel.

Der Kopf war groß, rund, hatte eine hohe Stirn, einen lippenlosen Mund in der stumpfen Schnauze, aber keine Nase. Offensichtlich atmete das Wesen durch zwei Schlitze, die, im Hals unterhalb des Unterkiefers angeordnet, mit ihrer vibrierenden schützenden Hautabdeckung an Kiemen erinnerten. Über der Schnauze standen zwei elliptische Augen – es waren vermutlich Augen – dicht nebeneinander, flankiert von zwei weiteren, groß und kreisrund, seitlich am Kopf. Die inneren Sehorgane waren schwarz, die äußeren grün, und es gab nichts Weißes und auch keine Pupillen wie bei den Menschen. Aus der Stirn ragten zwei kurze Antennen, die jede an der Spitze mit einem Büschel feiner Zilien gekrönt waren. Spitze Ohrmuscheln ragten ein wenig über den Schädel, der haarlos, schmal und gelblich war. Mokoena hatte vermutet, daß dies die Farbe ihres Blutes war oder eines Äquivalents von Blut.

Nacken und Schultern waren mit einer Mähne kleiner, laubähnlicher Auswüchse bedeckt, die den gleichen Farbton wie Efeu hatten. Sie waren ständig in Bewegung, als wehte ein ständig drehender Wind hindurch.

Ansonsten bedeckte ein samtiger Pelz die Haut, die bei diesem Individuum dunkelbraun war. Bei anderen variierte die Farbe von Schwarz bis hinunter zu blaßgrün.

Aus direkter Beobachtung wußten die Menschen, daß diese Wesen – Erwachsene jedenfalls – zwischen 130 und 140 Zentimeter lang und ebenso groß waren. Damit entsprachen sie einem Kind von zehn Jahren, allerdings wogen sie erheblich mehr. Sie bewegten sich elegant, manchmal sogar sehr schnell.

»Sie werden die Initiative ergreifen müssen«, sagte Sundaram.

»Können wir nichts tun?« fragte Nansen. »Wir

haben ihnen die ersten Schlüssel für eine Sprache geschickt.«

»Das war der einfache Teil der Operation.« Sundaram lehnte sich zurück, legte die Fingerspitzen gegeneinander und sah seinen Besucher an. »Auf der alten Erde und im Zeitalter der Entdeckungen stießen Forscher oft auf völlig fremde Völker, die sich in absolut fremden Sprachen verständigten. Sie konnten jedoch schon sehr bald miteinander reden. Allerdings lebten sie in derselben Welt, hatten die gleichen Körper, die gleichen Bedürfnisse und Instinkte. Sie konnten deuten, sich der Zeichensprache bedienen und wurden verstanden. Hier hingegen haben wir es mit einer unterschiedlichen Herkunft und Evolution des Lebens an sich zu tun, die Milliarden Jahre alt ist.«

»Ja, dieses Argument kenne ich. Aber dennoch – *bien* –«

»Sie haben Stimmen«, sagte Sundaram. Nansen nickte und erinnerte sich an Pfiffe und Knurrlaute. »Aber«, fuhr der Linguist fort, »ich gelange allmählich zu der Auffassung, daß ihre Sprache nur zum Teil vokaler Natur ist, vielleicht sogar zum geringeren Teil. Sie kommt mir eher vor wie eine Körpersprache, indem sie sich der unendlich vielen Anordnungen dieser laubähnlichen erektilen Mähnen bedient. Und welche anderen Elemente hat ihre Sprache? Wie schreiben sie sie auf? Die Augen deuten darauf hin, daß sie das Universum ganz anders sehen als wir. Was sind ihre bildlichen Muster? Nein, wir werden nicht so bald reden können wie sie. Ich bezweifle sogar, daß wir je dazu in der Lage sein werden.«

Nansen seufzte. »Ich glaube, wir kommen ihnen genauso seltsam vor.«

»Nun, in dieser Hinsicht wird es wahrscheinlich nicht so schwierig sein. Das ist der Grund, weshalb ich annehme, daß sie den ersten Schritt tun werden. Ihre Vorfahren besuchten hunderte oder tausende Sterne. Sie haben zweifellos weitaus umfangreichere Datenspeicher, auf die sie sich stützen können, als wir.«

»Meinen Sie, sie könnten irgendwelche Parallelen zu uns finden? Da bin ich gespannt. Wie viele intelligente Rassen, seien es primitive oder zivilisierte – oder was auch immer – haben sie je gefunden?«

»Das ist etwas, das wir in Erfahrung bringen werden.«

»Dann lassen Sie uns endlich damit anfangen!«

»Geben Sie uns Zeit. Sie scheinen durchaus willig und interessiert zu sein –«

»Das denke ich auch.«

»Vielleicht tut sich bald etwas bei ihnen.« Sundaram dämpfte trotzdem Nansens Hoffnung, indem er hinzufügte: »Was jedoch eine richtige Kommunikation angeht, müssen Sie uns Zeit lassen.«

»Uns.« Damit schließt er das Yondervolk ein. Er spürt trotz aller Fremdheit bereits eine Verwandtschaft mit ihm.

Die Mannschaft war versammelt, und Nansen kam sofort auf den Punkt.

»Es lief besser als erwartet. Icons, Animationen – Wir wurden eingeladen, runter zu kommen und uns häuslich einzurichten.«

Ruszeks Hand schoß hoch. »Erste Landung!« brüllte er.

»Schon wieder?« fragte Kilbirnie. Sie zuckte die

Achseln. »Na schön, wenn es unbedingt sein muß. Es folgen doch sicher noch eine ganze Menge weiterer, oder nicht, Skipper?«

»Wir müssen noch eine Reihe von Details ausarbeiten«, bremste Nansen ihren Enthusiasmus. »Ich denke, zuallererst müssen wir einen Landeplatz festlegen.«

»Sie müßten doch längst eine solche Stelle vorgesehen haben, wenn man ihre bisherige Erfahrung berücksichtigt«, sagte Mokoena. »Selim und ich haben festgestellt, daß die Biologie und die Biochemie hier die gleichen sind wie in den anomalen Pflanzen, die wir während unseres letzten Zwischenstopps eingesammelt haben.« Auch das war, wenn auch nicht unerwartet, eine neue Information. »Und dann die Architektur – es war eine ihrer Kolonien. Sie sind das Yondervolk.«

Niemand fragte, weshalb diese Welt verlassen worden war. Sie hatten diese Frage des öfteren gestellt. Und für einen Moment geisterte sie wieder durch ihre Köpfe.

Cleland schob sie beiseite. »Hm, das mag vielleicht albern klingen«, sagte er, »aber haben Sie den Namen des Planeten feststellen könne, Ajit?«

Sundaram lächelte. »Albern, aber verständlich«, erwiderte er. »Nein, natürlich nicht. Vielleicht werden wir das nie. Er könnte durchaus viele Namen in ebenso vielen verschiedenen Sprachen haben. Ganz gleich, welche das sind, bezweifle ich, daß wir einen aussprechen können, fals das Wort ›aussprechen‹ überhaupt angewendet werden kann – und falls das Yondervolk Namen verteilt.«

Zeyd erhob sich halb von seinem Platz, ließ sich

wieder zurücksinken und erklärte: »Wir brauchen einen, den wir untereinander gebrauchen können.«

Yu nickte. »Darüber haben wir auch schon diskutiert.«

»Wir sollten eine Entscheidung treffen. Sie wissen, was ich vorschlage. Tahir.«

»Das paßt ganz gut«, stellte Nansen fest, »und hier draußen können wir auf die Registrierungsprozedur verzichten. Sollen wir uns auf Tahir einigen?«

Zustimmendes Gemurmel regte sich im Halbkreis.

»Schön«, sagte Nansen erfreut, »dann können wir fortfahren und unsere Landung planen und vorbereiten. Und wir können überlegen, was wir da unten tun.«

»Fünf Jahre«, knurrte Brent.

Blicke richteten sich auf ihn. »Wie bitte?« wollte Dayan wissen.

Er sah sie beschwörend an. »Du weißt Bescheid. Der Vertrag, die Schiffs-Satzung. Wir sind nicht verpflichtet, länger als fünf Erdenjahre zu bleiben, nachdem wir unser Ziel erreicht haben. Was geschehen ist.«

»Wir könnten uns aber am Anfang der richtigen, weitaus bedeutenderen Suche befinden«, sagte Sundaram.

»Fünf Jahre«, beharrte Brent; er ließ seinen Blick über die Gesichter der Versammelten gleiten, »dann können wir nach Hause zurückkehren, wenn wir wollen. Wollt ihr denn nicht dorthin zurück, wo ihr Kinder haben könnte, ehe ihr zu alt dazu seid?«

23

Das erste Jahr.

Der Platz war eine weite Lichtung in einem Waldgebiet an der Ostküste eines nördlichen Kontinents. Ein Bach floß hindurch, klar und rein, obgleich der menschliche Gaumen beim Genuß ein leichtes Brennen wahrnehmen konnte. Eine Baumgruppe schirmte einen Bereich ab, der über Nacht befestigt worden war und als Landeplatz für Raumschiff und Luftfahrzeug diente. Wenn schlechtes Wetter aufkam, was nicht selten geschah, klappte an einem Ende eine biegsame Platte hoch, veränderte ihre Form, bog sich und bildete eine transparente Kuppel und wurde steif. Sie öffnete sich, wenn man sich ihr näherte, und schloß sich sofort wieder. Wenn das Unwetter sich ausgetobt hatte, wurde die Kuppel wieder weich und biegsam und zog sich zurück. Ansonsten hatten die Tahirianer nichts vorbereitet und hatten keinerlei Einwände gegen etwas, was ihre Gäste unternahmen.

An klaren Tagen lag das Land in üppigen dunklen Farbtönen unter einem tiefblauen Himmel. Die Pflanzen waren alles andere als grün, nämlich rotbraun, schokoladenbraun, schwarz, kastanienbraun, rosa und so weiter, teilweise aufgehellt von weißen oder bunten Blüten. Das Ganze hatte nichts Düsteres an sich. Überall war Leben im Überfluß, Laub flatterte und rauschte im Sonnenschein, fremdartige Gerüche erfüllten die Luft. Eine moosartige Pflanze, die den Boden bedeckte, schien hier die gleiche Rolle zu spielen wie Gras auf der Erde. Bäume, Büsche, Rohrgewächse waren paarweise gegenständig vorhanden, so daß zwei Entwicklungen parallel zueinander zu verlaufen schienen. Tierisches Leben war überall zu beobachten, von winzigen Erscheinungen, die irdischen Würmern oder Insekten ähnelten wenn auch nicht glichen, über Schwimmer und Läufer bis hin zu zahlreichen fliegenden Lebewesen. Schreie, Pfiffe, Gebell und Gezwitscher schallte durch die Wälder.

Tahir brauchte für eine vollständige Umdrehung neunzehneinviertel Stunden bei einer Achsneigung von einunddreißig Grad. Obgleich die Bestrahlung niedriger war, wirkte die Atmosphäre, die ein wenig dichter war als die der Erde, mit der Albedo zusammen und sorgte für eine planetare Durchschnittstemperatur, die um drei Grad höher war als die irdische. Das Klima unterschied sich jedoch sehr deutlich von Region zu Region – das Wetter noch krasser –, verteilt über ein Jahr von sieben Zehnteln der terrestrischen Länge. Das lag zum wesentlichen Teil an einer Umlaufbahn, die genauso exzentrisch war wie die des Mars – die nördlichen Sommer waren länger und kälter und die nördlichen Winter kürzer und wärmer als diese Jahreszeiten auf der Südhalbkugel. Wenn man alle Faktoren bedachte, war der den Menschen zugewiesene Platz wahrscheinlich der bestmögliche.

Eine Gravitation, die um 9 Prozent über der terrestrischen lag, fügte dem Gewicht einer Person etwa fünf bis acht Kilo hinzu, je nach Ausgangsmasse. Das zusätzliche Gewicht war natürlich gleichmäßig verteilt, und die Mannschaft gewöhnte sich schnell daran. Genauso setzte sie – mit pharmazeutischer Hilfe – ihre Biorhythmen zurück. Die Arbeit am Aufbau der Siedlung hielt sie ständig und, die meiste Zeit, gutgelaunt in Atem. Ruszek und Kilbirnie brachten

Ladung für Ladung an Ausrüstung, Vorräten und vorgefertigten Bauteilen nach unten. Dabei waren Roboter behilflich, aber auch menschliche Hände hatten genug zu tun. Ein Vorratsschuppen entstand, desgleichen ein Gebäude für ein Kleinkraftwerk und andere Einrichtungen. Ein drittes Gebäude war für Versammlungen, die Zubereitung der Mahlzeiten, die Einnahme derselben, für Freizeitgestaltung und Festlichkeiten vorgesehen. Zuletzt ersetzten individuelle Hütten die beiden vorübergehend eingerichteten Schutzhäuser, in denen Männer und Frauen getrennt gewohnt hatten.

Obgleich die Tahirianer die Region nicht abgesperrt zu haben schienen, gab es keinerlei Störungen, wie man sie auf der Erde wahrscheinlich hätte beobachten können, Journalisten, Schaulustige, Handelsvertreter, Spinner und Politiker. Drei oder vier Besucher waren ständig zugegen. Sie erschienen und verschwanden in kleinen, lautlosen Luftfahrzeugen in Tropfenform und in allen Farben schillernd. Sie beobachteten und zeichneten mit exotisch anmutenden Apparaten auf, bis auf die, welche mit Sundaram zusammenarbeiteten. Sie ließen die Menschen beobachten und aufzeichnen. Ansonsten hielten sie sich für sich.

»Das alles läßt auf eine ziemlich reglementierte Gesellschaft schließen«, stellte Dayan fest.

»Oder eine sehr fremdartige«, sagte Cleland.

Das änderte sich abrupt. Während eine sprachliche Verständigung noch nicht möglich war, hatte die Zeichensprache sich ständig verbessert. Sie nahm mittlerweile die Form von Zeichentricksequenzen an, die auf tragbaren Bildschirmen abgespielt wurden. Die Figuren waren bis zum Grotesken vereinfacht und vereinheitlicht, doch was sie vorführten, erwies sich als allgemein verständlich. Eines Tages zeigte ein Tahirianer eine Sequenz, die Kilbirnie einen Begeisterungsschrei ausstoßen und ausgelassen über den Platz tanzen ließ.

Die Neuankömmlinge waren zu einer Besichtigungstour eingeladen worden.

»Sie haben entschieden, daß wir mittlerweile genug wissen und ansonsten harmlos sind«, vermutete Nansen.

»Nicht unbedingt harmlos«, wandte Brent ein.

»Wer hat das entschieden und wie?« fragte Yu sich.

Offensichtlich gaben die Tahirianer dem wissenschaftlichen und technologischen Austausch den Vorzug. Lag das daran, daß dies die am wenigsten heiklen Bereiche waren? Sie versuchten zu erklären, welche Arten von Einrichtungen sie im Verlauf von mehrtägigen Ausflügen zeigen wollten. Entsprechend teilte Nansen seine Leute auf. Das war sinnvoller, als wenn alle gleichzeitig teilgenommen hätten. Außerdem wollte er das Lager nicht leer und unbewacht zurücklassen. Für die ersten Exkursionen bildete er zwei Gruppen. Die restlichen blieben zurück und sollten später berücksichtigt werden. Um möglichen Eifersüchteleien die Spitze zu nehmen, gesellte er sich selbst auch zur letzteren Gruppe. Als das Luftfahrzeug startete und schnell in der Ferne verschwand, sah Kilbirnie, wie er sich auf die Unterlippe biß. Sie verdrängte ihre eigene Enttäuschung und stellte sich neben ihn.

Mokoena und Zeyd gelangten in ein Zauberreich.

Sie landeten bei einer Gruppe Bauwerke, niedrig und in einer komplizierten Geometrie um einen filigranen Turm angeordnet. Ihr Führer brachte sie zu einem Raum mit weichen Polstern auf dem Fußboden und einem angrenzenden Bad mit Entsorger, wie sie es bei den Menschen gesehen und kopiert hatten. Dort waren sie offensichtlich untergebracht. Sie verstauten Proviant, Bettzeug, Ersatzkleidung und persönliche Dinge, die sie mitgenommen hatten, und kehrten gespannt zu ihrem Führer zurück. Das kleine Wesen führte sie umgehend zu einem Niedergang und eine spiralförmige Rampe hinab.

»Meinst du, er spürt, wie neugierig und gespannt wir sind?« fragte Zeyd.

»Ich denke, Neugier ist immer mit Intelligenz gepaart«, erwiderte Mokoena, »allerdings dürfte sie sich nicht immer auf die gleiche Art und Weise ausdrücken.«

Das Labor(?), in das sie gelangten, war langgestreckt und breit. Es hatte den Grundriß eines Halbellipsoids, das hell erleuchtet war. Mehrere Werktische(?) kamen ihnen halbwegs vertraut vor, allerdings waren sie offenbar nicht mit Schubladen versehen. Öffneten sie sich auf Kommando? Die Geräte, die auf den Tischen und anderswo standen, waren fremd und ihre Funktion nicht zu erkennen.

Drei weitere Tahirianer erwarteten sie. Sie alle waren gelegentlich im Lager erschienen. Sie ließen ihren Gästen einige Minuten Zeit, sich umzusehen. Danach trat einer von ihnen vor. Seine(?) wie Laub geschuppte Mähne wallte. Er stieß ein paar schrille pfeifende Laut aus. Arme und tentakelartige Finger vollführten eine Reihe von Gesten. Ein süßlicher Geruch breitete sich in der ansonsten warmen und stillen Luft aus.

»Eine höfliche Begrüßung?« wagte Mokoena eine Vermutung.

Zeyd verbeugte sich. »*Salaam*«, erwiderte er. Seine Gefährtin hob eine Hand.

Das Wesen trottete davon. Sie folgten ihm. Er blieb zwischen hohen schrankförmigen Gebilden, die drei Seiten eines quadratischen Platzes säumten, stehen. Ein Kollege ihres Führers betätigte einige Kontrollen. Eine Art Schirm stieg aus dem Boden hoch und bildete eine vierte Seite.

Ein dreidimensionales Bild von einem Wissenschaftler erschien darin. »Eine holographische Projektion«, murmelte Zeyd. »*Limatza* – warum?«

Die Haut verschwand in dem Bild. Die Betrachter sahen nun Muskeln, ganz anders als ihre eigenen, aber demselben Zweck dienend. Nach einer Minute verflüchtigte sich dieses Bild, sie sahen tiefere Schichten, Adern, durch die eine Flüssigkeit strömte, dazu blasse Streifen festen Materials ... »Tomographische Fluoroskopie«, meinte Zeyd unsicher. »Warum zeigen sie uns nicht einfach ein paar anatomische Modelle?«

»Ich denke, sie möchten diese Methode bei uns anwenden und wollen uns nur demonstrieren, daß es ungefährlich ist«, meinte Mokoena.

»*Allah akbar!* Was für ein Skelett – diese Bänder und Gelenke –«

Mokoena verschlug es den Atem. Sie hatte bisher einige kleine Tiere seziert, die Ruszeck und Brent geschossen hatten. Dies allerdings war eine ganz andere Evolutionslinie, sogar eine ganz andere Ordnung, falls der Begriff ›Ordnung‹ auf diesem Planeten überhaupt anwendbar war.

»Sieh mal«, haucht sie. Der Blick wanderte nach innen. »Dieses große Organ, verrichtet es die Arbeit von unserem Herzen und unseren Lungen? Das könnte erklären, weshalb sie trotz ihres starren Körpers ein- und ausatmen können –«

»Ionen- und Osmosepumpen?«

»Oh, Selim, das muß es sein!« Sie ergriff seine Hand und hielt sie fest.

»Nun, sie haben Verdauungsorgane«, sagte er, als könnten solche prosaischen Begriffe die Verwirrung abwehren. »Was diese anderen Dinge sind –«

Die Sichtebene bewegte sich Schritt für Schritt nach außen. Die Menschen achteten besonders auf den Kopf. Ein Gehirn war erkennbar, allerdings hatte es eine seltsame Form. Anstelle von Zähnen ragten gewundene Knochenleisten aus dem Fleisch von Unter- und Oberkiefer. Wahrscheinlich fand dort ein ständiger Regenerationsprozeß statt. Die farnähnlichen Formen von vier kleinen Zungen, zwei oben, zwei unten, ließen darauf schließen, daß es sich um Chemosensoren handelte. Vielleicht hatten sie auch noch andere Aufgaben. Tatsächlich hielten Tahirianer den Mund ständig halb geöffnet.

»Welche Funktion haben die Antennen?« fragte Zeyd.

»Ich würde auch gerne mehr über die Augen erfahren«, sagte Mokoena. »Bisher ist es nur unsere Vermutung, daß das innere Paar für die Sicht bei Tage, das äußere für die Sicht bei Nacht zuständig ist.«

»Und für die Rundumsicht.«

Sie warf ihm einen kurzen Blick zu, ehe sie sich wieder auf den Sichtschirm konzentrierte. »Ja, natürlich, aber warum betonst du das so?«

»Diese Welt war in der Vergangenheit voller Gefahren. Das Leben hat Methoden entwickelt, sich davor zu schützen.«

»Jede Welt ist gefährlich.«

Zeyd redete halblaut weiter, während sie beide aufmerksam den Schirm betrachteten. »Auf diese hier trifft das stärker zu als auf die meisten anderen. Tim und ich haben uns vor ein paar Tagen darüber unterhalten. Er machte mich darauf aufmerksam, daß ein Planet von dieser Größe Phasen extremer vulkanischer und seismischer Aktivität durchläuft, was wiederum extreme Auswirkungen auf das Klima hat. Der Kern und seine Rotation sorgen für ein starkes Magnetfeld, aber dieses Feld variiert stärker als das der Erde, in einigen geologischen Perioden ist die Hintergrundstrahlung sehr hoch. Der Mond ist zu klein, um die Achsneigung zu stabilisieren, wie es in unserem System der Fall ist. Starke willkürliche Abweichungen müssen immer noch ökologische Katastrophen auslösen. Ich sagte zu Tim, daß all das viele verschiedene Biome hervorgebracht haben muß. Wahrscheinlich sind die alten Tahirianer oft in Gegenden vorgedrungen, in denen Tiere und Pflanzen vorkamen, die ihnen unbekannt waren. Sie brauchten daher gesteigerte sensorische Fähigkeiten.«

»Nicht auch einen größeren Wahrnehmungsbereich? Ich hoffe, du kannst mir die Biochemie dieser Augen erklären.«

»Warum?«

»Mir sind bestimmte Dinge aufgefallen. Erinnerst du dich noch an diese Wandtafel in dem Luftfahrzeug? Darauf befand sich eine Inschrift, Striche und Kringel und – rot auf rot. Kaum zu lesen. Für sie muß es jedoch leicht zu erkennen sein. Das läßt auf eine bessere Farbensicht schließen. Ich würde vermuten, daß sie mehr als drei Rezeptoren haben. Das ist gar nicht so ungewöhnlich. Garnelen auf der Erde haben sogar sieben. Falls ›Rezeptoren‹ überhaupt der richtige Begriff dafür ist.«

Zeyd kicherte verhalten. »Bitte. Das ist viel zu viel für eine einzige Stunde.«

»Ich weiß. Man kommt sich vor wie ein Kind, das in einem Spielwarengeschäft steht und nicht weiß, nach welchem Spielzeug es zuerst greifen soll.«

Nun war wieder das vollständige Bild eines Tahirianers zu sehen. Es erlosch.

Trotz aller Ernsthaftigkeit ihres Anliegens verloren sie nicht den Blick für die heiteren Aspekte. »Ist Sex nicht viel interessanter als diese Augen?« fragte Zeyd in scherzhaftem Ton. »Hast du irgendeine Idee, wie sie sich fortpflanzen?«

»Nein. Das ist genauso rätselhaft wie meine Präparate.« Mokoena grinste. »Vielleicht zeigen sie uns ein paar aufschlußreiche Szenen.«

»Oder sie führen sie vor.«

Sie wurde ernst. »Hoffen wir lieber, daß es zu keinen schwerwiegenden Mißverständnissen kommt.«

Der Schirm verschwand. Der Wissenschaftler erschien wieder, näherte sich und winkte. Er hatte einen grauen Pelz, was offenbar kein Zeichen seines Alters war, und trug einen mit Taschen versehenen Gürtel um den Oberkörper. »Was kommt als nächstes, Peter?« fragte Zeyd. Als die Menschen in der Lage waren, die einzelnen Wesen voneinander zu unterscheiden, hatten sie ihnen Namen verliehen, weil Menschen Namen brauchen. Zeyd hätte seine sinnlose Frage auch auf Arabisch stellen können, aber Mokoena lauschte aufmerksam.

Biegsame Finger zupften am Kleiderstoff. »Sollen wir uns etwa ausziehen?« rief Zeyd.

Erneut blitzten Mokoenas strahlendweiße Zähne in ihrem dunklen Gesicht auf. »Wahrscheinlich beschäftigen sie sich mit der gleichen Thematik wie wir.«

»Eine Demonstration?«

»Ich hoffe nicht!«

Sie schauten einander an. Gelächter erklang. Sie schlüpften aus ihren Kleidern. Für einen kurzen Moment konnten sie ihr Vergnügen über das, was sie zu sehen bekamen, nicht verbergen. Dann drängten die vier Tahirianer heran, um sie zu inspizieren. Sie betrachteten und beschnüffelten(?) und betasteten sie behutsam, aber mit unverhohlenem Staunen, ehe sie sie unter einen Tomographen legten.

»Ob sie sich wohl fragen, ob wir unterschiedlichen Rassen angehören?« fragte Zeyd.

»Wie unser guter Kapitän sagen würde«, antwortete Mokoena, *»viva la diferencia.«*

In einem riesigen, halbdunklen Raum stapelten, erhoben, wanden und krümmten sich Formen in einer noch nie gesehenen Phantasmagorie. Einige bewegten sich, andere surrten. Lichter tanzten und blinkten in ständig wechselnder Folge wie aufgeregte Glühwürmchen oder eine Galaxis sich auflösender Sterne.

»Wundervoll«, sagte Dayan, »aber was ist das?«

»Ich weiß es nicht«, antwortete Yu leise. »Ich vermute, daß diese Schönheit kein Werk des Zufalls ist. Sie existiert um ihrer selbst willen. Durchaus möglich, daß wir sehr viel an Schönheit gemeinsam haben, wir und sie, meine ich.«

Die beiden befanden sich am Ende eines Rundgangs. Sie hatten mit ihren Führern einen kilometerlangen Marsch hinter sich und hatten dabei geschaut und betrachtet, ohne zu verstehen, aber ihre Benommenheit war keine Folge körperlicher Überanstrengung sondern geistiger Überladung.

Dayan machte ihrer Enttäuschung Luft. »Wir erkennen in all dem keinen Sinn, ehe sie uns alles erklären können. Aber werden sie das jemals können?« Sie deutete auf den ihr am nächsten stehenden Tahirianer. »Was hat Esther uns heute oder kürzlich in unserem Lager tatsächlich vermittelt?«

Als wollte sie diese Frage beantworten, holte die Eingeborene eine flache Schachtel aus ihrem(?) Taschengürtel. Finger tanzten über Kontroll- und Schaltflächen. Symbole erschienen. Yu lehnte sich vor, um besser sehen zu können. Minuten verstrichen. Die anderen Gastgeber warteten geduldig. Dayan zitterte.

Yu richtete sich auf. »Ich glaube, ich habe eine Ahnung.« Ihre Stimme frohlockte. »Die Symbole, die wir entwickelt haben – ich glaube, zumindest eine dieser Apparaturen, ist eine kryomagnetische Anlage zum Studium von Quantenresonanzen.«

»Wissen sie denn nicht längst alles darüber?« wandte Dayan ein. »Dieses Volk reiste doch schon von Stern zu Stern, als Salomon den ersten Tempel erbaute.«

»Ich habe so eine Ahnung, als wäre dieser ganze Komplex ein Schulungslabor.«

Dayan nickte. »Das klingt einleuchtend. Für uns wäre es sicher das beste.« Sie hielt für einen Moment inne, ehe sie fragte: »Betreiben Sie denn überhaupt noch irgend welche Forschung?«

»Was meinst du?«

»Warum sollten sie? Sie haben die Sternfahrerei vor langer Zeit aufgegeben. Vielleicht sind wir seit Tausenden von Jahren das erste Neue, das sie zu sehen bekommen.«

Yu ließ sich das durch den Kopf gehen. »Nun, haben die Physiker auf der Erde nicht immer geglaubt, daß die letzte große Gleichung längst niedergeschrieben wurde und daß alles, was wir danach entdecken, nur ihre möglichen Lösungen sind?«

Spott klang durch Dayans Erwiderung durch. »*Sie* haben es geglaubt. Was ist denn mit diesen Fliegern ohne Düsenantrieb hier?«

»Dort könnten Prinzipien, die wir kennen, auf eine Art und Weise zur Anwendung gekommen sein, wie wir es niemals für möglich gehalten hätten.«

»Oder vielleicht auch nicht.« Dayan ließ den Mut sinken. »Das wirst du sicher herausbringen«, sagte sie müde. »Technologische Tricks. Die wissenschaftlichen Grundlagen stehen auf einem ganz anderen Blatt.«

Überrascht wandte Yu ein: »Nein, die grundlegenden Gesetze kommen als erstes. Sie sind viel einfacher.«

Dayan schüttelte den Kopf. »Nicht ohne ein angemessenes Vokabular, und zwar in verbaler wie auch mathematischer Hinsicht. Wir werden nicht so bald an diesen Punkt gelangen, oder? Die Newtonschen Gesetze schon – aber was ist mit der Hamilton- und der Riemann-Geometrie, was mit Wellenfunktionen?

Ganz zu schweigen von Navier-Stokes, von Turbulenz, Chaos, Komplexität und all den Feinheiten. Es wird Jahre dauern, ehe wir Klarheit darüber gewinnen, ob die Tahirianer überhaupt etwas Grundlegendes wissen, von dem wir keine Ahnung haben. Was soll ich bis dahin tun?«

Yu legte eine Hand auf ihre. »Du wirst mir helfen. Wenn nicht mehr. Nein, wir werden Partner sein.«

»Ich danke dir, liebe Wenji.«

Dieser Moment der Besinnlichkeit war nur kurz. Dayan blickte in die Abenddämmerung. »Technologie, deine Arbeit, interessant, wichtig, ja«, sagte sie. »Aber es gibt noch so viele Geheimnisse –«

Sundaram saß in seiner Hütte. Das Innere entsprach dem Inneren seiner Kabine an Bord des Schiffs, bis auf die Fenster. Dahinter tobte ein heftiger Herbstregen. Wind heulte. Vor ihm auf dem Fußboden, die Beine überkreuzt, den Oberkörper aufgerichtet, saß der Tahirianer, den die Menschen Indira nannten, denn es ergab sich häufig, daß ein indischer Name für passend gehalten wurde. Er kam allmählich zu der Überzeugung, daß Indira unter seines/ihresgleichen nicht durch ein einziges Symbol identifiziert wurde, sondern durch ein bestimmtes Muster sensorischer Daten, die sich entsprechend der jeweiligen Umstände laufend veränderten, ohne jedoch jemals von einem typischen individuellen Grundmuster abzuweichen.

Computerschirme und ein Holograph lieferten Skizzen, Diagramme, willkürliche Symbole und Bilder. Bei gedrosselter Beleuchtung ließ reflektiertes

Licht Indiras vier Augen aufleuchten. Sundaram sprach laut vor sich hin, aber es war kein reines Selbstgespräch.

»Ja, ich bin mir jetzt fast sicher. Eure Sprache ist im wesentlichen eine Körpersprache mit chemischen und stimmlichen Elementen – Zeichen und Komposita, unendlich und extrem fein variabel. Dadurch wird eure Schrift ideographisch wie eine Art super-chinesischer Hypertext. Ist das richtig? Wenn ja, dann kann Wenji ein Gerät zusammenbasteln, mit dem sich die Sprache, die wir schaffen, ausdrücken läßt. Es wird die neue Sprache sein, die unsere Rassen gemeinsam benutzen.«

Der Winter brachte Schnee, der glitzernd weiß und bläulich schattiert den Untergrund bedeckte. Eiszapfen hingen wie Brillantschmuck von kahlen Baumästen herab. Viele tahirianische Bäume warfen ebenfalls ihr Laub ab. Eisige Luft massierte das Gesicht und brannte in den Nasen. Atem kondensierte und bildete weiße Wolken.

Kilbirnie, Cleland, Ruszek und Brent kamen von einem Spaziergang zurück. Da sie abwechselnd die Pflichten eines Hausmeisters ihrer kleinen Siedlung erfüllten, konnten sie kaum mehr ruhig sitzen. Der Ausflug erlöste Kilbirnies Geist aus quälender Langeweile. Sie rannte umher, sah sich alles eingehend an, warf Schneebälle und versuchte, ihre Gefährten zum Singen eines Liedes zu animieren. Nur Cleland stimmte ein, wenn auch nur halbherzig.

Als sie aus dem Wald traten, sahen sie in einiger Entfernung die Ansammlung von Gebäuden, der ihre

Mannschaft den Namen Terralina verliehen hatte. Kilbirnie blieb stehen. »Oh«, sagte sie überwältigt.

Eine der großen, nur selten zu beobachtenden Kreaturen, die sie als Drachen kannten, schwebte über sie hinweg. Sonnenstrahlen drangen durch die Flügelmembranen und wurden in Regenbogenscherben zerlegt. Der lange, biegsame Körper schimmerte berylliumgrün. Kirbirnie verfolgte den majestätischen Flug, bis das Wesen hinter dem Horizont verschwand.

Die anderen blieben ebenfalls stehen. »Schön«, sagte Ruszek.

Er klang, als hätte er Hemmungen einzugestehen, daß irgend etwas die Monotonie der gegenwärtigen Tage vertreiben könnte.

»Mehr als schön!« rief Kilbirnie. »Das ist wahre Freiheit.«

Clelands Blick ruhte auf ihr. »Du fühlst dich tatsächlich eingesperrt, nicht wahr?« murmelte er.

»Tun wir das nicht alle?« fragte Brent. Die weiteren Worte kamen fast automatisch aus seinem Mund. »Ja, zuerst war es ganz lustig, das Neue, die Arbeiten und dann die Ausflüge, aber was sind wir jetzt anderes als Touristen, wenn seine Hoheit Nansen uns ab und zu von der Leine läßt? Klar, die Wissenschaftler unter uns haben Arbeiten zu erledigen, die wichtig sind. Sind wir anderen dazu verurteilt, die nächsten vier Jahre die Hände in den Schoß zu legen und uns zu langweilen?«

»Hör auf zu jammern«, schnappte Ruszek. »Soviel Selbstmitleid ist ja nicht auszuhalten.«

Brent funkelte ihn wütend an. »Von dir lasse ich mir keine Vorschriften machen. Jedenfalls nicht hier unten auf dem Planeten.

Ruszeck fletschte die Zähne, ballte die Hände zu Fäusten und ging in Kampfstellung.

»Aufhören, aufhören!« protestierte Kilbirnie. Sie packte seinen Arm. »Eine Prügelei können wir jetzt nicht brauchen.«

Der Maat schluckte krampfhaft. Seine Hand sank herab. Die Röte wich aus seinen Wangen. »Nein«, lenkte er ein. »Wir sind ständig eingeschlossen, unsere Nerven liegen blank. Ich ... ich hab's nicht böse gemeint ... Al.«

»Okay«, erwiderte Brent mürrisch. »Ich auch nicht.«

»Wir werden schon rauskommen und rumreisen«, erklärte Kilbirnie mit Nachdruck, »und zwar jeder von uns. Wir haben ja besprochen, was wir tun wollen. Aber wir müssen erst genug in Erfahrung bringen, ehe wir vernünftige Pläne schmieden können, um sie dem Skipper vorzuschlagen. Hanny hat eine Idee –« Sie brach ab. Diese Hoffnung war noch nicht reif. Sie sollte lieber vorerst Stillschweigen bewahren. »Was haltet ihr davon, wenn wir uns erst einmal heiße Toddys zubereiten? Und zwar riesengroße.«

Ruszek brachte ein Lächeln zustande. »Das ist die beste Idee, die ich seit Wochen gehört habe.«

»Davon hat sie jede Menge auf Lager.« Clelands Gesichtsausdruck verriet unmißverständlich, welche Idee ihm jetzt am liebsten wäre.

Ruszeks und Brents Augen verrieten denselben Wunsch. Ein Knistern schien für einen kurzen Moment in der kalten Luft zu liegen. Ja, Mannschaftsangehörige waren ehrenwert und stets höflich zu ihren Kameradinnen und Kameraden. Kein vernünftiger Mensch würde sich anders benehmen. Es gab beruhigende Medikamente, wenn nötig; es gab die

Virtuale, und niemand fragte, welches interaktive Programm jemand aussuchte. Nichtsdestoweniger –

Kilbirnie lockerte die plötzliche Spannung auf. »Oder wäre euch ein Rumpunsch lieber?« Sie rannte voraus. Die Männer folgten ihr langsam. Keiner machte Anstalten, sie zu überholen.

24

Das zweite Jahr.

Genauso wie an Bord des Schiffs konnten die Betten in den Hütten auf doppelte Breite ausgezogen werden. Nach einer halben Stunde hatten sich die zedernholzartigen Gerüche der Liebe aus Zeyds Hütte verflüchtigt. Er und Dayan hatten begonnen, sich zu unterhalten. Sie saßen aufrecht und lehnten sich an das Kopfbrett. Ihre Stimmung war weniger heiter als vorher.

»Das letzte Mal war viel zu lange her«, sagte er.

Sie nickte. »Ja.«

Er strich sich über den Schnurrbart und versuchte ein lüsternes Grinsen. »Wir müssen einiges ändern.«

Zweifel lag in ihren haselnußbraunen Augen. »Kannst du das?«

Er sah aus wie die Frage, die er weder stellen mußte noch wollte.

»Du bist es, der immer unterwegs ist«, sagte Dayan. Ihre Stimme klang bedauernd und nicht anklagend, und sie fügte auch nicht hinzu, daß er während seiner Abwesenheit immer mit Mokoena unterwegs war.

»Forschung«, verteidigte er sich. »Die Umweltbedingungen, die Ökologie, die Labors. Über den ganzen Planeten verteilt.«

»Natürlich. Du weißt ja, wie ich dich darum beneide.«

»Kommst du dir noch immer wie zum Nichtstun verurteilt vor? Ich dachte, du wärst ganz zufrieden und würdest mit Wenji zusammenarbeiten.« Das stimmte nicht ganz. Er war ein aufmerksamer

Mensch. Er hatte einige Dinge nicht angesprochen in der Hoffnung, sie würden sich von selbst verbessern, und sie neigte nicht unbedingt dazu, sich zu beklagen.

Sie nickte, wobei ihre roten Locken auf dem Kissen hin und herrollten. »Es ist interessant. Aber –«

»Ja?« fragte er angespannt.

Sie raffte ihre Entschlossenheit zusammen. »Es gibt so viele wissenschaftliche Fragen, die geradezu danach schreien, gelöst zu werden.«

»Was, zum Beispiel?«

»Der Pulsar. Einige von uns haben sich darüber unterhalten. Nicht mehr lange, und wir können einen Plan für eine Expedition präsentieren.«

»Nein!« rief er geschockt.

Sie lächelte ein wenig traurig und streichelte seine Wange. »Wenn es dazu kommt, fällt es mir sicher sehr schwer, dich im Stich zu lassen. Und ich freue mich schon jetzt, wieder zurückzukommen.« Ihr Tonfall wurde unnachgiebig. »Aber ich werde auf jeden Fall mitmachen.«

Das Gerät, das Yu vor Sundaram hochhielt, paßte in ihre offene linke Hand. Es hatte die Form eines dünnen, vierzig Zentimeter langen, rechtwinklig geknickten Vierkants, dessen vertikaler Schenkel zweimal so lang war wie der horizontale. Eine Kontrolltafel, die aus einer berührungssensitiven Fläche mit einem Gittersystem aus dünnen Linien bestand, befand sich auf dem unteren Schenkel. Sichtschirme bildeten beide Seiten des oberen Schenkels. Als die Finger ihrer rechten Hand Befehle eingaben, erschienen auf den Schirmen Schriftzeichen und verschwanden wieder, während ein Lautsprecher melodische Laute hervorbrachte.

»Ich hoffe, wir können dies als das fertige Modell betrachten«, sagte sie. »Den Tahirianern, die es ausprobiert haben, schien es ausgesprochen zu gefallen.«

Sie reichte Sundaram das Gerät. Er probierte es aus. Obgleich er noch keine gezielten Operationen damit ausführen konnte, war er begeistert über das Ergebnis, das seine ersten Versuche hervorbrachten. »Großartig«, lobte er. »Die richtige Bedienung muß man natürlich üben, aber – Ich hab' drüber nachgedacht. Ich schlage vor, wir nennen das Ding Parleur. Es ist eine Stimme, die die tiefe Schlucht zwischen zwei völlig unterschiedlichen Arten der Kommunikation überwindet.«

»Sie müssen trotzdem eine gemeinsame Sprache erschaffen.«

»Ich mache Fortschritte. Ich vermute, daß es mir mit diesem Gerät noch erheblich schneller gelingen wird. Aber ich werde Ihre Hilfe brauchen – nämlich alles, was Sie mir an technologischem Wissen zur Verfügung stellen können. Mehr denn je brauche ich Ihre Hilfe.«

»Wie soll das aussehen?«

»Ich kann mir vorstellen, daß für die Programmierung Ihrer Nanocomputer spezielle Fähigkeiten nötig sind.« Er zuckte mit einem traurigen Lächeln die Achseln. »Selbst unter idealen Bedingungen bin ich kein besonders guter Programmierer.«

»Das müssen Sie gar nicht sein.«

Sundaram blinzelte verblüfft. »Wie bitte?«

Yu sah ihn im gedämpften Licht seiner Kabine aufmerksam an. Regen peitschte in silbernen Kaskaden gegen die Fenster.

»Ihr Genie ist einfach zu groß«, sagte sie. »Es erdrückt alles andere.«

»Ich bitte Sie – nun mal langsam. Ich bin allenfalls ein wenig überspezialisiert.«

»Dabei wird man im Laufe der Zeit ziemlich einsam nicht wahr?«

»Würden Sie mitmachen?« fragte er hastig. »Haben Sie Zeit dazu?«

Sie senkte den Blick und faltete die Hände. »Natürlich. Es ist mir eine Ehre und ein Vergnügen.«

»Ehre und Vergnügen sind ganz auf meiner Seite, Wenji«, erwiderte er.

Nansen unternahm mit einer Gruppe Tahirianer einen Rundgang durch die *Envoy*. Sie erreichten sie mit einem Raumboot der Eingeborenen. Vorher waren umfangreiche Vorbereitungen getroffen worden, indem Angehörige beider Rassen sich bemühten, alle möglichen Dinge und Prozeduren zu beschreiben und zu erläutern. Bislang hatten sie lediglich ihre Diagramme und Zeichentricksequenzen, um miteinander zu kommunizieren. Im weiteren Verlauf gelangte er zu der Erkenntnis, daß sämtliche Aktivitäten im Weltraum von Robotern ausgeführt wurden. Manchmal wurden Erze nach Tahir gebracht oder auch Fertigprodukte, deren Herstellung auf dem Planeten seine Biosphäre schädigen würde. Das geschah jedoch nur selten. Die Wirtschaft des Planeten schien sich soweit im Gleichgewicht zu befinden, wie die Gesetze der Thermodynamik dies zuließen.

Warum wandert dann soviel Material, Energie, Mühe in die Welt, die sie verändern, fragte er sich bestimmt zum tausendsten Mal. *Was ist aus den Schiffen geworden, die einst zwischen den Sternen hin- und herpendelten?*

Mit seinem Antrieb, dessen Prinzip er nicht verstand, stieg das Boot zu einem Schiff auf. Räder und Rumpf wuchsen vor ihm und boten einen vertrauten Anblick. Die Andockvorrichtungen waren inkompatibel. Die Röhre, die herausragte, um mit einer Personenschleuse verbunden zu werden, war eine technische Improvisation. Der Luftdruck hatte sich unterwegs angeglichen, und die Gruppe ging hindurch. Die Tahirianer verhielten sich bei Schwerelosigkeit weitaus weniger ungeschickt als nicht entsprechend ausgebildete Menschen, aber sie waren offensichtlich dankbar für Nansens Hilfe.

Während des Anflugs hatten sie die äußeren Installationen des Plasmaantriebs studiert, was sie zweifellos auch vorher schon getan hatten. Nun galt ihr vordringliches Interesse dem Null-Null-Aggregat. Nachdem er sie in den Bereich geführt hatte, beobachtete er nicht ohne Sorge, wie sie mit ihren Instrumenten zu Werke gingen. Obgleich sie keinen Schaden anrichteten, war er ziemlich erleichtert, als er endlich entschied, in die Pfeife zu blasen, die an einer Schnur um seinen Hals hing, und das vereinbarte Signal zu geben. »Wir sollten Ihnen jetzt Ihre Unterkünfte zeigen und uns ein wenig ausruhen«, meinte er. »Sie können sich später so lange umsehen, wie Sie wollen. Aber interessieren Sie sich nicht auch dafür, wie wir während unserer Reise hierher gelebt haben?«

Englisch, stellte er beiläufig fest. *Genausogut hätte er Spanisch oder Hebräisch oder Chinesisch reden können.*

Sie packten ihre Gerätschaften und anderen Gegenstände ein und begleiteten ihn zur Fähre. Sie schwebte zum vorderen Rad. Ihr Gewicht nahm zu, während ein Schienenwagen sie zum inneren Deck brachte. Er geleitete sie durch einen Korridor. Sie blickten nach rechts und links, unterhielten sich dabei angeregt, obgleich er nur wenige Laute hörte. Keinen davon hätte er mit seiner Kehle erzeugen können. »Ich wünschte, Sie könnten mir mitteilen, was Sie über all dies denken«, sagte er laut, mehr zu sich selbst als zu seinen Gästen. »Finden Sie es überwältigend, primitiv, armselig oder beängstigend?«

In einem Gemeinschaftsraum, der jedes Geräusch mit einem Echo versah, vollbrachte er, was bisher noch niemandem gelungen war. Menschen kannten bisher die tahirianischen Geräte, mit denen sich eine Darstellung der Galaxis hätte erzeugen lassen, noch nicht bedienen. Er schaffte es jedoch, eine solche Darstellung auf einem vier Quadratmeter großen schwarzen Schirm zu erzeugen. Natürlich erschienen nur die größten Sterne als einzeln erkennbare Körper, und das Bild lieferte nur das, was seine Rasse zu dem Zeitpunkt kannte, als die *Envoy* gestartet war – nämlich das Skelett einer Galaxis mit gähnender Leere jenseits der zentralen Sternwolken. Ein Maßstab am unteren Rand des Bildes war in bereits standardisierten Einheiten kalibriert. Nansen bearbeitete die Tastatur. Ein Funke glühte auf, als ein Pfeil darauf deutete: die Sonne von Tahir in einer für die außerordentliche Farbensicht der Tahirianer genauen Darstellung. Er ließ den Pfeil ziemlich genau fünftausend Lichtjahre zurückwandern. Als er zur Ruhe kam, erschien ein weiterer, weißerer, Funke, Sol.

Er achtete vorwiegend auf seine Gäste. Er glaubte, so etwas wie Emotionen und ein verändertes Verhalten wahrnehmen zu können. Ein Laut, der einem Schnurren oder Trällern glich, einer Feststellung, einen erfreuten Unterton. Ein Knurren oder Pfeifen war nicht so freundlich. Wenn die laubähnlichen Schuppen einer Mähne sich aufrichteten und niedersanken, hatte diese sanfte Wellenbewegung eine andere Bedeutung, als wenn die gleiche Bewegung ruckartig erfolgte. Der Geruchscode war genauso subtil wie Bewegungen eines Fächers in einer Frauenhand es früher gewesen waren. Auch er war ein integraler Bestandteil ihrer Sprache.

Oder waren es mehrere Sprachen?

Schnelle Reaktionen erfolgten. Zwei der Wesen warfen sich nach vorne und umarmten ihn, eine Geste, die sie wahrscheinlich durch die genaue Beobachtung der Menschen erlernt hatten. Andere hielten sich zurück, ließen ihre Mähnen wallen, als flüsterten sie miteinander. Zweifelten sie? Als Nansen Zeiger erzeugte, die von jedem Stern hinausdeuteten, und versuchte, auf diese Art und Weise zukünftige Reisen und Begegnungen darzustellen, fragte er sich unwillkürlich, ob das, was er bei einigen bemerkte, Angst und Entsetzen war. Auf jeden Fall wurden die Gerüche schärfer, beißender.

Er leerte den Bildschirm. »Nun«, sagte er mit seiner sanftesten Stimme, »wir sollten uns jetzt in Ihre Quartiere begeben und anschließend essen.« In der Offiziersmesse war bereits alles vorbereitet. Er lächelte schief. »Möge der Tag kommen, an dem wir auch miteinander anstoßen können.«

Eine Ansammlung von Gebäuden, klein, gewölbt, in dezenten Farben gehalten, drängte sich zwischen Bäumen inmitten einer malerischen Gebirgslandschaft. Der tropische Himmel spannte sich wolkenlos darüber, die Luft war warm und duftete würzig. Für Zeyd war das weniger ein Dorf als ein Knotenpunkt in einer weltumspannenden Stadt.

Ein größeres Bauwerk stand etwa hundert Meter abseits, umgeben von einem gepflegten Rasen. In der Nähe wartete reichlich Arbeit auf ihn. Eine Schar von Tahirianern hatte sich um ihn versammelt. Drei waren junge Eltern, deren Nachwuchs sich mit Hilfe ihrer Sporen an ihre Rückgrate klammerten. Alle wußten mehr oder weniger genau, was er von ihnen wollte, und waren kooperationsbereit.

Bei einem nach dem anderen hielt er sein Instrument in die Nähe eines Antennenpaars und aktivierte es. Ein Magnetfeld baute sich auf. Die Antenne bewegte sich und folgte den Veränderungen mit einer Empfindlichkeit, die jener der eingebauten Meßgeräte zumindest vergleichbar war. Er ersetzte das Magnetfeld durch ein elektrostatisches Feld. Die Tahirianer gurrten. Ihre Mähnen zitterten. Duftwolken wurden aus Drüsen in ihrer Haut ausgestoßen.

Er nickte. »Ja«, murmelte er in seiner Muttersprache leise vor sich hin, »diese Organe haben sicherlich die Funktion von Kompassen und können, wie ich vermute, wahrscheinlich noch viel mehr. Vielfältig sind die Werke Gottes.«

Das Gebäude öffnete sich. Mokoena kam heraus, begleitet von Peter und zwei anderen Wissenschaftlern. Zeyd vergaß sein Experiment. »Ha, endlich!« rief er. »Was habt ihr da drin erfahren?«

Sie kam auf ihn zu und blieb stehen. Ihre Augen waren groß, die Stimme gedämpft. »Sie haben mir ihren Liebesakt gezeigt.«

Er schnappte nach Luft.

»Zwei Erwachsene haben ihn vollzogen«, berichtete sie ihm mit einer Ehrfurcht, wie er sie bisher nur selten bei ihr erlebt hatte. »Ein Holofilm und Diagramme auf einem flachen Bildschirm sind gleichzeitig mitgelaufen. Sie haben endlich eine Art der visuellen Präsentation gefunden, die auch wir verstehen können.«

»Wie –«

»Ein Paar kommt zusammen, Mund auf Mund. Sie umarmen sich, sie kommunizieren mit ihren Mähnen, sie küssen einander mit ihren Gerüchen. Sobald ich es begriff, war es einfach wunderbar. Es dauerte – elf Minuten, wie meine Stoppuhr angezeigt hat.«

»Und die ... Fortpflanzung?«

Mokoena schwieg für einen Moment, wurde wieder ganz Wissenschaftlerin, ehe sie in einem deutlich akademischeren Tonfall antwortete: »Ich glaube, beide Partner müssen sich in einem Zustand der Erregung befinden. Pheromone ... Liebeswerben, Liebe ... Flüssigkeiten werden in beiden Richtungen zwischen ihnen ausgetauscht, hervorgebracht und transportiert mit Hilfe von Ringmuskeln und Zungen, die offenbar so etwas wie Lustzentren sind. Die Gonaden entlassen – Gameten –, die mit den Flüssigkeiten transportiert werden und in den Mündern miteinander verschmelzen. Dann schwimmen die Zygoten mit dem anderen Strom zu einer – Gebärmutter? Es gibt mehrere davon, aber nur einen einzigen Punkt, an dem sie sich einnisten können, um sich zu entwickeln. Die Schwangerschaft oder Trächtigkeit dauert ungefähr ein tahirianisches Jahr. Wir haben bei jedem der Wesen etwas gesehen, das wir für eine ... Geburtsöffnung hielten. Das ist es auch. Anfangs ernährt der Elter das Junge mittels Hervorwürgen der vorverdauten Nahrung.«

Mokoena hielt erneut inne. »Ich weiß nicht, warum sie dich nicht ebenfalls reingelassen haben, denn schließlich haben wir ja schon die ganze Zeit mit ihnen gearbeitet«, sagte sie. »Hatten sie vielleicht Angst, dich zu erschrecken? Sie haben keine Ahnung, wie unähnlich wir uns sind, innen ebenso wie außen, und – ich habe eine Vagina.«

Zeyd nickte. »Es muß psychologisch ziemlich seltsam sein, wenn man das Geschlechtsorgan mitten im Gesicht hat. Wo auch die Neugeborenen genährt werden. Und hermaphroditische –«

»Das ist nicht das richtige Wort. Wir brauchen einen Begriff für *ihr* Geschlecht.«

»Könnte es daran liegen, daß wir bisher noch nicht haben beobachten können, daß einige von ihnen sich wie verheiratete Paare verhielten?«

»Ich weiß es nicht. Wie würde sich ein tahirianisches Ehepaar verhalten? Auch auf der Erde gab es da Unterschiede, wie du dich sicherlich erinnerst.« *Du erinnerst dich genau.* Mokoena fuhr eilig fort: »Ich vermute, die Kinder werden in irgendwelchen öffentlichen Einrichtungen oder als Gruppe aufgezogen.«

Zeyd schlug einen heiteren Ton an. »Interessieren sie sich denn gar nicht für unsere Methoden?«

Mokoena entspannte sich und lachte. »Oh ja, natürlich! Ich habe das Gefühl, daß unsere Bilder davon sie ziemlich verwirren dürften. Es ist einfach zu seltsam.«

Nur sparsam bekleidet erhob sie sich. Schweiß glänzte auf einer Gestalt, die durch die Schwerkraftbelastung ihre frühere wohlgerundete Schlankheit und pantherdunkle Biegsamkeit zurückgewonnen hatte. Seine Stimme bekam einen kehligen Klang. »Das Wunder von zwei Geschlechtern –«

»Sie würden sicherlich genauso gerne unsere chemischen Prozesse kennenlernen wie wir die ihren.«

»Wir sollten es ihnen einmal vorführen.«

»Und wer sollte das freiwillig tun?«

Er grinste. »Nun –«

Sie erwiderte seinen Blick. »Ich habe wenig Lust, selbst eine solche Show zu inszenieren, Selim, noch nicht einmal im Interesse der Wissenschaft. Vielleicht sogar erst recht nicht im Interesse der Wissenschaft.«

Er bewahrte seine heitere Haltung. »Entschuldige. Ich hatte dir nicht zu nahe treten wollen. Aber bist du nicht freizügig in allen Dingen?«

»Ich habe nie etwas getan, das mehr war als reines Vergnügen. Allenfalls enge Freundschaft. Und ich habe mich niemals zwischen zwei Menschen geschoben.« Sie wandte sich von ihm ab, um so gut sie es vermochte mit ihren Führern zu sprechen.

25

Von hoch oben und aus weiter Ferne betrachtet, war der Anblick, nachdem die Planetenhülle sich einen Spalt geöffnet hatte, um ein Tahirianisches Raumschiff durchzulassen, und sich dann wieder schloß, geradezu furchteinflößend. Weißer Dampf und schwarzer Qualm wallten im aufsteigenden Wind hoch, wo gelegentlich Flammen züngelten. Unten dehnte und reckte sich eine Stufenpyramide, so groß wie ein kleiner Berg. Sie trug Türme, Zinnen, Portale, Verliese, Straßen, Gleise, kilometerlange Röhren von enormem Durchmesser, Formen, die dem menschlichen Auge ebenso fremd vorkamen wie ihre Funktion dem menschlichen Geist. Ringsum breitete sich ein regelrechter Wald kleinerer Bauwerke aus. Er war in der Mitte ziemlich dicht und wurde nach außen hin zunehmend lichter, bis er in eine kahle Wüste überging. Viele verschiedene Formen waren zu sehen, aber am häufigsten war etwas wie ein Metallbaum mit einem dichten Geflecht zwischen laublosen Ästen. Lichter blinkten darin, so daß die Männer die Illusion von einem Feuerwerk, von Wellen, einem Maelstrom, einem tanzenden Etwas hatten.

Maschinen eilten umher oder drängten sich zusammen, um irgendeine Arbeit zu erledigen. Hier und da wallte Geschmolzenes hoch, brodelte rot leuchtend, ergoß sich durch Kanäle, bis es zu dunklen Massen erstarrte. Dort arbeiteten die Maschinen am fleißigsten.

»Mein Gott!« krächzte Brent. »Was ist das? Es sieht aus wie der Mittelpunkt der Hölle!«

»Ich – ich glaube, ich kann es mir denken«, sagte Cleland.

»Warten Sie lieber, bis wir mehr erkennen können«, riet Nansen ihm.

Das Raumschiff jagte weiter, und die Titanenwerkstatt versank unter dem Horizont.

Einige der Fünfzehnstundentage des dritten Planeten verstrichen, ehe die drei Besucher das Panorama erneut erblickten. Und dann waren sie sich nicht sicher, ob es dieselbe Stelle war, denn es gab ähnliche, die auf dem ganzen Planeten verteilt waren. Obgleich sie und die Tahirianer nun ein wenig miteinander kommunizieren konnten, blieben die meisten Dinge im Ungewissen, manchmal sogar das Verständnis einer Landkarte. Speziell diese Unsicherheit war nicht so schlimm. Sie waren bereits mit mehr erstaunlichen Dingen konfrontiert worden, als sie verarbeiten konnten.

Die Besichtigung begann in einer rundum geschlossenen Zentraleinrichtung, wo die Luft atembar war. Außerdem war dort die ursprüngliche Maßnahme zu erkennen. Kometen hatten den Erbauern nicht ausgereicht. Um die Stoffe zu gewinnen, aus denen die Atmosphäre und die Hydrosphäre geschaffen wurden, hatten ihre Maschinen einen Eismond von einem Riesenplaneten getrennt und die Bruchstücke auf eine Kollisionsbahn gebracht. Jahrhunderte später, als sich alles ein wenig beruhigt und nicht sehr viel Gas in den Weltraum entwichen war, versahen sie die Welt mit einem Dach. Danach zapften sie die eigenen unterirdischen Eisreserven an, aber diese Menge war nur von geringer Bedeutung.

»Phantastisch!« sagte Brent. »Wir müssen diese

Technik kennen und beherrschen lernen. Wenn man sich vorstellt, was wir damit erreichen können –«

»Ich habe meine Zweifel«, sagte Nansen nachdenklich. »Werden Menschen jemals etwas in Angriff nehmen, das fertigzustellen Millionen Jahre dauert? Menschen, die versuchen, für ihre Enkel vorzusorgen, sind eher selten anzutreffen.«

»Sie werden es ganz gewiß nicht tun«, erwiderte Cleland. »Die menschlichen Verhältnisse sind dafür einfach zu chaotisch. Alles ist dazu verurteilt, sich in weniger als tausend Jahren bis zur Unkenntlichkeit zu verändern. Nichts ist vorhersagbar. Die Tahirianer haben eine ... stabile Gesellschaft geschaffen. Und jegliches Streben nach Profit wird überflüssig, wenn sich selbst erhaltende und reproduzierende Roboter die nötige Arbeit leisten.«

»Hm, warum wurde die Arbeit jemals begonnen? Welche Notwendigkeit gab es?«

»Das ist jetzt nicht mehr von Bedeutung«, sagte Brent. »Ich denke daran, was wir Menschen mit solcher Energie alles für uns erreichen könnten.«

»Vielleicht erwartet die Menschheit uns schon, wenn wir zurückkehren«, hielt Nansen ihm entgegen.

»Vielleicht aber auch nicht. Und wenn – dann kommen wir nicht völlig hilflos an.«

Eine Säule – es war eine von denen, die die umschließende Hülle stützten – war in vieler Hinsicht noch mysteriöser. Sie war nicht völlig glatt und stand, einem selbständigen Organismus ähnlich, elastisch und fast so, als wäre sie lebendig, auf ihrem Platz. Ihr Zusammenspiel mit geologischen Schichten und Höhe, Bodenbewegungen und Wind, die nicht nur ihre Standhaftigkeit gewährleisteten, sondern auch von ihr beeinflußt wurden, war eine Kraft in der Entwicklung und Erschließung des Planeten. Ihr Aufstieg und Abstieg in einer Blase, die Zwischenstopps einlegte, um für einen staunenden, verständnislosen Blick hineinzugehen, wurde zu einer eigenen Forschungsreise.

Im Wasser wimmelte es von mikroskopischen Lebewesen. Einige hatten angefangen, sich miteinander zu verbinden und bildeten Schauminseln oder verfilzte Teppiche. Zerbröckelnde Uferstreifen enthüllten, wo Mikroben das Gestein zerkleinerten und in Erde umwandelten. Das Leben war weder auf natürliche Weise entstanden, noch wurde seine Evolution von Zufall und Auswahl bestimmt. Eine verborgene, ständig wirksame Anzahl von Mechanismen – sowohl biologischer wie auch nanorobotischer Natur, wie Cleland vermutete – lenkte sie auf vielfältigen Wegen zu einem Ziel, das darin bestand, diese Welt für die Aufnahme der Lebensformen vorzubereiten, die auf Tahir gediehen.

»Alles läuft kontrolliert ab«, murmelte er, »und beschleunigt. Vielleicht reichen eine halbe Milliarde Jahre aus. Vielleicht weniger. Aber wenn sie wollen, daß das, was sie erschaffen, so lange überdauern soll –« Er starrte ins Leere. »Ja, ich glaube, ich habe recht mit meiner Vermutung, wofür diese gigantischen Einrichtungen gedacht sind.«

Und schließlich brachten ihre Führer, die Tahirianer, die sie Emil und Fernando nannten, sie zu einer solchen Anlage.

Sie standen lange neben dem Luftwagen und versuchten, den Anblick zu verarbeiten, der so riesenhaft und seltsam war, daß ihre Augen nicht wußten, wie sie ihn erfassen sollten. Hinter ihnen erstreckten sich Ödland, rote Sanddünen, schwarzer Fels, wirbelnder Staub. Rechts von ihnen ragte eine weiße Säule am Horizont auf, die durch die Entfernung nadeldünn erschien. Sie wurde noch dünner und schmaler und wurde schließlich zu einer Spitze, die in den violetten Himmel zielte

Voraus lag der Wald, metallene Wipfel, skelettartiges Astwerk, schimmernde Netze von einem Rand ihres Gesichtsfeldes bis zum anderen. Unterschiedliche Formen kauerten dazwischen, niedrige Kuppeln, fünfeckige Horste, Spiralen, wirre Anhäufungen. Roboter waren zwischen ihnen unterwegs wie riesige Käfer, winzige Kriegsmaschinen und teils völlig unbeschreibbar. Der Wald verdichtete sich, bis er nur als dunkle Masse erschien. Dahinter ragte die zentrale Pyramide auf, deren Terrassen mit Mauern und Metallspitzen versehen waren. Rauch und Dampf hüllten sie in einen blau-grauen Dunst ein. Überall blinkten die Lichtfunken, schwebten über den Metallbäumen, zappelten in ihren Netzen. Sie pulsierten in allen Farben, ein kompliziertes Chaos, ein wahnwitziges Durcheinander einer Million vermischter Bedeutungen. Dumpfes Dröhnen erfüllte die Luft, ein Baßton, der die Knochen zum Schwingen brachte. Ab und zu rumpelte der Untergrund und erbebte schwach.

Nansen schaute wieder zu den Tahirianern. Emil deutete nach vorne. Offenbar konnte man gefahrlos weitergehen. Sie setzten sich in Bewegung. Der menschliche Pulsschlag erhöhte sich.

Bei einer Schwerkraft von weniger als zwei Fünfteln der irdischen fühlten die Männer sich nicht allzu schwer, obgleich sie ziemlich beladen waren. Woanders hatte es bei Ausflügen ins Freie ausgereicht, eine Atemmaske zu tragen, die an eine Sauerstoffflasche angeschlossen war, außerdem robuste Kleidung, vielleicht noch eine Feldflasche und ein Proviantpaket und was immer an wissenschaftlicher Ausrüstung sinnvoll war. Hier kamen noch Helme mit Wiederbelebungsvorrichtungen, ein schwerer Coverall, Handschuhe und Spezialstiefel dazu. Die Luft war auf Grund diverser Gaseruptionen und ständig ablaufender chemischer Prozesse giftig. Die Tahirianer trugen einen ähnlichen Schutz, allerdings war dieser vorwiegend transparent und hochflexibel und glich eher einer Folie, die die vierbeinigen Körper umschloß. Fernando hatte so etwas wie ein Ortsbestimmungsgerät bei sich. Ein magnetisches Sinnesorgan war auf diesem Planeten kaum von Nutzen, und der Wald würde sämtliche Signale von ihrem Fahrzeug abschirmen.

Minuten verstrichen, Meter wurden zurückgelegt. Eine Maschine, die aus miteinander verbunden Modulen bestand, kam langsam in Sicht. Emil ergriff das Wort. Sonische Verstärker übermittelten ein Pfeifen und ein Schnurren. Die Mähne wurde geschüttelt.

»Ich wünschte, ich wüßte, was enn gerade gesagt hat«, seufzte Cleland. Sundaram hatte dieses Pronomen für die Angehörigen der Rasse erfunden. »Diese Raupe – diese Brocken technischen Kauderwelsches machen mich noch verrückt.«

»Wir haben auf dieser Reise unser Vokabular um einiges erweitern können«, erinnerte Nansen ihn. »Und Ajit verspricht uns schon in Kürze eine richtige

Sprache.« Er grinste. »Natürlich müssen wir diese dann erst noch lernen.«

»Bis dahin, naja – wir können sie noch nicht einmal fragen, wofür all diese Lichter gedacht sind.«

»Ich kann es erraten«, sagte Brent. »Wofür auch immer sie sonst noch da sind, so bin ich doch ziemlich sicher, daß die Bäume in ihrer Gesamtheit eine Art System von sensorischen Computern sind. Die Lichtblitze sind eine Art Code, mittels dessen vorwiegend den mobilen Maschinen Befehle gegeben werden.«

Nansen nickte. »Hm, ja, das ist eine Idee, die zu den Tahirianern passen würde.«

»Ich wünschte, es wäre nicht so«, beklagte Cleland sich. »Es ist verwirrend. Alles scheint umherzuspringen. Hört ihr ein Summen?«

Nansen lauschte. Nur ein Geräusch von vorne, das an einen riesigen kochenden Wasserkessel erinnerte, drang an seine Ohren. »Nein.«

»Dann war es nur Einbildung. Ich werde auch allmählich benommen.«

»Ja, ich kann nicht behaupten, daß ich mich hier sonderlich wohl fühle«, gab Brent zu.

Nansen betrachtete mürrisch die Gebilde, die sie umstanden. »Ich auch nicht. Vielleicht sollten wir umkehren ... Nein, wir gehen noch ein Stück weiter.«

Das Grollen und Brodeln nahm zu. Die Gruppe näherte sich seiner Quelle. Cleland blieb abrupt stehen, stand für einen Moment wie vom Donner gerührt da und stieß dann einen lauten Ruf aus. »Das ist es! Ich hatte recht! Das muß es sein!«

Sie standen am Rand einer weiten Fläche.

Es war eine schwarze und zerklüftete Lavawüste. Fast in der Mitte erhob sich eine verrußte Kuppel, in der etwas arbeitete. Davor hingen Qualm und Dampf über einem zehn Meter durchmessenden Tümpel, der rot glühte. Selbst auf diese Entfernung spürten die Männer durch ihre Anzüge und Helme seine Hitze. Er blubberte, spuckte Gaswolken und Funken aus und brodelte wild. Durch einen Kanal floß das flüssige Gestein ab, um nach einer Weile zu Schlackebrocken zu erstarren.

Mehrere Roboter schleppten die abglühenden Stücke davon und luden sie in ein großes, offenes Fahrzeug, das ohne sichtbare Räder über dem Untergrund schwebte. Metallbäume säumten den Kanal. Ihre Lichter blinkten im selben verworrenen Rhythmus, immer und immer wieder.

Ein konstantes Stadium, dachte Nansen. *Wiederholung, außer wenn etwas schief läuft und die Roboter Reparaturen ausführen. Ein voller Laster bringt die Fracht weg und kippt sie aus, während ein anderer ankommt, um wieder beladen zu werden. Und das Millionen Jahre hindurch?*

Der Lärm hallte in seinem Schädel wider. Er hatte plötzlich das Gefühl, als würde er in einen Abgrund stürzen. Indem er jeden Muskel anspannte, riß er seinen Blick von dem hypnotischen Lichtgefunkel los.

Clelands Worte rasselten. »Ja, ja, die Pyramide, sie enthält die Magmapumpe, die elektromagnetisch oder sonstwie arbeitet, aber hier ist einer der Ausflüsse, und ehe das Zeug der Witterung überlassen wird, entzieht die Pyramide ihm Kalzium, Phosphor, Kalium, aber vielleicht schaffen das auch die Erosion und die Biologie, doch hier ist der Thermostat, das Sicherheitsventil, Erneuerung –«

Er klingt völlig fremd, dachte Nansen. *Was ist los mit ihm?* Er erinnerte sich an die gebremste Erregung des

Planetologen vor einigen Tagen – oder waren es Wochen?

»Die Plattentektonik erhält die Erde am Leben. Sie befreit die Elemente, die in Fossilien eingeschlossen sind, und setzt andere wie Kalium frei. Sie wirft neues Gestein auf, um Kohlendioxyd in Karbonat umzuwandeln, und gräbt das alte Gestein unter, ehe der Kohlenstoffdioxydanteil zu sehr erschöpft wird. Dieser Planet, den die Tahirianer verändern, braucht diesen Zyklus, sonst wird die Atmosphäre für sie niemals zuträglich sein, aber ihm wird nichts entzogen. Ich nehme außerdem an, daß sie bei der Hülle um den Planeten keine riesigen Schildvulkane brauchen können. Aber sie müssen die im Kern erzeugte Energie ableiten, und die können sie für andere Dinge einsetzen als nur für die notwendigen geochemischen Prozesse. Zum Beispiel können sie damit die Luft stabilisieren und den Treibhauseffekt regulieren. Ich glaube, sie fangen an, das alles künstlich in Gang zu setzen, wodurch es sich nach und nach zu einem völlig natürlichen Prozeß entwickelt, der für die nächsten zwei Milliarden Jahre von selbst abläuft. Sie haben eine Bohrung bis in den Kern vorgetrieben. Die Mühlen Gottes!«

»Das ist angewandte Wissenschaft«, schwärmte Cleland angesichts des Lavabrunnens und der Maschinen. Der Untergrund dröhnte, der Wind pfiff, die Lichter flackerten in einem fort. »Oh, was es noch alles zu ergründen gibt!« Er betrat die versteinerte Fläche.

»Irgend etwas ist hier, verdammt noch mal, nicht in Ordnung«, stöhnte Brent. »Ich habe mörderische Kopfschmerzen.«

»Und ich – *vertiginoso* –« Nansen blickte zu Emil

und Fernando. Sie waren völlig ruhig, unschuldig, unbehelligt.

Cleland ging weiter. Zeigten die Tahirianer so etwas wie Besorgnis? Sie blickten von ihm zum Kapitän. Ihre Schuppenmähnen waren steif aufgerichtet. Sie schnatterten aufgeregt.

»Cleland!« rief Nansen. »Kommen Sie zurück! Es ist gefährlich!«

Der Planetologe stolperte über einen Gesteinsbrocken. Er stürzte, erhob sich und schlurfte weiter auf den Kanal zu, wo die Bäume blinkten.

»Hey, hat er völlig den Kopf verloren?« rief Brent. Eine Feuerfontäne stieg für einen kurzen Moment aus dem Tümpel hoch.

»Ich ... ich weiß es nicht – Cleland, Cleland!«

Wir sind benommen, verwirrt, als wären wir betrunken. Was sollen wir tun? »Holt ihn«, bat Nansen die Tahirianer. Sie erwiderten seinen Blick, offensichtlich besorgt, aber verwirrt, nicht bereit, zu handeln ... denn der Mann mußte wissen, was er tat ...

Er weiß es nicht.

Die Erkenntnis traf Nansen schlagartig. Er fuhr herum, packte Brent bei den Schultern, dreht den Ingenieur herum, bis sie beide vom Lavastrom abgewandt waren. Sein Gehirn spielte immer noch verrückt, beruhigte sich aber allmählich. »Hören Sie«, sagte er hastig, »diese Lichter flackern in Frequenzen, die – bei Menschen – so etwas wie einen epileptischen Anfall auslösen. Ich kann mich erinnern, darüber mal etwas gelesen zu haben. Cleland hat jegliches Urteilsvermögen verloren. Er will sich dort etwas genauer umschauen und dürfte dabei wahrscheinlich in den Kanal stürzen, in die Lava. Ich kann das unseren

Freunden nicht klarmachen und sie bitten, ihm zu folgen und ihn zurückzuholen.«

»Verdammter Mist!« schimpfte Brent. Er riß sich aus Nanens Griff los. »Ich hole ihn.«

»Nein. Ich tue es.«

Brent funkelte ihn wütend an. »Einen Teufel werden Sie, Sie sind der Kapitän.«

»Ja, das bin ich.« *Und der Kommandant schickt niemanden in eine Gefahr, in die er sich nicht auch selbst hineinwagen würde.* »Aber Sie sind für die Maschinen zuständig. Sie können Entfernungen und Winkel viel besser schätzen. Ich gehe blind, mit geschlossenen Augen. Sonst beeinflussen die Lichter auch mich. Sie geben mir jeweils die Richtung an. Und blicken Sie nicht länger in das Geflacker, als Sie unbedingt müssen. Meinen Sie, Sie schaffen das, Mr. Brent?«

Der andere Mann nahm militärische Haltung an. »Jawohl, Sir.«

»Na schön.« Nansen machte kehrt. Ehe die Lichter ihn wieder in ihren Bann ziehen konnten, hatte er schon die Augen geschlossen und kniff die Lider zusammen.

Cleland hatte bereits das Kanalufer fast erreicht. Er rutschte aus und stolperte in dem Gewimmel von Schlackehaufen. Je weiter er vordrang, desto schlimmer wurde es.

Nansen marschierte los. »Zehn Grad nach links«, erklang Brents Stimme und war bei dem Donnergrollen kaum zu verstehen. Nansen drehte die Lautstärke seines Verstärkers höher. Die Lavaquelle rauschte. Leuchteffekte erschienen vor seinen blinden Augen.

Aber sein Geist klärte sich. Aus dem Lärm filterte er die Worte heraus: »Ein kleines bißchen nach rechts . . .

Vorsicht, Sie gehen genau auf einen dicken Stein zu ... Nein, Tim ist vom Kurs abgekommen. Sie müssen fünfzehn Grad weiter nach links ...«

Er ist der Held – Brent. Er versucht, klaren Kopf zu behalten, und zwingt sich, genaue Angaben zu liefern, während die Lichter in einem fort blinken und blinken und blinken.

Gibt es möglicherweise noch einen anderen induktiven Effekt auf unsere Gehirn von den Computern, die hier überall herumstehen, ein Einfluß, der uns alle anfällig macht, aber besonders Tim? Ich weiß es nicht. Ich hoffe, wir werden es irgendwann erfahren.

Nansen stolperte und stürzte hin. Schmerzen schnitten in seine Knie und Hände. Er zwang sich aufzustehen und sich weiterzutasten. Die Hitze umwaberte ihn und drang durch seinen Helm.

»Sir«, hörte er über dem Lärm des Lavastroms, »er klettert auf das Ufer. Sie sollten lieber umkehren.«

»Nein!«

»Aber Sie könnten selbst hineinfallen, in den Lavastrom –«

Führen Sie mich, Mr. Brent.«

»Sir. Zehn Grad nach links. Nein, ein bißchen mehr nach rechts. Vorsicht, vor ihnen liegt ein Geröllhaufen ... Gehen Sie lieber auf alle vier runter.«

Nansen gehorchte. Die Hitze im Gestein brannte sich durch seine Kleidung und seine Handschuhe.

Ganz schwach im Getöse: »Sie haben ihn fast erreicht. Er steht am Rand und starrt in die Lava. Passen Sie auf, daß Sie ihn nicht hineinstoßen, wenn er nicht vorher von selbst hineinstürzt.«

Nansen schlug die Augen auf. Er sah die erstarrte Lava, auf der er hochkroch. Und zwei Stiefel, Schienbeine – er sprang auf. »Kommen Sie zurück, Cleland«, sagte er inmitten des Lärms und der glühenden Hitze.

Der wie gebannt dastehende Mann gab keine Antwort. Er schwankte über der wogenden Lava. Erneut wurde Nansen von den blinkenden Lichtern attackiert.

Er griff zu. Cleland stöhnte. Er wehrte sich. Nansen bekam seine Arme zu packen und stemmte ihm ein Knie in den Rücken. Er riß ihn herum.

Die Lichter befanden sich nun hinter ihnen. Nansen sah nur Steine, den Wald, dessen Anblick kaum verwirrend war, und Brent und die Tahirianer an seinem Rand. Emil und Fernando standen stocksteif da. Begriffen sie plötzlich, was beinahe passiert wäre? Nansen schob Cleland vor sich her und trat den Rückweg an.

»Hey!« jubelte Brent. »Wir haben es geschafft! Bei Gott, wir haben es geschafft!«

Cleland sackte in sich zusammen. »Was – was ist los?« jammerte er. »Ich war – ich weiß nicht –«

Nansen ließ ihn los, schlang aber einen Arm um seine Taille. »Mit Ihnen ist alles in Ordnung. Kommen Sie. Und drehen Sie sich lieber nicht um.«

»Captain – Captain, ich war völlig verrückt, oder was –?«

»Es ist alles okay. Wir sind nur auf etwas gestoßen, das wir bisher noch nicht kennengelernt haben.«

26

Neben seinen wissenschaftlichen Aufzeichnungen, die er immer in die allgemeine Datenbank eingab, führte Sundaram auch ein Tagebuch. Zuerst nur für sich selbst, doch später zeigte er es Yu. Darin trug er seine subjektiven Eindrücke, seine Ideen, Überlegungen, Bemerkungen, Spekulationen, Erkenntnisse ein.

»Nun, da wir und die Tahirianer die Grundstruktur des Cambianten« – der allgemeinen Sprache, wobei die Parleurs ihr Ausdrucksmittel waren – »entwickelt haben und ihr Vokabular rasant vergrößern und verfeinern, können wir einander zu erklären versuchen, was wir sind«, schrieb er eines Tages. »Das könnte durchaus die schwierigste Aufgabe überhaupt sein, wahrscheinlich nicht vollständig zu lösen, aber wir müssen es versuchen, denn dies ist der eigentliche Zweck der Reise der *Envoy*.

Es folgt eine unvollständige Zusammenstellung dessen, was unsere Gesprächspartner uns nach meiner Auffassung zu erklären versucht haben.

Ihre Spezies entwickelte sich, um mit den wechselhaften, oft harten, gelegentlich tödlichen Umweltbedingungen auf diesem Planeten zurechtzukommen. Imstande alles zu essen, aber vorwiegend vegetarisch lebend, bildeten sie Gruppen mit einer auf Dominanz basierenden Hierarchie. Allerdings erwarben Alpha, Beta usw. ihre Ränge nicht direkt durch Kraft und Aggressivität, sondern durch ihre Leistungen für die Gruppe. So kam es, daß im Dschungel der primitive Alpha der stärkste und beste Kämpfer gegen Raubtiere war, während enn in einer Wüste vielleicht der beste Wassersucher war. Dies scheint der Evolution zu höherer Intelligenz Vorschub geleistet zu haben. Die grundlegende Psychologie gilt auch hier, wo einzelne Individuen nur sehr selten anzutreffen sind, und wenn, dann handelt es sich um pathologische Fälle. Die normale, optimale Ordnung einer tahirianischen Gesellschaft scheint eine Interaktion zwischen dem zu sein, was ich sehr ungenau Clans nenne, den grundlegenden Gruppierungen, so wie Familien die grundlegenden menschlichen Gruppierungen sind.

Es war unvermeidbar, daß es zu Zusammenstößen zwischen Gruppen, Kulturen oder Ideologien kam. Sie fielen jedoch stets weniger heftig als unter Menschen aus. Einfühlungsvermögen ist eine völlig natürliche Tugend, wenn ein so großer Teil der Sprache somatisch und chemisch ist. Zivilisationen blühten auf und gingen unter, begleitet von totaler Zerstörung. Ich vermute, daß die häufigsten Ursachen Umweltkatastrophen waren, vielleicht ausgelöst durch fehlgeleitete landwirtschaftliche und industrielle Praktiken.

Aber wie dem auch sei, Tahirianer sind nicht mehr geborene Heilige als Menschen. Wenn eine Gesellschaft nicht mehr einwandfrei funktioniert, nimmt die Achtung für die bestehende Ordnung ab, der ihr innewohnende geheimnisvolle Nimbus verflüchtigt sich, und es folgen Chaos und Leid. Auch diese Welt hatte ihre schlimmen Zeiten.

Als die Wissenschaft einen Weg zu den Sternen eröffnete, schenkte sie der Rasse noch nie dagewesene Chancen, aber auch enorme Probleme.

Wahrscheinlich teilen sich bei uns Menschen die grundlegenden Motivationen für die meisten Dinge, die wir tun, darunter auch Wissenschaft und Forschung, in zwei Hauptgruppen auf. Die eine ist die Hoffnung auf Gewinn, ganz gleich ob an Macht, Ruhm, Freiheit oder Sicherheit. Die andere Motivation ist das Bedürfnis, dem Universum einen Sinn zu geben, ein Bedürfnis, das sich am deutlichsten in Mythos und Religion ausdrückte. Ich denke, daß entsprechende Antriebe auch bei den Tahirianern zu finden sind, aber nicht im selben Maß und in gleicher Weise und eher für die Gruppe als für das Individuum. Für sie, denke ich, ist die Wissenschaft gleichermaßen Gemeingut wie auch Entdeckung. Man teilt seine Erkenntnisse und Leistungen mit der Gesellschaft, in der man lebt, und bringt damit sowohl sie weiter, als auch sich selbst, indem man seine eigene Position in ihr verbessert. Wir dürfen nicht vergessen, daß die Wissenschaft an sich eine kreative Disziplin ist.

Daher, so denke ich – in den verschwommensten und allgemeinsten Begriffen, die endlosen Modifikationen und Einschränkungen unterliegen – entwickelten die Tahirianer sich eher auf Grund ihrer Suche nach Neuem, nach Inspiration und spiritueller Erfrischung weiter als durch ein Streben nach Profit. Und Tausende von Jahren waren ihre Schiffe zwischen den Sternen unterwegs.

Warum drangen sie jedoch nicht weiter vor? Warum ließen sie ihre Reisetätigkeit einschlafen und gaben ihre Kolonien auf?

Dazu kann ich nur Vermutungen anstellen, genauer gesagt, wir können es, denn unsere Mannschaft hat über diese Fragen des öfteren diskutiert. Im folgenden einige Erklärungsversuche.

Die Anzahl von Sternen. Unter der Voraussetzung, daß die meisten Planeten steril und daß auf den meisten belebten kaum mehr als Mikroben anzutreffen sind, ist die Vielfalt der Rätsel und Möglichkeiten innerhalb eines Umkreises von wenigen Lichtjahren einfach überwältigend. Eine gewisse Informationsübersättigung setzt ein.

Was nun das weitere Vordringen betrifft, so erreicht man irgendwann eine Entfernung, die so groß ist, daß niemand auf der Heimatwelt lange genug leben würde, um von den Entdeckungen zu erfahren. Darunter leidet die Motivation.

Die wirtschaftliche Seite ist von untergeordneter Bedeutung. Der interplanetare Handel hat die menschliche Zivilisation gerettet, indem er Nachschub an Rohstoffen und Energie lieferte, den die Erde nicht mehr hervorbringen konnte, wie auch Industriestandorte außerhalb der irdischen Biosphäre. Aber wieviel ist eine Ladung, die lichtjahreweit transportiert wird, angesichts nanotechnologischer Recyclingmethoden schon wert?

Planeten, auf denen sich Menschen ansiedeln können, ohne für lebenserhaltende Maßnahmen zu sorgen, die weit über das Machbare hinausgehen, sind sehr dünn gesät.

Wird auch die Menschheit sich mit solchen Einschränkungen auseinandersetzen müssen? Muß sie es bereits? Wir wissen es nicht.

Wir wissen auch nicht, ob sie allein für die Einstellung der tahirianischen Sternfahrt verantwortlich waren. Es gibt Hinweise, daß die Tahirianer vor langer Zeit auf eine andere interstellare mobile Zivilisation trafen, die die Sternfahrt aus eigenen Gründen aufgab. Wir haben auch Hinweise darauf, daß die Tahirianer etwas anderes fanden, etwas Schreckliches, vor dem sie sich zurückzogen und versteckten. Aber diese Hinweise sind kaum mehr als eine vage Andeutung, und ich kann mich darin völlig irren. Wir müssen einfach mehr in Erfahrung bringen, und zwar Stück für Stück.

Im Augenblick reicht es zu wissen, daß die Tahirianer ihre Kolonisten zurückriefen, ihre Reisen beendeten, ihre Sternschiffe verschrotteten und seßhaft wurden. Ihre Clans sind weltweit organisiert, Bevölkerung und Wirtschaft sind stabil. Sie scheinen vor der Zukunft keine Angst zu haben. Tatsächlich wollen sie im Grunde so lange weiterexistieren, wie man es sich vorstellen kann. Zu diesem Zeitpunkt, vielleicht in einer Milliarde Jahre, wenn ihre alternde Sonne sich derart erhitzt hat, daß Tahir unbewohnbar ist, dürfte der dritte Planet für sie bereitstehen. Zweifellos blicken sie sogar noch weiter. Menschen wären dazu nicht fähig. Aber die Tahirianer sind keine Menschen.

Wie sie eine derartige Endlosigkeit, die auch eine gewisse Beschränktheit darstellt, mit einem, wie ich glaube, instinkthaften Bedürfnis nach einer Hierarchie auf Grund wichtiger Funktionen in Einklang bringen, das wissen wir noch nicht. Ich glaube, daß eine multisensorische elektronische Kommunikation die Voraussetzung für ein dynamisches Gleichgewicht ist. Reicht sie aus? Unter der glatten Oberfläche, sind da nicht auch Spannungen und Widersprüche, wie man sie ganz gewiß bei Menschen antreffen kann?

Wir müssen unsere Untersuchungen fortsetzen.«

Sundaram speicherte den Text, lehnte sich in seinem Sessel zurück und blies pfeifend die Luft aus.

»Genug für heute«, sagte er. »Morgen werde ich alles zu einer Vorlesung für unsere Truppe umarbeiten.«

Yu trat hinter ihn. »Mußt du das?« fragte sie. »Du arbeitest viel zu viel.«

»Nun, es stimmt schon, das meiste wissen sie bereits, aber jeweils nur bruchstückhaft und ungeordnet. Vielleicht weist eine Synthese den Weg zu ganz neuen Ideen.«

»Bis dahin«, sagte Yu, »brauchst du eine absolut unwissenschaftliche Meditation, gefolgt von einer Tasse Tee, einer Kleinigkeit zu essen und dem, was eine Nacht voll friedlichen Schlafs einem geben kann.« Ihre Finger legten sich auf seine Schultern und begannen sie fest und liebevoll zu massieren.

Es war Ende Herbst in Terralina, als Ruszek aus dem Weltraum zurückkehrte. Er war mit einem Tahirianerpaar unterwegs gewesen, teils um sich den Roboterbergbau auf den Asteroiden anzusehen – falls ›Bergbau‹ das richtige Wort für Förderungs- und Veredelungsverfahren war, die im wesentlichen im Nanobereich abliefen – und teils um einige praktische Eigenschaften eines tahirianischen Raumschiffs kennenzulernen. Er hoffte auf nützliche Hinweise für menschliche Ingenieure und vielleicht sogar auf Informationen über die geheimnisvolle Antriebskraft.

In der Siedlung herrschte hektische Betriebsamkeit. Nansen war nicht zugegen. Er besuchte gerade ein historisches und künstlerisches Zentrum, vielleicht vergleichbar mit Florenz oder Kioto. Es war kein touristisches Unternehmen. Mit Hilfe seiner Führer würde er ein ganze Menge Hinweise und Informationen mitbringen, um das Cambiante, ihre neue Sprache, zu vertiefen und zu vervollkommnen. Die anderen bereiteten Ruszek einen herzlichen Empfang.

Noch bekam er keinen Sinn in das, was er von ihnen zu hören bekam. Sundaram war intensiv mit den jüngsten semantischen Rätseln beschäftigt, auf die er soeben gestoßen war, Yu mit der Verbesserung des wissenschaftlich-technischen Wortschatzes. Dayan, Kilbirnie, Cleland und Brent äußerten sich jeder auf seine begeisterte Art und Weise zu ihrem Wunsch, daß Ruszek die Geduld verlor, aus dem, was für ihn nur sinnloses Geplapper war, irgend etwas Sinnvolles herauszufiltern. Zeyd analysierte seine jüngsten biochemischen Erwerbungen. Damit blieb Mokoena übrig. Auch sie war beschäftigt und brachte ihre Notizen auf den neuesten Stand, nachdem sie weitere Charakteristika des tahirianischen Alltags kennengelernt hatte. Aber sie war bereit, eine Pause zu machen.

Er wollte sie sowieso unter vier Augen sprechen.

Ausreichend warm angezogen, um sich vor der Kälte zu schützen, spazierten sie in den Wald. Ein Wildwechsel war für die Menschen ein vertrauter Weg geworden. Sie hatten ihn im Laufe der Zeit so weit verbreitert, daß sie zu zweit nebeneinander hergehen konnten. Bäume und Unterholz begrenzten ihn. Das bronzefarbene, rote und hellbraune Laub war nun zum größten Teil von den Bäumen verschwunden, und die Wände aus Wald und Dickicht ließen den Wind fast ungehindert passieren. Die Sträucher und Äste schwankten und knarrten, während eine bleiche Sonne an einem bleichen Himmel für flüchtige Schatten sorgte. Aus dem feuchten Erdreich stieg ein

Geruch auf, der an einen Meeresstrand auf der Erde erinnerte. Es war ein Anflug von Fäulnis: die Art und Weise der Natur, Abschied zu nehmen.

Die beiden schwiegen eine Zeitlang, verlegen, nachdem sie sich so lange nicht gesehen hatten. Als Ruszek schließlich das Wort ergriff, äußerte er sich zum unpersönlichsten Thema. »Es geht um den Pulsar«, sagte er. »Kannst du mir erklären, was es damit auf sich hat?«

»Nun, du hast es gehört. Sie haben den Vorschlag offen geäußert: Hinzufliegen und ihn zu untersuchen.«

»*Halál és adóok!*« explodierte Ruszek. »Warum? Wir müßten doch in einem Jahr oder noch weniger eine gute, brauchbare Sprache haben. Dann können die Tahirianer uns alles über den Pulsar erzählen, sogar ob er seinen Kaffee mit Milch oder Zucker trinkt.«

»Das ist der Punkt«, sagte Mokoena. »Sie können es nicht. Das wurde dir offensichtlich nicht ganz klar gemacht.« Sie lächelte. »Nun, es mußten ja auch alle gleichzeitig reden. Während sie zugleich unbedingt hören wollten, was du zu erzählen hast.«

»Sie können es nicht?« Er stolperte beinahe. Er starrte sie an. »Auch wenn er praktisch nebenan ist?«

Mokoena dachte sorgfältig über ihre Worte nach, während sie weitergingen. Der Wind heulte und pfiff durch die kahlen Bäume und Büsche.

»Ajit und Wenji haben sich auf Hannys Bitte in letzter Zeit intensiv damit befaßt«, erklärte sie vorsichtig. »Sie haben einiges erfahren – ja, die Tahirianer waren dort mehr als einmal, vor Tausenden von Jahren. Als sie die Sternfahrt einstellten, ließen sie Roboter zurück, die alles beobachteten und weiterhin Daten sendeten. Aber die Roboter streikten nach und nach. Strahlung, defekte Elektronik, ich weiß es nicht. Entweder waren sie nicht auf Selbstreparatur oder Vermehrung ausgerichtet, oder es fehlt in diesem System an entsprechenden Rohstoffen. Die Tahirianer haben keine weiteren mehr hingeschickt.«

»Sind sie derart in Untätigkeit erstarrt? Diejenigen, mit denen ich zusammen war, machten jedenfalls nicht den Eindruck.«

»Ich weiß nicht«, seufzte Mokoena. »Noch weiß es keiner von uns. Doch ich habe den Eindruck, daß ihre Vorfahren ... sich einfach allem gegenüber verschlossen, was mit der Sternfahrt zu tun hat. Sie wollten noch nicht einmal daran erinnert werden. Daher ist auch gleichzeitig ihre Neugier abgestorben.«

Ruszek schüttelte den Kopf. Sein Schnurrbart flatterte leicht im Wind. »Das kann einfach nicht wahr sein. Ich kenne sie doch. Sie sind fasziniert davon.«

»Ich auch«, entgegnete Mokoena. »Und die Pläne für eine Pulsar-Expedition schließen auch mehrere Tahirianer ein. Aber wir – haben natürlich vorwiegend nur zu denen Kontakt, die sich für uns interessieren und froh über unsere Ankunft sind.« Ihre Stimme wurde leiser. »Ich habe das Gefühl, daß die anderen Tahirianer wünschten, wir wären niemals gekommen und hätten niemals längst verschüttete Gefühle aus ihren Gräbern auferstehen lassen.«

»Eine Expedition, warum? Es gibt Himmelsobservatorien. Ich habe sie gesehen.«

»Nun, Hanny und Tim sagen, das System, sowohl Neutronenstern und Planeten, befände sich einem sehr schnellen, frühen Evolutionsstadium, und daß die Instrumente hier nicht geeignet seien, diese Entwicklung ausreichend genau aufzuzeichnen. Zumindest müßte eine direkte Inaugenscheinnahme Daten liefern, die den von hier aus gemachten Beobachtungen zusätzliches Gewicht verleihen dürften.«

Ruszek grinste. »Kurz gesagt, sie wollen unbedingt dorthin.«

»Wissenschaftliche Neugier.« Mokoena senkte die Stimme noch weiter. Sie blickte geradeaus, betrachtete die sich wiegenden Zweige und Sträucher. »Außerdem, was haben die beiden im Moment besseres zu tun?«

Ruszek reagierte begeistert. »*Isten*, worauf warten wir noch? Begeben wir uns schnellstens auf die Reise!«

Mokoena legte für einen Moment eine Hand auf seinen Arm. Es war eine kaum wahrnehmbare Berührung. »Ich fürchte, du wirst darauf verzichten müssen, Lajos«, sagte sie sanft. »Der Kapitän würde niemals beide Bootspiloten mitgehen lassen, und Jean hat sich bereits gemeldet. Hinzu kommen Hanny als Physikerin, Tim als Planetologe und Al als Ingenieur und allgemeiner Helfer – mehr dürfen es nicht sein. Das wäre zu riskant.«

Ruszek verzog den Mund. »Dann war ich mal wieder nicht schnell genug. Na schön.«

»Außerdem«, fuhr Mokoena fort, »hast du bei diesem Durcheinandergerede wohl gar nicht richtig verstanden, daß der Kapitän etwas gegen das Vorhaben hat. Er sagt, er könnte es nicht rechtfertigen, die Existenz unseres Schiffs aufs Spiel zu setzen.«

Ruszek verengte die Augen, als der kalte Wind ihm ins Gesicht wehte. »Hm. Ich denke – wir wissen doch einiges über Pulsare, nicht wahr, und über diesen ganz besonders – wir können die *Envoy* so programmieren, daß sie sich nicht in Gefahr bringen kann.«

»Wir wissen nicht alles. Wir können nicht jede Gefahr vorhersehen.«

»Das können wir hier auch nicht. Ich rede mit Nansen, wenn er zurückkehrt. Er sollte zumindest zulassen, daß wir darüber abstimmen.«

Mokoena schaute Ruszek lange an. »Auch wenn du nicht mitgehen kannst?«

Er zuckte die Achseln. »Ich gehöre nicht zu denen, die anderen etwas mißgönnen. Und außerdem habe ich jetzt etwas, das mich vor jedem Verdruß bewahrt.«

Der Wald öffnete sich zu einer Lichtung, wo der moosige Boden weich und von einem dunklen Rotbraun war. Eine Quelle entsprang etwa in der Mitte der Lichtung und schlängelte sich durch den Wald. Im Sommer war dies ein Platz, den die Menschen besuchten, um den Frieden und die Ruhe und, manchmal, auch die menschliche Nähe zueinander zu genießen. Mann und Frau blieben stehen. Langsam wandten sie sich einander zu.

»Du bist viel glücklicher als früher«, stellte sie fest.

»Ich tue endlich wieder etwas Reales, und das koste ich aus«, erwiderte er. »Genau wie du.«

»Das freut mich, Lajos.«

Ihre Augen funkelten hell in ihrem dunklen Gesicht. Seine Worte überstürzten sich.

»Du – wir – ich habe dich um diesen Spaziergang gebeten, damit wir uns ungestört unterhalten können –«

»Ich weiß.« Tränen glitzerten plötzlich in ihren Augen. »Es tut mir leid, Lajos.«

Er gewann seine Fassung wieder. Er redete so

beiläufig weiter, wie er es vermochte. »Du willst es nicht noch mal versuchen? Mit uns beiden, meine ich.«

»Ich –« Mokoena schluckte. »Lajos«, fuhr sie hastig fort, »ich bin nicht zwanglos und oberflächlich. Was immer du von mir angenommen hast, ich bin es nicht.«

»Du meinst, du denkst an einen anderen.«

»Ich meine nur – nein, Lajos, wir werden Freunde sein, so Gott will, aber nicht mehr.«

Nach einem kurzen Moment zuckte er wieder die Achseln. »Nun ja, wie ich schon sagte, es gibt für mich momentan genug zu tun, so daß ich ständig in Trab bin.«

Spontan ergriff sie seine Hände. »Du bist viel mehr als nur ein Mann, Lajos. Du bist ein echter Gentleman. Ich wünsche mir fast –«

Er entzog ihr seine Hände. »Es ist doch nicht schlimm, wenn ich weiter hoffe, oder?«

Mit der Plötzlichkeit, mit der die Jahreszeiten in diesen Breiten wechselten, fiel wenig später der erste Schnee, und das Land war mit einem weißen Tuch bedeckt, als Nansen zurückkehrte. Er war ständig in Funkverbindung geblieben, und seine Leute warteten schon, um ihn zu begrüßen, als er aus dem tahirianischen Luftfahrzeug stieg. Nacheinander schüttelten die Männer ihm die Hand, dann umarmten die Frauen ihn – Yu eher schüchtern, Mokoena herzlich, Dayan voll offener Freude und mit einem langen Kuß, woraufhin Zeyd sich betont gleichgültig abwandte, und Kilbirnie ungewollt zögernd und zurückhaltend.

Während sie das Landefeld verließen, startete das Fahrzeug wieder und flog davon.

Im Gemeinschaftsraum war ein Festessen vorbereitet worden wie auch vorher für Ruszek. Jede Gelegenheit zu einer Feier wurde ergriffen. Die Arbeit konnte warten. Neuigkeiten wurden ausgetauscht, dazu Klatsch, Geplauder, begleitet vom leisen Klirren der Gläser. Nach dem Abendessen saßen sie noch bei Musik und Tanz zusammen. Während sie sich in Nansens Arm schmiegte, flüsterte Kilbirnie: »Können wir uns nachher noch alleine unterhalten?«

Sein Puls beschleunigte sich. »Klar, natürlich.«

»Ich werde schon früh gehen und warte unter dem Gewitterbaum.«

Sie könnte mich auch morgen in meinem Büro aufsuchen, aber dort könnten wir gestört werden, oder wir haben nachher keine Zeit mehr, uns zu verstellen. Oder sie könnte heute abend in meine Hütte kommen oder ich in ihre. Aber das könnte zu intim sein. Es könnte verfälschen, was immer sie mir zu sagen hat. Die Gedanken und Fragen taumelten durch sein Bewußtsein. Er war für den restlichen Abend ein ziemlich einsilbiger und geistesabwesender Gesellschafter.

Schließlich konnte er Gute Nacht sagen, in seinen Thermo-Overall schlüpfen und hinausgehen. Der Schnee funkelte und knirschte laut unter seinen Sohlen. Die Siedlung lag schwarz neben dem matten Glanz einer dünnen Eisschicht auf dem Fluß. Die Luft drang scharf in seine Nasenlöcher und kam als geisterhafte weiße Wolke wieder heraus. Der Mond war voll, aber winzig klein. Fast das gesamte Licht kam von den Sternen und der silbernen Milchstraße. Es bleichte die laublosen Äste und den mächtigen Wipfel des Baums, den er suchte. Die Blitznarbe, der er seinen Namen verdankte, war wie eine Rune zu erkennen.

Kilbirnie trat aus seinem undeutlichen Schatten. Nansen blieb vor ihr stehen. Sie blickten einander wortlos in die Augen, die matt in den Gesichtern schimmerten.

»Wir haben Sie sehr vermißt, Skipper, wirklich«, sagte ihre heisere Stimme leise.

»Vielen Dank. Ich habe *Sie* vermißt.« Er lächelte. »Aber was fehlte, war doch nur meine persönliche Anwesenheit. Über Funk war ich doch genauso der Boss wie immer, nicht wahr?«

»Nein. Sie sind ein kluger Führer, der seinen Untergebenen zutraut, daß sie für sich selbst denken und handeln können.«

Er ahnte, was jetzt kommen würde, er hatte es schon vorher erraten, aber um ihr zu helfen, fragte er: »Worüber wollten Sie mit mir reden?«

»Das wissen Sie genau.« Sie deutete auf einen Punkt am glitzernden Himmel. »Über den wilden Stern da draußen.«

»Ich habe sämtliche Argumente dafür und dagegen gehört«, sagte er. »Wir werden sie alle während eines formellen Treffens noch einmal zur Sprache bringen. Ist dies hier der Ort für weitere Argumente?«

»Mir geht es nicht um die technischen Fragen, nicht wie zum Beispiel, ob wir tatsächlich die *Envoy* so programmieren können, daß sie sich selbst beschützt –«

»Wahrscheinlich können wir das«, unterbrach er sie. »Aber wir können *Sie* nicht programmieren.

Sie grinste, und ihre Zähne funkelten. »Ach, ich werde schon aufpassen. Wir alle werden uns verdammt in acht nehmen. Wir lieben nämlich unser Leben.«

Er wählte die direkte Herausforderung. »Tatsächlich, auch das Leben hier?«

»Immer und überall.« Sie setzte alles auf eine Karte: »Aber wir können halb oder ganz lebendig sein. Ajit und Wenji, Mam und Selim – Sie und Lajos, sind zwischen diesen Planeten unterwegs – wir anderen wollen auch etwas tun, etwas Sinnvolles, Bedeutendes.«

»Sie können helfen«, erwiderte er. »Wir brauchen Ihre Hilfe. *Dios mio,* sind denn nicht überall um uns herum irgendwelche Geheimnisse zu ergründen?«

»Das ist viel weniger, als wir zu leisten imstande sind. Das sind keine richtigen Aufgaben. Sehr oft könnte ein Roboter sie genauso gut, wenn nicht sogar sehr viel besser erledigen als wir. Hanny und Tim meinen, daß wir dort Dinge erfahren könnten, die uns ansonsten für immer verborgen bleiben. Und dann diese Tahirianer, die mitkommen wollen – was könnten wir von ihnen und über sie erfahren?«

»Außerdem«, sagte er langsam, »würden Sie ein paar Jahre von ihrer Dienstzeit kürzen, ehe wir nach Hause zurückkehren.«

Sie straffte sich.

»Aye, das ist im Grunde das, worüber ich heute mit Ihnen reden wollte, Skipper. Die technische Seite, die öffentliche Seite, darüber haben wir immer wieder diskutiert, und wir werden es immer wieder tun, als würden wir ständig ein altes Gericht anwärmen und aufkochen. Es geht darum, welche Folgen es hätte.«

Nansen wartete.

Sie blickte in den Schnee. »Ich würde mich niemals in einer Versammlung dazu äußern.« Die Worte kamen nacheinander in kleinen, weißen Wölkchen heraus. »Darüber, was es für mich bedeutet.«

Er wartete.

Sie sah ihn wieder an. Ihre Stimme wurde fester. »Ich werde ungefähr ein halbes Jahr weg sein, also mehr oder weniger genauso viel Zeit, wie wir hier bleiben wollen. Für Sie wären das zweieinhalb Jahre.«

Er nickte. »Ja. Und Sie senden uns Nachrichten, aber sie werden fast ein Jahr alt sein, und wir werden nicht wissen –«

»Ob das Schiff, das Sie nach Hause bringen soll, noch intakt ist.«

»Und ob es Ihnen noch gut geht.«

Stille dehnte sich zwischen ihnen.

»Aye, es wäre zuviel verlangt«, sagte Kilbirnie.

»Ich muß an mehr denken als nur an Sicherheit. Wie wird es mit unserer Moral bestellt sein?«

Ihr Lächeln wurde von Sternenlicht erhellt. »Sie haben eine hochmotivierte Mannschaft, Skipper. Geben Sie ihr Gelegenheit, das zu beweisen.«

»Ja«, sagte er rauh, »wenn ich es zur Abstimmung kommen lasse, wissen wir beide, wie sie ausfallen wird. Aber darf ich das?«

Sie antwortete leise: »Ich verstehe. Sie tragen die Verantwortung. Und wir sind auf eine gewisse Art und Weise egoistisch, wir vier. Wir sind es nicht, die sich über einen langen Zeitraum hinweg um uns Sorgen machen müssen.«

»Eine verdammt lange Trennung«, entfuhr es ihm.

Für eine Weile schwieg sie in der Kälte. Als sie wieder zu reden begann, kamen ihr die Worte stockend über die Lippen. »Skipper, das ist es – was ich eigentlich hatte sagen wollen – daß es Ihnen gegenüber unfair ist, Ricardo Nansen.«

Er fing sich wieder. »Aber Sie denken auch, daß es unfair wäre, es Ihnen zu verbieten.«

»Nicht mir persönlich gegenüber. Sondern gegenüber Hanny und Tim – ja, und dem armen einsamen Al – und gegenüber den Tahirianern, die sich danach sehnen, wieder auf Sternfahrt zu gehen ...«

»Und vielleicht sogar gegenüber dem Stern selbst«, gab er zu. »Er bietet einige phantastische Möglichkeiten ... es ist fast so, als wäre Gott besonders großzügig.« Er riß sich von Abstraktionen los und wandte sich wieder ihr zu. Ihr Atem umfächelte als weißer funkender Nebel eine widerspenstige Haarlocke über ihrer Stirn. »Sie brennen darauf, zu starten, nicht wahr?«

»Ich könnte auch hier bleiben und wäre ganz zufrieden – wenn ...«

»Aber Sie würden sich immer fragen, was Sie versäumt haben, nicht wahr, Jean?«

Ihre Augen weiteten sich, als er ihren Vornamen aussprach. Er redete hastig weiter: »Und Ihre Argumente hinsichtlich der anderen und was diese Mission für sie bedeuten würde, nun ja, die sind einleuchtend.« *Ich kann dir dieses Geschenk machen, Jean, wenn ich mich nur dazu überwinden könnte.*

»Sie sind immer im Dienst und sich Ihrer Pflichten bewußt, nicht wahr?«

Er konnte nicht feststellen, ob sie ihn bewunderte oder ablehnte und ein wenig verspottete. Auf der Erde hätte er es sicherlich schnell herausgefunden, aber dies war nicht die Erde.

»Lassen Sie mich noch einmal darüber nachdenken«, sagte er. »Mittlerweile ist es schon spät geworden, und wir sind müde und frieren.«

»Und Sie tragen eine schwere Last auf den Schultern. Aye, gehen wir endlich schlafen.«

27

Das dritte Jahr.

Die *Envoy* war ein Stern gewesen. Sie jagte durch den nächtlichen Himmel, um im Planetenschatten zu verschwinden und wieder aufzutauchen und dem östlichen Horizont entgegenzusinken. Jetzt war sie verschwunden. Für eine Weile blickten die Menschen immer wieder hoch, ehe sie sich erinnerten. Zuerst waren sie froh über die Unternehmungen, die sie in Atem hielten. Später, einer nach dem anderen und mehr und mehr, machten sie sich Sorgen.

Ein Hurrikan braute sich mitten über dem Meer zusammen. Während eines vorangegangenen Ausflugs hatte der Tahirianer namens enn Stefan Ruszek die Energieprojektoren auf dem kleinen Mond gezeigt. Mit animierten Grafiken – indem er kurz vorher entwickelte Definitionen und Darstellungsweisen benutzte, die von beiden Seiten verstanden wurden – hatte enn erklärt, daß gebündelte Strahlen, die genau gezielt wurden, die Bahnen solcher Stürme veränderten. Sie lenkten sie von Küstenstreifen ab, wo sie Schaden anrichten konnten. Nun saßen er und enn in einem robotergesteuerten Luftfahrzeug, das zu denen gehörte, die die Naturerscheinung von innen überwachen sollten. »Ihr lernt tatsächlich, unsere Empfindungen zu deuten, nicht wahr?« stellte Ruszek erstaunt fest.

Das tränenförmige Vehikel raste durch die Stratosphäre. Ruszek hatte seine Instrumente eingeschaltet und zeichnete alles auf, was sie mitbekamen. Am Ende hätte er vielleicht so viele Informationen gesammelt, daß Yu etwas daraus ablesen konnte. Vielleicht erhielt er sogar Hinweise darauf, wie dieser jetlose Antrieb funktionierte.

Er vermutete, daß er nach einem quantenmechanischen Prinzip arbeitete und daß ein Sternenschiffingenieur notwendigerweise auch ein halber Quantenphysiker sein mußte. Wenn wenigstens Dayan zurückkäme ...

Das tränenförmige Roboterboot jagte weiter. Das Unwetter türmte sich schwarz vor ihnen auf. Er erinnerte sich, wie Nansen erzählt hatte, daß er einmal durch so etwas hindurchgeflogen war ... aber das war fünftausend Jahre her und Lichtjahre weit weg ... Das Boot stürzte in die Dunkelheit. Wind tobte, Blitze zuckten, Fliehkräfte schleuderten Ruszek in einem eigens für ihn installierten Sicherheitsnetz hin und her. »Ha!« brüllte er und wünschte sich, er wäre der Pilot.

Aber der Pilot war eine Maschine. Seine Aufgabe bestand nicht darin, Spaß zu haben, sondern er sollte Daten sammeln und sie zum Mond hinaufschicken. Stefan, der neben Ruszek saß, war angeschnallt und starrte in eine Kristallkugel, die enn in der Hand hielt. Lichteffekte sprangen darin herum und waren für den Menschen kaum sichtbar. *Eine andere Art von Instrument*, vermutete er, während sein Schädel dröhnte. *Es überwacht ... Geschwindigkeiten, Druckschwankungen, Ionisationen, einen ganzen Haufen schwankender Erscheinungen. Warum? Der Roboter muß einen totalen, direkten Input haben. Will Stefan mitfliegen? Möchte enn den Streß, die Mühe, das Risiko über sich ergehen lassen? Hat irgendein Tahirianer so etwas schon mal getan, ehe wir aus der Unendlichkeit hierher kamen?*

Stefan gab mit den Händen ein Zeichen. Der Rumpf wurde undurchsichtig. Die Innenbeleuchtung erlosch. Ruszek wurde in einer Blindheit umhergeworfen, die vom Lärm erzitterte und heulte.

Genieße es, sagte er sich und tat es.

Licht flammte wieder auf. Dies war kein Ort, um einen Parleur zu benutzen, aber Stefan flötete Töne, die vielleicht um Entschuldigung baten. Gleichzeitig betrachtete er Ruszek mit enns mittleren Augen, berührte die Kugel und wartete auf die Blitze.

Enn braucht totale Dunkelheit, um genaue Werte ablesen zu können, schlußfolgerte Ruszek. *Nein ... keine totale. Sondern nur kein Hintergrundlicht. Wir haben uns gefragt, ob Tahirianer einzelne Photonen sehen können. Warum nicht? Menschen können es fast.* Eisige Kälte kroch an seiner Wirbelsäule hinauf. *Ja, ich glaube, das ist so. Und ... dann dieses Chaos während ihrer Entwicklung – damit können sich die Wissenschaftler herumschlagen –, aber ich glaube, daß sie weitaus natürlicher in quantenmechanischen Kategorien denken als wir. Was bedeutet das für die Art und Weise, wie sie das Universum sehen?*

Wind blies ihnen entgegen, Regen und Hagel prasselten wie Geschosse auf sie herab, und das Luftfahrzeug setzte seinen Flug fort.

Es war Nansen und Yu nicht ganz klar, weshalb der Tahirianer Emil sie bat, enn zu begleiten, oder sie dorthin mitnahm, wohin enn sie brachte. Die gemeinsame Beherrschung des Cambiante war bisher noch zu beschränkt. Desgleichen die gesamte Palette der

Sprache. Wahrscheinlich würde es in vielerlei Hinsicht immer und ewig so sein.

Ihre Entwicklung, die noch im Gange war, war mit den großen Durchbrüchen in der Physik zu vergleichen. Ohne Computer, um mögliche Lösungswege aufzuzeigen, sie auszuprobieren, sie zu verwerfen und bessere zu schaffen, wäre es zweifellos unmöglich gewesen – ganz gewiß innerhalb einer Lebensspanne, geschweige denn in zwei Jahren. Sonische Elemente würden nicht ausreichen. Für einen Tahirianer war ein Vokal für sich betrachtete ein Signal – ein Warnschrei, zum Beispiel –, aber kein Wort. Und tatsächlich verständigte enn sich nicht mit dem, was Menschen Worte nannten, sondern in veränderlichen Mustern, die ineinander übergingen. Einfaches Aufschreiben war genauso unzureichend. Ein Mann oder eine Frau fanden tahirianische Ideographien hoffnungslos kompliziert, während für einen Tahirianer jedes menschliche System, sogar das Chinesische, verwirrend starr war.

Die Rassen hatten sich voneinander getrennt entwickelt, hatten die Welt unterschiedlich erfahren, und daher waren ihre Geister einander unähnlich. Das fundamentalste Hilfsmittel, das sie erschaffen mußten, war eine gemeinsame Semantik.

Ein Parleurschirm zeigte einen dreidimensionalen Hypertext. Veränderungen irgendeines Teils, vor allem zyklische oder Frage-und-Antwort-Veränderungen fügten dem eine vierte Dimension hinzu. Die Niederschrift zu erlernen, hätte eine unerträgliche Belastung des Erinnerungsvermögens erforderlich gemacht, aber der Nanocomuter setzte, was ein Gesprächspartner innerhalb gewisser logisch-grammatischer Regeln eingab, in vereinbarte Symbole um. Mit Fleiß und Geduld konnte man lernen, diese zu beherrschen.

Von beiden Standpunkten aus war das Cambiante eine beschränkte Sprache. Sie funktionierte am besten, wenn sie sich mit naturwissenschaftlichen und technologischen Angelegenheiten befaßte, und am schlechtesten oder gar nicht, wenn es um Poetik, Glaubensfragen oder Philosophie ging.

Mittlerweile konnte sie jedoch praktische Aussagen oder Fragen recht gut wiedergeben. Wenn Benutzer Varianten in Tonfall, Grundmuster, Betonungen und sogar in Gerüchen entdeckten, fügten sie diese dem Vokabular sowohl in Schrift als auch Konnotation hinzu.

Was eine Person aus dem Gesagten einer anderen Person herauslas, war nur selten identisch mit der Intention des Sprechers, aber man machte Fortschritte.

Der Ort lag landeinwärts, war windumtost und steinig. Gras hatte sich in den Ritzen eingenistet, und die wenigen Bäume waren zu Zwergen verkrüppelt. Von oben betrachtet zeigte das Land Spuren früherer Besiedelung: Straßen, Einebnungen, Ausgrabungen, wo früher einmal Gemeinden gewesen waren, gelegentliche Geröllhaufen. Yu fröstelte. »Wie öde«, sagte sie.

»Ich vermute, als die Rotationsachse sich verschob, wurde es zu ungemütlich, um zu versuchen, sich daran anzupassen«, äußerte Nansen seine prosaische Vermutung.

»Aufgabe. Eine jahrtausendmäßige Notwendigkeit. Was tun sie, wenn die Achsneigung extrem wird?«

»Nun, sie scheinen die Bevölkerung bei einer halben Milliarde oder weniger zu halten. Dadurch wird das zur Verfügung stehende Land niemals überbevölkert sein. Sie können recht gut auf Veränderungen reagieren und ihre Entwicklung den Verhältnissen anpassen. Wir wissen, daß sie noch viel weiter vorausplanen.«

»Menschen wären dazu niemals fähig. Wir sind nicht ... vernünftig genug. Ist es für die Tahirianer wirklich so leicht?«

Das Labor, bei dem das Luftfahrzeug gelandet war, lag völlig isoliert, war klein und verfügte nur über spärliche Ausrüstung. Obgleich seine Räume und die angrenzenden Gebäude von Robotern in bestem Zustand erhalten wurden, sah man allem an, daß es lange nicht benutzt worden war. Einige Annehmlichkeiten wie die Heizung und das fließende warme Wasser mußten erst gestartet werden. Den Gästen war mitgeteilt worden, sie sollten ihre eigenen sanitären Einrichtungen und was sie darüber hinaus noch brauchten selbst mitbringen.

Zwei Fremde warteten draußen. Zusammen mit Emil nötigten sie die Neuankömmlinge, ihnen zu folgen, wobei sie ihnen kaum Zeit ließen, ihr Gepäck in einem Haus abzustellen, ehe sie weitergingen ins Labor. »Haben wir nicht mal Zeit für eine Tasse Tee?« fragte Yu halb scherzhaft.

»Es ist nicht zu übersehen, daß sie es eilig haben.« Nansen runzelte die Stirn. »Wollen sie dafür sorgen, daß sie zu Ende bringen, was sie im Sinn haben, ehe irgendein anderer ihnen zuvorkommt?«

Einmal drinnen, wurden die beiden anderen Tahirianer sofort an Kontrolltafeln aktiv. Emil wandte sich an die Menschen. »(Wir möchten bestimmte Informationen weitergeben)«, sagte enn. »(Im gegenwärtigen Stadium der Kommunikation geschieht das am besten mittels Zeichnungen und unter Verwendung eines größeren Bildschirms als dem des Parleurs.)«

»Aber warum gerade hier?« murmelte Nansen auf Spanisch. Yu zitterte innerlich vor gespannter Erwartung.

Bilder erschienen, Zeichnungen und Zahlen, Symbole, die für die Betrachter von signifikanter Bedeutung waren.

Eine Sonne, die explodierte, weggeschleuderte Gase, die gegen die umschließende Verschwommenheit brandeten ...

Der Überrest schrumpfte und schrumpfte, als verschwände er im Nichts ...

Dann vor dem Hintergrund der Sterne eine Kugel, absolut dunkel bis auf einen feurigen Ring aus Materie, die wirbelnd in ihn eintauchte und verschwand ...

Eine Nahsicht vom Rand, der Himmel dahinter seltsam verzerrt ...

»Ein schwarzes Loch«, hauchte Yu. »Eine Supernova, die größer ist als jene, aus der der Pulsar entstand. Kollabiert bis über das Neutronenstadium hinaus, jeden Ereignishorizont überschreitend, im ewigen Freifall.«

Das Bild wurde kleiner und verschwand. Eine Karte örtlicher Sternverteilungen ersetzte es. Ein Zeiger wuchs von einem Punkt, der mit dem Symbol für die Sonne Tahirs versehen war, und zog einen Entfernungsmaßstab hinter sich her. Als er zur Ruhe kam, las Nansen den Wert ab: »Etwa fünfhundert Lichtjahre entfernt. Das ist der augenblickliche Wert. Offenbar war die Entfernung größer, als die Eruption stattfand, anderenfalls hätte dieser Planet ziemlich heftig gelitten. Aber was hat das mit uns zu tun?«

»Still«, murmelte Yu. »Da kommt noch mehr.«

Sie betrachteten den Schirm und waren einigermaßen ratlos. Die Zeichen und Symbole waren ihnen größtenteils völlig fremd.

»Ich glaube, das ist das Radikal für ›Organismus‹«, sagte Yu und deutete auf dem Schirm. »Aber warum sind diese quantenphysikalischen Symbole beigefügt?«

Emil trat vor und bediente enns Parleur. »(Leben)«, erklärte enn. »(Intelligenz.)«

»*¡Qué es?*« kam es von Nansen. »Nein!«

»Wie?« flüsterte Yu. »Es ... erscheint ... unmöglich. Aber – sehen Sie, auf dem großen Schirm – etwas über Quantenzustände ... ich kann es nicht verstehen. Ich glaube, Hanny könnte es auch nicht. Noch nicht, jedenfalls.«

Emil stieß einen Pfiff aus, was sie mittlerweile als Warnung verstehen konnten. »(Offenbaren Sie das nicht ohne vorherige Erlaubnis.)« sagte enn.

Nansen hatte Mühe, den Parleur in seiner Hand ruhig zu halten. »(Auch nicht gegenüber unseren Schiffsleuten? Warum?)«

»(Es ist gefährlich.)« Emil hielt für einen Moment inne. »(Wenn Sie es jemandem erzählen müssen, dann achten Sie darauf, daß es nicht weiter verbreitet wird.)«

»Jemand möchte nicht, daß wir darüber Bescheid wissen«, stellte Nansen fst.

Yus Gesicht verzog sich enttäuscht. »Es gibt unter diesen Leuten verfeindete Gruppierungen?«

»Bestimmte Hinweise legen diesen Schluß nahe. Wir werden uns in acht nehmen müssen.« *Vor allem jetzt, wo wir nicht in den Weltraum flüchten können.*

»Ich kann einfach nicht glauben, daß sie gewalttätig werden können. Ich *will* es nicht glauben.«

»Ich würde es am liebsten auch nicht glauben. Aber manchmal gibt es Schlimmeres als Gewalt.«

Emil betrachtete sie aufmerksam. »(Sie sind müde und verwirrt,)« sagte enn. »(Die Sonne steht schon tief. Am besten erfrischen Sie sich, ruhen sich aus und denken über alles nach. Wir werden morgen früh weitermachen.)«

»Das bedeutet die nächste kurze Nacht.« Nansen lachte verhalten. »Naja, ich rechne nicht damit, daß ich unter diesen Umständen ruhig schlafen könnte.«

»Ich auch nicht«, pflichtete Yu ihm bei. »Vor allem nicht angesichts dessen, was morgen kommt.«

Sie gingen durch den eisigen Wind zurück zu ihren Quartieren. Sie spürten die Kälte nicht. Emil verabschiedete sich am Eingang. Die Öffnung schloß sich hinter ihnen. Sie befanden sich einem von gewölbten Wänden umschlossenen, in Rosarot gehaltenem Raum. Er war kahl bis auf Nansens persönliche Dinge, ihre Speisen und Getränke und einen Heizer, um ihre Rationen anzuwärmen. Yu bewohnte den angrenzenden Raum. Sie sahen einander in die Augen.

»Keine Angst«, sagte Nansen. »Unsere Freunde wissen bestimmt, was sie tun – was immer es sein mag.«

Yu schüttelte den Kopf. Das blauschwarze Haar

flog. »Keine Angst. Das alles ist ein einziges Wunder! Alles ist so unendlich seltsam. Ich weiß überhaupt nichts mehr. All das hätten wir niemals vorhersehen können, wenn wir zu Hause geblieben wären – Oh, Rico, wir haben den weiten Weg nicht umsonst zurückgelegt!«

»*Ay, sí.*« In ihrer Begeisterung umarmten sie einander. Daraus wurde ein Kuß.

Er ließ sie los und trat zurück. »Verzeihen Sie«, sagte er verwirrt. »Es wird nicht wieder passieren.«

»Ich habe es herausgefordert.« Ihr Lachen versiegte, und sie wurde wieder ernst. »Sie haben recht, es hätte besser nicht passieren sollen. Wir müssen auch auf andere Dinge achten als nur darauf, Geheimnisse zu bewahren.«

Er lächelte. »Einverstanden. Gestatten Sie mir jedoch, Ajit Sundaram genauso zu beneiden, wie ich ihn und Sie respektiere.«

»Sie haben eine schwere Zeit vor sich«, erwiderte sie. »Möge sie glücklich enden.« Sie hockte sich vor den Stapel Vorräte. »Kommen Sie, räumen wir erst einmal ein wenig auf und genehmigen uns eine Tasse Tee, ehe wir essen.«

Die Insel war wunderschön.

Man wußte nur wenig über das Leben auf einem Planeten, wenn dieses Wissen sich nicht auch auf das Leben in seinen Ozeanen erstreckte. Sobald ihnen dieser Wunsch nahegebracht worden war, brachten einige Tahirianer Mokoena und Zeyd dorthin. Roboterboote flogen von einem Ufergebäude an und ab, das vollgestopft war mit Forschungsgeräten.

Wahrscheinlich handelte es sich eher um eine Überwachungsstation als um ein Forschungslabor. Die Zivilisation mußte jede Lebensform katalogisiert haben und war offenbar weiterhin darum besorgt, gesunde Umweltbedingungen aufrecht zu erhalten.

Am Ende eines anstrengenden Tages voller Studien und Untersuchungen hatten die Menschen nur noch Lust auf ein wenig Zerstreuung und Vergnügen. Nach einem kurzen Marsch über einen bewaldeten Teil der Insel gelangten sie an einen Grasstreifen, hinter dem sich ein strahlend weißer Strand unter einem klaren Himmel und Sonnenschein aus dem Westen erstreckte. Die Luft war angenehm warm und erfüllt mit frischen ozeanischen Gerüchen. Das Meer schimmerte tiefblau. Obgleich der Gezeitenunterschied weitaus geringer war als auf der Erde, sorgte die Formation des Meeresbodens für hohe, donnernde Wellen.

Mokoena klatschte in die Hände. »Was für eine Brandung!« jubelte sie. »Ich gehe rein!«

»Aber nicht alleine, bitte«, versuchte Zeyd sie zu bremsen. »Du könntest in eine heftige Unterströmung geraten.«

»Nun, damit ernenne ich dich zu meinem Lebensretter«, erklärte sie lachend.

Ihre Ausgelassenheit steckte ihn an. »Warum nicht auch zu deinem Partner?«

»Ja, warum eigentlich nicht?«

Für einen kurzen Moment zögerte sie, aber wirklich nur für einen kurzen Moment. Schließlich hatten sie sich schon früher voreinander ausgezogen. Die Kleider fielen. Sie rannten durch den Sand und warfen sich in die Wellen.

Das Wasser schäumte. Als sie eintauchten, umspielte es sie und bescherte ihnen eine sanfte Ganzkörpermassage. Sie wanden und schlängelten sich in den Fluten wie verspielte Seehunde.

Trotzdem achteten sie darauf, sich nicht zu weit hinauszuwagen. Ein Brecher rollte über ihre Köpfe hinweg. Sie stießen gegeneinander, hielten sich gegenseitig fest. Ihre Füße fanden festen Grund und versanken mit den Zehen im aufgewühlten Sand. Eine weitere Welle rauschte vorbei. Bis zur Brust im Wasser stehend schaute Zeyd auf Mokoena hinunter. Ihr Mund war halb geöffnet, und ihre Brust preßte sich gegen ihn, während sie nach Luft schnappte. Er küßte sie. Sie erwiderte den Kuß.

Während sie sich voneinander trennten, sahen sie den nächsten Brecher auf sich zurollen, noch höher, eine gläserne, schaumgekrönte Wand. Sie drehten sich um, sprangen vom Boden hoch, erwischten den Wellenkamm und ritten darauf zum Strand.

Als das Wasser sich zurückzog, standen sie auf und wateten vollends an Land. »Huh«, sagte Mokoena keuchend, »die hat mich ganz schön durchgeschüttelt.«

Er betrachtete sie von oben bis unten. »Sie hat es sicherlich genossen und mich auf eine Idee gebracht«, sagte er.

Sie blieb stehen. Er kam näher. Sie hob die Hände und schob ihn weg, aber nicht sehr kräftig. . »Nein.« Ihre Stimme schwankte. »Hanny –«

»Sie ist weit weg. Für zwei Jahre oder sogar noch länger.«

»Ich fange hinter ihrem Rücken nichts an.«

»Das tun wir auch gar nicht. Mam, Hanny und ich

waren – sind – Freunde. Wir haben niemals Besitzansprüche aneinander angemeldet. Wenn wir das getan hätten, wäre sie niemals weggegangen. Sie hat es mir immer wieder gesagt, als der Zeitpunkt näherrückte – sogar noch am letzten Abend. Sie meinte, sie wäre nicht eifersüchtig, und du wärest ihre Schiffsschwester.«

»Ich weiß nicht – wenn sie zurückkehrt –«

»Das hängt von dir ab, Mam. Von dir und niemand anderem.«

Sie erschauerte. »Selim, wenn du damit meinst, daß –«

Er zog sie an sich. »Eine reizende Umgebung hier, für eine reizende Frau.«

»Und einen – reizenden Mann . . .«

Sie rannten bis zu dem weichen Grasstreifen und ließen sich darauf niedersinken.

Anschließend murmelte sie zufrieden und glücklich: »Ich möchte bloß wissen, ob unsere Freunde uns ständig beobachten.«

Er grinste.

»Dann haben sie ja endlich ihre Demonstration gekriegt. Macht es dir etwas aus?«

»Nicht besonders, jetzt jedenfalls.«

Ehe Dayan gestartet war, hatte Yu mit ihr die Hütte getauscht, damit sie gleich neben Sundarams wohnte. Er und sie schliefen nicht mehr getrennt.

Sie saßen in der Behausung, die ihm zugewiesen worden war, zwischen Altertümern und Andenken, die sie miteinander vermischt hatten. Sie tranken Wein und unterhielten sich angeregt über ihre Forschungsarbeit. Das gehörte zu ihren liebsten Beschäftigungen.

»Nein«, sagte er. »Ich glaube nicht, daß wir das hier tatsächlich als konservative Gesellschaft bezeichnen können, wie es sie im alten China oder im alten Indien gab. Das ist ein viel zu schwacher Begriff. Ich denke, sie ist posthistorisch. Diese Gesellschaft hat der Veränderung zugunsten einer stabilen Ordnung abgeschworen, die offenbar für universellen Frieden, für Reichtum und Gerechtigkeit sorgt.«

»So jedenfalls erzählen sie es, wenn wir sie richtig verstehen«, erwiderte sie. »Auf ihre Art eine majestätische Sicht. Wie ein Heiliger, der in den Himmel gekommen ist, oder eine feierliche Hymne am Ende eines katholischen Gottesdienstes.«

»Aber wie können wir das unseren Schiffskameraden erklären? Ich fürchte, einige werden es ganz schrecklich finden.«

»Wirklich? Warum?«

»Weil es vielleicht eine Art Vorschau auf das ist, was mit unserer eigenen Rasse geschehen wird.«

Sie überlegte kurz. »Wäre das wirklich so tragisch? Keine ewige Langeweile oder so etwas. Die Reichtümer und Schönheiten der Welt, die Schätze der Vergangenheit, ist dies alles nicht für jeden Neugeborenen etwas Neues? Ein Leben ist nicht lang genug, um all das kennen und schätzen zu lernen. Und es gibt immer wieder neue Schöpfungen. Alte, festgefügte Modi, nehme ich an, aber neue Gedichte, Bilder, Geschichten, Musik.«

Sundaram lächelte traurig. »Ich habe meine Zweifel, daß Leute wie Ricardo Nansen oder Jean Kilbirnie dem zustimmen werden. Genaugenommen bezweifle ich sogar, daß jeder einzelne Tahirianer mit der augenblicklichen Situation zufrieden ist. Ich habe den Eindruck, bin sogar fast überzeugt, daß einige mit ziemlicher Sehnsucht zu den Sternen aufblicken.«

Sie nickte. »Das könnte einer der Gründe sein, weshalb die Rasse die Sternfahrt beendet hat. Nämlich ganz bewußt als eine Art politische Entscheidung. Denn die Sternfahrt barg die Gefahr, etwas völlig Neues und Beunruhigendes auf den Planeten zu bringen.« Sie zuckte zusammen. »Welche Auswirkungen hat unser Hiersein? Gute oder schlechte?«

Er lächelte aufmunternd. »Du hast ein viel zu reges Gewissen, meine Liebe.«

Sie erwiderte sein Lächeln. »Hast du keins?«

Er wurde wieder ernst. »Oh, manchmal kommen mir auch gewisse Bedenken. Aber ich habe nicht deine – Sensibilität neben der kühlen, souveränen Kompetenz. Ich bin viel zu distanziert.«

»Unsinn. Du bist der gütigste, netteste Mensch, den ich je kennengelernt habe.«

»Und du –« Er beugte sich in seinem Sessel vor. Sie ergriffen sich bei den Händen.

Weniger als zwei Schiffsstunden, nachdem sie in den Null-Null-Zustand gewechselt war, erreichte die *Envoy* den Pulsar.

28

Das vierte Jahr.

In einem Abstand von neun Zehnteln eines Lichtjahrs stach die Sonne von Tahir unter den anderen Sternen hervor. Aber sie war nur ein einfacher Lichtpunkt, den das Auge suchte, fast so hell wie Sirius am Erdenhimmel. Indem er jeden anderen Stern verstärkte, schwächte der Schirm diesen einen ab, denn er hätte sonst ein Loch in die Retina eines ungeschützten Auges gebrannt.

»Ein Millionstel der Leuchtkraft Sols«, sagte Dayan, als betete er zu einem unbarmherzigen Gott, »abgestrahlt von einem Himmelskörper von zehn Kilometern Durchmesser. Daher eine neunzehntausendfache Intensität – und das nur im sichtbaren Spektrum.«

Ihre Gefährten konnten praktisch hören, welche Gedanken ihr durch den Kopf gingen. *Der Kern einer explodierten Riesensonne, eine Masse fast anderthalbmal so groß wie von Sol, von der eigenen Schwerkraft zusammengepreßt, bis sie so unendlich klein, so unendlich dicht ist, daß sie nicht mehr aus Atomen, sondern aus Neutronen besteht. Allerdings ist die Dichte im Mittelpunkt so hoch, daß die Neutronen zu etwas anderem verschmelzen, zu Hyperonen, über die wir nur sehr wenig wissen und über die ich liebend gerne mehr erfahren würde. Eine nur wenige Zentimeter dicke Atmosphäre – weißglühendes gasförmiges Eisen? Welche Stürme toben dort, welche Beben erschüttern die unendliche Härte darunter, und warum, warum, warum? Eine Umdrehungsgeschwindigkeit von einigen hundertmal pro Sekunde, ein Magnetfeld, das die interstellare Materie anzieht und wegschleudert, bis sie fast Licht-*

geschwindigkeit erreicht, und mit dem er einen Funkimpuls erzeugt, den Detektoren am anderen Ende des Kosmos aufspüren können. Was für ein Wunder und was für ein Rätsel! Mitten aus einem Wirbelsturm spricht Gott zu Hiob.

Clelands Stimme zitterte. »Wie nahe können wir uns heranwagen?«

»Das entscheidet das Schiff«, antwortete Dayan knapp, während ihre Gedanken sich noch immer mit dem Stern beschäftigten. »Nicht sehr nahe, denke ich. Er versprüht Röntgenstrahlen, spuckt Plasma und Neutrinos – alles absolut tödlich.«

»Außerdem«, warf Brent trocken ein, »beträgt die Distanz jetzt ungefähr zweihundert Astronomische Einheiten. Noch ein Sprung in diese Richtung, und wir werden höchstwahrscheinlich gebraten.«

»Aber wir sind nicht so weit vom Planeten entfernt, wie wir es sein können, nicht wahr?« rief Kilbirnie. »Wir gehen auf eine Umlaufbahn, okay?« *Und erforschen ihn,* sagte ihr Blick, den sie mit Cleland wechselte.

Von den drei Tahirianern starrten Colin und Fernando gebannt auf das Objekt ihrer Suche – und weiter in den kalten Strom der Milchstraße? Leo stand ein Stück abseits, seine Mähne steif und starr. Die Regierungsorgane auf Tahir, wer immer sie waren und was immer ihre Macht bedeutete, hatten verlangt, daß jemand aus ihren Kreisen, den sie alleine bestimmten, die Reise als Beobachter mitmachte.

Das Raumboot war nicht für Menschen vorgesehen. Die *Envoy* hätte es auf keiner ihrer Expeditionen mitnehmen können, dies nicht und keins von seiner Art.

Nicht nur die im Rumpf gelegenen Docks sondern auch das gesamte Kontrollsystem hätte umgebaut werden müssen, was wiederum zu gefährlichen Instabilitäten an anderer Stelle des Robotersystems geführt hätte, das sie in ihrer Gesamtheit darstellte. Improvisierte Einrichtungen – für Sicherheit, sanitäre Zwecke, Ernährung und Schlaf – versetzten die Menschen in die Lage, das Boot als Passagiere zu nutzen. Kurz vorher hatten Yu und der tahirianische Physiker namens Esther Schaltelemente in das Boot eingebaut, die es einem geschickten Menschen gestatteten, es als Pilot zu lenken – kurzzeitig, unter Weltraumbedigungen mit ausreichendem Sicherheitsabstand.

»He-he!«

Ruszek kitzelte das Armaturenbrett vor ihm. Das Boot vollführte einen Sprung. Trotzdem blieb das Gewicht im Innern stabil. Der Mond blähte sich riesenhaft im Sichtschirm, eine Fläche aus glattgeschmolzenem Gestein, übersät mit Mustern, die am nahen Horizont eine starke Krümmung aufwies. Ruszek schaltete den Antrieb ab. Die Nullschwerkraft fühlte sich an wie ein plötzlicher Sturz von einer Klippe ins Bodenlose. Die drei Insassen hatten gelernt, diesen Effekt genauso selbstverständlich hinzunehmen, wie die Vögel es taten. Das Boot umkreiste die Kugel auf einer hyperbolischen Haarnadelbahn und richtete sich auf die große blaue Sichel Tahirs aus.

»Das reicht«, ließ Yu sich von achtern vernehmen. »Laßt uns zurückkehren.«

»*Járvány*«, brummelte Ruszek. »Ich hatte mir etwas mehr erhofft.« Trotzdem war sein Tonfall freundlich, und ein Lächeln ließ seine Schnurrbartenden fast bis zu seinen Augenbrauen hochwandern.

Esther, die angeschnallt neben Yu saß, fragte: »(Haben Sie die benötigten Daten aufgezeichnet?)« Enn zitterte und flötete; süße Düfte stiegen von der Haut auf.

Yu nickte. »(Ich glaube schon.)«

»Wie ist das Ergebnis?« rief Ruszek, der ihnen den Rücken zuwandte.

»Hervorragend«, erwiderte Yu. »Ich glaube, sobald ich diese Meßwerte analysiert habe, natürlich mit Esthers Hilfe, weiß ich, wie dieser Feldantrieb funktioniert.«

»Du weißt es nicht? Du hast mir doch vor kurzem erklärt, die wärest sicher, es sei eine Art Rückstoß gegen das Vakuum.«

Yu seufzte. »Eine Interaktion mit den virtuellen Partikeln des Vakuums«, korrigierte sie ihn. »Energie und Schwung werden erhalten, aber, salopp ausgedrückt, richtet sich die Reaktion gegen die Masse des gesamten Universums und ist annähernd uniform. Ich habe mich auf das Verständnis des speziellen, nicht des allgemeinen Prinzips bezogen.«

»Uniform? Modifizieren sie das Feld nicht innerhalb eines Rumpfs? Das Gewicht bleibt während der Beschleunigung stets gleich.«

»In quantenmäßigen Inkrementen offenbar.« Yu hielt inne. Dann: »Verglichen mit diesem Antrieb ist der Einsatz von Jets genauso eine Verschwendung ... wie es das Verbrennen von Petroleum, einem chemischem Rohstoff, als Treibstoff früher auf der Erde war.«

»Was mir gefällt, ist die Manövrierfähigkeit. Wie schnell können du und dein Computer einen solchen Motor für uns konstruieren, Wenji?«

»Ich fürchte, überhaupt nicht, ehe wir wieder zu Hause sind. Außerdem könnten wir in der *Envoy* oder bei den anderen Booten keinen derart radikalen Umbau durchführen.« Yus Stimme wurde lebhaft. »Ich denke jedoch, daß wir mit Hannys Hilfe, wenn sie wieder zurück ist, eine Anlage entwickeln können, die die lineare Beschleunigung kompensiert und den Vektor in den Rädern konstant hält.«

»Meinst du damit, daß wir uns, wenn das Schiff beschleunigt, nicht mehr wie Schweine in einem dieser engen, von einem Menschenhasser entworfenen kardanisch aufgehängten Decks herumquälen müssen?« Ruszek hob die Hände zu einer triumphierenden Geste. »Hossah!« rief er begeistert.

Esther blickte zu enns Freund. »(Freut er sich?)« fragte enn. Jedenfalls nahm Yu an, daß enn diese Frage stellte.

»(Es ist nicht wichtig,)« entgegnete die Ingenieurin. »(Ich glaube, was wir endlich geschafft haben, ist, einige Mißverständnisse aufzuklären. Jetzt können Sie und ich dem Cambiante einige präzise physikalische Begriffe hinzufügen und Hanny damit überraschen, wenn sie zurückkehrt. Vorher sollten Sie uns jedoch einige Dinge erklären können. Ich denke an bestimmte Hinweise auf eine seltsame, ungeheure Tatsache -)«

Ihr Blick richtete sich nach vorne, auf den Planeten, wo der Frühling in Terralina einzog.

Die *Envoy* schwang herum, als läge sie vor Anker und umkreiste eine Welt aus Stahl.

Cleland und Kilbirnie standen vor dem Weltraumpanorama auf einem der Bildschirme. Ihre Schiffskameraden waren bereits eifrig am Werk. Roboter flitzten nach draußen, um Instrumente in die Umlaufbahn zu bringen. Tahirianische Sonden stürzten, angetrieben von tahirianischen Feldantrieben, dem Pulsar entgegen. Sie transportierten andere Instrumente. Die Vorbereitungen füllten jede wache Stunde und viele Träume aus. Nur diese beiden hatten wenig beizusteuern. Ihr Sehnen ging in eine ganz andere Richtung.

Im Licht des Himmels war die Kugel kaum hell genug, um von unbewehrten Augen gefunden zu werden.

Ihre ebenen Flächen waren wie riesige, trübe Spiegel, die mit Eisfeldern gefleckt waren. Spalten durchbrachen sie hier und da. Bergketten und einzelne Gipfel ragten zerklüftet auf. Der Limbus wölbte sich leicht verschwommen vor den Sternen.

»Etwa halbe Erdmasse, Durchmesser rund siebzig Prozent – bei der extremen Dichte mehr oder weniger gleiche Oberflächenschwerkraft.« Cleland wiederholte, was sie beide ein Dutzend mal gehört hatten, so wie Menschen es meistens tun, wenn es um eine wichtige Angelegenheit geht. »Dünne Atmosphäre, vorwiegend Neon, außerdem bei dieser Temperatur noch ein Rest Wasserstoff und Helium. Andere flüchtige Stoffe gefroren und verschwunden, darunter auch Wasser. Höchst paradox. Wie lautet die Erklärung?«

»Was meinst du, Tim?« fragte Kilbirnie. Sie wollte ihn im wesentlichen ermutigen – sie hatte eine ziemlich genaue Vorstellung –, aber sie hoffte auf Gedanken und Ideen, die ihm vielleicht seit ihrer letzten allgemeinen Debatte gekommen sein mochten. *Gott steckt im Detail,* dachte sie bei sich. *Und der Teufel ebenfalls, und die Wahrheit liegt irgendwo dazwischen.*

Wenn er sich für etwas begeisterte, redete er flüssig. »Sieh mal, wir wissen, daß es sich um den Überrest eines größeren Planeten handelt. Während der Supernova sind Kruste und Mantel verdampft, zurück blieb der Kern und vielleicht nicht einmal alles davon. Der Massenverlust hat ihn auf die völlig verrückte Umlaufbahn gebracht, auf der er sich im Augenblick befindet. Unterdessen minderte die Auflösung der oberen Schichten einiges an Druck – Expansion, Eruption, die Hölle brach aus. Ich vermute, er hat sich noch nicht stabilisiert. Was geht hier vor? Theoretisch sollten wir eine glatte Kugel vor uns haben, aber nichtlineare Prozesse halten sich nicht an die Theorie, daher haben wir Furchen, Gräben, Bergregionen. Wie kam es dazu? Woher hat er die Atmosphäre und das Eis – Gaseruptionen, Kometeneinschlag, Niederschlag von der Supernova-Wolke oder was? Oh, Jean, eine Million Fragen.«

Sie ergriff seine Hand. »Wir machen uns auf die Suche nach den Antworten«, sagte sie, »dort draußen.«

Ohne Zweifel würde Dayan, der Kapitän vom Dienst, Einwände haben, und noch entschiedener würde sich die Robotsteuerung der *Envoy* dagegen aussprechen. Kilbirnies Gedanken suchten nach Argumenten, Forderungen, nach Möglichkeiten, die Opposition zu überstimmen. Alles bis kurz vor einer Meuterei wäre ihr recht. Sie war nicht den weiten Weg bis hierher mitgekommen, um ihren wahren Kapitän untätig in einer Blechdose herumsitzen zu lassen.

Die Sommerhitze lag wie eine schwere Last auf der Niederlassung. Kein Lüftchen rührte sich, und der Wald stand reglos unter einer bleigrauen Wolkendecke. In der Ferne murmelte Donner.

Die Fenster ließen sich nicht verdunkeln, aber Nansen hatte vor seinen Fenstern Jalousien herabgezogen, und die Klimaanlage arbeitete auf Hochtouren. Im gedämpften Licht des Wohnraums leuchtete eine Kristallkugel – ein tahiranischer Bildbetrachter – in kaltem Weiß. Darin erschien das Bild eines Wesens. Nansen beugte sich vor. Die Gestalt war zweifüßig, stand leicht vorgeneigt da und balancierte ihre Haltung mit einem langen, dicken Schwanz aus. Unter einem grünlichen Schuppenmantel ragten klauenartige Hände und ein haarloser, lappiger, grünlicher Kopf hervor. Die Wirkung war nicht abstoßend, sondern schlicht absolut fremdartig.

»(Ich zeige Ihnen dies,)« schrieb der Parleur des Tahirianers, den er Peter nannte, während Körperhaltungen und Düfte weitere Nuancen übermittelten, die er zu interpretieren begann, »(weil in Ihrer Gesellschaft irgendwie Sie das Kommando haben. Später werden wir reden, und dann können Sie entscheiden, wieviel Ihre anderen Begleiter erfahren sollen.)«

»(Alles,)« erwiderte Nansen. *Ich kann keine Erklärungen zu Takt, Diskretion, zeitlicher Koordinierung liefern, wenn vier von uns im Augenblick nicht zu erreichen sind. (Jean, was treibst du, während ich hier sitze, wie geht es dir?)*

Er spürte Verärgerung. »(Ja, Sie gehen mit Informationen sehr freizügig um, ganz gleich wie gefährlich es ist. Die meisten von uns hätten die Kenntnis von dem Schwarzen Loch von Ihnen ferngehalten aus

Angst vor den leichtsinnigen Dingen, die Sie tun könnten. Zu spät.)«

Ich glaube, es war unvermeidlich, daß dieser Punkt bekannt wurde. Kein Wort über Strafe. Emil und die anderen bewegen sich genauso frei wie eh und je. Eine von Konsens bestimmt Gesellschaft? Wie sehen ihre Sanktionen tatsächlich aus?

Vielleicht waren keine nötig und es reichte minimaler gesellschaftlicher Druck, bis wir kamen. Die maßgeblichen Organe wissen offenbar nicht, wie sie damit verfahren sollen.

Als ob enn seine Gedanken gelesen hätte, sagte Peter: »(Sie sind die zweite sternfahrende Rasse, der wir begegnet sind. Nun, da unsere Kommunikation annehmbar klar und eindeutig ist, will ich Ihnen von der ersten erzählen.)«

Nansen hörte aufmerksam zu.

»(Ihr nächstgelegener Außenposten war etwa dreihundert Lichtjahre von Tahir entfernt, ihre Heimatwelt doppelt so weit,)« sagte Peter. »So wie bei Ihnen inspirierten die Spuren ihrer Schiffe unsere Wissenschaftler und riefen unsere Forscher auf den Plan – allerdings brauchten wir viel länger für die Entwicklung als Sie. Außerdem verflüchtigten die Spuren sich bereits. Als wir schließlich ankamen, hatten die Wesen ihre Reisetätigkeit eingestellt und sich auf ihren Heimatplaneten zurückgezogen.)«

Nansen spürte, wie es im kalt über den Rücken lief. »(Haben Sie herausbekommen weshalb?)«

»(Ich glaube ja. Die Kommunikation mit solchen fremden Mentalitäten erfolgte nur langsam und war schwierig. Ihre Ähnlichkeit mit uns, so entfernt sie auch sein mag, ist in bezug auf Größenverhältnisse ziemlich groß. Sie sind Gemeinschaftswesen, Abkömmlinge – wie wir glauben – von Tieren, die in großer Zahl in Bauten zusammenwohnten mit nur wenigen Exemplaren des Geschlechts, das Junge hervorbringen konnte.)«

Diese Erfahrung war vielleicht eine Erklärung dafür, daß die Tahirianer schließlich die Rollenverteilung zwischen Männern und Frauen begriffen, überlegte Nansen. Er nahm außerdem zur Kenntnis, daß Peter nicht das Symbol für ›weiblich‹ benutzt hatte. Ohne Zweifel war die Analogie nicht exakt.

»(Ihre gesamte Kultur, ja, ihre Identität, steckt in der Sippe,)« fuhr Peter fort. »(Es ist bemerkenswert, daß sie es bis zu einer globalen Zivilisation schafften. Wir glauben, daß elektronische Datenverarbeitung und Kommunikation das ermöglichten.

Im Laufe der Zeit erwies sich, daß sie weder Raumschiffbesatzungen noch Kolonien erhalten konnten. Ihre Anzahl war zu niedrig, um psychische Stabilität zu gewährleisten, der Kontakt mit anderen Gruppen blieb zu lose und selten, um soziale Bindungen herzustellen. Wahnsinn(?) brach aus, Kulturen wurden krank, es kam zu Zerstörung, das Böse(?) stand auf. Einige gingen unter aufgrund gruppeninterner Konflikte, die die Basis ihrer Existenz vernichteten. Eine schlug quer durch den interstellaren Raum zu, und ein Kontinent wurde in radioaktiven Schutt und Asche gelegt. Schließlich gelang es dem gesunden Kern der Rasse, die Gestörten auszumerzen und die Überlebenden zurückzuholen. Sie wurden seßhaft und schufen Frieden unter sich, der immer noch anhielt, als unsere letzte Expedition sie besuchte.)«

Peter leerte den Schirm, als ob der Anblick für ihn

zu schmerzlich wäre, und blieb reglos stehen. Nansen sank erschüttert in seinen Sessel zurück. Der Donner kam näher. »*Trágico*«, murmelte der Mensch, denn das Cambiante enthielt noch keinen passenden Ausdruck für diese Gefühlsregung, und vielleicht kannten die Tahirianer so etwas auch gar nicht. Er wandte sich seinem Parleur zu. »(Sie waren für die Sternfahrt ungeeignet.)«

Peters Mähne sträubte sich heftiger als nötig, um enns Gefühle auszudrücken. »(In gewissem Sinn gilt das für jede Rasse. Wir haben beobachtet, wie mehrere andere, weiter entfernte Spuren sich verloren. Während der letzten dreitausend Jahre ist eine neue aufgetaucht, aber wir rechnen damit, daß auch sie sich als dem Tod geweiht erweisen wird.)«

»(Warum?)«

»(Wahrscheinlich sind die Kosten im Verhältnis zum Gewinn am Ende immer zu hoch. Wie hoch der jeweils gerade noch finanzierbare Betrag ist, kann von Rasse zu Rasse verschieden sein, aber am Ende gebieten entweder Notwendigkeit oder Weisheit dem Projekt Einhalt, und die Sternfahrt ist nicht mehr als eine Episode in der Geschichte eines Planetenlebens.)«

Nansens Hand krampfte sich um den Parleur. »(Bei uns wird es nicht so sein.)«

»(Das sollte es aber, allein aus moralischen(?) Gründen. Was wir aus unserer Vergangenheit über Grausamkeiten(?) und Blutbäder erfahren haben, erfüllt uns mit Schrecken. Sowohl für Sie als auch für den Kosmos wäre es das beste, wenn Sie sich zurückzögen und lernten, mit sich selbst zurechtzukommen.)«

Nansen biß sich auf die Unterlippe, reagierte aber mit einer Ruhe und Gelassenheit, die diese Art der

Diskussion gewöhnlich von ihm verlangte. »(Haben Sie Angst vor uns? Wir würden Sie niemals bedrohen. Wie könnten wir das auch bei der Entfernung zwischen uns? Warum sollten wir es?)«

»(Sie sind bereits eine Bedrohung. Allein durch Ihre Existenz.)«

»(Das verstehe ich nicht.)«

»(Sie haben einige von uns auf den Geschmack gebracht, wieder auf Reisen zu gehen, ungeachtet der grenzenlosen Gefahren. Die Vernünftigen unter uns wünschen sich, daß Sie wieder weggehen.)«

Nansen zögerte einen Moment, ehe er direkt fragte: »(Sie können uns nicht einfach umbringen, oder etwa doch?)«

Peter zuckte zusammen. Ein durchdringender Geruch wie von Säure auf Eisen wehte von enn herüber. »(Daß Sie das überhaupt denken können, löst schon mein Entsetzen aus.)«

»(Haben Sie und all jene, die genauso denken wie Sie, nicht einmal daran gedacht?)«

Peter schien seine Selbstkontrolle aus einer inneren Quelle zu beziehen. »(Es wäre absolut kontraproduktiv, ein Akt fast genauso destabilisierend wie Ihre Anwesenheit hier.)«

Demnach ist die tahirianische Gesellschaft gar nicht so perfekt ausgewogen, wie es den Anschein hatte, dachte Nansen.

»(Gehen Sie nur weg,)« sagte Peter. »(Wir, die wir Sie nicht schlecht behandelt haben, bitten Sie darum.)«

Die Bitte rührte Nansen und er entspannte sich ein wenig. »(Wir wollen sowieso in drei (tahirianischen) Jahren von hier aufbrechen, wissen Sie.)«

»(Wirklich? Und was ist mit denen, die vielleicht nach Ihnen kommen? Was ist mit Ihrer gesamten rücksichtslosen(?), eigenwilligen Rasse?)«

»(Wir wenigen können nicht für alle sprechen.)« *Alle, die nach uns leben werden.*

»(Ja, das unter anderem ist es, was Sie so schrecklich macht.)«

Der Ton wurde entschlossener. Peters Oberkörper straffte sich. Die mittleren Augen fixierten Nansen. »(Nun, es ist wie ein Akt der Vorsehung(?), daß wo immer die Sternfahrt angefangen hat, sie nach einer kosmisch kurzen Zeitspanne wieder beendet wurde)«, sagte enn. »(Dafür gibt es sicherlich viele Gründe; aber durch sie erhält die Realität sich selbst.

Ich kann jetzt nicht mehr sagen. Sie würden mir sowieso nicht glauben. Ich bin in diesem Bereich nicht sehr bewandert. Zuerst müssen Sie unter entsprechender Anleitung lernen, wie der mathematische Beweis gelesen werden muß. Das werden Sie. Danach wird Ihr Besuch bei uns nichts Schlimmes, sondern Gutes bewirken. Sie werden eine Botschaft für Ihr Volk mitnehmen und es bitten, seine Schiffe für immer zurückzurufen.)«

29

Optische Verstärker verwandelten die Sterne in ein verwirrendes Feuerwerk: helle Sterne wurden zu wahren Leuchtfeuern, tausend und abertausend wurden sichtbar. Die Milchstraße wurde zu einem Band aus gefrorenem Feuer, der Andromedanebel zu einem leuchtenden Maelstrom. Nur der winzige Neutronenstern wurde abgedunkelt, damit er nicht die Augen derer versengte, die versehentlich in seine Richtung blickten. In zehn Kilometern Entfernung glänzte das Boot, die *Herald*, wie ein Splitter von einem Schwert.

Dayan und Brent achteten nicht auf diese Pracht. Ihre Aufmerksamkeit galt dem dichten Geflecht eines metallenen Spinnennetzes, das fünf Kilometer breit war, sich langsam drehte und dem Pulsar ständig seine konkave Seite zuwandte. In Raumanzüge gehüllt, trieben sie vor der Masse, stützten sich mit einer Haftsohle auf dem ausgedehnten Gitterwerk ab, wann immer sie einen Rückstoßimpuls ausgleichen mußten. Dabei bedienten sie Werkzeuge und Instrumente mit Händen, die mittels elektrisch gesteuerter Gelenke und taktiler Muskeln so geschickt und sensibel waren, als wären sie nackt. Nichtsdestoweniger war es eine schwierige Aufgabe. Jeder hörte den Atem des anderen laut über Ohrlautsprecher, und die Recyclingeinrichtungen konnten nicht den gesamten Schweißgeruch wegfiltern.

Schließlich nickte Brent. »Genau was ich befürchtet habe. Eine Störung im Haupt-Datenfilter. Das Programm spielt verrückt. Nicht viel, aber es reicht. Kein

Wunder, daß die Daten, die du aufgefangen hast, plötzlich keinen Sinn mehr ergaben.«

»Zuerst dachte ich, wir wären auf irgendein wildes neues Phänomen gestoßen –« meinte Dayan lachend. »Nein, so ist es viel besser. Wir haben es sowieso schon mit mehr Rätseln zu tun, als wir in absehbarer Zeit lösen können.« Sie wurde wieder ernst. »Wie schnell schaffen wir es, daß dieses Gerät wieder richtig arbeitet? Die Gravitationswellen von den Sternbeben – sie verraten uns eine Menge über das Innere –«

»Wir können das gesamte Modul sofort austauschen. Die Roboter haben doch Ersatz für jedes Teil auf Lager, nicht wahr? Die Frage ist nur, werden wir uns schon bald mit demselben Problem erneut herumschlagen müssen? Wodurch ist das Programm mutiert?«

»Darüber denke ich nach, seit du zum ersten Mal diese Möglichkeit angedeutet hast.« Dayan fing an, ihre Werkzeuge von dem Gitter abzunehmen, wo sie klebten, und sie an ihrem Gurtgeschirr zu befestigen. Es war eine Tätigkeit, die sie fast automatisch ausführte. Dabei ging ihr Blick in die Ferne, und ihre Stimme bekam einen meditativen Klang. »Wir haben eine Teilreflektion des südlichen Pulsarstrahls von irgend etwas aufgefangen – wahrscheinlich von einer vorbeitreibenden Molekülwolke, die von der Eruption übriggeblieben ist – und sie könnte sehr gut zufällig den Filter hier getroffen haben. Das hatte wahrscheinlich ausgereicht, um ein paar elektronische Schaltungen durcheinander zu bringen. Ein unglücklicher Zufall, einfach nur Pech, aber wir müssen mit solchen Zufällen rechnen . . .«

Sein Blick ruhte auf ihr. Der Raumanzug kaschierte

die Kurven des zierlichen Körpers, aber in dem Helm waren deutlich große Augen, eine geschwungene Nase, volle Lippen und eine helle, reine Haut zu erkennen. Die Verstärkung lieferte nur eine Andeutung von Farbe, aber er wußte, daß das zusammengeraffte Haar feuerrot war und normalerweise lose auf ihre Schultern herabwallte.

»Demnach konnten die dämlichen Roboter nicht entscheiden, welcher Art die Schwierigkeiten waren, und haben nach uns geschrien«, sagte er.

»Sie sind nur so gut wie ihre Programme, Al, und die Programme sind nur so gut wie unser Wissen und unsere Weitsicht.«

»Ja. Dann laß uns das schnell in Ordnung bringen und zu *Envoy* zurückkehren.«

Jede Einrichtung, die die Expedition installierte, hatte ihre Maschinenhelfer, um sie zu überwachen und zu warten. Brent gab einen knappen Befehl.

Neben dem großen Netz inmitten der Sterne wartend, betrachtete Dayan ihn einige schweigsame Sekunden lang.

»Es tut mir leid, wenn dir das ungelegen gekommen ist, Al«, sagte sie.

»Häh?« Sie hatte ihn noch nie so perplex gesehen. »Ungelegen? Also, nein, nein. Ich dachte, du hättest es eilig, zurückzukehren. Ich, also ich bin glücklich, daß ich etwas Nützliches zu tun habe. Deshalb bin ich doch mitgekommen.«

»Und um dir die Zeit zu vertreiben, bis wir wieder nach Hause zurückkehren, oder etwa nicht? Das ist nichts Schlimmes. Wir alle vermissen die Erde.«

»Nun ja, aber –« Er räusperte sich. »Hanny, so zu arbeiten, mit dir zusammen, das ist etwas ganz besonderes. Ich bedaure fast, daß wir schon bald fertig sein werden. Wann immer du willst -«

Ein schwarzer Schatten schob sich an der Milchstraße vorbei. »Da kommt ja der Reparaturroboter.« Dayan klang um vieles erleichterter, als der Zwischenfall es verdient hatte.

Das Gebilde – eine oktopusähnliche, seesternähnliche Maschine – näherte sich auf dünnen, unsichtbaren Jetstrahlen. Die Menschen sahen, wie die optischen Instrumente kurz aufblitzten. Es glitt in nur wenigen Metern Entfernung an ihnen vorbei, schien sich für eine oder zwei Sekunden zu schütteln und wanderte weiter, wobei es schnell schrumpfte und im Himmel zu verschwinden drohte.

»Verdammt noch mal!« brüllte Brent. »Komm zurück, du Mistding!«

»Irgend etwas ist nicht in Ordnung«, sagte Dayan schnell. »Dessen Programm ist ebenfalls gestört. Gleiche Ursache?« Sie schnappte sich eine Radarpistole, zielte, warf einen Blick auf die Anzeige, legte die Pistole beiseite und nahm dafür ein Ionoskop. »Es hat die Jets abgeschaltet, als es bei uns war. Eine Sicherheitsmaßnahme. Aber dann hat es keine Manöver zum Andocken ausgeführt. Es behielt die ursprüngliche Richtung bei. Es befindet sich jetzt im freien Fall und ist unterwegs in die Unendlichkeit.«

»Und es hat das Modul bei sich. Ich verfolge das Ding.« Brent hielt sich an einer Querstrebe fest und schwang sich herum.

»Nein!« bremste Dayan ihn. »Zu unsicher. Der Schwung ist für den Antrieb deines Anzugs zu groß.«

»Ich nehme die gleiche Richtung, hänge mich dran und bremse –«

»Nein, sage ich. Für eine solche Operation fehlen dir die entsprechenden Geräte.«

»Verdammt, Hanny, wir haben keinen angemessenen Ersatz für diesen Roboter und das Modul – Willst du diese Vorrichtung denn nicht reparieren?«

»Nicht, wenn dafür ein Leben riskiert werden muß.«

Kilbirnie hatte die ganze Zeit zugehört. Ihre Stimme erklang nun über Funk. »Streitet euch nicht. Ich hol das Ding.«

»Wie bitte?« rief Dayan. »Nein, Jean, die Parameter – zu hoch, viel zu unsicher – am Ende geht das Boot zu Bruch!«

Kilbirnies Tonfall war ausgesprochen fröhlich. »Aye, klar, es wäre nett, wenn ich jetzt einen von diesen tollen tahirianischen Typen bei mir hätte, aber ich komme mit der *Herald* ganz gut zurecht. Keine Sorge.«

»Nein! Ich verbiete dir –«

»Hanny, an Bord der *Envoy* bist du diensthabender Kapitän, aber wenn ich mein Boot lenke, dann habe ich den alleinigen Befehl darüber. Du wirst dein Modul zurückkriegen, um es einzubauen, und deinen Roboter dazu, damit er es einbaut, und das wär's dann. Colin«, hörten sie dann Kilbirnie zu dem Tahirianer sagen, der sie höchst aufmerksam schon die ganze Zeit begleitete, »passen Sie gut auf, denn eines Tages sitzen Sie vielleicht auf diesem Platz.« Wahrscheinlich verstand enn sogar ihre eigenwillige Ausdrucksweise. Sie hatten sich mittlerweile regelrecht angefreundet.

Ein Feuerstrahl, schwach trotz Verstärkung – der Plasmaantrieb war extrem leistungsfähig –, ließ die *Herald* zwischen den Sternenketten dahinschießen. Sie kam näher, wurde größer und größer und erinnerte an einen Barrakuda auf der Jagd.

Feuer; Rotation um drei genau definierte Achsen. Feuer; am Ende ein aufs feinste dosiertes Zusammenspiel von Beschleunigung und Verzögerung. Eine Frachtluke öffnete sich. Der Roboter glitt hinein, als wäre er ein Insekt, das sich vom Frühlingswind treiben läßt. Die Luke schloß sich. »Wir haben den Fisch im Netz!« rief Kilbirnie.

»G-g-gut gemacht«, brachte Dayan nur mit Mühe hervor.

»Ach, das war doch nichts. Ich hoffe, es hat gezeigt, was ich alles kann. Und jetzt verlange ich meine Belohnung, Hanny, nämlich daß ich Tim auf den Planeten runterbringen kann, damit er dort seine Arbeit erledigt.«

Der Herbst entfaltete nicht die Farbenpracht, wie man sie von der Erde kannte. Die Farben wurden blaß, manchmal grau, häufiger graubraun oder graugelb. Einige Blätter blieben an den Ästen hängen, andere verdorrten und wirbelten mit dem Wind davon. Doch am Himmel wimmelte es von Zugvögeln, in den Wäldern raschelten umherziehende Füße, Schreie ertönten, und in dem Land, in dem Terralina lag, waren die schnell kürzer werdenden Tage vorwiegend hell, und die Kälte schien bis ins Blut der Menschen zu dringen.

Nansen und Yu gingen auf der Wiese hin und her. Er hatte sie in seiner Hütte empfangen, die ihm auch als Büro diente, doch der erhoffte Bericht, den sie mitbrachte, hatte bewirkt, daß sie nicht mehr stillsitzen konnten. Obgleich sie nicht weit von der Siedlung entfernt waren, erschien diese winzig klein vor dem Hintergrund des Waldes und unter dahinjagenden Wolken, deren Schatten über die Planetenoberfläche huschten. Der Wind heulte, zerzauste ihr Haar und spülte über ihre Wangen wie ein eisiger Gebirgsbach.

»Ja«, sagte Yu durch die Nase, »es ist völlig klar. Ajit hat die Bedeutungen zweifelsfrei eruieren können.«

Nansen lächelte sie an. »Das hat er bestimmt nicht ganz alleine gemacht.«

»Oh, ich habe mich um die physikalischen Aspekte gekümmert. Aber die Interpretation der Dinge, die nichts mit den uns bekannten physikalischen Erkenntnissen zu tun haben – nun, das kam alles von ihm. Es gibt eindeutig Leben innerhalb des Schwarzen Lochs. Intelligentes Leben.«

»*Wie das?*«

»Emil und seine Freunde haben bisher keine Erklärung dafür liefern können. Wir sind nicht sicher, ob die Tahirianer selbst nicht mehr als nur eine ... eine auf gewisse Kenntnisse gestützte Vermutung haben. Sie denken nicht in den gleichen Kategorien wie wir. Sie drücken ihre wissenschaftlichen Erkenntnisse auf andere Art und Weise aus. Erinnern Sie sich zum Beispiel an die Dimensionen, die sie benutzen?«

»Was meinen Sie mit ›Dimensionen‹?«

»Die Grundgrößen ihrer Dynamik sind nicht Masse, Länge und Zeit, sondern Energie, elektrische Ladung und das Raum-Zeit-Intervall.«

»Ach ja. Das meinen Sie.«

»Das war einer der Gründe, weshalb die Texte, die sie vorbereitet haben, für uns so unverständlich waren, bis Hanny herausbekam, welche Situation damit beschrieben wurde. Und dieses Beispiel ist noch das simpelste. Wenn sie hier wäre, würden wir schnellere Fortschritte machen. Ich kann mich nur mühsam durch alles durchbeißen.«

Er lachte. »Deshalb sind Sie für mich ein sehr fleißiges, kleines Nagetier. Sie haben über den Feldantrieb soviel herausbekommen, daß Sie einen für uns bauen könnten –«

»Nein, nein, bitte. Ich habe erklärt, weshalb wir die *Envoy* oder ihre Beiboote nicht umbauen können. Sie sind mit ihrem derzeitigen System zu eng integriert. Ich glaube schon, daß wir eine Apparatur hinzufügen können, die in den Beschleunigungsphasen für mehr Komfort sorgt, aber umfangreiche Umbauten müssen bis zu unserer Rückkehr auf die Erde warten.«

»Wo sie vielleicht schon längst ein solches Schiff gehabt haben könnten.« Nansen sah sie wieder an. »Haben ich Sie richtig verstanden, daß Sie auch etwas neues über den Null-Null-Antrieb erfahren haben?«

Sie nickte. »Das ist nicht unbedingt eine schöne Entdeckung. Die Tahirianer haben vor längerer Zeit herausgefunden, daß es im Bereich des Quantentors zu Fehlfunktionen kommen kann. Das Bose-Einstein-Kondensat wird instabil, und die Energie aus dem Substrat wird nicht vollständig hindurchtransportiert. Der Unterschied ist nur gering, aber offensichtlich immer noch groß genug, um Schäden zu verursachen. Sie glauben, daß solche Unfälle für das Verschwinden einiger ihrer Sternenschiffe verantwortlich waren, Schiffe, die zwar aufbrachen, die dann aber nie wieder etwas von sich hören ließen.«

Nansen blickte finster drein. »*¡Ay!*«

»Oh, die Wahrscheinlichkeit ist gering und nimmt mit zunehmender Quantentorleistung weiter ab. Bei unserem Gamma-Wert von fünftausend besteht so gut wie keine Gefahr für uns. Selbst für kleinere Schiffe sind die konventionellen Gefahren des Weltraums viel größer.«

»Es könnte jedoch dazu beigetragen haben, die Tahirianer von weiterer Sternfahrt abzuhalten.«

»Das bezweifle ich. Würden wir Menschen uns davon abhalten lassen? Ich glaube, Ajit hat mit seiner Auffassung recht, daß die Gesellschaft der Tahirianer aus einer ganzen Reihe von Gründen immer konservativer wurde. Obgleich –«

Das Pfeifen des Windes war für einen kurzen Moment unerträglich laut. »Ja, was?« fragte Nansen nach mehreren Sekunden.

»Ich weiß es nicht.« Er hörte die Sorge in ihrer Stimme. »Da ist noch etwas anderes in den Gleichungen – irgendeine Andeutung –, Emil meint, daß enn es nicht sagen könne. Es ist offensichtlich nicht allgemein bekannt, zumindest nicht in dieser Zeit. Als ob es ... so schrecklich ist, daß niemand von denen, die Bescheid wissen, bereit ist, darüber zu reden.«

Nansen erinnerte sich an die Andeutung, die weiter auszuführen Peter sich geweigert hatte. »Es ist etwas, das nicht jedem theoretischen Physiker sofort auffällt. Etwas, das wir wahrscheinlich nicht so einfach hinnehmen würden. Ich denke, daß wir – Sie und Hanny – Hilfe erhalten würden, wenn wir es selbst zu ergründen versuchten.«

»Ich habe den Eindruck, als hätten die Tahirianer es durch das Schwarze Loch erfahren, vielleicht von den Wesen dort.«

»Könnte es sein, daß sie davor geflohen sind?«

»Wir – Ajit und ich – sind uns nicht sicher.«

Er schüttelte sein Unbehagen ab. »Wir können versuchen, es in Erfahrung zu bringen.«

»Vielleicht«, sagte sie vorsichtig. »Ich glaube, wir brauchen auch tahirianische Hilfe, um Kontakt mit diesen Wesen aufzunehmen. Die Tahirianer haben ein Gefühl für Quantenmechanik. Die Lebensformen sind offenbar ein Phänomen auf Quantenebene.«

»Oh, es gibt sicherlich Tahirianer, die sich bereitwillig zur Teilnahme melden werden. Emil, Esther, Fernando, Colin, Stefan und mehr. Wir haben sie mit Träumen von einem neuen Zeitalter der Entdeckungen geradezu infiziert.« Nansen schlug sich mit einer Faust in die Handfläche. »*Dios mío*, welche Entdeckungen erwarten uns dort. Sie könnten unsere gesamte *perspectiva* von – von allem verändern. Wenn die Wissenschaft auf Leben stößt, das nicht rein materiell ist – Oh, Wenji!«

Er blieb mitten auf dem Feld stehen. Sie ebenfalls. Er wirbelte herum und umarmte sie. Ein Schatten glitt über sie hinweg.

Er ließ die Frau los und trat zurück. »Ich bitte Sie und Ajit um Entschuldigung«, sagte er. »Schon wieder einmal.«

Sie lächelte. »Was soll das, darf der Kapitän denn niemals offen seine Gefühle zeigen? Verstecken Sie sich nicht dauernd hinter Ihrer eigenen Unnahbarkeit, Ricardo Nansen. Gehen Sie einfach mal aus sich heraus und zeigen Sie Ihr wahres Ich.«

Bei verstärktem Sternenlicht betrachtet, war der Planet am Boden schwarz, grau, weiß. Hier und da war ein stahlblauer Schimmer zu erkennen. Cleland und

Kilbirnie überquerten ein Tal, das unter zwei Kilometern Eis begraben war, eine Landschaft, übersät und gefleckt von schrundigen und zerklüfteten Eis- und Gesteinsbrocken. In der Ferne ragte ein konisch geformter Berg auf. Ein paar Kilometer hinter ihnen schnitt ein düsterer Steilabbruch den gegenüberliegenden Horizont ab. Darauf glänzte die *Herald* winzig klein vor den unnatürlich hell funkelnden Sternkonstellationen. Eine Schutzkuppel war in der Nähe errichtet worden. An Bord des Bootes, hinter den optischen Geräten, verfolgte Colin den Weg der Menschen – neidisch?

Das Paar saß auf einem Lastenroboter. Gerätschaften, die an ihm befestigt waren, verhüllten den größten Teil des länglichen Körpers. Ein Ballon tanzte über ihnen am Ende eines dreihundert Meter langen Kabels. Er trug Instrumente, um die geisterhafte Atmosphäre zu untersuchen, und erinnerte an einen grotesken Mond. Das dumpfe Dröhnen der sechs Füße des Roboters, das durch den metallenen Körper hallte, war der einzige Laut, der an die Ohren der Reiter drang.

Sie hatten nur wenig gesprochen, seit sie das Camp verlassen hatten. Cleland war mit seinem visuellen Aufnahmegerät sowie mit Geometer, Gravitometer und was immer er sonst noch im Sattel bedienen konnte, beschäftigt, oder schaute sich einfach nur um. Kilbirnie fehlte sein professioneller Blick, aber das Land war auf seine strenge Art interessant und einmalig.

Außerdem war die Unterhaltung ein wenig schwierig geworden. Zwischen ihnen war eine ganz eigentümliche neue Spannung entstanden, über die nicht geredet wurde und die nicht unbedingt unfreundlich war. Schließlich waren hier zwei Menschen und ein Nichtmensch auf einer ganzen Welt alleine ...

Aber als Cleland sich schließlich über sein Funkgerät meldete, klang er beinahe fröhlich: »Hey, Dobbin.« Er betätigte einige Kontrollen. Der Roboter hielt an. Indem er den Hals reckte, um sich umzudrehen und sie anzuschauen, sagte er: »Du darfst jetzt absteigen und dir die Füße vertreten.«

»Klasse! Das beste was ich seit ›Das Frühstück ist fertig‹ gehört habe.« Kilbirnie stieg aus dem Sattel, trottete zehn oder zwölf Meter weit über den rauhen Untergrund und begann mit Gymnastikübungen, so gut es in einem Raumanzug ging. »Warum hier?«

Cleland war ebenfalls heruntergestiegen. »Mehrere Überlegungen. Wir wollen nicht außer Sicht des Bootes geraten und stets bereit sein, sofort dorthin zurückkehren zu können. Dies scheint ein günstiger Platz zu sein, um unsere Messungen und Untersuchungen vorzunehmen wie seismische und isotopische Daten, dann die üblichen Analysen und eine Bohrung, um Gesteinsproben zu nehmen.«

»Woran erkennst du das?«

Er lächelte sie durch sein Helmvisier über das Gelände hinweg und beim Licht der Sterne und des über ihnen tanzenden falschen Mondes an. »Eine Vermutung, gestützt durch Erfahrung. Wir erhalten vielleicht eine Vorstellung davon, woher die Gase kommen. Und natürlich davon, was in dem festen Himmelskörper vor sich geht. In dem fest-flüssigen Körper, sollte ich wohl lieber sagen. Nach dem zu urteilen, was ich bisher habe beobachten und abschätzen können, scheint der flüssige Teil des Kerns ziemlich groß zu sein.«

»Nicht so groß wie mein Durst auf Bier es sein wird, wenn wir ins Camp zurückkehren. Aye, gehen wir an die Arbeit.« Kilbirnie brach ihre Freiübungen ab und machte Anstalten, zu ihm zurückzugehen und ihm zu helfen.

Der Gletscher rumpelte, als stamme das Geräusch, das ihn durchlief, aus einer gigantischen Maschine. Ein heftiger Stoß warf Cleland um. Er rappelte sich schwankend hoch und sah, wie eine Woge der Zerstörung durch das Tal lief. Eis zerbrach, zerschellte, flog brockenweise hoch, landete krachend und zersprang in feinen Staub, der glitzerte wie winzige Sterne.

Er sah, wie dicht hinter Kilbirnie eine Spalte aufklaffte. Sie versuchte, sich mit einem verzweifelten Sprung zu retten, und verschwand über die Kante aus seinen Augen.

Ein Erdbeben! Da durfte es gar nicht geben! Und ausgerechnet hier und jetzt! »Jean!« brüllte er. Ein Grollen und Knirschen antwortete.

Er stolperte über gefrorenen Grund, der immer noch erbebte, und gelangte an den Rand der Spalte. Sechs Meter breit und fünfzig lang, verlor ihr Grund sich in tiefer Schwärze. Er ging auf alle Viere hinunter und starrte hinein. Zehn Meter tief, schätzte er mit einem Teil seines Gehirns, der noch nicht in einen Alptraum abgetaucht war, zehn Meter bis zum Grund, der mit geborstenem Eisbrocken bedeckt war. Im verstärkten Licht schimmerten die Seitenwände in einem zarten Blau. Kilbirnie war ein Flecken aus Schatten und Geglitzer. »Jean!« brüllte er erneut.

»Aye«, hörte er. Die Eismassen hatten ihren Sprechfunkverkehr gestört.

»Bist du verletzt, Liebling?«

»Nicht schlimm. Ich bin nicht gestürzt, nur gerutscht und gerollt.«

»Ich komme!« Er machte Anstalten, sich über die Kante zu schieben.

»Nein, du Schwachkopf!« Ihre Ruf schnitt durch seine Trommelfelle. »Nicht wir beide! Es ist zu steil. Wir können nicht herausklettern.«

Ein weiteres Beben setzte ein und ließ die Umgebung erzittern. Es war weniger heftig als das erste, aber auch jetzt brachen Eisplatten ab und polterten in die Tiefe. »Ich rufe Colin –«

»Nein! Enn hat nur gelernt, das Boot in den Raum zu lenken. Bei dem Versuch, hier zu landen, würde enn das Boot zertrümmern. Geh lieber ein Seil holen und zieh mich raus!«

Benommen zog er sich zurück. »Colin«, sagte er völlig unsinnig, »passen Sie auf. Wenn die *Envoy* am Horizont auftaucht, sagen Sie ihnen Bescheid. Und warten Sie auf mich.«

Der Untergrund bebte erneut. Weitere Eistrümmer brachen ab und fielen in die Spalte. Wenn er den Roboter auf volles Tempo beschleunigte, würde er mindestens eine Stunde brauchen, um den Steilabbruch zu erreichen, hinaufzuklettern und ein Seil zu holen. Eine weitere Stunde für die Rückkehr. Was hatte der Planet noch an Erdbebentätigkeit im petto? Eigentlich nichts. Ein geschmolzener metallischer Kern sollte eigentlich den überschüssigen Druck ziemlich schnell abgebaut haben und die nächsten paar Milliarden Jahre damit verbringen, in Ruhe weiter abzukühlen. Aber – vielleicht gab es darin irgendwelche Strömungen, Zonen, unterschiedlicher Abkühlung – er war ja hergekommen, um sich wissenschaftlich zu betätigen, und hatte gehofft, auf Überraschungen zu stoßen.

Er rannte zum Roboter hinüber. Der Gletscher ächzte unter seinen Schritten. Der Ballon pendelte am Ende seines Seils vor dem dunklen Himmel hin und her.

»Ja!« Für eine Sekunde verschwamm alles vor Clelands Augen, als ihm Freudentränen kamen.

Aber er durfte keine Zeit vergeuden. Er schaltete die Winde ein. Während sie das Seil einzog, holte er einen kleinen Ionenbrenner heraus. Mit ihm sollten eigentlich Teile des geophysikalischen Observatoriums zusammengefügt werden, das er hier hatte aufstellen wollen. Schade. Nein, wunderbar. Er dankte dem Gott, an den er eigentlich gar nicht glaubte.

Zehn Meter, nein, lieber zwanzig, um sicherzugehen, hör nicht auf, es weiter einzuziehen. Die Flamme loderte, die Leine glühte weiß und riß. Wackelnd stieg der Ballon auf und schleppte die restliche Leine wie einen Schwanz hinter sich her. Die Ausrüstung, die er mitnahm – *Eine Opfergabe für Jeans Leben,* dachte er. *Aberglaube? Gleichgültig, wenn es nur funktioniert.* Er wickelte ab, was er abgeschnitten hatte, löste das Ende der Leine von der Winde, schlang sich alles um den Oberkörper und eilte zurück.

Erneut erzitterte das Tal, wieder und wieder. Eistrümmer verschwanden in der Spalte. Ein paar streiften Kilbirnie, so daß sie hinstürzte. Sie sprang sofort wieder auf, denn die Trümmer am Grund der Spalte gerieten in Wallung, während die Erdstöße wellenartig durch den Planeten wanderten. Die Klötze waren wie ein riesiges Mahlwerk, das Stahl und Knochen zermalmen konnte. Sie tanzte auf den Eisbrocken um ihr Leben, suchte verzweifelt einen sicheren Platz. Sie stieß ein Wolfsgeheul aus, teils trotzig, teils begeistert. Sie war viel zu beschäftigt, um Angst zu verspüren. Aber sie spürte, daß sie in diesem Moment hundertprozentig lebendig war.

Cleland kämpfte sich bis zum Rand vor. Er legte das Kabel hin und knüpfte ein Ende zu einer Schlinge. Den Knoten fixierte er mit einem kurzen Flammenstoß des Ionenbrenners. »Kannst du mich sehen?« rief er in die Tiefe. »Ich lasse dir eine Leine hinunter. Kannst du sie packen?«

Keine Reaktion. Das letzte Beben verlief sich. Er lag auf dem Bauch, hatte den Helm über die Kante hinaus geschoben und starrte besorgt in die Tiefe. Ein Schluchzen stieg in seiner Kehle auf. Dort war sie und kroch über das Chaos in seine Richtung. Er ließ mehr Kabel hinunter, spürte, wie es über die Eiswände rutschte und unten gegen die Platten und Klötze stieß. Sie erreichte die Schlinge und ergriff sie. Er ging zur Sicherheit ein Stückchen zurück, stand auf, schlang sich die Leine einmal um den Leib und begann sie Hand über Hand einzuziehen. Sie gab nur langsam nach und wurde von Reibung und Gewicht gebremst. Er keuchte angestrengt. Hätte er den Roboter mit der Winde herholen sollen? Er hatte es viel zu eilig gehabt, um in Ruhe nachzudenken, und jetzt war es zu spät. Seine Arme schmerzten, desgleichen seine Hände, obgleich er Handschuhe trug. Aber er zerrte weiter an dem Seil.

Sie erreichte die Kante, rutschte darüber!

Er blieb stehen und zog weiter, bis sie die Spalte ein gutes Stück hinter sich hatte. Erst dann ließ er das Seil los und rannte zu ihr hin. Er stolperte einmal und fiel auf die Knie. Während er sich erhob, stand sie ebenfalls auf. Er sah, daß ihre Funkantenne verschwunden war. Wahrscheinlich war das gesamte Gerät zerstört und nicht mehr zu gebrauchen. Aber sie stand aus eigener Kraft, schwankte ein wenig, grinste ihn durch ihr Helmvisier an und breitete die Arm aus, um ihn an sich zu drücken.

Ein schnell dahinziehender Stern tauchte über dem Steilabbruch auf. Cleland funkte ihn über die *Herald* an. »Sie ist okay!« rief er der *Envoy* entgegen. »Habt ihr gehört? Ihr ist nichts passiert!«

Der Weg zurück zum Boot verlief nicht vollständig schweigsam. Sie wechselten einige Worte, indem sie die Helme dicht zusammensteckten. Im wesentlichen versicherte sie ihm, daß kein Knochen gebrochen war. Allerdings war sie nicht ganz unversehrt. Obgleich ein Raumanzug heftigen Stößen widerstand, wurde die Stoßenergie übertragen. Außerdem war sie umgeworfen und mehr als einmal umhergeschleudert worden. Er konstruierte ein Gurtsystem für sie, damit sie nicht hinter ihm aus dem Sattel rutschte. Während sie dahinschaukelten, spürte er, wie sie gegen ihn sank und einschlief.

Der mühsame Aufstieg, der mit heftigem Schwanken verbunden war, weckte sie. Als sie am Camp anhielten und er absprang, um ihr aus dem Sattel zu helfen, sah er, wie sie die Zähne vor Schmerzen zusammenbiß. Colin stand in enns eigenem Anzug bereit und hielt einen Parleur in der Hand. Kilbirnie nahm ihn an sich und schrieb eine Nachricht für enn. Cleland konnte nicht erkennen, wie sie lautete. Der Tahirianer schien zu protestieren. Kilbirnie machte eine beschwörende Geste. Colin lenkte ein – verwirrt? – und begann, den Roboter abzuladen. Kilbirnie zog an Clelands Arm und deutete auf die Schutzhütte.

Sie stützte sich auf ihn und humpelte, als sie sich dorthin schleppten. Hier bestand der Untergrund aus nacktem dunklem Metall, stellenweise rauh und schroff, an anderen Stellen fast spiegelglatt, so daß der phantastische Sternhimmel davon reflektiert wurde. Die *Herald* stand aufrecht auf ihren Landestützen und erinnerte an einen glänzenden Wachturm. Dahinter befand sich die Kuppel der Schutzhütte und der angrenzende niedrige Bau der Energieanlage – alles zusammen Labor, Werkstatt und Zuhause für die drei lebenden Wesen auf dieser Welt. Während sie darauf warteten, daß die Luftschleuse sich öffnete, spürten sie auf ihren Gesichtern das infrarote Licht, das die Außenhaut ihrer Raumanzüge von einer Kälte befreite, die ihre Körper schutzlos niemals hätten ertragen können.

Sie gingen hindurch in die drangvolle Enge, die sie dahinter erwartete. Die helle Beleuchtung verwandelte die Bullaugen in schwarze Kreise. Drei dünne Trennwände markierten die Abteilungen, wo sie und er schliefen und wo sie ihre persönliche Hygiene pflegten. Colins Quartier befand sich draußen zwischen den diversen Apparaten. Für enn hatte der Begriff Intimsphäre an diesem Ort kaum eine Bedeutung, und vielleicht war es noch nicht einmal ein Modell, das für die Tahirianer galt. Die Menschen nahmen ihre Helme ab und atmeten warme, süß duftende Luft ein. »Ahh«, seufzte Kilbirnie. »Das ist genauso, als käme man von einer Pilotenprüfung direkt in eine gemütliche Kneipe.«

Trotz des Scherzes war ihre Stimme rauh und brüchig. »Wie – wie fühlst du dich?« stammelte Cleland.

»Angeschlagen, zerbeult, durstig und verdammt erleichtert«, erwiderte sie lachend. »Außerdem ziemlich overdressed, und zwar meine ich uns beide.«

»Ja. Ich helfe dir eben –«

Sie nahm die Hilfe gerne an, obgleich die Kombinationen praktisch mit einer Hand geöffnet und abgestreift werden konnten. Schweiß klebte den Trikotanzug an ihren schlanken Körper. Er entdeckte dunklere Flecken, die er entsetzt anstarrte. »Du ... du bist verletzt«, sagte er. »Oh, Jean, Jean.«

»Ein paar Prellungen und Hautabschürfungen, mehr nicht.« Der Blick aus ihren blauen Augen durchbohrte ihn regelrecht. »Ehe du anfängst, dir gegen die Brust zu schlagen und zu erklären, alles wäre nur deine Schuld, Tim Cleland, solltest du daran denken, wie verdammt eilig ich es hatte, mitzukommen. Ich verdanke dir mein Leben. Und jetzt sieh zu, daß du aus deinen Sachen rauskommst, damit du dich nützlich machen kannst.«

Während er sich aus seinem Raumanzug schälte, ging sie zur Kühlbox, holte sich ein Bier und leerte den Behälter in drei großen Schlucken. »Ah-h-h, *la agua verdadera de la vida.*« Sie sah, wie er sich krümmte. »Aber wie geht es dir, Tim? Bist du verletzt?«

»Nein, nein. Es ist nicht der Rede wert.« Außer daß er ihr Spanisch gehört hatte.

»Gut, sehr gut. Nun, mir tut alles weh, und meine Knochen quietschen und knarren bei jeder Bewegung. Wenn ich morgen nicht völlig ausfallen soll – und wir wollen morgen ja wohl unsere wissenschaftliche Arbeit fortsetzen –, dann sollten wir schnellstens etwas dagegen tun. Zuerst eine heiße Dusche. Unterdessen kannst du schon mal die Medizin bereitlegen.«

Kilbirnie verschwand in der Badabtrennung. Er hörte Wasser vom oberen Sammelcontainer in den Recyclingtank fließen. Dampf wallte auf. Er hängte ihre Anzüge auf und öffnete den Arzneischrank. Analgetikum, Hemolytikum, Heilsalbe – er arrangierte alles auf dem Tisch, an dem sie ihre Mahlzeiten einnahmen. Dabei drehte sich ihm alles. Immer und immer wieder las er die Instruktionen, als würde er sie nicht auswendig kennen, wie es sich für jeden Sternfahrer gehörte, während das Wasser rauschte und plätscherte.

Es versiegte. Dafür heulte ein Warmluftgebläse auf.

Sie erschien wieder. Die Blutergüsse waren allmählich zu erkennen. Ansonsten schien ihre ganze Haut rosig zu leuchten. Das braune Haar war immer noch feucht und klebte an ihrem Kopf. Wassertropfen glitzerten zwischen ihren Oberschenkeln. Sie lachte schallend.

»He, du müßtest dein Gesicht mal im Spiegel sehen! Komm wieder auf den Teppich, Mann. Ich habe Prellungen an Stellen, an die ich nicht herankomme, um Salbe darauf zu schmieren. Dann kannst du mich genausogut überall einreiben. Na los, gönn dir den Spaß.«

»Du ... du hättest doch Colin darum bitten können«, sagte er und versuchte das Rauschen zu übertönen, das plötzlich in seinen Ohren erklang.

»Es wäre ein wenig mühsam, ihm das Wie und Wo mit Hilfe eines Parleurs zu erklären.« Sie ergriff einen Wasserkrug, den er gefüllt hatte, und spülte zwei von den Arzneien hinunter, die zum Einnehmen vorgesehen waren.

»Ein allgemeines Schmerzmittel und eine Schlaftablette mußt du noch nehmen«, erinnerte er sie.

»Noch nicht. Wenn überhaupt. Betäubung ist so langweilig. Komm, steh nicht rum wie zur Salzsäule erstarrt.«

Er schmierte ein wenig Salbe auf seine Handfläche und begann, sie zwischen ihren Schulterblättern zu verteilen. »Nun, das ist doch schon ganz gut für den Anfang«, schnurrte sie. »Aber ruhig ein wenig fester. Und jetzt dort.« Sie krümmte den Rücken unter seiner Hand. »M-m-m-m, hervorragend. Du lernst aber schnell.«

Die Blessuren waren zum Glück nicht sehr zahlreich. In Mitleidenschaft gezogen waren ihre Schienbeine, die Ellbogen, Knie, Hüften und Arme. Er war bald fertig. »Vielen Dank. Das tut richtig gut.« Sie ergriff seine Hände. »Und jetzt wisch den Rest ab, damit das Zeug nicht dort hinkommt, wo es nichts zu suchen hat.« Sie fuhr sich mit seinen Händen über die Flanken.

»Jean, Jean«, krächzte er. »Ich kann nicht –«

»Weißt du, was ich zu Colin gesagt habe«, meinte sie, »enn solle ein braver Kerl sein und diese Nacht im Boot schlafen. Es könnte sein, daß du dich durch enn gestört fühlst.« Sie führte seine Hände zu ihren Brüsten. Die Brustwarzen waren kerzengerade aufgerichtet. Ihre Arme legten sich um seinen Hals. »Dieses kurze Rendezvous mit dem Tod kann in einem ganz schön den Wunsch nach Leben wecken.«

»Ich – Jean, ich ... bin schmutzig, ich stinke –«

»Du riechst nach Mann. Nun komm endlich.«

Viel später, als sie der Beleuchtung befohlen hatten zu verlöschen, und nebeneinander auf den Polstern lagen, die sie zusammengeschoben hatten, murmelte sie in sein Ohr: »Du verstehst doch, nicht wahr, Tim, Liebster? Ich mag dich sehr, aber dies hier war ein einmaliges Ereignis.« Sein gleichmäßiger Atem antwortete ihr. Er rührte sich nicht in seinem Schlaf. »Ich denke, es kann auch noch öfter passieren, während wir auf diesem Stern herumlaufen«, sagte sie leise in die Dunkelheit. »Du bist ein so lieber Kerl.«

30

Nach einer Besichtigungstour durch die verschiedenen Einrichtungen auf dem Riesenplaneten wünschte Ruszek sich ein wenig Frischlufterholung. Die Wälder um Terralina waren zu vertraut, zu friedlich. Sein tahirianischer Führer, den er Attila nannte – ein absolut ehrenvoller ungarischer Name – empfand es genauso und schlug eine subtropische Insel vor, die enn kannte. Sie ›klang‹ wie Hawaii, Brandung und Wald und Berge zusammen. Ruszek war sofort einverstanden.

Die Anzahl von Besuchern war stets begrenzt, um eine zu starke Belastung der Umwelt zu vermeiden. »Das ist typisch für diese Rasse«, schimpfte er halblaut. Aber Attila traf mit irgend jemandem, der so etwas wie ein Reservat besaß, ein Arrangement, und sie konnten schon bald losfliegen.

Die Quartiere befanden sich an der Küste. Es waren schlichte Bauten, von farbenprächtigen Pflanzen überwuchert, die verstreut zwischen Bäumen und Büschen standen. Die Bewohner mußten selbst für ihre Verpflegung sorgen. Es gab weder Läden noch Restaurants noch sonst irgendwelche Einkaufsmöglichkeiten, lediglich eine Art Gemeinschaftshalle, wo größere Gruppen Platz fanden für Versammlungen oder sonstiges. In einem Bootshaus an einem Steg fand man Wasserfahrzeuge, Tauchausrüstungen und ähnliches. Die Ausleihe war kostenlos. »(Das Naturerlebnis steht im Vordergrund,)« sagte Attila.

»(Ziemlich ruhige Ferien,)« stellte Ruszek fest.

Er hatte mittlerweile gelernt, daß eine bestimmte

Wellenbewegung der Mähne einem Kichern entsprach. »(Man sorgt selbst für Abwechslung, vor allem, wenn man jung ist.)«

Angesichts der Ausrüstung und Vorräte, die der Mensch mitnehmen mußte, taten sie am Tag ihrer Ankunft nicht mehr, als es sich in ihrer Hütte häuslich einzurichten und am Abend einen Spaziergang zu unternehmen. Die Luft war warm und duftete, leise rauschten die Wellen des Meeres. Im gleichen Maß, wie der Himmel sich von einem tiefen Purpur im Westen zu samtenem Schwarz im Osten verdunkelte, gingen die ersten Sterne auf. Sie erschienen nicht wie brodelnde große Sonnen, die in der Unendlichkeit des Weltraum verstreut waren, sondern waren klein und freundlich und erschienen fast greifbar nahe.

Ruszek erwachte bei Sonnenaufgang. Das Frühstück konnte warten, bis sie eine Runde geschwommen waren. Er und Attila erreichten über einen Fußweg den Strand. Weiße Dünen erstreckten sich, so weit das Auge reichte. Das Wasser schäumte und brach sich donnernd am Strand, grüne Fluten mit weißen Schaumkronen, zum Horizont von dunkelblau in indigo übergehend. Es war kalt und salzig. Fast eine Stunde lang tollten die beiden in der Brandung herum.

Während sie an den Strand zurückwateten, meinte Ruszek lachend: »Toll! Nur eins fehlt mir noch, *barátom*. Sie sind keine schöne Frau.« Er mußte immer wieder daran denken. *Nun, wenn wir erst mal wieder auf der Erde sind – oder vielleicht auch schon, wenn die* Envoy *zurückkommt* – Attila hätte es ohne Parleur nicht verstanden, und wahrscheinlich verstand er es auch mit Parleur nicht.

Mittlerweile waren eine Reihe Tahirianer an den Strand gekommen. Es waren vorwiegend Clan-Gruppen, die aus zwei bis drei Erwachsenen mit mehreren Kindern bestanden. Sie reichten altersmäßig von Halbwüchsigen bis hin zu Neugeborenen, die von den Erwachsenen auf dem Rücken getragen wurden. Der Mensch überraschte sie. Sie gafften. Mähnen wurden geschüttelt, Arme gestikulierten, Beine tänzelten, Laute und Gerüche wurden vom Seewind herübergetragen.

Ruszek blieb auf halbem Weg zum Strand stehen. Einige der Tahirianer kamen jetzt langsam auf ihn und Attila zu. »Machen wir uns mit unseren Nachbarn bekannt«, schlug er vor, obgleich es in seinem Magen rumorte. Jeder mußte mittlerweile von den Besuchern aus dem Weltall erfahren haben, aber nur wenige hatten sie tatsächlich zu Gesicht bekommen. Diese Leute liefen nicht wie eine Affenherde zusammen, wie er es von der Erde kannte.

Mutig geworden, galoppierten zwei Halbwüchsige auf ihn zu. Jüngere Kinder folgten ihrem Beispiel. Sie umkreisten sie mit zitternden Mähnen und Antennen und streckten ihm die Hände entgegen. Sie summten, zwitscherten und sonderten Gerüche ab. Finger berührten ihn und zogen sich wieder zurück. Er breitete die Arme aus. »Kommt ruhig her«, lud er sie ein. »Euch passiert nichts, da ihr ja keine schönen Frauen seid.«

Ältere kamen zu der Gruppe geeilt. Stimmen stießen knappe Laute aus, Mähnen sträubten sich, die Gerüche wurden stechender. Attila wechselte einige ›Worte‹ mit ihnen. Ruszek verzog finster das Gesicht, als er die plötzlich aufkommende Spannung fühlte.

Nach einer Minute trotteten die Jungen – offensichtlich widerstrebend – zurück. Ihre Eltern folgten. Die Blicke, die sie zurück warfen, waren – wachsam?

»Was zur Hölle war das?« rief Ruszek aus, »Kommen Sie, gehen wir lieber irgendwohin, wo wir miteinander reden können.«

In ihrer Hütte griff er sofort nach seinem Parleur und verlangte eine Erklärung. Attila zögerte, ehe er antwortete.

»(Sie sind nicht ihnen persönlich feindlich gesonnen.)« So interpretierte Ruszek es. Das Cambiante war immer noch voller Zweideutigkeiten und Widersprüche und würde es wahrscheinlich für immer sein. »(Sie wollen ihre Kinder vor Ihrem Einfluß bewahren. Das beste wäre, wenn wir während unseres Aufenthalts den Kontakt mit ihnen möglichst vermeiden.)«

Der Mensch stieß einen Fluch aus. Dann formulierte er eine sachliche Frage. »(Was ist so schlimm daran, mit uns zusammenzukommen? Die meisten Menschen wären außer sich vor Freude, jemanden kennenzulernen, der von einer fremden Welt stammt.)«

»(Ich habe mich gefreut und die, die so denken wie ich, ebenfalls. Aber viele tun es nicht. Sie haben Angst, daß eine allgemeine Unrast ausbricht, sie sehen die Stabilität gefährdet, die unsere Vorfahren unter größten Mühen geschaffen haben. Ihre Ankunft hat sie zutiefst beunruhigt.)«

»(Ich verstehe.)« Ruszek nickte langsam. Ständig mit seinen Untersuchungen und manchmal auch mit seinen persönlichen Problemen beschäftigt, hatte er kaum über Feinheiten ihres Aufenthalts nachgedacht, mit denen Nansen und die anderen gelegentlich konfrontiert worden waren. Ihm war es eher so vorgekommen, daß eine privilegierte Klasse sich gegen Veränderungen stemmte, die ihren Status hätten verschlechtern können. Aber wenn es auf Tahir keine privilegierte Klasse gab – »(Wenn Ihre Rasse sich wieder ernsthaft für die Sternfahrt interessieren würde, käme eine Flut neuer Informationen und Ideen zu Ihnen. Was würde dann aus Ihrem planetaren Reservat?)« Er wünschte sich, er könnte anstelle des letzten Wortes den Begriff ›Paradies‹ auf seinem Parleur darstellen.

»(Die Konservativen wollen die Dinge nicht nur um des Erhaltens willen so lassen, wie sie sind,)« erwiderte Attila. »(Das Leben ist ein seltener und flüchtiger Zufall in diesem Kosmos, und Zivilisation ist so zerbrechlich wie dünnes Glas. Denken Sie nur an das, was Sie in dem Sternhaufen fanden, in den Sie eingedrungen sind. Denken Sie an die Schrecken, die die Sternfahrt jener anderen Rasse beschert hat, auf die wir trafen. Unsere Vorfahren haben entschieden, daß ihr eigener Gewinn die Kosten und das Risiko nicht wert wären. Und tatsächlich gehen in letzter Zeit Gerüchte von irgendeiner unendlich größeren Gefahr um –)« Enn verstummte. Dann fuhr enn fort: »(Sie beschlossen, das Vergeuden von Energie und Ressourcen zu beenden. Statt dessen sicherten sie diese unsere Heimat gegen die Einflüsse der Zeit. Das bedeutete, daß sie eine Gesellschaft schufen, die dauerhaft war, die sich, wenn nötig, anpassen konnte, aber sich selbst stets treu blieb.)«

»(Die Menschen könnten das nicht.)« *Glaube ich. Sollten sie es mal versuchen?*

»(Das haben einige von Ihnen einigen von uns erklärt, wie ich ›hörte‹. Verzeihen Sie mir diese Ausdrucksweise, aber einige Tahirianer fragen sich, ob Ihre Rasse noch völlig normal ist.)«

»(Vielleicht sind wir das gar nicht. Zumindest nach Ihren Maßstäben.)« Ruszeks Schnurrbart sträubte sich. »(Wir sind, was wir sind, ganz gleich, was das sein mag, und dazu stehe ich.)«

»(Es geht hier nicht um ein Entweder-Oder.)« Drückte Attilas Haltung, Tonfall, erdiger Geruch Ernsthaftigkeit aus? »(Bei den Angehörigen unserer beiden Rassen gibt es starke individuelle Unterschiede. So hat Ihr Erscheinen Personen wie mich dazu gebracht, die Sterne zu betrachten und dort eine Zukunft zu sehen, die gefährlicher, aber auch viel reichhaltiger ist als alles, was unsere sorgfältigsten Planer sich jemals vorgestellt haben. Natürlich sind es solche wie ich, mit denen Sie den engsten Kontakt haben. Aber wir sind eine Minderheit.)« Erneut hielt enn inne. »(Vielleicht haben unsere Gegner recht. Einstweilen werden ich und alle, die genauso denken, weiterhin annehmen, daß wir es sind, die sich auf dem Irrweg befinden.)«

»(Sie wollen nicht, daß wir bei anderen Träume wecken. Na schön, dann werden Sie und ich uns eben von den anderen fernhalten,)« sagte Ruszek. »(Und jetzt sollten wir endlich frühstücken,)« fügte er hinzu, obgleich ihm der Appetit ein wenig vergangen war.

Eine Stunde vor Mitternacht herrschte im Gemeinschaftsraum Ruhe, die Beleuchtung war gedämpft, alle Bewegung war erstorben und die Luft war kühl. Aber Brent ließ leise Musik spielen. Es war ein Stück, das die meisten seiner Gefährten nicht erkannt hätten, das jedoch in ihnen allen die gleichen Gefühle weckte: »*Lá, mi darem la mano.*« Er stand in einer blauen uniformähnlichen Jacke und Hose, die Hände auf dem Rücken verschränkt, vor einem Sichtschirm und betrachtete die Sterne.

Dayan kam herein. Er drehte sich um und legte eine Hand an die Stirn. Es war die Andeutung eines Salutierens. Sie blieb in einer scheinbar wachsamen Haltung gut einen Meter vor ihm stehen. Ihre Kleidung war schlicht, wenn nicht gar trist, was für sie sehr ungewöhnlich war, aber sogar im Dämmerlicht war zu erkennen, daß ihr das Haar lose auf die Schultern herabwallte.

»Guten Abend«, sagte sie leise.

»Vielen Dank«, erwiderte er, »daß du hergekommen bist. So spät noch.«

»Du hast mich darum gebeten. Ich kann morgen früh ein wenig länger schlafen.« Ihr Lächeln versiegte, während sie ebenfalls die Sterne betrachtete. »Welche Bedeutung haben unsere Uhren hier überhaupt?«

»Ich muß dir etwas sagen, Hanny, unter vier Augen.«

Sie sah ihn an. »Warum nicht in meinem Büro?« Ein weiteres gezwungenes Lächeln. »Ich soll mich wie ein Kapitän verhalten.«

»Du hättest es ... in dieser Umgebung vielleicht ... mißverstanden.«

Sie wartete.

»Wahrscheinlich hast du es längst erraten«, sagte er. Und fuhr hastig fort: »Ich liebe dich, Hanny.«

Sie nickte. »Ja«, antwortete sie ernst, »das habe ich erwartet.«

»Und –«

Sie schaute ihm in die Augen. »Al, sei ganz ehrlich. Ist es Liebe oder Lust?«

Er errötete. »Beides. Klar. Du bist eine – eine wunderbare Frau.«

»Die einzige verfügbare im Umkreis von einem Lichtjahr.«

»Na schön!« platzte er heraus. Seine Hände zuckten hoch, obgleich er sie krampfhaft bei sich behielt. »Und ich bin der einzige verfügbare Mann. Warum auch nicht? Was ist schlecht daran? Wir fühlen uns beide besser. Die Arbeit fällt uns leichter.«

Ihre Stimme blieb ruhig und gelassen. »Ist das wirklich so? Und was ist, wenn wir wieder nach Tahir zurückkehren?«

»Darüber können wir uns Gedanken machen, wenn wir dort sind.« Er räusperte sich. »Aber du glaubst doch wohl nicht, daß Selim diese zweieinhalb Jahre allein bleibt, oder? Es war doch schon ganz deutlich, noch ehe wir aufbrachen – er und Mam sind ganz heiß aufeinander.«

Sie runzelte die Stirn. »Bitte –«

»Und jetzt, hier an Bord des Schiffs, sind Tim und Jean wie die Turteltauben.« Als er ihre Reaktion gewahrte, ließ er die Hände sinken und nahm beinahe Habachtstellung ein. »Oh, ich habe es gelernt, mich unter Kontrolle zu halten. Das mußte ich mein ganzes Leben lang. Aber wenn du so –« Er rang seinen Stolz nieder. »Aber wenn du so nett wärest –«

Sie schüttelte den Kopf. »Es tut mir leid, Al«, sagte sie so sanft wie möglich. »Ganz bestimmt. Aber nein.«

»Ich würde dich nicht in Verlegenheit bringen«, sagte er. »Ich würde dich nachher nicht belästigen, wenn du es nicht willst. Ich würde mich weiter um dich bemühen, aber es wäre ganz alleine deine Entscheidung. Wir sind Schiffsgefährten, Hanny, weit weg von einem Zuhause, das schon längst nicht mehr existiert.«

»Es tut mir leid«, wiederholte sie. »Nein.«

Sein Mund verzog sich. »Du magst mich nicht. Ist es das?«

»Falsch. Ich bin ganz einfach nicht so oberflächlich, so unverbindlich.«

»Ich bin es auch nicht. Ich habe gesagt, ich liebe dich. Das zählt wohl nicht, oder? Nicht, wenn ich es bin.«

»Al, hör damit auf. Du bist tapfer und kompetent. Du kannst sehr charmant sein. Ich bin mit einigen deiner Ideen nicht einverstanden, aber als Israelin und Soldatentochter verstehe ich sie besser als die meisten anderen aus unserer Crew, und ich teile viele deiner Gedanken und Gefühle.«

»Aber ich bin es nicht wert, für einige Stunden dein Bett zu teilen«, sagte er rauh. »Nicht so wie Selim Zeyd. Oder Ricardo Nansen, wenn du die Chance erhieltest, dich an ihn ranzumachen.«

Ihre Miene erstarrte. »Das reicht jetzt.«

»Na schön«, sagte er düster. »Tut mir leid. Ich wollte dich nicht verletzen.«

»Hast du auch nicht.« Sie schaffte es nicht zu verbergen, daß das nicht ganz stimmte. Sie meinte, wieder in freundlichem Ton: »Ich bedaure, daß dieses Gespräch nicht . . . freundlicher verlaufen ist.«

»Ich auch.«

»Wir sollten es jetzt lieber abbrechen. Es dürfte zwischen uns nichts verändern, wenn wir es dabei belassen.«

Er nickte krampfhaft.

»Gute Nacht, Al.« Dayan ging hinaus.

Er blieb reglos stehen, bis sie gegangen war. »Ja«, murmelte er. »Eine wirklich gute Nacht.«

Durch die verlassenen Korridore suchte er seine Kabine auf. Inmitten der Porträts der Eroberer stehend, rief er über das Intercom das tahirianische Quartier. »Leo«, sagte er. »Brent. Können Sie gleich zu mir kommen?« Die anderen hatten ein paar englische Sätze gelernt. Er erkannte den Laut, der ›Ja‹ bedeutete. Er ging auf und ab, bis die Tür sich meldete, und ließ das andere Wesen ein.

»(Danke, daß Sie gekommen sind,)« sagte er mit seinem Parleur. Der Doppelsinn des Satzes löste einen stechenden Schmerz bei ihm aus. »(Ich hoffe, ich habe Sie nicht geweckt.)«

»(Nein,)« antwortete Leo auf enns eigenem Gerät. »(Wir haben es noch nicht geschafft, uns an den Vierundzwanzigstunden-Zyklus zu gewöhnen, den Sie an Bord des Schiffs einhalten. Außerdem begrüße ich für meinen Teil jede Abwechslung.)«

»(Natürlich.)« Leo war nicht mitgekommen, um sich an den wissenschaftlichen Untersuchungen oder den Erkundungen zu beteiligen. Er war hier, um alles zu beobachten und alles seinen Leuten auf Tahir zu berichten. Brent hatte enn zuerst als eine Art politischen Offizier oder geheimen Polizeiagenten betrachtet, jedoch schon bald erkannt, daß das Unsinn war. »(Ich wünschte, ich könnte Ihnen eine Erfrischung anbieten.)«

»(Sie können sich mit mir unterhalten. Sie haben sicherlich etwas zu bereden.)«

Brent bedeutete enn mit einer Geste, sich hinzulegen, und nahm in einem Sessel Platz. Seine Finger wanderten über die Berührungstastatur. »(Wie beurteilen Sie unsere bisherigen Aktivitäten?)«

»(Sie beunruhigen mich zutiefst.)«

»(Zu gefährlich?)«

»(Zu erfolgreich. Colin und Fernando berichten mir, daß Wissen gesammelt wird, das sowohl für unsere als auch für Ihre Rasse neu ist.)«

»(Und Sie befürchten, daß dadurch die Tahirianer wieder zur Sternfahrt animiert werden könnten.)«

»(Das wohl kaum,)« erwiderte Leo auf jene methodische, akademische Art und Weise, wie das Cambiante sie einem aufzwang. Enns Tonfall, seine Mähne, Muskeln und seine Gerüche widersprachen dem. »(Die Informationen sind interessant und im Grunde nicht unbedingt revolutionär. Tatsächlich könnten sich neue Daten zur Sterndynamik und Evolution als zuträglich für unsere Langzeitplanung erweisen. Was ich befürchte, ist, daß der Erfolg Ihre Leute dazu bringen können, länger als geplant bei uns zu bleiben.)«

»(Und auf diese Weise weiterhin Ihre gesellschaftliche Ordnung zu gefährden.)« Brent spannte sich. »(Warum befehlen Sie uns nicht wegzugehen? Warum haben Sie das nicht schon längst getan?)«

»(Warum fragen Sie das? Sie müssen doch wissen, daß keine Organisation existiert, um einen solchen Schritt zu planen oder auszuführen. Die Notwendigkeit war nicht vorauszusehen.)«

»Hm-m«, murmelte Brent. »Sie haben niemals in Kategorien wie Überlegenheit oder militärische Stärke gedacht, oder?«

»(Unsere Rasse hat schon immer solche Niederlassungen gehabt,)« sagte er.

»(Es scheint in Ihrer Natur zu liegen.)« Der Geruch wurde unangenehm stechend.

»(Wenn jemand von Ihnen uns auffordern würde, gegen unseren Willen abzureisen, würden andere widersprechen und erklären, wir sollten bleiben. Das könnte einen Streit auslösen. Ihre Rasse ist nicht an heftige Diskussionen gewöhnt.)«

»Ihr habt nicht so wie wir den notwendigen Instinkt dazu«, fügte Brent halblaut hinzu. »Daher hättet ihr viel mehr Mühe, einen Streit zu unterdrücken, sobald er auszubrechen droht. Und ein paar Killer zusammenzutrommeln – undenkbar. Sehr schade ... für euch.«

»(Sie und ich und solche wie Peter haben dieses Thema natürlich schon früher angesprochen,)« sagte er. »(Was ich Ihnen heute klarmachen möchte, ist, daß auch einige von uns nicht hierbleiben möchten. Ich habe den Wunsch, daß Ihre Gruppe und meine Gruppe darüber nachdenken, wie wir eine Abreise beschleunigen können.)« *Dabei ist völlig unwichtig, warum ich ausgerechnet diesen Zeitpunkt gewählt habe, um einen solchen Vorschlag zu machen.* »(Am besten fangen wir damit an, daß wir unsere Ziele aufeinander abstimmen und uns auf gemeinsame Ideen einigen.)«

»(Können wir Ihre Wissenschaftler überzeugen?)«

»(Ich glaube schon, wenn es bedeutende Dinge gibt, die wir in diesem Schiff mitbringen können. Dann wird ein längeres Verweilen als -)« Ihm fehlte das Wort für Verrat. »(- als ein schlechter Dienst an unserer Rasse empfunden.)«

Leos Haltung glich der einer Sphinx. »(Ich glaube, ich weiß, was Sie im Sinn haben.)«

»(Ja. Ihre Naturwissenschaft und Technologie. Die

unendlichen Möglichkeiten Ihrer planetaren Regulierungstechniken. Der Feld-Antrieb.)« Zusammen mit den Robotern, die sie im Sternhaufen eingefangen hatten. Ihre genaue Untersuchung hatte Möglichkeiten zutage gefördert, die Brent jetzt nicht erwähnte.

»(Es ist bereits festgestellt worden, daß Menschen diese Dinge durchaus selbst hätten entwickeln können.)«

»(Vielleicht, vielleicht auch nicht. Sie haben Ihren eigenen Standpunkt in Bezug auf das Universum. Außerdem haben Ihre Wünsche und Sehnsüchte Ihre Forschung und technologische Entwicklung beeinflußt.)«

»(Richtig. Ich weiß, daß Sie uns in einigen Dingen überlegen sind, vor allem bei der Entwicklung künstlicher Intelligenz und ... tödlicher Apparaturen.)«

»(Solche Fähigkeiten bedeuten Macht.)«

Die Mähne glättete sich, wurde flach. »(Weitere Schiffe von Ihnen könnten zu uns kommen.)«

»(Nicht wenn ein Führer es verbietet, ein Führer mit Macht. Er würde dafür sorgen, daß seine Anhänger besseres zu tun haben.)«

»(Stabilität, das Streben nach einem gemeinsamen Ziel, dazu scheint Ihre Rasse nicht fähig zu sein.)«

»(Wir werden sehen. Zumindest werden Sie, wenn Sie uns los sind, vierzehntausend Jahre des Friedens vor sich haben. Und außerdem könnte ich Ihnen Tips für Verteidigungs- und Schutzmaßnahmen geben.)« Brent beugte sich vor. »(Ich möchte mich mit Ihrer Gruppe verbünden. Wir werden Wege finden, zusammenzuarbeiten. Wir werden die Zukunft nach unserem Willen gestalten.)«

Ein Gewitter ließ nach einem kurzen Abend die Nacht schon früh hereinbrechen. Wasser prasselte gegen die Fenster und rann in breiten Bahnen daran herab. Wind pfiff. Manchmal zuckten Blitze auf und grollte dumpfer Donner. Die Innenbeleuchtung bestand nur aus einer altmodischen Lampe auf dem Schreibtisch, an dem Sundaram seine Aufzeichnungen studierte. Es sah aus, als säße er in einer Höhle. Es half ihm bei seiner Konzentration. Diese Hilfe brauchte er auch.

Die Tür wurde geöffnet. Er schaute hoch. Yu trat ein und schloß die Tür wieder, während ein Windstoß an ihr zerrte. Sundaram sprang auf. »Wenji!« rief er erfreut. »Wo warst du? Zwei Tage ohne ein Lebenszeichen –«

Er ging zu ihr. Sie blieb stehen, wo sie war. Wasser tropfte von dem Kapuzenponcho auf den Fußboden. Sie sah ihn nicht direkt an, sondern fixierte einen Punkt hinter ihm. »Ich war mit Esther unterwegs.« Ihre Stimme klang neutral, tonlos.

»Der Physikerin? Ich habe mir Sorgen gemacht.« Er versuchte, einen fröhlichen Ton anzuschlagen. »Nun, du warst sicher in faszinierender Gesellschaft.«

Sie schwieg. Er sah ihr ins Gesicht, das von der Kapuze überschattet wurde. So schwach die Beleuchtung war, erkannte er dennoch, daß die Tropfen auf ihren Wangen nicht vom Regen herrührten. »Was ist los?« flüsterte er.

»Ich habe die Gleichung gelöst.«

»Die Gleichung?«

»Mit Esthers Hilfe. Enn hat mir die mathematischen Grundlagen erklärt. Ich mußte es tun. In einfachen Worten –« Ihre Stimme brach. »Das hätte ich nicht vermutet. Niemals. Esther war ebenfalls verblüfft. Sie hatte es auch nicht erkannt. Das gehört nicht zu den Dingen, die auf der Uni gelehrt werden.«

Er betrachtete sie einige Sekunden lang. Der Wind heulte. »Komm, Liebling«, sagte er leise. »Setz dich. Ruh dich aus.« Er half ihr, aus dem Poncho zu schlüpfen, hängte es zum Trocknen auf und geleitete sie zu dem Tisch, an dem sie aßen und spielten, wenn sie alleine waren. Völlig willenlos ließ sie sich auf den Stuhl sinken, den er für sie zurechtschob.

Er deutete mit dem Daumen auf den Heizer. »Ich habe eine Kanne Tee aufgebrüht«, bot er an. »Oder möchtest du lieber etwas Stärkeres?«

Jetzt erst sah sie ihm in die Augen. Zärtlichkeit schwang in ihrer zitternden Stimme mit. »Nur dich. Bitte komm zu mir.«

Er schob seinen Stuhl neben ihren und setzte sich. Als er ihre Hand ergriff, war sie kälter als das Unwetter draußen. Er streichelte sie.

Als schöpfte sie aus seiner Berührung neue Kraft, sagte sie leise zu ihm: »Wir sind eine Bedrohung für die Schöpfung.«

Selten zuvor hatte sie ihn so erstaunt gesehen. »Nein, wie? Für das Universum? Wir sind doch weniger als winzige Staubkörner.« Ein Blitz ließ ein Fenster aufleuchten. Sofort wurde es wieder von Dunkelheit verschluckt. Der Donner rollte wie ein gigantisches Rad über sie hinweg.

Sie holte tief Luft und redete nun schnell weiter, als rasselte sie ein Gedicht herunter. »Du erinnerst dich doch an die Theorie. Als das Universum entstand, der große Knall, erfolgte dieser erste Quantensprung nicht auf das niedrigste Energieniveau, das Grundstadium. Der Sprung endete weiter oben, wie ein

Elektron, das auf einer der äußeren möglichen Bahnen um einen Kern landet. Die unverbrauchte Energie, das Substrat, leihen wir uns für unseren Null-Null-Antrieb.«

»Ja, ja«, sagte er. »Aber dieses Stadium ist metastabil, nicht wahr?« Er lächelte. »Immerhin sind wir nach Milliarden von Jahren immer noch da.«

»Das Stadium kann sich verändern. Kollabieren, zusammenbrechen. Ganz spontan, willkürlich, jederzeit.« Ihre Stimme wurde wieder brüchig. »Eine Kugel des Nichts, die sich von diesem Punkt aus mit Lichtgeschwindigkeit ausbreitet, Sterne verschluckt, Galaxien, Leben – alles auslöscht – sogar die Vergangenheit ausradiert, und wir hören nicht nur auf zu existieren, sondern es wird uns nie gegeben haben!«

»Noch ist es ja nicht passiert«, sagte er so sanft wie möglich.

»Es kann aber schon irgendwo anders passiert sein. Es könnte schon auf uns zurasen. Wir wissen es nicht.«

»Liebling«, sagte er und versuchte seiner Stimme einen möglichst überzeugenden Klang zu verleihen. »Olivares hat das vor fünftausend Jahren erklärt. Ich habe gelesen, daß damals deshalb eine allgemeine Hysterie ausbrach. Aber die Wahrscheinlichkeit ist winzig. Ist nicht eher damit zu rechen, daß so etwas passiert, lange nachdem der letzte Stern verbrannt ist? Oder, wenn ich mich richtig erinnere, nachdem das letzte Proton zerfallen ist?«

Sie knirschte mit den Zähen. »Wir erhöhen die Wahrscheinlichkeit.«

Sein Griff, mit dem er ihre Hand hielt, erschlaffte. »Das hatte ich befürchtet. Mein Geschwätz –« Er seufzte. »Ich wollte nur von dem Urteil ablenken. Ich bin ein Feigling.«

Ein Gefühl der Wärme überkam sie. »Nein! Du bist so tapfer wie jeder andere, Ajit, tapferer als die meisten, tapfer genug, um Ruhe zu bewahren.«

»Ich kann schreckliche Angst um dich haben ... Red weiter.«

Sie hatte sich ein wenig beruhigt. »Die große Grundgleichung der tahirianischen Physiker ist mit unserer nicht ganz identisch, auch wenn alle Teile übersetzt wurden. Und diese spezielle Lösung ist nicht allzu offensichtlich. Hanny würde sie als ›trickreich‹ bezeichnen. Das Ergebnis besagt jedoch, daß der Austausch von Energie hin und zurück zwischen Substrat und Universum – der Null-Null-Prozeß – eine destabilisierende Wirkung hat.«

»Nein, bestimmt –« protestierte er. »Wie viele Millionen Sternflüge hat es in wie vielen Milliarden von Galaxien gegeben?«

Ihre Stimme wurde müde. »O ja, die Wahrscheinlichkeit verändert sich nur minimal. Ich kenne den genauen Wert nicht. Aber ich habe begriffen, daß die Sternfahrt die Gefahr erhöht. Das ist einer der Gründe, weshalb die Tahirianer sie eingestellt haben. Das liegt schon so lange zurück, und der Grund ist so esoterisch, daß nur wenige heute davon gehört haben, und sie vermeiden sogar untereinander jede Diskussion darüber. Es ist so, als empfänden sie irgendeine Schuld, die ihre Vorfahren auf sich geladen haben.«

Er schwieg. Der Regen rauschte, und die Wind ließ sein Pfeifen und Heulen ertönen.

»Können wir selbst das Risiko auf uns nehmen?« fragte er schließlich. »Dürfen wir es?«

»Das ist die Frage.«

»Wie sicher ist diese Erkenntnis?«

»Ich weiß es nicht. Ich bin mit meiner Mathematik und meiner Physik am Ende. Falls Esther eine bessere Idee hat, dann ist es etwas, daß enn mir nicht ohne weiteres klarmachen kann. Wir müssen warten, bis Hanny zurückkommt und sich die Gleichung und die Beweisführung ansieht.« Düster fügte sie hinzu: »Wenn das nicht schon die Reise ist, die den endgültigen Zusammenbruch auslöst.«

»Das wird sie nicht«, erklärte er.

»Sie darf es nicht.« Sie erschauerte.

Er ließ ihre Hand los und legte den Arm um ihre Schultern. »Du hattest gerade selbst einen Zusammenbruch, Liebste«, murmelte er. »Einen schrecklichen intellektuellen Schock. Ich mache dir erst einmal etwas zu essen, und dann bekommst du ein Beruhigungsmittel, damit du schlafen kannst. Morgen sieht dann alles schon viel besser aus.«

»Ich hoffe es. Die Sterne – das Leben, Schönheit, Liebe, Sinn –«

Sie klammerte sich an ihn, und dann hielten sie einander fest und blieben lange so sitzen ...

31

Das fünfte Jahr.

Der erste Schnee lag frisch auf dem Landefeld. Er funkelte weiß, blau in den Furchen, unterbrochen von Büschen, die er mit winzigen Diamanten überstäubt hatte. Die Luft war eisig und still. Die Bewohner von Terralina konnten die *Envoy* durch dieses Glitzern nicht am Himmel erkennen, aber sie hatten sich am Rand der asphaltierten Fläche versammelt und jubelten begeistert, als ein weiterer Lichtglanz über ihnen erschien.

Das tahirianische Raumboot mit den zurückgekehrten Forschern befand sich im Sinkflug. Cleland und Kilbirnie konnten in einem Abteil stehen, abgeriegelt von der Welt, und hörten lediglich ein leises Dröhnen und verspürten ein schwaches Zittern.

»Nun«, sagte er, nachdem die Stille unerträglich geworden war. Dann konnte er nicht weiterreden.

Er hörte ihr Mitgefühl.

»Es tut mir leid, Tim. Ich weiß, was du fragen willst, und ich muß nein sagen.«

»Nicht einmal ... zum Abschied sozusagen ... nur noch einmal nach all diesen Tagen in den verdammten engen Schlafräumen, ständig mit Steuerdüsen hantierend.«

»Ich hatte dir von Anfang erklärt, wie die Situation sein würde.«

Seine Schultern sackten herab. »Ja, das hast du.«

»Vielleicht hätte ich es öfter erwähnen sollen.«

»Nein, ich war ja froh, daß du es nicht getan hast. So konnte ich ein wenig träumen.« Cleland hob den

Kopf. »Nun, dann laß mich dir wenigstens für das danken, was du mir gegeben hast.«

»Ich wünschte, ich könnte es dir auch weiterhin geben.«

»Aber.«

»Ja, aber.«

Nach einer Weile sah sie ihn an, während er kurz ihren Blick erwiderte und dann den Kopf sinken ließ, und sagte: »Ich hätte stärker sein sollen, Tim. Ich hätte mich bei diesem ersten Mal mehr im Zaum halten sollen. Oder wenn es schon hatte passieren müssen, dann hätte ich sofort danach aufhören sollen. Aber ich konnte es nicht ertragen, dich zu verletzen. Jetzt muß ich es tun, und ich bitte dich deswegen um Verzeihung.«

Er brachte so etwas wie ein Lächeln zustande. »Ich hoffe, es war nicht nur, um nett zu mir zu sein.«

Sie erwiderte sein Lächeln. »Ich hab's genossen.« Und nüchtern: »Ich hatte mich sogar gelegentlich gefragt, ob zwischen uns nicht mehr daraus werden könnte. Aber die Expedition war alles, was wir gemeinsam hatten. Du hast etwas besseres verdient.« Sie ergriff seine Hände. Sie lagen reglos in ihren. »Ich wünsche dir alles Gute.«

»Ich dir auch«, murmelte er.

Sie gab ihm einen Kuß, trat zurück, ehe er reagieren konnte, und spürte den leichten Ruck, als das Boot aufsetzte. Ihr Lächeln erstrahlte jetzt. »Und nun, mein Freund«, sagte sie, »laß uns aussteigen und gute Miene zu bösem Spiel machen. Du hast hervorragende Forschungsarbeit geleistet. Ich bin sicher, beim nächsten Mal wirst du es genauso machen.«

Indem sie in den Korridor hinausging, der vollgestopft war mit Ausrüstungsgegenständen und Personen, ergriff sie ihr persönliches Gepäck. Er blieb zurück, weil er es mit dem Aussteigen nicht eilig hatte.

Eine Gangway schob sich wie eine Zunge aus einer offenen Luftschleuse hinaus und senkte sich auf den Boden hinab. Kilbirnie rannte sie hinunter und auf die Asphaltfläche. Nansen wartete an der Spitze seiner Mannschaft. »Willkommen zu Hause!« rief er.

Sie ließ ihr Gepäck fallen und rannte auf ihn zu. »Oh, Skipper – was Sie uns auf dem Weg hierher übermittelt haben – wohin geht es von hier? Zu weiteren Entdeckungen?«

»Schon möglich.« Der Himmel war nicht so blau wie ihre Augen. »Das würde Ihnen gefallen, nicht wahr?«

»Ich fände es wunderbar, Skipper. Und Sie würden es auch.«

Hände berührten sich, griffen zu. Sie standen wie festgewurzelt. Die anderen blieben zurück. Sie waren vergessen.

Sie achteten auch nicht sofort auf Dayan, als sie die Gangway herunterkam. Ihr Blick wanderte über die Gruppe und blieb bei Zeyd und Mokoena hängen, die beieinander standen. Sehr langsam nickte Mokoena. Zeyd schien sich zu schämen. Dayan winkte allen zu. Danach kamen Sundaram, Yu und Ruszek auf sie zu. Sie umarmte die Ingenieurin und schüttelte den Männern die Hand. Ruszek nahm ihr Gepäck an sich. Sie ging hinüber zu Mokoena und Zeyd. Sie wechselten einige Worte. Dayan legte um beide einen Arm und verharrte in dieser Haltung einige Sekunden lang.

Cleland und Brent kamen gemeinsam herunter. Sie

begrüßten die Wartenden und nahmen deren guten Wünsche entgegen. Als alle sich in Richtung Niederlassung entfernten, zog Brent Cleland beiseite.

»Tim«, murmelte er, »wir müssen miteinander reden, sobald wir Gelegenheit haben, uns von den anderen zurückzuziehen. Es geht um diesen Wahnsinn mit dem Schwarzen Loch –«

»Ich weiß nichts außer dem, was uns der Kapitän mit seiner Botschaft mitgeteilt hat.« Clelands Stimme klang ein wenig lebhafter. »Es ist ein wissenschaftliches Wunder.«

»Wenn es ein Wunder ist«, sagte Brent, »dann gehört es zu der Sorte, die mich an die Existenz des Teufels glauben läßt.«

Während ihres Aufenthalts hatten die Bewohner von Terralina ihre Versammlungshalle nach und nach geschmückt, wie sie es auch vorher mit ihrem Gemeinschaftsraum an Bord der *Envoy* getan hatten. An diesem Abend wurden die hellen Farben, die Wandgemälde von Szenen auf der Erde und die kinetischen Figuren von Girlanden und Bändern verhüllt. Musik drang aus Lautsprechern.

Die Roboter hatten einen Tisch mit weißen Servietten, Geschirr und Gläsern gedeckt und trugen das edelste Menü auf, das ihre Programme hergaben. Nach einer Zeit des Ausruhens, der inneren Sammlung und der Wiederbegegnung wurde ein Wiedersehensfest veranstaltet.

Es war eine kuriose Mischung aus Festlichkeit und Förmlichkeit, bei der die Melancholie nicht immer ganz unterdrückt, die Heiterkeit nicht immer gebremst wurde. Es gab Toasts, kleine Ansprachen und die Lieder, die traditionsgemäß bei solchen Gelegenheiten gesungen wurden. Obgleich vollständige Berichte in den Datenbanken gespeichert waren und man sich ausführlich miteinander unterhalten hatte, folgten einige Bildvorträge. Zeyd präsentierte die schönsten Panoramen und interessantesten Lebensformen, die er auf Tahir gefunden hatte. Nansen zeigte Bilder von den Schwesterplaneten und den technischen Anlagen auf ihnen. Dayan äußerte sich zu den astrophysikalischen Erkenntnissen und zeigte spektakuläre Bilder von dem Pulsar, aufgenommen von Robotern, die solche und ähnliche Bilder noch für einige Jahrzehnte aufnehmen und zu ihnen senden würden. Cleland beschrieb schwerfällig die Welt, die er studiert hatte.

(Er äußerte sich nicht zu der Beinahe-Katastrophe dort und erwähnte auch nicht ihre Nachwirkungen. Aber »*Dios misericordioso*«, flüsterte Nansen Kilbirnie zu, die neben ihm saß, »wir hätten Sie beinahe verloren«, und »ich hätte Sie beinahe verloren«, flüsterte sie zurück.)

Die Stimmung wurde etwas lebhafter, als das Programm vorüber war, die Roboter den Tisch abgedeckt und weggeräumt hatten und es Zeit zum Tanzen war.

Die vier Frauen wanderten zwischen den sechs Männern hin und her. Schließlich kam Dayan zu Ruszek. Der Tanz war ein Swirl für einzelne Paare. Sie kreisten über die Tanzfläche, eine Hand in der Hand des Partners, seine andere an ihrer Hüfte und ihre auf seiner Schulter. Die Musik war leise und langsam, geschaffen für Intimität.

»Ah-h«, murmelte sie. »Das gefällt mir, Lajos. Du bist so leichtfüßig.«

Er strahlte. »*Köszönöm szépen*. Vielen Dank.« Sein Blick wanderte zu Cleland und Brent, mit denen sie vorher getanzt hatte. Sie standen vor der Anrichte, tranken und unterhielten sich über Belanglosigkeiten. Bemerkungen wären taktlos gewesen. Er versuchte, den Bescheidenen zu spielen. »Du bist aber viel besser. Und wie ich hörte, ist der Kapitän ein Experte.«

Dem widersprach sie nicht, aber sie blickte auch nicht dorthin, wo Nansen und Kilbirnie verträumt ihre Kreise zogen. Ihr Lächeln fiel ein wenig wehmütig aus. »Er ist heute abend beschäftigt. Und das wird er wohl auch noch für eine ganze Weile sein.«

Ruszek kicherte.

»Er muß einiges an Zeit aufholen. Er mußte erst zweieinhalb Jahre von ihr getrennt sein, ehe seine Tugendhaftigkeit den Geist aufgab.«

Ein düsterer Unterton färbte ihre Worte: »Laß sie glücklich sein, solange sie können.«

Er war darüber nicht sonderlich überrascht. Sie hatten einander seit ihrer Rückkehr ziemlich oft gesehen. Meistens in der Gesellschaft von zwei oder drei anderen, und Erfahrungen ausgetauscht. Aber zweimal hatte sie ihn beiseite genommen, um sich nach seinen Erfahrungen mit Tahirianern und seinen Eindrücken von ihnen zu erkundigen. Und dabei waren auch persönliche Aspekte berührt worden, wenn auch nur am Rande.

Er hielt sie ein wenig fester. »Du bist nicht glücklich, oder?«

»Unsinn.« Ihr rothaariger Kopf ruckte hoch. »Mir geht es gut. Ich habe soeben tolle Dinge erlebt und eine unbeschreibliche Zukunft vor mir.«

»Das mit Mam und Selim macht dir nichts aus?«

»Nein, wenn es dir nichts ausmacht.«

»Nun, niemand besitzt den anderen.«

Sie grinste. »Lajos, du bist so feinfühlig wie ein außer Rand und Band geratener Asteroid.«

Er kam mit seinen Schritten durcheinander. »*Sajnálom* – entschuldige –«

Sie brachte ihn wieder zurück in den Rhythmus. »Es ist schon gut. Um darauf zu antworten – nein, ich freue mich und bin nicht überrascht. Sie waren schon dabei, sich ineinander zu verlieben, ehe ich aufbrach. Ich glaube, es ist eine feste Sache geworden.«

»Sie sind ... ganz prima. Aber du, Hanny, du bist, *nos*, irgend etwas beschäftigt dich.«

»Wie kommst du darauf?« fragte sie.

»Geht es um diese Sache um den Null-Null-Antrieb? Die Gefahr für das Universum? Ich bezweifle, daß das alles ist.«

Sie tanzten eine weitere Figur. Dabei betrachtete sie ihn, kahlköpfig, verwegener Schnurrbart, das Hemd offen bis zur behaarten Brust, einen leichten männlichen Schweißgeruch verströmend. »Du bist viel scharfsichtiger, als du dir anmerken läßt.«

»Muß man sich wegen des Risikos Sorgen machen?«

»Ich weiß es nicht. Ich habe bisher kaum einen Blick auf die Berechnungen geworfen.« Entschlossenheit schwang in ihrer Stimme mit. »Schlimmstenfalls ist die Wahrscheinlichkeit sehr klein. Es kann uns – noch nicht einmal moralisch – davon abhalten, nach Hause zurückzukehren. Oder davon abhalten, vorher dem Schwarzen Loch einen Besuch abzustatten.«

Erneut kam er mit seinen Schritten aus dem Takt. Sie blieben stehen, ignorierten die Musik und die anderen Paare. »Möchtest du das wirklich tun? Weitere tausend Jahre?«

»Dort ist etwas, das wir bisher für unmöglich gehalten haben.« Eifer glänzte in ihren Augen. »Eine völlig neue Vision –« Sie zog an ihm. »Ach komm, Lajos, laß uns lieber tanzen.«

Nur ein einziges Mal, während sie dahinschwebten, wanderte ihr Blick zu Nansen und seiner Kilbirnie.

Die letzten schönen Nächte waren eisig und vom Schnee erhellt. Hinzu kam das Licht der Myriaden von Sternen. Dayan ging neben Ruszek und stützte sich auf seinen Arm. Viel Musik war erklungen, viel Wein war getrunken worden, niemand war betrunken, aber es war, als würde der Himmel immer noch singen.

»Ein einziges Wunder«, sagte sie. »Etwas absolut seltsames, ich weiß nicht was, etwas, das wir niemals auch nur hätten erahnen können, wenn wir zu Hause geblieben wären – Wir haben die lange Reise nicht umsonst gemacht, Lajos!«

Sie blieben zwischen zwei Hütten stehen. Der Schatten verschluckte sie, doch über ihnen waren Sternbilder zu sehen, die die Erde nicht kannte. Aus einem Impuls heraus umarmten sie sich. Daraus wurde ein Kuß, der andauerte, während Hände auf die Wanderschaft gingen.

»Hanny«, flüsterte Ruszek ihr ins Ohr – eine kalte

und raffiniert geschnittene Skulptur zwischen herabwallenden Locken und wie gemeißelt wirkenden Jochbögen – »Hanny, ich wünschte – du bist so schön –«

Sie lachte schallend zu den Sternen hinauf. »Es war für uns beide eine lange Zeit, nicht wahr? Die werden wir heute nacht wettmachen!«

32

Dichtes Schneetreiben und die damit einhergehende Stille sorgten im Versammlungsraum für eine ernste Atmosphäre. Die Farben und Verzierungen erschienen völlig unwirklich.

Nansen trat vor den aus Stühlen gebildeten Halbkreis. Sein Blick wanderte über seine Mannschaft. Er hatte sie mittlerweile genauso gut kennengelernt wie die Eltern und Kinder auf der *estancia*, die nun, nach fünftausend Jahren, längst zu Staub zerfallen waren. Aber wie gut können Menschen einander überhaupt kennen?

Kilbirnie erwiderte seinen Blick, und Freude brachte ihre Augen zum Leuchten. Stilles Glück umhüllte Yu und Sundaram wie ein schützender Mantel. Mokoena und Zeyd waren zufrieden wie immer. Dayan und Ruszek wirkten wie – nun, wie gute Freunde, er vielleicht sogar wie mehr als das.

Blieben nur der grimmige Brent und der hagere junge Cleland. Arme Teufel. Vielleicht wäre alles einfacher gewesen, wenn zwei der Personen, die sich damals, vor einer halben Ewigkeit, um die Teilnahme beworben und dafür qualifiziert hatten, zufälligerweise homosexuell gewesen wären. Vielleicht aber auch nicht.

»Ich bitte die Versammelten um Ruhe«, begann Nansen. Er bestand bei Zusammenkünften wie diesen auf einer formellen Prozedur, und zwar aus dem gleichen Grund, weshalb er auf angemessene Kleidung während ihrer Mahlzeiten achtete. Solche Rituale waren ein Bollwerk gegen geistiges Chaos.

Und Äußerlichkeiten konnten eine tröstliche, beruhigende Wirkung haben und dadurch dazu beitragen, daß der Geist geklärt wurde, um über Dinge nachzudenken, die nicht unbedingt offensichtlich waren. »Es mag Ihnen absolut unnötig vorkommen. Haben wir nicht schon genug geredet und diskutiert? Aber ich wiederhole, was ich schon früher des öfteren gesagt habe, nämlich daß wir unsere Positionen auf geordnete Art und Weise darlegen müssen, und zwar für das Protokoll und weil es sich so gehört. Ich vertraue darauf, daß diejenigen von Ihnen, die sich äußern möchten, ihre Argumente sorgfältig vorbereitet haben. Außerdem sind mir einige weitere wichtige Informationen zur Kenntnis gelangt, die Sie alle erfahren sollen.

»Nach unserer Aussprache werden wir eine erste und nicht verbindliche Abstimmung darüber durchführen, ob wir am Ende diese terrestrischen Jahres, oder sogar ein wenig früher, zur Erde zurückkehren, oder ob wir unseren Vertrag außer Kraft setzen – was wir durchaus tun können – und zuerst eine Expedition zum Schwarzen Loch unternehmen. Sie wissen, daß ich die Expedition befürworte –«

»Bravo, Skipper!« rief Kilbirnie. »Aus welchem anderen Grund haben wir den weiten Weg hierher zurückgelegt, als um zu forschen?«

Nansen schaute sie mit einem freundlichen Stirnrunzeln an. »Ruhe, bitte. Ich bin als Vorsitzender so unparteiisch wie möglich. Zu Beginn möchte ich, daß jeder seine Meinung vortragen soll, obgleich es dort sicher keine Überraschungen geben wird. Würden diejenigen, die für den Besuch bei dem Schwarzen Loch sind, bitte die Hände heben?«

Kilbirnies schoß hoch. Dayans Hand war fast ebenso schnell. Sundarams Hand hob sich ein wenig gemessener. Dann folgten Yus und Ruszeks Hände. *Widerstrebend, diese beiden,* erkannte Nansen, *aber loyal zu ihren jeweiligen Geliebten haltend.*

»Gegenstimmen?« Brent und Cleland reagierten sofort, Mokoena und Zeyd eher langsam. »Vielen Dank. Eine wohldurchdachte Präsentation der Gründe könnte sich vielleicht als meinungsändernd erweisen. Dr. Sundaram, ich glaube, Sie möchten etwas sagen.« Nur für das Protokoll und die Datenbank, die Geschichte, die vielleicht kein Historiker auf der Erde jemals schreiben würde.

Der Linguist nickte, lächelte anfangs und steigerte sich schon bald zu einer Ernsthaftigkeit und einer Eindringlichkeit, die bisher kaum jemand bei ihm erlebt hatte. »Wie Sie meinen, Captain, was kann ich schon sagen, was nicht schon unzählige Male zwischen uns zur Sprache gekommen ist? Dies ist eine unglaubliche Gelegenheit. Die Physik der Schwarzen Löcher ist Hannys Abteilung, und wahrscheinlich werden Menschen mehrere dieser Erscheinungen direkt betrachtet haben, wenn wir zurückkehren. Oder wahrscheinlich auch nicht. Die offenkundigen Beschränkungen und die Unsicherheit der interstellaren Verbindung legen die Vermutung nahe, daß es nicht geschehen sein wird. Aber auf jeden Fall dürfte die Lebensform, die Intelligenz in diesem Loch einzigartig sein. Daraus könnten uns Erkenntnisse erwachsen, die so grundlegend sind wie alle anderen, die unserer Rasse jemals zugetragen wurden. Ich empfinde mehr als nur Neugier, sondern eine geradezu moralische Verpflichtung, in Erfahrung zu bringen, was wir können.«

»Hört, hört!« rief Kilbirnie.

»Dr. Dayan, ich denke, Sie haben dem etwas hinzuzufügen, nicht wahr?« wandte Nansen sich an sie.

Die Physikerin nickte. »Ja. Es betrifft die Möglichkeit, daß ein Null-Null-Antrieb, der sich von der Substratenergie bedient, das Universum aus seinem metastabilen Zustand bringen und eine sich ausbreitende Wolke der Vernichtung in Gang setzen könnte. Die Wahrscheinlichkeit ist unendlich gering. Ich kann Ihnen keine Zahl nennen, denn ich arbeite noch daran, die Theorie zu entwickeln. Die Tahirianer scheinen ein Wahrscheinlichkeitsmodell entwickelt zu haben, das leugnet, daß sie jemals gleich Null sein kann. Es gibt immer eine minimale Chance, daß ein Ereignis stattfindet, endlich, wenn auch nur winzig groß. Ich stelle sie mir als Planck-Wahrscheinlichkeit vor.«

»Kannst du nicht endlich zur Sache kommen?« schimpfte Brent halblaut. Nansen runzelte die Stirn, aber ehe er darauf etwas erwidern konnte, fuhr Dayan fort.

»Nun«, sagte sie, »so winzig die Chance ist, daß irgendeine Reise den Vernichtungsprozeß in Gang setzt – die Wahrscheinlichkeit, daß ein Quantentor durch eine Fehlfunktion ein Raumschiff zerstört, ist unendlich größer – so gibt es einige bei Ihnen, wie auch einige Tahirianer, die fragen, ob überhaupt irgend jemand Sternreisen unternehmen soll. Besteht unsere Pflicht nicht darin, sofort nach Hause zurückzukehren, diese Nachricht dort zu verbreiten und alles dafür zu tun, daß auch die menschliche Sternfahrt eingestellt wird?«

Sie schaute sich um. »Ich meine – und bisher habe

ich davon nur den Kapitän in Kenntnis gesetzt –, daß mir das tahirianische Theorem nicht ganz schlüssig erscheint. Ich kenne die mathematische Seite zu wenig, um einen Fehler aufzuspüren, und vielleicht gibt es auch keinen. Nennen Sie es eine Ahnung und bedenken Sie, daß Ahnungen öfter falsch sind als richtig. Tatsache ist jedoch, daß das Theorem auf Dingen basiert, die die Tahirianer am Schwarzen Loch in Erfahrung gebracht haben. Sie waren nicht öfter als zweimal dort. Ich vermute, und Kapitän Nansen pflichtet mir darin bei, daß es daran lag, daß sie zuviel Angst hatten. Sie haben niemals eine mehr als nur rudimentäre Kommunikation mit den Fremden aufgenommen. Daher ist es möglich, daß die mathematischen Berechnungen richtig sind, daß jedoch ein oder zwei Voraussetzungen nicht ganz stimmen und daß die Tahirianer irgendetwas mißverstanden oder falsche Daten zu Rate gezogen haben und daß die Gefahr gar nicht existiert.

Das können wir nur in Erfahrung bringen, wenn wir unsere eigene Untersuchung durchführen. Ich möchte noch hinzufügen, daß Colin, der selbst Physiker ist, ganz wild auf die Expedition ist.«

Dayan gab ein Zeichen, um anzudeuten, daß sie fertig war. Ruszek klopfte ihr auf den Rücken. Sie lächelte ihn an und legte eine Hand auf seinen Oberschenkel.

Ja, sie kommen gut miteinander aus, dachte Nansen. *So gut zumindest, wie zwei so verschiedene Menschen es vermögen. Jedenfalls nehme ich es an. Vielleicht war es dieses Wohlbefinden, das bewirkt hat, daß sie die mathematische Seite des Problems so schnell und elegant hatte bewältigen können.*

Wie immer es geschehen ist, der Partnertausch mit Mam scheint sich für sie ausgezahlt zu haben. Offen zur Schau getragene Promiskuität könnte anderen vielleicht eine Hilfe sein – nein, für die meisten von ihnen ist sie das nicht. Ganz bestimmt nicht für mich. Ich muß immer noch an mich halten, nicht mit offener Ablehnung auf das zu reagieren, was geschah, ehe Jean und ich –

Er verdrängte diese Erinnerung und antwortete auf Dayans Ansprache. »Eine Reihe Tahirianer sind es. Wenn überhaupt, so wird unser einziges Problem darin bestehen, unter ihnen die richtigen auszuwählen. Aber lassen wir doch mal die Opposition zu Wort kommen. Mr. Brent?«

Der zweite Ingenieur sprang auf, ging nach vorne und baute sich auf wie ein Armeeoffizier, der zu seinen Soldaten spricht.

Sein Tonfall war jedoch nicht zornig, sondern geduldig, dann freundlich, dann erfüllt mit einer ehrlichen Leidenschaft. Er war von den zehn Personen wirklich der beste Redner.

»Oh, ihr habt es gehört. Was ich nicht begreife, ist, weshalb ihr es nicht erkennt. Seht doch, wir haben hier eine Menge gefunden, Biologie, Planetologie, eine ganze zivilisierte Rasse und eine Menge über ein anderes Volk, und wir haben erfahren, warum eine Zivilisation, die sich über mehrere Sterne ausgebreitet hat, höchstwahrscheinlich zum Untergang verurteilt ist. Außerdem auch wunderbare Technologie, den Feld-Antrieb, mond-gestaltende Ionenstrahlen, die vom Magnetfeld eines Riesenplaneten gebündelt werden, geologische Kräfte, die gezielt eingesetzt werden – und alles, was wir im Sternhaufen gefunden haben – all diese Kräfte, die unsere Rasse sich zunutze machen kann. Ja, vielleicht haben die Menschen zu Hause alles schon längst selbst erfunden. Aber vielleicht auch nicht, und das ist es, was ich annehme. Ganz bestimmt wissen sie nichts von Tahir. Dieses Wissen allein könnte ihnen zeigen, wie sie die Sternfahrt lebendig erhalten können.

Dr. Dayan hat uns soeben erzählt, daß diese Sache mit Schiffen, die die Existenz des gesamten Universums bedrohen, noch nicht eindeutig bewiesen ist. Das ist ein Dienst an der Menschheit.« Seltsam, wie widerstrebend sein Lob klingt, dachte Nansen. »Es bestätigt, was ich im Innersten fühle. Ich glaube, worum es im Zusammenhang mit dem Universum geht, ist keine Selbstvernichtung, sondern es geht um sein Schicksal.

Aber wie dem auch sei, ich muß Ihrem Vorschlag widersprechen, Dr. Dayan. Wir können es nicht riskieren zu verlieren, was wir gewonnen haben, was wir an unsere Rasse weitergeben können, indem wir uns auf ein verrücktes Abenteuer einlassen, dessen Ausgang mehr als ungewiß ist. Unsere Pflicht ist es, die Schätze ebenso zurückzubringen wie unser mühsam erworbenes Wissen.«

Das ist ein Punkt, gab Nansen zu. *Obgleich ich annehme, daß er sich zur Erde zurückkehren sieht wie Moses vom Berg Sinai – als Prophet und Führer.*

»Diese Mission ist voller Gefahren«, sagte Cleland heiser. »Alles, was wir über Schwarze Löcher wissen, spricht dafür. Und wieviel wissen wir noch gar nicht? Und wir sind müde, wir sind fast sechs Jahre unseres Lebens unterwegs, wir sind nicht ... nicht frisch genug, um uns damit auseinanderzusetzen. Um Gottes Willen, laßt uns nach Hause zurückkehren!

Dieses verdammte Schwarze Loch kann ruhig weitere zehntausend Jahre warten.«

Brent nickte zustimmend und kehrte auf seinen Platz zurück. *Ich weiß, weshalb du willst, daß unsere Reise beendet wird, Tim,* dachte Nansen voller Mitgefühl. Mokoena hob die Hand. Er nickte ihr auffordernd zu.

»Jeder weiß, das Selim und ich am liebsten sofort nach Hause starten würden«, sagte die Biologin. »Das Schwarze Loch klingt faszinierend, selbst für einen Laien wie mich. Die Risiken sind sehr real. Aber ich denke, wenn wir uns entscheiden, dorthin zu gehen, werden wir mit allem fertig –«

»So Gott will«, murmelte Zeyd.

»– und dies ist eine phantastische Chance, die vielleicht nie wiederkommt. Zehntausend Jahre sind aus kosmischer Sicht betrachtet unbedeutend, aber historisch ist es eine verdammt lange Zeitspanne. Ja, auch biologisch. Ganze Arten und Rassen haben sich in viel kürzerer Zeit entwickelt. Wir sind jetzt hier. Wer weiß, wie es auf der Erde aussieht, wenn wir dort erzählen, was wir erlebt haben?«

»Was Mam meint«, sagte Zeyd, »ist, daß sie und ich für Argumente in beiden Richtungen empfänglich sind.«

»Dies sind Faktoren, die wir berücksichtigen müssen«, gab Nansen zu. »Wie sie alle wissen, aber für's Protokoll, es gibt noch einen anderen Faktor. Die Tahirianer. Wir brauchen einige von ihnen als Begleiter wegen ihres speziellen Wissens und ihrer intuitiven Beherrschung der Quantenmechanik. Das könnte der wesentliche Punkt sein.«

Kilbirnie lachte. »Wir haben schon feststellen können, daß wir keinen Mangel an Freiwilligen haben werden. Sie denken, daß ihre Welt lange genug dem Stillstand gefrönt hat.«

»Ich würde es nicht Stillstand nennen«, widersprach Cleland. »Ich würde es eher als, hm, Stabilität bezeichnen. So sehen es die meisten von ihnen.«

»Das sind die Reaktionären unter ihnen«, schnappte Dayan.

»Bitte, keine Schimpfworte«, sagte Yu leise. »Nennen wir sie einfach Konservative.«

»Genau«, gab Brent ihr Recht. »Wir sollten den Leuten nicht mehr Schwierigkeiten bereiten, als wir es bereits getan haben. Verschwinden wir und lassen sie in Frieden. Wir sind Menschen. Die Sternfahrt ist unsere Natur, nicht ihre. Es ist ein Geburtsrecht, das wir für *unsere* Rasse sichern müssen.«

»Darüber habe ich schon des öfteren nachgedacht«, sagte Yu. »Wie viele Kulturen in der Geschichte der Erde haben tatsächlich Forscher hervorgebracht?«

»Ruhe, Ruhe!« rief Nansen. »Wir kommen vom Thema ab. Dr. Sundaram, melden Sie sich zu Wort?«

Der Linguist redete mit seiner gewohnten Bedachtsamkeit. »Die Frage ist keineswegs irrelevant, Captain. Die Tahirianer stehen vor dem grundlegenden Problem, einen Instinkt für die Hierarchie, die eine Herausforderung darstellt, gegen die Bedrohung der Hierarchie abzuwägen, die eine radikale Veränderung bewirken dürfte. Sie haben das Problem gelöst, indem sie eine bemerkenswerte Kombination von Leistung und Dynamismus, vor allem in der Kunst und Unterhaltung, geschaffen haben mit einem System negativer Feedbacks, das Gesellschaft, Bevölkerungszahl und globale Ökologie im Gleichgewicht hält. Aber obgleich es Jahrhunderte überdauerte, ist dieses Gleichgewicht verletzbar. Ich denke, das war ein wichtiger Gesichtspunkt bei ihrer Entscheidung, die interstellare Raumfahrt einzustellen. Sicherlich befürchten viele von ihnen, daß ein Wiederaufleben mit all dem Input, der dazu nötig ist, die Gesellschaft unterminieren könnte, die ihre Vorfahren aufgebaut haben.«

»Und viele wollen ganz einfach nicht mit neuen Ideen belästigt werden«, warf Kilbirnie ein. »Ich schätze, das hat sie zu dem Vorurteil gebracht, anzunehmen, daß Sternenschiffe eine Bedrohung für alles sind.«

»Jean, das ist unfair«, sagte Yu. »Ich bin sicher, die meisten haben lautere Absichten. Und wir wissen, daß eine zunehmende Zahl uns willkommen heißt und sich eine Zukunft wünscht, die sich grundlegend von der Vergangenheit unterscheidet.«

»Ist das nicht ein ganz anderes Thema?« fragte Zeyd.

»Nicht ganz«, erwiderte Nansen. »Ich habe einige Neuigkeiten für diese Versammlung. Wir alle haben unsere Eindrücke davon wiedergegeben, was die Einstellung der Tahirianer ist. Wahrscheinlich sind diese Eindrücke voreingenommen, denn, wie eigentlich zu erwarten war, hatten wir vorwiegend mit denen Kontakt, die unsere Anwesenheit begrüßen. Ich habe in den vergangenen Wochen ein wenig systematischer kommuniziert. Unterdessen haben die Tahirianer eigene Entscheidungen getroffen.

Die Konservativen – benutzen wir einstweilen dieses Wort, ohne zu klären, ob sie in der Mehr- oder in der Minderzahl sind oder ob solche Kategorien überhaupt für sie eine Bedeutung haben – also die Konservativen verlangen, daß wir, wenn wir zum Schwarzen Loch gehen, einige Vertreter aus ihren Reihen mitnehmen, wie die *Envoy* es während ihres Abstechers zum Pulsar gemacht hat.«

»Ja, das wußte ich«, sagte Brent. »Ich habe mich auch umgehört. Bei Ihren Freunden Colin und Fernando und bei meinen Freunden Leo und Peter. Aber wir werden nicht aufbrechen, wenn ich es irgendwie verhindern kann.«

»Kannst du es verhindern?« schnurrte Kilbirnie.

Nansen hob die Hand. »Keine Hänseleien, bitte. Tatsache ist, daß Sprecher der Konservativen sich uns gegenüber ziemlich offen geäußert haben. Sie werden uns und den Abenteurern aus ihren Reihen nicht erlauben, zum Schwarzen Loch zu fliegen, wenn nicht mehrere von ihnen ebenfalls mitkommen dürfen. Sie können das erzwingen. Wir brauchen Tahirianer als Begleiter, und nicht einmal die Mutigsten werden sich über moralische Argumente hinwegsetzen. Es ist trotz allem eine auf Konsens aufgebaute Gesellschaft, und sie werden nach unserer Rückkehr wieder in ihr leben müssen.«

»Diese Forderung ist nicht unbillig«, sagte Sundaram. »Ihre Gruppe hat ein Anrecht auf erschöpfende Information über alle Ereignisse, um sie als Argumente für die Erhaltung des Status quo einsetzen zu können.«

»Ich meinte nicht, daß es unbillig ist«, erklärte Nansen. »Ich meine bloß, daß es ein weiterer Punkt ist, den wir beachten müssen.«

»Aber – Herr Jesus Christus«, stieß Cleland hervor, »denkt denn niemand an die zusätzliche Zeit, die damit verbraucht wird? Fünfhundert Lichtjahre für den Hinflug, fünfhundert für den Flug zurück, um die Tahirianer abzusetzen – falls wir diese ... verdammte Eskapade überleben – und weitere tausend Jahre, bis wir die Erde wiedersehen!«

Und weitere zweieinhalb Reisemonate für uns, dachte Nansen. Schlimmer ist die Zeit, die wir bei dem Schwarzen Loch verbringen. *Zweifellos wird es mindestens ein Jahr sein, wahrscheinlich mehr. Und die ganze Zeit, Tim, wirst du täglich Jean sehen, ohne sie noch einmal haben zu können.*

Ich frage mich, ob du mich haßt.

Kilbirnie meinte lachend: »Was für einen Unterschied macht das jetzt?« während Zeyd sagte: »Im Hinblick auf die Entdeckungen, die wir uns erhoffen können –« Nansen wußte längst, wie die endgültige Stimmverteilung aussehen würde.

33

Nach all der Zeit, seit sie das letzte Mal in der *Envoy* gestanden hatten, war das erneute Betreten des Schiffs für Mokoena und Zeyd weniger eine Heimkehr als viel eher das Betreten eines Hauses – eines Labyrinths –, dem sie lange ferngeblieben waren und das sie längst vergessen hatten. Die Kabinen waren leer. Das leise Flüstern der Belüftung vertiefte nur die Stille in den Korridoren.

Yu betrachtete das viel sachlicher. Ihre Beteiligung an der Konstruktion eines Beschleunigungskompensators hatte sie bereits mehrmals an Bord geführt. Der Biologe, den sie Peter nannten, begleitete sie, und ihm war bei aller Fremdheit keine Gefühlsregung anzumerken.

Es würden mehr Tahirianer zum Schwarzen Loch mitfliegen, als an der Expedition zum Pulsar teilgenommen hatten. Die Quartiere und sonstigen Einrichtungen für sie herzurichten, bedeutete weitaus mehr, als nur ein oder zwei Frachtdecks auszuräumen. Zeyd hatte gespöttelt, daß die in Erwägung gezogenen Räumlichkeiten in keiner offensichtlichen Verbindung zu den Sternen stünden.

»Was die gelegentliche magnetische Stimulation angeht, die sie für die Erhaltung ihrer Gesundheit auf lange Sicht brauchen«, sagte Mokoena, »schlage ich vor, daß wir diesmal anstelle einer speziellen Kabine ein Magnetfeld in ihrer neuen Turnhalle erzeugen.«

Yu runzelte die Stirn. »So voluminös?«

»Oh, in einer Ecke, als Teil der Übungs-und Spielgeräte.«

»Dazu sind riesige superleitende Spulen nötig.«

»Die nicht zu nahe bei ihren Nahrungs-Synthetisierern stehen dürfen, wo immer wir solche finden«, erklärte Zayd. »Induktionseffekte würden die Nanotechnik stören.«

»Du liebe Güte«, meinte Mokoena lachend, »das ist ja das reinste Puzzle, nicht wahr?«

Peter gab ein Trillern von sich. Sie drehten sich zu enn um und griffen nach den Parleurs, die an ihren Gürteln befestigt waren. *»Duìbùqì«*, entschuldigte Yu sich. »Es tut mir leid. Wir haben Sie zu oft übergangen.« Ehe sie die Worte ins Cambiante übersetzen konnte, flackerte Peters Bildschirm, während enns Stimme schimpfte.

»(Auf einer Expedition, die vielleicht so lang wird wie diese, sind die Bedingungen, die für einen begrenzten Zeitraum erträglich waren, es jetzt nicht mehr. Das geringere Gewicht kompensiert bis zu einem gewissen Grad die Unterschiede in atmosphärischem Druck und Zusammensetzung der Atemluft, und die früheren Reisenden gewöhnten sich (resignierend?) an die fauligen Gerüche. Sie paßten sich außerdem an den circadischen Zyklus an. Über den Zeitraum eines Jahres hinweg wird sich jedoch das Fehlen von Wetter als nahezu unerträglich erweisen.)«

Die Menschen erinnerten sich an heftige Wechsel von Monat zu Monat oder von Tag zu Tag, und die schnellen geologischen klimatischen Veränderungen, unter denen diese Rasse sich entwickelt hatte. »(Sind die Variationen in unserem Schiff zu langweilig?)« fragte Yu. »(Wir werden sicher in dieser Hinsicht etwas tun. Was schlagen Sie vor? Virtuelle Realitäts-

Programme? Ihr Volk muß während seiner eigenen Sternfahrt-Ära eine Lösung für dieses Problem gefunden haben.)«

Peters Mähne stand steif aufrecht. Sie nahmen einen beißenden Geruch wahr. »(Alles wäre unnötig, wenn Sie alle weggehen würden. Kehren Sie nach Hause zurück. Kommen Sie nie mehr auf unsere Welt.)«

Yu schüttelte gequält den Kopf. »(Sie wissen, daß das nicht geschehen wird, bevor wir bei dem Schwarzen Loch waren. Außerdem wollen nicht wenige von Ihnen uns begleiten.)«

»(Ein unnatürlicher Wunsch. Wenn sie zurückkommen, werden ihre nächsten Angehörigen seit Jahrhunderten tot sein.)«

»Das könnte für sie schlimmer sein als für uns«, murmelte Mokoena.

»Nein, auf sie wartet die gleiche Gesellschaft«, sagte Zeyd ganz leise. »Auf uns aber nicht.«

»Wenn die Sternfahrt wieder anfängt, wird das schon bald auf sie auch nicht mehr zutreffen.«

»(Wir haben denen, die mitgehen wollen, unser Versprechen gegeben,)« erinnerte Yu Peter.

»(Und deshalb müssen einige, die geistig normal und gesund sind, sie begleiten.)« Ungesagt blieb: Und dabei ihre lieben Nächsten für immer verlieren. Wegen euch. »(Das ist reines Pech. Ich hoffe fast, die Expedition steht unter einem schlechten Stern. Dann kann die Rasse an ihrem Frieden festhalten.)«

Yu beharrte auf ihrem Standpunkt und versuchte Freundlichkeit auszudrücken. Zeyd und Mokoena rückten näher zusammen.

»Aber warum ich?« fragte Cleland verblüfft. »Ich bin kein Ingenieur oder Operator oder – oder irgend etwas, das bei diesem Unternehmen nützlich ist.«

»Du bist geschickt im Umgang mit deiner eigenen Ausrüstung«, erwiderte Brent, »und außerdem hast du Erfahrung im freien Raum, inklusive der Arbeit auf der Außenhülle des Schiffs. Was du nicht weißt, das bringe ich dir bei.«

Sonnenschein und ein Hauch von Wald strömten durch ein offenes Fenster in seine Kabine. Cleland schaute sich um, als ob die mit Geräten vollgestopfte Werkstatt der *Envoy* irgendwo hinter diesen Wänden verborgen wäre. »Hm, nun, ich werde mir Mühe geben«, sagte er, »aber wirklich, der Kompensator ist Hannys und Wenjis Konstruktion, und sie sollten das Projekt überwachen« – seine Konstruktion und Installation.

Brent verzog das Gesicht. »Das werden sie auch tun, von Zeit zu Zeit. Sie haben jedoch woanders zu tun. Im wesentlichen halten sie sich über uns nur auf dem Laufenden.«

»Und was einen Assistenten betrifft, Al, wenn du einen Menschen als Helfer brauchst, außer den Robotern, nun, dann ist Lajos in diesem Punkt viel besser als ich.«

»Er wird auch beschäftigt sein«, schnappte Brent. »Sie alle arbeiten mit den Tahirianern zusammen, um die umlaufende Beobachtungsstation fertigzustellen.«

»Ich weiß zufälligerweise, daß Lajos dort nicht allzu häufig gebraucht wird.« Cleland errötete. »Al, du nimmst mich doch nicht etwa für diesen Job, um mir eine Beschäftigung zu geben – weil du Mitleid mit mir hast – oder?«

Brent lächelte ziemlich verkniffen. »Nein. Tatsache ist, daß du nach einigem Training und unter entsprechender Aufsicht deinen Teil leisten kannst und ich nicht neben Lajos Ruszek arbeiten will. Oder Hanny Dayan.«

Cleland starrte ihn an. »Wie bitte?«

»Vergiß es! Das ist allein meine Sache. Wir wollen nicht mehr darüber reden, okay?« Als er das Unbehagen des jüngeren Mannes bemerkte, fügte Brent hinzu: »Sieh mal, jeder muß versuchen, höflich zu bleiben, oder die Mannschaft fällt auseinander. Ich möchte meine Selbstkontrolle nicht überstrapazieren. Du und ich, wir kommen gut miteinander zurecht.«

»Nun ja – aber –«

Brent entschied sich nun, seine Überredungskünste einzusetzen. Er klang ziemlich hart und kurzangebunden wie ein Kommandant, der am Vorabend der Schlacht seinen Soldaten Mut zuspricht: »Und wir haben beide das dasselbe Ziel. Ich weiß, wie gerne du nach Hause zurückkehren willst, Tim, und dich nach einem Ende dieser Reise der Verdammten sehnst. Ich wünsche es mir so sehr, daß es wie ein kleines Feuer in meinen Knochen glimmt. Na schön, wir sind für dieses verdammte Schwarze Loch eingeteilt, und wir sollten lieber dafür sorgen, daß wir das Abenteuer überleben. Aber du und ich, wir können weiter denken. Wir können wachsam auf jede Chance warten, um die Situation zu verbessern, und wir haben den Mumm, diese Chance dann zu ergreifen.«

»Ich . . . ich weiß nicht, was du meinst. Ja, ich würde lieber auf kürzestem Weg von hier zurückfliegen. Dennoch, die wissenschaftlichen Neuerungen, die

Entdeckungen – ich mache das beste daraus, was ich kann. Willst du das nicht?«

»Natürlich. Die Expedition ist verrückt. Aber ich muß zugeben, in der Technologie, die wir hier entwickeln, steckt Potential, das ich nur erahnen kann – und zwar für die Erde, für unsere Rasse. Und vielleicht lernen wir sogar noch mehr dort, wohin wir wollen, kein abstraktes Wissen, sondern etwas mit echten Möglichkeiten. Dies ist die Art von Information, die wir um jeden Preis nach Haus mitnehmen müssen, und das in einer Form, mit der menschliche Experten sich auskennen. Die richtigen Experten.«

»Du glaubst nicht, daß sie dort längst Bescheid wissen?«

»Ich frage mich, ob sie es tun. Wir haben schon bezweifelt, daß sie jede tahirianische Idee und Erfindung nachmachen. Was jetzt geschaffen wird, eine von Menschen und Tahirianern gemeinsam entwickelte Sache – ihre Ausstattung und Kontrolle sind für absolut verrückte Bedingungen geschaffen. Die Leute in der Umgebung Sols haben so etwas vielleicht noch nie kennengelernt. Vielleicht gibt es dort, wohin sie mittlerweile vorgedrungen sind, weit und breit kein Schwarzes Loch, oder wenn es eins gibt, dann könnte es völlig anders geartet sein. In diesem Fall hatten sie keinen Grund, Systeme wie diese zu entwickeln.«

»Was wird es ihnen dann nützen?«

»Dinge haben eine ganz eigene Art, ihren Nutzen zu finden. Feuerwerkskörper wurden zu Kanonen und zum ersten Raumschiff. Die Kernphysik führte vor, wie man Kernwaffen und Kernkraftwerke produzierte. Ich kann vor meinem geistigen Auge Anwendungsmöglichkeiten für diese Dinge erkennen – vor allem wenn sie mit Robotertechnik aus dem Sternhaufen und mit tahirianischer Technologie verknüpft sind ... Macht.« Brent starrte vor sich hin. »Macht.«

Der Planet hing wunderschön in seiner Viertelphase am Himmel, ein blauvioletter Krummsäbel, bedeckt mit Rostflecken, die die Landflächen waren, und silbernen Bändern, den Wolken, wie ein Juwel auf dem dunklen Samtkissen der Nacht.

In der Nähe, obgleich durch die Entfernung nicht viel größer als ein Spielzeug, reflektierten die Räder der *Envoy* das Sonnenlicht in kurzen Blitzen, während sie sich um die Achse drehten, die der Rumpf zwischen ihnen bildete.

Kilbirnie saß angeschnallt da, gewichtslos, an der Kontrolltafel der *Herald*. Der Tahirianer Colin kauerte in dem Sitz neben ihr, wo er sich mit den Sporen festklammerte. Hinter ihnen schwebten Dayan und die Physikerin, die sie als Esther kannten, vor einer neu eingebauten Konsole.

Dayan betätigte einen Schalter. Von einem Startgerüst draußen, ebenfalls erst vor kurzem gebaut, löste sich ein schlankes, torpedoförmiges Gebilde. Es schoß mit Hilfe eines Feld-Antriebs davon, verkleinerte sich in der Ferne und wurde zu einem von mehreren Glitzerpunkten, die weit verstreut zwischen den Sternen umherflitzten.

Nach einer Weile stieß Esther sie an. Rotes Haar wallte, als sie sich umdrehte. »(Auch ich sollte mit diesem Modell üben,)« sagte ihre Kollegin.

Dayan nahm ihren eigenen Parleur zur Hand. »(Ich

bedaure. Sie sind mit diesen Geräten nicht besser vertraut als ich.)«

»(Jahrhunderte sind vergangen, seit meine Vorfahren sie ausgesandt haben.)«

Und in seltsame Verhältnisse hinein, unterließ Dayan es zu antworten, da es unnütz war. *Spezialfahrzeuge transportierten einzigartig spezielle Instrumente. Zugegeben, sie werden von der inneren Station aus, die wir umkreisen, von Computern gelenkt. Aber wir müssen sie selbst kennenlernen, müssen wissen, wie sie sich verhalten, wo ihre Fähigkeiten und wo ihre Grenzen liegen, so wie Soldaten ihre eigenen Roboterwaffen kennen müssen. Der Raum um das Schwarze Loch wird unser unversöhnlicher, nicht einschätzbarer listenreicher Feind sein.*

Sie konzentrierte sich auf die Monitorschirme und die Anzeigenwerte. Aus den Augenwinkeln verfolgte sie, was die biegsamen tahirianischen Finger taten.

Kilbirnie und Colin hatten nichts, was sie im Augenblick beschäftigte, außer sich zu unterhalten. »(Ich wünschte, ich könnte meinen Job genauso trainieren,)« sagte sie.

»(Sie haben es in der Simulation getan,)« erklärte Colin ihr.

Sie seufzte. »(Virtuale. Im anständigen, ordinären Weltraum gibt es keinen angemessenen Ersatz für das echte Erleben – geschweige denn in der Region, zu der wir unterwegs sind.)« Ein schiefes Grinsen. »(Aber dafür gilt, daß wir nur schwimmen lernen können, wenn wir einfach ins Wasser springen.)«

»(Die Simulationen sind so gut, wie die alten Daten es erlauben.)«

»Ach ja«, sagte Kilbirnie. »Der reinste Alptraum.« Strahlung, Materiepartikel, elektromagnetische Pulse, ein Gravitationsfeld, das immer riesiger zu werden schien, je näher man ihm kam, bis Raum und Zeit sich derart verzerrten, daß nichts wiederzuerkennen war. Nicht daß irgendein lebendes Wesen jemals so nahe herankommen und überleben konnte. Aber die Station, von der aus die Sonden operierten, mußte in den Orbit gebracht werden. Und wer wußte später, was weiterhin nötig war?

Sie lachte. »(Ich glaube, ich bin ungeduldig.)«, seufzte sie. »(Aber ich denke, daß die Simulationen mehr plötzliche, unerwartete Schwankungen in Erscheinungen wie der Zuwachsscheibe und den elektromagnetischen Feldern enthalten sollten.)«

»(Das habe ich schon einmal vorgeschlagen. Daraufhin erklärte man mir, es wäre sinnlos, weil wir von diesen Ereignissen nur sehr wenig wissen. Unsere Daten lassen die Ursachen von vielem im Dunkeln, was zu beobachten gewesen war.)«

»(Ich hatte angenommen, daß Tahirianer mit solchen Dingen viel besser umgehen können als wir. Dank Ihres Gefühls für Quantenmechanik, Ihres Instinkts, mit chaotischen Veränderungen zurechtzukommen.)«

»(Genauso wie Sie freue ich mich darauf, mehr zu erfahren. Aber ich glaube, daß die Menschen eigene Gaben besitzen. Zusammen können wir vielleicht erreichen, was keiner von uns ohne Hilfe jemals hätte schaffen können.)«

»(Wir werden es versuchen.)« Kilbirnie erschauerte vor Freude. »Wir werden es verdammt noch mal versuchen.«

Impulsiv streckte sie die Hand aus. Colin umschloß sie mit enns. Sie schlossen Partnerschaft.

Schließlich meldete Dayan sich: »Es reicht schon. Ich bin zu müde. Esther auch.«

»Es war eine lange Sitzung«, gab Kilbirnie zu. »Nun, wir machen eine Pause und schlafen eine Nacht. Schnallt euch an, Leute und paßt auf, während ich unsere Schoßtierchen einsammle.«

Als alle sich gesichert hatten, betätigte sie die Kontrollen. Das Boot vollführte einen Satz. Hin und her schoß sie. »Harroo!« rief die Pilotin einmal. Roboterarme an den Gerüsten fischten Raketen auf.

Nachdem sie sie eingesammelt hatte, kehrte sie zur *Envoy* zurück, dockte auf eine Art und Weise an, die von Rechts wegen niemals so sanft hätte ausfallen dürfen, und schaltete den Antrieb aus. »Achten Sie nicht zu sehr auf Ordnung«, sagte sie. »Wir werden morgen sofort eine neue Messe einrichten. Ich gehe jetzt erst einmal auf die Suche nach einem kalten Bier und einer heißen Dusche.« Sie ging voraus in den Rumpf, durchmaß ihn, eilte weiter zum vorderen Rad und bestieg dort einen Schienenwagen.

Wie immer erwartete Nansen ihre Rückkehr im Gemeinschaftsraum. Er unterhielt sich gerade mit einer Tahirianerin, die sie Indira nannten. Sundarams enge Mitarbeiterin war mitgekommen, um die Ausstattung zu studieren. Die Konstruktion würde die technischen Einrichtungen beeinflussen, mit deren Hilfe sie mit den Wesen zu kommunizieren hofften.

Der Kapitän achtete nicht allzu aufmerksam darauf. Vielleicht hatte der Semantiker aus diesem Grund angefangen, grundlegende Tatsachen bekannt zu geben. »(... Ist Ihnen klar, wie vage der erste Kontakt mit den Aliens war? Wir wissen nicht, ob wir ihn auf einer regelmäßigen Basis wiederherstellen können, oder ob überhaupt. Wenn ja, dann wird dies der Beginn unserer wahren Schwierigkeiten sein. Wir kennen ihr Wesen nicht ...)«

Kilbirnie blieb in der Türöffnung stehen, um nicht unhöflich hereinzuplatzen. Dayan holte sie ein. Sie konnten von dort auf Indiras Schirm blicken, enns Stimme hören und enns Haltung lesen. »Ja«, sagte die menschliche Physikerin leise, »ich glaube, daß die Tahirianer von damals Angst vor dem hatten, was sie vielleicht erfuhren. Es hätte die gesamte philosophische Basis des Paradieses ins Wanken bringen können, das sie sich zu Hause einrichteten. Das könnte sie zu dem Schluß gebracht haben, daß die Sternfahrt eine Bedrohung für alles ist.«

Kilbirnie zuckte die Achseln. »Ich selbst war Eva immer dankbar gewesen, daß sie der Versuchung erlag. Das Paradies kommt mir vor wie ein absolut langweiliger Ort.«

Nansen bemerkte sie und fuhr herum. »Jean!« rief er.

Kilbirnie trat ein. »Jetzt gucken Sie doch nicht so entsetzt, Skipper. Ich war heute ein braves Mädchen. Ich bin ganz strikt gemäß der Sicherheitsvorschriften geflogen.«

Er runzelte die Stirn. »Ich habe Ihre Manöver auf den Schirmen verfolgt, ehe ich herkam. Sie sind viel zu nahe an die Grenze des Möglichen gegangen.«

»Nun, ich muß mehr als nur reine Routine trainieren. Was soll denn werden, wenn wir das Schwarze Loch erreichen?«

Sein Gesicht wurde düster. »Ja, was dann?«

»Och, dann werde ich verdammt gut aufpassen. Dann zeige ich, was ich kann.«

»Darüber müssen wir uns noch ausführlich unterhalten.«

»Jetzt gleich?« Sie stand vor ihm, zerzaust, verschwitzt und mit ihrem breiten Lächeln auf den Lippen. »Na schön, wie Sie wollen. Ich kann meine Dusche auf nachher verschieben.« Sie schaute zu den anderen. »Wenn ihr uns bis zum Abendessen entschuldigen würdet?«

Nansen errötete, räusperte sich und sagte schnell: »Es scheint, als hätten wir bis morgen früh nichts mehr zu tun. Ich denke, alle hätten sicher nichts dagegen, sich ein wenig auszuruhen, bis wir heute abend wieder zusammenkommen.«

»Gute Idee«, sagte Dayan knapp. Ihr Blick folgte dem Kapitän und der Pilotin, während sie nebeneinander hinausgingen.

Als sie sich umdrehte, sah sie, daß Esthers Parleur aktiviert war. »(Warum sind die beiden so abrupt weggegangen?)«

»(Sie möchten alleine sein,)« erwiderte Dayan.

»(Was ist ihre Motivation?)«

Manchmal machte die Unterhaltung mit einem Nichtmenschen mittels eines Geräts totale Offenheit viel zu einfach. »(Sie ist eine begehrenswerte Person. Er ist der beste Mann im Umkreis von fünftausend Lichtjahren. Oder vielleicht auch im ganzen Universum.)«

34

Es war einmal in der urzeitlichen Galaxis, kurz nach dem ersten Schub Sternengeburten, daß eine blaue Riesensonne das Ende ihres kurzen und heftigen Lebens erreichte. Sie explodierte mit der enormen Gewalt einer Supernova. Für kurze Zeit überstrahlte sie das gesamte Inseluniversum. Das Gas, das sie ins Weltall hinaus schleuderte, enthielt Elemente, die schwerer waren als Eisen und die auf keine andere Art und Weise hätten entstehen können: Nickel, Kupfer, Silber, Zinn, Gold, Uran und mehr. Einige davon waren später zusammen mit Wasserstoff, Kohlenstoff, Stickstoff, Sauerstoff am Entstehen neuer Sterne beteiligt. Und im Bereich einiger dieser Sterne entstanden lebendige Wesen.

Der Trümmerhaufen kollabierte nicht zu einer Neutronenkugel. Die Sonne war zu groß gewesen, ihre Eruption zu heftig. Alle Planeten wurden verdampft. Eine Restmasse, zehnmal so groß wie Sol, die noch nicht existierte, stürzte in sich zusammen. Die Gravitationskräfte waren derart groß, daß sie jeglichen Widerstand überwanden. Und die Masse verdichtete sich über alle Maßen. Nach einem gewissen Punkt konnte sich noch nicht einmal Licht von ihr lösen. Daher konnte sich auch nichts befreien, was davon angezogen wurde. Der Stern nahm die Form einer vollkommen schwarzen Kugel mit 185 Kilometern Umfang an.

Man konnte daraus keinen Radius errechnen. In der verzerrten Raum-Zeit-Geometrie in ihrem Innern, während die Masse sich dem punktgleichen Stadium einer Singularität näherte, verloren solche Kategorien ihre vertraute Bedeutung. Ebensowenig ließ sich feststellen, was sich im Innern abspielte. Was immer die Masse an Informationen enthalten hatte, war verloren. Es gab nur diese schwarze, leicht abgeflachte Kugel, den Ereignishorizont.

Der Körper bewahrte die Eigenschaften einer Kreisbewegung, die sich in einem überschnellen Spin und einem unendlich starken Magnetfeld ausdrückten. Er behielt auch eine elektrische Ladung, zwar nur gering, denn Ionen und Elektronen aus dem interstellaren Medium neutralisierten wirkungsvoll alles. Durch sie und durch die Schwerkraft seiner Masse interagierte er immer noch mit dem umliegenden Kosmos.

Am Ereignishorizont wurden Raum und Zeit deformiert, verzerrt und durch die Drehung praktisch mitgerissen. Ab und zu erschien eines der nuklearen Paare, die im Vakuum zwischen Existenz und Nichtexistenz hin und her pendelten, in solch einer Position, daß ein einzelner Partner eingefangen wurde, während der andere, mit Energie angereichert, davonflog. Auf diese Art und Weise dampfte, strahlte das Schwarze Loch – aber nur unbedeutend, während es seine gegenwärtige Größe hatte, und so langsam, daß die letzte rote Sonne längst ausgebrannt wäre, ehe es verschwunden war.

Atome und Staub, die aus der Umgebung angezogen wurden, hielten das reale Feuer in Gang. Indem sie an Geschwindigkeit zunahmen, während sie hineinströmten, begannen sie in der Nähe der Schwärze miteinander zu kollidieren. Energie wurde in Form von Photonen freigesetzt. Die Kräfte zogen einen großen Teil des Plasmas in eine Zuwachsscheibe, einen Maelstrom, der um das Schwarze Loch kreiste, um schließlich in den Schlund des Wirbels zu stürzen. Masse wurde außerdem zum magnetischen Süd- und Nordpol transportiert und dort in Form von Strahlen lichtjahreweit weggeschleudert.

Ohne einen Gefährten als Nahrung erschien dieser Körper nicht besonders auffällig. Seine Helligkeit, Röntgenstrahlen, war schwächer als das Röntgenband aller bis auf die matteren roten Zwergsterne. Durch ein Teleskop sah das Auge die Scheibe als einen kleinen flackernden matt blau-weißen Ring. Die Strahlen waren nur durch Radioempfänger aufzuspüren und nachzuweisen. Aber die Intensität beider Strahlungen wäre tödlich für jeden Reisenden, der sich ihr auf einige zehntausend Kilometer näherte.

Der Maelstrom rotierte nicht stetig. Wellen liefen hindurch, prallten aufeinander und schleuderten Fahnen hoch, die an Gischt erinnerten. Mächtige Ausläufer züngelten hoch, reichten eine Million Kilometer ins All, bis sie sich wieder zurückzogen. Magnetische Beben ließen das Plasma über noch weitere Strecken erschauern. Und Chaos, noch weniger erklärbar und begreifbar als diese unvorhersehbaren Erscheinungen, löste noch seltsamere Verwüstungen aus.

Die *Envoy* ging in einer Entfernung von zehn Millionen Kilometern in den Orbit.

Im Start-Kontrollzentrum arbeiteten Yu und Emil schweigend und effizient zusammen. Der Tahirianer hatte sehr gut gelernt, wie menschliche Geräte zu bedienen waren. Instrumente und Konsolen füllten die restliche Kabine aus. Nansen, der erschienen war, um sich vom Stand der Dinge zu überzeugen, blieb im Eingang stehen.

Er hörte nichts außer Atemzügen, spürte nichts anderes als einen Belüftungsstrom auf seiner Wange und sein durch Rotation erzeugtes Gewicht.

Plötzlich erschien jedoch eine neue Form zwischen den Sternen auf dem Sichtschirm vor ihm. Schlank und glatt, durch ihren eigenen Lichtschein matt erleuchtet, verschwand sie, als sie beschleunigte, schnell aus seiner Sicht. Eine zweite Form folgte, eine dritte, eine vierte.

»Bravo!« rief er aus. »Sie sind perfekt gestartet, nicht wahr?« Es waren die ersten wissenschaftlichen Sonden.

Für einen kurzen Moment, wie schon öfter in der jüngeren Vergangenheit, wünschte er sich, daß mehr Flugkörper als diese paar über den leistungsfähigen Feld-Antrieb verfügten. Aber das war nicht zu machen. Bis auf das Hinzufügen des von Yu und Dayan entwickelten Beschleunigungskompensators, wäre jeder Umbau der *Envoy*, des einzigen zur Verfügung stehenden Sternenschiffs, eine unendliche lange und komplizierte Aufgabe gewesen, und was am Ende herausgekommen wäre, hätte kaum als zuverlässig gelten können. Das gleiche galt für die Boote. Die *Envoy* war für die *Herald* und die *Courier* konstruiert. Die Einrichtungen zum Starten, Andocken, Parken und der Synergie mit dem Schiff konnten nicht modifiziert werden, ohne das gesamte System zu verändern. Man konnte noch nicht einmal ein tahirianisches Boot mitnehmen, das auf der Außenseite des Rumpfs befestigt wurde. Die tahirianischen Sonden waren eigens dafür konstruiert worden, daß sie in die Raketensilos paßten – Pfeile des Friedens, betete er.

Nun, Jean und Lajos sind an das gewöhnt, was wir haben, dachte Nansen. *So wie er selbst früher.*

Er vergaß es, als Yu sich zu ihm umdrehte, ihn ansah und leise »Ja«, erwiderte. Als ihre Blicke sich trafen, schien die Müdigkeit der Reise von ihnen abzufallen. »Mögen sie sicher zurückkehren und viele Entdeckungen machen.«

Emil griff nach enns Parleur. Enn hatte ein wenig Englisch gelernt, aber Tahirianer waren nichtsdestoweniger fähig, den Menschen immer wieder Binsenweisheiten mitzuteilen. Dabei waren sie ganz offensichtlich völlig unsicher, ob sie sich verständlich ausgedrückt hatten. *Was machen wir mit ihnen*? fragte Nansen sich. »(Das ist alles absolut vorläufig.)« sagte enn. »(Die Sonden werden lediglich bestätigen, was die früheren Expeditionen herausgefunden haben und in welcher Weise die Verhältnisse sich seit damals verändert haben.)«

Nansen nickt ungeduldig.

»(Dadurch gewinnen wir auch an Erfahrung vor der eigentlichen Mission.)« erinnerte Yu ihn. Genauso ehrlich und offen zu antworten, war nach und nach zu einer Geste der Höflichkeit geworden, da die Beziehungen zwischen den Rassen sich vertieften.

Emils Mähne erschauerte. Enns Antennen zitterten. »(Ich könnte mir fast wünschen, ich wäre einer der neuen Roboter, die wir diesmal auf die Reise schicken,)« sagte Enn. »(Um all die Wunder direkt zu erleben -)« Enn brach ab. Das Cambiante konnte Gefühle nicht besonders treffend ausdrücken.

Was für eine un-tahiranische Regung, sogar für

einen Astronomen, dachte Nansen. Oder ist sie es doch? Die *Envoy* und was sie vollbringt, hatte sie irgendwie verändert. Er dachte an Fernando, Stefan, Attila, an alle, die gerne mitgegangen wäre, aber zurückgelassen wurden und ...traurig waren? Aber wenn sechs Tahirianer alles waren, was das Schiff beherbergen konnte, und wenn die konservative Fraktion darauf bestand, daß drei ihrer Angehörigen an der Reise teilnehmen sollten – *Welches persönliche Opfer bedeutete es für sie, die die ganze Mission ohnehin ablehnen? Wie opferbereit mußten sie sein. Oder wie fanatisch?*

»Gut gemacht«, sagte er laut. »Und jetzt sollten wir uns um unsere anderen Angelegenheiten kümmern.

Wenn doch nur jeder an Bord so etwas hätte.

Die Station, Basis und nächstes Kommandocenter für Maschinen, die leistungsfähiger und vielseitiger waren als die Sonden, die sich auf einer engeren Umlaufbahn bewegen sollte, war im zerlegten Zustand eingetroffen. Roboter konnten die meisten Bauteile nach draußen bringen und sie dort zusammensetzen, während Yu oder Brent den Prozeß von innerhalb des Schiffs überwachten. Aber die Zentralkomponenten, Gehirn und Herz des gesamten Systems, mußten im Raum von Physikern zusammengebaut und getestet werden. Dafür waren Dayan und Colin zuständig. Ruszek ging mit hinaus, um zu assistieren. Seine frühere Tätigkeit zwischen den Asteroiden des Sol-Systems qualifizierte ihn hierzu auf einmalige Art und Weise.

Es war eine spannende Aufgabe. Ungedämpfter

Lampenschein warf tiefe, scharfkantige, verwirrende Schatten. In der Schwerelosigkeit konnte jeder kleine Fehlgriff dazu führen, daß ein Objekt davonsegelte. Gewöhnlich mußten behandschuhte Hände Manipulatoren steuern, die weitaus sensibler und genauer waren, während ein behelmter Kopf sich mühsam gegen ein Mikrosichtgerät preßte. Die Menschen brauchten regelmäßige Pausen. Die Tahirianer pausierten seltener, obgleich Ruszek auf Englisch schimpfte, daß enn ziemlich schlampig arbeitete. Dayan erwiderte, daß nur wenige Vertreter dieser Rasse ausreichende Praxis im Weltraum hatten. Außerdem fühlte enn sich nach wenigen Stunden ohne Kontakt mit einem Magnetfeld nicht besonders wohl.

Er und sie einigten sich um eine bestimmte Uhrzeit auf eine Stunde Pause. Sie fixierten ihre Werkzeuge und schlenderten über die Krümmung des Rumpfs. Boote schwangen hin und her, als sie abwechselnd ergriffen und in Position gebracht wurden. Sicherheitsleinen wickelten sich ab und schlängelten sich lose herum, als würden sie von irgendeinem geisterhaften Wind aufgewirbelt. Als die beiden anhielten, von den Lampen abgeschirmt, gewannen sie ihre Dunkelsicht zurück. Sterne und Milchstraße erschienen ihnen wie eine Epiphanie, eisig, prächtig.

Sie hatten an der Stelle ein kleines Teleskop aufgestellt. Ein wenig Amateurastronomie erwies sich als angenehm entspannend. Diesmal richtete Ruszek das Teleskop auf das Schwarze Loch. Durch das Okular nahm er einen schwachen Schimmer wahr, nicht größer oder heller als ein Nebel, den sein unbewehrtes Auge im selben Himmelssektor gefunden hatte.

Er richtete sich auf und seufzte. »Es fällt mir schwer, das zu glauben. Dieses Monstrum – ist das alles, was wir davon sehen können?«

Dayan spreizte ihre Hände. »Das liegt in der Natur dieser Dinge«, antwortete ihre Stimme über Funk.

Er grinste boshaft. »Nun, ich habe ja immer gesagt, daß Gott einen ganz eigenen Sinn für Humor hat.«

Ihre Stimmung war ein wenig ernster. »Darüber habe ich schon mal nachgedacht. Wie ich auch über seine Mildtätigkeit nachgedacht habe. Das Leben, das Universum, all das kann schrecklich sein.«

»Nicht mehr als ein Schabernack, vielleicht.«

Ein Schrei erklang in ihren Ohrhörern. Sie fuhren herum. Mit rudernden Armen taumelte Colin vom Rumpf weg. Keine Leine folgte enns Gestalt.

»*Vér és halál!*« brüllte Ruszek. »Dieser verdammte Tollpatsch –«

Der Tahirianer trieb hinaus auf das rotierende hintere Rad zu. »Colin!« schrie Dayan. Sie schätzte Geschwindigkeit und Entfernung ab, duckte sich und sprang ab und stieg hoch.

»Nein!« brüllte Ruszek zu spät.

Ein Jetpack lag an ihrem Arbeitsplatz bereit. Er hatte keine Zeit, es zu holen. Ebensowenig konnte er ihre Leine packen und sie zurückholen. Sie befand sich bereits außerhalb seiner Reichweite. Er stellte selbst eine kurze Berechnung an und sprang ebenfalls.

Dayan näherte sich Colin, überholte ihn, versuchte zu bremsen und durch einen Zug an ihrer Leine zur Seite zu schwingen. Sie taumelte, und das Kabel wickelte sich weiter ab.

Ruszek passierte den Tahirianer auf Armeslänge. Er packte mit einer Hand ein Bein. Sie trieben zusammen weiter. »Nicht bewegen«, knurrte er. Er hatte seine Vektoren gut eingeschätzt. Er traf zwar nicht mit Dayan zusammen, aber seine freie Hand bekam ihre Leine zu fassen. Mittlerweile hatten er und Colin die gleiche Flugrichtung. Er konnte ihn loslassen und an ihrer Rettungsleine ziehen. Sie kam relativ zu ihm zum Stehen und trieb auf ihn zu. Das Rad war nahe, riesig, jede Speiche ein dicker Balken, der einen Raumanzug und den Körper darin zerschmettern konnte.

Ruszek wappnete sich für den Aufprall. »An mir festhalten, Colin«, befahl er. Es war nicht zu erkennen, ob der Tahirianer seine Worte verstanden hatte oder nicht, auf jeden Fall klammerte er sich an seinen rechten Oberschenkel.

Dayan prallte gegen ihn. Er legte einen Arm um sie. »Halt dich ebenfalls fest«, sagte er. Sie war nicht in Panik geraten. Sie klammerte sich an den Biopack auf seinem Rücken. Er fand eine Einbuchtung und ruckte kurz an seinem Kabel, wodurch die Trommel am anderen Ende verriegelt wurde. Danach brauchte er nur noch sich selbst und die anderen zum Rumpf zurückzuziehen.

»Verdammt dämliche Sicherheitsvorrichtungen«, schimpfte er. »Die Leinen müßten eigentlich viel kürzer sein, damit man nicht bis zu den Rädern abtreiben kann. Aber auch dann würde irgendsoein Spatzenhirn wahrscheinlich etwas anderes finden, um – Autsch!«

Sie prallten gegen das Schiff. Die Stiefelsohlen blieben haften. Colin kauerte sich zusammen. Dayan stand zitternd da. Das Licht, das die Sterne überstrahlte, brachte den Schweiß auf ihrem Gesicht zum Glänzen.

Ruszek packte sie bei den Schultern. »*Isten* – Gott verdammt, das hätte dein Tod sein können«, sagte er erstickt. »Hast du nicht damit gerechnet, daß ich diesen Idioten hier verfolge?«

»Es – es tut mir leid«, stammelte sie. »Es geschah so plötzlich. Ich habe nicht nachgedacht –«

»Nein, das hast du nicht. Damit bist du Idiot Nummer zwei.«

Sie straffte sich. Er sah, wie sie plötzlich eisige Kälte ausstrahlte. »Wie du meinst«, sagte sie.

Sofort zutiefst zerknirscht ließ er die Hände sinken und wich einen Schritt zurück. »Das tut mir leid. Ich habe es nicht so gemeint.«

»Ich hoffe es.«

»Es schien mir – als würde ich dich verlieren, Hanny –«

Sie entspannte sich. »Ich habe mich dumm verhalten. Das passiert nicht wieder. Sollen wir es dabei belassen?«

»Wenn du möchtest«, murmelte er.

Sie hatte nicht gesagt, daß sie auch ihn hätte verlieren können.

Er vermutete, daß sie gar nicht ahnte, wie knapp sie dem Tod entronnen war, wenn er sah, wie schnell sie sich beruhigt hatte. Nachdem sie Colin beim Aufstehen geholfen hatte, ging sie mit dem Tahirianer hinüber zu ihren Parleurs, um sich zu erkundigen, was passiert war. Ruszek erfuhr später, daß enns Leine, die frei umhertrieb, ihm bei einigen kniffligen Montagearbeiten in die Quere gekommen war, bis enn sie ausgeklinkt hatte. Als er dann versuchte, einen nur unzureichend gesicherten Kasten zu verschieben – gewichtslos, aber mit unveränderter Massenträgheit –

und nicht auf einen sicheren Fußhalt geachtet hatte, war er vom Rumpf weggeschleudert worden.

Nansen konnte enn keine angemessene Strafpredigt in Cambiant halten, aber Dayan mußte sich eine anhören, und der Kapitän ließ die Arbeiten unterbrechen, bis weitere Sicherheitsmaßnahmen installiert worden waren.

Im Augenblick bemühte der Maat sich, sein Gleichgewicht wiederzufinden. Danach nahm er die relativ einfache Tätigkeit wieder auf, die sie ihm zugewiesen hatte. *Ich habe sie immer noch,* dachte er dabei.

Drei kleine Tahirianer schienen sich in der weiten, hohen Turnhalle für Menschen zu verlieren. Mehrere Maschinen waren viel größer als sie. Und dennoch beherrschten sie für Cleland den Weltraum, füllten ihn vom einen bis zum anderen Ende, von tief unten bis hoch oben, mit ihrer Fremdheit.

Und mit dem, wofür sie standen?

Er blieb in der Türöffnung stehen. »Ich sage dir, das verstehe ich nicht«, protestierte er. »Weshalb diese Eile?«

Eine Hand an seinem Ellbogen, schob Brent ihn vorwärts. »Es ist eine Chance, die nicht wiederkommen wird. Die anderen drei spielen in der Turnhalle. Ivan hat das arrangiert. Er ist ein cleverer Bursche. Und ich habe aufgepaßt, gelauscht und dafür gesorgt, daß unsere Leute alle woanders sind. Wir können ungestört reden. Wenn jemand uns zufälligerweise sehen sollte, dann wird es ihm nicht so seltsam vorkommen, als wenn wir uns in einer Kabine zusammendrängen.«

Cleland ging weiter. »Reden? Worüber?«

»Was denkst du denn?«

Cleland betrachtete das Trio, das auf sie zu warten schien. Leo, Peter und der – Sozialtechnologe? – Tahirianer, den sie Ivan nannten, erwiderten seinen Blick aus ihren verschiedenen Augen. Ein Zittern durchlief ihre Mähnen, die Antennen zitterten, und er fing strenge metallische Gerüche auf.

Während er vor ihnen stehenblieb, sagte er: »Oh, ja. Die ... Opposition«, Vertreter der Partai auf Tahir, die ein Wiederaufleben der Sternfahrt verhindern wollten, damit ihre Welt nicht aus ihrer jahrtausendelangen Ruhe gerissen wurde.

»Richtig«, erwiderte Brent. »Nun, da wir wissen, wie die Lage sich hier weiter entwickeln wird, können wir anfangen, Pläne zu schmieden.«

»Pläne?« fragte Cleland.

»Notfall-Pläne, natürlich«, erklärte die forsche Stimme. »Nichts ist sicher. Aber wir können Ideen, Argumente, Taktiken und was immer austauschen, was diese gefährliche Situation zu einem frühen Ende bringt.«

Aus Zögern wurde Düsternis. »Ich verstehe. Damit scheint unser Schiff zu einem Fliegenden Holländer geworden zu sein, nicht wahr?«

»Und unsere Strafe lautet noch nicht einmal lebenslänglich. Das Ding da draußen kann uns *töten*, Tim!«

»Na schön.« Ein belustigtes Lächeln spielte um Clelands Mund. »Die loyale Opposition tritt also zusammen.«

Brent blieb ernst und verbissen. »Loyalität kann unter bestimmten Umständen auch unangebracht sein.«

»Ich denke ans Überleben. Und zwar von uns allen.«

»Ich auch. Ich wünschte, Nansen und seine Bande würden es ebenfalls tun.«

Brent aktivierte seinen Parleur und wandte sich an die Tahirianer. »(Unser gemeinsames Ziel ist es, diese Unternehmen zu verhindern, Sie nach Hause zurückzubringen und selbst nach Hause zurückzukehren. Lassen Sie uns überlegen, wie wir das am besten anstellen.)«

Ivan antwortete: »(Wenn keine Anzeichen für intelligentes Leben gefunden werden, dürfte dieses Unternehmen sowieso früher oder später abgebrochen werden.)«

Peter äußerte sich in seiner Körpersprache und mit heftigen Lauten. Vielleicht übersetzte Leo, vielleicht kommentierte er aber auch nur: »(Darauf können wir uns nicht verlassen.)«

»(Ich habe darüber nachgedacht, wie wir dafür sorgen können)«, sagte Ivan.

Cleland war geschockt. »Sabotage?«

»Wäre das etwas so Schlimmes?« fragte Brent. »Im Hinblick auf die wissenschaftliche Ethik sicherlich. Aber wäre es denn nicht besser, moralischer, uns lebendig nach Hause zu bringen und das möglichst bald und nicht erst nach fünf Jahren in der Nähe dieses Höllenschlunds?«

Die Tahirianer hatten sich beraten. Peter redete für sie. »(Es scheint kaum machbar.)«

»(Mir fällt auch kein Weg ein)«, gab Brent zu. »(Aber wir können darüber nachdenken, während wir nach anderen Möglichkeiten suchen. Vielleicht kommt uns irgendein guter Gedanke.)«

»Überredung«, sagte Cleland. »Vielleicht, egal, was passiert, können wir . . . die anderen überreden.«

»Das bezweifle ich. Das haben wir, weiß Gott, auf Tahir bereits zu genüge versucht.«

»Denk an die geänderten Bedingungen, die Ereignisse – sie können Menschen schon mal dazu bringen, ihre Meinung zu ändern.«

»Schon möglich.« Brent wandte sich wieder an die Tahirianer. »(Was ist mit Simon?)« Er benutzte nicht den von den Menschen gegebenen Namen für den Linguisten, der Indira abgelöst hatte, der zu alt war zum Reisen, sondern die cambiante Symbolfolge, die ihn identifizierte.

»(Simon befürwortet dieses Unternehmen nur mit Vorbehalt)«, sagte Ivan.

Brent nickt.

»Ha, ja, ich weiß«, murmelte er. »Es muß sie einiges an politischen Winkelzügen gekostet haben, enn an Bord zu bringen anstatt irgendeinen anderen hoffnungslosen Träumer.« Er fuhr wie im Selbstgespräch fort und verfolgte einen ihm offenbar bestens vertrauten Gedankengang. »Und Mam und Selim sind auch nicht davon begeistert. Ebensowenig Lajos, obgleich Hanny nun, da sie dieses neue Spielzeug hat –« Seine Kehle schnürte sich zu. »Vielleicht erweist das Spielzeug sich als gar nicht so lustig«, knurrte er. »Es war ja schon fast damit vorbei.«

»Wir wissen es nicht«, sagte Cleland. »Wir können es nicht voraussagen.«

»Nein, das können wir nicht. Deshalb sollten wir darüber nachdenken, was wir tun können, und Pläne für jede Möglichkeit entwickeln, die uns einfällt.«

Cleland verzog gequält das Gesicht. »Wenn es

soweit ist ... könnten wir auch zu dem Schluß kommen, daß wir nichts dagegen tun können.«

»Von dieser Einstellung halte ich gar nichts«, meinte Brent. »Und du solltest das auch nicht. Menschen, echte Männer und Frauen, jammern nicht ›Dein Wille geschehe‹, sondern sie wehren sich und kämpfen.«

Nach ihren vielen Gesprächen im Laufe der Jahre erkannte Cleland, wie ernst es ihm war. »Kämpfen – meinst du das ernst?« rief er entsetzt. »Das kommt nicht in Frage!«

»Sei still.« Brent funkelte ihn wütend an. »So habe ich es nicht gemeint. Ich hoffe wirklich, daß es niemals so weit kommt. Aber ich kann mir bestimmte extreme Notsituationen vorstellen, in denen nichts anderes als schnelles Handeln uns retten kann. Was wir uns hier und jetzt überlegen können, ist, wie wir schnellstens an die Waffen herankommen.«

»Nein!«

»Ich gebe zu, es wäre ein verzweifelter Akt. Aber du hast ja selbst zugegeben, wir können es nicht vorhersagen. Vielleicht geraten wir in eine Zwangslage, in der wir keine Zeit mehr haben, um mit Idioten herumzudiskutieren. Wenn es ums Überleben geht, gelten keine Gesetze.«

Cleland ballte die Hände zu Fäusten. »Doch, das tun sie. Es könnte sein, daß das Leben zu teuer erkauft würde –«

Brents Tonfall wurde weicher. Seine innere Haltung nicht. »Deins, vielleicht. Oder meins oder das eines einzelnen anderen. Aber nicht das Leben aller, nicht dieses ganzen Schiffs mit all den Schätzen darin und dem, was sie an Macht bedeuten, wenn sie zu Hause eintreffen. Tim, wir haben die Verantwortung für die Zukunft der menschlichen Rasse.«

»Das ist doch weit hergeholt –«

Brent gebot mit einer heftigen Geste allgemeines Schweigen. Cleland blickte zum Eingang. Nansen und Kilbirnie gingen Hand in Hand daran vorbei.

»Verdammt«, sagte Brent leise, als sie nicht mehr zu sehen waren, »ich dachte, sie lägen längst im Bett und würden bumsen.« Er machte eine Pause, lächelte knapp und fuhr mit normaler Stimme fort: »Nun, sie scheinen uns nicht bemerkt zu haben. Ich nehme es jedenfalls an. Fahren wir mit unserer Konferenz fort.«

Clelands Gesicht war kreidebleich. »Ja«, sagte er. »Aber beeilen wir uns.«

35

Der Roboter in seinem Raumschiff stürzte dem Untergang entgegen.

In weniger als fünftausend Kilometern Entfernung drehte sich das Schwarze Loch als eine Scheibe totaler Dunkelheit, etwa dreimal so groß wie der Erdtrabant. Röntgenfeuer loderten an seinem Rand, schleuderten ihre Strahlen hinaus. Für einen Menschen war das einströmende Gas von weitem als Lichteffekt zu sehen, und zwar durch seine Dichte wie ein fester Körper. Hier hätte er nur den Tod gespürt, den es ihm schickte. Doch für den Roboter war es ein leuchtender Sturm, durchsetzt mit plötzlichen heftigen Kabbelungen. Magnetische Feldlinien schlängelten sich über Millionen von Kilometern. Plasmawolken rasten vorbei, von Blitzen erhellt. Kein Laut ertönte, doch aus den Empfängern drang ein Zischen und Kreischen, das so durchdringend war, daß sie ihre Leistung drosseln mußten, damit der Lärm nicht ihre Schaltkreise zerstörte. Jeder Schutz, Panzerung, Isolation, Feld, wurde attackiert. Stahlstützen bogen sich. Die Anziehungskraft hatte mittlerweile das Vierfache der Erdschwerkraft erreicht und wuchs mit jedem Zentimeter Annäherung.

Der Roboter suchte einen stabilen Orbit. Die Bahn, die er verfolgte, war extrem exzentrisch. Er kämpfte darum, eine erträgliche Distanz einzuhalten. Innerhalb von zwei Minuten legte er einen Weg von dreißigtausend Kilometern zurück, wurde durchgeschüttelt, geblendet, verlor den Kampf, und der Orbit verzerrte sich mehr und mehr. Jeder Umlauf brachte das Raumschiff dem Loch näher, und Stahl ächzte unter der steigenden Belastung.

Doch das Raumschiff sendete weiter, schickte die gesammelten Daten mit Strahlen, die das Chaos durchdringen konnten. Null-eins-null-null-eins ... Kräfte, Gradienten, Energien, Dichten, Zusammensetzungen, Geschwindigkeiten, all das, woraus Realität besteht. Das Schiff würde sich weiterhin melden, bis das Schwarze Loch es zerstörte und verschlang.

Die Sendungen veränderten sich schlagartig. Nicht mehr auf ihre Computerprogramme reagierend, sondern auf Geist und Willen, hörte die Elektronik auf einen neuen Rhythmus, erzeugte neue Signale – Botschaften.

Nansen und Kilbirnie lagen in seiner Kabine, die Kissen im Rücken, und lehnten sich an das Kopfbrett. Das Bett war auf doppelte Breite ausgezogen, und die Bettlaken waren zerwühlt. Der Geruch der Liebe lag in der Luft. Auf einem Bildschirm an der Wand gegenüber war ein Panorama von der Erde zu sehen. Eine sommerliche Brandung warf sich blau und grün gegen einen großen Felsen, der die Handschrift Monets trug, während am sommerlichen Himmel Möwen und Brachvögel ihre Kreise zogen. Mendelssohns ›Violinkonzert in E-Moll‹ gelangte soeben zu seinem grandiosen Finale.

Sie hatten sich ein Bier geteilt und lagen in friedlichem Schweigen nebeneinander, während ihr Bedürfnis nach Entspannung von einer neuen Lebhaftigkeit abgelöst wurde. Wie so oft gingen seine Gedanken auf die Reise.

»Ich wünschte –« seufzte er schließlich. Seine Stimme versiegte.

Kilbirnie wandte ihm ihr Gesicht zu. »Was wünscht du dir?« fragte sie. »Vielleicht kann ich helfen.«

»*Nada.* Nichts.«

Sie schnippte mit den Fingern. »Oh, schade, ich hatte schon gewisse Hoffnungen, was deinen Wunsch betrifft.«

»Ich wollte nicht –«

Das schmale, lebhafte Gesicht lachte ihn an. »Ich weiß sehr wohl, was du nicht wolltest, mein Freund. Und es stimmt, du hattest bisher kaum Zeit, dich richtig auszuruhen.« Sie kuschelte sich an ihn. »Was wünscht du dir denn?«

Er wandte den Blick ab, schaute zu dem Schirm, ohne das Bild darauf bewußt zu registrieren. Eine steile Falte erschien zwischen seinen Augenbrauen. »Ich habe es schon mal gesagt. Ich wünschte, wir wären zu Hause.«

»Jetzt schon?«

»Ja, ja, alles, was wir als unser Zuhause kannten, ist verschwunden. Aber die Erde – oder jeder Planet, der für Menschen geeignet ist, sogar Tahir –«

»Aye, Tahir hat eine große sentimentale Bedeutung«, murmelte Kilbirnie versonnen. »Aber die Erde wird besser sein. Was immer dort mittlerweile geschehen ist, wir werden uns dort häuslich einrichten, wenn wir bereit sind, seßhaft zu werden, und bei Gott, wir werden es so tun, wie wir es uns vorstellen. Kinder – ich bin übrigens auch keine schlechte Köchin, Skipper. Du wirst feststellen, daß ich ein Frühstück zaubern kann wie jede brave Schottenfrau. Das dürfte dich zwar kaum überraschen, aber ich werde dir deinen schrecklichen Kaffee und dein französisches Weißbrot am Morgen abgewöhnen, wenn es geht.«

Er wollte sich von ihrer Fröhlichkeit anstecken lassen, schaffte es aber nicht. »Bis dahin bist du jedoch für wer weiß wie lange in diesem schrecklichen stählernen Käfig eingeschlossen.«

Sie fuhr ihm mit der Hand durchs Haar. »Eingeschlossen mit dir. Also, was ist so schlimm daran?«

»Und ich mit dir –«

Er unterbrach sie mit einem Kuß.

»Aber du bist ein freier Geist, Jean, *querida*«, sagte er unglücklich.

»Und du bist viel zu ernst, *querido*.«

»Ich war gedankenlos. Ich hätte es vorhersehen müssen. Nun, da wir hier sind in – in dieser Alltagseintönigkeit, mache ich mir darüber Gedanken, wie du dich fühlst, wie sehr es dich schmerzt, ständig zur Untätigkeit verdammt, ständig eingeschlossen zu sein.« Seine Hand auf dem Laken ballte sich zur Faust.

»Glaubst du nicht, ich hätte selbst schon darüber nachgedacht?« erwiderte sie. »Ich wußte, wie sehr du dir diese Reise gewünscht hast –«

»Hätte ich den Wunsch äußern dürfen? Ich hätte die Entscheidung in die andere Richtung drängen können.«

Sie legte eine Hand auf seinen Mund. »Und du weißt, wie sehr ich sie mir gewünscht habe«, endete sie. »Wer sagt denn, daß ich zur Untätigkeit verdammt bin? Wir haben ein ganzes System zu erforschen.«

»Keinen Planeten. Falls der Stern jemals einen hatte,

dann ist er verschwunden, als der Stern explodierte.«

Sie nickte eifrig. »Schön, aber die Wesen, das Leben!«

Er biß sich auf die Unterlippe. »Ich fürchte, der Kontakt wird rein intellektuell erfolgen, falls wir überhaupt mit ihnen kommunizieren können.« Er fügte schnell hinzu: »Natürlich interessiert es dich genauso wie alle anderen, ja, und du hast sicherlich deine eigenen Vorstellungen davon. Aber reicht dir das, Monat für Monat, vielleicht sogar Jahr für Jahr?«

»Nun, es wird sicherlich einige Flugmissionen geben«, sagte sie. »Das weißt du selbst. Die Leistungen der Roboter sind begrenzt. Zuerst einmal bringen wir die Kommandostation in den Orbit. Das dürfte eine ziemlich knifflige Angelegenheit werden.« Ihre Stimme frohlockte, und ihre Augen funkelten.

Er richtete sich auf und schaute sie entgeistert an. »Moment mal! Das ist nicht dein Job!«

Sie schluckte es kühl. »Tatsächlich? Warum nicht?«

Er hatte es bisher vermieden, dieses Thema offen anzusprechen. Er würde es bald tun müssen. Daher könnte er genauso gut auch jetzt damit anfangen. »Es ist zu gefährlich«, sagte er so ruhig er konnte. »Ruszek ist bereit, willig und fähig dazu.«

»Ich auch.«

»Wir können nicht beide Piloten einem solchen Risiko aussetzen. Er wird die Aufgabe übernehmen.«

»Ist das dein letztes Wort?« schnurrte sie.

Er nickte steif. »Ja.«

Sie lächelte und klimperte mit den Wimpern.

»Ach, das ist ja so reizend von dir, wenn auch ein wenig falsch. Vielleicht schaffe ich es, dich umzustimmen.«

Ihre Hand wanderte unter das Bettlaken und machte sich schamlos auf die Suche.

»Dir ist hoffentlich klar«, sagte Nansen und hatte Mühe, seiner Stimme einen festen Klang zu verleihen, »daß du meinen Entschluß nicht ändern kannst.«

»Wahrscheinlich nicht. Du bist ein sturer Bock.« Kilbirnie schob ihren freien Arm unter seinen Nacken. »Aber es macht mir unheimlich Spaß, es zu versuchen.«

In einem Raum, in dem eine Unordnung herrschte, wie sie bei totaler Konzentration der Insassen entsteht, starrten Sundaram und Simon auf einen Bildschirm.

Nichts bewegte sich darauf außer weißen Punkten und Strichen auf schwarzem Untergrund. Auf einem Schirm daneben flackerten sich ständig verändernde Zahlen und Symbole, während ein Computerprogramm ein Bild nach dem anderen lieferte – mathematische Beziehungen, Primzahlkolonnen, stochastische Formeln, alles mögliche, das die binären Eingaben zu einem Muster werden ließ, ihm die Andeutung eines Sinns verleihen konnte.

Sundaram hörte, wie der Tahirianer einen Pfiff ausstieß.

Ungewaschen und zerzaust, wie er war, drehte er den Kopf und las auf dem Parleur: »(Ohne Zweifel ein Kontakt. Die alten Datenbanken haben solche Signale aufgezeichnet. Geister haben sich der Sonde Drei bemächtigt und rufen uns.)«

»So früh schon«, krächzte der Mensch.

»(Früher ist es genauso erfolgt, und zwar genauso

bruchstückhaft. Wie Sie wissen, ist es den Ahnen nie gelungen, besonders viel Sinn darin zu erkennen.)«

Und daher haben sie, aus diesem und aus anderen Gründen, aufgegeben, dachte Sundaram sicherlich zum hundertsten Mal. *Ich glaube nicht, daß wir genauso reagieren. Diese abstrakte Art der Kommunikation liegt dem menschlichen Geist viel näher als dem tahirianischen.*

Halb sehnsüchtig, halb besorgt: *Was könnten wir gemeinsam vollbringen, wir denkenden Wesen im Universum, wenn wir den Willen aufbrächten, die Sternfahrt weiter zu betreiben, bis wir die Entfernungen überbrückt haben, um voneinander zu lernen, einander zu inspirieren, um zu erreichen und zu gewinnen, was sich im Augenblick noch niemand vorstellen kann?*

Ein Frösteln. *Aber vielleicht gefährdet jede Reise die Existenz. Zu viele, und der schreckliche Zufall wird eintreten, der Kosmos und seine Wunder werden die Energie verlieren, die sie erhalten hat, und ins Nichts stürzen, das sogar die Vergangenheit völlig auslöscht. Könnte es ein Akt der Vorsehung sein, daß die Sternfahrt nirgendwo sehr lange betrieben wurde?*

Und dann: *Aber wie kann ich in diesem Moment, angesichts dieses Triumphs, so etwas wie Angst empfinden? Wenn Simon und ich die Neuigkeiten verkünden, dann ist es, als würde die* Envoy *selbst frohlocken.*

Der Empfangsschirm leerte sich. Der Rechenschirm suchte weiter.

»(Ich glaube, die Sonde ist dem Schwarzen Loch zu nahe gekommen, was wir letzten Endes auch erwartet haben)«, stellte der Tahirianer fest (ruhig)?

Sundaram erhob sich. Muskel für Muskel spannte er, um seinem Körper seine Beweglichkeit wiederzugeben. Hoffnung keimte auf. »Wir werden mehr senden«, sagte er auf Englisch. »Und sobald die Station bereit ist und sich im Orbit befindet, werden wir endlich richtig lernen und verstehen.«

Dayan wohnte in Ruszeks Kabine, benutzte ihre eigene jedoch möglichst ganz alleine. Niemand anderer war zugegen, als Kilbirnie erschien.

Es gab einige charakteristische Elemente, ein Familienporträt, ein Bild vom Haus ihrer Eltern, ein gerahmtes Stück Stoff mit der Stickerei eines Davidsterns und dem Wunsch ›Gute Reise, geliebte Hanny‹ in Hebräisch darunter. Ansonsten zeigten Bildschirme Darstellungen aus der Datenbank des Raumschiffs, die wöchentlich oder öfter wechselten. Heute blickte ein alter Mann in einem Hiroshige-Gemälde auf ein abstraktes dynamisches Farbenspiel, während ein Elektronen-Diffraktionsmuster, weiße Rundungen auf schwarzem Untergrund wie eine surreale Galaxis, an der hinteren Wand des Raums leuchtete. Sie hatte Tee zubereitet, dessen Aroma die Luft erfüllte; während die Unterhaltung eindringlicher wurde, waren die Frauen aufgestanden, weil es sie nicht mehr auf ihren Plätzen hielt. Kilbirnie ging auf und ab, Dayan stand aufmerksam zuhörend neben ihrem Schreibtisch.

»Du schaffst es sicher, Hanny«, sagte die Besucherin. »Du kannst ihn dazu überreden.«

Die Physikerin runzelte die Stirn. »Die Idee gefällt mir nicht«, wiederholte sie, was sie schon einmal gesagt hatte.

Kilbirnie blieb stehen und sah sie an. Sie streckte die Hände in einer bittenden Geste aus. »Aber würdest du es um meinetwillen versuchen? Als eine Art

Geburtstagsgeschenk für mich. Es ist mein Vierzigster. Du weißt, was das für eine Frau bedeutet, Hanny.« Tränen zitterten in den blauen Augen. Die Stimme schwankte. »Laß mich diesen Flug mitmachen – und ich kann der Zeit ein Schnippchen schlagen.«

»Schön – Aber ist das fair gegenüber Lajos? Er ist wieder wie ein kleiner Junge, der sich auf etwas freut.«

»Ach, er wird seine Chance später bekommen. Du kannst es ihm klarmachen. Er liebt dich. Ich glaube, er hat noch nie jemanden so geliebt wie dich.«

Dayan blickte auf ihre Füße.

»Ich will mich nicht auf unsere Freundschaft berufen«, sagte Kilbirnie zögernd. »Aber sie war immer sehr eng, und – wenn du so nett sein könntest, nett sein würdest –«

Nach einer Weile schaute Dayan hoch. »Gut, weil du es bist, Jean –«

Sie erhielt keine Gelegenheit, ihre Zusage zu modifizieren, Bedingungen zu stellen oder sich sonstwie zu äußern. Sie lag nur plötzlich in Kilbirnies Armen. »Danke, vielen Dank«, rief die Pilotin zwischen Lachen und Schluchzen.

Sie setzten sich wieder, erschöpft, erlöst. Dayan leerte ihre Tasse, in der der Tee kalt geworden war, schenkte aus der Kanne nach und meinte sinnend: »Ein Geschenk für dich an deinem Geburtstag. Ja, er ist auf seine Art ein Kavalier. Ich mag es nicht ... ihn zu benutzen.« Und halblaut: »Mehr, als ich es ohnehin tue.« Dann hob sie den Kopf und sagte laut: »Ich werd's aber versuchen.«

»Du schaffst es bestimmt«, sagte Kilbirnie mit einem flüchtigen Grinsen.

Sie wurde wieder ernst. »Aber weder du noch er dürfen verlauten lassen, daß es für meinen Geburtstag ist. Einen solchen Anlaß haben wir an Bord noch nie gefeiert.« Noch mehr als Feiertage weckten sie die Erinnerung an früher. »Es wäre nicht gut, parteiisch zu sein. Er kann ja erklären, er hätte sich die Sache durch den Kopf gehen lassen, hätte unsere Personalakten gelesen und wäre zu dem Schluß gekommen, ich wäre für die Mission ein wenig besser geeignet. Was ja auch stimmt und nur zeigen würde, wie pragmatisch er ist.«

Für alle Fälle hatte sie wiederholt die Datenbank entsprechend verändert. Der Starttermin lag noch nicht einmal in der Nähe ihres Geburtstags, und sie hatte bis zu ihrem Vierzigsten noch zwei Jahre Zeit. Nansen wußte das.

»Dem kann der Skipper nicht widersprechen!« freute sie sich.

Nansens Türmelder erklang. Er löste den Blick vom Lesegerät auf seinem Schoß. Der Text darauf war die *Elogio de la sombra*. Die schmucklosen Verse spendeten Trost und machten ihm klar, daß weder seine Wünsche noch seine Sorgen einmalig waren, erst recht nicht in der Raum-Zeit. »Herein«, sagte er.

Die Tür glitt auf, ließ Cleland eintreten und schloß sich wieder hinter ihm.

Cleland war nicht ganz sicher auf den Beinen. Sein Gesicht war eingefallen, das Haar ungekämmt, die Augen gerötet, und er schien während des letzten Tagzyklus nicht aus seinen Kleidern herausgekommen zu sein.

Nansen bemühte sich um ein freundliches Lächeln. »Setzen Sie sich«, sagte er. »Was kann ich für sie tun?«

Der Planetologe kam herüber und blieb vor ihm stehen. »Sie können – können Ihren ... herzlosen ... Wahnsinn beenden«, krächzte er.

Nansen erhob sich. Clelands Atem roch unangenehm. »Was meinen Sie?« fragte der Kapitän leise.

»Das wissen Sie verdammt genau.«

Nansen bewahrte seinen Gleichmut. Er hatte aus Clelands Mund so manche Grobheit gehört, aber noch nie einen Fluch. Sein Zorn war offensichtlich. »Jean zu diesem Schwarzen Loch zu schicken!«

»Sie wissen genau, daß es nicht meine Idee und ganz bestimmt nicht mein Wunsch war«, sagte Nansen. »Als Ruszek zurücktrat –«

»Wenn er den Mut verloren hat, dann kann Colin das Boot lenken!« brüllte Cleland. »Enn fliegt sowieso mit!«

»Unsinn. Sie wissen auch, daß Tahirianer ein menschliches Boot kaum lenken können. Und Ruszek hat keine Angst. Es war seine professionelle Entscheidung zum Nutzen der Mission. Haben Sie denn nicht gehört oder gesehen, wie schwer es ihm gefallen ist?« Nansen lüftete seine Maske der Emotionslosigkeit ein wenig. »Glauben Sie, daß ich mich darüber freue? Ich hatte keine Wahl.«

»Doch, die haben Sie! Sie können ihm befehlen zu fliegen.«

»Nein. Es wäre nichts anderes als eine rein persönliche Entscheidung.«

»Dann blasen Sie den Start ab.«

»Das würde unser gesamtes Unternehmen scheitern lassen. Wir würden ohne die geeignete Ausrüstung keine Kommunikation aufbauen können. Sie muß näher herangebracht werden, als wir oder irgendein Roboter vordringen kann. Ganz zu schweigen von der Untersuchung des Schwarzen Lochs selbst.«

»Dann bringen Sie die Station per Fernsteuerung in die Umlaufbahn.«

Nansen wiederholte geduldig, was allgemein bekannt war. »Über dreiunddreißig Lichtsekunden hinweg in diesem nicht einschätzbaren Inferno? Wir könnten die gesamte Station verlieren. Dann hätten wir die Reise hierher völlig umsonst gemacht.«

»Wir hätten sie gar nicht erst machen dürfen. Aber Sie und Ihr verdammter Ehrgeiz -« Cleland schluckte. »Sie ist Ihnen völlig gleichgültig. Sie war ganz bequem in Ihrem Bett. Und jetzt ist sie auch bequem in Ihrem Boot. Dem Boot, das zu lenken Sie zu feige sind.«

Nansens Tonfall wurde scharf. »Das reicht jetzt, Cleland. Sie sind erschöpft, übermüdet und betrunken. Sie wissen ganz genau, daß niemand außer ihr oder Ruszek mit den Bedingungen zurechtkommt. Und Sie wissen – Sie müssen es wissen –« Er schluckte. »Wenn ich nicht überzeugt wäre, daß es sicher ist – angemessen sicher, soweit wir es beurteilen können – würde ich das Unternehmen abbrechen und den Rückflug befehlen . . . anstatt –«

»Wenn ihr etwas zustößt«, schnaubte Cleland, »dann bringe ich Sie um.«

Nansen straffte sich. »Das wär's wohl«, sagte er. »Abtreten.«

»Sie Schwein«, brüllte Cleland.

Er schlug zu. Nansen blockte mit dem Unterarm ab.

Dann packte er die Jacke des anderen Mannes dicht unter dem Hals und drehte den Stoff zusammen. Cleland taumelte und rang nach Luft, als der Kragen seine Kehle einschnürte. Nansen ließ los, drehte den Mann um, riß ihm den Arm auf den Rücken, als wollte er ihn brechen.

»Raus«, sagte er. »Ich werde über dieses Intermezzo Stillschweigen bewahren, wenn Sie sich von jetzt an besser unter Kontrolle haben. Wenn nicht, werde ich Sie verhaften und einsperren. Gehen Sie!«

Er ließ seinen Gefangenen los. Cleland schwankte zur Tür. Er schluchzte und hustete.

36

Zum Zeitpunkt des Starts hatten sich alle außer Yu, Brent und Emil am Radausgang versammelt. Diese drei saßen an den Startkontrollen. Die Menschen schwiegen und vermieden es, einander in die Augen zu sehen. Nansen hatte eine fast militärische Haltung angenommen, während Cleland sich ein wenig abseits hielt. Die Tahirianer bildeten eine eigene Gruppe und unterhielten sich mit Signalen und Gesten und einem gedämpften Summen und Zwitschern.

Kilbirnie erschien als letzte.

Sie betrat die kahle Kammer mit einem Lied auf den Lippen:

»Farewell and adieu to you, fine Spanish ladies,
Farewell and adieu, all you ladies of Spain! –«

Sie blieb stehen, betrachtete die Versammlung und lachte schallend. »Was sehe ich denn hier für lange Gesichter? Wünscht mir lieber eine gute Reise. Denn das wird sie sein. Und in zwei, drei Tagen bin ich wieder zurück.«

»Wir machen uns Sorgen«, krächzte Ruszek. »Ich mache mir Sorgen. Um dich.«

Sie tänzelte zu ihm hinüber. »Aber, mein Lieber, du warst doch so klug und nett, mir dies zu schenken, und brauchst kein schlechtes Gewissen zu haben. Du bist einfach wunderbar.«

Sie küßte ihn. Cleland schloß die Augen.

Kilbirnie ging herum und schüttelte Hände. Clelands Hand lag schlaff in ihrer. Als sie losließ, starrte er sie wie benommen an.

Für Nansen, der als letzter kam, hatte sie einen langen Kuß. Er ließ die Arme herabhängen. Leidenschaft war für ihn etwas absolut Intimes.

»*Adiós, amante*«, hauchte sie. »Wir machen hier weiter, wenn ich zurück bin.« Sie trat von ihm zurück und ging winkend zum Ausgang. »Auf Wiedersehen, auf Wiedersehen«, rief sie, stieg die Leiter hinauf und war nicht mehr zu sehen. Ihre Stimme drang zu ihnen: »Ahoi!«

Colin folgte ihr.

Nach einer Minute begaben die Menschen sich in ihren Gemeinschaftsraum, um den Start am großen Bildschirm zu verfolgen. Das war nicht die Art der Tahirianer. Für eine Weile waren nur Sterne zu sehen. Dann erschien die *Herald*, trieb langsam davon, bis sie sich ausreichend weit vom Rad entfernt hatte, und ging mit einem kurzen Düsenstoß in Position. Auf diese Entfernung glich sie einem hellen Pfeil.

Die Station trieb in Sicht. Sie erschien im Gegensatz dazu geradezu grotesk, eine zwanzig Meter große Kugel mit Türmen und Mulden, gespickt mit Masten und Gittern. Sie entfernte sich mit Hilfe des Feld-Antriebs unter langsamer Beschleunigung. Das Boot manövrierte sich auf gleiche Höhe. Langsam schrumpften beide Vehikel zu einem Funkenpaar und verschwanden dann in der Dunkelheit.

»Zurück an die Arbeit«, befahl Nansen und verließ den Raum.

Als sie genau auf ihr Ziel ausgerichtet waren, schalteten die Flugkörper den Antrieb ab und fielen auf einer Hohmann-Bahn hinein. Sie würden einen halben Tag brauchen, um einen Orbitalradius von einer Million Kilometer zu erreichen. Dieser Teil des Transits war einfach, und Roboter konnten ihn problemlos überwachen.

Sie waren damit knapp vor dem Ziel. Indem sie Theorie, alte tahirianische Berechnungen und von ihren Sonden übermittelte Daten zugrunde legten, hatten die Physiker der Expedition entschieden, daß die Station das Schwarze Loch in einem Abstand von einer Viertelmillion Kilometern umkreisen sollte. Das war sicher genug gegenüber den störenden relativistischen und quantenmechanischen Einflüssen des Schwarzen Lochs. Aber es schien, daß die Aliens um so deutlicher senden konnten, je weiter ein Transmitter sich nähern konnte. Das Verhältnis zwischen Signal und Störungen veränderte sich, wobei das Signal selbst konstanter zu empfangen wäre. Außerdem konnte die Station von dort leistungsfähige kleine Flugkörper weiterschicken, vielleicht sogar bis an den Rand des Ereignishorizonts, mit der Chance, sie gezielt zu dirigieren, Signale von ihnen zu empfangen und vielleicht sogar einige von ihnen in intaktem Zustand zu bergen. Was würden sie entdecken?

Die letzte Etappe der Reise führte durch zunehmend schlechtere Bedingungen. Durch diese waren bisher alle Sonden zerstört worden – wenn nicht bei ihrer ersten Mission, so doch bei der zweiten oder dritten. Mit schweren Schutzvorrichtungen versehen und schwer beladen, war die Station weitaus weniger beweglich als sie. Sie reagierte geradezu schwerfällig auf den Antrieb. Ihre Computer und Maschinen waren nicht darauf programmiert, alle Erscheinungen zu meistern, denen sie begegneten. Niemand konnte sich alles vorstellen, und es war das Unvorhergesehene, das die Vorläufer ausgeschaltet hatte. Eine Anfrage zur *Envoy* wäre länger als eine halbe Minute unterwegs. Die Antwort würde ebenso lange, wenn nicht noch länger brauchen – denn das Schwarze Loch würde die Station auf gut mehr als hundert Kilometer in der Sekunde beschleunigt herumschleudern. Diese Zeitverzögerung könnte sich als verhängnisvoll erweisen.

Eine Kommandoschiff müßte all das aushalten, müßte die Station bugsieren, ihr gegebenenfalls folgen, längsseits gehen, sie schnell ergreifen und ihren Kurs korrigieren können, ehe es sich wieder in Sicherheit brachte. Dieses Schiff war die *Herald*, gesteuert von Kilbirnie.

Während des halben Tages, den der Anflug dauerte, saß sie vor ihren Instrumenten, summte Melodien vor sich hin, blickte hinaus zu den Sternen und hing ihren Erinnerungen nach. Colin beschäftigte sich die meiste Zeit mit seinen tahirianischen Gedanken.

»Oh-oh. Es gibt Ärger.«

Für einen Moment blickte Kilbirnie von der Pilotenkonsole zum vorderen Sichtschirm, als könnte sie dort verfolgen, was sich zusammenbraute. Nur Sterne und das wabernde blau-weiße Leuchten der Zuwachsscheibe waren dort zu sehen, während sie in den Orbit einschwenkte. Die Station hatte sich schon vor Stunden entfernt und beschleunigte auf ihrem neuen Kurs.

»*¿Qué es?* Was ist los?« fragte Nansens Stimme.

»Das Radar zeigt eine plötzliche Abweichung an. Wir wissen nicht warum, aber es sieht nicht gut aus. Bleibt dran.«

Daten kamen herein. Colin mühte sich an enns Computer ab.

Schließlich aktivierte enn einen Parleur. Kilbirnie drehte sich auf ihrem Platz um, damit sie sowohl den Text lesen als auch die anderen Komponenten des Cambianten sehen, hören und riechen konnte, die von einem Tahirianer benutzt wurden. Ein Mensch konnte nur die Zeichensprache zu Hilfe nehmen, die allerdings auch das Mienenspiel mit einbezog. »(Offensichtlich hat die Station eine große Masse passiert)«, sagte Colin. »(Die Gravitation hat sie außer Kurs gebracht. Sie sinkt viel tiefer als geplant, ehe sie das Periastron umrundet und zurückkommt.)«

»Mein Gott! Was –« Sie griff nach ihrem eigenen Parleur. »(Was kann diese Masse sein? Ein wandernder Planet, der durch Zufall im für uns ungünstigsten Moment angezogen wurde?)«

»(Möglich. Wir wissen, daß es solche Objekte im interstellaren Raum gibt. Die Radarsignale waren unklar, und jetzt ist die Erscheinung auf der Rückseite verschwunden. Aber Sie erinnern sich vielleicht, daß wir des öfteren Knoten, zeitlich begrenzte Plasmakonzentrationen, innerhalb der Scheibe beobachtet haben. Wir kennen ihre Mechanik nicht, obgleich ich vermute, daß es sich um Resonanzeffekte auf Schockwellen handeln könnte. Sie können von Plasmoiden in den riesigen Flares erzeugt worden sein, die wir gelegentlich beobachten und die weit über die Scheibe hinausreichen, ehe sie wieder zurückfallen. Ein solcher Plasmoid könnte durch seinen eigenen Magnetismus zusammengehalten werden und durchaus die Masse eines großen Asteroiden haben. Wenn er sich der Station genähert hat, könnte er diese Wirkung entfaltet haben.)«

So kühl und akademisch die Erklärung auch klang, so sehr zitterte Colins Körper, das Fell war gesträubt, die Mähne flatterte wie vom Sturm gepeitschtes Laub, und ein strenger Schwefelgeruch lag in der Luft.

Kilbirnie nickte mit verkniffener Miene. »Ganz einfach Pech. Und wieder mal das Unbekannte, vor dem wir uns nicht schützen können.« Ihre Finger fragten: »(Wie ist die Lage?)«

»(Das Radar sammelt Daten.)« Colin konzentrierte sich wieder auf seine Aufgabe. Kilbirnie schickte der *Envoy* einen kurzen Bericht.

Zeit verstrich. Sie hatte keinen Hunger, zwang sich jedoch, nach achtern zu gehen, ein paar Bissen von den Trockenrationen zu essen und einen halben Liter Wasser zu trinken. Viel hilfreicher wären ein paar gymnastische Übungen gewesen. Der Tahirianer schien nichts anderes zu wollen als weitere Informationen.

Kurz nachdem sie zurückkam, erklärte enn ihr: »(Der neue Orbit der Station wurde berechnet. Er ist extrem exzentrisch und wird schnell kleiner.)«

»Nun, dann wollen wir das schnellstens ändern.« Kilbirnie sah keinen Grund, für diese Mitteilung den Parleur zu benutzen. Das war ihr Metier. Sie traf Vorbereitungen, eine direkte Laserverbindung mit dem Steuercomputer draußen herzustellen.

Die Station war auf ihrer verkürzten Kometenbahn zum Apastron unterwegs. Mit Hilfe der größten

Beschleunigung, zu der sie fähig war, müßte sie eigentlich auf eine sichere Ellipsenbahn einschwenken. »Und dann versuchen wir noch einmal, sie auf den richtigen Kurs zu bringen«, sagte Kilbirnie mit einem verwegenen Grinsen.

Die *Envoy* schwieg, um sie und ihren Partner nicht zu stören. *Das muß dem Skipper aber schwerfallen,* dachte sie. *Mein armer Schatz.*

Berechnung. Ergebnis. Befehl. *Diese Richtung für drei Stunden und achtzehn Minuten einhalten. Danach abschalten und auf weitere Befehle warten.*

Energie wurde in der Station freigesetzt, berechnet und von anderen Instrumenten dosiert. Zu sehen waren immer noch bloß Sterne und das ferne Feuer der Scheibe.

Schock. »Was zur Hölle –«

»(Die Beschleunigung reicht nicht aus)«, sagte Colin, nachdem er Enns Instrumente zu Rate gezogen hate.

»(Das ist offensichtlich. Mal sehen, warum.)«

Computergesteuerte telemetrische Systeme verrichteten schnell ihre Arbeit. Nach wenigen Minuten wußte Kilbirnie Bescheid. »(Das superleitende Gitter wurde beschädigt. Deformiert. Offensichtlich haben Anziehungskräfte es verbogen, als die Station dem Schwarzen Loch zu nahe kam. Der Feld-Antrieb arbeitet nur noch mit knapp 27 Prozent seines Maximums. Können wir damit irgend etwas erreichen?)«

Colin recnete. »(Ich kann das Apastron nicht weit genug nach außen schieben. Bestenfalls können wir die unausweichliche Annäherung und das anschließende endgültige Eintauchen um die Dauer von zwei Orbits hinauszögern. Damit haben wir ungefähr sechsundneunzig Stunden Zeit gewonnen. Kann das Reparatursystem innerhalb dieser Zeitspanne die volle Leistungsfähigkit wiederherstellen?)«

Kilbirnie schüttelte den Kopf. »(Ich kenne die Station und ihre Maschinen nicht so gut, aber nach allem, was ich weiß, kann ich mit Sicherheit sagen, daß es um einiges länger dauern wird.)«

»(Haben wir demnach die Station verloren?)«

Die Düsternis Kilbirnies löste sich in plötzlichem Gelächter auf. »Nein!« rief sie. »Wir führen eine Rettungsaktion durch. Ob wir dafür wohl Bergungsrechte geltend machen können?« Sie erklärte weiter: »(Unser Boot sollte einen zusätzlichen Schub geben können. Berechnen Sie die Parameter.)«

Colin wich beinahe entsetzt zurück. »(Ist das ratsam?)«

»(Berechnen Sie die Zahlen und finden Sie es raus, verdammt noch mal!)«

Die Zahlen waren bald zur Hand. Kilbirnie studierte sie, lächelte und sprach ins Outerkom. »*Herald* an *Envoy*. Ich habe endlich Neuigkeiten. Ich wage zu behaupten, daß ihr es sicher leid seid mitzuhören und euch zu fragen, was zum Teufel bei uns im Gange ist.«

Eine Minute verstrich, während ihre Worte gesendet wurden, der Empfänger den Doppler-Effekt korrigierte und Nansen sich meldete. Sie saß in Schwerelosigkeit da und genoß den Anblick des Himmels. Während das Boot das Schwarze Loch in fünfzehn Stunden umrundete, deutete sein Bug auf andere Sternkonstellationen als vorher. Aber hier waren alle Konstellationen fremd.

»Unsere eigenen Beobachtungen deuten an, wo das

Problem liegt«, sagte Nansen betont neutral. »Nennen Sie uns bitte Details.«

Kilbirnie übermittelte die Zahlen, während sie ihre Bedeutung auf Englisch erläuterte. »Wir kommen damit klar«, endete sie. »Wenn wir ein Rendezvous durchführen, andocken und auf Vollschub gehen, müßten wir zusammen mit dem, was vom Feld-Antrieb noch übrig ist, die Station freibekommen. Mehr noch, wir bringen sie direkt auf den Kurs, der sie in den vorausberechneten Orbit bringt. Für uns haben wir dann noch genügend Delta-*v* zur Verfügung. Aber wir müssen es bei diesem Vorbeiflug versuchen und in wenigen Minuten starten. Beim nächsten Umlauf wird die Bahn zu weit abgesunken sein, außerdem könnte die Anziehungskraft eine neue Spitze erreichen.«

Pause. Die Belüftung summte. Colin saß völlig ruhig auf seinem Platz. Sie hatte den Eindruck, daß der Minzegeruch, den enn verströmte, darauf schließen ließ, daß enn meditierte.

»Das ist ... sehr gefährlich«, sagte Nansen. »Die Scheibe geht in eine aktive Phase. Die Flares werden immer größer und zahlreicher. Sehr wahrscheinlich hat eine Konzenration von Plasmoiden diesen Prozeß ausgelöst. Wenn ihr noch weiter eintaucht, könntet ihr davon erfaßt werden. Brecht die Operation ab und kommt zu uns zurück. Niemand wird euch einen Vorwurf machen oder auf die Idee kommen, ihr hättet Angst gehabt. Ihr habt kein Recht, leichtsinnig zu sein.«

»Ich habe darüber nachgedacht«, erwiderte Kilbirnie. »Unsere Chancen stehen gut. Wenn ein Flare hochschießt, dürfte es wohl kaum eine besonders große Masse haben. Das wäre höchst ungewöhnlich. Außerdem, das schlimmste, was eine Masse bewirken kann, wenn sie uns nicht direkt trifft, ist, uns vom Kurs abzubringen, und davon können wir uns erholen. Das Flare selbst besteht aus Ionen und Elektronen, deren Dichte stark abgenommen haben wird, wenn seine Ausläufer den Punkt erreichen, an dem wir uns befinden. Unsere Schirme und unsere Panzerung werden die Strahlung abhalten.«

Sie lächelte ihn an, wovon er nichts mitbekam. »Machen Sie sich mal keine Sorgen, Skipper. Natürlich kommen wir nach Hause zu Mutti, wenn uns etwas wirklich Schlimmes bedroht.« Ihr Stimme wurde entschlossener. »Aber soweit ich es einschätzen kann, hier vor Ort, können wir es schaffen, und es ist unsere Pflicht, den Versuch zu machen.«

Warten.

»Pflicht – ich muß Ihre Einschätzung akzeptieren, Pilot Kilbirnie«, sagte Nansen langsam. »Aber seien Sie auf jeden Fall vorsichtig. Machen Sie weiter.«

»Danke, mein Lieber.« Kilbirnie schickte ihm einen Kuß. »Ich liebe dich wirklich«, flüsterte sie.

Sie wandte sich an Colin: »(Haben Sie alles verstanden? Ich will die Station retten. Aber es geht auch um Ihr Leben. Machen Sie mit?)«

Der Tahirianer lag entspannt auf seinem Platz. Enns mittleres Augenpaar blickten sie an, während die Seitenaugen den Himmel und das Innere des Bootes betrachteten. »(Ja. Es ist zwar Ihre Aufgabe, aber sie nützt uns allen, und ich habe Vertrauen zu Ihnen.)«

»Danke«, sagte sie wieder. Sie war tiefer bewegt, als sie erwartet hatte.

Doch nun mußte sie sich beeilen.

Die Jets der *Herald* erwachten. Das Gewicht zerrte an ihnen. Für einen kurzen Moment zuckten die Sterne vor dem Sichtschirm, beruhigten sich wieder und standen wieder in ihrer kalten Pracht vor ihnen. Zwischen ihnen wurde die Scheibe allmählich heller. Kilbirnie erkannte Strudel und Wellen in ihr, ein Hinweis auf Turbulenzen in ihrem Innern.

Die Station schob sich in Sicht, häßlich, lahm, mit neuer Zukunft. Kilbirnie verdrängte ihr Ich, wurde eins mit dem Boot, mit Instrumenten, Computern, Kontrollen und der Flamme, die sie auf sich zu riß. So behutsam wie ein schleichender Panther manövrierte sie das Boot. Die Geschwindigkeiten betrugen mehr als hundert Sekundenkilometer. Man brauchte keinen sehr großen Fehler zu machen, um die Station zu zerschmettern. Flugbahnen angleichen, sich näher heranschieben, Greifarme ausfahren. Von ihren Sensoren gesteuert, suchten die Arme Kontakt. Er erfolgte. Sie fanden Halt und falteten sich zusammen. Rumpf stieß gegen Rumpf. Die Kollision war sanft, aber sie brachte die *Herald* zum Dröhnen wie eine riesige Glocke.

Die Verbindung mit dem Steuercomputer in der Station herstellen. Frische Daten registrieren. Flugplan neu berechnen. Aufrufen. Lateraljet zünden, ein wenig drehen, aufs neue Ziel ausrichten. Und jetzt – *beschleunigen*.

Die Beschleunigung war eher gering, etwa ein Viertel *g*, denn das Boot mußte eine Masse bewegen, die erheblich größer war als es selbst. Dennoch, nach einiger Zeit würde sie ausreichen.

Kilbirnie ließ sich von der Beschleunigung nach hinten drücken und sank in den Sessel zurück. Sie wischte sich mit einer Hand über die Stirn und schmeckte salzigen Schweiß auf ihren Lippen. »Puuhh!« atmete sie seufzend aus. »Ich brauche etwas zu trinken. Und zwar eine ganze Menge. Am liebsten stärker als Kaffee.«

Ihre Bemerkung gelangte über den Laserstrahl zur Envoy. »Du mußt frisch und wachsam bleiben«, warnte Nansen sie. »Die Zuwachsscheibe brodelt und sprüht. Es wird von Minute zu Minute schlimmer.«

Sie holte sich einen Ausblick in diese Richtung auf den Schirm und schaltete die Vergrößerung ein. Das Gas befand sich tatsächlich in wildem Aufruhr, Wellen und Säulen aus Feuer waren zu erkennen. Ein heftiger Sturm tobte. Sie war sich nicht sicher, ob sie den Punkt totaler Nacht, das Schwarze Loch, ausmachen konnte.

»Wir passen auf«, fuhr Nansen fort und wiederholte sich. Er hatte das Schiff in einen versetzten Orbit gebracht, um sich mit Instrumenten, die leistungsfähiger waren als die im Boot, einen Überblick zu verschaffen. »Haltet euch bereit, bei der ersten Warnung alles abzubrechen und zu fliehen.«

»Ich sagte Ihnen doch, Skipper, wir sind gut genug, um mit allem fertig zu werden, was dieses Ding für uns bereit hält«, erwiderte Kilbirnie. »Aber wir sind natürlich keine Helden, wir beide. So dumm sind wir nicht. Ich will noch eine ganze Menge Leben genießen ... mit dir«, endete sie leise.

Colin hatte die Tastatur bearbeitet. »(Ich habe die entsprechenden Systeme zurückgesetzt, damit sie die direkte Umgebung überwachen)«, erklärte er. »(Sie werden uns weitere Informationen zusätzlich zu den Daten liefern, die wir vom Schiff erhalten.)«

»Gut.« Kilbirnies Nicken, Lächeln und ein kurzes Streicheln des Fells unterstrichen das Lob. Sie und ein paar Tahirianer, enn unter ihnen, hatten im Laufe der Jahre gelernt, einander zu verstehen und sich miteinander anzufreunden. Sie gähnte und streckte sich. »Jetzt würde mir ein kleines Nickerchen guttun. Sogar ein großes.«

Sie hatte im Augenblick nichts zu tun. Boot und Station steuerten sich selbst. Es war eine klare, geradlinige Operation, bei der der Antrieb auf einer gyroskopisch festgelegten Geraden erfolgte. In dieser Region, sich dem Apastron nähernd, war keine ungewöhnliche Geschwindigkeitsänderung nötig, um den Orbit radikal zu verändern. In drei Stunden wäre es soweit. Danach, befreit von der Anziehungskraft, müßte die Station in einem weiten Bogen ihre bisherige Bahn verlassen und auf den Kurs um das Schwarze Loch einschwenken, den ihre Erbauer vorgesehen hatten. So weit von der monströsen Masse entfernt, hatten die Gesetze der Himmelsmechanik ihre volle Geltung.

Kilbirnie schnallte sich los, begab sich nach achtern, sicherte sich auf einer Koje und ließ sich ins Land der Träume treiben. Colin hielt Wache. Vielleicht döste enn ein wenig oder tat das, was das tahirianische Äquivalent war, vielleicht war enn aber auch zu nervös, um zu schlafen. Es war lange her, seit ein Angehöriger von enns Rasse sich ins Universum hinausgwagt hatte.

Kilbirnie träumte vom Fliegen.

Ein Schrei weckte sie. Sie löste ihre Gurte und kam taumelnd auf die Füße. Der Ruf war aus dem Lautsprecher des Outerkoms gekommen: »- Gefahr«, rief Nansen. »Antworten Sie, *Herald*! Gefahr!«

Sie rannte nach vorne und warf sich in ihren Sitz.

Ein Blick auf die Uhr verriet ihr, daß zwei Stunden verstrichen waren. Colin kauerte neben ihr, die Mähne aufgestellt, umgeben von einem herben Geruch. »*Herald* an *Envoy*«, antwortete sie, während ihre Hände automatisch die Sicherheitsgurte schlossen. »Was ist los?«

Moment. Colin deutete auf die Anzeigeinstrumente. Sie konnte ihre Bedeutung nicht auf Anhieb erkennen.

»Ein gigantisches Flare ist ausgebrochen«, sagte Nansen nun kühl und sachlich. »Der vordere Rand erreicht sie in einer Viertelstunde. Geben Sie die Station auf und beschleunigen Sie so schnell Sie können.«

Mit klarem Kopf, eher begeistert als erschrocken, erwiderte sie im gleichen sachlich nüchternen Ton: »Nicht nötig. Wir könnten dem Ausbruch sowieso nicht entkommen. Und es gibt keine weiteren Unannehmlichkeiten oder bösen Überraschungen, oder? Wir nehmen selbst ein paar Messungen vor und melden uns wieder.«

Sie drehte sich zu ihrem Begleiter um. Colin hob das Parleur hoch. »(Das Spektrum zeigt eine extrem energiereiche Menge Gas, und zwar im wesentlichen Plasma. Es schwächt sich ab, während es vordringt und sich ausbreitet. Unsere Schutzschirme werden die Partikel ablenken, und es werden nur wenige harte Photonen unseren Schutzschirm durchdringen, so daß wir uns höchstens einer prophylaktischen Zelltherapie im Schiff unterziehen müssen.)«

»(Das dachte ich mir. Wir bleiben.)«

»(Wie zu erwarten ist das Magnetfeld stark und fließend und weist Transienten von hoher örtlicher Intensität auf. Ich kann keine quantitativen Daten liefern. Es handelt sich um ein chaotisches Phänomen, das bisher noch nicht beobachtet wurde.)«

»(Aber wir werden damit fertig. Richtig?)«

»(In Ermangelung genauer Messungen und anwendbarer Berechnungsmethoden kann ich nicht mehr als eine Vermutung äußern. Ich glaube, wir können hierbleiben. Ich bin jedenfalls dazu bereit.)«

»(Dann bleiben wir.)« Erneut streichelte sie enn.

Zu Nansen meinte sie: »Wir sind der Erscheinung gewachsen, und außerdem würden wir durch Flucht nicht viel gewinnen. Haben Sie keine Angst um uns.«

Warten.

»Wenn das Ihre Entscheidung ist«, sagte Nansen schleppend, »werde ich Sie nicht weiter belästigen.«

»Sparen Sie sich das für den Moment auf, wenn wir wieder zusammentreffen«, schlug Kilbirnie vor.

Warten.

»*Vaya con Dios*«, sagte ihr Skipper.

Für ihn hieß es warten, während das angehängte Raumschiff sich ihren Weg in die Freiheit freikämpfte.

Das Flare verschluckte sie.

Nichts ungewöhnliches bot sich den Augen dar, nichts knisterte in den Ohren und nichts verursachte ein Prickeln auf der Haut. Die Sichtschirme zeigten die Sterne in ihrem ewigen Funkeln. Nur Meßgeräte kündeten von der draußen tobenden Hölle. Kilbirnie behielt sie ungerührt im Auge. Dieser ständig wechselnde, schwankende Magnetismus, der draußen in der elektrischen Strömung entstand, stellte eine Bedrohung für ihren Reaktions-Antrieb dar. Er konnte den Plasmastrom ablenken und sogar tödliche Resonanzwellen hervorrufen. Die Kollimationsfelder des Bootes kompensierten sie. Für den Fall einer Überlastung hatten sie einen Störungsschutz. Nichtsdestoweniger ...

Plötzlich war der Himmel vom Bildschirm vor ihr verschwunden. Weiße Blitze zuckten auf und tanzten durch die Schwärze. Colin krümmte sich in enns Sitz. Kilbirnies Hände krampften sich um die Armlehnen. »Was ist das?« hörte sie sich hervorstoßen. Nicht mehr zu deuten, war das Muster wie ein Warnschrei. »Eine Warnung – von ihnen, den Aliens –?«

Die Sterne tauchten wieder auf. Sie sah, wie Zeiger und Zahlen verrückt spielten.

Das Gewicht sank auf einen Bruchteil seines Ursprungswertes herab. Eine synthetische Stimme verkündete: »Der magnetische Fluß war im Begriff, die Schirmfelder zu überlagern und die Jetkontrolle zu stören. Der Antrieb wurde abgeschaltet. Es sind keine Schäden eingetreten.«

Ein Alptraum lief vor ihrem geistigen Auge ab, der Jet weggedrückt, sein Strahl attackierte das Gitter des Beschleunigers, vielleicht begleitet von einem Rückprall gegen den Rumpf, eine tödliche Strahlungsmenge, aber die Luft wäre längst explosionsartig durch die Wunde nach draußen gedrungen ... bestenfalls war ihr Boot lahmgelegt, ein passives Objekt im Orbit, im Rücksturz begriffen, um durch die tödliche Scheibe zu dringen, während die Kräfte an seiner Konstruktion und seinem Innenleben zerrten ...

»Was ist passiert?« rief Nansen.

»Das würde ich selbst gerne wissen«, antwortete Kilbirnie. »Bleiben Sie dran.«

Sie beriet sich mit Colin.

»Also«, sagte sie. »Es ist klar.« Sie beschrieb das Desaster, das abgewendet worden war. »Der Fluß hat nachgelassen. Wir können den Antrieb wieder einschalten. Und das tun wir jetzt.

Warten, aufgeregtes Atmen, jagender Puls.

»Sie müssen sich natürlich zuerst trennen«, sagte Nansen heiser. »Und – verzeihen Sie, ich kann Sie natürlich nicht Ihren Beruf lehren, aber – so weit wir es beurteilen können, ist das Flare voller magnetischer Konzentrationen. Weitere werden sie wahrscheinlich erfassen. Sie müssen sofort von dort verschwinden.«

»Sicher, aye«, gab Kilbirnie zu. »Aber es hätte keinen Sinn, die Station aufzugeben. Sie befindet sich noch nicht an einem Punkt, von wo aus sie aus eigener Kraft einen sicheren Orbit erreichen könnte. Wir bleiben bei ihr und schleppen sie, wenn es geht, mit, bis sie in Position ist.«

Warten.

»Abbrechen, sage ich. Kehren Sie zu uns zurück.«

»Nein. Wir haben zu verdammt viel in diese Sache investiert. Colin die *Herald* und ich, wir können die Station retten.«

Warten. Kilbirnie fing mit ihren Computerberechnungen an. Das war einfach. Dabei brauchte sie keine Hilfe.

»Sofort abbrechen«, sagte Nansen. »Das ist ein Befehl.«

Kilbirnie seufzte. »Sie sind auf Ihrem Platz Kapitän. Ich bin es hier unten.«

Warten. Zahlen und Grafiken trafen ein. Sie gab ein Kommando ein.

Das Gewicht kehrte wieder auf Normal zurück, als legte sich eine Hand auf sie.

»Ich bitte dich –«

»Tu's nicht. Wünsche uns lieber Glück.«

Warten.

Die Feuerscheibe wogte und brodelte.

»*Dios santissimo* –« Stoische Ruhe überkam ihn wieder. »Weitermachen, Pilotin.«

»Halte durch, mein Liebling.«

Die Minuten der letzten Stunde verstrichen.

Ein Alarmsignal schrillte. Das Boot erschauerte. Das Gewicht sank erneut ab.

»Ein magnetischer Puls von hoher Energie störte die Plasmakollimation, noch ehe die Schutzabschaltung reagieren konnte«, meldete der Computer. Keine Furcht lag in seiner Stimme. Er lebte nicht und konnte nicht sterben. »Der Jetstrahl wurde abgeleitet und brannte sich durch die am weitesten achtern gelegene Spule. Der höchste verfügbare Schub wurde dadurch um zwölf Prozent vermindert.«

Kilbirnie nahm ihren Parleur zu Hilfe, um sicherzugehen, daß Colin sie verstand.

»Werden Sie jetzt abbrechen?« wollte Nansen wissen.

»Wir beraten«, antwortete sie. »Ich glaube nicht. Wir stehen zu dicht vor einem Erfolg.«

Sie führte eine neue Computerberechnung durch. »(Damit wird die Antriebszeit länger)«, sagte sie zu ihrem Partner. »(Wir müssen zwanzig Minuten länger warten, bis wir abkoppeln können, falls alles ordnungsgemäß läuft, was aber genauso gut nicht der Fall sein kann. Was denken Sie?)«

»(Es ist ein Risiko)«, erwiderte der Physiker. »(Ich habe schon vom Schiff aus festgestellt, daß die Flares und die Kräfte, die sie erzeugen, kurz bevor sie sich zurückziehen, einen Spitzenwert erreichen. Nach meiner Auffassung lohnt es sich durchaus, weiterzumachen.)«

»(Einverstanden.)« *Ich wünschte, ich beherrschte die Sprache, um klarzumachen, was das bedeutet und was du bist, Colin. Aber vielleicht könnte ich das gar nicht. Wir Menschen haben sehr oft Hemmungen, über solche Dinge zu sprechen.* »Skipper, wir werden nicht abbrechen. Unsere Herzen blieben bei der Station zurück.« *Tahirianer haben nicht ganz das, was wir Herzen nennen. Aber sie haben Kampfgeist.* »Und jetzt seien Sie bitte still. Wir haben eine Menge Arbeit vor uns.«

Die angeschlagenen Flugkörper kämpften sich weiter. Das Flare hüllte sie unsichtbar ein.

Und – »Hurra!« rief Kilbirnie. Die prosaischen Anzeigen vor ihr verkündeten Triumph. »Wir haben es geschafft!«

Sie deaktivierte die Greifarme und zog sie zurück. Ein winziger Jetstoß ließ das Boot von der Station wegtreiben.

Sie erschien auf ihrem Sichtschirm, eine klobige Kugel, die, nun von ihrem eigenen Computer gelenkt, vor der Milchstraße kleiner wurde.

»Das ist – einfach wunderbar«, stammelte Nansen. »Gott sei gelobt und gepriesen.« Seine Stimme festigte sich. »Sie müssen sich jetzt natürlich selbst in Sicherheit bringen.«

»Natürlich«, jubelte Kilbirnie, »und trinken und tanzen und außer Rand und Band sein. Nun, das kann warten, bis wir wieder in der *Envoy* sind.«

Die beiden Flugkörper waren noch nicht völlig frei voneinander. Sie hatten einen Punkt erreicht, von dem aus beide, auch mit schadhaften Motoren, jede Bahn einschlagen und im Grunde überallhin gelangen konnten. Aber sie mußten dorthin steuern. Noch bewegten sie sich auf Kometenbahnen. Wenn sie jetzt nicht starteten, würden beide in das nahegelegene Schwarze Loch stürzen, wo sie vernichtet würden.

Die Station beschleunigte. Irgendwann würde sie den Antrieb abschalten und in die Region gelangen, die für sie vorgesehen war. Die *Herald* sollte noch so lange an Ort und Stelle verharren, falls es weitere Schwierigkeiten geben sollte. Zuerst jedoch sollte die *Herald* sich lieber selbst befreien und zu einer Bahn mit geringerer Exzentrizität und viel höher über dem Schwerkrafttrichter aufsteigen.

»Dann mal los, Schätzchen«, sagte die Pilotin und weckte den Jet. Schlagartig machte sich wieder Gewicht bemerkbar. Das Boot sprang.

Der Alarm kreischte. Anzeigeinstrumente und Kontrollgeräte spielten verrückt. Sie hing schwerelos in ihren Gurten, befand sich im Freifall und hörte: »Eine außergewöhnliche magnetische Spitze hat die Zerstörung der Spulen neun bis fünf und einen Defekt in Spule vier verursacht.«

Die Worte hallten in der Stille wider.

»Oh, verdammt, verdammt«, sagte Kilbirnie ins Schweigen. »Es tut mir leid, Colin.«

»Was soll das?« rief Nansen quer durchs All. »Euer Jet, eure Beschleunigung –«

»Warte, bis ich etwas sagen kann.«

Ihre Finger, die über die Tastatur flogen, und ihr Gehirn, das analysierte, was dabei herauskam, arbeiteten in diesem Moment wie selbstgesteuerte Maschinen. Kilbirnie hatte in diesem Moment keine Zeit für Emotionen.

»Schlechte Nachrichten«, meldete sie knapp.

»Unser Antrieb ist hinüber. Wir haben nur einen winzigen Bruchteil Schub, auch nicht annähernd genug, um uns zu lösen. Wenn wir uns wieder an die Station ankoppeln würden, wäre das auch keine Hilfe. Wir würden sie praktisch mit uns in den Untergang reißen. Was immer wir versuchen würden, wir müssen auf jeden Fall durch den inneren Teil der Scheibe gehen.«

Sie hatten das Apastron bereits passiert und befanden sich im Abstieg.

»Nein«, rief Nansen. »Ruszek ist bereit. Er kommt euch holen.«

»Die Zahlen sagen aus, daß er uns nicht rechtzeitig erreichen kann. Moment, mein Liebster. Ich muß mit meinem Partner reden.«

Und dann: »Wir sind uns einig. Wir haben keine Lust, zu warten und zu kämpfen und zuzulassen, daß die Strahlung uns Stück für Stück zerreißt. Wir benutzen, was noch an Antrieb übrig ist, um ins Rad zu tauchen.«

Kilbirnie schwenkte das Boot herum und visierte ihr Ziel an.

»Oh, Jean, Jean.«

»Still. Ich verabschiede mich gar nicht gerne aus diesem Leben, aber ich bin dankbar für das, was es mir gegeben hat. Lebt Wohl, Schiffskameraden. Ich liebe dich, Skipper.«

Kilbirnie schaltete den Funk aus. Sie startete den Motor.

Die Beschleunigung, das Gewicht, waren niedrig und schwankend. Aber wenn die magnetische Konzentration die *Herald* nicht schon wieder traf – und das war nun wirklich absolut unwahrscheinlich –, würde die Geschwindigkeit zunehmen. In etwa einer Stunde würden sie und ihr Freund durch das Tor des Todes gehen – zu schnell, um es zu spüren.

Die Station erreichte ohne weitere Hilfe ihren endgültigen Orbit. Sie begann, ihre Systeme zu aktivieren, zu empfangen, zu erkunden und zu senden.

37

Die Nacht ließ Stille in den Korridoren der *Envoy* einkehren. Als Nansens Tür erklang, blickte er überrascht hoch.

Er hatte die Beleuchtung in seiner Kabine bis auf einen Halbdämmer gedrosselt. Eine dicke kurze Kerze, eine von mehreren, die eigens für ihn von den Nanos hergestellt worden waren, brannte auf seinem Schreibtisch unter dem alten Kruzifix. Er hatte dagesessen und in die Flamme gestarrt und sie eigentlich gar nicht mehr bewußt wahrgenommen, obgleich sie irgendwie an eine kleine Sonne erinnerte, die in einem Meer der Stille erstrahlte, bis die Tür ihn in die Gegenwart zurückholte.

»Herein«, sagte er. Der Kapitän hat niemals dienstfrei.

Für einen Moment blendete ihn die Helligkeit draußen.

Er sah seinen Besucher als ein schwarzes Loch darin. Sie trat ein, der Eingang schloß sich, und die Kerze warf seinen Schatten flackernd auf Dayan.

Sie blieb stehen, halbblind, bis ihre Augen sich an das Dämmerlicht gewöhnten. Er erhob sich. »Was ist los?« fragte er müde.

Sie atmete schnell ein. Ihre Worte überstürzten sich. »Es tut mir leid, denn es ist schon sehr spät. Und ich weiß, daß Sie lieber alleine wären.« Und zwar so oft und lange wie möglich. »Aber ich dachte – um diese Uhrzeit können wir uns vielleicht ... ganz privat unterhalten.«

»Ja, natürlich. Bitte, nehmen Sie Platz.« Er setzte

sich wieder in seinen Sessel am Schreibtisch und drehte sich darin, um seine Besucherin anzusehen.

Für eine Weile schwiegen sie beide. Sie starrte auf ihre Hände, die sie im Schoß gefaltet hatte. Schließlich gab sie sich einen Ruck. »Es ist ... sehr schwierig, das auszusprechen, aber –« Sie hob den Kopf, sah ihn an und beendete ihren Satz mit großer Hast. »Planen Sie so etwas wie eine Totenmesse oder eine Gedenkstunde für Jean? Und Colin?« fügte sie pflichtschuldigst hinzu.

»Nein«, erwiderte er.

»Einige von uns ... haben das aber von Ihnen erwartet.«

»Meine Schuld. Ich hätte Bescheid sagen sollen.«

»Wir würden uns gerne von ihr verabschieden.«

Sein abweisender Tonfall wurde sanfter. »Das verstehe ich. Aber sehen Sie, für einige von uns wäre das zu schlimm ... sie empfänden zuviel Trauer, zuviel Bitterkeit. Es wäre zu gefährlich für unsere Gemeinschaft, wenn wir so früh schon zu diesem Zweck zusammenkämen.«

Sie betrachtete ihn. Da die Kerze hinter ihm stand, war es schwierig, seinen Gesichtsausdruck zu erkennen. »Denken Sie das wirklich?«

»Ich weiß es nicht«, meinte er seufzend. »Ich kann den Menschen nicht ins Herz blicken. Ich vermute es nur. Für die meisten von uns, auch für mich, wäre eine solche Feier ein Trost. Aber ich kann denen, die mich für einen Mörder halten, schlecht sagen, daß sie nicht teilnehmen dürfen.«

»Oh, Rico!« Sie erhob sich halb aus ihrem Sessel, streckte eine Hand nach ihm aus und sank wieder zurück.

»Das ist meine Vermutung«, wiederholte er. »Ich kann mich täuschen, aber ich will es einfach nicht riskieren. Aber trotzdem vielen Dank, daß Sie mich daran erinnert haben. Ich sage es morgen an, jeder ist eingeladen ... für sie zu beten, Wache zu halten, was immer er für angemessen hält ... und zwar alleine für sich oder zusammen mit ihren engen Freunden.«

»Sie trauern alleine, nicht wahr?«

»Das erscheint mir am besten.«

»Sie sind immer alleine. Alleine in ihrem Herzen, seit sie von uns gegangen ist. Es sei denn, Sie halten Zwiesprache mit Ihrem Gott.«

»Ich fürchte, ich bin nicht sehr gläubig«, sagte er bedauernd. »Aber ich kann es versuchen.« Eilig, um nicht zuviel über sich zu verraten, fragte er: »Warum sind Sie hergekommen, Hanny?«

Er konnte erkennen, daß die Tatsache, daß er sie mit ihrem Vornamen ansprach, ihr half, ihren Mut zusammenzunehmen. »Ich möchte Sie um einen Gefallen bitten. Vielleicht ist es ein zu großer.«

»Ja?«

»Gestatten Sie mir, daß ich mich ebenfalls von ihr verabschiede. Für sie bete.«

Seine Augen weiteten sich überrascht. Es dauerte einen kurzen Moment, ehe er reagierte und behutsam fragte: »Darf ich erfahren, warum Sie diesen Wunsch haben?«

Tränen hingen in ihren Wimpern und glitzerten im Kerzenschein. Ihre Stimme wurde hart. »Ich muß es tun – ich fühle mich schuldig, Rico. Ich hatte mit ihr ein Komplott geschmiedet. Sie hat mich dazu überredet ... Lajos dazu zu bringen, daß sie diesen Flug machen darf –« Sie barg ihr Gesicht in den Händen.

»Darüber habe ich auch schon nachgedacht.«

»Wenn ich das nicht getan hätte –«

Er straffte die Schultern. »Dann wäre jetzt Lajos Ruszek wahrscheinlich tot. Sie konnten es unmöglich geahnt haben. Ich habe es nicht geahnt.« Seine Gefaßtheit wurde erschüttert. »Immer und immer wieder sage ich mir, daß ich es nicht ahnen konnte.«

Sie sah ihn wieder an. »Sie konnten es wirklich nicht, Rico.«

»Sie auch nicht.«

»Aber ich – was ich empfinde, was ich ungeschehen machen möchte – meine schrecklichen Gedanken –« Sie schluckte.

Nachdem er seine Selbstkontrolle wiedergefunden hatte, lächelte er sie gequält an. »Sie sind ungerecht, Hanny. Nun ja, ich habe mal irgendwo gehört, daß Juden eine ausgeprägte Neigung zu Selbstanklagen haben.«

»Hatten«, verbesserte sie ihn flüsternd. »Ich glaube, ich bin der letzte Jude. Und eine Frau und ungläubig, aber die einzige, die das Erbe noch in sich trägt.«

»Und ich bin der letzte« – er zuckte die Achseln – »was immer es sein mag.«

Dayan hatte ihre Stimme wieder in der Gewalt. »Jean hingegen, was sie war, der Geist, den sie hatte – können wir nicht hoffen, daß dieser Geist zu Hause noch lebendig ist?«

»Danke, daß Sie das gesagt haben.« Er seufzte wieder.

»Können wir heute abend ihrer gedenken – nur für ein paar Minuten? – wir beide? Es wäre mir eine große Hilfe.«

»Und mir wäre es eine Ehre«, erwiderte er.

Die Kerze flackerte matt und warf unruhige Schatten auf den gekreuzigten Jesus Christus. Nansen kniete sich hin und faltete die Hände zum Gebet. Sie stand neben ihm und sprach das Kaddish.

Voller Unordnung, ohne eine Möglichkeit, hinauszuschauen, schien das Arbeitszentrum von den Sternen abgeschnitten zu sein. Aber während Sundaram und Yu betrachteten, was soeben vor ihnen auf einem Bildschirm aufgetaucht war, fand Ergriffenheit seinen Weg durch Stahlwände und drang ihnen bis ins Mark.

»Jetzt schon?« fragte er staunend.

Das waren keine ungenauen, kurzen Impulse mehr. Scharf und deutlich schlängelte sich eine Kurve durch verschiedene Formen, während simpel aussehende Symbole sich entsprechend veränderten, dabei aber denselben Grundcharakter beibehielten. Der Schirm daneben zeigte die begleitende Computeranalyse und Form von Gleichungen mit arabischen Ziffern, griechischen und römischen Schriftzeichen und internationalen Symbolen für mathematische Operationen. Mittels der analytischen Geometrie entstand allmählich eine neue Sprache.

»Ja«, sagte Yu leise. »Ich hatte mir gedacht, daß sie einige Zeit brauchen würden, unsere Schaltkreise zu untersuchen. Jetzt denke ich, daß sie ... gezielt Elektronen bewegen, Quantenstadien verändern können« – und auf diese Art und Weise die enorme Bandbreite der Transmitter der Station nutzen können, um Bilder zu senden – und was sonst noch, später?

»Eine Intelligenz redet mit uns. Von wo? Von was?«

»Ganz bestimmt nicht aus dem Schwarzen Loch

oder seiner nächsten Umgebung« – dort herrscht die Hölle. »Aber vielleicht ... bedienen sie sich dieser extremen Bedingungen ... irgendwie ... um irgend etwas zu vollbringen, möglich zu machen.«

»Etwas das zu fremdartig ist, als daß wir es uns vorstellen können.«

Sie strich ihm über die Stirn. »Wir werden es, bald. Du wirst es.«

»Wir brauchen vor allem in diesem Stadium Hannys Rat. Wie alles zu verstehen ist, wie wir antworten sollen. Später, wenn wir den mathematischen und den physikalischen Teil erledigt haben, ist Simon gefragt. Und danach jeder andere an Bord, oder?«

Aus dem Datenschatz des Schiffs hatte Mokoena sich etwas von der Musik geholt, die Kilbirnie geliebt hatte. Sie lehnte sich mit geschlossenen Augen zurück und hörte ›The Flowers of the Forest‹ und versuchte dieses Idiom zu verstehen, als Zeyd ihre Kabine betrat. Sie hörte ihn, erhob sich, um ihn zu begrüßen, und gab dem Abspielgerät ein Zeichen, die Lautstärke zu drosseln. Blasinstrumente und Trommeln traten in den Hintergrund wie der Wind, der ständig an einer Meeresküste weht.

»Du siehst wütend aus«, stellte sie fest.

Ihr tentatives Lächeln erstarb bei seinem Anblick. »Ich bin auch wütend«, sagte er. »Ich habe mit Al Brent gesprochen.«

»Mußtest du das unbedingt?« Sie versuchte einen scherzhaften Ton anzuschlagen. »Ich habe gelernt, ihm aus dem Weg zu gehen, wenn ich ihn schon von weitem sehe.«

»Ja, er ist eine Plage. Aber vor dem, was er sagt, sei es richtig oder falsch, können wir uns nicht dauernd verstecken.«

»Ich glaube nicht«, sagte sie düster. »Dieses Verstecken ist vielleicht auch der Grund, weshalb in der Messe und im Gemeinschaftsraum immer eine so triste Stimmung herrscht.« Es war eine angespannte Stille, die nur gelegentlich durch Gespräche über Nebensächlichkeiten unterbrochen wurde.

»Warum sollen wir es dann nicht endlich offen ansprechen und ein für allemal klären?«

»Natürlich. Es ist nur so – daß wir davor Angst haben. Die Wunde ist noch zu frisch.«

»Trotz allem hierbleiben oder aufgeben und nach Hause zurückkehren. Eine simple Frage.«

»Das ist sie nicht. Noch nicht einmal zwischen dir und mir.« Das war tatsächlich das erste Mal, daß sie offen darüber sprachen. »Wissenschaftlich wertvolle Erkennnise gegen – was?«

»Überleben, vielleicht. Und dieser wissenschaftliche Aspekt ist weder der deine noch der meine.«

Sie schüttelte ihre Traurigkeit ab. »Wie kannst du dir so sicher sein? Diese Wesen oder dieses Wesen – nicht Leben, wie wir es kennen, aber ... vielleicht erfahren wir Dinge über unser eigenes Leben, die wir noch nicht wußten.«

»Vielleicht auch nicht. So oder so wird es für einen Chemiker nichts zu tun geben.«

Ihre Augen flehten ihn an. »Woher willst du das wissen? Außerdem bist du mehr als nur ein Chemiker, Selim. Und was das nach Hause zurückkehren angeht, was bedeutet das überhaupt noch?«

»Es reicht«, schnappte er. »Du kommst schon wieder auf allgemeine Prinzipien. Wir haben uns deswegen schon so oft in den Haaren gehabt, daß es dazu nichts mehr zu sagen gibt.«

»Aber Jeans Tod –«

»Ja, der hat alles verändert.« Zeyd begann vor ihr auf und ab zu gehen. Die Musik klang aus. Ohne sie als Hintergrund klang seine Stimme seltsam mechanisch. »Ohne Zweifel hat das nichts mit Logik zu tun. Aber die Menschen sind nun mal nicht logisch. Al hat recht. Wir müssen bald zusammenkommen und eine Entscheidung treffen. Ich werde es dem Kapitän vortragen.«

»Und andere werden es ebenso tun«, prophezeite sie. Pause. »Wenn es zur Abstimmung kommt, bist du dann für Heimkehr?«

»Ja.«

»Und ich werde für Bleiben sein.« Sie trat auf ihn zu. »Wir dürfen aber nicht zulassen, daß diese Sache zwischen uns tritt.«

»Du kommst zu spät«, sagte er. »Die Mannschaft ist bereits geteilt.« Er ergriff ihre Hände. Zärtlichkeit brandete in ihm hoch. »Aber wir beide, Mam, wir werden das bei uns nicht zulassen, oder?«

In Ruszeks Kabine nahm die Auseinandersetzung über dasselbe Thema einen anderen Verlauf.

»Wenn du mich nicht dazu überredet hättest, ihr die Mission zu geben –« stieß er zähneknirschend hervor.

»Es tut mir leid, unendlich leid, aber wie hätte ich das wissen können?« rief Dayan weinend.

Sie waren aus ihren Sesseln aufgesprungen und standen einander in der Mitte des Raums gegenüber und funkelten sich gegenseitig an. Abgesehen von den Möbeln war der Raum so gut wie leer. Er hatte nur wenige persönliche Dinge. Eine Vase mit Blumen, die sie mitgebracht hatte, welkte vor sich hin. Mit einiges Drinks intus, waren seine Wangen gerötet, glänzte Schweiß auf seinem kahlen Schädel und sträubte sich sein Schnurrbart.

»Es tut dir leid? Wäre es dir lieber, wenn ich jetzt tot wäre?«

Sie senkte den Blick. »Oh nein, nein!«

»Dafür kann ich dir noch nicht mal dankbar sein. Das war nämlich reines Glück.«

»Natürlich.«

»Oder Riesenpech. Auch für mich.«

»Warum bist du dann so wütend?«

»Wegen der Sinnlosigkeit.«

»Dein Gott –«

Er ignorierte ihren Versuch, ihn zu besänftigen. »Und wegen der Sinnlosigkeit, hier herumzuhängen. Du weißt, daß Nansen mich nicht fliegen läßt. Er wird die anderen bemannten Erkundungsflüge, die wir geplant hatten, ersatzlos streichen. Er darf nicht riskieren, daß das letzte Boot auch noch verlorengeht. Aber der Pilot darf herumsitzen und Däumchen drehen, wenn du deinen Willen kriegst.«

»Bitte, Lajos, nein.« Sie schaute ihm wieder in die Augen und redete so ruhig wie möglich weiter. »Wir werden Arbeit für dich finden, Beobachtungen außerhalb des Schiffs, Umbauten innerhalb –«

»Ein bißchen Beschäftigungstherapie, während ihr Wissenschaftler euren Spaß habt. Kinderkram. Oder diese dämlichen Virtuale, die sind auch nicht besser. Ich pfeife darauf!« brüllte er. »Ich sagte, wir kehren nach Hause zurück, ehe wir noch mehr Leute verlieren!«

»Das werden wir nicht.«

»Weißt du das so genau? Bist du eine Hexe, daß du das weißt? Und wir werden Jahre verlieren, Jahre unseres Lebens, weggeworfen, während wir warten, und worauf? Jedenfalls auf nichts, was diesen Aufwand wert ist. Ich sage, nichts wie zurück nach Hause.«

Sie reckte ihren rothaarigen Kopf, schob trotzig das Kinn vor. »Und ich sage, wir sollen bleiben.«

Er hob eine Faust. Sie stand da und musterte ihn herausfordernd. Sein Arm sank herab. Er schnaubte, machte auf dem Absatz kehrt und stürmte hinaus.

Sie blieb noch einige Minuten, ehe sie ihr eigenes Quartier aufsuchte.

Als Nansen den Gemeinschaftsraum betrat, sah er, daß seine Leute sich voneinander getrennte Plätze gesucht hatten. Sundaram, Yu und Dayan saßen auf der rechten Seite, Brent, Cleland und Ruszek auf der linken. Mokoena und Zeyd hatte Plätze in der Mitte eingenommen, als wollten sie auf diese Art und Weise symbolisch überbrücken, was die äußeren Gruppen voneinander trennte.

Die Unterhaltung war hitzig verlaufen, bis Yu sich zu Wort meldete und sagte: »Jean Kilbirnie sollte nicht umsonst gestorben sein.«

»Es tut mir leid«, sagte Nansen zu ihr mit vorwurfsvoller Stimme, »aber das ist nicht zulässig. Wir haben vorher geklärt, daß bei dieser Versammlung emotionale Erklärungen nichts zu suchen haben.«

Brent beugte sich vor. »Was gibt es denn dann überhaupt noch zu sagen?« schleuderte er zurück. »Sind Sie ein Mensch oder ein Roboter?«

»Wir könne nicht zulassen, daß sich bestimmte Dinge wie zum Beispiel Feindseligkeit ungehindert unter uns breitmachen«, erwiderte Nansen. »Sie schaukeln sich auf. Wenn Disziplin und Moral verfallen und wir unser gemeinsames Ziel aus den Augen verlieren, dann kann das Schwarze Loch vielleicht sogar für uns alle zum Schicksal werden. Die Diskussion wird sich auf rationale Argumente beschränken.

»Die haben wir doch schon oft genug gehört«, brummte Ruszek. »Sie waren doch schon alt und abgegriffen, als wir Tahir verließen. Es wäre doch völlig verrückt, wenn wir all das noch einmal wiederkäuen würden.«

»Und vernünftig wäre in diesem Moment, auch unsere Gefühle zu berücksichtigen«, empfahl Brent. »Die meisten von uns können nicht mehr allzu viel ertragen. Wenn wir nicht bald von hier verschwinden, dürften wir als Mannschaft schon bald auseinanderfallen.«

»Nein«, ergriff Zeyd das Wort. »Ich bin anderer Meinung. Ich ziehe eine frühzeitige Rückkehr vor. Aber ungeachtet dessen, wie die Entscheidung ausfällt, sollten wir die Vernunft und den Mut haben, sie umgehend in die Tat umzusetzen.«

»Oder glaubst du nicht, daß du beides aufbringen kannst, Al?« fragte Dayan.

Unsere halbe Stunde zusammen scheint sie beruhigt zu haben, dachte Nansen. *Aber irgend etwas hat sie wieder in Rage gebracht.*

»Es ist jetzt genug«, warf er ein. »Wenn die Versammlung nicht in geordneter Form weitergeht, werde ich sie vertagen.«

»Zu welchem Zweck wurde sie überhaupt einberufen?« wollte Brent wissen.

»Um unsere Überlegungen zu ordnen und unsere Köpfe zu klären.«

»Wir haben einen klaren Kopf und wissen genau, wo wir stehen.« Clelands Stimme wurde fester. »Captain, ich verlange eine Abstimmung.«

»Das ist keine abstimmungsfähige Entscheidung«, widersprach Nansen.

»Bitte«, meldete sich Sundaram jetzt. »Mit allem Respekt, aber die Bestimmungen hinsichtlich der Expedition können durchaus dahingehend interpretiert werden, daß nach fünf Jahren Aufenthalt am ursprünglichen Zielort, die jetzt verstrichen sind, bestimmte Fragen, die das weitere Vorgehen betreffen, demokratisch entschieden werden.«

Nansen blickte in die ernsten braunen Augen. »Sie wollen hierbleiben, nicht wahr?« fragte er.

»Von ganzem Herzen ja. Aber ich versuche fair zu sein. Oder logisch, wie Sie es verlangt haben.«

Nansen gestattete sich ein knappes Lächeln. »Das sind Sie.« Und lauter: »Eine Abstimmung ist auf jeden Fall sinnlos. Mit mir haben wir fünf, die bleiben wollen«, *plus Jean, wenn sie noch hier wäre,* »und vier, die nach Hause wollen.«

»Sie vergessen die Tahirianer«, sagte Cleland. »Ivan, Peter, Leo – das sind dann schon sieben. Emil ist auf Ihrer Seite, das gebe ich zu. Aber wir haben auch dann immer noch sieben gegen sechs.«

»Simon ist neutral«, fügte Brent hinzu. Sie wußten, daß er die Wahrheit sagte. Wissenschaftliche Neugier war höchst selten eine starke tahirianische Motivation, zumindest in der noch existierenden tahirianischen Kultur. Simon hatte enns Rasse und enns Clan gedient, indem er sich bei ihnen zur Teilnahme gemeldet hatte, und alle persönlichen Opfer, die das nach sich zog, bereitwillig auf sich genommen. Was immer am Ende herauskäme, enn würde zu Hause ein Alpha sein. »Sieben zu sechs, Nansen.«

»Wir werden ganz sicher keine Stimmen zählen«, erklärte der Kapitän. »Abstimmen ist eine Methode, die den Tahirianern fremd ist.«

»Wie bitte?« brüllte Cleland. »Sind sie denn keine freien, denkenden Wesen?«

»Das sind sie. Aber sie haben niemals unsere Satzung unterschrieben. Sie haben sich bereiterklärt, sich für die Dauer an unserer Expedition zu beteiligen, von der sie nicht wußten, wie lange sie dauern würde. Es war eine Idee der Menschen, dies ist ein Schiff der Menschen, und die Menschen werden darüber ganz alleine entscheiden.«

Gleichzeitig hob Nansen eine Hand, um jeglichem Protest zuvorzukommen. »Die Stimmenverhältnis steht bei fünf zu vier, falls jemand auf einer Abstimmung besteht. Logik und Billigkeit sind die Dinge, die eigentlich in Erwägung gezogen werden müssen. Jeder hat akzeptiert – einige von uns widerstrebend, aber akzeptiert haben auch sie –, daß diese neue Reise dem Zweck dienen sollte, das Schwarze Loch zu erforschen und Kontakt mit den dortigen Intelligenzen aufzunehmen. Damit haben wir kaum richtig angefangen. Unser ganzes Ziel, unsere Verpflichtung gegenüber unserer Rasse, die so viel geopfert hat, um uns auf die Reise zu schicken, war es gewesen, einen

Sinn in unserem Universum zu finden. Wir stehen vielleicht kurz davor, genau dies zu tun. Wenn wir nicht einmal dieses Versprechen einhalten können, wie können wir dann mit dem Weltall zurecht kommen oder mit einer Erde, die uns völlig fremd sein wird?

Wenn wir unsere Arbeit fortsetzen, können wir jederzeit die Rückreise antreten: sobald wir genug erfahren haben oder wenn es wirklich dumm und sinnlos wäre, noch länger hier zu bleiben. Aber sobald wir umgekehrt sind, dann ist diese Entscheidung sowohl psychologisch wie auch moralisch – denn wir müssen schließlich auf unsere tahirianischen Schiffsgefährten Rücksicht nehmen – nicht mehr rückgängig zu machen.

Bis zu einer möglichen Veränderung der äußeren Bedingungen werden wir hier bleiben. Ich erwarte, daß jeder sich in bester Absicht für unsere Mission und unser aller Wohlergehen einsetzt.

Damit ist die Versammlung beendet.«

Er ging hinaus. Seine Zuhörer saßen wortlos da. Nach einer Weile schauten sie einander irritiert an.

Cleland hielt es nicht lange auf seinem Platz. In seinem Quartier, wo alles wahllos verstreut herumlag und jeder Bildschirm dunkel war, schenkte er für Brent und sich Whiskey ein, wanderte vor seinem Gast auf und ab und redete in Satzfetzen. Der Ingenieur wartete geduldig ab, was am Ende herauskam.

Schließlich ergriff er in seinem Sessel das Wort. »Ja, du und ich wissen Bescheid, Tim. Die anderen nicht. Sie haben Angst, sich der Tatsache zu stellen. Sogar

Lajos – ich glaube, daß er und Dayan sich deswegen gestritten haben, und ich habe versucht, mit ihm zu reden, habe gewisse Andeutungen gemacht, aber er ist mir ausgewichen. Wahrscheinlich hat er seine hündisch dankbare Haltung gegenüber Nansen noch nicht aufgegeben. Daher liegt es alleine bei uns, die Dinge in Ordnung zu bringen. Wir wissen als einzige, woran wir sind.«

Die unterschwellige Intensität in Brents Worten blieb Cleland nicht verborgen. Er blieb stehen und blickte in ein glühendes Augenpaar hinunter. »Was meinst du?« fragte er.

»Wir haben es mit einem Verrückten zu tun.«

Clelands Hand krampfte sich um sein Whiskeyglas. »Mit einem Monster, zumindest. Er schert sich einen Dreck – um Jean – hat er jemals in seinem Leben eine Träne vergossen?«

»Wie ich sage, ein Wahnsinniger. Vielleicht nicht nach klinischen Gesichtspunkten, aber in Bezug auf alle praktischen Umstände, wie Mao Tse Tung in seinen letzten Jahren. Verloren in seinem Fiebertraum von einem wissenschaftlichen Triumph. Als ob irgendetwas, das irgendwer hier finden kann, je eine Bedeutung für die Menschheit haben könnte, so wie das Wissen und die Macht, die wir mitbringen könnten, es hätten. Er setzt all das und uns aufs Spiel, um seiner Wahnvorstellung nachzujagen – wenn nötig sogar bis in dieses Schwarze Loch.«

»Er ... er hat gesagt ... wir können jederzeit zurück starten, wenn wir – wenn wir keinen Erfolg haben –«

»Er hat gelogen.« Brent gestikulierte mit den Armen. »Setz dich und hör zu.« Cleland gehorchte widerstrebend. »Du weißt, daß er gelogen hat. Wann wird er es zugeben? Nach wie vielen weiteren Todesfällen?«

»Aber was können wir tun?«

»Genau darüber müssen wir beide reden. Und später mit Ivan, Peter und Leo.«

»Was meinst du?« fragte Cleland erneut.

Brents Stimme bekam einen feierlichen Klang. »Das Gesetz aus der Zeit, als die Menschen noch zur See fuhren, und die Satzungen unseres Schiffs und der gesunde Menschenverstand, sie alle sagen, daß es richtig und die Pflicht der Mannschaft ist, einen Kapitän abzusetzen, dessen Wahnsinn sein Kommando in Gefahr bringt.«

Cleland verschlug es den Atem. »Meuterei?«

»Ich glaube nicht, daß eine Untersuchungskommission oder was immer uns erwartet, wenn wir zur Erde zurückkehren, es so betrachten wird. Ich denke, wir werden freigesprochen, weil wir keine andere Wahl hatten, und man wird uns als Helden feiern wegen dem, was wir gerettet und der Menschheit zurückgebracht haben.«

»Aber –«

Brent kam gleich zur Sache. »Ich habe über die ganze Sache ausführlich nachgedacht. Es kann klappen. Und ohne Tote.«

»Nur wir beide? Ich bitte dich, Al, red' keinen Unsinn.«

»Sobald es passiert ist, werden die anderen die neue Situation akzeptieren. Sie werden bald erkennen, wie recht wir haben. Aber nein, nicht nur du und ich. Auch unsere tahirianischen Verbündeten.«

Cleland schüttelte den Kopf, als hätte er einen heftigen Schlag abbekommen.

»Ich glaube – die Vorstellung, Gewalt auszuüben – sie wird sie abschrecken.«

»Ich sage dir, wir brauchen keine Gewalt, wenn wir die Operation genau planen und entsprechend durchführen. Niemand braucht dabei zu Schaden zu kommen.«

»Emil wird bestimmt nicht mitmachen«, hielt Cleland ihm entgegen. »Simon auch nicht, vor allem wenn – wenn enn von Nansens Vorhaben fasziniert ist.«

Brent nickte. »Das ist ein Problem, ja. Nicht nur unsere Tahirianer einzuweihen und für uns zu gewinnen, sondern das Ganze vor diesen beiden geheim zu halten. Diese Körpersprache bewirkt, daß ihnen Geheimnisse völlig fremd sind und ihnen sogar unnatürlich erscheinen.« Er grinste verkniffen. »Aber Menschen und auch Tahirianer können Dinge lernen, die niemals in ihrer Natur lagen. Was ist Zivilisation anderes? Und dies wird an dem Tag, an dem es passiert, ein weiteres Überraschungsmoment sein. Ich habe schon gewisse Vorstellungen, wie es ablaufen soll. Ich denke, du hast auch ein paar gute Ideen, Tim.«

»Ich weiß wirklich nicht –«

»Mein Gott!« explodierte Brent. »Nansen hat Jean in den Tod geschickt, und du willst nicht, daß Gerechtigkeit geübt wird?«

38

Emil schaute sich mißtrauisch um. Menschen und Tahirianer besuchten einander nur sehr selten in ihren Quartieren, und enn war noch nie zuvor in Clelands Kabine gewesen. Die permanenten Wandbilder – seine Mutter, der Planetologe, der sein Lehrer gewesen war, das Camp im Valles Marineris auf dem Mars, wo er das erste Mal richtig gearbeitet hatte – und die Bildschirmdarstellungen – zur Zeit ein weiblicher Akt und ein abstraktes Muster – waren enn genauso fremd wie die Sessel oder die Flasche Cognak oder der Haufen schmutziger Wäsche in einer Kabinenecke.

»(Ich glaube, Sie und ich fühlen sich genauso ruhelos, frustriert, unausgefüllt)«, äußerte Cleland sinngemäß durch seinen Parleur.

»(Sie haben Ihre Illusionen, die Ihren Geist beschäftigen)«, erwiderte der Gast. »(Das ist keine tahirianische Erfindung. Ich wünschte, sie wäre es oder daß Ihre Geräte dafür auch von uns bedient und benutzt werden könnten.)«

»(Es wird schnell unbefriedigend. Die Realität ist immer das beste, und das allenfalls zweitbeste sind die Erinnerungen. Deshalb habe ich Sie hierher eingeladen. Ich dachte, wir könnten uns ein wenig unterhalten, unsere Erfahrungen austauschen, uns Bilder ansehen, uns gegenseitig unsere Erinnerungen schildern.)«

»(Unsere Gesprächsmöglichkeiten sind sehr begrenzt.)«

Ja, dachte Cleland, von einem tahirianischen Gesichtspunkt betrachtet, war das Cambiante eine armselige Sprache. Auch vom menschlichen Standpunkt aus. Ihr fehlte der Reichtum einer evolutionären Geschichte, von Instinkten, Neigungen, Tendenzen. Die Vielfalt der jeweiligen Zivilisation des Sprechers, der zahllosen Faktoren, seien sie beherrschend oder auch nur winzig klein, die seine Persönlichkeit geformt hatten. Und ihr fehlte der Variantenreichtum von etwas anderem, nämlich des Individuums, seiner Erscheinung, seines Auftretens, seiner Stimmungen, Gesten – wie Jean den Kopf schief hielt und zur Seite blickte, wenn etwas, das sie hörte, sie auf einen bestimmten Gedanken brachte, ein breites weißes Grinsen, der archaische Dialekt, den sie ab und zu benutzte, wenn auch nur zur Belustigung, aber bei ihr klang es gar nicht affektiert.

»(Jedoch dürfte es eine interessante Form der Ablenkung sein)«, fuhr Emil fort. Die kleine Gestalt verschränkte die Beine und legte sich erwartungsvoll auf den Teppich. Cleland setzte sich ebenfalls dorthin. Er hätte einen Sessel vorgezogen, doch sich mehr oder weniger auf gleicher Höhe zu befinden, machte die Unterhaltung einfacher und vielleicht auch länger und tiefschürfender.

Innerlich wappnete er sich gegen Schmerzen. Er wollte sich nicht in Erinnerungen an seine Zeit mit Jean ergehen. Und heute würden sie sicherlich von ihr reden, würden Bilder von ihm und ihr aus der Datenbank abrufen. Er selbst tat das nur, wenn er ganz alleine war und mehrere Drinks intus hatte. Aber wenn Emil damit anfangen wollte, dann müßte er das wohl ertragen. Enn konnte weder seinem Gesicht ansehen noch aus seiner Stimme heraushören, wie sehr er unter diesen Reminiszenzen litt.

Simon arbeitete mit Sundaram am Verständnis der fremden Sendungen und an der Erstellung von Antwortnachrichten. Sie wären sicherlich während der nächsten Stunden beschäftigt. Clelands Aufgabe bestand darin, Emil zu beschäftigen, so daß Brent sich mit den drei Tahirianern treffen konnte, die die Sternfahrt insgesamt sofort einstellen wollten.

Sie hatten ihren Gemeinschaftsraum nicht auf die gleiche Weise eingerichtet wie die Menschen ihren. Das Raumangebot im Rad war nämlich begrenzt, daher mußte er auch als ihr Turnsaal dienen. Trainingsmaschinen von exotischer Konstruktion standen herum, darunter auch eine Art lange Tretmühle, auf der zwei Personen stundenlang galoppieren konnten. Frischer Rasen von zu Hause, feucht und federnd, bedeckte den Fußboden, und in großen Töpfen gediehen Sträucher. Deren Duft mischte sich mit den Gerüchen, die die Körper verströmten. Bildschirme hingen an den Wänden und lieferten auf Wunsch Unterhaltung und Raumschmuck, aber was sie zeigten, ergab im Grunde für Menschen keinen Sinn, die in den verschiedenen Kunststilen unbewandert und für viele der Farben blind waren.

Brent hatte sich vor Ivan, Leo und Peter aufgebaut und erklärt: »(Unser Ziel ist dasselbe, nämlich den augenblicklichen Zustand so bald und gründlich wie möglich zu beenden.)«

»(Er führt zu fundamentalem neuem Wissen)«, wandte der Biologe Peter ein.

Peters Gefährten äußerten ... Mißfallen? Die drei berieten oder stritten sich in ihrer eigenen Sprache.

Mähnen wogten in bestimmten Mustern, Finger beschrieben Kurven, Körperhaltungen änderten sich, Töne wurden gezwitschert oder gepfiffen, Gerüche wallten faulig, süß oder beißend auf. Brent wartete ungeduldig.

Ivan wandte sich ihm zu. »(Der wissenschaftliche Aspekt ist nicht so wichtig. Wir müssen lediglich eine allgemeine Übereinstimmung herbeiführen.)« Eine bei den Tahirianern übliche Verfahrensweise.

»(Sie brauchen ja nicht für immer von hier wegzugehen)«, erinnerte Brent sie. »(Ihr Volk lebt zehnmal näher bei dem Schwarzen Loch als mein Volk. Wenn Sie wollen, können Sie jederzeit zurückkommen und die Forschungen fortsetzen.)«

»(Es ist aber noch immer eine lange Reise, und es bedeutet, daß man lange Zeit der Gesellschaft fernbleiben muß)«, sagte Leo.

Wahrscheinlich war ihr Dialog auf Cambiant als Erklärung für den Menschen gedacht, indem sie offensichtliche Punkte, wie schon früher, ständig wiederholten, um klar zu machen, daß das, was sie meinten, wirklich auf der Hand lag. »(Eine stabile Gesellschaft muß weit vorausplanen)«, erklärte Ivan. »(Am besten kehren wir sofort nach Tahir zurück und Sie in Ihre Heimat. Wenn unser Volk grundlegende neue Informationen aufnehmen und verarbeiten soll, dann sollte es lieber vorher seine Institutionen festigen.)«

»Ich bezweifle, daß Ihre Leute jemals aus freien Stücken neue Informationen suchen, wenn wir ihnen nicht mehr bringen, als wir im Augenblick haben«, murmelte Brent. »Sie bleiben für immer auf dem Fleck stehen. Ihresgleichen ist nicht besonders unternehmungslustig.« Auf dem Parleur: »(Dann sind wir vier uns also darin einig, daß diese Expedition in naher Zukunft beendet werden soll.)«

»(Wie können wir dafür sorgen?)« fragte Peter.

Leos Mähne zitterte. Enns mittlere Augen funkelten Brent an. »(Sie haben einen Plan)«, sagte enn. »(Mittlerweile kenne ich Sie ein wenig.)«

Brent nickte – aus Gewohnheit, allerdings hatten sie mittlerweile gelernt, was diese Reaktion bedeutete. »(Den habe ich. Er macht Ihre entschlossene Hilfe erforderlich. Sie werden Instruktionen befolgen müssen, ohne sie in Frage zu stellen oder bei ihrer Befolgung zu zögern.)«

Ivan schienen Zweifel zu kommen. »(Das klingt wie etwas aus der fernen, primitiven Vergangenheit)« – als Tahir, ebenso wie die Erde, gelegentlich abnorme Kulturen hervorbrachte, die sich nicht mit der rassetypischen Natur vertrugen, worauf der nackte Horror ausbrach.

»(Ja, wir werden eine gewisse Entschlossenheit und Durchsetzungskraft benötigen)«, gab Brent zu. »(Und wir müssen die Opposition unvorbereitet überrumpeln, so wie Fleischfresser ihre Beute schlagen.)«

»(Simon und Emil gehören zu dieser Opposition)«, sagte Ivan. Ein kollektives Seufzen kam von den dreien. Bedauern? Besorgnis? Wann hatte ihre Rasse das letzte Mal einen ernsthaften Konflikt austragen müssen?

»(Richtig)«, sagte Brent. »(Sie könnten durchaus Nansen den Plan verraten. Deshalb werden wir dafür sorgen, daß sie nichts davon erfahren, bis die Angelegenheit erledigt ist.)«

Bestürzung? Die Tahirianer berieten erneut, diesmal beinahe hektisch.

Aber so schockierend diese Vorstellung auch war, sie konnte sie nicht absolut unerwartet getroffen haben. Diese Dinge mußten sie schon untereinander diskutiert haben, durchaus höflich, aber mit einer unterschwelligen Bitterkeit, die bei ihnen vielleicht genauso groß sein konnte wie bei jedem Menschen.

Sie beruhigten sich und wandten sich wieder zu Brent um. »(Wie können wir vermeiden, daß sie ahnen, daß irgend etwas im Gange ist?)« fragte Ivan. »(Sie werden nachfragen, worum es geht. Wenn wir drei nicht völlig ehrlich sind oder eine Antwort rigoros verweigern, werden sie mißtrauisch und werden ihre Eindrücke sicherlich Nansens Gruppe mitteilen.)«

Brent erschauerte für einen Moment bei dieser Vorstellung. »(Das habe ich bedacht)«, erwiderte er. »(Ich werde ihnen mitteilen, daß Sie sie bitten, Sie für einige Tageszyklen in Ruhe zu lassen, während Sie über bessere Argumente für ein Abbrechen der Mission nachdenken.)«

Im Laufe der Jahre hatte er soviel über die Psychologie der Tahirianer gelernt, daß er wußte, daß eine solche Bitte nicht als ungewöhnlich angesehen wurde. Allein schon die Anwesenheit eines Opponenten war eine emotionale und semantische Ablenkung: wenn nicht durch anderes, so durch die unwillkürliche Abgabe von Geruchssignalen, die die Wirkung von lautem Widerspruch hatten oder sogar eine Störung darstellten, die die Bedeutung einer spontanen Bemerkung verfälschen konnte. Es könnte kurzfristig Zorn geweckt werden, der im Laufe der Zeit außer Kontrolle geraten könnte. Kein Wunder, daß diese Kultur einen solchen Wert auf Konsens legte.

»(Ich kann arrangieren, daß sie neue Quartiere zugewiesen bekommen, wenn alle fünf von Ihnen Nansen gegenüber einen entsprechenden Wunsch äußern)«, fuhr Brent fort. »(Simon ist mit Sundaram beschäftigt, und Cleland, unser Verbündeter, wird Emil in Trab halten, daher braucht keiner von Ihnen sich verletzt oder benachteiligt zu fühlen. Nansen kann Ihnen nicht verbieten, unter den Bedingungen, die ihnen am besten gefallen, frei zu denken und offen miteinander zu reden.)« Außerdem würde dem Kapitän dieser Gedanke höchstwahrscheinlich gar nicht kommen.

Ivan erzeugte einen Laut und vollführte dazu eine Geste, was offenbar einem menschlichen »Hmm« entsprach. Enn stand auf, überlegte und sagte schließlich mit einem leichten Anflug von Humor: »(Außerdem, wenn sie von uns anderen getrennt werden, könnte sich bei ihnen ein Paarungsdrang entwickeln, der sie noch weiter ablenken dürfte.)«

Peter äußerte in Cambiant einen Einwand: »(Hier draußen sollte kein Junges geboren werden.)«

»(Auf keinen Fall)«, pflichtete Leo ihm bei. »(Um so wichtiger ist es, unsere Rückkehr zu beschleunigen.)«

Ivan trat einen Schritt auf Brent zu. »(Nennen Sie uns Ihren Vorschlag,)« forderte enn den Menschen auf.

Da Sundaram und Simon bereits zugegen waren, wurde es mit Dayan und Nansen im Arbeitsraum ziemlich eng. Die Ventilation war überfordert, und die Luft wurde schnell heiß und stickig. Hälse wurden gereckt, Augen zusammengekniffen, als die Rätsel auf dem Bildschirm erschienen. Aber die Physikerin mußte es sehen und gleichzeitig erklärt bekommen und hatte daher entschieden, daß der Kapitän es verdiente, sich die Neuigkeit mit anhören zu dürfen. Als sich die Erkenntnis schlagartig einstellte, vergaßen sie jedes durch die Umgebung hervorgerufene Unbehagen.

»Ja, du bist in diesem Team nicht nur willkommen, Hanny, sondern du bist für uns geradezu lebenswichtig«, versicherte Sundaram ihr. »Die Kommunikation hat sich unglaublich schnell entwickelt. Wir haben jetzt einen Punkt erreicht, an dem die Computerprogramme nicht mehr ausreichen, um Bedeutungen zu ergründen. Ich glaube, du allein kannst sie modifizieren und sicherlich auch einiges beitragen.«

Gegen Nansen gedrängt, begann sie zu zittern. »Ich bin davon ausgegangen, daß ich jetzt zu hören bekomme, wer und was diese Wesen sind, oder?« Es war eher eine Frage als eine Feststellung.

»Ja. Ich entschuldige mich dafür, daß wir nicht jeden *au courant* gehalten haben, aber wir werden geradezu überschüttet mit Input und – ich verfüge über genügend physikalisches Grundwissen, um zu erkennen, daß das, was uns beschrieben wird, weder molekularer, atomarer noch – glaube ich – nuklearer oder irgendeiner anderen materiebezogenen Beschaffenheit ist, sondern es besteht eher aus einer Reihe Quantenstadien. Darüber hinaus tappen Simon und ich völlig im Dunkeln.«

»Quantenstadien von was?« fragte Nansen. »Vom Plasma in der Zuwachsscheibe?«

»Das klingt nicht sehr wahrscheinlich«, erwiderte Dayan. »Es sei denn, es hat mehr Struktur, mehr Komplexität, als ich auf Anhieb für möglich halten würde. Wenn Colin doch nur hier wäre! Dann hätten wir zwei Sichtweisen der Realität, zwei unterschiedliche Konzepte.«

Seine Hand legte sich auf ihre. »Du solltest dich nicht unterbewerten, Hanny.«

Während sie die Symbole betrachtete und ihr Blick in die Tiefe des Schirms eintauchte, murmelte sie: »Ich habe in letzter Zeit einige Spekulationen angestellt, seit du ein paar Hinweise hast fallenlassen, Ajit. Quantenzustände im Vakuum, das Meer virtueller Teilchen ... unter den Bedingungen der spiraligen, unbeständigen Raum-Zeit in der Nähe des Schwarzen Lochs ... Ein Quantenstadium kann ebensogut Informationen enthalten und transportieren wie Materie. Vielleicht sogar besser ... was ist das Leben anderes als Information? ... Aber wie fremd sind wir ihnen?«

»Vielleicht nicht vollkommen fremd.« Nansens Stimme bebte. »Vielleicht entdecken wir nicht nur, was sie sind, sondern auch was wir sind. *Dios mío*, was das bedeuten könnte! Ich denke, daß jetzt jeder an Bord diese Sache zu Ende bringen will.«

Die Maschinenwerkstatt war geräumig, aber wohl gefüllt. Ihre Ausstattung, vorwiegend Roboter, aber auch Nanotechnik, müßte verschiedene Dinge herstellen. Ein Bereich auf der Seite war für Handarbeiten vorgesehen. Brent saß dort auf einem Hocker an einer Werkbank und setzte Teile zusammen, die für ihn hergestellt worden waren. Elektronische Teil aus dem Ersatzteillager waren bereitgelegt worden. Ein Computer erzeugte das Diagramm, das seine Hände führte.

Da sie zufälligerweise dort etwas zu erledigen hatte, gewahrte Yu hinter den voluminösen Anlagen Licht. Sie schlängelte sich zwischen Drehbank, Säulenbohrmaschine und Gesenkhammer hindurch, um nachzuschauen, was der Lichtschein zu bedeuten hatte. Brent hörte sie und drehte sich um.

»Hallo«, begrüßte sie ihn. »Was machen Sie denn da?«

Er setzte sein charmantestes Lächeln auf. »Ich vertreibe mir die Zeit. Nützlich, wie ich hoffe.«

Sie schaute auf die Werkbank. Eine zylindrische Form, etwa drei mal fünfzig Zentimeter groß, lag dort in halbfertigem Zustand. Es war klar, daß nach dem Einbau von Elektronik und Energiepack das Gerät mit einer organometallischen Hülle und einem Schaft mit Griff versehen würde. »Was wird das, wenn ich fragen darf?«

»Nun, ich wollte es zwar nicht verraten, bevor es ganz fertig ist, aber ich wüßte keinen Grund, weshalb Sie es nicht wissen sollten. Es ist nichts aufregendes. Der Computer hat es nach meinen Angaben konstruiert. Sie können sich, wenn Sie wollen, das Programm ansehen. Ich setze einen Prototyp zusammen, um zu überprüfen, wie die Hardware sich in der Praxis verhält. Es ist ein auf kurze Distanz wirksamer, Funkimpulse aussendender Neutralisator für einfache kybernetische Systeme – zum Beispiel für Türen, Schlösser, Kühlventilatoren, Gasfilter, Transportbänder.«

»Sie wollen die Kontrolle über sie haben? Warum?« fragte sie verwirrt.

Er lachte. »Nicht ich! Aber die Station –« Er legte einen Punktkatalysator beiseite, drehte sich zu ihr um und redete mit ernster Stimme weiter. »Das Schwarze Loch hat einige Überraschungen für uns bereit gehalten. Diese haben uns mehrere Sonden, ein Boot und zwei Menschenleben gekostet. Was kommt als nächstes? Was könnte es in der Station bei diesem engen Orbit außer Betrieb setzen? Ein kleines, aber wichtiges Teil könnte plötzlich verrückt spielen oder seine Funktion einstellen. So etwas wie blockiertes Durchflußtor, vielleicht. Unter ungünstigen Umständen könnte das ein Desaster auslösen.«

Sie runzelte skeptisch die Stirn. »Die Station ist für Homöostasie und Selbstreparatur hinreichend ausgerüstet, wie Sie bestimmt wissen.«

»Ja, ja. Aber was schadet es, wenn man für ein zusätzliches Sicherheitssystem sorgt? Wenn sich dieses Ding als praktisch erweist, können wir die Pläne rübersenden und die Maschinen dort ein paar für die Wartungsroboter produzieren lassen, damit sie sie im Notfall zur Hand haben.«

»Falls es zu einem Notfall kommt.«

»Und außerdem habe ich wieder mal ein wenig Beschäftigung«, fügte er hinzu.

Yu äußerte ihr Mitgefühl. »Da verstehe ich, Al. Ja, machen Sie nur weiter.«

»Es ist nicht überflüssig, jedenfalls nicht ganz. Es könnte sich als praktisch erweisen. Es ist zwar unwahrscheinlich, aber es könnte soweit kommen. Nachdem mir schon mal die Idee gekommen ist, käme ich mir ganz komisch vor, wenn ich sie nicht in die Tat umsetzen würde.«

Sie betrachtete ihn. »Das ist gut.«

Er lächelte.

»Vor allem wenn man bedenkt, daß ich dafür war, sofort nach Hause zurückzukehren, nicht wahr? Nun, da die Entscheidung gegen mich fiel, tue ich mein Bestes für das Schiff und die Mission.« Und beinahe flüsternd fügte er hinzu: »Jeans und Colins Mission.«

Ihre Stimme wurde noch weicher. »Wir haben Sie wohl mißverstanden, Al.«

Er zuckte die Achseln. »Oder vielleicht habe ich mich selbst mißverstanden. Wie dem auch sei, nennen Sie es einfach eine Geste, wenn schon nichts anderes.« Er hielt inne. »Bitte erzählen Sie niemandem etwas davon. Ich möchte es als eine Überraschung präsentieren.«

»Wenn wir alle versammelt sind«, schlug sie vor. »In der Offiziersmesse. Wenn wir ein normales Abendessen in ein Versöhnungsfest verwandeln.«

»Ach, daß ist ein viel zu großartiges Wort dafür.«

»Ich helfe Ihnen, Ihre Überraschung vorzubereiten«, bot sie ihm an.

Das medizinische Zentrum bestand aus einem Büro und, hinter einer Tür, einer Sanitätsstation, die genauso gut ausgerüstet war wie die meisten Krankenhäuser auf der Erde. Mokoena traf Cleland dort an. Er erhob sich.

»Es tut mir leid, daß ich mich verspätet habe, Tim«, sagte sie. »Hanny hat mich erwischt, und ich konnte mich nicht loseisen. Es war zu wichtig. Und zu faszinierend, wenn ich ganz ehrlich bin. Du hast angedeutet, dein Problem wäre nicht allzu dringend.«

»Es ist nicht schlimm. Was war denn so wichtig? Irgend etwas mit den Aliens?«

»Was sonst?« Die Begeisterung war ihr deutlich anzumerken. »Leben auf Quantenebene – sie möchte, daß ich sämtliche Analogien mit organischer Biologie zusammenstelle. Nein, keine Analogien. Entsprechungen? Grundlegende Prinzipien? Oh, Tim, wir befinden uns am Beginn einer Revolution, wie wir sie nicht mehr erlebt haben, seit sie die DNS gefunden haben!«

»Wir können doch nicht für immer hierbleiben«, stöhnte er.

»Nein, nein. Nur lange genug, um –« Sie verstummte und musterte ihn ein wenig eingehender. Er stand gepflegt und sorgfältig gekleidet in seiner typischen lässigen Haltung vor ihr. Doch das Gesicht war ausgezehrt, in seiner rechten Wange nahm sie einen kleinen Tick wahr, und seine Hände zitterten leicht. »Schon gut«, sagte sie. »Setz dich wieder.« Er ließ sich auf seiner Stuhlkante nieder. Sie nahm hinter ihrem Schreibtisch Platz. »Was ist dein Problem, mein Lieber?«

»Ich fühle mich zunehmend schlechter. Angstzustände, Schlaflosigkeit, Alpträume, wenn mir mal die Augen zufallen.«

»Das sieht man. Ich mache mir deinetwegen Sorgen. Außerdem sehe ich ständig, wie du mit Emil zusammen bist. Daran ist nichts Schlimmes, aber du redest kaum noch mit deinen Mitmenschen.«

»Ich komme mir vor wie eingesperrt.«

Sie nickte.

»Ich weiß. Aber sieh mal, Selim Zeyd hat sich mit der Situation abgefunden. Er akzeptiert sie und macht das beste daraus. Al Brent scheint seinem Beispiel zu folgen. Du machst dich selbst fertig. Tim, du solltest mal darüber nachdenken, ob du nicht deine Grundeinstellung ändern solltest.«

»Das ist leichter gesagt als getan.«

»Nun«, sagte sie lebhaft, »du warst immerhin vernünftig genug, zu mir zu kommen, ehe ich dich herbestellte. Ich werde dich heute erst einmal gründlich untersuchen. Wenn deine Leiden psychosomatischer Natur sind, womit ich eigentlich rechne, dann bekommst du ein leichtes Psychomittel. Und außerdem können wir miteinander reden, wann immer du willst.«

Er versuchte, ihrem Blick standzuhalten. »Ich glaube, hm, es wäre schon eine Hilfe, wenn du es den anderen erklären würdest – ich bin nicht unfreundlich oder abweisend, ich bin lediglich kein besonders geselliger Typ.«

»Sich in ein Schneckenhaus zurückzuziehen, ist keine Lösung.«

»Warum nicht? Bis ich wieder den klaren Durchblick habe. Mit Al, zum Beispiel, verstehe ich mich ganz gut.«

»Hm, ja, ihr beiden habt euch eigentlich immer nahe gestanden. Eure Persönlichkeiten ergänzen sich, das wird der Grund sein, oder? Nun, er paßt sich an die herrschende Situation an, vielleicht kann er dir in dieser Hinsicht ein paar Tips geben.« Mokoena erhob sich. »Komm, fangen wir mit der Untersuchung an.«

Auf diese Art und Weise fand Cleland den Vorwand, den er brauchte, um in der Messe und bei anderen Zusammenkünften zu fehlen, wann immer er es für nötig hielt, Gespräche zu meiden und Fragen auszuweichen und vorwiegend die Gesellschaft von Brent oder einem Tahirianer zu suchen, ohne Mißtrauen zu wecken.

Nacht. Stille in leeren Korridoren.

Brent stand mit Ivan, Leo und Peter vor dem Waffenschrank.

Sein Gerät entriegelte die Tür. Sie glitt beiseite, ohne daß der Alarm ertönte. Licht fiel auf die aufgereihten, dunkel glänzenden Läufe. Munitionskästen und Energiepacks füllten die Regalfächer wie sprungbereite Raubtiere.

Seine Gefährten waren angespannt. Ein Geruch der Angst wehte von ihnen herüber. »(Das ist nichts für uns)«, schrieb Ivan.

»(Sie sollten eigentlich für niemanden sein)«, sagte Brent. »(Ich habe euch erklärt, daß wir die Waffen für den Fall einer unvorhergesehenen Gefahr mitgebracht haben. Atomraketen für das Schiff; Handfeuerwaffen gegen wilde Tiere oder etwas ähnliches. Wir müssen darauf achten, daß sie nicht gegen vernunftbegabte Wesen eingesetzt werden.)«

Peters Mähne sträubte sich. »(Könnten sie das denn?)«

»(Ja.)«

»(Wie grundsätzlich gewaltbereit und irrational ist Ihre Rasse eigentlich?)«

»(Einige von uns sind es, andere nicht. Bei den meisten hängt es von den Umständen ab und davon, wie sie aufgewachsen sind. Früher wurde auf Tahir auch Blut vergossen)« – obgleich niemals in dem Maße wie es auf der Erde immer wieder geschah. »(Und jetzt laßt uns anfangen. Leise, aber schnell.«

Brent trat in den Schrank und reichte die Waffen hinaus. Seine Finger strichen liebkosend über die ersten Gewehre. Die Tahirianer luden sie auf einen Karren.

Nachdem er die Tür geschlossen hatte, wollte er sie zu der Fähre bringen, die draußen angedockt war, und wo sie ihre Beute verstecken würden. Am Morgen würden die Tahirianer durchführen, was sie mit Nansen abgesprochen hatten, nämlich zum Rumpf überwechseln.

Angeblich geschähe es, damit sie dort eigenes biotechnisches Gerät aufnahmen, das dort bereitlag, nachdem sie beschlossen hatten, Experimente mit terrestrischen Bakterien durchzuführen, und zwar einerseits aus rein wissenschaftlichen Gründen, und andererseits, um die Zeit totzuschlagen. Sie würden das Zeug tatsächlich wieder zurückbringen. Aber vorher würden sie die Waffen in ein Versteck gebracht haben, das Brent ihnen an einem der Bildschirme gezeigt hatte.

Es war vermutlich unnötig, aber ein guter Stratege sollte auf alle Eventualitäten vorbereitet sein, die er sich vorstellen konnte. Der Zeitpunkt könnte eintreten, an dem er froh wäre, daß die Tahirianer ebenfalls keinen Zugang zum Waffenarsenal hatten.

Sie sahen ihn aus dem nun leeren Gewehrschrank herauskommen. Bei sich hatte er eine geladene Maschinenpistole mit Zwillingslauf und je eine Schachtel Munition, um einen Gegner kampfunfähig zu machen oder zu töten. »(Wofür brauchen Sie die denn?)« wollte Ivan wissen.

»(Um auf Nummer sicher zu gehen,)« antwortete Brent und verstaute alles unter seinem Mantel.

Er war sicher, daß er der einzige war, der über eine Schußwaffe verfügte.

Auf die Nacht folgte der Tag und darauf der Abend.

Cleland führte Emil und Simon zum tahirianischen Teil des Sternenschiffs. Er hatte sie lange vorher angesprochen und sie gebeten, sich mit ihm um diese Zeit zu treffen.

Er würde sie zu ihren Gefährten begleiten, wie er sagte, und sich als menschlicher Repräsentant anbieten, während die neuen Argumente für einen Abbruch der Mission vorgebracht wurden.

Es war geradezu lächerlich einfach, die Tahirianer zu täuschen. Sie hatten kaum eine Vorstellung von vorsätzlicher Unehrlichkeit. Und sie konnten keinerlei Nuancen des menschlichen Ausdrucks, der Intonation und der Körpersprache entschlüsseln und verstehen, sondern nur die absolut stereotypen Einstellungen und das nackte Cambiant.

Ivan, Leo und Peter umringten sie sofort. Cleland hielt sich bereit für den Fall, daß sie sich sträubten. Es durchfuhr ihn mit Donnerhall: er war nicht mehr untätig, er war kein Opfer mehr, nein, jetzt nahm er das Heft in die Hand und handelte.

Weiches Licht fiel auf weißes Tischleinen, funkelndes Geschirr und Besteck. Gelb, blauviolett und purpur waren die beherrschenden Farben eines Arrangements aus Chrysanthemen in der Mitte der Tafel. Die Blumen stammten aus einem der Gärten. Flaschen waren bereits geöffnet, damit der Wein in ihnen atmen konnte. Er wurde zu dem Braten gereicht, dessen appetitlicher Duft aus der Küche drang – synthetisch, von den Nanos hergestellt, aber mit dem Original absolut identisch, und kein Lebewesen hatte dafür sterben müssen. Nansen war an der Reihe, die Hintergrundmusik auszuwählen, und er entschied sich für Vivaldis ›Konzert in G-Dur‹.

Um diese Uhrzeit spürte der Kapitän, daß seine Unbeschwertheit nicht aufgesetzt war. Seit der phantastischen Nachricht von Intelligenz auf Quantenebene herrschte allgemeine Hochstimmung. Jedenfalls bei den meisten.

Sein Blick wanderte die Tafel hinunter. Kein Gewand entsprach der formellen Eleganz seiner blauen Ausgehuniform, aber alle waren sorgfältig gekleidet.

Zu seiner Rechten unterhielt Ruszek sich angeregt mit Mokoena, neben der Zeyd seinen Platz hatte – nicht gerade fröhlich, doch es war immerhin schon mehr, als ihr Partner seit einigen Tageszyklen getan hatte. Zu seiner Linken strahlten Yu und Sundaram wie immer ihr stilles Glück aus. Er wünschte sich, daß Dayan, die hinter ihnen saß, an seiner Seite wäre. Sie hatte ihre eigene Niedergeschlagenheit abgeschüttelt und sprach bei jeder sich bietenden Gelegenheit über die stattfindenden Untersuchungen und über alles andere, was ihr in den Sinn kam.

Vielleicht würden sie und Ruszek ihr Verhältnis flicken, vielleicht aber auch nicht. Nansen hatte keine Ahnung, was bei ihnen schiefgelaufen war und hatte Hemmungen, nachzuforschen. Wichtig war in diesem Moment nur, daß sie wieder zu sich selbst gefunden hatte und daß Ruszek augenscheinlich auf dem gleichen Weg war.

Allerdings warf er ihr gelegentliche mißtrauische Blicke zu . . .

Leere Stühle. Er hatte angeordnet, daß Kilbirnies Stuhl entfernt wurde. »Wo ist Mr. Brent?« fragte er. »Weiß das jemand?«

»Er teilte mir mit, er hätte etwas, das er uns zeigen wolle«, antwortete Yu. »Er bereitet es sicher vor. Bestimmt erscheint er in ein paar Minuten.«

»Und Mr. Cleland rief mich an und erklärte, er fühle sich unwohl und wolle in seiner Kabine bleiben. Eigentlich schade.« *Aber damit werden wir auch von seiner übellaunigen Anwesenheit verschont,* flüsterte der Teil in Nansen, den er stets im Zaum halten mußte, nämlich seine ständige Rebellion dagegen, immer der Kapitän zu sein und das nach außen zu zeigen.

»Sein Pech«, sagte Ruszek und griff nach einer Flasche. »Schenken wir endlich ein.«

Nansen lächelte ihn an. »So ungeduldig?«

»Durstig, verdammt noch mal.« Der Maat füllte sein Glas, trank mit gierigen Schlucken und meinte dann in gepflegtem Konversationston quer über den Tisch: »Na, Ajit, gibt es heute wieder irgendwelche sensationellen Entdeckungen?«

»Nein, es sei denn sie sind in der Flut eingehender Daten versteckt«, erwiderte Sundaram. »Wir haben gerade unsere eigene nächste Nachricht formuliert.

Kommunikation ist – eine zweispurige Straße, so sagen die Amerikaner doch, nicht wahr? Aber es ist nicht einfach.«

»Wenn es darum geht, unser Leben zu beschreiben – das Leben von Materie –, dann trifft das zu«, fügte Mokoena hinzu. Sie nickte nach rechts. »Wir brauchen dich, Selim, ganz dringend.«

»Und ich, die arme, hilflose Physikerin, strample mich ab, um zu erklären, wie das alles sein kann«, scherzte Dayan. Eine zarte Röte lag auf ihren Wangen.

»Sie werden es schon schaffen«, sagte Nansen.

»Darauf sollten wir trinken.« Ruszek hob sein Glas. Andere folgten seinem Beispiel.

Zeyd, der ein besonders gutes Gehör hatte, schaute zum Eingang. »Schritte«, sagte er. »Al ist da.« Er lachte. »Wunderbar. Ich stehe kurz vor dem Verhungern. Bringt die Suppe.«

Der zweite Ingenieur kam herein. Er trug einen Gegenstand, der aussah, wie ein kleines, klobiges Gewehr. Und – Nansen kniff die Augen zusammen – war das da an seiner Hüfte etwa eine Pistole?

Schon vom Eingang aus zielte Brent mit dem Apparat. Ein Summen ertönte. Die Tür, die die einzige Verbindung zu Offiziersmesse, Küche und dem Sanitärkomplex darstellte, schloß sich.

Nansen sprang auf. »Öffnen!« rief er. Er wußte jedoch, daß sie nicht reagieren würde und daß die manuelle Kontrolle gesperrt war.

Ruszek stieß einen heiseren Schrei aus. Sein Stuhl fiel polternd um. Er stürmte mit der Schulter voraus los. Dumpf hallte der Aufprall. Er taumelte zurück, bleich, und sackte zu Boden.

»Das war unklug«, sagte Nansen emotionslos. »Sie

haben sich nur einen Bluterguß eingehandelt, wenn nicht sogar das Schultergelenk ausgekugelt. Dr. Mokoena, kümmern Sie sich um ihn. Alle anderen verhalten sich ruhig. Warten wir ab, bis wir wissen, was das zu bedeuten hat.«

39

Mit Helm, Handschuhen und Schürze ging Brent zur Tür der Offiziersmesse. Er richtete einen großen Ionenschweißer darauf. Eine blau-weiße Flamme zischte hinaus. Cleland schloß die Augen zum Schutz vor dem aktinischen Leuchten. Brent strich mit dem Feuer am rechten Türrand entlang, dann am linken. Funken sprühten. Metall glühte, gab nach, bildete dicke Rinnsale und erstarrte wieder. »So«, sagte er nach ein paar Minuten. »Ganz gleich, wie sie es schaffen, das Schloß zu überlisten, sie kommen hier ohne meine Erlaubnis nicht mehr raus.«

Er bündelte den Feuerstrahl schärfer, und er drang glatt hindurch. In etwa einhundertachtzig Zentimetern Höhe schnitt er ein Rechteck von etwa neunzig Zentimetern Breite und fünfzehn Zentimetern Höhe in die Tür. Als das Rechteck fast vollendet war, griff er mit einem isolierten Handschuh zu, packte eine Schnittkante und bog die Platte zu sich herüber. Das Stück fiel polternd auf seiner Türseite auf den Boden.

Nachdem er den Schweißer beiseite gelegt und seine Schutzkleidung – Schürze, Helm und Handschuhe – ausgezogen hatte, näherte er sich der Öffnung. Die Ränder waren immer noch glühend heiß, aber nicht mehr geschmolzen. »Na schön«, sagte er. »Sie können herkommen und reden. Achten Sie nur darauf, nichts anzufassen, ehe alles abgekühlt ist.« Er hatte den Gefangenen per Interkom mitgeteilt, was er vorhatte.

Nansens Gesicht erschien, kalt und starr wie eine Winterlandschaft. Ruszek stand mürrisch neben ihm.

Die anderen drängten sich ebenfalls heran. »Nun gut, Mr. Brent«, schnappte der Kapitän. »Würden Sie mir erklären, was das zu bedeuten hat?«

Brent erwiderte seinen Blick.

»Das wissen Sie doch«, entgegnete er. »Ich habe das Kommando übernommen. Wir kehren nach Hause zurück.«

»Sind Sie verrückt?« Nansens Blick wanderte weiter zu Cleland, der schräg hinter dem zweiten Ingenieur stand. »Sind *Sie* verrückt?«

Der Planetologe ballte die Fäuste. Sein Mund zuckte.

»*Sie* sind es«, stellte Brent fest. »Sie, der große Ricardo Iriarte Nansen Aguilar, monomanisch, megalomanisch, egomanisch.« Seine Stimme wurde weicher. »Hanny, Mam. Wenji, Ajit, Lajos, wir handeln in eurem Interesse. In eurem und dem der Menschheit.« Seine Stimme wurde hart. »Er hätte uns Jahr für verdammtes Jahr in diesem Orbit kreisen lassen, bis das Schwarze Loch uns auf die ein oder andere Art vernichtet hätte. Und das hätte es getan, dieses schreckliche Ding. Jeans Tod war für uns eine Warnung. Aber nein, Ricardo Nansen wollte es nicht wahrhaben. Wir wären untergegangen, und alles, was wir errungen haben, jeder Schatz an Wissen und Macht, den wir unserer Rasse hätten mitbringen können, damit sie weiterhin die Sternfahrt betreibt, all das wäre mit uns gestorben. Aus keinem anderen Grund als dem, der Eitelkeit dieses Mannes zu schmeicheln.«

»Und deshalb hast du uns hier drin eingesperrt«, knurrte Ruszek. »Du hinterhältiges Kameradenschwein, laß mich raus, und du kriegst von mir, was du verdienst!«

Nansen hob eine Hand. »Still, Lajos.« Die Nennung des Vornamens unterstrich den Befehl.

Yu rief an ihm vorbei: »Ihr habt euch verschworen. Ihr beide. Ihr habt uns verraten.«

»Das mußten wir!« brüllte Cleland.

»Ihr habt euer Schiff und eure Schiffskameraden betrogen.«

Cleland wich zurück.

Brent drehte sich um und packte seine Schulter. »Ganz ruhig, Tim. Sie schimpfen nur. Wir hatten das doch erwartet.«

Sundaram sagte kühl: »Sie übersehen die Tatsache, daß die meisten von uns hierbleiben wollen.«

»Mittlerweile sogar alle, die hier drin sind«, sagte Mokoena.

Nansen bedeutete ihr mit einer Geste zu schweigen. »Und was ist mit den Tahirianern?« fragte er.

»Sie haben ihre eigenen Pläne«, erwiderte Brent. »Wir bringen sie wie versprochen nach Hause. Dann nehmen wir Kurs auf Sol.«

»Glaubt ihr zwei Scheißköpfe im Ernst, daß ihr das Schiff alleine steuern könnt?« brüllte Ruszek.

»Das Schiff kann es ganz alleine«, entgegnete Brent. »Die Besatzung braucht ihm nur mitzuteilen, wohin und wie schnell es fliegen soll. Ich werde mich noch ausführlich damit befassen, ehe wir den Orbit verlassen, aber eins weiß ich jetzt schon, wenn die Manöver einfach und direkt bleiben –zurück zur Sonne Tahirs, zurück zu Sol –, dann wird die *Envoy* es schaffen.«

Ruszek verzog spöttisch das Gesicht. »Und wie wollt ihr auf dem Planeten landen? Auf dem Arsch vielleicht?«

»Wahrscheinlich brauchen wir das Boot gar nicht«,

sagte Brent gelassen. »Ein tahirianisches Raumschiff kommt uns in ihrem System entgegen. Was im Sol-System geschieht, werden wir sehen, wenn wir dort ankommen. Aber dann haben wir ein Reisejahr hinter uns, in dem wir uns mit dem Boot haben vertraut machen und mit Virtualen und Testflügen haben üben können. Es ist schließlich vorwiegend robotgesteuert. Ein Boot zu lenken ist nicht allzu schwierig, wenn man nichts Gefährliches versucht.« Ein Seitenhieb: »Wie das, was Sie von Jean verlangt haben, Nansen.«

»Bitte«, bat Cleland. »Wir wollen eure Freunde sein. Wir sind eure Freunde.«

Ruszek spuckte ihn durch den offenen Schlitz in der Tür an.

»Lajos, nein«, sagte Nansen. Er gab dem Maat einen leichten Stoß, auf den er sofort reagierte, indem er beiseite trat. »Welche Pläne haben Sie mit uns?« fragte Nansen.

»Das hängst allein von Ihnen ab«, erwiderte Brent. »Von jedem von euch. Hört zu. Ihr habt einen Waschraum, eine Toilette und eine Küche da drin. Ich habe diese Öffnung in der Tür geschaffen, damit Serviceroboter euch Lebensmittel, Medizin und was ihr sonst noch braucht, bringen können. Daß ihr keine Betten habt, tut mir aufrichtig leid, aber ihr erhaltet sich selbst entfaltende Matratzen. Eure schmutzigen Sachen könnte ihr rauswerfen, und sie werden gereinigt zurückgebracht. Ihr habt außerdem je einen Bildschirm zur Unterhaltung, für die Bildung, für die Datenbanken des Schiffs, die gesamte Kultur der Erde – die wir bereichern und zu einem neuen Höhepunkt führen werden.«

Zeyd trat an den Schlitz.

»Ihr meint jeden von uns, nicht wahr?«

»Das ist eure Wahl«, sagte Brent. »Ihr könnt als Gefangene nach Hause zurückkehren, um vor Gericht gestellt zu werden, oder frei und als Helden.«

»Vor Gericht?« rief Yu von hinten. »Wie kommt ihr darauf, daß –«

»Moment, bitte, Wenji«, sagte Zeyd. »Kapitän Brent, wenn ich Ihnen diesen Titel verleihen darf, ich würde gerne mehr erfahren, unter vier Augen. Wie Sie wissen, habe ich selbst mir ja immer eine möglichst frühe Heimkehr gewünscht.«

Brent lachte laut. »Ein netter Versuch, Selim. Aber ich habe mitbekommen, wie Sie Ihre Meinung änderten, als die Neuigkeiten eingingen.« Lauter: »Die Neuigkeiten aus der Hölle. Eher würde ich« – seine Stimme wurde wärmer – »dir trauen, Lajos. Du bist ehrlich. Und du hast jede Minute hier gehaßt. Du sehnst dich nach der Erde, nach blauem Himmel, grünem Gras, Frauen, Kindern, nach Freiheit. Denk mal daran, Lajos.«

»Es tut mir leid, schrecklich leid.« Tränen traten in Clelands Augen.

»Dann kehren Sie um«, sagte Nansen.

»Das reicht jetzt«, schnitt Brent ihm das Wort ab. »Die Serviceroboter bringen euch Matratzen, sammeln und entsorgen eure Abfälle und teilen mir eure Wünsche mit. Die Mahlzeiten werden zu den üblichen Zeiten gebracht. Oder auch nur die Lebensmittel, wenn ihr es vorzieht, selbst zu kochen. Verhaltet euch ruhig und denkt nach.«

Dayan kam heran. »Tim«, sagte sie, »wir haben dich für anständiger gehalten.«

»Es geschieht doch wegen dir!« rief Cleland.

»Das reicht jetzt«, wiederholte Brent. »Hör nicht auf sie, Tim.« Und zu den anderen meinte er: »Ich werde täglich oder auch noch öfter nach euch sehen, und ich bin bereit, mich mit euch übers Interkom zu unterhalten, wenn ihr dieses Privileg nicht überstrapaziert. Zu vernünftigen Zeiten und auf anständige Art und Weise, okay? Schiffskameraden, denkt mal daran, wie dieser einzelne Mann, Nansen, diese Situation herbeigeführt hat. Denkt darüber nach. Gute Nacht.«

Er wandte sich zum Gehen. Cleland zögerte. »Komm jetzt«, befahl Brent. »Nimm das Schweißgerät und dieses Stück Schrott mit und komm.«

Er schritt den Korridor hinunter. Cleland schlurfte hinter ihm her.

Nansen versammelte seine Leute um den Tisch.

»Zuerst einmal«, erinnerte er sie, »müssen wir uns unter Kontrolle halten. Zorn und Angst schwächen uns nur, ohne eine Spur an diesen Wänden zu hinterlassen.«

»Was können wir tun?« fragte Sundaram.

Es war, als würden die Wände sich immer weiter zusammenschieben. Die hellen Wandgemälde schienen sie zu verspotten. Die Luft war eisig.

»Vorschläge?« fragte Nansen. »Ingenieurin Yu?«

»Mir fällt nichts ein«, seufzte sie. »Ich denke weiter nach.«

»Vergiß es«, riet Zeyd ihr. »Das ist ein mentales Problem. Können wir irgendwie auf Brent einwirken?«

»Ich glaube nicht«, sagte Mokoena. »Natürlich hatte ich keine Ahnung, daß er so weit gehen würde. Aber meiner Meinung nach wird keiner ihn beeinflussen können, nun da er den ersten Schritt gemacht hat. Er ist absolut entschlossen und hat keine Angst.«

»Ist er labil?« fragte Nansen.

»Eigentlich nicht.« Mokoena war absolut sachlich. Als Ärztin war sie auch Psychologin. *Obgleich viel wichtiger ist, in welcher Weise die Natur sie mit Mitgefühl für ihre Mitmenschen ausgestattet hat,* dachte Nansen. »Auf gewisse Art und Weise ist er verrückt«, fuhr sie fort. »Der Streß hat in ihm sämtliche Hemmungen absterben lassen. Aber er befindet sich in einem emotionalen Ungleichgewicht. Er projiziert seine Eigenschaften auf Sie, Ricardo. Ansonsten ist er durchaus vernünftig. Sein Plan und seine makellose Ausführung beweisen das.«

»Dieser Ehrgeiz, diese Erwartungen, die nennst du vernünftig?« wandte Dayan ein.

»Er geht ein großes Wagnis ein, ja. Das weiß er. Für ihn ist der Preis den Einsatz wert – Macht, Bewunderung, sein Name in großen Lettern im Buch der Geschichte.«

»Wie das denn?«

»Das ist doch ganz offensichtlich, wenn man zurückblickt. Erinnere dich nur, wie oft er davon gesprochen hat, was wir für die Erde tun können, ausgestattet mit der Technologie, die wir aus dem Sternhaufen und von den Tahirianern mitgenommen haben. Sie hat ein enormes militärisches Potential, oder nicht? Aber wir würden wahrscheinlich niemals erlauben, daß sie auf diese Art und Weise genutzt wird. Unterdessen haben wir ihn nach seiner Auffassung hier zur Untätigkeit verdammt, ihn nicht beschäftigt, ihn eingesperrt, während wir sein Leben um den Preis von noch mehr Wissen aufs Spiel gesetzt haben, eines Wissens übrigens, das lediglich von akademischem Interesse ist. Oh, er versteht sehr wohl, daß sich das, was er zur Erde mitbringt, als armselig und belanglos erweisen könnte. Aber tief in seinem Innern akzeptiert er diese Form von Verständnis nicht. Für die Chance, sein Schicksal selbst zu bestimmen, würde er im Augenblick alles und jeden riskieren oder sogar opfern.«

Nansen nickte. »Da klingt einleuchtend. Auf der Erde hat es viele wie ihn gegeben.«

»Verdammt zu viele«, stieß Dayan zwischen den Zähnen hervor.

»Nun«, sagte Zeyd, »wenn wir nicht auf ihn einwirken können, was ist mit den Tahirianern?«

»Zuerst einmal«, erklärte Nansen, »haben wir keinen Parleur. Und Brent hat sie zweifellos unter seinen Einfluß gebracht. Ich wünschte, ich wüßte wie. Armer Emil, armer Simon.«

»Sie sind alle arme Teufel«, sagte Sundaramm.

»Dann eben Tim«, meinte Zeyd. »Wir haben ihn gesehen und gehört. Er ist verwirrt, spürt schon jetzt sein Gewissen. Wir können mit ihm reden.«

»Lockt ihn an den Schlitz«, brummte Ruszek, »und ich greife hindurch und packe ihn an der Gurgel.«

»Damit kriegen wir die Tür nicht auf«, sagte Nansen.

»Brent würde sowieso nicht aufgeben«, fügte Dayan hinzu. »Wenn wir aufsässig werden, kann er uns regelrecht aushungern, bis wir klein beigeben. Meine Leute haben vor langer Zeit erfahren müssen, wie das funktioniert.«

»Argh!« Ruszeks Faust knallte auf den Tisch.

»Lajos, nein«, warnte Sundaram.

Ruszek schaute den Linguisten an, als bäte er ihn um irgend etwas.

»Diese lädierte Schulter tut ziemlich weh, nicht wahr?« fuhr Sundaram fort. »Wenn die anderen es gestatten, dann sollten du und ich, denke ich, uns mal für einige Zeit in die Küche zurückziehen.«

Nachdem die Tür sich hinter den beiden Männern geschlossen hatte, hörten ihre Kameraden den leisen Klang eines Mantra.

»Wir alle brauchen inneren Frieden«, sagte Nansen. »Morgen fangen wir an, uns zu organisieren. Zum einen richten wir ein Übungsprogramm ein. Jetzt aber sollten wir uns erst einmal ausruhen.«

Sie hatten nicht daran gedacht, um Kleidung für die Nacht und zum Wechseln, um Handtücher, Zahnbürsten oder andere Dinge zu bitten. Allerdings hatte jetzt auch niemand Lust, diese Bitte vorzubringen. Wenn es am nächsten Tag geschähe, wäre das früh genug. Auf dem Fußboden der Offiziersmesse blieb nur wenig freier Platz übrig, nachdem die Matratzen darauf ausgebreitet worden waren. Bei gelöschter Beleuchtung, obgleich durch das Loch in der Tür weiter heller Lichtschein hereindrang, legten die Gefangenen sich hin und bemühten sich, Ruhe und Entspannung zu finden.

Nansen hörte Dayan rechts neben sich atmen. Er betrachtete sie verstohlen. Ihre Augen waren geschlossen, ihre Miene ruhig und entspannt unter ihrer losen roten Haarflut, doch er fragte sich, ob sie wirklich schlief. Er selbst, obgleich todmüde, den Kopf voller sorgenvoller Gedanken, bekam kein Auge zu. Dies war seine Mannschaft, waren die Menschen, die ihr ganzes Vertrauen in ihn setzten, wie könnte er ihnen helfen, in dieser Situation durchzuhalten? Wie sie so erhalten, wie sie waren? Wenn man derart eingesperrt und zusammengepfercht war, schlug sich das aufs Gemüt nieder, und es entstanden Emotionen wie Wut, Neid, Selbstsucht, zum Schluß sogar Haß ... Was geschähe mit denen, die einander liebten? Und was mit denen, die keinen Partner hatten ... Wenn sie ihre Heiterkeit behielt, könnte Mokoena sicher für ein wenig Spaß und Abwechslung sorgen. Sundarams Ruhe und Ernsthaftigkeit war außer Ruszek vielleicht auch noch anderen eine Hilfe. Da sie über einen Bildschirm verfügten, könnten sie sich weiterbilden, voneinander lernen ... Aber sie würden dabei ständig an Flucht denken ... Er mußte schlafen, denn er mußte stets wachsam und im Vollbesitz seiner geistigen Kräfte sein. Das war seine Pflicht.

Die Serviceroboter hatten einen Tisch im Gemeinschaftsraum gedeckt. Bis eine weitere Küche eingerichtet war, mußten die Mahlzeiten in der Reserveküche der kardanisch aufgehängten Flugdecks zubereitet werden. Entsprechend einfallslos und fade war die Auswahl. Die Nanotechnik brachte erstklassige Grundstoffe hervor, kochte sie jedoch nicht. Allerdings waren die Sieger keine Feinschmecker, und erstklassiger Champagner war weiterhin im Überfluß vorhanden.

In dieser Stunde des Triumphs, am Abend nach dem Coup, standen zwei Flaschen in ihren Kühlbehältern vor Brent. Beethovens ›Eroica‹ drang aus den Lautsprechern, während auf dem Bildschirm im Takt zur Musik ein abstraktes Farbenspiel pulsierte. Ein leichter Ozongeruch lag in der Luft, als wäre ein Gewitter im Anzug.

Cleland kam hereingeschlurft. Brent, der in seiner Uniform einen adretten, makellosen Anblick bot, bedachte ihn mit einem ungehaltenen Blick. Dar Planetologe war ungekämmt, seine Kleidung war zerknautscht und nicht sehr sauber. Ein säuerlicher Schweißgeruch umgab ihn.

»Achtung!« bellte Brent.

Cleland blieb stehen.

»Wie bitte?«

»Du wirst schon wieder schlampig. Das geht nicht. Wir beide befinden uns auf der wichtigsten Expediten, die je unternommen wurde, und müssen neun Gefangene und ein Sternenschiff heil nach Hause bringen. Ohne Disziplin können wir nicht überleben. Und allgemeine Disziplin beginnt immer mit Selbstdisziplin.«

»Tut mir leid«, murmelte Cleland.

»Und schlag nicht immer diesen mürrischen Ton an. Nansen hatte ganz recht mit seiner Bemerkung, man müsse stets auf Formen, Rang und Respekt achten. Ich bin dein Kapitän, Cleland.«

»Ja, . . . Sir.«

Brent entspannte sich ein wenig. »Okay, das reicht. Das waren ein paar grundsätzliche Worte zur Lage. Wir müssen uns erst an die neue Situation gewöhnen. Du brauchst jetzt nicht sofort zurückzugehen und dich herzurichten.« Er lächelte. »Wir tun so, als wäre es geschehen. Setz dich, feiere und trink mit mir auf unsere Zukunft.«

Cleland gehorchte, füllte ein Glas, stieß mit Brent an und trank ohne große Begeisterung.

»Was hast du heute eigentlich alles gemacht?« erkundigte Brent sich.

»Ich bin herumgewandert«, antwortete Clewland dumpf. »Ich habe versucht, mich auszuruhen. Hab versucht nachzudenken. Ich habe keine Minute geschlafen, nachdem wir sie ... eingesperrt haben.«

Brent musterte ihn stirnrunzelnd. »Ich glaube, ich muß dir irgendeine Arznei geben.«

Cleland starrte ihn an. »Können Sie denn entscheiden, was?«

»Ich kann mich in der medizinischen Datenbank informieren und ein medizinisches Computerprogramm zu Rate ziehen wie jedes andere«, erwiderte Brent ernst. »Ich habe angefangen, mir Pläne, Instruktionen und die Logbücher des Kapitäns und des Chefingenieurs anzusehen. Das solltest du auch tun. Morgen fängst du damit an. Ich werde dir bestimmte Aufgaben zuweisen. Ja, das Schiff kann ausschließlich im Roboterbetrieb laufen, wenn unterwegs keine unvorhergesehenen Ereignisse eintreten. Auf solche müssen wir vorbereitet sein. Du mußt dich daher schnellstens in Form bringen.«

Ein Serviceroboter kam mit einem Tablett herein. Er stellte die Schüsseln zwischen die Gedecke und rollte wieder hinaus. Die Männer bedienten sich. Brent schob sich ein großes Stück Schweinelende in den Mund. Cleland stocherte in seinem Gemüse herum.

»Iß, Mann«, forderte Brent ihn auf. »Du mußt bei Kräften bleiben. Du wirst sie brauchen, und auch dein Gehirn muß funktionsfähig sein.«

Cleland trank einen Schluck, ehe er einen weiteren Bissen nahm. Brent lauschte der Musik. Nach einer Weile sagte Cleland: »Hm, ich war bei den Tahirianern. Um zu sehen, wie es ihnen geht. Sie sind nicht sehr glücklich.«

»Damit hatte ich gerechnet«, erwiderte Brent. »Diese ganze Geschichte geht ihnen völlig gegen den Strich. Aber das läßt sich nun mal nicht ändern, und unseren drei Verbündeten ist das durchaus klar. Aber je eher wir sie auf ihren Planeten zurückbringen, desto besser für uns. Das gilt auch für unsere eigenen Gefangenen.«

Clelands Gabel fiel klirrend auf seinen Teller. »Was?«

»Noch habe ich mich nicht entschieden«, schränkte Brent ein. »Aber sie sind gefährlich. Clever, zäh und wütend. Ich gehe jede Wette ein, daß sie im Laufe eines Jahres versuchen werden, uns auf irgendeine Art und Weise auszutricksen.«

Cleland mußte zweimal schlucken, ehe er ein Wort herausbekam. »Was ... haben ... Sie vor?«

Brent zuckte die Achseln. »Was würdest du tun? Sie eingesperrt lassen, nach Tahir fliegen und anschließend zur Erde? Das sind mindestens vierzehn Monate. Nicht besonders human, oder? Und, wie ich schon sagte, ganz bestimmt gefährlich.«

»Sie haben versprochen – Wir können auf keinen Fall –«

Brent nickte. »Zwischen hier und Tahir können wir es vielleicht tun, denke ich, allerdings sollten wir uns vorher unsere Argumente zurechtlegen. Aber angenommen, sie, oder auch nur ein Teil von ihnen, stimmen uns zu, wie können wir sicher sein, daß sie sich nicht bei der erstbesten Gelegenheit, die sich ihnen bietet, sobald sie draußen sind, gegen uns wenden?«

»Wenn wir sie immer nur alleine oder zu zweit

rauslassen und bewachen. Wir können für sie eine Öffnung schaffen, die wir wieder verschließen, sobald sie wieder drin sind.«

»Riskant. Und wie sollen wir uns ausruhen, wenn wir sie jeden Minute des Tageszyklus bewachen müssen? Nein, ich habe die Idee, und die werde ich wohl auch umsetzen, daß die Tahirianer sie übernehmen, wenn wir dort ankommen. Sie werden es ganz sicher tun, wenn wir ihnen unsere Situation überzeugend schildern. Sie können die Mannschaft an irgendeinem abgeschiedenen Ort, auf einer Insel zum Beispiel, absetzen und sie sich selbst überlassen.«

Cleland verschlug es den Atem. »Was?«

»Sie sind okay. Die Tahirianer sind kein grausames Volk. Sie werden für sie terranische Nahrung künstlich herstellen und so weiter. Ihre Wissenschaftler werden sicherlich ein interessantes Betätigungsfeld finden. Aber ich denke, daß sie die Menschen ansonsten absolut in Ruhe lassen – damit sie nicht ihren störenden Einfluß geltend machen –, bis alle friedlich alt geworden sind.«

»Nein –«

»Wegen Kindern brauchen Sie sich nicht den Kopf zu zerbrechen. Wir werden keine Sperma-Immunitäten aufheben.«

»Aber das hier ist ihr Schiff!« rief Cleland.

»Nein«, dröhnte Brents Stimme. »Es gehört der Menschheit und befindet sich unter meinem Kommando. Sie mit zurückzunehmen, hätte unnötige zusätzliche Komplikationen zur Folge. Unsere Lage ist auch so schon schwierig genug.«

Cleland erschauerte. »Ohne Zeugen gegen uns.«

»Zeugen, die bestenfalls die Wahrheit mißverstehen, schlimmstenfalls lügen werden und sogar bereit wären, einen Meineid zu leisten – aus Rache. Das können wir nicht dulden. Das wäre ein Verrat an allem, was wir für die Zukunft tun.«

»Verrat –«

»Iß endlich!« rief Brent aufgeräumt. »Und trink!«

»Und freu dich?«

»Warum nicht? Weißt du, ich bin offen für jedes Argument. Ich begrüße jede bessere Idee, die du mir anbieten kannst. Nur bitte nicht heute abend. Heute feiern wir. Wir haben gewonnen, wir sind frei, wir kehren nach Hause zurück.«

Zu Clelands Überraschung und später auch zu seiner Freude verstrich die nächste Stunde recht angenehm. Brent ergriff die Initiative. Er versprühte Unbeschwertheit. Die von ihm gesteuerte Konversation reichte von witzig bis ernsthaft. Er sprach über Zeitvertreib und Unterhaltung während der Reise, brachte behutsam seine Vergangenheit zur Sprache, animierte seinen Tischgenossen dazu, einige bisher nicht geäußerte Erinnerungen zum besten zu geben, spekulierte mit erheblicher Phantasie darüber, was sie auf der Erde vorfinden würden und was sie dort erreichen könnten, vermied aber, seine eigene Rolle zu sehr hervorzuheben. Außerdem rezitierte er ganze Passagen aus einer Literatur, die die Menschheit schon Jahrhundert vor dem Start der *Envoy* vergessen hatte. Es war, als versuchte er in Erinnerung zu rufen, was seine Zivilisation und seine Rasse einst besonders ausgezeichnet hatte.

Dabei leerte er ein Glas nach dem anderen. Das gehörte nicht unbedingt zu seinen Gewohnheiten. Nach dem Dessert verlangte er Brandy und mehr

Champagner. Cleland, der nicht wollte, daß er auf seinem Platz vor Erschöpfung einschlief, hielt sich mehr oder weniger zurück.

Wie unter Einfluß von Alkohol gelegentlich üblich, veränderte die Stimmung sich. Beethoven war verklungen. Brent war jetzt bei Shakespeare angekommen.

»-For, as thou urgest justice, be assur'd
Thou shalt have justice, more than thou desir'st.«

Seine Stimme erstarb. Er starrte vor sich hin, an dem anderen Mann vorbei. Seine Hand umschloß das Glas fester. Er schüttete sich den Rest, der sich noch darin befand, in die Kehle. »Gerechtigkeit«, sagte er. »Ja, Nansen, dir wird Gerechtigkeit zuteil werden.«

Was Cleland an innerer Ruhe gefunden hatte, verflog schlagartig. »Was?«

»Ganz simple Gerechtigkeit, indem Nansen ausgesetzt wird. Er soll sein kleines Königreich bekommen. Dort kann er dann über seine kleinen Speichellecker regieren.«

»Hassen Sie ihn ... wirklich so sehr?«

Brent schüttelte den Kopf. »Nein. Oder vielleicht doch. Ich sage dir, ich möchte ihm Gerechtigkeit widerfahren lassen. Er ist ein Tyrann, ein Mörder, eine Gefahr für die gesamte Rasse. Aber hauptsächlich kann er nicht sehen. Er will es nicht. Er ist eine starke Persönlichkeit, genauso wie ich. Das respektiere ich bei ihm ... Haß. Gerechtigkeit. Ja«, sagte Bent langsam, »diese Dayan, dieses Luder, sie verdient viel mehr, als nur ausgesetzt zu werden.«

Clelands Stimme krächzte. »Hanny?«

Brent sah ihn mit brennenden Augen an. »Sie hat mich erniedrigt, diese Schlampe, ganz bewußt, und seitdem spüre ich, wie sie es genießt, oh ja. Oh ja, liebste Hanny«, schnurrte er, »dich erwartet eine interessante Lektion.«

»Was – was –«

»Wenn wir nach Tahir kommen. Die Tahirianer, die die Gefangenen wegbringen, werden ganz bestimmt mitspielen. Sie werden tun, worum ich sie bitte. Sie werden sogar aktiv mithelfen. Denn sie werden davon ausgehen, daß ich mich von ihr nur ganz besonders herzlich verabschieden möchte.«

»Nein, nein«, jammerte Cleland.

Brent grinste. »Und die scharfe kleine Wenji und die heiße Mam, wie ist es mit denen, hm? Möchtest du sie nicht auch mal ausprobieren? Hey? Das wäre auch eine Lektion für die Männer. Gerechtigkeit.«

Cleland saß wie betäubt da.

Bent bemerkte es. »Ach, es war nur so ein Gedanke«, sagte er schnell. »Eine Idee. Wir haben noch eine Menge zu tun und einen weiten Weg vor uns, ehe diese Frage im Raum steht ... Steht«, wiederholte er kichernd. Er füllte sein Glas neu. »Komm jetzt, wir sollten lieber austrinken und schlafen gehen. Wir haben morgen einen harten Tag vor uns.«

»Wenn ... ich überhaupt schlafen kann.«

Brent wurde für einen kurzen Moment nüchtern. »Wenn nicht, dann werde ich dir morgen etwas geben. Vertrau mir. Folge mir, und ich führe dich weiter, als je ein Mensch zuvor gekommen ist.«

Die Nacht ging in den Morgen über. Cleland saß in

seiner abgedunkelten Kabine. Das einzige Licht stammte von dem Bildschirm vor ihm. Er hatte eine Nahsicht vom Schwarzen Loch aufgerufen. Um das Loch und in seiner absoluten Schwärze tobte wirbelndes Feuer.

»Jean, Jean, verzeih mir«, flüsterte er. »Als du zu allem anderen auch noch gestorben bist, da – ich weiß nicht. Ich hatte das Gefühl, als müßte ich auf irgend etwas einschlagen, irgend etwas Schlimmes tun. Und Al war mein Freund, mein letzter Freund unter den Menschen – habe ich jedenfalls geglaubt –«

Er biß sich auf die Unterlippe, bis ein Blutstropfen hervorquoll. »Nein. Jetzt tue ich mir nur noch selbst leid. Schon wieder einmal.«

Luft geriet in Bewegung, ein ferner blecherner Klang ertönte in den Schatten.

»Was soll ich tun, Jean? Was würdest du an meiner Stelle tun?«

Seltsam, wie schnell er Antwort erhielt.

40

Mitten in der Nacht erreichte er die Offiziersmesse. Das gedämpfte Licht dieser Stunde brach sich matt in den Narben auf der Tür. Die offene Wunde in ihr gähnte schwarz.

Cleland legte die Ausrüstung ab, die er bei sich hatte, und näherte sich der Öffnung. Geräusche unruhigen Schlafs, Wärme und Gerüche von drangvoller Enge erreichten ihn.

»Aufwachen«, rief er so leise, daß er gerade noch zu hören war. »Wacht auf, aber seid leise. Ich will euch helfen.«

Rascheln und Murmeln belebte die Dunkelheit. »Leise, leise«, flehte Cleland. Er hörte Nansens leisen Befehl. »Still. Bleibt, wo ihr seid.«

Die Geräusche sanken zu einem Chor angespannter Atemzüge herab.

Das Gesicht des Kapitäns erschien am Schlitz. »Leise«, flüsterte Cleland noch einmal. Nansen nickte ausdruckslos.

Er hörte von Alkohol intensivierte Eindringlichkeit: »Ich – ich werde Sie befreien. Brent ist bewaffnet. Wenn er etwas hört, ehe Sie draußen sind, dann ist es das Ende. Ich habe das Interkom nicht benutzt, weil er es vielleicht mit einem Alarm in seiner Kabine verbunden haben kann.«

»Guter Mann!« lobte Nansen ebenso verschwörerisch. Er streckte eine Hand durch den Schlitz. Cleland ergriff sie eilig und drückte sie. Es war eine hastige, unbeholfene Geste. »Ich hatte gehofft, daß Sie sich als das erweisen, was Sie sind.«

»Jetzt ist keine Zeit für Lobreden. Treten Sie zurück. Und sorgen Sie dafür, daß die anderen ruhig sind.«

Nansen verschwand. Cleland schlüpfte in Schürze und Handschuhe und setzte sich den Schutzhelm auf. Er hob den Ionenschweißer und nahm Maß. Eine Flammenzunge schoß zischend heraus. Funken sprühten. Metall glühte weiß. Cleland führte auf der linken Seite einen Schnitt vom Schlitz fast ganz hinunter bis auf den Boden. Dann führte er die Flamme diagonal zur rechten oberen Ecke und schnitt erneut nach unten.

Brent sprang hinter der Korridorbiegung hervor. Über seinen Pyjama hatte er sich einen Pistolengürtel um den Leib geschnallt. Die Waffe lag in seiner Faust. »Stopp!« brüllte er.

Cleland warf einen kurzen Blick auf das verzerrte Gesicht und arbeitete weiter.

Die Pistole bellte.

Eine Kugel prallte gegen eine Seitenwand und sirrte als Querschläger durch den Korridor. Brent kam im Laufschritt näher, blieb stehen, verengte die Augen zum Schutz vor dem grellen aktinischen Lichtschein zu Schlitzen und zielte.

»Judas«, krächzte er, »du hast wohl nicht damit gerechnet, daß ich einen Monitor präpariert habe, nicht wahr?«

»Nichts wie raus!« brüllte Nansen aus der Offiziersmesse.

Cleland schwenkte die Ionenflamme herum zu dem anderen Mann. Sie reichte nicht bis zu ihm, aber aus dieser Entfernung blendete sie ihn total. Brent feuerte, einmal, zweimal, dreimal. Cleland taumelte. Er ließ die Schweißdüse fallen. Die Flamme erstarb. Er brach zusammen, eine Blutlache breitete sich um ihn herum aus.

Etwas Schweres krachte gegen die Tür. Auf drei Seiten aufgetrennt, in der Mitte geschwächt, mit voller Wucht attackiert, gab der Stahl nach. Wie eine schartige Zunge schoß die herausgetrennte Platte hervor. Nansen und Ruszek stürmten durch die Öffnung, Zeyd direkt hinter ihnen.

Für einen kurzen Moment blieb Brent reglos stehen. Er feuerte zwei weitere Schüsse ab. Immer noch halbblind, schoß er daneben. Ruszek stieß einen Schrei aus und stürzte sich auf ihn. Zeyd wollte ihm zu Hilfe kommen. Brent wirbelte herum und rannte davon.

Da er sich mit der Drehung bewegte und daher weniger wog, brauchte er nur knapp zehn Sekunden, um dort zu verschwinden, wo sich für das Auge der Boden mit der Decke traf.

»Stop!« rief Nansen. »Stop, Lajos, Selim!« Zeyd gehorchte. Ruszek stürmte weiter. Nansen sprintete ebenfalls los, überholte ihn, packte ihn am Hemdzipfel und riß ihn zurück. »Sie rennen in den Tod! Was Sie vorhaben, hat keinen Sinn!«

Der Maat gehorchte.

»Wir müssen ihn erwischen«, keuchte er. »Er hat diese Pistole.«

»Wenn nötig, können ein oder zwei von uns sich später töten lassen«, sagte Nansen. »Aber soweit wollen wir es nicht kommen lassen.«

Sie kehrten zurück. Mokoena blickte auf Clelands ausgestreckte Gestalt. Sie hatte ihm Helm und Schürze abgenommen und sein Hemd hochgerafft. Das Blut hatte sich enorm weit und enorm hell ausgebreitet, ehe der Strom versiegt war. Die anderen drängten sich mit bleichen Gesichtern heran. »Wie geht es ihm?« fragte Nansen.

»Er ist tot«, antwortete Mokoena.

»Wiederbelebung?«

Sie deutete auf ein Loch in der rechten Schläfe und die graue Masse, die aus einer Öffnung genau gegenüber heraussickerte. »Nein.« Sie drückte die Augen in dem nassen, roten Gesicht zu. »Adieu, Tim.« Sie erhob sich.

Nansen schlug ein Kreuzzeichen. Alte Worte drangen über seine Lippen. »Er war einer von uns«, schloß der Kapitän.

Dann, mit stählerner Stimme: »Brent ist frei, bewaffnet und rasend vor Wut. Gott weiß, was er versucht. Vielleicht denkt er sogar daran, das Schiff zu vernichten.«

»*Götterdämmerung*«, flüsterte Dayan.

»Wir sollten ein kurzes Gebet sprechen, während er sich ein Versteck sucht, seine volle Sicht wiedergewinnt und sich überlegt, was er als nächstes unternehmen soll. Danach müssen wir ihn entweder einfangen oder töten. Ist jeder einsatzbereit? Wir können für Tim einstweilen nichts tun. Aber wascht euch am besten erst einmal das Blut ab, damit ihr damit keine Spuren hinterlaßt, und wechselt, wenn nötig, eure Kleider. Dann bewaffnen wir uns.«

Gähnende Leere erwartete sie im Waffenschrank.

»Ich bin ein Narr«, stöhnte Nansen. »Ich hätte wissen müssen, daß er den hier ausgeräumt hat, ehe er seine Aktion begann.«

»Ganz sicher konnte man sich nicht sein«, sagte Dayan. »Wir mußten uns vergewissern.«

»Wohin zum Teufel hat er das Zeug geschleppt?« schnaubte Ruszek.

Nansens Miene wurde nachdenklich. »Er hat die Waffen sicher sorgfältig versteckt. Dieser tahirianische Spaziergang über den Rumpf ... ja-a-a ...«

»Passen etwa jetzt die Tahirianer auf das Arsenal auf?« fragte Zeyd scharf.

»Das bezweifle ich. Dafür sind sie nicht geschaffen, es liegt nicht in ihrer Psyche, und ganz sicher möchte Brent auch nicht, daß sie die Waffen in Reichweite haben. Nein, ich bin fast sicher, daß sie sie für ihn irgendwo im Rumpf versteckt haben. Wir machen einen Abstecher zur Maschinenwerkstatt und nehmen von dort mit, was immer sich als Waffe verwenden läßt.«

»Entschuldigt«, ergriff Sundaram das Wort, »aber könnte Brent nicht mittlerweile rübergehen und sich die Munition holen?«

»*¡Jesús Cristo, sí!*« rief Nansen. »Ich bin wirklich ein Trottel!«

»Du bist ja ein richtiger Stratege und hast es nie gewußt, Liebling«, sagte Yu grinsend zu Sundaram. Gelächter mit einem Hauch von Hysterie drang aus einigen Kehlen.

Nansen gewann seine alte Entschlußkraft zurück. »Das Kommandozentrum muß gesichert werden. Hanny, Lajos, kommen Sie mit mir. Die anderen begeben sich zur Werkstatt. Wenn er dorthin gelangt, kann er jede Menge Unheil anrichten. Mam, Selim, Sie gehen von dort aus weiter zur Kommandozentrale und nehmen alles mit, was sich als Waffe benutzen läßt – Messer, Brecheisen, Rohrschlüssel, was immer sich anbietet. Wenji und Ajit bleiben ähnlich bewaffnet zurück. Halten Sie die Tür geschlossen und verbarrikadieren Sie sie. Wenn er versucht, sich Zutritt zu verschaffen, melden Sie sich über Interkom.«

Sundaram zögerte. »Was ist mit dem Funkraum?« fragte er.

»Den könnte er aus purer Bosheit zerstören. Das wäre schade, aber wir können ihn wieder instand setzen, sobald wir alles sicher im Griff haben. Und jetzt Marsch!«

Der Sichtschirm zeigte Sterne, das winzige, matte Leuchten der Zuwachsscheibe, den eisigen galaktischen Strom. Instrumente und Kontrollen füllten den größten Teil der Wandflächen aus wie Wächter der Dunkelheit. Nansen trat sofort an eine bestimmte Konsole.

»Die Fähren befinden sich immer noch auf beiden Seiten an Ort und Stelle«, las er von den Anzeigeinstrumenten ab. »Hervorragend.« Seine Finger arbeiteten. »Jetzt wird sich keine von ihnen ohne ausdrücklichen Befehl von hier vom Fleck rühren. Wir haben ihn in diesem Rad in die Enge getrieben.«

Er setzte sich hinter die Beobachtungskonsole. Ruszek nahm zu seiner Rechten, Dayan zu seiner Linken Platz. Sie teilten sich die Aufgabe und begannen die inneren Bildschirme abzusuchen. Szene auf Szene erschien vor ihnen, Durchgänge, Räume, Parks und Gärten, deren Blumenpracht plötzlich pathetisch wirkte.

»Seht hier!« rief Dayan.

Die Männer beugten sich zu ihrem Schirm hinüber. Er zeigte einen Blick von oben auf den tahirianischen Turnsaal. Fünf Gestalten waren zwischen den Sportgeräten zu erkennen. Dayan verschob sie in die Mitte des Bildschirms und schaltete die Vergrößerung ein.

Ivan und Leo kauerten in Schlafhaltung auf dem Rasen. Peter war wach und lag da wie eine Sphinx. Emil und Simon schliefen ebenfalls. Stricke verbanden ein Bein jedes Gefangenen mit einer nicht vom Fleck zu bewegenden schweren Maschine. In Reichweite befand sich ein Objekt, bei dem es sich um eine improvisierte Toiletteneinheit handeln mußte. Mikrofone übertrugen Atemgeräusche. Sie unterschieden sich von denen der Menschen, denn die Tahirianer saugten die Luft mittels einer Herz-Lungen-Pumpe durch eine Öffnung unterhalb des Unterkiefers ein und gaben sie geräusch- und geruchlos über das hintere Körperende wieder ab. Mähnen zitterten schwach, Antennen zuckten.

Brauchten alle vernunftbegabten Wesen des Universums einen regelmäßig wiederkehrenden Zustand des Vergessens, der von gelegentlichen Träumen unterbrochen wurde?

»So behandeln sie also ihre Gefangenen«, murmelte Ruszek.

»Rücksichtsvoll, fast freundlich«, sagte Dayan.

»Na ich weiß nicht. Sie auf diese Weise festzubinden –«

»Sie sind nicht an Gefangene gewöhnt. Das war das beste, was ihnen dazu einfiel.«

»Weitersuchen«, befahl Nansen.

Und schließlich: »Keine Spur.«

»Wahrscheinlich hält er sich in einer Kabine auf«,

vermutete Dayan. In den Wohnquartieren gab es keine Überwachungskameras.

»Oder in einem Wandschrank«, knurrte Ruszek. Es hatte keinen Grund gegeben, auch sie mit Überwachungskameras zu versehen.

»Wenn er in seinem Versteck bleibt, werden wir ihn schon aufscheuchen, sobald wir intensiv auf die Suche gehen«, sagte Nansen. »Aber ich fürchte, das wird er nicht tun.«

Mokoena und Zeyd kamen herein. Sie waren mit stählernen Gegenständen beladen, die sie unter lautem Poltern auf den Boden fallen ließen. Die drei kamen zu ihnen. Mokoena hob eine lange Brechstange mit scharfer Kante am Ende auf und wog sie in der Hand. »Kein Assagai«, murmelte sie, »aber das Ding erfüllt seinen Zweck.«

Dayan lächelte düster. »Ein kleiner Lichtblick«, sagte sie und bückte sich, um sich das Gerätesortiment anzusehen.

»Ha!« Ruszek hatte den Ionenschweißer herbei geschleppt, legte ihn jedoch beiseite. Statt dessen ergriff er einen Holzhammer mit kurzem Griff und schwerem Kopf und schwang ihn probeweise hin und her. Sie sahen, wie er zusammenzuckte und zischend einatmete. Er straffte sich und stand unerschütterlich da. Niemand dachte daran, wie sehr seine Schulter, die nun schon das zweite Mal gegen diese Tür geprallt war, schmerzen mußte.

Zeyd verstaute zwei Schraubenzieher in seinem Gürtel und ergriff einen Schraubenschlüssel. Nansen probierte eine einen Meter lange Rute aus der Reparaturwerkstatt aus. Sie war stumpf, aber von einem Fechter geführt, konnte sie genauso tödlich zuschlagen oder –stoßen wie ein Säbel. »Sind alle bereit, Jagd auf Brent machen?« stellte er eine eher rhetorische Frage. »Na schön, Mam, ich möchte eine Frau nur ungern einer Gefahr aussetzen –«

Sie grinste und packte ihre Waffe fester. »Sie können mich mal.«

Für einen kurzen Moment erwiderte er ihr Lächeln. »Sie und Selim suchen das untere Deck ab. Gehen Sie kein Risiko ein. Wenn Sie ihn entdecken, dann versuchen Sie nur ja nicht, ihn zu fangen. Bleiben Sie dran, aber in sicherer Distanz. Achten Sie darauf, daß die Krümmung zwischen Ihnen liegt und er Sie nicht sieht. Oder wenn sie ihn in irgendeinem Raum finden, dann bleiben Sie in der Nähe und halten Wache. Lajos und ich werden Ihnen so schnell wie möglich zu Hilfe kommen. Das gleiche gilt für das obere Deck, das wir übernehmen.«

»Was ist mit mir?« fragte Dayan. Ein Messer funkelte in ihrer Hand.

»Sie müssen hier die Stellung halten und das Ganze zu einem Informationszentrum umfunktionieren. Sie sind dazu am besten qualifiziert. Richten Sie das Interkomsystem so ein, daß jeder Lautsprecher alle ... fünf Minuten eine Nachricht verbreitet. Ein kurze nur. Fordern Sie ihn auf, sich zu ergeben, und versprechen Sie ihm, daß er in diesem Fall mit dem Leben davonkommen wird. Er kann unbewaffnet – nackt, um genau zu sein – den Gemeinschaftsraum aufsuchen und dort auf uns warten.«

»Meinen Sie wirklich, daß er daraufhin seine Absichten ändert?« fragte Ruszek spöttisch.

»Nein, aber wir sind verpflichtet, es so zu versuchen.«

»Nun, das wird ihn nur noch rasender machen«, meinte Ruszek gleichgültig.

Nansen fuhr fort, Dayan zu instruieren: »Kämmen Sie das Schiff mit Hilfe der Monitore systematisch durch. Wir vier melden uns bei ihnen, wann immer wir ein Interkom erreichen, und Sie halten uns auf dem laufenden.«

»Ich bin eine Soldatentochter«, protestierte sie. »Lassen Sie mich mit auf die Jagd gehen.«

»Soldaten bleiben da, wo sie am nötigsten gebraucht werden. Brent wird wissen, wie abhängig wir von dieser Informationszentrale sind. Vielleicht greift er an und schießt sogar durch die Tür. Falls das geschieht, gehen Sie bloß in Deckung. Und wenn er es schaffen sollte, einzudringen, dann wehren Sie sich mit dem Schweißgerät. Aber ich hoffe, daß wir dann Ihren Ruf schon gehört haben und hier erscheinen.«

Sie gab ihre rebellische Haltung schlagartig auf. »Gott schütze Sie«, sagte sie, und ihre Stimme klang gar nicht mehr so mutig und entschlossen.

Für Notfälle hatte der Kapitän einen Generalschlüssel, der jedes Verriegelungsprogramm an Bord außer Kraft setzen konnte. Er ging in Deckung, als eine Tür aufglitt. Vorsichtig lugte er um die Kante. Sundarams Kabine lag leer vor ihm. Dayans letzte vergebliche Bitte verlor sich in Schweigen.

»Das ist nicht gut«, beschwerte Ruszek sich. »Er würde sich niemals selbst in eine solche Falle begeben. Er ist im unteren Deck, in diesem Labyrinth aus Lagerräumen, Parks und allem möglichen, und schleicht dort herum wie eine Ratte. Hanny wird ihn, wenn überhaupt, nur durch Zufall zu sehen kriegen. Wir sollten auch dorthin gehen.«

»Ich bin mir nicht so sicher«, widersprach Nansen. »Was könnte er denn glauben, da unten erreichen zu können? Nicht daß man von ihm im Augenblick so etwas wie einen normalen, vernünftigen Gedanken erwarten könnte.«

»Wenn er überhaupt jemals hundertprozentig normal war, dieser Mörder.«

»Interkom-Check.« Nansen betrat die Kabine und berührte die Schaltfläche. »Hanny?«

»Ich habe ihn!« schrillte Hannys Stimme aus dem Lautsprecher. »Am Schrank Nummer zwei für die Raumausrüstung. Er kommt gerade heraus – in voller Montur.«

»Was? *¿Es el totalmente loco?*«

»Kommen Sie schon!« brüllte Ruszek und rannte los.

»Schicken Sie Mam und Selim hin, wenn sie sich das nächste Mal melden. Wir beide sind unterwegs!«

Der Wandschrank stand offen. Erneut aktivierte Nansen das Interkom.

»Er ist in Speiche zwei«, teilte Dayan ihm mit. »Er will wohl zum Ausgang, vermute ich.«

»Was zum Teufel soll das? Dort ist keine Fähre. Das muß er eigentlich wissen, ganz gleich ob er ahnt, daß wir die beiden stillgelegt haben. Trägt er ein Jetpack?«

»Nein.«

»Es dauert einige Zeit, um eins anzulegen«, sagte Ruszek. »Und die hat er nicht. Wir aber auch nicht. Helfen Sie mir in einen Anzug rein. Ich folge ihm.«

»Sind Sie auch verrückt?« fragte Nansen ungehalten.

»Hören Sie«, entgegnete der Maat, »ein guter Raummann schafft den Sprung hinüber. Er ist gut. Ich bin besser. Selbst wenn man die Fähre flott machte, würde es zu lange dauern. Ich denke, daß er damit rechnet. Wir haben zusammen gegen die Roboter gekämpft. Ich kenne ihn ein wenig.« Er trat in den Schrank und holte die Ausrüstung aus dem Fach.

»Die Waffen. An die will er wohl heran. Ich folge ihm.«

Ruszek kam heraus und schleifte die Kombination hinter sich her. Er legte eine freie Hand auf den Rücken. »Es hat keinen Sinn, sich jetzt zu streiten. Schlagen Sie mich – gerade oder ungerade?«

Nansen verschluckte einen Befehl und nahm ebenfalls die Hand auf den Rücken. »Jetzt«, sagte er. Beide Hände erschienen. Drei Finger waren an seiner ausgestreckt, zwei an der Hand des anderen Mannes.

Ruszek lachte. »Das war der erste richtige Spaß seit einigen Tageszyklen.«

Nansen quittierte seine Niederlage mit unwirscher Miene, holte aber die zusätzlichen Geräte. Ruszek zog seinen Pyjama aus und schlüpfte in einen Trikotanzug. Er breitete danach die geöffnete Kombination aus und schob die Füße in die Beine, erst den linken, dann den rechten. Er zog das Gewebe hoch und schlüpfte mit den Armen hinein. Der Stoff glättete sich, als Moleküle sich in der Weise verbanden, wie eingearbeitete Sensoren es steuerten. Als er die vorderen Ränder zusammenbrachte, verbanden sie sich ebenfalls miteinander. Ruszek sah jetzt aus, als trüge er eine zweite Haut, weiß und widerstandsfähig, feuchtigkeitsabsorbierend, ausgerüstet für besondere Empfindlichkeit und Biegsamkeit.

Nansen setzte ihm Ohrhörer ein und stülpte einen runden durchsichtigen Kugelhelm über seinen Kopf. Der Kragen des Anzugs und der Helmrand gingen ebenfalls eine nahtlose Verbindung ein. Gurte sicherten einen Biostat-Pack auf Ruszeks Rücken – Lufttank, Mischungsregulator, Temperaturkontrolle, Funkgerät. Nansen ging in die Knie und dirigierte die Füße des Mannes in Haftstiefel. Die Schaltkreise vervollständigten sich überall, unsichtbar, wie Nerven, die zusammenheilten. Anzug und Mensch wurden zu einem integrierten System.

Der Anzug war nicht für harte oder länger andauernde Einsätze vorgesehen. Er erhielt den Träger unter normalen Bedingungen hinsichtlich Vakuum und Strahlung für mehrere Stunden am Leben und funktionsfähig, aber nicht mehr. Doch dank seiner einfachen Konstruktion konnte er von seinem Träger ganz alleine angezogen werden – noch schneller, wenn man Hilfe hatte.

Nansen erhob sich. »Mam und Selim müßten gleich hier sein«, sagte er. Der Helm enthielt einen Audioverstärker. »Er und ich werden Ihnen folgen. Gehen Sie kein unnötiges Risiko ein. Behalten Sie Brent im Auge, wenn es geht. Zu dritt schnappen wir ihn dann.«

Ruszek schüttelte den Kopf. Licht wurde von seinem kahlen Schädel und von Schweißtropfen reflektiert, die in seinem Schnurrbart hingen. »Nicht gut. Schlimmstenfalls gelangt er zum Waffenarsenal, wo immer es sich befinden mag, ehe wir ihn zu fassen kriegen. Er könnte uns niedermähen oder die Maschinen wenn nicht gar das gesamte Schiff lahmlegen. Hanny – Er könnte Hannys Leben bedrohen.«

Er eilte durch den Gang, Nansen neben sich. Der schwere Hammer schwang in seiner Hand hin und her.

In der Ausstiegskabine reichte Nansen ihm die Hand zum Abschied. Als Ruszek sie ergriff, fühlte sie sich kalt und gummiartig an wie eine Schlange. Ruszek nickte, schwang herum und rannte die Leiter hinauf, die in die Speiche führte. Schnell verschwand er außer Sicht.

Gewöhnlich genoß er den 180 Meter langen Aufstieg, seine aufregenden Ausblicke, das Gefühl seiner einwandfrei funktionierenden Muskeln und das Gefühl zunehmender Kraft, während sein Gewicht sich verringerte. Aber es ging zu langsam voran. Er sprang auf dem Absatz von den Sprossen herunter und rannte hinüber zu dem Laufgang, der zur Plattform gegenüber führte. Der Schienenwagen wartete dort. Er bestieg ihn, und schon flitzte er durch die Röhre.

Der Bremsvorgang am Ende zerrte heftiger an ihm als die Pseudoschwerkraft dort. Er sprang aus dem Wagen und näherte sich der Luftschleuse. Ein rotes Licht warnte, daß draußen keine Fähre angedockt war. »Ich weiß, du Idiot«, sagte er. Seine Finger tanzten über die Tastatur der Schalttafel. Das innere Druckventil öffnete sich. Er betrat die Kammer. Das Ventil schloß sich.

»Möchten Sie hinausgehen?« erklang in seinen Ohrhörern die Frage.

»Ja, und schnell!« befahl er der Maschine. Seine

Stimme klang heiser vor Wut, aber die Maschine folgte stur ihrem Programm. Von Beeilung keine Spur.

Luftpumpen nahmen ihre Arbeit auf und wurden allmählich leiser. Er spürte ihr Pulsieren an den Füßen und Schienbeinen, bis sie die Kammer geleert hatten. Die zwei oder drei Minuten, die dieser Vorgang in Anspruch nahm, dehnten sich zu einer halben Ewigkeit. Das äußere Ventil öffnete sich, und er sah, in zehn Metern Entfernung, die Steilwand, die das flache Ende des zylindrischen Rumpfs darstellte.

So nahe der Nabe wurde er nur matt von den Sternen erhellt. Schwache Lichtreflexe huschten darüber, während das Rad sich drehte. Ansonsten hatte er keinerlei direkte Empfindung einer Rotation. Als er sich jedoch dem Ausgang näherte, konnte er verschiedene vage Umrisse unterscheiden: Luken, Mulden, die zweite Fähre. Anscheinend waren sie es, die vorbei jagten. Er schaute nicht an ihnen vorbei zu den Sternen. Ein Blick in diese Richtung hätte bei ihm ein Schwindelgefühl hervorgerufen.

Statt dessen suchte er sich einen festen Standplatz am Rand, zielte mit einer Genauigkeit, die vorwiegend aus seinem Unterbewußtsein kam, und sprang. Der Schwung löste seine Sohlen aus der schwachen zentrifugalen Beschleunigung, und er schwebte. Hier konnte er den Blick nicht vor dem um ihn kreisenden Himmel verschließen. Er biß die Zähne zusammen und versuchte den Anblick so gut es ging zu ignorieren.

Die tangentiale Geschwindigkeit trug ihn nach draußen. So kräftig er abgesprungen war, so würde sie ihn dennoch nicht in zwei Sekunden über die Kante hinaustragen – jedenfalls nicht ganz. Aber er würde mit einer Geschwindigkeit landen, bei der er sich die Knochen brechen könnte. Auch würden seine Stiefel sich kaum auf dem Rumpf halten können. Er drehte sich herum und hielt sich bereit.

Der Aufprall erfolgte. Sein Oberkörper, nach Katzenart entspannt und leicht gekrümmt, schwang frei herum. Er fing den Schock ab. Während er weiterrutschte und den Kontakt verlor, setzte er einen Fuß ab. Er wurde ebenfalls weggerissen, aber er hatte Energie geschluckt. Sein anderer Fuß klebte auf dem Rumpf und rutschte. Beim vierten Schritt kam er schwankend zum Stehen. Die ganze Zeit hielt er krampfhaft den Hammer fest.

Für einen Moment war sein Körper schlaff und gewichtslos. Ein Schmerz schnitt durch seine lädierte Schulter. Am Ende der Hülle, die seine magnetischen Lager enthielt, drehte sich das Rad, riesengroß, eine gigantische Windmühle vor Sternen, die jetzt funkelten, als wären sie für ewige Zeiten am Himmel fixiert.

»Hoo-hoo«, murmelte Ruszek. »Hat es dich vielleicht weggeschleudert, Al, alter Junge? Das würde alles vereinfachen.«

Er befand sich fast am Rand des Zylinders. Erholt von dem Schock und darauf achtend, daß ein Schuh stets Kontakt mit dem metallischen Untergrund hatte, aber mit langen, schnellen Schritten, stieg er über die rechtwinklige Kante auf die weite Krümmung.

Sein Blick wanderte an ihr entlang – Türme, Mulden, Gitterstrukturen, Masten standen dunkel vor den Sternen. Er fluchte und setzte sich in Bewegung. Natürlich würde er Brent von dieser Stelle aus nicht sehen können. Falls Brent es geschafft hatte, rüberzukommen, würde er die mittschiffs gelegene

Schleuse benutzen, welche etwa achtzig Grad weit entfernt war.

Ruszek umrundete den Horizont.

Er blieb stehen, schwankte ein wenig und schaute sich um. Eine Funkantenne verhüllte das mühlenartige hintere Rad, doch eine schwache Bewegung fiel ihm ins Auge. Durch die Entfernung extrem verkleinert, schob sich eine Gestalt langsam, schwarz, vor der Milchstraße vorbei.

Es war Brent. Er hatte die Schleuse fast erreicht. Da er nicht durch eine Sicherheitsleine gehalten wurde, machte er sehr vorsichtige Schritte. Ruszek war geschickter. Ruszek bewegte sich fast im Laufschritt. Da er seinen Sender ausgeschaltet hatte, konnte er in seiner Muttersprache in die unendliche Stille hineinbrüllen: »Paß auf, ich mach dich jetzt fertig!« Und nach einem kurzen Moment fügte er flüsternd hinzu: »Für Hanny.«

Seine Augen sahen ein verschwommenes Spiel von Licht und Schatten. Er konnte nur hoffen, unbemerkt nahe genug heranzukommen. Aber er hatte gesagt, daß Brent ebenfalls ein guter Raummann war. Wachsam, ständig in alle Richtungen sichernd, entdeckte der Flüchtige seinen Verfolger. Ruszek sah, wie die Pistole hochgerissen wurde.

Er schwang dreimal den Hammer hin und her und schleuderte ihn dann.

Die Kugeln schlugen in ihn ein, durchbohrten ihn, traten aus. Luft entwich zischend durch Löcher, die für eine Selbstreparatur zu groß waren. Ein gespenstischer weißer mit schwarzen Flecken durchsetzter Nebel zerfaserte im All. Menschen können bei Sternenschein kein Rot sehen.

Der Hammer traf Brent in den Magen. Er riß ihn vom Rumpf herunter. Er trieb davon. Seine Gliedmaßen ruderten wie wild. Er schrie. Niemand antwortete ihm. Er streckte die Arme nach dem Rad aus. Eine Speiche erwischte ihn. Er explodierte geradezu in das umgebende Nichts.

Ruszeks Stiefel hielten sich fest. Sein Körper streckte sich und wartete auf seine Schiffsgefährten. Als sie ihn fanden, lag ein Grinsen auf seinem Gesicht.

Nansen und Zeyd näherten sich den Tahirianern. Dayan hielt sich im Hintergrund, eine Waffe im Anschlag, aber niemand nahm ernsthaft an, daß sie eingesetzt werden müßte.

Ivan trat vor, den Parleur in den Händen, um die Menschen zu begrüßen.

»(Sie werden die beiden, die Sie gefangenhalten, sofort freilassen)«, befahl der Kapitän.

»(Ist der Konflikt vorüber?)« fragte Ivan.

»(Ja. Brent ist tot. Desgleichen Ruszek und Ihr Freund Cleland.)«

Mit einem Besuch rechnend, hatten die Fänger ihren Gefangenen Parleure ausgehändigt. Simon gab ein Zeichen und deutete auf enns Fessel. »(Wir alle haben geglaubt, Sie wären unsere Freunde.)«

»(Wir drei haben das nicht freiwillig getan)«, sagte Ivan. »(Es schien keine Alternative zu geben.)«

»(Die gibt es)«, erwiderte Nansen. »(Sie müssen Sie nur akzeptieren.)«

»(Das werden wir.)«

»(Sie werden keine Schwierigkeiten mehr machen?)«

Ivan erwiderte den Blick des Menschen. Der Geruch, den er verströmte, glich einem Herbstwind, der über regennasses welkes Laub strich. »(Keine. Der Preis des Widerstands ist zu hoch. Wir werden tun, was von uns verlangt wird.)«

»Können wir ihnen trauen?« wollte Zeyd wissen.

Leo hatte die Frage gehört. Entweder verstand enn bereits soviel Englisch oder enn erriet die Bedeutung der Worte. Parleurschirm und Körperhaltung antworteten: »(Sie können uns vertrauen. Wir haben keine Angst um uns selbst. Die hatten wir nie. Tun Sie, was Sie wollen, die Sie offenbar verrückt sind, dann bringen Sie uns nach Hause und gehen Sie weg und lassen Sie Tahir in Frieden. Ist das ein angemessener Preis für unsere Hilfe?)«

»(Ich trauere um das, was hätte sein können)«, sagte Emil.

Nansen blinzelte und kniff die Augen zusammen. Krähenfüße kerbten sich um seine Augen ein. Seine Finger auf der Tatstatur zitterten leicht. »(Dazu kann es immer noch kommen. Trotz allem. Irgendwann wird es vielleicht auch so sein.)«

»Dem Allmächtigen Gott empfehlen wir die Seelen unserer verstorbenen Brüder . . .«

Nansen las den Text des Gottesdienstes bis zum Ende. Seine Mannschaft antwortete entsprechend ihrer jeweiligen Religionen oder schwieg.

Auf ein Signal gehorchten Roboter ihrer Programmierung. Vom Gemeinschaftsraum aus beobachteten die Menschen auf einem Sichtschirm, wie eine Sonde sich vom Schiff entfernte. Sternenlicht beleuchtete die beiden länglichen, in weiße Laken gehüllten Formen, die an ihren Seiten befestigt waren.

Die Sonde beschleunigte und verschwand schnell mit Ziel auf das Schwarze Loch. Es gab kein anderes Grab.

Nansen ging voraus zur Offiziersmesse und trat durch die Öffnung, in der sich früher die Tür befunden hatte. Der Raum selbst war gereinigt und renoviert worden. Er wirkte hell und gemütlich. Die Serviceroboter hatten ein Büfett vorbereitet. Ein kleines Festmahl, so bescheiden es auch ausfallen mochte, gehörte zu jeder Beerdigung.

Er hob ein Glas Weißwein, um mit Dayan anzustoßen. Seine Selbstkontrolle drohte zu versagen. »*Adiós, hermanos*«, drang es rauh aus seiner Kehle.

Sie schenkte ihm die Kraft, die er dringend brauchte: »Ja. Und morgen fahren wir mit unserer Arbeit fort.«

41

Von Tagzyklus zu Tagzyklus, von Sprung zu Sprung entwickelte die Sprache sich weiter.

Schon sehr früh wurde der visuelle Code vierdimensional, zeigten Symbole, die in verschiedenen Perspektiven im Raum dargestellt wurden, ihre zeitabhängige Veränderung. Diese Darstellungen durchliefen Gesetzmäßigkeiten von klassischer Geometrie über nicht-euklidische Geometrie und hätten sicherlich totale Verwirrung ausgelöst, wenn ein Computer nicht gleichzeitig die entsprechenden Gleichungen erstellt hätte. »Phasenräume, Riemann-Räume – ich glaube, sie nehmen sie physisch wahr, leben in ihnen und erfahren sie ganz direkt«, sagte Dayan. »Wenn wir eine Reihe von Tensoren aussenden, erscheint ihnen das sofort als ... ein Objekt?«

»Ja, die Bedingungen, unter denen wir leben, müssen ihnen genauso seltsam vorkommen wie ihre es für uns sind«, sagte Sundaram sinnend. »Noch seltsamer ist, daß unsere Sendungen sie nicht vollkommen verwirrt haben.«

Hypertext entstand, Symbole in vielfältig miteinander verbundenen Anordnungen. Immer häufiger offenbarte der Kontext Bedeutungen, was wiederum zur Übernahme neuer Symbole und einer ausgereifteren Grammatik führte. Dafür war Simons Mitarbeit von unschätzbarem Wert. An chaotisch sich verändernde Lebensbedingungen gewöhnt, die Sinnesorgane empfindlich genug, um einzelne Photonen und Elektronenübergänge wahrzunehmen, entwickelten enns Instinkte spontane Vorstellungen davon, was eine Nachricht bedeuten könnte. Andererseits waren es gewöhnlich Menschen, die eine Erwiderung oder eine Frage formulierten. Sie beherrschten das abstrakte Denken besser, und ihre Rasse hatte die Mathematik weiterentwickelt.

Als Simon den Vorschlag machte, den Code auszuweiten, entwickelte und baute Yu Schaltkreise, um klangliche Elemente hinzuzufügen. Obgleich die Wesen am anderen Ende der Kommunikation selbst nur selten Laute verwendeten, begriffen sie sofort das Prinzip und antworteten mit entsprechenden Signalen. Am Ende stand natürlich nicht die direkte Sprache, aber es ließ sich auf diese Weise eine noch breitere Palette von Ideen und Sachverhalten ausdrücken. »Wie Musik, Rhythmus und Ton Dinge ausdrücken, die mit Worten nicht zu fassen sind«, sagte Mokoena. »Hm, nein, ich glaube nicht, daß man das direkt miteinander vergleichen kann.« Jedoch fanden sie und Zeyd, daß die neuen Elemente durchaus nützlich waren, um ihr eigenes Leben zu beschreiben, seine Chemie, seine Vielfalt, Geschichte, seine Traditionen, vielleicht sogar andeutungsweise seine Empfindungen und Träume.

Verwirrend schnell erweiterte sich die Sprache. Die Aliens schienen keine Fehler zu machen, schienen niemals in eine Sackgasse zu geraten. Wenn dies den Insassen des Schiffs passierte, ergab der weitere Austausch, wo sie sich irrten, wo der Fehler lag. Der Code, der daraus entstand, war eine Art menschlich-tahirianische Kombination, ausgesprochen mathematisch und graphisch, die Individualität und Emotion lediglich andeutete – beide Parteien strebten gierig nach Wissen! Sie ließ sich nicht allzu leicht ins Englische übersetzen, noch schwieriger ins Tahirianische. Dennoch kam ein Diskurs zustande.

Einstein hat einmal gesagt, daß das Unverständlichste am Universum ist, daß es verständlich ist.

Emil kam zu Nansen und fragte: »(Ist es möglich, mit dem noch vorhanden Boot Exkursionen zu unternehmen? Wir könnten zum Beispiel wichtige Beobachtungen des Schwarzen Lochs und seiner Strahlung von einem schrägeren Orbit aus durchführen.)«

»(Nein.)« Ein Parleur konnte nicht das Mitgefühl des Menschen mit diesem zur Muße verurteilten und einsamen Sternfahrer ausdrücken. »(Wir dürfen unser einziges landefähiges Vehikel nicht aufs Spiel setzen. Habt ihr drei denn überhaupt nichts anderes zu tun?)«

»(Leo und Peter werden sich paaren – natürlich ohne Zeugung. Die Vereinigung von Leben ist eine hohe Kunst.)«

Reicht es für sie aus, um damit Monate oder gar Jahre auszufüllen, dachte Nansen. *Nicht einmal für Menschen. Sogar Jean und ich* – Er wich den Erinnerungen aus, die wie so oft plötzlich auf ihn einstürmten. »(Wir haben noch ein paar Sonden übrig. Wir sollten auf jeden Fall für sie ein Forschungsprogramm entwickeln.)«

»(Ich hatte schon damit gerechnet, daß Sie das Boot in Reserve halten würden)«, sagte Emil. »(Mir ist der Gedanke gekommen, daß wir noch mehr Informationen von den Sonden erhalten können – sie werden mehr Missionen überstehen, ehe das Unvorhersehbare sie ereilt –, wenn sie von uns gelenkt werden, nicht vollständig von Robotern, also von etwas direkterem als dem Schiff. Können wir nicht so etwas wie eine Schutzkapsel mit solchen Kontrollen und einem eigenen Antrieb entwickeln? Eine geringe Beschleunigung würde ausreichen, und die Exkursionen brauchen ja nicht gefährlich lang zu sein.)«

»*¡Por Dios!*« rief Nansen. »(Das ist wirklich eine interessante Idee.)« Sein Geist vollführte wilde Sprünge. Man müßte die Fracht verschieben, um innerhalb des Rumpfs einen freien Raum zu schaffen. Dann müßte man alles Werkzeug und andere Ausrüstung, die nötig war, zu diesem Arbeitsplatz schaffen. Nachschubmaterial war dort bereits im Überfluß gelagert. Man mußte beschäftigt sein, geistig aktiv – »(Das müssen wir ausführlich besprechen.)« Vielen Dank auch dafür, daß Sie sich nicht in Apathie oder Kummer ergehen.

Intensive Arbeit wäre ein Segen. Er hatte die Schilderungen von Sundarams Gruppe fasziniert verfolgt. Aber er war ein Laie und konnte nichts dazu beisteuern. Die Roboter hielten alles in Schuß. Im Augenblick brauchte die *Envoy* keinen Kommandanten. Er veranstaltete nur selten ein formelles Dinner. Seine Gefährten holten sich im allgemeinen, was sie an Verpflegung und Schlaf brauchten, zu den für sie bequemsten Zeiten und kehrten danach sofort wieder an ihre wissenschaftliche Arbeit zurück. Nach allem, was sie zusammen durchgemacht hatten, waren sie stillschweigend dazu übergegangen, auch ihn mit seinem Vornamen anzureden. Er hatte auch andere Andeutungen und Versuche wahrgenommen, seine Einsamkeit zu lindern, und hatte nicht darauf reagiert. Er war dankbar für ihre Freundlichkeit, ihre Fürsorge, aber noch dankbarer war er dafür, daß sie ihm nicht aufgezwungen wurde. Er blieb weiterhin bei der Auffassung, daß es für einen Kapitän unklug, unangemessen wäre, wenn er irgendwelche persönlichen Dinge offenbarte.

Nur einmal nahm Mokoena ihn beiseite und empfahl ihm ein leichtes Medikament. Er lehnte ab. »Nun, Kummer muß sein und muß auf die eine oder andere Art und Weise ausgelebt werden«, sagte sie. »Wenn Sie es so wollen, dann zerbrechen Sie entweder daran oder Sie erholen sich schneller, als wenn Sie einen anderen Weg versuchen, und ich glaube nicht, daß Sie zerbrechen werden. Wenn Sie wollen, können Sie mich jederzeit wieder aufsuchen.« Er bedankte sich bei ihr und verabschiedete sich.

Er hatte sich sportlich betätigt. Er hatte gelesen, sich eine Reihe Dramen angesehen, viel Musik gehört. Versucht, sein nur bruchstückhaft vorhandenes Chinesisch und Hebräisch aufzupolieren. Seine Skizzen und Tonskulpturen wurden besser, aber auf diesem Gebiet war er nicht gerade ein Genie.

Er schlief schlecht. Sehr oft lag er wach im Bett und stellte plötzlich fest, daß er schon seit einer halben Stunde ins Leere starte. Oder er lief durch die Korridore, rauf und runter, vor und zurück, wie ein Tier in einem Käfig.

Er könnte eine Beendigung ihrer Bemühungen, eine Rückkehr anordnen. Zu diesem Zeitpunkt wäre es wie ein Verrat an Jean gewesen. Emils Wunsch, geboren aus Emils Bedürfnis, ließ ihn den eingeschlagenen Weg fortsetzen.

Die Entdeckungen häuften sich –

Man stelle sich das Schwarze Loch vor, eine monströse Masse in einem monströsen Wirbel, ein Schlund in ein absolutes Nichts, das außerdem eine Umgestaltung des Unmeßbaren und Unvorstellbaren ist. Man stelle sich diesen Materiestrudel vor, eingefangen, angezogen, zerfetzt, in einem derart intensiven Magnetfeld rotierend, daß es praktisch selbst eine Masse darstellt, erschüttert von Resonanzen, gepeinigt von Chaos, zurückgeschleudert in feurigen Eruptionen und wieder zurückwogend. Nackte Nuklei kollidieren und verschmelzen und eruptieren zu ganz neuen Teilchen, Photonen, die zu Paaren zusammengefügt wurden, und Paare, die zu einzelnen Photonen zerfallen, ein Gewittersturm der Energien, und darunter stets warnehmbar die tückischen, allmächtigen Gezeiten des Vakuums, der ultimaten Realität. Man stelle es sich vor, wie es vordringt zum Ereignishorizont, wo Raum und Zeit selbst eine ständig andauernde, alles mitreißende Unterströmung sind, die an diese seltsamste aller Küsten brandet.

Was dort geschehen kann, ist unmöglich, überall sonst, selbst in lichtjahretiefen Schlünden oder auf glosenden Sternen.

So etwas spielt sich nicht an jedem Schwarzen Loch ab, so wie organisches Leben nicht auf jedem Planeten anzutreffen ist. Die Bedingungen müssen die richtigen sein. Vielleicht sind diese sogar noch seltener. Hier jedoch, auf und in diesem Himmelskörper, lebte es.

Leben ist kein Ding und keine Substanz. Es ist Information, eine Folge von Mustern; es ist der Vorgang, lebendig zu sein. Organische Fauna und Flora sind nur deshalb organisch, weil kein anderes Element die Vielseitigkeit von Kohlenstoff besitzt, Moleküle zu bilden, die Informationen enthalten und die darin festgelegten Prozesse auszuführen. In einem soeben gestorbenen Menschen sind die Moleküle weitgehend dieselben wie vorher, allerdings ist jener spezielle Ablauf von Ereignissen unterbrochen. Es gibt prinzipiell keinen Grund, weshalb entsprechende Ereignisse nicht in einer anderen Matrix stattfinden können.

Tatsächlich sind viele Computerprogramme und Roboter so komplex und veränderlich, daß es im Grunde nur eine semantische Frage ist, ob man sie als lebendig bezeichnen kann oder nicht.

Wenn den mächtigsten künstlichen Intelligenzen, die unsere Fähigkeiten, logisch zu denken, bei weitem übertreffen, so etwas wie Bewußtsein fehlt, dann liegt das nicht etwa daran, daß es etwas grundlegend anderes wäre. Bewußtsein ist etwas, das ein vollständiger Organismus *tut*. Wir müßten lediglich die grundlegenden alten animalischen Teile des Gehirns hinzufügen, also ein Nervensystem, das sich in die Summe von Muskeln, Eingeweiden, Drüsen, Neigungen und Instinkten integriert. Das Endprodukt wäre ein Wesen, das im großen und ganzen uns sehr ähnlich wäre. Der Natur der Sache entsprechend können wir keinen Körper für einen überlegenen Geist entwerfen. Die Evolution wird vermutlich dort fortfahren, wo wir aufgehört haben, aber sie könnte natürlich auch mit uns weitermachen.

Sie könnte auch nicht-chemisches Leben erschaffen. Und das hat sie getan.

Einige Leute an Bord der *Envoy* hatten bereits derartige Spekulationen angestellt. Und jetzt tauchten für diese Vermutungen erste Beweise auf.

Was sie erfuhren, war bruchstückhaft und entsprach in etwa dem Wissen des neunzehnten Jahrhunderts in Biochemie, Genetik und Phylogenese. Es kann genauso wenig in Worte gefaßt werden wie das Wesen der theoretischen Physik. Die Forscher mußten es versuchen, und sei es auch nur zu ihrem eigenen Nutzen, wenn schon für nichts anderes, aber ihnen war klar, wie ungenau und grob ihre Annäherungen waren.

In der komplizierten und unbeständigen Raum-Zeit-Geometrie am Schwarzen Loch reagierten einstürzende Materie und Energie mit den dem Vakuum innewohnenden Kräften des Vakuums auf eine Art und Weise, die im ›flacheren‹ Kosmos dahinter völlig unbekannt ist. Quasi-stabile Quantenstadien erschienen, entsprechend der Schrödingerschen Wellenfunktionen und ihrer eigenen Gesetzmäßigkeiten miteinander verbunden. Sie wurden zahlreicher, mehr und mehr entstanden, ihre Kompliziertheit nahm zu, bis sie in einer Sammlung von Codes gipfelte. Die Unschärferelation erzeugte Mutationen. Varianten starben ab oder gediehen. Formen gerieten in einen Wettstreit, kooperierten, verschmolzen, teilten sich, interagierten. Die Muster vervielfältigten sich und diversifizierten. Zuletzt entstand entlang eines Astes des Lebensbaums das Denken.

Dieses Leben war nicht organisch, es gehörte nicht ins Tier-, Pflanzen- oder irgendein geringeres Reich; es wuchs, atmete, trank, aß, vermehrte sich, jagte und versteckte sich nicht. Es entzündete keine Feuer und stellte keine Werkzeuge her. Von Anfang an war es eine Art Einheit. Eine ursprüngliche Einheit, die sich in zahllose Avatare aufspaltete wie Wellen auf einem See. Sie standen auf und führten ein Eigenleben, sie verbanden sich, wenn sie wollten, zu zweit oder dritt oder zu vielen, erschienen neu und anders, als sie vorher gewesen waren, und gaben sich selbst und ihre Erfahrungen an das grundlegende Ganze weiter. Evolution, Geschichte, Leben glichen auf gespenstische Weise Gedächtnisinhalten von organischen Geistern.

Dennoch war das Quantenleben keine Serie von wechselnden Abstraktionen. Wie das organische Leben fand es in seiner Umgebung statt und war gleichzeitig ein Teil davon. Es veränderte seine eigenen Quantenstadien und alle anderen ringsum. Es war Aktion, die sich in elektronischen, photonischen und nuklearen Vorgängen manifestierte. Seine Sphäre war nicht unwirklicher als unsere es für uns ist. Es wetteiferte, es versagte, es vollbrachte. An Bord der *Envoy* war man sich nicht sicher, ob man von der Annahme ausgehen konnte, daß es liebte, haßte, Sehnsucht empfand, trauerte, frohlockte. Die Kluft war zu breit, als daß irgendeine Sprache sie hätte überbrücken können. Nichtsdestoweniger war man sicher, daß es etwas kannte, das man durchaus als Emotion bezeichnen konnte, und daß es auch Verwunderung einschloß.

Sicher war, daß die früheren, fruchtlosen Versuche der Tahirianer, den Kontakt herzustellen, eine Art Passion geweckt hatten, und daß die Wesen alles in ihren Kräften stehende unternahmen, um eine Kommunikation mit diesen besser qualifizierten Neuankömmlingen aufzubauen. Das war verblüffend viel.

Bisher hatte Nansen den Terminal für die virtuelle Realität in seiner Kabine lediglich als Werkzeug, als eine Hilfe zum Verständnis diverser Sachverhalte benutzt. Er rief irgend etwas ab – einen Wechsel bestimmter Prozeduren, die Modifikation eines Ausrüstungsteils, eine fremdartige astronomische Konfiguration – und studierte es, probierte es aus, und zwar jeweils unter verschiedenen Bedingungen, bis er wußte, was er hatte erfahren wollen. Wie die meisten Leute hatte er auch mit Pseudoerfahrungen, mit Phantasien gespielt, aber das lag lange zurück in seiner Jugend auf der Erde, und er hatte es auch dann nur selten getan. Er hatte nicht befürchtet, danach süchtig zu werden, sondern er zog ganz einfach die Wahrheit, das Echte, in jedem Fall vor.

Nun kehrte er dorthin zurück. Sein Projekt mit Emil bot ihm harte Arbeit und den tiefen Schlaf, der darauf folgt, aber zuerst erforderte die Arbeit sorgfältiges Planen, und zu oft schweifte er von einer Konferenz oder einem Computer zu alten Erinnerungen ab. Da er Drogen ablehnte – ehe sie etwas verabreichte, würde Mokoena sicherlich zuerst einmal seine innersten Bedürfnisse erforschen wollen –, dachte er, daß ein kleiner Ausflug ins Kinderland helfen könnte.

Er brauchte nicht lange, um das Programm zusammenzustellen, so komplex es auch war. Elemente von Landschaften, Artefakten, persönlichen Eigenheiten und Neigungen, historische oder fiktionale Situationen, alles, was jemand für aufnehmenswert befunden hatte, befand sich in der Datenbank des Schiffs. Der Computer kombinierte all das entsprechend seiner grundlegenden Anordnungen, teils willkürlich, teils fraktal und den Prinzipen der Logik und Ästhetik folgend, solange es nicht anders spezifiziert wurde, und skizzierte eine Welt. In ähnlicher Weise vermittelte eine gezielte Neurostimulation den Eindruck von Sinnesreizen. Den Rest besorgte die Phantasie. Sie lieferte die Lebendigkeit eines Traums innerhalb der vorgegebenen Struktur, die Unberechenbarkeit des Lebens innerhalb der Grenzen des Verlangens.

Nansen gönnte sich ein knappes Lächeln. »Überrasche mich«, sagte er, eine Phrase, die er von Dayan übernommen hatte. Aber natürlich würde jegliche Überraschung aus ihm selbst entspringen.

Leicht und bequem gekleidet, legte er die Kontaktstreifen an Hand- und Fußgelenke an, setzte den Helm auf, drückte jede Kontaktfläche gegen seine Haut und streckte sich auf seinem Bett aus. Für einen kurzen Moment zögerte er, als hätte er Hemmungen. Dann verzog er das Gesicht, betätigte den Schalter und ließ den Kopf auf das Kissen sinken.

Zuerst sah er nur seine Illusion. Schon bald kam das Hören hinzu. Taktile Empfindungen folgten, Temperatur, Gleichgewichtssinn. Während sich das Gehirn und die Nerven einstellten und Sekrete reagierten, wurden auch die primitive Zentren – Geschmack, Geruch, Eingeweide – aktiv. Unterdessen verblaßte das Wissen, daß all dies ausschließlich in ihm selbst lag, um bereit zu sein, bis er es wieder brauchte, wie der Wert der Zahl *e* oder das Datum der Unabhängigkeit Paraguays.

Er ritt aus der *estancia* hinaus. Wolken türmten sich zu seiner Linken am Himmel, mit dunkelblauen Schatten versehene weiße Wände und Kuppeln. Ansonsten war alles mit Sonnenschein übergossen, der von zahllosen Schwingen reflektiert wurde und eine endlose Grasebene wärmte. Der Wind trieb langgestreckte Wellen über die Weite vor sich her und um die roten Ameisenhügel herum. Er fuhr seufzend durch vereinzelte Baumgruppen und streichelte sein Gesicht mit dem Geruch nach sonnenwarmer Erde und Pferde. Hufe trommelten dumpf, Muskeln zuckten zwischen seinen Schenkeln. Er ritt auf Trueno, dem Hengst, der in seiner Kindheit ihm gehört hatte und dessen Tod ihn zum erstenmal gelehrt hatte, was Kummer bedeutet. Die schwarze Mähne flatterte, das schwarze Fell glänzte, durch und durch lebendig und eins mit ihm. Wie ein Gaucho gekleidet, die Pistole an der rechten Hüfte, den Kavalleriesäbel an der linken, ritt Ricardo auf die Berge im Westen zu.

Haus und Herden verschwanden unter dem Horizont. In einem leichten, raumgreifenden Trab gelangte er in eine Region baumloser Einsamkeit. Himmel, Sonne, Wind, Gras waren die ganze Welt, eine erhabene und heilende Präsenz. Der Tag ging unendlich langsam zu Neige. Aber als das Licht schließlich verblaßte und das Land ein letztes Mal mit einem goldenen Glanz versah, schien es ihm als hätte er gerade erst das Haus seiner Väter verlassen.

Vogelschwärme führten ihn zu einem Wasserloch. Er zügelte sein Pferd, stieg aus dem Sattel, versorgte das Pferd, schaltete seine Heizspirale ein, röstete sich eine Portion Fleisch und brühte Tee auf. Danach bereitete er sein Nachtlager und lag schließend in seiner Bettrolle und betrachtete die Sterne seiner Heimat.

Beim ersten Morgengrauen erwachte er, saß schon kurz nach Sonnenaufgang auf und ritt durch eine Landschaft, die schneller anstieg, als irgendeine Karte es jemals angezeigt hatte – es gab keinen Gran Chaco zu durchqueren, keine allmählich ansteigenden Vorberge, sondern nur unvermittelt aufragende Steilstufen, kümmerliches Buschwerk zwischen mächtigen Felsen, Schluchten, durch die Flüsse tobten, die wieder vom Schnee gespeist wurden, der sich in der Ferne dem Himmel entgegenreckte. Zwei Kondore zogen in großer Höhe ihre Kreise. Die Luft wurde noch kälter. Trueno kletterte Stunde um Stunde weiter, unermüdlich, mittlerweile sogar unsterblich.

Gegen Abend kam die Burg in Sicht. Sie stand als Silhouette auf einem Berggrat. Helle Banner flatterten über ihren Türmen im lebhaften Wind. Ricardos Herz hüpfte vor Freude. Dort wartete der Weise, der ihm das Ziel seiner Abenteuer und den Kameraden nennen würde, der an seiner Seite kämpfen würde. Mehr als das wußte er nicht. Er stieß einen lauten Ruf aus und drückte seinem Pferd die Fersen in die Flanken. Der Hengst trabte mit donnernden Hufen los.

Sie sahen ihn. Trompeten erklangen. Eine Zugbrücke wurde heruntergelassen, ihre Ketten glänzten im Sonnenschein. Jemand ritt heraus und trieb sein Pferd zu einem verwegenen Galopp an, um ihn zu begrüßen. Mantel und Federbusch flatterten im Wind, die Gestalt war schlank und biegsam. Es war sein Gefährte auf der bevorstehenden Reise. Sie hoben grüßend ihre Säbel. Die Pferde blieben voreinander stehen, bäumten sich auf und verharrten schließlich. »*¡Hola, camarada caro!*« grüßte Ricardo.

Und »Willkommen zu Hause, Skipper, tausendmal willkommen«, erwiderte die rauchige Stimme. Und unter dem Helm erschien das Gesicht Jean Kilbirnies.

Nansen erwachte.

Er blieb eine Weile in der Dunkelheit liegen, weinte,

ehe er sich hinsetzen und sich von den Arm- und Fußbändern und dem Helm befreien konnte. Danach trank er einen doppelten Whiskey, was eigentlich nicht zu seinen Gewohnheiten gehörte, und begab sich eilig in die Turnhalle. Niemand war zugegen, der hätte Zeuge werden können, wie er fast bis zur völligen Erschöpfung trainierte.

Er würde sich in Zukunft nur noch an die Realität halten.

42

»Unglaublich, unerklärlich«, sagte Sundaram. »Kommunikation, eine gemeinsame Sprache, so schnell und zuverlässig begründet – während wir und der Holont doch nichts gemeinsam haben.«

Er hatte diesen Namen für die Quanten-Intelligenz erfunden. Zeyd, dem die Vorstellung von veränderlichen Avataren gar nicht gefiel – ja, Gott war allmächtig, er konnte alles tun, aber dies würde unlösbare Fragen nach der Seele aufwerfen – meinte: »Die großen Blütezeiten der Zivilisation auf der Erde fanden statt, wenn unterschiedliche Kulturen aufeinander trafen, nicht wahr? Vielleicht ist es mit uns und den Holonts genauso.«

»Vergiß Simon nicht«, sagte Yu.

Mokoenas Augen leuchteten. »Eine galaktische Blütezeit –«

»In Tausenden von Jahren, Millionen, wenn überhaupt jemals«, sagte Dayan. »Was wir jetzt und hier wissen müssen, ist, weshalb der Prozeß so schnell abläuft. Konzentrieren wir uns wieder mal auf unsere Physik.«

Die Antwort ergab sich im Laufe von Tageszyklen nicht durch Gespräche, sondern durch eine Demonstration. Als Dayan schließlich ihre Natur durchschaute und es ihren Teamgefährten erklärte, richteten sich die feinen Härchen auf ihren Armen auf.

»Telepathie wäre schon unheimlich genug gewesen. Dies hier geht weit darüber hinaus. Der Holont wußte, daß wir kamen und was wir versuchen würden. Er teilte es sich selbst – sie teilten es sich – durch eine Nachricht mit, die in der Zeit zurück geschickt wurde.«

»Nein, das kann nicht sein!« widersprach Yu geschockt. »Das würde gegen jedes Prinzip von Logik und Naturwissenschaft verstoßen. Die Erhaltungssätze –«

Dayan schüttelte den Kopf. »Als ich eine erste Ahnung hatte, zog ich unsere Datenbank zu Rate.« So als wollte sie sich verteidigen, verfiel sie in den Tonfall einer Vorlesung. »Seine Geschichte war lange vergessen, denn das Ganze wurde für unmöglich erklärt. Ein so renommierter Denker wie Hawking verlangte, daß die Natur so etwas wie eine Zeitreise völlig ausschloß, sonst würden die Paradoxone fröhliche Urstände feiern. In Wirklichkeit gibt es jedoch keine Paradoxone, vorausgesetzt die Folgerichtigkeit gilt. Du kannst nicht in der Zeit zurückwandern und verändern, was geschehen ist, ganz gleich, was du tust. Aber deine Aktionen können Teil dessen werden, was geschehen ist.

Mehrere von Hawkings Zeitgenossen – Kerr, Thorne, Tipler – beschrieben mehrere Arten von Zeitmaschinen, jede in perfekter Übereinstimmung mit der allgemeinen Relativität. Aber sie alle erforderten Strukturen, die physikalisch völlig unmöglich erschienen – zum Beispiel einen Torus mit der Masse eines Riesensterns, der fast mit Lichtgeschwindigkeit rotiert und mit einer größeren elektrischen Ladung, als das interstellare Medium zuläßt, und einem Magnetfeld, das stärker ist als irgend etwas in der Natur es erzeugen kann. Oder einen Zylinder aus Materie, die dichter ist als jedes nukleare Teilchen, ebenfalls fast mit Lichtgeschwindigkeit rotierend und unendlich lang.

Oder – nun, die theoretische Möglichkeit schien für uns wie ein kosmischer Witz zu sein, eine Traube, die uns vor der Nase baumelt aber nicht zu pflücken ist.«

»Und jetzt ... diese Bedingungen am Schwarzen Loch«, flüsterte Sundaram.

Dayan nickte. »Ja. Nicht, daß selbst diese irgendetwas von dem ermöglichen könnten, was ich gerade erwähnt habe. Soweit ich es beurteilen kann, können die Holonts nicht in der Zeit zurückreisen.« Leise und gar nicht mehr so sicher: »Wohlgemerkt: soweit ich es beurteilen kann.«

Sie holte tief Luft. »Was sie tun können, ist etwas, das in Hawkings Ära von Forward beschrieben wurde. Sie können auf jenem Meer von Teilchen und Energie agieren, in dem sie existieren. Sie können riesige Nuklei formen, deren Atomgewicht größer ist als alles, was wir je zustande gebracht haben, und diese stabil halten. Elektromagnetische Kräfte verformen einen solchen Nukleus und versetzen ihn in Rotation – Geschwindigkeit, Dichte und Feldstärke wie gefordert. Ich bin mir nicht sicher, ob das, was dabei herauskommt, dem Kerr'schen Rauchring entspricht oder einem kurzen, taillierten Tipler-Zylinder oder vielleicht sogar etwas ganz anderem. Auf jeden Fall verursacht es eine Verwerfung im Raum-Zeit-Gefüge, ein winziges ›Loch‹, durch das Teilchen mit ausreichend geringer Wellenlänge hindurchgehen können. Das bedeutet hochenergetische Gammastrahl-Photonen. Nun, Photonen können moduliert werden, und eine Modulation kann Informationen enthalten, und wenn man eine Nachricht senden kann, nun, dann kann man prinzipiell alles tun.

Die Holonts wissen, wie man mit uns kommunizieren kann, weil die Holonts in der Zukunft das bereits getan haben. Sie haben das Wissen zurückgeschickt.«

Yu starrte auf die Wand, als könnte sie hindurchblicken in die mit Sternen gefüllte Grenzenlosigkeit. »Das bringt uns zu der Erkenntnis zurück, wie wenig wir wissen, wie unbedeutend wir sind, nicht wahr?« flüsterte sie.

Dayans Stimme hatte einen stählernen Klang: »Ich würde sagen, wir sollten uns ein Gefühl für Verhältnismäßigkeit erhalten und uns nicht überschätzen, aber wir würden einen Fehler machen, wenn wir uns armselig und unbedeutend fühlten. Die Holonts wollen den Diskurs mit uns. Ich glaube dieser Wunsch entspringt nicht nur reiner Neugier. Ich glaube vielmehr, daß wir irgendwie für mehr als nur uns selbst wichtig sind.«

Auf Nansens Ruf öffnete sich seine Kabinentür, und Yu kam herein. Er erhob sich von seinem Platz am Schreibtisch. Ihr Blick huschte kurz durch den Raum. Sie war seit Wochen nicht mehr hier gewesen. Genaugenommen war außer ihm kaum jemand hier gewesen. In dem Raum herrschte wieder Ordnung, die fast zwanghaft erschien. Kilbirnie hatte die Neigung gehabt, ständig für eine leichte Unordnung zu sorgen. Ihr Bild füllte den Schirm. Es war nicht animiert, sondern zeigte einen winzigen Moment ihres Lächelns. Ein paar Lieblingsobjekte von ihr standen auf dem Tisch und auf einem Wandbrett. In der Luft lag noch immer der frische zarte Geruch von Heidekraut, den sie so sehr geliebt hatte. Aber die Hintergrundmusik stammte aus dem Barock, und seine Aufmerksamkeit hatte einer Skulptur gegolten. Er stand so kerzengerade, tadellos gekleidet und reserviert wie immer vor ihr.

»Setzen Sie sich, Wenji«, forderte er sie auf. »Was kann ich für Sie tun?«

Sie nahmen Platz, und sie kam sofort zum springenden Punkt. »Ich dachte, es wäre Ihnen sicher lieber, wenn ich Sie unter vier Augen unterrichte.«

Er hob die Augenbrauen. »Ja, bitte?«

»Ich habe mir die Pläne für diese bemannte Kapsel zur Steuerung der Sonden angesehen, die Emil und Sie angefertigt haben.«

Er versuchte es mit Humor. »Wir hatten Sie nicht gebeten, sich etwas anderes anzusehen.« Dann angespannt: »Haben Sie einen Fehler gefunden? Wir nahmen an, wir könnten die Roboter jederzeit mit dem Bau beginnen lassen.«

Sie seufzte. »Sie können es tun, wenn Sie wollen. Sie haben mit einem einwandfreien Konstruktionsprogramm gearbeitet. Aber es hat einige wichtige Faktoren nicht berücksichtigt, wie zum Beispiel die Tatsache, daß nur begrenzter Arbeitsraum zur Verfügung steht. Ich denke, daß der Bau des Apparats mit solchen Maßen Wochen in Anspruch nehmen wird.«

»Oh.« Er saß völlig regungslos da.

»Mein Eindruck ist, daß Sie beide das Ding so bald wie möglich fertig haben wollen.«

»Ja. Nicht daß die Astrophysik nicht warten könnte. Aber es geht um Emil, enn ist wieder so glücklich, daß enn endlich wieder etwas Richtiges zu tun bekommt. Und es scheint die Moral der anderen Tahirianer auch gebessert zu haben.«

»Und Ihre eigene gleich mit –« Sie brach den Satz

ab. »Das Grundproblem ist, daß ein Flugkörper, der für die Benutzung durch Wesen zweier unterschiedlicher Rassen vorgesehen ist – sicher, mit den adäquaten lebenserhaltenden Systemen, Kontrollen und ebenso einfach zu benutzenden Kommunikationseinrichtungen – ziemlich schwerfällig wird. Außerdem wird er ziemlich groß und schwer sein. Wenn er entweder für einen Menschen oder für einen Tahirianer bestimmt wäre, hätten wir es um einiges leichter.«

Er sah sie an, während sein Gesicht zu einer Maske erstarrte. »Sind Sie sicher?« Und dann: »Entschuldigung. Natürlich sind Sie sicher.«

»Ich habe eine Modifikation Ihres Programms laufen lassen«, fuhr Yu fort. »Ein Schiff für eine Person einer Rasse könnte in zehn Tageszyklen oder sogar noch weniger fertiggestellt werden.«

Nansen schwieg einige Zeit.

»Na schön«, sagte er schließlich. »Dann soll es für Emil gebaut werden.«

Ihre so sorgfältig einstudierte unpersönliche Haltung brach zusammen. »Ist das wirklich Ihr Ernst, Rico? Das muß doch eine ganz schreckliche Enttäuschung sein.«

»Ein weiterer Aufschub wäre für enn viel schlimmer ... und, wie ich schon angedeutet habe, sogar für enns Gefährten. Die Situation ist mittlerweile für die armen Tahirianer der reinste Horror. Wenn Emil mit dem Schiff aufbricht und enns Vergnügen bei der Operation auf die spezielle tahirianische Art und Weise mitteilen kann, dürfte das ihre Emotionen erheblich aufhellen. Und sie gehören schließlich auch zur Mannschaft.«

»Aber Sie. Was ist mit Ihnen?«

Er zuckte die Achseln. »Ich finde andere Aufgaben, um mich zu beschäftigen ... Nein!« schnappte er. »Kein Jammern. Dies ist ein Schiff für Menschen. Jeder, der es nicht schafft, an Bord ein halbwegs normales und anständiges Leben zu führen, ist ein bedauernswerter *canijo*.«

Yu verkniff es sich, die zu erwähnen, die von ihnen gegangen waren. Da sie nach etwas Ablenkung von diesem Thema suchte, fiel ihr Blick auf die halbfertige Tonfigur. Es war eine Büste und entsprach nicht seinem früheren gegenständlichen Stil. Der Kopf war auf irgendeine absichtliche Art und Weise verformt, während das Gesicht und sein Ausdruck noch verzerrter wirkten.

»Ihr Hobby«, murmelte sie. »Aber das dort ist ganz anders als alles, was ich bisher von Ihnen gesehen habe.«

»Da macht sich der tahirianische Einfluß bemerkbar«, erklärte er. »Ich dachte – und ich nehme an, daß jeder dieser Auffassung war –, daß jede Schule und jeder Stil schon vor langer Zeit mit all seinen Möglichkeiten erschöpft und ausgereizt wurde, so daß man jetzt nichts anderes tun kann, als Variationen davon anzufertigen. Die tahirianische Kunst hat mir neue Ideen gegeben. Vielleicht trifft das auch auf das Schwarze Loch und die Existenz der Holonts zu. Auf jeden Fall ist es eine lohnende Freizeitbeschäftigung.«

»Das machen Sie nicht nur zur Zerstreuung«, sagte sie. »Es ist viel zu düster. Auf gewisse Art und Weise sogar erschreckend. Ich weiß nicht warum, und auch das ist ein Teil des Schreckens.«

»Nun«, sagte er rauh, »ich zweifle nicht daran, daß Ihre Analyse der Konstruktionspläne zutreffend ist, aber ich würde sie mir gerne zusammen mit Emil ansehen, desgleichen Ihren neuen Entwurf. Würden Sie uns alles kopieren und zur Verfügung stellen?«

»Natürlich.« Der nachdenkliche Unterton blieb in ihrer Stimme erhalten: »Ja, was wir zurückbringen, könnte die Kunst auf der Erde wiederbeleben, und die Naturwissenschaften, die Technologie, die Philosophie und alles andere ebenfalls.«

Er verriet ein wenig von den Gedanken, die ihn beschäftigten, indem er murmelte: »Falls wir überhaupt zurückkehren.«

»Ich bin sicher, das werden wir, dank Ihrer Führung«, erwiderte Yu, »aber was wir finden werden, ich glaube, das weiß noch nicht einmal der Holont.«

Auch Zeyd machte sich allmählich große Sorgen. Sobald er eine Erklärung zu seinem Wissensgebiet vorbereitet hatte, war die Übersetzung der Details eine Arbeit für den Computer. Im Gegensatz zu Mokoena konnte er nur wenig zu der stattfindenden Untersuchung fundamentaler Fragen beisteuern – die Natur des Lebens und seine Vielfalt, was für eine Form auch immer es annahm. Stück für Stück, Tagzyklus für Tagzyklus, wurde ihm immer wieder aufs neue bewußt gemacht, daß er am besten daran tat, nicht im Weg zu sein. Die Versuche seiner Freunde, ihm klarzumachen, daß dies überhaupt nicht der Fall war, machten das Ganze nur noch schlimmer

Er verfolgte an abweichenden Interessen, was er finden konnte. Dazu gehörte auch, daß er mit dem Fechten anfing, nachdem er und Nansen sich entsprechende Ausrüstungen zusammengebastelt hatten. Er beschäftigte sich wieder mit seinem Glauben, las den Qur'an, grübelte über neue Interpretationen des Universums nach, die sich aus der Lektüre für ihn ergaben. Die meiste Zeit legte er gute Laune an den Tag und hatte stets einen Scherz auf den Lippen.

Aber Mokoena wußte es besser.

»Ich sollte es eigentlich noch nicht erzählen«, sagte sie zu ihm. »Aber ich tue es trotzdem, wenn du es für eine Weile für dich behältst.«

Sie hielten sich eines späten Abends in ihrer Kabine auf. Sie hatte die Beleuchtung bis auf Kerzenscheinniveau gedrosselt und rosa getönt. Auf einem Sichtschirm waren zwei Pappelreihen zu sehen, die sich im Wind wiegten. Am Ende jeder Reihe erhoben sich eine Kuppel und ein Minarett über weißen Mauern. Die Belüftung erzeugte in der Kabine einen tropisch warmen Luftstrom. Er blickte aus dem Sessel hoch, in dem er lümmelte. »Warum diese Geheimniskrämerei?« fragte er.

Sie stand vor ihm, dunkel, ein Sinnbild der Weiblichkeit, leicht bekleidet mit einem Eifer, der herzerwärmender war, als jedes ausgesprochene Mitgefühl es hätte sein können. »Eine allgemeine Bekanntgabe wäre verfrüht«, sagte sie. »Unwissenschaftlich. Wir würden uns auf eine Schlußfolgerung festlegen, von der wir nicht sicher sein können, daß sie die richtige ist. Und dennoch, ich kann es nicht länger bei mir behalten. Ich muß das Geheimnis jemandem mitteilen. Und wem anders als dir, Liebling?«

Er setzte sich gerade. »Ja?«

»Wir – wir erfahren mehr über die Holonts. Was sie sind, wie sie überhaupt sein können. Nicht nur

Muster, mathematische Abstraktionen. Was verkörpert sie? Wie kann es stabil sein?«

Sie frohlockte innerlich, als sie sah, wie das Interesse in ihm erwachte. »Nach all unseren Versuchen und Herumrätseleien erhält Hanny endlich eine richtige Antwort?«

»Wir erhalten sie, gemeinsam.« Sie streichelte seine Wange. »Das schließt auch dich mit ein. Deine Informationen haben den Holonts gezeigt, wie unser Leben funktioniert. Dann erst konnten sie ihre Schlußfolgerungen daraus ziehen.« Sie hielt inne wie eine Athletin, die sich für einen Sprint bereit macht. »Es ist noch zu früh. Diese Interpretation könnte falsch sein. Aber sie scheint – Selim, es sieht so aus, als wären die Konfigurationen nicht flüchtig. Sie haben eine gewisse Beständigkeit, und das Leben wie unseres, seine Muster und sein Ablauf, ebenfalls. Hinterläßt es seine eigen Spur im Vakuum? Irgendeine Richtung für die Willkürlichkeit, einen Wechsel in der Metrik? Sind sie von Dauer? Selim, die Holonts – der Holont glaubt vielleicht, daß sie es sind!«

Ihn hielt es angesichts dieser Begeisterung nicht auf seinem Platz. Er sprang auf.

»Was bedeutet das?«

»Erkennst du es nicht? Daß der Tod nicht das Ende ist. Daß ... irgend etwas weiterlebt.«

»Das habe ich immer geglaubt.« Und mit leisem Spott: »Dazu war ich verpflichtet.«

»Hier ist endlich ein wissenschaftlicher Beweis – was könnte das für ... alle bedeuten!«

Er blieb betont skeptisch. »Faszinierend. Ich möchte natürlich mehr darüber wissen. Aber deine Schlußfolgerung kommt mir wie ein Trugschluß vor. Ich denke, daß die Seele, Gott, der Zweck und die Bedeutung der Existenz stets eine Frage des Glaubens sein werden.«

»Wir werden sehen«, erwiderte sie mit trotzigem Enthusiasmus.

Die Crew hatte sich im Gemeinschaftsraum eingefunden und besetzte den Halbkreis, in dem immer beraten wurde. Nansen saß in der Mitte. Dayan stand vor ihnen. Neben ihr stand Mokoena mit einem Parleur und übersetzte für die Tahirianer, die am Rand warteten. Sterne funkelten durch die Nacht auf den Sichtschirmen, Milchstraße, Sternennebel, Schwestergalaxien.

»Was wir erfahren – und worüber wir nur staunen können – ist wunderbar, grandios und überwältigend«, sagte Dayan in die gebannte Stile. »Hundert Jahre würden uns nicht alles lehren. Tausend Jahre auch nicht. Aber, mit allem Respekt für die Biologie und die Astrophysik und was immer es noch gibt, ist diese neueste Erkenntnis zu wichtig, um darauf zu warten, in einem regulären Bericht erwähnt zu werden.

Ich möchte betonen, daß es sich um eine Erkenntnis handelt, weder um eine Möglichkeit noch eine Spekulation, sondern um eine Tatsache. Der Holont scheint sich besonders bemüht zu haben, es uns zu erklären. Ich bin wiederholt die mathematischen Formeln durchgegangen, natürlich mit Hilfe des Computers, und habe das Theorem verifiziert. Ich habe das Gefühl, daß es genau das ist, worauf der Holont hingearbeitet hat – denn er hat aus der Zukunft erfahren, was dies für die Zukunft bedeuten kann.«

Sie hörte das Zischen menschlichen und nichtmenschlichen Einatmens.

»Die tahirianischen Physiker hatten sich getäuscht«, erklärte sie ihnen. »Ich sage nicht, daß sie gelogen haben. Zweifellos waren sie schnell bereit zu glauben, was sie glauben wollten. Sie waren froh, einen Grund für die Einstellung der Sternfahrt gefunden zu haben. Aber das ist nicht so wichtig. Wichtig ist, daß ein Null-Null-Sprung keine Bedrohung darstellt.

Die Wahrscheinlichkeit, daß dadurch das kosmische Gleichgewicht gestört wird, ist gleich Null. Oder sogar noch weniger als Null. Sehr ihr, der Energietransfer bildet ein Band ähnlich dem Transfer von virtuellen Teilchen, die die Kräfte erzeugen, welche Atome zusammenhalten. Ja, der Effekt ist quantenklein. Aber er ist finit, real. Jede Sternenreise entfernt das Universum weiter vom metastabilen Zustand und bringt es einem Zustand der Stabilität näher, der ewig anhalten kann.«

Mokoenas Finger zitterten. Tahirianische Mähnen vibrierten. Von Emil wehte ein Geruch herüber, der an einen ozeanischen Wind erinnerte.

Nansen stand auf. Sein Blick glitt über die Versammelten, ehe er völlig ruhig und gelassen erklärte: »Jetzt müssen wir nach Hause zurückkehren.«

43

Keine Spur war von Terralina übrig geblieben. Nachdem die Tahirianer die Gebäude abgerissen hatten, waren vierzehnhundert tahirianische Jahre Wetter und Pflanzenwuchs darüber hinweggegangen und hatten ausgelöscht, was noch vorhanden gewesen war. In ähnlicher Weise wirkten sie auch auf den Ort selbst ein. Wo ein Bach durch eine von Wald gesäumte Wiese gesprudelt war, wälzte sich jetzt ein Fluß braun und träge durch Grasland. Bäume waren selten geworden. Sie gehörten anderen Arten an, waren kleinwüchsiger, knorrig, das Laub in dunkleren Braun- und Rotschattierungen. Auch der Wildbestand war nicht derselbe geblieben. Das Wetter war warm und feucht und wurde von häufigen Wolkenbrüchen bestimmt. Die Planetenachse verschob sich, die Polargebiete schrumpften. Irgendwann würden sie sich wieder ausweiten.

Die Menschen hatten kaum einen Grund, sich deswegen den Kopf zu zerbrechen. Sie wären nur für die Dauer eines terrestrischen Monats hier, eine Zeitspanne, die ihnen widerstrebend zugestanden wurde. Ihnen blieb ein Monat Weite, Sonnenschein, Wind, Umherstreifen, Ausruhen, nicht virtuell, sondern real, ehe sie sich auf die Reise zur unbekannten Erde begaben. Sie errichteten ihre vorübergehenden Quartiere und richteten sich dort häuslich ein.

Es war zweifellos ganz gut, daß sich der Ort außer in Bezug auf seine Abgelegenheit völlig verändert hatte. Zu viele Erinnerungen wären sonst geweckt worden.

Der Himmel war wolkenlos, als Sundaram und Dayan zu einem Spaziergang aufbrachen. Sie bewegten sich ziemlich vorsichtig, da sie sich noch nicht an ihr Gewicht gewöhnt hatten. Wärme ließ Dampf vom feuchten Erdreich aufsteigen. Er war wie ein Nebel, der ein paar Zentimeter hochwallte, weiß auf umbrafarbenem Untergrund, und verschiedene Gerüche transportierte. Winzige Flügel sirrten glitzernd vorbei; größere kreisten am Himmel. Vom Fluß, einen halben Kilometer entfernt und hinter einem schilfähnlichen Dickicht versteckt, hallte der dröhnende Ruf irgendeines Tiers immer wieder herüber.

»Ja«, sagte Sundaram, »das Gespräch mit diesen Linguisten war eine Offenbarung.« So abgeschieden und isoliert die Mannschaft lebte, so kam es doch vor, daß sie gelegentlich Besuch von Gelehrten erhielt. Wenn man sich über etwas anderes unterhalten wollte als über Banalitäten, konnte nichts ein persönliches Gespräch ersetzen. Er lächelte ziemlich wehmütig. »Und es hat gutgetan, den lieben alten Simon noch einmal zu sehen, wahrscheinlich das letzte Mal. Unsere Unterhaltung hat für mich einige Punkte geklärt. Ich werde während des Heimflugs eine Menge zum Nachdenken haben.«

»Kommst du damit einer Idee zu der Semantik des Holonts näher?« fragte Dayan.

»Das ist mir zu hoch. Aber unsere Kontakte mit ihm und den Tahirianern waren außerordentlich aufschlußreich hinsichtlich der Grundlagen unserer eigenen Geister. Am Ende ist das wahrscheinlich die wahre Revolution, die wir mitbringen, nämlich Einsichten und Erkenntnisse über uns selbst.« Er unterdrückte den Tonfall der Begeisterung und wurde wieder sachlich. »Tagträume. Zuerst einmal müssen wir unseren Gedanken zu einer Form verhelfen, damit wir sie ausprobieren können.«

»Nun, wir alle haben eine Menge Stoff zum Nachdenken.«

Er sah sie von der Seite an. Ihr klares Profil hob sich ernst vom Himmel ab. »Du beklagst dich nicht«, sagte er sanft, »aber ich kann mir vorstellen, daß du schrecklich frustriert bist. Ein kurzer Blick auf fundamentales neues Wissen, und dann mußten wir aufbrechen.«

»Also nein«, erwiderte sie. »Ich hatte es ernst gemeint. Niemand von uns hat richtig bedauert, aufzubrechen. Was wir in Erfahrung gebracht haben, wird uns für den Rest unseres Lebens intensiv beschäftigen, nicht wahr? Wenji und ich gehen davon aus, die gesamte Rückreise mit intensiver Arbeit auszufüllen.«

»Wie, wenn ich fragen darf?«

»Wir wissen gar nicht, wo wir anfangen sollen, soviel gibt es. Zum Beispiel können wir uns an ersten Entwürfen von Feldantriebs-Raumschiffen für Menschen versuchen. Und welche anderen Anwendungen des Prinzips gibt es außer dem Geschwindigkeitskompensator, woran die Tahirianer niemals gedacht haben? Und was für uns noch neuer ist, vielleicht auch wichtiger – ich glaube, ich bekomme allmählich eine Vorstellung davon, wie diese Elektronenfernsteuerung des Holonts funktioniert. Quantentechnik ... Die Anwendung in der Kommunikation und der Nukleonik, als Energiequelle ... Übertragungen über Zeiträume hinweg ... Und noch viel mehr, inklusive all dessen, was du über den Geist und was Mam über das Leben, vielleicht sogar das Leben nach dem Tod herausgefunden habt. Oh, die Menschen werden mit dem, was wir ihnen mitbringen, mehrere Jahrhunderte lang beschäftigt sein.«

»Falls sie es können«, fühlte Sundaram sich verpflichtet hinzuzufügen. »Und dort könnte es Grenzen geben. Sie werden kein Schwarzes Loch für ihre Studien zur Verfügung haben und keinen Holont, mit dem sich kommunizieren läßt.«

Er war kein richtiger Wissenschaftler oder Techniker. Mit seinen eigenen Untersuchungen beschäftigt, war er nicht zugegen gewesen, als dieses Thema an Bord zur Sprache kam, oder er hatte nicht darauf geachtet. Sie korrigierte ihn. »Sie werden wissen, daß dieses Phänomen existiert, daß solche Dinge ausgeführt werden können. Das sollte eigentlich für sie ausreichen, um damit zu arbeiten.«

»Wenn es sie interessiert.«

»Ja. Wenn. Wir wissen nicht, wie ihre Zivilisation beschaffen sein wird.«

Sie gingen eine Weile schweigend nebeneinander her. Die Rufe des Wassertiers entfernten sich und wurden leiser.

»Na schön«, sagte sie unvermittelt. »Es wird Zeit, daß ich dir erkläre, warum ich dich um ein Gespräch unter vier Augen gebeten habe.«

»Ich wollte dich nicht drängen.«

»Nein, das würdest du niemals tun. Freundlich, taktvoll – und voller Verständnis für die menschliche Seele.«

»Oh, ich bitte dich.«

»Ich meine auf andere Art, als Mam es als Ärztin und Psychologin oder wir alle es auf Grund unserer

Alltagserlebnisse sind. Ich meine deine, nun, Yoga ist vielleicht das falsche Wort, aber deine spirituelle Führung. Ich erinnere mich, wie du Lajos geholfen hast, ihn beruhigt, seinen Schmerz gelindert hast während dieser Nachtwache in der Offiziersmesse. Ich vermute, daß du auch anderen auf ähnliche Art und Weise geholfen hast.«

Sundaram schüttelte den Kopf. »Ich habe keine geheime östliche spirituelle Technik zur Verfügung. So etwas ist wirklich ein Mythos.«

»Selbstbeherrschung, Empfindsamkeit – es gibt richtige und falsche Wege, du zu ihrer Beherrschung führen, nicht wahr? Das gleiche gilt für alles andere. Du kennst zumindest einige der richtigen Wege. Jetzt braucht jeder deinen Rat.«

»Warum sagst du das?«

Sie verstummte erneut. Der Nebel begann sich aufzulösen, als es allmählich wärmer wurde. Der Boden quietschte weniger und fühlte sich fester, federnder an.

»Wir sind eine Crew, unser überlebendes halbes Dutzend«, antwortete Dayan schließlich. »Unsere Beziehungen waren niemals einfach. Am Ende kam es sogar zu Mord und Totschlag. Und das geschah, als wir nur mit Fremdheit, Verlust und Verbannung in Raum und Zeit fertig werden mußten. Wir halten jetzt viel besser zusammen. Aber was ist, wenn wir unsere Verwandten aus der fernen Zukunft treffen, wenn sie zu uns kommen, wie kein nichtmenschliches Wesen es vermag? Wie können wir unser mühsam erkämpftes Zusammengehörigkeitsgefühl erhalten? Ich denke, das müssen wir, denn es ist das einzige, was wir haben. Aber schaffen wir es auch?«

Sundarams Lächeln war eher mitleidig als belustigt. »Ich kann wohl schlecht ein Seminar über Brüderlichkeit abhalten, oder?«

»Aber du kannst ... Individuen Kraft vermitteln ... wenn sie sie brauchen. Du mußt nur dazu bereit sein. Sie werden es bald wissen.«

»Du hast speziell Ricardo Nansen im Sinn, nicht wahr?« fragte Sundaram leise.

Dayan schluckte. »Ich glaube nicht, daß wir ohne ihn zusammenbleiben können.«

»Er wird uns nicht im Stich lassen. So etwas tut er nicht.«

»Nein, aber – er ist so reserviert«, sagte sie. »Höflich, pflichtbewußt, standhaft aber auch besonnen – und sonst nichts. Nichts verbirgt sich hinter seinen Augen.«

»Oh doch, da ist etwas. Er zeigt es nur nicht.«

Sie blieben stehen und sahen einander an. »Warum nicht?« fragte sie. »Ich dachte, hier, wo wir uns ausruhen und unsere Wunde heilen, käme er wieder zurück zu uns – auch sein Geist –, aber kaum hatten wir uns hier eingerichtet, da ging er weg. *Warum?*«

»Uns erzählte er, er wünschte sich mal einen Tapetenwechsel.«

»Das ergibt keinen Sinn. Es sei denn, er ist innerlich zerbrochen.«

»Du machst dir seinetwegen viele Sorgen, nicht wahr?«

Dayan schwieg.

Sundaram lächelte nun so, wie ein Mann seine in Schwierigkeiten geratene Tochter anlächeln würde. »Schieb deine Ängste beiseite, Hanny. Ihn hat es von uns allen am schwersten getroffen. Er –« Er hielt inne und fuhr nach ein paar Sekunden fort: »Er hat sich mehrmals mit mir unterhalten. Ich werde natürlich nicht darüber sprechen, was er gesagt hat. Aber ich kann auf etwas Offensichtliches aufmerksam machen, was du in deinem eigenen Schmerz wahrscheinlich übersehen hast. Ricardo Nansen ist ein Aristokrat. Er offenbart nicht bereitwillig seine Gefühle. Um mit seiner Trauer fertig zu werden, wünscht er sich eine Pause, eine Zeit alleine. Der Kapitän ist nie alleine, stets im Dienst und einsatzbereit. Ich habe ihm dabei geholfen, etwas mit den Tahirianern zu arrangieren. Vielleicht habe ich ihm auch den ein oder anderen Anstoß zum Nachdenken gegeben. Er wird bald zu uns zurückkehren – auch geistig.«

Dayan faltete die Hände und blickte an ihrem Begleiter vorbei. Hoffnung stand in ihren Augen. Schließlich sah sie ihn wieder an und sagte: »Danke. Ich wünschte, mir fielen ein paar bessere Worte ein, aber vielen Dank.«

Sundaram deutete eine Verbeugung an. »*Shalom*, Hanny.«

Die Insel lag einsam. Sie war die Spitze eines Vulkans mitten im Ozean. Seine Kraterhänge fielen schroff und mit Lava bedeckt mehrere hundert Meter ab zur Brandung. Wälder bedeckten die unteren Zonen mit ihren bronzenen und bernsteinfarbenen Schattierungen. Vogelschwärme bevölkerten den Himmel, Wassertiere schossen durch die Wellen. Ein milder Wind wehte, voll Salz und anderer Düfte. Dennoch war die Insel unbewohnt. Eine Bevölkerung, deren Zahl deutlich unter dem Maximum gehalten wurde, das der Planet vertragen konnte, hungerte nicht nach Land. Außerdem würde das angenehme Klima nicht mehr lange andauern, und Geologen sagten bereits erste Vulkanausbrüche voraus. Ein Luftfahrzeug war an diesen Gestaden ein seltener Anblick.

Ein solches, eine helle Kugelform, verharrte über dem schwarzen Sand am Strand in der Nähe einer Hütte. Nansen und ein Tahirianer standen draußen.

»(Ich bin froh, daß Sie es sind, der mich abholen kommt)«, sagte der Mensch mit seinem Parleur.

»(Wäre Ihnen Simon oder vielleicht Emil nicht lieber gewesen?)« fragte Ivan.

»(Wir haben uns voneinander verabschiedet, als wir vom Schiff abgestiegen sind. Sie waren -)« Nansen hielt inne. Der Wind spielte mit seinem Haar. Hinter dem kleinen Vierbeiner, der vor ihm stand, wogte das Meer blau, indigo und weiß. Die Brandung war niedrig, zerfiel eher gemütlich, als das sie auf dem Strand brach. Sie hatte nichts von der Heftigkeit, wie er sie an Küsten auf der Erde gesehen hatte.

»(Sie sind Freunde)«, sagte er. »(Ich habe mir immer gewünscht, daß auch Sie mein Freund wären.)«

Körperhaltung, Gestik und ein scharfer Ingwergeruch wiesen ihn nicht unbedingt ab. »(Das ist schwierig, nach dem, was Sie meinem Volk angetan haben.)«

»(Diese anderen sehen es aber nicht als Schaden an.)«

»(Nein, viele nicht. Aber die Zeiten, seit Sie das erste Mal hier gelandet sind und in denen wir zum Schwarzen Loch reisten, waren alles andere als ruhig.)«

»(Alles scheint friedlich zu sein.)«

»(Ja, äußerlich. Doch unsere Gesellschaft ist in

Bewegung geraten, alte Sitten werden aufgegeben, Ruhelosigkeit bricht aus. Das oberste Ziel, Stabilität zu erhalten, wird in Frage gestellt. Die jüngste Flut neuer Informationen, neuer Ideen, die ihre Rückkehr uns beschert hat, wird Konsequenzen haben, die nicht vorherzusehen, vielleicht sogar unkontrollierbar sind.)«

»(Ist es denn schlecht, daß sich neue Möglichkeiten eröffnen?)« fragte Nansen. »(Ich beneide Ihre Rasse um die Nähe zu dem Schwarzen Loch. Sie können dort sehr viel mehr entdecken und erfahren, als wir uns heute vorstellen können, und das Tausende von Jahren, ehe wir dazu fähig sind.)«

»(Welche Kosten verursacht der Fortschritt?)« erwiderte Ivan. »(Ich habe Ihre menschliche Geschichte studiert, und ich habe das Gemetzel an Bord mitbekommen.)«

»(Muß Ihnen so etwas zustoßen? Können Sie nicht ebenso wie wir die freie Wahl treffen?)«

»(Ich hoffe es. Mir ist schon klar, daß Sie uns nicht stören, nicht schaden wollten. Sie konnten nicht wissen, wie es bei uns aussah. Es war genauso ein unwahrscheinlicher Zufall wie die Kollision eines vagabundierenden Planeten mit Tahir. Der Kosmos ist viel weiter, größer und tiefer, als unsere Geister jemals vordringen und sein werden.)«

Ivan schwieg für einen Moment. »(Ich hasse Sie nicht)«, gab enn zu. »(Ich würde sogar gerne Ihr Freund sein.)«

Hände ergriffen einander.

Sie ließen sich los. »(Aber Sie dürfen uns nicht länger stören)«, bat Ivan. »(Lassen Sie uns erst einmal all das verarbeiten, was Sie uns hinterlassen haben. Reisen Sie ab, ehe Sie noch mehr Unzufriedenheit erzeugen, noch mehr Fragen aufwerfen.)«

»(Ich glaube, das werden wir immer tun, egal wo wir sind)«, schrieb Nansen auf seinem Parleur so gleichmütig, als hätte er die Worte ausgesprochen.

»(Ja, weil Ihre Rasse wahnsinnig ist.)«

»(Schon möglich. Und vielleicht ist das der Grund, weshalb wir reisen.)«

Der Wind wehte, die Wellen brachen sich.

44

Die Thyrianer standen loyal zu Jensu, einige der besten Polizeioffiziere der Gouvernanz waren Thyrianer, aber Clan-Bindungen hatten immer noch ihren besonderen Wert. So kam es, daß Panthos kurz nach seiner Ernennung um die halbe Erde auf einen Posten in Nord-Meric geschickt wurde, wo er direkt dem dortigen Kontinentalkommandeur, seinem Großonkel, unterstellt war.
Angesichts der wachsenden Unruhe dort waren die Gelegenheiten für spektakuläre nützliche Dienstleistungen, die mit einem schnellen Aufstieg auf der Rangleiter belohnt werden könnten, sehr zahlreich.

»Sieh nur zu, daß du die Ohren steifhältst«, warnte der alte Mann. »Es wimmelt dort von Rattennestern aus versprengten Stämmen, Leuten, Klassen, Religionen, Gottweißwas. Hinzu kommt das lebendige Strandgut der Kriege, Völkerwanderungen, Revolutionen, Konversionen, der Geschichte – viel zuviel Geschichte, und viel zu wenig davon ist unsere.«

Stramm und schneidig in seiner neuen grauen Uniform, die frischen Freiwilligenbalken funkelnd auf den Schultern, erwiderte Panthos: »Die wagen doch nicht zu rebellieren, keiner von Ihnen, oder, Sir?«

»Noch nicht. Nicht solange ich lebe, vielleicht auch nicht, solange du lebst. Sie hassen einander noch viel schlimmer, als sie den Koordinator hassen. Aber sie randalieren. Aber wenn wir sie nicht unter Kontrolle halten können, werden dadurch bestimmte Ideen geweckt, und *das* wird für gewisse Jensui-Magnaten nicht unwillkommen sein – aber mach' dir nichts draus.«

»Ich verstehe, Sir.«

»In vollem Umfang bestimmt nicht, höchstens andeutungsweise. Nun, du wirst lernen. Erwarte bitte keine Begünstigung.«

»Die will ich auch gar nicht!« rief Panthos.

Firix sah diesmal über die Verletzung militärischer Verhaltensregeln hinweg und schloß seine Lektion, indem er meinte: »Ich bin dafür zu beschäftigt. Ich werde versuchen, dir Aufgaben zuzuweisen, die deinem Maß an Erfahrung entsprechen und dazu beitragen, dich zu einem leistungsfähigen Offizier zu formen.« Seine Miene entspannte sich. »Was dich betrifft, so komm' heute abend zum Essen zu mir. Ich habe unzählige Fragen über Familie, die Güter, Freunde, alles, sogar über die Tiere und die Adaptierten.«

Im Laufe der nächsten Jahre lernte Panthos das Gefühl von Heimweh kennen. Telepräsenz war ein armseliger Ersatz, wenn man nie die körperliche Realität erfuhr. Außerdem war ein Mann am Ende des Tages einfach zu müde, um einen Anruf zu tätigen, was ohnehin durch die antipodische Position zu einer unpassenden Uhrzeit stattgefunden hätte. Oder er mußte an irgendeinem gesellschaftlichen Ereignis teilnehmen oder er und seine Offizierskameraden genossen ihre dringend nötige Freizeit oder er amüsierte sich gerade mit einem Freudenmädchen oder – was immer es war.

Er lernte auch, daß, um den Frieden des Koordinators zu erhalten, mehr nötig war als eine polizeiliche Überwachung des Solsystems.

Zuerst war er sicher in Sanusco stationiert, wo er

mit Eingeborenen direkt nur als Diener, Lieferanten und niederem Adel, die in einem größeren oder geringerem Grad jensuisiert waren konfrontiert wurde. Während der Patrouillen durch Straßen, Mietskasernen und Zwischenebenen stellte er fest, daß die Bewohner kein malerischer, undifferenzierter Haufen waren, sondern Individuen, die an ihren alten Kulturen festhielten und ihre alten Religionen pflegten. Diese praktische Erziehung war interessant, gelegentlich ergötzlich und ab und zu auch gefährlich. Er erledigte seine Aufgaben sehr gut, erwarb sich Grundkenntnisse in zwei wichtigen Sprachen und erhielt das Kommando über einen Zug. Sie waren auf dem ganzen Kontinent unterwegs, wenn sich die Notwendigkeit ergab, zum Beispiel um einer Garnison zu helfen, die in Schwierigkeiten war, oder um ihre speziellen Fähigkeiten direkt einzusetzen.

Am Ende gingen sie nach Tenoya.

Firix hielt Panthos einen eindringlichen privaten Vortrag. »Es ist ein ganz übles Loch, wie man selten eins findet«, sagte der Kommandeur. »Es wimmelt dort von Fanatikern. Von Arods, weißt du? Heutzutage predigen ihre Priester nicht mehr die Revolte, sondern sie erzählen immer wieder, wie ihre hehren Vorfahren der Aussöhnung widerstanden, und es braucht gar kein so heißer Funke zu sein, um die gesamte Region explodieren zu lassen. Wenn uns diese seladorianische Angelegenheit aus den Händen gleitet, dann könnte es sehr gut das Ende sein.«

Panthos runzelte die Stirn und suchte in seinem in jüngster Zeit ein wenig überbelasteten Gedächtnis. »Seladorianer? Ein Kult, nicht wahr? Eine Abspaltung vom Arodismus, aber friedlich, oder?«

Der Kommandeur verzog mürrisch das Gesicht. »Friedlich in der Theorie. In der Praxis jedoch unerschütterlich fanatisch. Und nur teilweise arodisch. Sie haben sich Ideen und Praktiken aus allen möglichen Bereichen zu eigen gemacht. Der Vater ihres Propheten war ein Sternfahrer, der sein Schiff verließ, um eine arodische Frau zu heiraten. Das machte sie in den Augen ihrer eigenen Leute zu Ausgestoßenen, und sie mußten in die Sternfahrerstadt umziehen. Sie hat sich dort niemals heimisch gefühlt, und nachdem er schon in jungen Jahren starb, kehrte sie mit ihrem Sohn nach Arodia zurück. Ich kann mir vorstellen, welche Einflüsse auf ihn und in ihm wirksam wurden. Im Endeffekt ist es völlig egal, daß Selador den Märtyrertod starb.

Und jetzt haben die Seladorianer in Tenoya begonnen, ihr Einflußgebiet aktiv auszudehnen. Das führte zu Konflikten mit ihren Nachbarn, was auch zu Tötungsdelikten führte. Als Rache für mehrere Morde hat eine Bande von Gläubigen nicht nur einige Roboter demoliert, die den Arods gehören, sondern sogar einige städtische technische Einrichtungen. Ihre Vereinigung weist technophobische Wesenszüge auf, und die Extremisten unter ihnen sind Mechanoklasten.

In der Stadt brodelt es. Die Garnison schafft es nicht einmal, auch nur den Anschein von Ordnung zu wahren. Ein Kontrolltrupp muß sich hineinwagen und das Problem an der Wurzel packen. Persönlich wäre mir ein erfahrener Mann lieber, aber jeder von denen ist anderswo im Einsatz. Außerdem könnte dies das Sprungbrett für deine Karriere sein, Pathos.«

Eifer sprühte. »Vielen Dank, Sir!«

Die Sitzung dauerte noch zwei weitere Stunden an.

Am Ende, als sie sich trennten, sagte Firix leise: »Ich wünschte, nicht du müßtest es sein. Nicht daß ich kein Vertrauen in dich setze, aber – deine Mutter war meine Lieblingsnichte.«

»Ich werde es schaffen, Sir«, versicherte Panthos ihm. Er nahm Haltung an und hob den Arm zum Gruß. »Stets dem Koordinator zu Diensten.«

Firix' Erwiderung war korrekt, aber ohne Feuer. Vielleicht dachte er in diesem Moment an den grell geschminkten kichernden Popanz, der im Uldan Palast saß.

Panthos wählte eine langsame Transportmöglichkeit zu seinem Bestimmungsort. Er fand dort die Zeit und die entsprechende technische Ausrüstung für eine direkte mnemonische Eingabe. Als er ankam, wußte er einigermaßen über die politische Lage Bescheid und kannte sich in der Geographie aus. Nichtsdestoweniger war das, was er von oben sah, ein harter Schlag für ihn.

Vielleicht war es das im Westen gelegene Ödland, eine von Regenkanälen durchzogene Ebene, die sich weiter erstreckte, als sein Auge reichte, eine Wüste aus Staub, vereinzelten Sträuchern und verdorrtem Gras. Nach Osten hin sank das Land zu einem ehemaligen Seegrund ab. Diese weite Fläche feuchteren Bodens war grün. Er sah Ackerland und kleine Wäldchen, durchwoben von Bewässerungsrohren und Anlagen, die die von den Pflanzen hervorgebrachten Produkte verarbeiteten. Hilfsroboter waren zwischen ihnen unterwegs. Ein gelegentliches kurzes Aufblitzen zeigte an, wo Metall das Sonnenlicht reflektierte. Nach den Menschenschlangen in Sanusco und anderen Städten – und den Burgen, Reservaten,

Dörfern und archaischen von Menschenhand angelegten Plantagen in ihrem jeweiligen Hinterland – kamen ihm Wüste und Saatland gleichermaßen verlassen und einsam vor. Thyria schien Lichtjahre weit entfernt zu sein, ein halb vergessener Traum.

Vielleicht war es Tenoya, über mehrere Quadratkilometer verteilt. Zum Zentrum hin bevölkerten immer mehr Menschen und Fahrzeuge die Straßen. Mieter füllten zyklopenhafte Gebäude, die einst anderen Zwecken gedient hatten und noch nicht eingestürzt waren. Kleine Häuser, aus Trümmern zusammengebaut, kauerten zwischen ihnen. Hier und da erhob sich ein Zwiebelturm, der auf einen Tempel hinwies. Drei antike Türme, aufwendig aufpoliert, reckten sich mit ihren eleganten Konturen und Pastellfarben in der Nähe des befestigten Garnisonsgeländes in den Himmel.

Dunst lag blau über dem Stadtkern, Staub und Qualm, Indikatoren für die Besiedlung durch den Menschen. Panthos wußte, die Nacht würde von hektischem Lichterglanz erfüllt.

Aber mehr noch als die umliegenden Zonen des Verfalls und der Preisgabe schockierte ihn dieses Leben. Er dachte unwillkürlich an Maden im Leichnam einer schönen Frau.

Genug. Er hatte eine Arbeit zu erledigen.

Der Transporter landete im Hof der Garnison. Er führte seine Männer hinaus, befahl ihnen zu warten und meldete sich beim Ältesten. »Ich schlage eine sofortige Erkundung vor, Sir«, sagte er. »Wir sind bestens vorbereitet und freuen uns sogar über ein wenig Bewegung nach so langem Sitzen. Es macht uns bekannt und vertraut, und eine kleine Demonstration der Macht sorgt sicherlich für eine friedlichere Haltung uns gegenüber.«

»Da bin ich mir nicht so sicher«, erwiderte der leitende Offizier langsam. »Gestern haben wir erfahren, daß Houer Kernaldi in der Stadt ist. Wir wissen nicht, wann er eingetroffen ist. Vielleicht ist es schon einige Tage her.«

Der Unterton der Hoffnungslosigkeit, diese Schicksalsergebenheit, mit der er eingestand, daß er auf diesem Posten regelrecht eingesperrt und nahezu zur Untätigkeit verdammt war, ließ Panthos frösteln. Er befleißigte sich eines respektvollen Tonfalls. »Wer, Sir?«

»Sie haben noch nicht von ihm gehört? Houer Kernaldi. Ein Doppelname, wie sie hören. Der Geburt nach Sternfahrer, aber in Wirklichkeit ein seladorianischer Konvertit. Er predigt und organisiert seit gut zehn Jahren und hält weiterhin Verbindungen zu seiner Sippe aufrecht.«

Er muß sehr einsam sein, dachte Panthos. Wenn er die Sternfahrt aufgegeben hat, was bleibt ihm da noch außer der winzigen Sternfahrerstadt und einem gelegentliche Raumschiff von draußen? Nun, es gab noch seine Brüder im Geiste auf der Erde, auch wenn es nur wenige waren. Und seinen Gott – oder Atman, Entelechie, Höchste Kraft, Höchster Sinn, wie immer das Wort in den verschiedenen Sprachen lautete. Der Kommandeur und die Lernprogramme hatten Panthos in dieser Hinsicht nicht sehr viel verraten. Sie wußten selbst nicht viel. »Er ist wohl ein Unruhestifter, Sir?«

»Eigentlich nicht, zumindest ist es nicht seine erklärte Absicht. Er hat niemals den Umsturz gepredigt und versucht vielleicht sogar seine Anhänger zu besänftigen. Es könnte natürlich genau die entgegengesetzte Wirkung haben, wenn man bedenkt, wie verrückt alle in Lowtown sind.«

»Ich muß ihn treffen. Darf ich hinausgehen, Sir?«

»Ich habe den Befehl, Ihnen größtmögliche Handlungsfreiheit zu gewähren«, antwortete der dienstältere Offizier ergeben. »Aber vergessen Sie nicht, wenn Sie in eine Auseinandersetzung geraten, könnte das einen allgemeinen Aufruhr auslösen, und wenn das geschieht, schaffen wir es vielleicht nicht, Sie zu retten.«

Panthos bezweifelte, daß auch der dümmste Fanatiker eine Gruppe wie seine aus freien Stücken angreifen würde. Dennoch sollte er die Provokation meiden. Er führte seine Gruppe dicht gestaffelt und in mäßigem Tempo durch das Haupttor, drängte sich nicht durch die Menschenmassen, sondern schlenderte langsam weiter und gab den Leuten Gelegenheit, gemächlich auszuweichen, so daß es aussah, als glitte ein Boot durchs Meer.

Das war ein reines Wunschbild. In Wirklichkeit brannte die Sommersonne von einem bleichen und leeren Himmel herab. Sie erzeugte scharf konturierte Schatten. Hitze flimmerte in der Luft, die so trocken war, daß jeder Atemzug in den Nasenschleimhäuten stach. Die Hitze wurde von den Wänden abgestrahlt und glich Hammerschlägen. Mit jedem Schritt in das Gewimmel wurde der Gestank schlimmer: ungewaschene Menschen, scharf gewürzte Speisen, Dung, Abfall, manchmal ein Hund oder eine riesengroße Ratte im Zustand halber Verwesung. Die Eingeborenen lärmten in ihren Verkaufsbuden, schrien einander an. Das Schlurfen ihrer Sandalen mischte sich mit dem Räderquietschen von Handkarren und dem Hupen eines gelegentlich vorbeifahrenden Motorfahrzeugs. Es waren vorwiegend Arods, schlank, mittelgroß und hellbraune Haut, schwarzes, zu Zöpfen geflochtenes Haar, Gesichter mit hohen Wangenknochen, platten Nasen und geschlitzten Augen. Die Männer waren in der Mehrzahl mit schmuddeligen weißen Anzügen bekleidet, während die Frauen grellbunte Kleidung bevorzugten. Pulsierendes Leben, mußte Panthos zugeben. Hände winkten, Füße hüpften, Münder plapperten in einem fort. Manchmal ging ein hagerer gelber Talbewohner oder ein hochgewachsener Fremder aus dem nördlichen Tiefland vorbei.

Für einen kurzen Moment fühlte Panthos sich verloren – er, seine Soldaten, seine Zivilisation – unter dieser und hunderten anderer Fremdartigkeiten auf der Erde. Sie waren kaum mehr als Körner in einem Sandsturm, der seit Ewigkeiten tobte und niemals einzuschlafen schien. Unsinn! Er führte die Männer des Koordinators, sämtlichst Polizisten der Gouvernanz. Insgesamt waren sie zwei Dutzend, die das herrschende System verkörperten.

Stets ehrfurchtgebietend waren die Krieger, zweieinviertel Meter groß, massige Körper und steinerne Mienen. Sie waren Adaptierte, deren Gene nicht für zivile Dienste, sondern für den Kampf kombiniert worden waren. Die Schützen waren gewöhnlich nützlicher, weil sie in ihren Möglichkeiten flexibler waren. Die Flitzer, kleine Burschen, die aussahen, als würden sie von den Apparaten auf ihren Rücken jeden Moment erdrückt, hinterließen den harmlosesten Eindruck. Wenn die Lage sich jedoch zuspitzte, stiegen sie plötzlich mit Hilfe von Jetdüsen in die Lüfte, Rotorflügel falteten sich auseinander und nahmen die Arbeit auf, und die Störenfriede sahen sich aus der Luft in Schach gehalten.

Panthos marschierte voran, unbewaffnet, an der Hüfte lediglich eine Seitenwaffe und die goldenen Ringe von Jensu wie eine Zielscheibe an der Mützenfront.

Auch das gehörte zur Show.

Ostwärts führten die Straßen im Zickzack nach unten, verengten sich zu Gassen mit geborstenem und schadhaftem Pflaster, bis der Polizeitrupp sich in schattigen Canyons mit einem schmalen Streifen Himmel über sich fortbewegte. In den Wänden klafften Löcher und erlaubten den Blick auf die Schuttberge dahinter. Panthos ging seine Informationen durch. Hier war Lowtown, wo Krieg und Streitigkeiten die Überreste früherer Städte zutage gefördert hatten – Arakoum war älter als Tenoya, Cago war älter als Arakoum ... Falls ein Gebäude nicht zusammengestürzt war oder wenn die Menschen es leergeräumt hatten, bezogen sie es neu, überdachten es und verschlossen die Fensterhöhlen mit jedem Material, das sie auftreiben konnten. Sie schauten hinaus auf ihren Besucher, kamen heraus und folgten der Gruppe in einer Menge, die stetig größer, lauter und feindseliger wurde.

Für sie waren die Polizisten Eindringlinge. Dieses Viertel, das sie aus Ruinen wiederaufgebaut hatten, war selbst mehrere Jahrhunderte alt.

Marschführer Bokta erschien an der Seite des Jungoffiziers. »Sie sind in gereizter Stimmung, Sir«, sagte er.

Panthos nickte. »Das kann ich sehen«, erwiderte er. »Und hören und riechen.«

»Das erinnert mich an eine Gelegenheit in Zembu, vor Ihrer Zeit, Sir, als wir Migoros Rebellion niederschlugen. Wir waren auf Patrouille durch einen Distrikt ähnlich diesem hier. Ich habe nie herausbekommen, was der Auslöser war, aber blitzschnell wollte uns ein rasender Mob an die Gurgel. Wir mußten uns den Weg zurück zum Quartier freischießen. Vier gute Männer blieben zurück und wurden regelrecht zerrissen.«

»Meinen Sie, wir sollten uns zurückziehen?«

»Tja, nein, Sir, das können wir eigentlich nicht tun. Wir könnten an der nächsten Kreuzung abbiegen und die erste Straße nehmen, die danach wieder hinaufführt. Dann nehmen sie an, wir wollten uns nur einen kurzen Überblick verschaffen.« Boktas lederartige Miene hatte sich versteift. Es war offensichtlich, daß ihm überhaupt nicht gefiel, was er empfahl.

»Wissen Sie genau, daß sie so reagieren? Dies sind keine Zembui.«

»Nein, Sir. Vielleicht reagieren sie nicht so aufgeblasen und wichtigtuerisch. Ich dachte nur, ich sollte so frei sein, es zu erwähnen.«

Der Veteran war weder ein Feigling noch war es wahrscheinlich, daß eine vorgewarnte Eliteeinheit Angst vor Verlusten haben mußte. Andererseits wären die Folgen, falls sie gezwungen waren zu töten, katastrophal. Wie nie zuvor war Panthos sich seiner Einsamkeit als Entscheidungsträger bewußt.

Er durfte nicht zögern. »Das ist vielleicht unsere letzte Chance, jemanden zu finden, der mit uns verhandelt«, sagte er. »Wir dringen weiter vor.«

»Ja, Sir.« Der Marschführer fiel wieder zurück ins Glied.

Als wollte man sie testen, wurde es vor ihnen laut. Kläfflaute hallten zwischen den Seitenwänden wider. Darüber erhob sich ein Knurren und Fauchen, das einem eisige Schauer über Kopf und Rücken rieseln ließ. Die Menschenschar löste sich auf. Männer, ein paar wenige Frauen und quengelige Straßenbengel stießen Rufe aus, balgten miteinander, rannten auf den Unruheherd zu und verschwanden die verschiedenen Quergassen hinunter. Ringsum herrschte plötzlich gähnende Leere.

Niemand war mehr da, der den Polizeitrupp an der Rückkehr zur Basis hätte hindern können, und die Rückkehr selbst war unmöglich. »Achtung!« schnappte Panthos. »Weiter!« Er fiel in einen schnellen Schritt. Stiefel stampften hinter ihm.

Der Canyon öffnete sich. Sie hatten den seladorianischen Bezirk erreicht.

Eine andere Welt. Ein anderes Universum? Rechts, links und hinter ihnen ragten Wände in ihren verwüsteten Stufen auf wie bei einem Talkessel. Vor ihnen, weit entfernt, erspähte Panthos den See, der sich in gedämpftem Grün bis zum Horizont erstreckte. Grün waren auch die Terrassen, die sich vielfach verzweigt vor ihm absenkten, aber es war ein blasseres Grün, das Grün von Winterfestigkeit und Genügsamkeit. Diese Gräser, Getreidepflanzen, Büsche und Bäume waren keine Biosynthetisierer, sie waren echtes Leben, Nahrung für ihre Pflanzer und Pfleger. Die einzige Extravaganz stellten Blumenbeete dar, die im Sonnenschein prangten. Häuser und Wirtschaftsgebäude säumten Wege. Es war eine Anordnung, die auf optimale Ausnutzung des Raums ausgelegt war. Auch sie waren aus Altmaterial gefertigt, aber hier waren sie stabil und ordentlich gebaut und rosé, gelb oder blau getüncht.

Indem er sich ins Gedächtnis rief, was er erfahren hatte, konnte Panthos sich ausmalen, wie die Seladorianer sich Generation für Generation abgemüht hatten, diese Oase zu schaffen. Sinnvoller und zielgerichteter waren heute ihre Bemühungen, sich auszubreiten. Ja, sie hatten das Recht, einiges niederzureißen und neu aufzubauen. Das machte allerdings für die Bewohner, die sie vertrieben, oder für die Angehörigen und Freunde der neuen Obdachlosen keinen Unterschied. Außerdem waren die Seladorianer in den Augen der Arodisten Gotteslästerer. Sie wollten die Maschinen zerstören, von deren Produktivität die Höhe der Hilfsgelder abhing, die die armen Leute am Leben erhielten. Treibt sie in die Wüste! Rottet sie aus! Wenn sich diese verdammte Gouvernanz nicht einmischen würde . . .

Zuerst sah Panthos keine Randalierer. Sie hatten sich auf die tiefer gelegenen Terrassen verzogen. Schreie und Rufe hallten durch die Hitze. Erster Qualm stieg auf. Die Bauwerke selbst würden nicht brennen, aber das, was sich in ihnen befand, konnte Feuer fangen, und es war schlimm, wenn man sich Bewohner vorstellte, die nicht geflüchtet waren.

Er studierte den Lageplan in seinem Kopf. »Wir gehen nach ganz unten«, entschied er. »Dort werden sicherlich Flüchtlinge sein. Nicht schießen, bis ich den ausdrücklichen Befehl dazu gebe.«

Der Trupp eilte über die oberste Terrasse und rannte eine Steintreppe hinunter. Ein Teil des Mobs randalierte unten. Die Leuten hielten Distanz zu den Polizisten und schrien ihnen ihren Haß entgegen. Die meisten befanden sich in der dritten Ebene. Männer stürmten aus den Wohnungen heraus, die sie ausplünderten. Laute Rufe; Steine und Schutt flogen durch die Luft. Die Polizisten schauten sich drohend um und setzten unbeirrt ihren Weg fort. Ein Treffer, der eine blutende Wunde verursachte, damit wurden Elitemänner fertig. Zumindest für eine Weile.

Ehe Geduld und Disziplin zusammenbrachen, erreichten sie die fünfte und letzte Terrasse. Auf Fundamenten, die mal zu einem Dock gehört haben mußten, ragte sie hinaus. Die Kante war eine Steilwand. Das Gelände bestand im wesentlichen aus einem Garten und einem Obsthain sowie aus einem Gebäude, das größer war als jedes, das sie weiter oben gesehen hatten. Überwuchert wurde es von blütenreichen Schlingpflanzen. Der seladorianische Tempel – nein, sie nannten es ein Gemeinschaftshaus. Dies war geweihter Boden.

Mehrere hundert Leute hatten sich dort versammelt. So plötzlich und zügellos die Gewalt auch ausgebrochen war, hatten die Angreifer dennoch nicht die Verfolgung aufgenommen, jedenfalls noch nicht. Statt dessen konzentrierten sie sich auf die Wohnungen und auf diejenigen, die nicht hatten fliehen können. Diese Opfer konnten nicht sehr zahlreich sein, denn die Gläubigen hatten nicht versucht, Türen zu verbarrikadieren, oder waren panikerfüllt in alle Richtungen davongestoben. Jemand hatte schnell und wirkungsvoll die Führungsrolle übernommen und sie hierher gebracht. Mütter trugen Babys, Kinder hingen an ihren Rockzipfeln, Männer halfen den Alten und

Lahmen. Kinder quengelten, ein paar Erwachsene weinten, aber sie alle zogen stolpernd und taumelnd in Richtung Zufluchtsstätte.

Sie waren gekleidet wie ihre Verfolger, bis auf einen, der neben ihnen hin- und herging. Er trug einen blauen Mantel über seinem Gewand und hatte einen Stab in der Hand. Mit Rufen und Gesten trieb er sie auf ihrem Weg an.

Ein paar brachen in heisere Hochrufe aus, als sie die Jensui erblickten.

Der Mann im Mantel bedeutete ihnen, weiterzugehen und kam zu dem Polizeitrupp herüber. Er war ziemlich klein, verbissen, nicht so dunkel wie die anderen, die Nase scharf geschnitten, die Augen frei von Falschheit und Berechnung – dem Äußeren nach ein Sternfahrer.

Panthos gebot seinen Leuten anzuhalten. »In Reihe und Glied aufstellen«, befahl er danach. »Falls irgendwelche Randalierer erscheinen, schießt über ihre Köpfe und verjagt sie.« Den Führer fragte er: »Sind Sie Houer Kernaldi?«

»Ja«, erwiderte der Mann, dessen Jensui nicht akzentfrei, aber flüssig und sicher klang. »Sie sind gerade noch rechtzeitig erschienen, Sir. Vielen Dank. Der Höchste sei mit Ihnen.«

Panthos grinste. »Reiner Zufall. Führen Sie hier den Befehl? Haben Sie keinen, hm, Priester oder Berater?«

»Ich weiß nicht, wo Honrata ist. Hoffentlich in Sicherheit.«

»Unterdessen schauen sie zu Ihnen auf, hm? Nun, Sie haben gute, gründliche Arbeit geleistet. Aber dies ist eine Sackgasse. Sie stecken in der Klemme.«

»Es gab keinen anderen Weg. Die Türen der

Zufluchtsstätte sind stabil. Ich hatte gehofft, daß sie den Attacken widerstehen, bis Rettung eintrifft.«

Das könnte schon zu lange gewesen sein, dachte Panthos. Er hatte den Verdacht, daß der leitende Offizier nichts dagegen hätte, wenn ihm das seladorianische Problem aus den Händen genommen würde. Nachher würde er mehrere willkürlich verhaftete Übeltäter erschießen. Der arodische Hohepriester würde gegen die Exekutionen protestieren, während er im Stillen erleichtert wäre. Damit wäre die Angelegenheit dann erledigt.

Jetzt jedoch hatte Panthos das Kommando über die Mission. »Ich fordere einen Lufttransporter an, um Sie in Sicherheit zu bringen«, sagte er und hob das Sender-Empfänger-Armband.

Die Antwort, die er erhielt, war wie ein Schlag in die Magengrube. »Wir können nicht«, stöhnte ein Unterführer. »Die gesamte verdammte Stadt scheint zu explodieren. Vor jeder Jensui-Einrichtung haben sich wütende Menschenmassen zusammengerottet. Wir müssen unsere Streitkräfte auf alle Punkte verteilen, sonst gerät der lynchwütige Mob außer Kontrolle.«

»Hoy. Aber Sie können doch sicher einen oder zwei Flieger entbehren, um uns rauszuholen.«

»Tut mir leid. Der leitende Offizier hat mir Bescheid gesagt, ich sollte Ihnen das mitteilen.« Er hat den Anruf sicherlich mitgehört, dachte Panthos, der Angelegenheit aber nicht mehr Zeit als diese wenigen Sekunden opfern wollen. »Es wäre einfach zu provozierend, sagte er. Man sollte lieber abwarten, bis die Angelegenheit sich von selbst beruhigt, anstatt das Risiko einzugehen, daß die Unruhen auf die gesamte

Provinz übergreifen. Wir haben Sie per Satellit geortet. Dort, wo Sie sind, befinden Sie sich in relativer Sicherheit, oder? Nehmen Sie sich in acht und warten Sie ab, bis wieder Ruhe einkehrt. Stets dem Koordinator zu Diensten.«

Die Stimme verstummte. Panthos senkte den Arm. »Haben Sie es gehört?« fragte er Kernaldi.

»Das habe ich«, sagte dieser ohne ein Anzeichen von Nervosität. »Werden Sie uns beschützen?«

»Natürlich. Sie sind Untertanen der Gouvernanz wie alle anderen.«

Männer erschienen am oberen Ende der Treppe. Sie kamen heruntergerannt.

»Hoch zielen!« befahl der Marschführer. Blitzgewehre flammten auf und dröhnten. Es war eine weitaus wirkungsvollere Demonstration als Kugeln oder Schallkanonen. Die Männer machten kehrt und brachten sich treppauf schnellstens in Sicherheit. Dabei stießen sie einen Strom von Flüchen und Schimpfwörtern aus.

»Wir sind sicher«, sagte Panthos. »Wir müssen nur warten. Das ist bei dieser Lage kein reines Vergnügen, aber wenn Sie Ihre Anhänger ruhig halten können, werden wir es schaffen.« Er war sich dessen sicher. Er war ein natürlicher Führer.

Kernaldi schüttelte den Kopf. »Ich fürchte nein, Sir. Es gibt kein Wasser.«

»Wie bitte?«

»Ich habe sofort nach unserer Ankunft hier nachschauen lassen. Wie ich befürchtet habe, fließt nichts mehr. Die Leitungssysteme werden von oben versorgt. Jemand hat die Ventile geschlossen. Nicht alle brechen in namenlose Hysterie aus. Das ist nicht zufällig geschehen. Es muß einiges an Vorplanung gegeben haben.«

»Hm.« Panthos dachte nach. Jeder seiner Männer hatte eine Feldflasche bei sich und würde jeden Tropfen Inhalt selbst dringend brauchen. »Die Erde muß noch feucht sein. Wir suchen Gefäße, graben so tief wir können und holen für die Schwächsten« – Kinder, Alte, Kranke – »heraus, was wir finden. Damit müßten sie bis morgen früh durchhalten.«

»Das bezweifle ich.« Der Tonfall war leidenschaftslos und ausschließlich von Fakten und Logik bestimmt. »Außerdem, werden wir dann frei sein? Die Belagerung könnte noch tagelang fortgesetzt werden, falls die Polizei nichts unternimmt, um sie zu beenden. Und dann, Sir, bedenken Sie auch die spirituelle Seite oder die psychologische, wenn Ihnen diese Bezeichnung lieber ist. Alles andere, was diesen Leuten gehört, wird zerstört. Der Garten ist ihr Zentrum und ihr Symbol. Wenn wir – sie selbst – ihn zerstören, werden sie dann jemals die Energie aufbringen, ihn wieder neu anzulegen, ihn aufzubauen?«

»Vielleicht können sie das nicht«, sagte Panthos. »Vielleicht sollten sie sich wieder dem alten Glauben und den alten Riten zuwenden und zu ihrem Volk zurückkehren.«

Er bedauerte seine Worte sofort. Der kleine Mann stand kerzengerade vor ihm und erwiderte: »Das ist unmöglich. Wir sind, was wir sind. Wir werden hier sterben oder zu irgendeiner seladorianischen Gemeinde fliehen, aber wir werden uns niemals ergeben.«

Panthos schwieg für einen Moment und betrachtete die Flüchtlinge. Die meisten ertrugen die Sonne, nachdem sie den Schutz der Zufluchtsstätte den Schwachen unter ihnen überlassen hatten. Mütter trösteten Kinder, Väter führten sie in den dürftigen Schatten vor den Gebäuden oder unter Bäumen. Erschöpft, benommen, hielten sie sich jedoch tapfer und unterhielten sich leise. Ständig kehrten ihre Blicke zu dem Prediger zurück.

»Was für ein Leben führen Sie eigentlich?« fragte Panthos.

Kernaldi lächelte. Seine Stimme entspannte sich. Er schlug den Tonfall eines vernünftigen Mannes an, der sich mit seinesgleichen unterhält.

»Das kann man nicht in einer einzigen kurzen Lektion erklären, mein Freund. Wieviel Geschichte kennen Sie?«

»Nur sehr wenig. Erzählen Sie mir alles.«

Kernaldis Stimme blieb weiterhin ruhig und gelassen. »Selador war nicht der erste, der erkannte, daß jede Existenz Einheit und daß Leben ihr höchster Zustand ist – ihr Sinn und Zweck, denn wie kann ein Universum ohne Leben eine Bedeutung haben? Intelligentes Leben, Bewußtsein, das ist das Ziel. Oder sollte ich lieber sagen, seine vorderste Front, denn es muß sich weiter entwickeln, bis es am Ende mit dem Ultimaten identisch ist, das sich selbst im Leben realisiert. Wir Menschen haben jedoch den falschen Weg eingeschlagen. Wenn wir so bleiben, wie wir sind, werden wir für den großen Sinn immer unwichtiger, oder wir werden, auf der Erde, sogar zu einer Bedrohung. Im Laufe der Zeit wird unsere Rasse große Not erleben und untergehen.« Er zuckte die Achseln. »Wir werden, wie der Volksmund sagt, zu einem Irrtum der Natur. Selador wollte nicht, daß es dazu kommt.«

»Er, hm, hat demnach gegen Maschinen gepredigt, nicht wahr?«

»Nein. Er war kein Feind der Technik. Es ist ein Unglück, daß einige von uns heute dazu geworden sind. Über Technologie zu verfügen, gehört zur Intelligenz. Aber die Menschen haben es zu weit getrieben und dabei schlechte Wege eingeschlagen. Sie haben ihre Existenz daran gekoppelt, anstatt die Technologie dem großen Sinn unterzuordnen. Sie haben sich von der lebendigen Welt abgetrennt. Viel zu oft erscheinen sie als ihr Feind.« Kernaldi beschrieb eine umfassende Geste. »Die Wüste hier war früher Wald und Prärie. Unsere Seelen sind verdorrt wie dieses Land. Unsere Pflicht dem Land, der Zukunft und uns selbst gegenüber besteht darin, es wieder aufzubauen, es wiederherzustellen und unser Dasein mit dem Leben in Einklang zu bringen.«

Er lächelte wieder, diesmal traurig. »Aber ich predige. Es tut mir leid. Ich füge nur hinzu, daß viele Menschen, sowohl wichtige wie einfache, diese Idee hassen. Es würde sie, aber auf jeden Fall ihre Nachkommen, zur Enklave machen.«

»Es überrascht mich, daß sie das Ganze nicht lediglich als einen Traum betrachten«, sagte Panthos und wünschte sich, er könnte es freundlicher, wohlwollender ausdrücken.

Kernaldi nahm die Bemerkung mit Nachsicht auf. »Oh, das ist möglich. Ich werde es wohl nicht mehr erleben, aber wir können damit anfangen, und das werden wir auch tun, wenn wir die Chance erhalten. Und die richtige Art von Technologie.« Er senkte seine Stimme. »Das Bioengineering braucht keine Monster hervorzubringen. Mit allem Respekt vor Ihren tapferen Männern, aber sie sind ein lebendes Beispiel für das, was ich meine. Unser Wissen ist sehr wertvoll, aber wir sollten es dazu einsetzen, um die natürliche Welt wiederherzustellen, die sich im Einklang mit unserer eigenen Natur befindet. Die Raumfahrt ist ein weiteres Beispiel. Sie hat uns viele wunderbare Dinge und Erkenntnisse geschenkt, aber sie ist kein Wert an sich – diese Haltung hat ebenfalls Monster hervorgebracht, und zwar in geistiger, wenn nicht gar in körperlicher Hinsicht – und die Zeit ist für uns mehr als reif, um zu nehmen, was wir daraus an Bereicherung und Erweiterung von Leben und Geist hier und jetzt gewonnen haben.«

Hatte das Sternfahrertum ihn zu dieser Überzeugung gebracht, fragte Panthos sich. Generation für Generation eingeschlossen in Stahl, unterwegs im Nichts zwischen den Sternen; fremde Planeten, fremde Lebewesen; während der kurzen Besuche auf der Erde, eine ständig schrumpfende Sternfahrerstadt, von der sich die Erde immer mehr entfremdete . . .

Kernaldi verdrängte die Emotionen, die sich bemerkbar zu machen begannen, und konzentrierte sich wieder auf das Naheliegende, aufs Praktische. »Nun, offenbar haben wir Seladorianer im Laufe der Zeit unsere eigenen seltsamen Riten, Sichtweisen, Praktiken entwickelt. Und wir halten zusammen, auch wenn es nur geschieht, weil wir es müssen. Allein das macht uns schon unbeliebt. Und wir haben unsere Konflikte mit der Gouvernanz. Als Sternfahrer verstehe ich all das sehr gut.«

Mit schärferer Stimme: »Habe ich jetzt genug erzählt? Sie sind dran. Was ist mit diesen Leuten, die Sie vor sich sehen?«

Die Sonne loderte, die Luft war der reinste Ofen. In der Dunkelheit der Zufluchtsstätte weinte ein Baby.

Panthos war jung. Er traf schnell eine Entscheidung. Dennoch blieb er kühl und gelassen, während er antwortete: »Sie haben recht. Sie unter Bewachung zu halten, ist kein echter Schutz. Wir eskortieren Sie zur Garnison.«

Kernaldi musterte ihn lange, ehe er im gleichen ruhigen Tonfall fragte: »Verstößt das nicht gegen Ihre Befehle?«

»Ich habe keine direkten Befehle erhalten.« Panthos spürte, daß er sich lieber ganz offen äußern sollte. Und das wollte er auch. »Als wir diesen Punkt verließen, konnten wir nicht umkehren. Es wäre auf eine Auseinandersetzung hinausgelaufen. Wenn wir zur Garnison kommen, können sie Ihnen Wasser, Nahrung und Schutz nicht verweigern.« Was ihn selbst betraf, so drohte ihm sicher nichts schlimmeres als ein Tadel und vielleicht eine kurze Strafpredigt vom leitenden Offizier. Schließlich führte er eine Spezialeinheit, die ihre Befehle direkt vom Kommandeur des Kontinents erhielt, dessen Großneffe er zufälligerweise war.

Kernaldi führte die Hand an die Stirn. Obgleich er nichts mit der Sternfahrersippe zu tun hatte, erkannte Panthos sofort den Sternfahrergruß. »Vielen Dank, Sir. Sie sind ein Ehrenmann.«

Kernaldi kehrte zu seinen Anhängern zurück, ging zwischen ihnen umher, redete, berührte und spielte seine Rolle. Gelegentlich schnappte Panthos die ein oder andere Bemerkung auf. Er sah, wie sie für Ruhe und Ordnung sorgten.

»Ich denke, wir können den Mob in Schach halten

und uns hindurchwagen«, sagte er zu Bokta. »Egal, was geschieht, schießen Sie nur dann, wenn absolut keine andere Wahl bleibt, und dann auch nur auf diejenigen, die uns direkt bedrohen. Falls Sie irgendwelche Zweifel über ihre Absichten haben, halten Sie sich zurück. Ist das klar, Marschführer?«

»Ja, Sir«, erwiderte Bokta. »Ich wünschte, es wäre nicht so«, murmelte er. Ein Veteran konnte sich solche Bemerkungen ungestraft erlauben.

Kernaldi sorgte für Ordnung unter den Seladorianern. Bokta sicherte die Gruppe vorne, hinten und auf beiden Seiten. Die Flitzer stiegen auf. »Dann los«, befahl Panthos und ging voraus.

Die Treppe hinauf, wo das Erhalten der Formation schwierig war. Über die Terrasse nach oben. Wie er erwartet hatte, wichen die Randalierer zurück und wichen nach rechts und links aus. Sie schimpften, einige brüllten Flüche, ein paar warfen sogar mit Gegenständen, aber sie machten den Polizisten Platz. Qualm wallte in der Luft. Von der Sonne überstrahlt leckten blasse Flammenzungen über Haushaltsutensilien. Rotorflügel flappten.

Anhänger und Polizisten erreichten die letzte Stufe, überquerten sie mit ihren Resten von Grünpflanzen und marschierten eine einsame Straße hinauf. Hohe Wände zu beiden Seiten erzeugten einen intensiven Schatten, aber die Hitze brannte weiterhin auf der Haut. Stiefel knallten auf Stein. Türen und Fenster blieben geschlossen. Niemand schaute aus Verkaufsbuden oder aus den Trümmerbauten heraus.

Panthos' Geist bewahrte höchste Wachsamkeit. Ein flüchtiger Gedanke – der Wunsch nach einem kalten Bier – huschte ihm kurz durch den Kopf. Und wenn er erst einmal wieder in Sanusco war, dann wartete dort ein Mädchen ... und dann Urlaub, nach Hause ...

Ein Gewehrschuß bellte. Weder hörte noch spürte er, wie die Kugel durch seinen Kopf raste.

Waffen wurden in Anschlag gebracht. »Nicht schießen!« brüllte der Marschführer. Unmöglich festzustellen, wo in diesem Trümmergewirr der Heckenschütze lauerte oder welche Frauen und Kinder ihn deckten. Der Truppführer hatte eindeutige Befehle gegeben.

»Oh Höchster –« Kernaldi ging neben dem hingestreckten Körper in die Knie. Er schloß die Augen.

Kein weiterer Schuß fiel. Wahrscheinlich lachte der Mörder sich jetzt ins Fäustchen und war längst über alle Berge. »Hebt ihn auf«, befahl Bokta nach einer Weile. Ein Krieger raffte zusammen, was von Panthos noch übrig war, und drückte es an seine Brust. Kernaldi hatte seine Anhänger beruhigt. Sie marschierten weiter.

»Jetzt«, sagte Kernaldi, »wird die Gouvernanz uns erst recht weiterhin beschützen müssen.«

45

Während der Rückreise zu Sol suchte Nansen oft das Kommandozentrum auf. Eine Notwendigkeit dazu bestand kaum. Wie immer überwachte die *Envoy* sich selbst und führte einen Null-Null-Sprung nach dem anderen so glatt und flüssig durch, daß die Crew von den Übergangsstadien überhaupt nichts mitbekam. Nur wenn sie im Begriff war innezuhalten und in den freien Orbit überzugehen, also in den Normalzustand überzuwechseln, um notwendige Beobachtungen und Ortungen vorzunehmen, begaben Kapitän und Ingenieur sich auf ihre Posten. Das geschah jedoch eher aus einem anerzogenen Pflichtgefühl heraus als aus der Erwartung irgendwelcher Probleme.

Aber in der Zwischenzeit, wenn er alleine sein wollte und das Gefühl hatte, als würden die Wände seiner Kabine ihn erdrücken, kam er her, um zwischen den Instrumenten zu sitzen, die Stille zu genießen, die Innenbeleuchtung zu drosseln, die großen Sichtschirme zu aktivieren und sich in der Pracht ringsum zu verlieren.

Eines Tages, etwa nach der Hälfte der Reise, hörte er hinter sich leise Schritte. Er drehte den Kopf und gewahrte, wie Dayan im Halbdämmer, den er geschaffen hatte, eintrat. Sie trug einen grauen Overall, und er konnte das Rot ihres Haars nicht erkennen, aber Sterne und Milchstraße versahen es mit einem silbrigen Schimmer. Während er sich von seinem Platz erhob, atmete sie zischend ein. Er wunderte sich. Ihm war nicht bewußt, daß er als scharf gezeichnete Silhouette vor dem Kosmos erschien.

»Herzlich willkommen«, sagte er. Seine Freude war genauso echt wie seine Überraschung.

»Ich bin ... nicht ganz sicher, ob ich das wirklich bin«, erwiderte sie.

»Du bist immer willkommen, Hanny.«

Sie senkte den Blick, hob ihn wieder und sah ihm in die Augen. Ihr Stimmungswechsel nach dem Optimismus und der Begeisterung über ihre Projekte, die sie mit Yu verfolgte, war für ihn plötzlich wie ein eisiger Hauch. Sie redete gleich weiter. »Es tut mir leid, dich beim Nachdenken stören zu müssen.«

»Ich hab gar nicht nachgedacht. Und selbst wenn, dann hätte ich diese Störung niemals bedauert.«

»Aber – ich glaube, du kannst erraten, weshalb ich hier bin.«

Er lächelte. »Weil ich hier bin.«

Seine aufgesetzte Fröhlichkeit verflog unter ihren Worten. »Ich dachte, du solltest es als erster hören, privat, und ich wollte nicht warten, bis du in deiner Kabine bist. Ich hätte die Fragen aller anderen abwehren müssen.« Sie schaute weg, betrachtete eine kleine Wolke, die in der kristallenen Schwärze glimmerte. Es war ein Nebel, in dem Sonnen geboren wurden. »Außerdem ist dieser Ort viel passender.«

»Es betrifft deine jüngsten Beobachtungen, nicht wahr?« fragte er langsam. Sie waren nicht sehr einfach gewesen, da sie allein hatte auf den Rumpf hinausgehen müssen. Sundaram, Zeyd und Mokoena fehlte die Erfahrung und das Geschick, um ihr dabei zu helfen. Nansens und Yus Angebote zur Mithilfe hatte sie mit der Begründung abgelehnt, daß das Risiko zwar nur gering war, aber daß das Schiff keinen von ihnen beiden verlieren durfte.

Sie nickte.

»Ja. Ich habe die Sichtung der Daten abgeschlossen.«

Er verschränkte die Arme und wartete. Die Belüftung säuselte und war in seinen Ohren nicht lauter als sein eigener Pulsschlag. Zu diesem Zeitpunkt war die Luft ziemlich kühl und transportierte einen herbstlichen Geruch.

»Es gibt keinerlei Zweifel mehr«, sagte Dayan. »Der Sternenflug in der Sol-Region – hat – stetig abgenommen. Extrem. Es gibt ihn nicht mehr.«

Das Zwielicht beließ die Gesichter im Dunkeln. »Das hatte sich ja schon frühzeitig abgezeichnet«, murmelte Nansen.

»Wir waren nicht sicher. Es gab gewisse statistische Schwankungen – Jetzt aber, also die Spuren, die ich diesmal angemessen habe –« Sie schluckte. Nach einer Sekunde hatte sie sich weder in der Gewalt, und ihre Stimme erklang in gewohnter Sachlichkeit. »Insgesamt neunzehn. Die größte Distanz zu Sol war fünfundfünfzig Lichtjahre, plus oder minus drei. Die Hauptdistanz betrug zwanzig.«

»Runter von zweiundsechzig Flügen mit einer Durchschnittsweite von fünfundfünfzig Lichtjahren«, erinnerte er sich. »Vor zehn Wochen.«

»Vor tausend Jahren«, rief sie ihm unnötigerweise ins Gedächtnis.

»Und jetzt – nein ›jetzt‹ ist bedeutungslos – sind diese für uns neuen Wellenfronten zweieinhalbtausend Jahre alt«, sinnierte er. »Die Sternfahrt der Menschen erlebte ihren Höhepunkt etwa viertausend Jahre, nachdem wir die Erde verließen. Danach ging sie kontinuierlich zurück.«

»Symbolische Zahlen«, sagte sie nüchtern. »Ich habe in meinem Bericht genauere Werte.«

Nansen blieb längere Zeit stumm. Die Sterne funkelten in Konstellationen, die für die Erde völlig fremd waren. »Machen Zahlen einen wesentlichen Unterschied?« erwiderte er. »Wichtig ist viel eher, was wir vorfinden, wenn wir ... nach Hause kommen. Oder nicht vorfinden.«

Trotz regte sich. »Oder wie die Yankees immer zu sagen pflegten, ›Noch sind wir nicht besiegt.‹ Trotz allem, was wir wissen, kann die Lage sich erholt haben.«

Er sah sie an. Das Sternenlicht fing sich in ihren Augen und strahlte aus dem Schatten zurück. »Glaubst du das wirklich?«

Die Reflexe erloschen. »Ich würde es gerne. Aber ich tue es wahrscheinlich nicht.«

»Es scheint tatsächlich, als hätte jede andere Rasse, die sich auf diesem Gebiet versucht hat, sich verausgabt oder jedes Interesse daran verloren und einfach aufgehört. Oder sie wird es irgendwann tun. Warum sollte es bei uns anders aussehen? Welche Wachstumskurve hat denn einen immerwährenden Anstieg?«

Sie kam einen Schritt auf ihn zu. »Nimm es dir nicht zu Herzen, Rico«, sagte sie leise.

»Richtig, das sollte ich nicht tun. Die Ironie ist nur –« Seine Fassung bekam Risse, die sie deutlich wahrnehmen konnte. »Wir können kaum von einer grausamen Ironie sprechen, nicht wahr? Das Universum ist nicht grausam oder freundlich oder sonst irgend etwas. Es ist ganz einfach nur. Es schert sich noch nicht einmal um sein eigenes Überleben.«

»Dein Gott sollte es aber tun.«

»Nun«, seufzte er, »die Kirche hat uns gelehrt, daß eines Tages auch die Zeit enden wird.«

Sie berührte seine Hand. »Rico –«

»*¿Si?*« Er klang erschrocken.

»Wenn es so ist – wenn die *Envoy* das letzte menschliche Sternenschiff ist – dann laß dich davon nicht unterkriegen.« Dayans Stimme wurde lebhafter. »Eine bittere Enttäuschung, sicher. Für uns alle. Aber wir haben unsere Reise nicht umsonst unternommen. Wir hatten unser Erlebnis, haben unsere Entdeckungen gemacht, wie haben *gelebt*. Und dies ist ganz bestimmt nicht das Ende des Lebens.«

»Nein«, mußte er ihr beipflichten.

»Wenn die Menschen nicht mehr hinausziehen, nichts mehr riskieren, könnte es sein, daß bei ihnen Frieden herrscht, so wie die Tahirianer es sich gewünscht haben?«

»Das bezweifle ich.«

»Eigentlich gab es bei uns niemals einen richtigen inneren Antrieb, ein Bedürfnis oder einen Instinkt, der uns zum Erkunden animiert hätte. Wir beide haben damals, in jenen Tagen, vielfach davon reden hören, aber Tatsache ist, daß die meisten Menschen während des größten Teils ihrer Geschichte immer zufrieden waren, sich ein warmes Plätzchen zu suchen und den eigenen Garten zu pflegen. Erkundung, Forschung waren kulturelle Dinge.«

»Und individuelle Unternehmen«, beharrte er.

Sie betrachtete ihn im Sternenschimmer. »Für Individualisten wie dich.«

»Und dich, Hanny.«

»Aber wäre Frieden denn so schrecklich?« fragte sie. »Angenommen die Erde ist friedlich und schön.

Angenommen, wir können für uns so etwas finden wie deine *estancia*. Dann könnte ich mich dort zufrieden niederlassen.«

»Du erinnerst dich an die *estancia*?« fragte er verblüfft.

»Wie könnte ich die vergessen. Die kurze Zeit, die ich dort verbrachte, war fast die glücklichste Zeit, die ich je kennengelernt habe.«

»Hanny.«

Sie gab sich einen Ruck, demonstrierte Entschlossenheit. »Na schön, Rico. Ich wollte das schon immer aussprechen, so bald sich dazu die Gelegenheit ergab. Natürlich ging es nicht früher. Aber es ist nun mehr als ein Jahr her, seit wir Jean verloren haben.«

Sein Machismo wurde brüchig. »Ich – hab mir natürlich auch gewisse Gedanken gemacht – aber –«

Sie lächelte im matten Sternenschein. »Aber du bist der Kapitän und ein Gentleman und hast dir einfach nicht gestattet wahrzunehmen, wie ich dich in letzter Zeit mit den Wimpern angeklimpert habe.« Und eilig: »Rico, wir haben noch sechs Monate Reisezeit vor uns. Danach – Wir können nicht wissen, was danach ist. Aber wir haben dieses halbe Jahr.«

»Um zu erforschen und zu ergründen, was wir herausgefunden haben, ja.«

»Und mehr als das.«

»Um glücklich zu sein«, sagte er verblüfft.

46

Dort, wo die Schlucht am engsten war, entwickelte der Fluß auf ihrem Grund die heftigste Strömung. Graugrün und mit weißen Schaumflocken bedeckt, tobte er zwischen Steilwänden, brach sich an einzelnen Felsblöcken, die an seichten Stellen aus dem Flußbett ragten, und schleuderte seinen feuchten, eisigen Atem in den Sonnenschein. Treibgut aus den höher gelegenen Regionen wirbelte und tanzte in der Strömung, Äste, Laub, manchmal ein totes Wildtier, eine Baumwurzel oder ein umgestürzter Baumstamm. An dieser Stelle war die Schlucht schmal genug, so daß die Susuich eine Brücke hatten hinüber schlagen können.

Als sie aus dem schattigen Halbdunkel und unter dem blauen Laubdach des Waldes auftauchte, blieb Vodra Shaun am Rand stehen, um sich anzusehen, was sie überqueren mußte. Eisenrostroter Fels fiel zehn Meter bis zum Wasser ab. Der Abstand zwischen beiden Seiten war etwa doppelt so groß. Eine Hängebrücke wäre sicherlich das richtige gewesen, aber keine natürliche Faser hatte die ausreichende Stärke und Zähigkeit – zumindest keine, die in dieser Region gedieh –, und bisher schloß der Handel der Susuich mit den Hrroch keinerlei Stahlkabel ein. Stattdessen hatten die Erbauer dünne eingeborene Bäume entsprechend zugeschlagen. In Löcher und Spalten der Seitenwände eingesetzt, ragten Stützen hoch, verbanden sich mit anderen Stämmen und bildeten Verstrebungen, die wiederum zwei Hauptstränge trugen, auf denen Querstäbe ruhten. Das Ganze war mit einigen

Lederriemen zusammengebunden worden. Für den Bau war offenbar sehr viel Geschick und Mut nötig gewesen, und er dürfte sicherlich einige Leben gekostet haben.

Dau Ernen blieb neben ihr stehen. »Sieht ziemlich baufällig aus, nicht wahr?« sagte er.

»Nun, ich könnte mir jetzt wünschen, wir wären nicht so schwer beladen«, gestand Vodra. Sie grinste. »Aber das wünsche ich mir schon, seit wir aufgebrochen sind.«

Ihre Lasten waren in der Tat beachtlich, selbst bei einer Gravitation, die um zehn Prozent geringer war als die der Erde.

Neben Schlafsäcken, Zelt, Medikits und anderen Ausrüstungsgegenständen schleppten sie Verpflegung für zwei Monate mit. Nichts von dem, das auf Brent lebte, konnte sie ernähren. Sternfahrer hatten nur selten Gelegenheit, Rucksackwanderungen zu unternehmen. Vodra selbst hatte es eigentlich vorher nur ein einziges Mal getan, und zwar während ihres letzten Besuchs auf diesem Planeten. Dau hatte es noch nie gemacht und sich von Anfang an mannhaft geschlagen. Jung, gut in Form, war er im Laufe der Marschtage immer zäher geworden.

Ri war bereits auf die Brücke getreten. »Los, auf!« rief er. »Wir haben bis zum nächsten halbwegs guten Lagerplatz noch einen weiten Weg!«

Als Silhouette vor dem sonnigen Himmel bot er einen eindrucksvollen Anblick. Lang, schlank bis auf eine athletische Brust, waren seine Proportionen zwar nicht menschlich, aber sie repräsentierten eine edle, abstrakte Skulptur von einem Menschen. Der Kopf war anders, gefiedert, rundohrig, mit großen und goldenen Augen über einem gekrümmten Schnabel. Ein Kilt schützte die rote Haut. Nur wenig mehr als ein Gewehr und ein Messer aus hrrochscher Herstellung behinderten ihn. Während er durch diese Wildnis, seine Heimat zog, ernährte er sich von dem, was er dort vorfand.

Vodra hielt sich den Transponder, der um ihren Hals hing, vor den Mund. »Wir überlegen, ob wir sicher auf die andere Seite kommen«, sprach sie hinein.

Das Instrument verwandelte ihre Laute in das Trillern und Zwitschern, das sie selbst nicht gut genug hätte erzeugen können, um verstanden zu werden. Menschliche Intonationen brentanischer Worte waren nur selten mehr als grobe Annäherungen.

Aber auch die Sprache, die sie als Äquivalent benutzte, war es nicht. Es kam als Hrrochan heraus. Bisher hatten die Sternfahrer ernsthafte Kontakte nur mit der Zivilisation jenseits des östlichen Meeres unterhalten, die technologisch weiter entwickelt war als alle anderen. Ri gehörte zu denen, die ihre Sprache erlernt hatten. Das Wissen stammte von Kaufleuten, die auf ihrem Weg von den Küstenkolonien nach Westen in den Bergen Außenposten eingerichtet hatten. Im Laufe der Jahre hatten seine Sprachkenntnisse Ri soweit ausgezeichnet, daß er als Unterhändler zwischen ihnen und seinen Herren fungieren konnte. Nun sollte er sogar ein paar Fremde noch weiter nach Westen bis ins Herz des Landes führen.

Er winkte mit einer vierfingrigen Hand. »Achtet darauf, daß ihr das Gleichgewicht haltet«, riet er ihnen. »Kommt jetzt!«

»Nun, ich denke, wir können es wagen«, sagte Dau

in der Sternfahrersprache, nachdem Vodra für ihn übersetzt hatte.

»Das ist auch besser so«, erwiderte sie. »Es ist ganz deutlich, daß diese Kultur für Furchtsame nichts übrig hat. Wenn wir irgendeinen Gewinn aus unserer Expedition ziehen wollen, müssen wir mutig vorgehen.«

Ri wartete auf sie. Seine ursprüngliche Haltung gegenüber Menschen, teil wachsam, teils staunend, hatte sich in Kameradschaft verwandelt. Als Vodra ihn erreichte, Dau hinter ihr, gab er ein gluckendes Geräusch von sich, das in etwa einem Lächeln entsprach, und machte kehrt, um weiter voraus zu gehen.

Die Brücke war kaum einen Meter breit und hatte kein Geländer. Ihre dünne Konstruktion zitterte unter ihren Füßen. Angeschwollen durch Schmelzwasser, schäumte unter ihnen der Fluß.

Ri erkannte die Gefahr als erster. Er stieß einen schrillen Schrei aus und rannte los. Schwerer und weniger gewandt aufgrund ihrer Herkunft und mit den schweren Lasten auf ihren Schultern, wagten die Menschen nicht, seinem Beispiel zu folgen.

Ri war ebenfalls zu langsam.

Daß es ausgerechnet in diesem Moment passieren sollte, war höchst unwahrscheinlich. Oder nicht? Vielleicht mußte die Brücke alle paar Jahre erneuert werden. Vodra hatte nicht daran gedacht, eine derartige Frage zu stellen.

Ein Baum trieb flußabwärts, nicht einer von der dünnen, einheimischen Sorte, sondern ein Bergriese, massiv, entwurzelt durch ein Hochwasser oder einen Erdrutsch oder den Abbruch eines Uferabschnitts.

Ausladend, sich drehend, während er vorbeitrieb, verfingen seine Äste sich in der Brücke. Der heftige Schwung des Baum riß die Brücke mit. Holz brach und knirschte. Die Haltestreben gaben nach. Die Brücke stürzte ein.

Sternfahrer hatten antrainierte schnelle Reflexe. Während sie spürte, wie ihre Füße den Halt verloren, löste Vodra den Bauchgurt und befreite ihre Arme aus dem Rucksacktragegestell. Aus den Augenwinkeln sah wie, wie Dau dasselbe tat. Die Brücke sackte langsam ab, riß die Streben mit, die sie hielten. Vodra faßte nach dem nächsten Halt, erwischte ihn und hielt sich fest. Das bremste ihren Sturz.

Doch dann war sie unten, und der Fluß nahm sie gierig auf.

Sie verspürte weder Angst noch die Kälte. Sie war viel zu sehr damit beschäftigt, am Leben zu bleiben. Ein Teil ihrer Persönlichkeit schien beiseite zu treten, sie zu beobachten und Befehle zu geben. Atme tief ein, ehe du einen Schwimmzug machst. Das Wasser ist voller Eis- und Schneekristalle und deshalb trübe, so daß du so gut wie blind bist, aber halte trotzdem die Augen offen. Vielleicht siehst du einen dicken Stein rechtzeitig, um ihm auszuweichen. Schwimm nach oben. Zur Oberfläche. *Atme.* Die Strömung zieht dich wieder runter. Wehr' dich nicht dagegen, bewege dich so wenig wie möglich, spar' deine Kräfte. Du brauchst jedes Quentchen Energie. Hoch. *Atme.* Sieh dich um, solange du es kannst. Das rechte Ufer ist näher. Versuch' hinzukommen, aber achte auf Steine. In diesem Fluß wäre ein Aufprall heftig genug, um Knochen zu brechen. Wieder runter. Auf keinen Fall die Schuhe ausziehen. Sie werden dich schon nicht ertrinken lassen. Tu das erst, wenn du zu schwach bist. Hoch. *Atme.* Wo ist die Sonne? Schatten, ein Streifen Himmel hoch über deinem Kopf, unverschämt blau und ruhig; schäumendes Wasser – Paß auf! Felsklotz voraus! Ein ganz großer, der hoch aufragt. Schwimm' auf der Seite. Jetzt, Knie beugen, strecken, stoß dich mit den Füßen ab. Weiter. Atme nicht so kurz und hektisch. Noch bist du nicht völlig außer Atem. Und die Strömung wird langsamer.

Und noch langsamer. Der Fluß hatte den steilsten Teil seines Weges hinter sich. Er war auch breiter geworden und ergoß sich jetzt durch einen Canyon. Die Seitenwände waren jedoch noch viel höher. Zur rechten schirmten sie die Sonne ab.

Sie bestrahlte die oberen Ränder der linken Steilwand, zauberte goldenen Glanz auf ihr Rostrot, doch das ließ das Halbdunkel hier unten noch intensiver erscheinen.

Trotzdem konnte sie ein stückweit sehen. Relativ nah lag ein kleiner Strand. Das Wasser schäumte nicht mehr so laut. »Haaalloo-oo!« hörte sie und blickte zurück. Von dort kam Dau. Er hatte Glück gehabt und einen dicken Holzbalken gefunden, mit dessen Hilfe er sich über Wasser halten konnte. Und nicht nur sich selbst, wie sie sah. Ein Arm hielt Ri darauf fest. Der Brentane bewegte sich matt, während der Holzbalken im Wasser schaukelte.

Als Vodras Füße Grund berührten, schaltete sich ihr Autopilot aus. Plötzlich war sie wieder sie selbst, verspürte heftige Schmerzen, schluckte und zitterte vor Kälte. Sie watete an Land und ließ sich auf einen Schotterstreifen vor der Steilwand fallen. Gestrandetes Treibholz bedeckte den größten Teil davon.

Dau landete. Er war weniger erschöpft und schleppte Ri aufs Trockene. Sein Anblick versetzte Vodra einen Schock, der sie hellwach werden ließ. Sie richtete sich auf.

»Bist ... bist du okay?« stammelte Dau. Sie sah die Angst in seinem Gesicht und wußte, daß sie echt war. Das lag nicht nur daran, daß sie der einzige andere Mensch im Umkreis von tausend Kilometern oder mehr war. Sie war auch das engste an Freundin, was er bisher gehabt hatte. Jeder an Bord der *Fleetwing* war höflich, sogar hilfsbereit, aber ein Neuer wurde nicht so schnell als vollwertiges Mitglied in die Mannschaft aufgenommen. Zu viele Traditionen, Gewohnheiten, Sitten, Redeweisen, all die feinen Nuancen des Dazugehörens war anders. Vodra hatte den schüchternen Jungen von Argosy unter ihre Fittiche genommen. Das war einer der Gründe, weshalb sie ihn als ihren Partner für diesen Ausflug ausgesucht hatte. Sie wollte ihm die Chance geben, sich selbst zu beweisen.

Durchaus möglich, daß sich das nicht gerade als eine besondere Gunst für ihn entpuppte.

Der Gedanke flatterte davon. »Paß auf«, rief sie. »Sei vorsichtig! Er ist verletzt. Schlimm, wahrscheinlich.« Ri lag schlaff in Daus Armen. Die langen Gliedmaßen hingen herab, der Kopf rollte hin und her, die Augen waren geschlossen, der Schnabel klaffte auf.

»Er muß auf etwas aufgeschlagen sein, als wir abstürzten«, sagte Dau. »Ich sah ihn und hab ihn mir geschnappt. Er war bewußtlos. Ich weiß nicht –«

»Du kannst nicht«, unterbrach Vodra. »Ich habe ein wenig brentaische Anatomie gelernt. Da, knie dich hin, ich helf dir, ihn auf den Boden zu legen.«

Ihre Finger huschten über die rote Haut. Sie fühlte sich heiß an. Nun, die normale Körpertemperatur war höher als ihre. Sie hätte sich gerne an ihn gekuschelt. Nein, lieber frieren, bis das hier erledigt war. Es waren keine schwereren Verletzungen zu erkennen. Aber – ja. Diese kantige Schwellung auf halbem Weg zwischen Nacken und Taille.

Sie erhob sich. »Nicht gut«, sagte sie. »Ich glaube, er hat sich das Rückgrat gebrochen.«

Dau löste den Blick von Wasser, Steinen und Schlamm ringsum. »Wir bringen ihn ins Sanitätsrevier –«

»Er gehört nicht zu unserer Rasse«, sagte Vodra. »Wir haben für sein Biom keinerlei Wiederherstellungstechnik. Glücklicherweise ist eine solche Verletzung für sie nicht so schlimm wie für uns. Wenn wir ihn umsichtig behandeln, müßte er sich eigentlich schnell davon erholen.«

Dau fingerte an seinem Overall herum und holte seinen Radiotransceiver aus einer Tasche. Unbeholfen und zitternd suchten seine tauben Hände die Tasten. Ein grünes Licht flammte auf, ein winziger heller Fleck im Dunkel der Schlucht. »Er funktioniert noch«, sagte er mit blau angelaufenen Lippen. Und die *Fleetwing* hatte, wie immer, Relaissatelliten im Orbit plaziert. »Ich rufe Hilfe.«

»Warte«, bat Vodra. »Eine Rettung ist nicht so einfach.«

Er blinzelte. »Häh?« Seine Zähne klapperten. Er unterdrückte diese Reaktion. »Oh ja, ein Raumboot kann hier unten nicht landen. Aber sicherlich irgendwo oben, in der Nähe.« Er schaute die steilen Wände hoch. Vernarbt, rissig, mit Büschen und

Zwergbäumen bewachsen, wo immer ein Samenkorn Erde gefunden hatte – es wäre schwierig, aber nicht unmöglich hinaufzugelangen. »Wir klettern.«

»Aber nicht mit Ri im Schlepptau. Vor allem wenn wir sein Leben retten wollen.«

»Oh – aber wir können nicht hierbleiben«, protestierte Dau. »Wir würden verhungern. Nein, noch eher erfrieren. Dieses Boot sollte lieber möglichst bald landen.«

»Es sollte am besten überhaupt nicht landen, nirgendwo in diesem Land«, sagte Vodra zu ihm. »Hast du das vergessen?«

Vor langer Zeit, als Sternfahrerschiffe erkundeten und Handel trieben, gaben ihre Mannschaften interessanten Planeten, die sie fanden, eigene Namen. Die *Fleetwing,* die weiter herumkam als alle anderen, machte die meisten dieser Entdeckungen und errang damit das exklusive Recht, sich mit ihnen zu beschäftigen. Jeder Mythenkatalog wurde schon früh durchgeforstet und geleert. Die Besatzung der *Fleetwing* fand es ganz in Ordnung, Welten, auf denen vernunftbegabte Wesen lebten, nach Mannschaftsangehörigen der *Envoy* zu benennen. Sie waren für sich schon ein halber Mythos.

Brent war ungewöhnlich erdähnlich und vielversprechend. Vor allem die Hrroch hatten den Eisenbau entwickelt. Genaugenommen waren sie hervorragende Bauern. Während es für die Menschen nichts Eßbares gab, konnten sie eine breite Palette von biologischen Produkten anbieten, von luxuriösen Textilien bis hin zu Mikrobenchemie. Wenn man all das umsichtig vermarktete, konnte man damit auf von Menschen bewohnten Planeten hohe Preise erzielen. Natürlich, war die Idee erst einmal geboren, würde schon bald irgend jemand es viel billiger finden, die Ware synthetisch herzustellen anstatt sie zu importieren. Aber unterdessen pflegten die Hrroch schon mit weiteren neuen Ideen herauszukommen. Die Sternfahrer stimulierten mit ihrem Handel oft genug auch einen allgemeinen Erfindungsreichtum. Und auch die Kunst – Bilder, Muster, Bildhauerei, Architektur, Musik, Literatur, Tanz – entwickelte sich zusammen mit einer Zivilisation. Das gleiche galt für andere Bereiche wie Sprache, Kultur, Psychologie. Überall gab es einen nicht enden wollenden Strom von Informationen.

Die Bretanen waren hinsichtlich ihrer Geister und ihrer Arbeit immerhin so menschenähnlich, daß man sie verstehen konnte. Andererseits waren sie wieder fremdartig genug, um unberechenbar zu sein. Sie waren ein nie versiegender Quell der Überraschung und Inspiration.

So kam es, daß ihre Welt zu einer Art Heimathafen für die *Fleetwing* wurde. Etwa einmal in jedem terrestrischen Jahrhundert kam sie von den Sternen, um in den Orbit zu gehen und ihre Boote runterzuschicken. Das Willkommen war immer voller Erwartung. Die Hrroch waren fasziniert, die Waren, die sie erwarben, waren phantastisch, der Diskurs mit der Mannschaft, die die Sprache erlernt hatte, war gleichermaßen erhellend wie auch voller Überraschungen, und brauchte keine Sprache – Handzeichen reichten völlig aus –, um die anderen herumzuführen und mit ihnen ihren Spaß zu haben. Diese Zusammenkünfte lebten in der Erinnerung weiter, Leben für Leben. Sie bestimmten zum wesentlichen Teil die Geschichte.

Vielleicht besänftigten sie sie. Die Brentanen hatten auch ihre dunkle Seite. Es gab bei ihnen Konflikte, Gewalt, Unterdrückung. Aber sie schienen niemals den absoluten Horror zu entfesseln, wie die Menschheit ihn kannte, während Modelle für Frieden und Gerechtigkeit viel leichter entwickelt wurden. Wissenschaftliche Methoden waren schwieriger zu begreifen, sei es aus genetischen oder kulturellen Gründen, aber mittlerweile befanden die Hrroch sich in einem industriellen Zeitalter mit Dampfkraft und Massenproduktion.

Hatten sie vielleicht zuviel Geist eingesetzt? Oder entwickelte überall im Universum jeder Bewohner irgendwann seine Kreativität? Schon während ihres letzten Besuchs hatte die *Fleetwing* die vorgefundene Kunst als enttäuschend bewertet. Diesmal war von Originalität so gut wie nichts mehr zu erkennen.

Nicht ganz. Ein paar strahlende neue Motive leuchteten wie Sterne in einem dunklen Nebel. Die Sternfahrer gingen dem auf den Grund. Die Arbeiten stammten aus Übersee, wo die Kolonisten mit den Susuich, den Leuten jenseits der Cloudpeak Mountains, Handel trieben.

Würden die Susuich Gäste empfangen? Nun, vielleicht. Sie waren ein in Clans lebendes zurückgezogenes Volk. Einige unglückliche Ereignisse in der Vergangenheit hatten diese Haltung noch vertieft. Kein Hrroch drang weiter nach Westen als bis zum Hochland vor. Menschen, speziell Sternfahrer, waren da anders. Eine Gruppe von ihnen könnte zu einem Handelsposten fliegen. Dolmetscher würden bereitstehen.

Die Verhandlungen nahmen eine Weile in Anspruch. Der restlichen Mannschaft machte es nichts aus. Eine Zeit der Muße auf lebendigem Gras unter Sonne und Laub, auf Seen und im Wind – sie waren Schiffsleute, Raumleute, aber die Erde war ihre Großmutter, und diese Halb-Erde nahm ihnen ein wenig von der Müdigkeit und dem Überdruß, die schon so tief in ihren Knochen steckten, daß sie gar nicht mehr richtig wußten, daß sie beides mit sich herumschleppten.

Schließlich erfolgte die Antwort. Ein Flugkörper könnte beim Grenzdorf Chura aufsetzen. Er durfte zwei Fremde aussteigen lassen und mußte sofort wieder starten und dürfte nur an genau diese Stelle zurückkehren, um sie wieder abzuholen. Ein Führer würde sie bis zur Stadt Ai bringen. Sie dürften nicht erwarten, Zugang zum Ort der Gesänge oder anderen heiligen Stätten zu erhalten. Die Häuptlinge waren jedoch bereit, weitere möglichen Tauschhandelsbeziehungen zu vereinbaren.

»Arrogantes Volk, nicht wahr?« sagte Kapitän Graim.

»Ich würde es eher verzweifelt nennen«, erwiderte Vodra. »Sie sind verwirrt, vielleicht entsetzt, kaschieren das aber mit einer Fassade der Tapferkeit. Das müssen wir respektieren.«

Die Notwendigkeit dazu war nicht zwingend. Die Sternfahrersippe verfügte über Gewehre, Raketen, Roboter, alle Mittel der Eroberung. Aber das alles würde genau das zerstören, was sie suchten, und auch noch eine Menge in ihnen selbst.

»Vereinbarungen? Wissenschaft? Handel? Leichen können überhaupt nichts vollbringen!« erklärte Dau. »Außerdem, wenn wir uns nicht bis heute abend melden –«

»Ich weiß«, sagte Vodra. »Laß mich den Ruf losschicken.«

Ihr eigener Kommunikator war intakt. Radiowellen sprangen vor und zurück zu jener Siedlung an der Ostküste, wohin Arvil Kishna das Raumboot gebracht hatte, das er lenkte.

Das Signal aktivierte den Transceiver, den er am Leib trug.

Dau stand bei ihr. Er schnappte kaum einen zusammenhängenden Gesprächsfetzen auf. Der Fluß dröhnte zu laut, der Lärm hallten von den Wänden der Schlucht wider. Er fröstelte zu heftig. Und er war noch nicht sehr gut mit dem *Fleetwing*-Dialekt vertraut.

Vodra verstaute das Gerät wieder in ihrer Tasche. »Er ruft Chura«, sagt sie. Der Susuich hatte sich einverstanden erklärt, dort einen Kommunikator zurückzulassen. »Er fragt seinen Chef, was unternommen werden kann, falls überhaupt irgend etwas getan werden kann.«

»Aber wir ...« Die Worte versiegten und erstarben, denn Vodra ignorierte sie. Sie hockte sich neben Ri und untersuchte ihn etwas eingehender.

Als sie damit fertig war, sagte er in seinem Elend: »Du machst dir mehr Sorgen um ihn als um uns, nicht wahr?«

»Er ist auch ein denkendes Wesen«, antwortete sie scharf. »Das sind sie alle, die Brentanen. Ich kenne sie schon seit hunderten von Jahren« – während sie selbst weniger als sechzig Jahre hinter sich hatte. »Jedesmal hat es wehgetan, sich zu verabschieden, weil ich wußte, daß ich diese Freunde nie wiedersehen würde. Ich möchte nicht noch einen völlig unnötigerweise verlieren.«

»Es tut mir leid«, sagte er zerknirscht. »Ich sollte mich nicht beklagen.«

»Nun, kümmern wir uns erst einmal um uns selbst ... und dann um ihn. Zuerst einmal raus aus diesen nassen Kleidern. Sie machen den Wind noch unangenehmer. Sie müssen bis zum Anbruch der Nacht trocken sein.«

Er schluckte, gehorchte aber. Als er ihre straffe Gestalt sah, errötete er. Sie reagierte darauf, indem sie nicht darauf achtete. Er folgte ihrem Beispiel, indem er seine Kleidung auf Büschen unter der Felswand ausbreitete. Die rauhen Steine verursachten seinen Füßen Schmerzen.

»Wie kann ein Häuptling ... jenseits dieser Berge ... einheimische Leute benachrichtigen ... daß sie uns helfen?« fragte er.

»Das weiß ich nicht«, gab sie zu, »aber die Verhandlungen über unseren Besuch verliefen schneller, als Läufer sie hätten weitergeben können. Trommeln, vielleicht.« Sie betrachtete ihn eingehend. »Du zitterst ja selbst, als würdest du jeden Moment zusammenbrechen.«

»Ich versuche, warm zu werden.« Er begann auf der Stelle zu laufen.

Sie mußte lachen. »Trab, trab, trab! Nein, das funktioniert nicht lange. Für Ri überhaupt nicht. Der Trick ist, am Leben zu bleiben, bis Hilfe eintrifft. Oder bis die Eingeborenen es versucht und nicht geschafft haben und Avril uns holen kommt, egal wie gefährlich es ist.«

»Wie?«

»Ich habe einige Landgang-Erfahrung, weißt du.« Sie bückte sich und zog das große Messer des Führers heraus. Während sie auf den abgestorbenen Strauch einhackte, gab sie weitere Instruktionen. Er war ein Novize, aber wie die meisten Angehörigen der Sternfahrersippe hatte er beträchtliche Zeit mit Virtualen verbracht, wozu Wälder sowie das Leben in der Vergangenheit und ähnliches gehört hatten. Die Kälte peinigte ihn. Er verstand sehr schnell, was sie meinte.

Unter ihren Händen entstand eine Schutzbehausung. Eine etwa ein Meter lange Astgabel wurde abgehackt. Sie wurde zwischen zwei Felsen aufrecht aufgepflanzt. Dann folgte ein drei Meter langes Stück, was einige Suche erforderte. Ein Ende wurde in die Gabel gelegt, das andere auf den Erdboden. Dann wurden weitere Pfähle dagegen gelehnt. Schließlich folgten frische Busch- und Baumzweige. Sie wurden zwischen die dickeren Verstrebungen geflochten, und ihr Laub schuf halbwegs dichte Seitenwände. Kleinere Zweige und Äste wurden dazwischen gestopft, bis die Wände dicht geschlossen wirkten. Der Boden wurde zum Schutz vor Feuchtigkeit ebenfalls mit dünnen Zweigen und Ästen bedeckt. Die Arbeit hatte auch noch den Zusatzeffekt, daß man sich dabei bewegen mußte und das Blut in Gang hielt.

Die Behausung war beinahe fertig, als ihre Kommunikatoren summten. Vodra unterhielt sich mit dem Piloten. »Ja, der Chef möchte einen Bergungsversuch unternehmen«, erklärte sie Dau anschließend. »Arvil ist sich nicht sicher, ob das aus Stolz oder Vorsorge oder aus welchem Grund auch immer erfolgen soll. Er hat auch keine Ahnung, wie sie es versuchen wollen.«

»Oder ob sie es überhaupt schaffen können. Nein. Ich habe gesagt, ich würde mich nicht beklagen.«

Vodra lächelte und klopfte dem jungen Mann auf die Schulter. »Gut. Du wirst an Bord der *Fleetwing* deine Sache sicherlich gut machen. Na schön, beenden wir unseren Job.«

Sie legte Ri in die Hütte, ehe sie vor dem Eingang einen Halbkreis aus Steinen auslegte. »Reflektoren«, erklärte sie. Unterdessen sammelte Dau Feuerholz. Ein Feuerzeug aus ihrem Overall setzte ein kleines Feuer in Gang. Sie krochen beide daran vorbei in ihre Hütte, kauerten sich zusammen und streckten ihre gespreizten Hände den wärmenden Flammen entgegen.

Allmählich kehrte ein wenig Wärme in ihre Körper zurück. Er sah sie von der Seite an. Im Dämmerlicht erkannte er verfilztes dunkles Haar, ein ausgeprägtes Profil, feste Brüste, einen flachen Bauch. Die Krähenfüße und grauen Haarsträhnen waren nicht zu sehen. Sie hätte durchaus in seinem Alter sein können. Ihre Flanke preßte sich warm gegen ihn. Sie roch nach Feuerrauch und Frau.

»Du – du solltest keine Sternfahrt betreiben«, platzte er heraus. »Du bist viel eher zur Pionierin geschaffen.«

Sie schaute ihm in die Augen. »Aber ich bin eine Sternfahrerin«, erwiderte sie. »Und du auch. Sonst wärest du nämlich unten geblieben ...« Als die Mannschaft der *Argosy* per Abstimmung entschied, die Reisetätigkeit einzustellen und sich zu trennen, denn der Handel reichte nicht mehr aus, um jedes Schiff in den

Regionen zu unterhalten, in denen sie unterwegs war, und zu viele von ihnen hatten den Mut verloren.

»Ja, die Sternfahrt war mein Leben«, seufzte er, »und ich bin glücklich, daß du herkamst und mich mitgenommen hast.« Die Flammen warfen kleine, verschwommene Lichtreflexe in das Dunkel, in dem sie hockten. Draußen dröhnte und rauschte der Fluß. »Obgleich ich verstehen kann, weshalb die meisten von uns froh waren, sich auf Harbor niederlassen zu können. Es ist ... wie zu Hause. Erträglich.« Er hatte das schon oft gesagt. Heute fuhr er fort: »Nicht wie Aurora.«

»Die *Fleetwing* ist seit etwa – tausend Jahren, glaube ich, nicht mehr auf Aurora gewesen«, sagte Vodra leise. »Aurora liegt auf keiner unserer regulären Routen, weißt du. Auch kann ich mich nicht daran erinnern, daß während unserer Treffen viel darüber gesprochen wurde. Hat sich dort viel verändert?«

»Ja. Ich habe es verfolgen können. Oh, sie sind dort weiterhin sehr freundlich auf ihre unkultivierte Art. Und als wir das letzte Mal dort waren, schienen sie an dem, was wir zu verkaufen und zu erzählen hatten, weitaus mehr interessiert zu sein, als ihre Urgroßeltern es davor gewesen waren. Aber bei ihnen war es nichts anderes als der Reiz des Neuen. Tiefer reichte ihr Interesse nicht.«

»Ich weiß. Ich habe das gleiche auch auf Olivares beobachtet. Dort ist es ganz anders als auf Aurora. In beiden Fällen trifft man dort nicht mehr unsere Zivilisation an.«

Gezackte Türme waren nach komplizierten Regeln der Sippenzugehörigkeit über das ganze Land verteilt. Mäntel und Masken wurden in der Öffentlichkeit getragen. Zeremonielles Gepränge beherrschte tödliche Fehden. Es gab multisexuelle Gruppentrauungen. Der jeweilige Rang wurde mittels abgelegter Prüfungen innerhalb einer Hierarchie ermittelt, die einem Gott diente, welcher ein Weltenschöpfer war ... So war es auf der westlichen Hemisphäre. Die Menschen auf dem östlichen Kontinent waren geheimnisvoller.

Nicht daß irgendwer von ihnen feindlich gesonnen war oder daß ihre Gesellschaften schlimmer waren als die meisten. Aber sie hatten wenig Interesse an den Sternen oder an dem, was Sternfahrer mitbrachten.

»Die *Argosy* ist niemals bis nach Olivares gelangt«, sagte Dau. »Die *Fleetwing* ist von allen am weitesten vorgedrungen, nicht wahr?«

»Vielleicht.« Wie konnte man das feststellen, wenn es meistens eine Frage des Zufalls war, welches Schiff man auf welcher Welt nach einigen Jahrhunderten traf? »Und vielleicht ist das der Grund, weshalb sie die Reisen fortgesetzt haben.«

War noch irgend etwas von der ursprünglichen Konstruktion übrig? Ein abgenutztes Teil hier, ein defektes Teil dort, ersetzt im Laufe der Jahrtausende ... Ja, das wurde auch immer schwieriger, da die Reparatureinrichtungen zu weit verstreut und zu teuer waren. Das war auch zu erwarten, wenn die Nachfrage nach ihren Diensten stetig nachließ ...

»Ich habe das noch nicht gefragt.« Suchte Dau so etwas wie Trost in der Konversation? »Es gibt zu vieles anderes zu lernen. Ihr habt weiter geforscht und erkundet, habt den bekannten Raum verlassen, als alle anderen aufgaben. Habt ihr weitere Planeten gefunden, auf denen Menschen leben könnten?«

»Und gibt es dort keine Eingeborenen, die verdrängt werden müßten? Ja, zwei Möglichkeiten. Es erregte kein Aufsehen, als wir derartiges während des Rendezvous durchblicken ließen. Warum sollte es auch? Wer hat schon daran Interesse?«

Niemand von der Erde wahrscheinlich, der Erde, von der die ersten Saatkörner hinausgeweht wurden von einem Wind, der mittlerweile eingeschlafen war. Vodra war ein Kind gewesen, als die *Fleetwing* das letzte Mal dort war. Sie erinnerte sich, daß überall von Seladorianern gesprochen wurde, daß es aber nirgendwo Käufer gab und daß die Sternfahrerstadt, nun ja, bestenfalls geduldet wurde. Danach hörte sie nur selten den Vorschlag, zurückzukehren.

»Von Harbor zumindest«, sagte Dau. »Träumer. Unzufriedene. Es ist kein Paradies.«

»Das war kein Ort, an dem Menschen leben.« Vodra warf weitere Zweige ins Feuer. Es knisterte und loderte rot, gelb und blau auf. Glut bildete sich. Sie war es, die sie und ihn und Ri durch die Nacht begleiten und wärmen würde. »Kein Ort wird das je sein, denke ich. Aber wie viele würden sich auf den Weg machen? Wie würden sie für eine Wanderung bezahlen? Diese Planeten sind ebensowenig neue Erden wie der ganze Rest. Genaugenommen sogar weniger noch als Harbor oder zwei oder drei andere. Eine hohe Investition wäre erforderlich und danach Mühe, Opferbereitschaft, Tod, generationenlang, bis sie für unsere Rasse bewohnbar wären.«

»Mit Nano- und Robotertechnik für die Produktion, mit Sternfahrerschiffen für den Transport –«

»Woher kommt das Kapital? Wir Sternfahrer können kaum für nichts und wieder nichts auf die Reise gehen. Wir müssen ebenfalls leben und unsere laufenden Kosten decken. Wenn genug Leute den Wunsch hätten –« Vodra schüttelte den Kopf. »Aber sie wollen es nicht.«

»Und so schleppen wir uns mit jedem Gewerbe weiter, das wir mehr schlecht als recht betreiben«, sagte Dau bitter. »Und es wird immer armseliger. Wie zum Beispiel unser Ausflug.«

»Von armselig kann keine Rede sein«, widersprach sie. »Wenn schon nichts anderes, so steht wenigstens wissenschaftliches Interesse dahinter. Und die Hoffnung, etwas zu finden, womit sich ein lohnender Handel aufziehen läßt. Warte, ich sollte mal nachsehen, wie es Ri geht.«

Sie schlängelte sich an ihm vorbei, um sich über den Brentaner zu beugen. Dau blickte über ihre Schulter. Im ungewissen Licht sah er, wie sich die Brust hob und senkte. Die Augen waren halboffen, aber starrten blind vor sich hin. Er hörte, wie mühsam sein Atem ging.

Vodra kehrte zum Eingang zurück. Er folgte ihr. »Wenn er ein Mensch wäre«, meinte er, »dann würde ich sagen, daß es mit ihm zu Ende geht.«

Sie nickte. »Ja. Ich weiß nicht, wie lange er ohne bessere Hilfe, als wir sie ihm geben können, durchhält.«

Sie starrte über die niedrigen Flammen hinweg zum Fluß, zur gegenüberliegenden Felswand und zu den Schatten. Er bekam kaum mit, was sie murmelte.

»Sieh, wie der Himmel zerbricht.
Lass' uns nicht länger vor dem Nichts fliehen,
Denn sie ist fort.«

»Oder er«, fügte sie halblaut hinzu.

»Was ist das?« fragte er verblüfft. »Ich kenne dieses Gedicht. Ich liebe es.«

Sie drehte sich zu ihm um. »Tatsächlich?«

»Ja. ›*Des letzten Tages Dämmer* –‹«

»Dann ist es auch bis zu deinem Schiff gelangt? Es ist brentanisch, weißt du.«

»Wirklich?«

»Oh, eine Übersetzung, adaptiert für Menschen, natürlich. Aber wir haben es auf Hrrochanisch gehört. Später haben wir Veröffentlichungsrechte dafür auf Feng Huang, Harbor und Maia für ansehnliche Summen verkauft.« Rechtfertigend, weil er jung war und seine Ideale leicht verletzbar: »Warum auch nicht? Ihnen das alles zu bringen, war ein Dienst.«

»Natürlich. Wir in der *Argosy* haben auch mit Informationen gehandelt. Nicht in dieser Art, zumindest nicht so oft.«

»Alle auf Brent sind wunderbar musikalisch und poetisch, soweit wir es erlebt haben. Vielleicht liegt das an der Natur ihrer Sprache. Wenn wir es schaffen können, das Vertrauen der Susuich zu erringen – Ich denke an diesen kulturellen Schatz, den ihre Religion zusammengetragen hat und der erhalten werden muß –«

»Ja, ich habe davon gehört.«

»Es tut mir leid, Dau. Ich will nicht überheblich sein. Ich bin müde, mein Schädel ist leer, und ich quatsche über alles, was irgendwelche Hoffnung verspricht.«

»Das freut mich«, sagte er. »Das hält mich in Trab.«

Sie rückten näher zusammen.

Nichts Ungehöriges passierte. Er war schüchtern,

und sie war erfahren. Nach einer Weile waren ihre Kleider trocken genug, um sie wieder anzuziehen. Aber diese Stunden würden sie niemals vergessen. Lange danach, als er zum neuen Kapitän der *Fleetwing* ernannt wurde, befahl er, ihren Namen mit einem Energiegewehr auf einem freien Asteroiden einzugravieren als Andenken zwischen den Sternen.

Die Nacht brach herein. Die Kälte wurde intensiver. Die Flammen flackerten nur noch matt, aber Wärme strahlte von der Glut und den Steinen darunter ab. Die Menschen dösten ein.

Ein Schrei weckte sie – kein Ruf, sondern ein triumphierendes Geheul, ähnlich dem Pfeifen alter Krieger, die in die Schlacht zogen. Sie zuckten hoch und stolperten los. Ein Vollmond stand über den östlichen Steilstufen. Sein Licht flackerte und schimmerte auf dem Fluß. Ein Lebewesen, das einer riesigen Schlange glich, den Kopf hoch erhoben, trieb flußabwärts, wobei es sich hin und her schlängelte, um sein Vorankommen zu beschleunigen. Ein halbes Dutzend Brentaner ritt auf ihm. Als sie die beiden Menschen am Ufer gewahrten, schwenkten sie und ihr Reittier in seichtes Gewässer ab. Die Brentaner sprangen herunter.

Vodra winkte von der Hütte aus. Einer von ihnen, offenbar so etwas wie ein Arzt, ging hinein. Seine Nachtsichtfähigkeit war der ihren überlegen. Als er herauskam, dolmetschte ein anderer für ihn: »Wir werden Ri hier versorgen, bis er sich soweit erholt hat, daß man ihn woanders hin transportieren kann. Er wird überleben und wieder gesund werden. Sie haben gut auf ihn aufgepaßt.«

Ein dritter, der einen bronzenen Armreif trug, offenbar ein Symbol für besondere Autorität, legte einem vierten die Hand auf die Schulter und sagte etwas. Der Dolmetscher übersetzte: »Was euch beide betrifft, so wird Khraich euch ab jetzt führen. Wenn ihr Ai erreicht, dürft ihr auch den Ort der Gesänge betreten.«

47

Die Erde leuchtete auf dem Sichtschirm wie der hellste aller Sterne in einem strahlenden Blau, während Luna dicht neben ihr in einem dunklen Goldton schimmerte. Für Nansen im Kommandozentrum war es, als ob sich nichts verändert hätte, als ob er niemals weg gewesen wäre. Die Beobachtung der beiden Himmelskörper und ihrer Schwesterplaneten enthüllte die genaue Länge der Zeitspanne. Ein paar Jahrtausende reichten nicht aus, um dem Chaos zu gestatten, ihre Bahnen soweit zu verfälschen, daß sie nicht mehr zu berechnen waren.

Die Leben – von Menschen, Zivilisationen, Träumen – liefen schneller ab. Die Länge der aufgezeichneten Geschichte hatte sich – was? verdreifacht? – durch wie viele Geburten, Alterungsprozesse und Tode, von Anfang bis Ende, seitdem er das letzte Mal seine Welt gesehen hatte?

Bis die *Envoy* dort wäre, würde noch ein weiterer Tag vergehen. Wie langsam er verstrich. Aber ihre Mannschaft verbrachte bereits die meisten ihrer Wachstunden auf ihren Dienststationen und bemühte sich, zu unterscheiden und zu verstehen und sich zu wappnen gegen alles, was das Unbekannte für sie bereithalten mochte.

Nur Nansen hatte Muße. Der Kapitän mußte sich bereithalten, um zu entscheiden und zu kommandieren. Aber nichts geschah, außer daß Berichte eingingen, und bisher waren die Daten eher dürftig. Es war ein einsames Gefühl. Die Stille drang quälend auf ihn ein.

Durchbrochen wurde sie von Dayans Stimme, die dringend über das Interkom erklang. »Achtung. Soeben wurde ein weiteres Signal aufgezeichnet. Es dauert an.«

»Ich kriege es ebenfalls«, meldete Yu. »Da ist auch die visuelle Darstellung.«

Das Display erschien für Nansen. Ihm kam es so vor wie die vorherigen, wechselnde Wellenformen, ein graphisches Äquivalent, von einem Computer als Lernhilfe erzeugt.

Dayan seufzte. »Dasselbe wie der Rest.«

Sundaram wiederholte seine frühere Bewertung: »Keine Sprache. Ein stereotyper Code.«

»Signale zwischen Robotern«, pflichtete Yu ihm bei. Radio- und Laserstrahlen, die die *Envoy* rein zufällig auf ihrem Weg auffing.

Seltsam. Sollte die Technologie nicht viel weiter entwickelt sein? Sollten solche Signale für eine einfache Antenne nicht absolut unbemerkbar bleiben? Oder vielleicht war diese Erscheinung überhaupt nicht überraschend.

»Arbeitet denn alles im Solsystem auf Roboterbasis?« fragte Mokoena.

Sie meldete sich aus Sundarams Arbeitszimmer. Während der Heimreise hatte sie sich ausreichend mit Linguistik beschäftigt, um als seine Assistentin fungieren zu können.

Nansen widmete sich wieder einigen telekopischen Ausblicken auf ein paar Asteroiden und auf den Mars, während das Schiff in das System eindrang. »Außerhalb der Erde, offensichtlich ja«, sagte er. »Und minimal.« *Industrien, Ansiedlungen, die menschliche Präsenz nahm zu, während sie unterwegs waren, die Keime ganz neuer Nationen – leer jetzt, aufgegeben, eins mit Niniveh und Tyros.*

Mokoenas Stimme zitterte. »Was ist mit der Erde selbst?«

Auf ihre vorab gesendeten Signale hatte sie keine Antwort erhalten.

Zeyd vermied die schlimmste Schlußfolgerung. »Eine begrenzte Wirtschaft. Nicht unbedingt verarmt. Sie konnte höchst wirkungsvoll recyclen, um eine kleine, stabile Bevölkerung zu unterstützen.« Maschinen surrten zu seinen Worten. Was ihn betraf, so hatte er sich als zweiter Ingenieur qualifiziert, zwar kein Experte, aber immerhin gut genug, um Yu einige Routineaufgaben abzunehmen.

»Wie Tahir«, sagte sie. »Leute, die dem Weltraum die kalte Schulter zeigen.«

Nansen schaute an der Erde vorbei zu den Sternen. Sie funkelten kalt und fern. Keine der seltenen Reisespuren hatte auf dem Hin- oder Herweg die Sonne berührt.

Dayans Gemütsruhe wurde rissig. »Warum zum Teufel machen wir uns nicht direkt dorthin auf den Weg, wo die letzten Sternschiffe sind?«

»Die Erde ist die Mutterwelt«, sagte Sundaram sanft.

»Ja«, fügte Mokoena hinzu. »Interessiert es euch denn nicht, was aus ihr geworden ist?«

»Und wir haben versprochen zurückzukommen«, endete Nansen.

Für Augen, die sich im polaren Orbit befanden, tanzte der Planet von Tag zu Nacht und wieder zurück zur Morgendämmerung und war dabei von altersloser Schönheit. Die Meere zeigten noch immer tausend verschiedene Blauschattierungen, am Tag von der Sonne angestrahlt, nachts von Sternen und Mond. Die Landmassen breiteten sich noch immer, grün, lohfarben, graubraun, in ihren vertrauten Umrissen aus. Die Eiskappen reichten weiter als früher. Die meisten Berge waren mit Schnee bedeckt. Aber dies hatte lediglich die Temperaturzonen bereichert und das Klima der Tropen gemildert. Im kalten Tal des glazialen Zyklus hielten technische Einrichtungen den globalen Winter in Schach.

Höchst raffiniert, dachte Nansen, während er die angezeigten Werte auf den Instrumenten studierte. Mehr Kohlendioxyd und Methan, als er früher geatmet hatte – nicht daß er den Unterschied bemerkt hätte – und die Konzentration war zweifellos genauestens geregelt. Das konnte jedoch nicht alles sein. Die Faktoren und Interaktionen, die ein Klima ausmachen, sind von millionenfacher Vielfalt. Wenn ein kybernetisches System dieses Gleichgewicht erhielt, konnte es nicht einfach nur physikalische Mengen abmessen und berechnen, welcher Anteil vermehrt oder verringert werden mußte. Es mußte auch mit der Ökologie der gesamten lebenden Welt in Einklang stehen, denn das Leben selbst ist eine geologische Kraft.

Installationen auf Luna und im Erdorbit verstärkten seinen Eindruck von einem komplizierten, leistungsfähigen und sich selbst erhaltenden System. Obgleich niemand an Bord der *Envoy* erklären konnte, wozu diese Kuppeln, Schüsseln, Türme, Gitter und schwieriger zu bezeichnenden Gebilde nütze waren, fing das Schiff Hinweise darauf auf, daß Solarenergie gesammelt und zu bestimmten Punkten auf der Erde abgestrahlt wurde, die von Minute zu Minute wechselten. Außerdem schien ein weitverzweigtes unterirdisches elektronisches Netz zu existieren, das an bestimmte Knotenpunkte angeschlossen war, wo sich Gebäude auf der Oberfläche häuften.

Ansonsten sahen sie so etwas wie ein Paradies. Es war kein einzelner Garten. Von Tundra und Taiga schwangen sich windumtoste Steppen herab. Nördliche Nadelwälder machten üppigen Laubgehölzen Platz und diese wiederum gingen in dichte Dschungel über. Vögel jagten über Marschen und Küstenlandschaften dahin. Plantagen und Ackerland schob sich dazwischen, nicht als beherrschendes Element, sondern als Teil eines planetaren Ganzen. Gewohnt wurde in verstreut liegenden Dörfern und einigen kleinen, extrem dicht besiedelten Städten. Der Verkehr zwischen ihnen war recht sparsam und fand hauptsächlich auf dem Luftweg statt. Keinerlei Lichttrauben erhellten galaxisgleich die dunkle Hälfte, wobei Nansen allerdings vermutete, daß die Beleuchtungsanlagen dazu beitragen sollte, die Helligkeit des Himmels zu dämpfen.

Alleine im Kommandozentrum sitzend, hörte er, wie Yu einen weiteren fruchtlosen Versuch der Kontaktaufnahme meldete. »Schon wieder nichts.«

»Ich wünschte, wir hätten diesen Holont-Trick in unserer Hardware«, schnappte Dayan. »Damit könnte man deren verdammte Elektronik ganz schön duchschütteln.«

»Geduld«, rief Mokoena. »Wir können nicht von

vornherein davon ausgehen, daß ihre Ausrüstung mit unserer kompatibel ist, oder?«

»Wir können aber ein wenig technischen Einfallsreichtum erwarten«, erwiderte Dayan. »Und sogar ein wenig Vorbereitung auf unsere Rückkehr.«

»Nach elftausend Jahren?« fragte Zeyd mit leisem Spott.

»Versuchen wir es weiter«, entschied Nansen.

Plötzlich verdichtete sich die Formlosigkeit auf dem Bildschirm seines Outerkoms zu einem Gesicht.

Dayan stieß einen Freudenruf aus. »Eine Sendung von unten! Sie haben unser System analysiert!«

»Was für einen Menschenrasse ist das denn?« hauchte Mokoena.

Nansen starrte auf den Bildschirm. Der Kopf war länglich und breit, die Züge männlich, aber bartlos, die Haut bernsteinfarben, das rötlichschwarze Haar schulterlang, die Nase schmal, die Lippen ausgeprägt, die Augen groß und violett. Der Mund öffnete sich. Musikalische Silben erklangen.

»Um der Sache auf den Grund zu gehen«, fragte Sundaram, und Ehrfurcht schwang in seiner Stimme mit, »was für eine Sprache ist das?«

»Das festzustellen ist Ihre Aufgabe, Ajit«, sagte Nansen für sie alle.

Es ging ziemlich schnell. Ein paar vom Computer erzeugte Bilder und Diagramme berichteten von der Reise der *Envoy* und nannten das ungefähre Datum ihres Austritts aus dem Sonnensystem. Danach ging es darum, alte Sprachen auszuprobieren, die in reinen Studiendatenbänken ruhten. Als das Chinesische aktiviert wurde, erklärte Sundaram, daß an Bord ausschließlich Englisch gesprochen wurde. Kurz darauf konnte er seine Schiffsgefährten in den Gemeinschaftsraum rufen. Dort nahmen sie, teils neugierig, teils eher gleichgültig, vor dem großen Bildschirm Platz, den sie bisher zur Unterhaltung benutzt hatten. Dayan hatte das System für Empfangs- und Sendebetrieb umprogrammiert.

Die Szenerie bestand aus eleganten Säulen und Spitzbogenfenstern, die auf einen Garten hinausgingen. Eine Reihe Männer in eng anliegenden grünen Uniformen stellten wahrscheinlich eine Art Ehrenwache dar, obgleich sie keine sichtbaren Waffen trugen. Ihre Gesichtszüge wiesen deutliche Unterschiede auf. Noch hatten die Rassen sich nicht völlig vermischt. Im Vordergrund thronte eine hochgewachsene Frau in einem weiten, irisierenden Gewand auf einem erhöhten Sitz. Sie gehörte zu dem Typ, den die Mannschaft zuerst zu Gesicht bekommen hatte. Ihr sorgfältig frisiertes Haar war mit einem goldenen Diadem verziert, zu dem zwei stilisierte Vogelschwingen gehörten.

Neben ihr stand ein gedrungener glatzköpfiger Mann. Sein langer Mantel und seine ausgestellte Hose waren grau, unauffällig, lässig. »Ich wette, das ist ein Professor«, flüsterte Dayan in Nansens Ohr. Er verkniff sich ein Lächeln und befleißigte sich irdischer Ernsthaftigkeit.

Die Frau kreuzte die Hände vor der Brust. Nansen erhob sich, grüßte sie und setzte sich wieder. Sie sagte etwas. Nachdem sie verstummt war, ergriff der kleine Mann das Wort. »Die Vereinigende Areli entbietet Ihnen Pax, Frieden, Ruhe, Harmonie«, sagte er. Sein

Akzent bewirkte, daß sein Englisch kaum zu verstehen war.

»Vielen Dank«, erwiderte Nansen. »Wir sind natürlich ebenfalls friedlich gesonnen. Ich nehme an, Sie wissen, wie unsere Mission lautete?«

»Ich habe Hinweise in Datenspeichern gefunden. Wenige nur. Viele Aufzeichnungen sind verloren. Die meisten, die die *Envoy* betreffen, sind von *Ronai-Li* – so heißt es bei den Sternfahrern –, Geschichten, Lieder über sie.«

»Erinnern sich noch nicht einmal die Sternfahrer, wer immer sie sind, besser an uns?« murmelte Mokoena.

Der Mann hatte für die Frau gedolmetscht, die unbewegt dasaß. Er hatte es jedoch vielleicht gehört, denn er drehte sich um und erklärte: »Wenige Sternfahrer-Besuche. Davor – der letzte vor mehr als dreihundert Jahren. Der vorletzte, ein Jahrhundert zurück. Einiges an Sternfahrer –« Er suchte und fand das Wort und schloß: »Sternfahrer-Folklore wurde gesammelt. *Envoy* auch dabei.«

»Aber im großen und ganzen haben sie uns hier auf der Erde vergessen«, sagte Yu.

»Elftausend Jahre«, erklärte Sundaram ihr. »Perioden der Unruhe offensichtlich. Sehr viel ging unwiederbringlich verloren, auch aus den Datenspeichern der Computer.«

»Wenn sie sich dafür interessiert hätten, hätten sie alles zurückholen können.«

»Aber es gibt doch Menschen auf anderen Sternen, nicht wahr?« fragte Nansen eindringlich. »Noch sind einige Schiffe unterwegs, oder nicht? Sie müssen mit ihnen in Verbindung stehen.«

»*Irh,* ja, Nachrichten per Laser.« Der Mann zuckte die Achseln, eine Geste, zu der auch gehörte, daß er die Fingerspitzen gegeneinander legte. »Von weither.« Mehr oder weniger unwichtig, deutete sein Tonfall an. Er lächelte. »Sie haben wichtige Neuigkeiten? Wir haben Interesse.«

»Ja, an irgendwelchen Kuriositäten«, meinte Zeyd aus dem Mundwinkel zu Mokoena. »So etwas wie das Schiff, das aus Punt zurückkam und Pygmäen an Bord hatte zur Belustigung von Königin Hatschepsut. Sind wir denn kein bißchen bedeutender?«

Erneut setzte der Mann seine Führerin(?) ins Bild. Als er sich wieder ihm zuwandte, sagte Nansen: »Offenbar kennen Sie unsere Namen nicht. Gestatten Sie mir, daß ich uns vorstelle. Ich bin Ricardo Nansen, der Kapitän.« Er nannte nicht seinen vollständigen Namen. Hispanische Namen hatten immer wieder Fremde verwirrt – als es eine spanische Sprache, ein Paraguay, eine *estancia* gab. Er ging die Mitglieder seiner Gruppe durch.

»Ich bin Lonnor, Schüler, Experte, Kenner der einsetzenden Roboterperiode«, erwiderte der Mann. Areli sagte etwas zu ihm. »Wir – wir sind uns nicht sicher wegen der Biosicherheit«, erklärte er. »Haben Sie Daten, Texte, Virtuale?«

Mokoena übernahm das Wort. »Natürlich. Machen Sie sich keine Sorgen wegen irgendwelcher Krankheiten, die wir vielleicht mitbringen. Wir sind ohne Krankheiten aufgebrochen und mit nichts in Berührung gekommen, womit wir uns hätten anstecken können oder was das Leben auf der Erde gefährden könnte.«

»Möglich, daß die Biologie sich verändert hat.«

»Hm, ja.« Sie massierte ihr Kinn. »Wir könnten eine Gefahr darstellen«, sagte sie zu den anderen. »Unsere *Escherichia coli,* zum Beispiel, könnten jetzt exotisch und gefährlich sein. Oder es könnte etwas Neues existieren, wogegen wir nicht immun sind. Ja, eine Quarantäne ist notwendig.« Zu Lonnor: »Ich sorge dafür, daß Ihnen unsere kompletten biologischen und medizinischen Daten bis hin zur DNA zur Verfügung gestellt wird.« Ihre Zähne blitzten. »Und ich bin gespannt, was Sie uns zukommen lassen werden.« Zeyd nickte heftig.

»Unterdessen«, schlug Sundaram vor, »können wir alle möglichen Informationen austauschen.«

»Wir sollten eigentlich in der Lage sein, kompatible Sets virtueller Realität vorzubereiten«, fügte Dayan voller Eifer hinzu.

»Ja, ja, das hoffen wir«, meinte Lonnor. »Viele wollen – Sie – bald kennenlernen.«

»Persönlich?« wollte Yu wissen.

»Nicht leicht, Sie herunter zu holen«, sagte Lonnor nachdenklich. »Sie haben Vehikel zum Landen?«

»Ich glaube, es wäre am besten, wenn wir nicht unser Boot benutzen«, sagte Nansen langsam. *Unser einziges verbliebenes Boot.* »Auch sollten wir nicht alle gleichzeitig runtergehen.«

Es war nicht so, daß irgendwer ihnen vielleicht feindselig gesonnen war. Trotzdem war es für sie eine völlig fremde Welt. Und das Wissen, das die *Envoy* mitbrachte, war absolut unbezahlbar. Wenn es zum schlimmsten kam, dann müßten diejenigen, die an Bord blieben, sie woanders hinsteuern und dort offenbaren, was die *Envoy* an Bord hatte.

Nichtsdestoweniger – sein Blick wanderte zum

Sichtschirm, den die Erde mit ihrer Pracht ausfüllte. Wie könnte er einfach weggehen, ohne wenigstens noch einmal ihre Liebkosung in seinen Füßen und Knochen gespürt zu haben, während ihre Winde ihn zum Abschied küßten?

48

Sie hatten weder hier noch im gesamten den Menschen bekannten Weltraum irgend etwas vom Feldantrieb gehört. War es ein historischer Ausrutscher, oder erforderte die Erfindung tahirianische Kenntnisse in der Quantenmechanik, vielleicht angeleitet durch Hinweise, die der Holont jenen Besuchern bescherte, ehe sie ihn verließen und sich endgültig von den Sternen zurückzogen?

»Geh mit deinen Kollegen in diesem oder anderen Punkten nicht zu sehr in die Details, Liebling«, warnte Nansen Dayan. »Jedenfalls nicht bevor wir die Situation ein wenig besser einschätzen und beurteilen können.«

»Es dürfte mir nicht allzu schwerfallen, mich unklar auszudrücken.« Sie kicherte belustigt. »Im Augenblick ist es sogar so gut wie unmöglich, es nicht zu tun, denn da ist die Kommunikationsbarriere.« Ihre Miene verdüsterte sich ein wenig. »Zudem habe ich so ein Gefühl, als wären sie gar nicht so sehr daran interessiert, mehr zu erfahren.«

»Tatsächlich? Hast du eine Ahnung weshalb?«

»Ich gewinne nach und nach den Eindruck, daß seit Gott weiß wie langer Zeit Wissenschaft für sie keine Suche war, sondern eine Art gesammeltes Wissen. Fast so etwas wie eine Theologie, allerdings ohne jene religiöse Art von Leidenschaft und Hingabe.« Sie zwang sich zu einem Grinsen. »Sie haben ihre Interpretationen der Naturgesetze und ihrer Wirkungsweise sorgfältig ausgearbeitet und formuliert – ich bin geneigt, sie mit Rabbinern und der Tora im Laufe der

Jahrhunderte zu vergleichen –, aber alles wirklich Neue, das eine Neugestaltung der Grundlagen erforderlich macht, wird schwierig zu akzeptieren sein. Ich vermute, daß diese Generation, und wahrscheinlich auch noch die nächste, nicht dazu in der Lage sein wird.«

Mokoena und Zeyd konnten eine ähnliche Haltung gegenüber ihren eigenen Wissensgebieten feststellen. Niemand wies die Möglichkeit von der Hand, daß es immer irgendwelche Überraschungen geben könnte. Was die Reisenden zu erzählen hatten, weckte ein Interesse, das sich bei einigen Individuen sogar zu Begeisterung steigerte. Dies jedoch war eine Nebensächlichkeit und nur ein weiteres Beispiel dafür, wohin festgefügte Prinzipien führen konnten. Tahirianische Psychologie – Geschichte, Kultur, die gesamte Wahrnehmung der Realität – erregte noch weniger Aufsehen. Dayan interpretierte die gelassene Reaktion als ein »Schön, es ist absolut fremd, na und?«

Yu sagte, daß, während der technologische Stand offenbar sehr hoch war, sich im Laufe der Jahrtausende nur wenig geändert zu haben schien, außer daß man einiges einfach fallengelassen hatte, weil es keinem sinnvollen Zweck mehr diente. Das implizierte nicht zwangsläufig so etwas wie Dekadenz, bemerkte sie. Schließlich hatten die Menschen in der Epoche ihrer Geburt keine römischen Wasserleitungen oder riesigen Staudämme zur Stromerzeugung mehr gebaut. Diese Art von Wettbewerbsfähigkeit, die handfeste Innovationen hervorbrachte, ganz gleich, ob dafür eine akute Notwendigkeit bestand oder nicht, gehörte nicht zu den Eigenschaften dieser Gesellschaft.

Sobald Übersetzungsprogramme zur Verfügung standen, wurden die Unterhaltungen einfacher, und die Anzahl der daran beteiligten Personen wuchs und zeigte eine größere Vielfalt. Gleichzeitig veranstalteten Fremdenführer virtuelle Ausflüge in die Welt. Sie suchten alle wichtigen oder besonders schönen Sehenswürdigkeiten auf, besichtigten Werkstätten, Museen(?) und Wohnstätten, wo immer der Wunsch dazu geäußert wurde. Das Verständnis hielt sich jedoch weiterhin in engen Grenzen. Kapitalismus, Sozialismus, Despotismus, Demokratie, jede Konstruktion, an die die Raumschiffcrew sich erinnern konnte, erschien jetzt genauso irrelevant wie es für sie Handelsgilden oder das göttliche Recht der Könige gewesen waren.

Es war klar, daß die Robotik und die Nanotechnologie alle Notwendigkeiten, und zwar sowohl Dienste wie auch Waren, und vielleicht auch alle Annehmlichkeiten genauso wie Luft und Sonnenschein, frei zugänglich und verfügbar gemacht hatten. Es gab vermutlich irgendwelche Möglichkeiten, ihre Verteilung zu kontrollieren und eine stabile Bevölkerungszahl zu erhalten, aber was immer dies an Zwangsmaßnahmen erforderlich machte, war nicht offensichtlich. »Wahrscheinlich ist im wesentlichen ein gesellschaftlicher Druck als Regulativ wirksam«, vermutete Nansen. »Die überwiegende Mehrheit möchte, daß die Dinge so bleiben wie sie sind.«

Aber im Laufe ihrer Gespräche gelangte die Mannschaft der *Envoy* zu der zentralen Frage, ob ›Stagnation‹ auf dieser Welt und in dieser Zeit überhaupt eine spezielle herausgehobene Bedeutung hatte. »Das Gleichgewicht könnte stabiler sein als alles, was irgendeine der langlebigen menschlichen Zivilisationen in der Vergangenheit erreicht hat«, überlegte Sundaram, »und das könnte zum wesentlichen Teil daran liegen, daß unabhängig davon, wie umfangreich der Grad an innerer Variationsbreite ist, dies die einzige Zivilisation auf der Erde ist. Die Kommunikation mit den nächstgelegenen Sternen und der sehr seltene Besuch eines Sternenschiffs hat offenbar noch weniger Wirkung, als sie der sporadische Kontakt zwischen Römischem Reich und Han Dynastie auf China ausgeübt hat. Nichtsdestoweniger haben die Leute mir etwas von Fortschritt erzählt. Ich begreife noch nicht ganz, was sie damit meinen.« Er spreizte die Hände. »Etwas Spirituelles? Humanistisches? Ich denke, wir müssen uns noch sehr intensiv miteinander beschäftigen, ehe wir auch nur andeutungsweise zu einem Verständnis gelangen.«

Und dann könnte es ein, daß das, was wir erfahren, uns ganz und gar nicht gefällt, dachte Nansen und hütete sich, es auszusprechen.

Ihn und Zeyd nach unten zu bringen, war eine umständliche Prozedur, die sehr viel an Vorausplanung erforderlich machte. Fleisch und Blut unternahmen keine langen Reisen mehr durch den interplanetaren Raum. Diejenigen, die die Erfahrung machen wollten, auf benachbarten Himmelskörpern zu stehen, gaben sich mit Virtualen zufrieden. Diese Kunst war weit über alles hinaus entwickelt, was vor elf Jahrtausenden in dieser Hinsicht möglich gewesen war. Die Tatsache, daß niemand dieser Technik mit den Anzeichen einer Sucht verfallen war, sagte etwas

Grundlegendes über ihre Gesellschaft aus, aber die Neuankömmlinge waren sich nicht sicher, was.

Am Ende wechselten die beiden Männer in ihren Raumanzügen vom Schiff in das Robotboot über.

»Es tut mir leid«, sagte Nansen zu Dayan und drückte sie in ihrer Kabine an sich, ehe er sich auf den Weg machte. »Es muß dir vorkommen wie ein schmutziger, selbstsüchtiger Trick. Aber –«

»Aber du hast die Gründe erklärt, und die sind auf jeden Fall gewichtig, und hauptsächlich werde ich dich ganz schrecklich vermissen. Also halt endlich den Mund und gib mir einen letzten dicken, feuchten Kuß.« Sie packte seine Ohren und zog seinen Kopf zu ihren Lippen herunter.

Areli die Vereinigende selbst hatte empfohlen, daß der erste Besuch, vielleicht sogar auch alle weiteren, durch eine eher kleine Gruppe stattfinden und diskret behandelt werden sollte. Die Ankunft der *Envoy* hatte ein ›starkes allgemeines Interesse‹ geweckt. (Sundaram hatte den Gedanken geäußert, daß vielleicht kein Wort für den Begriff ›Sensation‹ mehr existierte und daß diese Kultur Ruhe, Selbstkontrolle und gute Manieren als viel zu wertvoll einschätzte. »Konfuzianisch?« fragte Yu und gab selbst die Antwort: »Nein, sehr wahrscheinlich gibt es keine Analogie, die genau paßt.«) Es war notwendig gewesen, geeignete Partner für einen direkten Kontakt mit der Mannschaft auszusuchen, und Millionen hatten jedes der Gespräche verfolgt. (»Nun, wir sind außergewöhnlich«, stellte Mokoena fest, »allerdings würde es mich nicht überraschen, wenn die meisten sich schon in wenigen Monaten nicht mehr dafür interessieren würden.«) Eine auffällige, von den Medien begleitete Gruppe würde überall von freundlichen Menschenmengen empfangen, mit Einladungen überhäuft und zu irgendwelchen Festlichkeiten mitgenommen. (»Was deiner Sicht des Zeitgeistes zu widersprechen scheint, Ajit«, bemerkte Dayan. »Außer daß ich, ganz gleich wie zwingend ihre sozialen Konditionierungsmethoden sind, glaube, daß sie nicht jeden gleich machen können. Es könnte sogar sein, daß ein paar Spinner versuchen werden, uns anzugreifen.«) Wenn die verehrten Gäste aus der fernen Vergangenheit unbedingt einen Fuß auf ihre Mutterwelt setzen wollten, dann sollten sie das am besten völlig inkognito tun.

Das paßte Nansen sehr gut – so gut, daß er zu der Überzeugung gelangte, daß seine ursprünglichen unguten Vorahnungen sich als unberechtigt erwiesen. *Was vielleicht dazu beiträgt, deutlich zu machen, wie fremd die Erde tatsächlich geworden ist,* dachte er mit einem leichten Frösteln.

Die Frage war, wer als erster zur Erde gehen sollte. Das Wichtigste für ihn war der Schutz des Wissens, das seine Expedition mitgebracht hatte, und das Bemühen, es all den Menschen zugänglich zu machen, für die es von entscheidender Bedeutung war.

Er überlegte: Yu, Ingenieurin, Deuterin technischer Daten von Tahir und dem Sternhaufen. Dayan, Physikerin, die besser als jeder andere verstanden hatte, was der Holont mitzuteilen hatte. Überdies hatte Nansen sie Simulationsübungen absolvieren lasen und ihr zu ein wenig Praxis im Lenken der *Courier* verholfen, so daß sie mittlerweile als seine Hilfspilotin angesehen werden konnte. Mokoena, die ihre biologischen Arbeiten den Computern überlassen konnte, deren Hände als Heilerin jedoch unersetzlich waren. Sundaram, Linguist, derjenige, der im Schiff einem Anthropologen am nächsten kam und der seiner Arbeit mit Hilfe der Laserkanäle nachgehen konnte, während er sich selbst für die Völker anderer Sterne frei hielt. Sie alle, entschied Nansen, waren unersetzlich. Damit blieben er und Zeyd übrig.

Seine Entscheidung hatte nur geringen Protest hervorgerufen, der jedoch schon bald verstummte. Die Jahre und Lichtjahre hatten sie wirklich sehr eng zusammengeschweißt.

Zeyds zugewiesener Führer war ein junger Mann namens Mundival, der ähnlich gemischtrassisch erschien wie Areli selbst. Mnemonische Lerntechniken hatten ihm zu guten Kenntnissen des Englischen verholfen, wie es aus den Datenspeichern rekonstruiert worden war. Er war voller Eifer, wenn nicht sogar ein Verehrer seines Schutzbefohlenen. Er konnte von der Sternfahrt und ihren Anfangstagen nicht genug hören. Nichts war ihm für den Sternfahrer zuviel. Zeyd hingegen konnte nicht anders, als Nansen ein wenig zu beneiden, da er eine überaus attraktive junge Frau zugewiesen bekommen hatte. Nicht daß einer der beiden – allerdings – nun ja.

Mundival schlug vor, einen Spaziergang durch die Stadt zu unternehmen. Die Kleidung variierte erheblich und wirkte manchmal sogar geradezu übertrieben, entsprechend der persönlichen Vorlieben ihrer Träger. Die Mode schien sich nach ästhetischen Regeln zu richten, die Zeyd bislang völlig unbekannt waren. Eingehüllt in unauffällige Hemden und Hosen, spazierten sie über Wege, die sich über einen hohen Berg und um dessen Basis herumschlängelten. Auf der nördlichen Hemisphäre herrschte Spätfrühling, eine Jahreszeit der Unbeschwertheit nach dem strengen Winter, der diese Regionen stets heimsuchte. Die Sonne strahlte auf junge Blüten und frisches Laub herab. Die Bäume waren belebt mit munterem Geflatter und Gezwitscher. Eine liebliche Brise wehte. Leute spazierten in leichter Kleidung umher, Kinder tollten herum, junge Paare gingen ebenso Hand in Hand wie ältere Paare, letztere genauso fröhlich, aber mit deutlich mehr Würde. Manchmal schnurrte ein Fahrzeug vorbei, gesteuert von Robotertechnik und häufiger mit Fracht als mit Fahrgästen beladen.

Elya lag auf einer Anhöhe zwischen zwei Landschaften. Im Westen dehnte sich eine baumbestandene Grassteppe aus, auf der Herden von Wildtieren umherwanderten – große Tiere, braun und zottig, aus kleineren Tieren gezüchtet, um die ausgestorbenen Weidetiere zu ersetzen, die in ein solches Ökosystem gehörten. Im Osten und Norden sank das Terrain zu einem ausgedehnten Tiefland herab, das intensiv kultiviert wurde. Dort waren Roboter unterwegs, bearbeiteten die biosynthetischen Plantagen und verarbeiteten die landwirtschaftlichen Produkte.

Die Bevölkerungszahl bewegte sich hier bei einigen hunderttausend. Die meisten wohnten in Häusern, die separat in eigenen Gärten und Wäldern standen. Ihre Arbeitsstätten und geschäftlichen Unternehmen waren ähnlich bescheiden, Schulen, Läden, Ateliers, Wirtshäuser, schickliche Freizeiteinrichtungen. Viele versorgten die Pilger, die das Heiligtum und den Schrein in der näheren Umgebung aufsuchten. Dieser tempelähnliche Bau erhob sich majestätisch über die Bäume ringsum Naturstein, der graviert war mit einem Überfluß an Laub, Blumen, Früchten und Ranken, und dessen Türme sich vor dem Himmel wie Zweige gabelten. Wenn das Heiligtum mit Gesang erfüllt war, rollte die Musik wie ein Wasserfall, wie Donner und Frohlocken von Horizont zu Horizont.

Nicht zwei Gebäude glichen einander, es waren sogar Gebäude tief in die Erde gegraben worden, so daß manchmal nur ein Stockwerk herausragte. Während sie an einem besonders seltsamen Bauwerk vorbeigingen – faltenwurfähnliche Konturen in blauweißen Streifen, überragt von einem Dach, das aus einem lebendigen Organismus bestand – gab Zeyd zu: »Trotz meiner virtuellen Ausflüge fürchte ich, daß dies alles für mich ziemlich verwirrend ist.«

»Ich – ich war mir nicht sicher, wie Sie es empfinden würden, Sir«, erwiderte Mundival. »Uns sind während der schlimmen Jahrtausende so viele Informationen verloren gegangen. Und was wir behalten haben, ist zuviel für ein menschliches Gehirn.«

Ja, überlegte Zeyd, das Vorhandene mochte vielleicht bruchstückhaft sein, aber noch immer überwältigend. Wie genau konnte er die Zahl der Herrscher des mittelalterlichen Ägyptens bestimmen oder ihre individuellen Schicksale beschreiben? »Das ist natürlich wundervoll. Ist das authentisch?«

»Nicht ganz. Richtig authentisch ist eigentlich kein Ort. Dieser hier ist immerhin historischer als die meisten anderen.«

Mundival deutete auf einige in der Nähe stehende Überreste massiver Mauern. Sie erinnerten an Zeiten, in denen Menschen größer als jetzt dachten und bauten. Stadt auf Stadt lag vergraben unter Elya bis hinunter zu Chicago. Mikromaschinen hatten sie schon vor Jahrhunderten archäologisch erfaßt und bearbeitet. Ruinen wie diese wurden lediglich als Kuriosum betrachtet.

Galt das vielleicht auch für ein Schiff aus der gleichen Zeit?

»An anderen Orten sieht es anders aus«, sagte Mundival. »Ich glaube, das haben Sie gesehen. Sie können sie besuchen, wenn Sie wollen. Territorien, Biome, Einwohner, Leben, alles ist anders, überall auf der Erde. Das Leben ist vielfältig.« Er suchte nach einem Wort. »Spontaneität ist Leben, hat Selador gelehrt.«

Zeyd runzelte die Stirn und wählte seine eigenen Worte mit Bedacht. »Entschuldigen Sie, aber ich verstehe immer noch nicht ganz. Ich nehme an, daß Religionen, Gebräuche, ja, sogar Gesetze von Gruppe zu Gruppe variieren, und daß jede Gruppe sich nach ihrem Gutdünken weiterentwickelt oder sich ablöst, um etwas neues anzufangen. Führt das denn nicht zu Konflikten?«

»Alle sind Seladorianer«, erwiderte Mundival ernst. »Es gibt unterschiedliche Gottheiten oder gar keine, unterschiedlichen Nutzen, ja, aber alle akzeptieren die Einheit des Lebens. Das bedeutet gleichzeitig die Einheit des Menschen.« Er zögerte. »So sollte es sein.«

Zeyd kannte keinen Glauben, der jemals so etwas wie universelle Harmonie geschaffen hätte. Er fragte sich, wie bedeutungsvoll diese kulturellen Einzigartigkeiten waren und welche Maßnahmen jetzt und damals nötig waren, um den globalen Frieden zu erhalten. Ungeachtet dessen, als was er sich selbst bezeichnete, glaubte er nicht, daß Seladorianismus nur eine Philosophie war.

»Aber nicht viele glauben draußen zwischen den Sternen daran, nicht wahr?« fragte er vorsichtig.

»Nein. Dorthin ist es weit, und sie sind seltsam –«

Die junge Stimme verurteilte nicht. Plötzlich pulsierte sie. Das junge Gesicht leuchtete. *Vielleicht*, dachte Zeyd, und ein seltsames Zittern erfaßte seine Nerven, *sind wir am Ende doch keine lebenden Fossilien*.

Ein riesiger See, fast ein Binnenmeer, füllte das Herz dessen, was einst Paraguay gewesen war. Seine Erschaffung war Teil der allgemeinen Umformung der Erde im Laufe mehrerer Jahrhunderte gewesen. Maschinen, die meisten millionenfach im Einsatz und unendlich klein, überwachten ihn, kontrollierten, korrigierten und lenkten die weitere Evolution von See, Land und Leben. Doch als er am Ufer des Gewässers stand, kam es Nansen so vor, als hätte die Hand Gottes den See geschaffen.

Wasser funkelte silbrig so weit das Auge reichte. Die Sonne war eine riesige gold-orangene Kugel, die zum Horizont herabsank. Sie schlug eine geschmolzene Brücke bis zu ihm, die in winzige kleine Feuer zerfiel, wo kleine Wellen das seichte Wasser erregten und sich im Schilf verloren. Manchmal sprang ein Fisch, stieg auf wie ein Meteor, ehe er wieder zurückfiel. Vögel segelten durch das nahezu wolkenlose Blau über ihm. Schreie verhallten in der Ferne. Am Ufer sah er prachtvolle Blüten und hohe Bäume, die ihm völlig neu waren und die für bestimmte Zwecke geschaffen worden waren, aber im Augenblick erfüllten sie die Kühle des Abends mit ihrem reichen Duft und zeichneten eine Arabeske an den Himmel.

»Ja«, sagte er nach längerem Schweigen, »meine Vorfahren ruhen an einem schönen Ort.«

»Es freut mich, daß es Ihnen gefällt«, antwortete Varday. Sie berührte seinen Arm. »Wir sollten lieber umkehren. Die Gäste treffen bald ein.«

Er nahm sich einen Moment Zeit, ihren Anblick im warmen Schein des Sonnenuntergangs zu genießen. Genauso wie Zeyds Begleiter war sie vom gleichen Typ wie die Vereinigende. Von Anfang an hatte er den Impuls unterdrückt zu fragen, wie gleich sich alle waren. Er gab sich mit der Erkenntnis zufrieden, daß es eine attraktive Rasse war – in ihrem Fall sogar ganz besonders attraktiv, denn sie war von makelloser Statur und besaß dunkelrotes Haar, das auf nackte, bernsteinfarbene Schultern herabwallte.

»Ja, richtig«, stimmte er zu. »Ich freue mich schon auf sie.« Im Gleichschritt spazierten sie über den weichen Rasen.

»Sie sind sehr nett, daß Sie mir gestatten, meine Freunde einzuladen.« Ihre Stimme hatte einen weichen melodischen Klang. Ein leichter Akzent verlieh ihr zusätzlichen Charme. »Sie waren hocherfreut.«

»Nun, Sie waren mehr als freundlich zu mir. Außerdem möchte ich Leute treffen, und zwar nicht in Massen oder bei irgendwelchen offiziellen Anlässen, sondern einzeln, direkt.«

»Ich wünschte, die Unterhaltung wäre einfacher, freier. Wenn Sie doch nur bereit wären, sich einer mnemonischen Unterweisung in einer modernen Sprache zu unterziehen –«

»Nein, danke.« Er hatte sich schon mehr als einmal

geweigert, diesen neurologischen Prozeß bei sich durchführen zu lassen. »Zuerst einmal möchte ich mir einen allgemeinen Eindruck von Ihrer Welt verschaffen. Für anderes wird später noch genug Zeit sein, wenn wir wollen.« Er wußte, daß seine – und Zeyds – Entschuldigung ziemlich lahm klang, aber keiner von ihnen wollte offen aussprechen, daß man ernsthafte Bedenken hatte, daß das Programm auch noch etwas anderes in ihrem Gehirn installieren könnte.

Varday führte das für sie nächstliegende Argument ins Feld. »Sie können den Geist eines Volkes nicht erfassen, wenn sie sich nicht uneingeschränkt mit seinen Angehörigen verständigen können.«

Nansen zuckt die Achseln. »Und selbst dann funktioniert es nicht immer.« *Oder doch? Sind sie heute offener als in den alten Zeiten?*

Varday nickte. »Das ist wahr. Wir haben uns gegenüber dem, was das Sternenvolk einmal gewesen ist, vielleicht zu sehr verändert. Seit Ihrer Ankunft habe ich mich schon des öfteren gefragt, ob das nicht der wahre Grund sein könnte, weshalb die Sternfahrer kaum noch mit uns Kontakt pflegen.«

»Oh, ganz bestimmt nicht. Sie stehen ihnen ja nicht feindselig gegenüber, wie die Menschen es früher einmal getan haben, wie ich hörte.«

Varday fröstelte im leichten Wind. »Die Menschen waren nicht normal.«

Er versuchte den dunklen Schatten mit Launigkeit zu vertreiben. »Aus dem, was ich gehört habe, schließe ich – und Sie können mich gerne verbessern, wenn ich mich irre –, daß sich ganz einfach kein Handel mehr anbietet. Planeten, oder zumindest Planetensystem, sind schon seit langer Zeit absolut autark. Sie brauchen nichts mehr zu importieren. Schön, es gibt immer wieder neue Dinge, neue Ideen und neue Geschichten – aber diese Ihre Kultur, hier auf der Erde, zeigt noch nicht einmal daran gesteigertes Interesse.«

Das war für keinen von ihnen ein Trost. *Zeigt überhaupt irgendeine Kultur Interesse,* dachte er und rief sich die Aufnahmen von anderen Dialogen mit anderen Sternen ins Gedächtnis. *Keine Reise scheint heute die Grenzen des Bekannten zu überschreiten, und wenn auch nur deshalb, weil der Radius mittlerweile zu groß ist und niemand sich ein Schicksal wünscht, wie die* Envoy *es hatte. Wenn Schiffe sterben oder ihre Mannschaften sich auflösen, werden sie nicht ersetzt ...*

Und sie rief aus: »So sollte es nicht sein! Wir sollten nicht so sein!« Sie schluckte. »Ich habe manchmal darüber nachgedacht. Und dann kehrten Sie zu uns zurück.«

Sie gingen weiter. Die Sonne war untergegangen, der Himmel im Westen immer noch hell, aber die erste Dämmerung brach herein und breitete sich von Osten her mit einer Geschwindigkeit aus, die für diese Breiten typisch war. Erste Lichter funkelten im Dorf vor ihnen. Eine Melodie erklang.

Varday schüttelte den Kopf. Ihr Haar wallte auf dem Rücken hin und her. »Dies ist eigentlich ein glücklicher Anlaß«, sagte sie. »Verzeihen Sie meine ernste Stimmung.«

Es war während ihrer gemeinsamen Reise nicht das erste Mal, daß er sah, wie sie in eine melancholische Stimmung fiel. Sie tauchte gewöhnlich sehr schnell wieder daraus auf und vertrieb mit ihrer Fröhlichkeit sogar seine eigene innere Düsternis. »Sie werden schon für Unbeschwertheit sorgen, liebste Freundin«, sagte er.

Sie betraten das Dorf. Es war typisch für diese Region. Die Häuser waren schlicht und quadratisch, in Erdtönen gehalten, und jedes war von einem Garten umgeben. Nur das örtliche Heiligtum, ein weißer Turm mit einer spiralförmigen Spitze, die tagsüber in allen Farben des Regenbogens funkelte, hob sich hervor.

Bewohner schlenderten durch die Straßen und genossen die einsetzende abendlich Kühle. Sie trugen größtenteils weiße Gewänder und Kopftücher, die mit hellen Farben abgesetzt waren. Haustiere waren sehr beliebt und weitverbreitet. Kakadus auf Handgelenken, langbeinige Jagdhunde, lebhaft gezeichnete Katzen und zahlreiche exotischere Lebewesen. Wo die künstliche Beleuchtung am intensivsten war, warteten mehrere Künstler und Musiker mit ihren Darbietungen auf. Nansen erkannte die Geräte und Instrumente nicht. Jeder grüßte ihn und Varday, als sie vorbeigingen. Er war ihnen lediglich als Besucher aus einer anderen Stadt vorgestellt worden. Das war nichts Sensationelles.

Die Villa stand am anderen Ende der Stadt. Sie war nicht sehr groß, allerdings war sie mit prächtigen Stützpfeilern ausgestattet, wechselte je nach Beleuchtung den Farbton und verfügte über eine geflügelte Kuppel. Varday hatte erklärt, daß sie einer Gemeinschaft gehörte, bei der sie Mitglied war, und daß sie sie zur Zeit benutzen durfte. Kugelförmige Lufttaxis hatten bereits einige Gäste abgeliefert und waren zurückgekehrt, um sich bereitzuhalten, falls man ihre Dienste noch einmal brauchte. Weitere Fahrzeuge landeten, während die Tür für Nansen und seine Führerin aufglitt.

Im Innern befand sich ein Raum, in dem sich abstrakte Wandgemälde selbständig umbildeten, wo angenehme Gerüche die Luft erfüllten und Musik im Hintergrund erklang – Musik aus seiner Zeit, aus den Datenspeichern der *Envoy* herausgesucht und ihm zu Ehren einstudiert. Ein reichhaltiges Buffet war aufgebaut worden. Speisen und Getränke waren in dieser Zeit exzellent, allerdings schien Bescheidenheit bei ihrem Genuß eine universelle Tugend zu sein. Die meisten Gäste waren jung. Sie versammelten sich begeistert um den Sternfahrer, ohne ihn zu bedrängen oder ihm lästig zu fallen. Ihr Auftreten war wohltuend informell, da Etikette schon in frühester Jugend anerzogen wurden.

Natürlich wollten sie alles über seine Reise hören. Sinn, Zweck und Verlauf waren weltweit bekannt gemacht worden, doch es mußte zahllose Ereignisse, Anekdoten und Streiflichter geben, die der Schilderung harrten. Nansen verbrachte die nächsten zwei oder drei Stunden sitzend und redend. Neben ihm hielt Varday ein kleines Gerät, das darauf programmiert war, hin und zurück zu übersetzen. Sie hatte recht, eine vertrauliche Unterhaltung war damit nicht möglich, aber das Gerät erfüllte recht gut seinen Zweck.

»... und wir verließen den Sternhaufen und setzten unsere Reise fort«, sagte er.

»Verharrte er in seinem unglücklichen Zustand?« fragte eine junge Frau.

Er zuckte die Achseln. »Die Frage läßt sich nur beantworten, indem man dorthin zurückkehrt.«

Sie schlang die Arme um ihren Oberkörper und fröstelte. »Ich werde nie mehr ohne ein Schaudern dort hinauf blicken können.«

»Es ist wie die Erde in ihrer finstersten Zeit«, sagte jemand anderer.

»Also wirklich«, meinte ein junger Mann, »das war eine aufregende Geschichte.«

»Eine schlimme Geschichte«, widersprach ein zweiter junger Mann. »Verzeihen Sie, Captain Nansen, aber wenn Fehler auch auf fernen Sternen zu Wahnsinn führen, dann wollen wir damit nichts zu tun haben.«

Einige stimmten ihm zu, andere schüttelten die Köpfe. Nansen wandte sich schnell angenehmeren Themen zu.

Später wurde getanzt. Varday hatte einige Schritte aus seiner Zeit gelernt und war seine einzige Partnerin. Die anderen machten sich ein Vergnügen daraus, eigene Schritte zu den archaischen Melodien zu erfinden. Sie lag warm und biegsam in seinen Armen.

Nach einer Zeit, die für ihn verging wie im Fluge, schlug sie vor, ein wenig frische Luft zu schnappen. Ein Paar, das vor ihnen in den Hof hinausgegangen war, murmelte einen Gruß und kehrte ins Haus zurück. Geschah es aus Taktgefühl? Die Tür schloß sich hinter ihnen und sperrte den Lärm aus. Erster Tau funkelte auf den Rosen im Licht der Sterne und der fernen Milchstraße.

»Sie haben hier eine wunderschöne Welt«, sagte er. »Ich hatte nicht gehofft, so etwas vorzufinden.«

Ich hatte gehofft, Menschen in der Freiheit der Galaxis anzutreffen und etwas von dieser Erhabenheit in ihren Geistern wiederzufinden.

Sie nickte. Wie schlank ihr Hals unter dem üppigen Haar erschien. »Dreitausend Jahre Frieden.«

»Selador ... sei Dank.« *Der seine Sache besser gemacht zu haben schien als der Christus, den sie offensichtlich vergessen haben.*

»Und all jenen, die danach kamen, Märtyrer, Prediger, Arbeiter.« Ihre natürliche Ernsthaftigkeit setzte sich wieder durch. »Bis zum heutigen Tag. Jeder von uns, in jeder Generation, muß die Arbeit immer wieder neu in Angriff nehmen.«

»Wie das denn?« fragte er erstaunt.

»Er muß den Kampf gegen die Bestie aufnehmen, die in uns steckt. Wir dürfen niemals nachlässig werden in unserer Verteidigung und uns dem Glauben hingeben, daß die Vergangenheit tot wäre und uns nichts mehr anhaben könne.«

Er wußte, daß zur Erziehung virtuelle Teilnahmen an früheren Ereignissen gehörten. Ihm dämmerte plötzlich, daß einige dieser Ereignisse sehr grausam sein mußten. Die Psychotherapie konnte anschließend den Schmerz lindern, aber die Narben würden bleiben und sich stets bemerkbar machen. Könnte diese ganze Zivilisation eine Art Zuflucht vor dem Schrecken sein, den die Geschichte darstellte? »Frieden.« Er konnte sich die Frage nicht verkneifen. »Werden Sie niemals ruhelos?«

»Natürlich werden wir das.« Trotz klang in ihrer Stimme durch. »Wir erleben unsere eigenen Abenteuer.«

Ja, ich habe einige Aufnamen von halsbrecherischen Sportarten gesehen.

»Und wir sind schöpferisch tätig«, sagte Varday.

Wann hat denn in letzter Zeit irgendwer etwas wirklich

Neues geschaffen? Er hatte sich im Laufe der langen Gespräche, während er sich im Quarantäne-Orbit befand, ausführlich danach erkundigt. Künstler jeder Richtung – ja, und Wissenschaftler – gaben sich offensichtlich damit zufrieden, sich in Variationen über längst bekannt Themen zu ergehen. Die größten Anstrengungen und Energien wurden aufgewendet, um die gesammelten Werke aus der Vergangenheit zu erforschen und wiederzubeleben. Kein Leben reichte aus, um dieses Erbe zu erschöpfen.

»Nicht jeder kann ... originell sein, nicht wahr?« meinte er und befürchtete gleichzeitig, daß sie dies als Beleidigung auffassen könnte.

Sie tat es nicht. Als sie zu ihm aufschaute, waren ihre Augen groß und hell vom Sternenlicht. »Nein, nicht nach außen hin«, meinte sie leise. »Aber jeder kann das Leben selbst zu einer hohen Kunst machen.«

Ihr Angebot war unmißverständlich. Sie hatten sich nach seinen Maßstäben tadellos benommen. Wie sahen ihre Maßstäbe aus? Ein Wunsch rührte sich in ihm – würde Hanny etwas dagegen haben?

Als hätte er ein Stichwort gebraucht, erschien über der westlichen Dachhälfte ein Funken und eilte über den Himmel. »Dort, sehen Sie«, sagte er, und ihm wurde bewußt, wie erleichtert er war. »Ich glaube, das ist die *Envoy*.«

Wahrscheinlich deutete sie seinen Tonfall richtig. Wahrscheinlich war sie nicht sehr enttäuscht. Ihre Stimme klang ernst. »Ihr Schiff. Der Sinn Ihres Lebens.«

Er warf ihr einen erstaunten und fragenden Blick zu.

»Wir auf der Erde von heute suchen nach dem, was

wir in uns selbst finden können«, erklärte sie ihm. »Sie suchen woanders, weit draußen.«

War es möglich, daß ihre Stimme dabei ein wenig zitterte?

Vom südöstlichen Ufer des Mittelmeeres bis hinunter zur arabischen Halbinsel an seinem Ende – obgleich keiner von beiden den Namen trug, an den Zeyd sich erinnerte – erstreckte sich Regenwald. Ebensowenig kannte er die meisten Pflanzen und Tiere. Viele von ihnen hatte es noch nicht gegeben, als er sein Zuhause verließ.

Er stand mit Munidval am Rand einer Lichtung. Farnwedel streiften seine Schenkel, hier, wo die Schwüle sich auch noch nach Einbruch der Dunkelheit hielt, eine angenehm kühle Berührung. Unterhalb einer dunklen Wand aus Bäumen loderte und knisterte ein Feuer. Flammenschein beleuchtete Rauchschwaden. Funken stoben. Davor stand ein Altar aus roh behauenem Stein. Hundert oder mehr Leute, allesamt nackt, waren davor versammelt. Dies war ihre Form von Heiligtum, ihr vereinigendes und stärkendes Ritual.

Eingehüllt in einen Mantel, stand die Anführerin vor dem Altar und hob die Arme zum Himmel. »Im Namen Seladors«, rief sie, »Einheit.« Mundival flüsterte Zeyd eine Übersetzung der Worte ins Ohr.

»*Helui ann! Helui ann!*« erscholl die Antwort. Diesmal übersetzte Mundival nicht. Vielleicht konnte er es nicht.

»Für alles, was das Leben ausmacht, Einheit.«

»*Helui ann! Helui ann!*«

Und doch lebten sie zu Hause und arbeiteten in ihren verstreut liegenden Gemeinden als Angehörige der globalen Bevölkerung, unternahmen Reisen kreuz und quer über den Planeten und waren Teil des allumfassenden Kommunikationsnetzes. Zwei oder drei von ihnen hatten Zeyd herumgeführt und mit Hilfe Mundivals in aller Sachlichkeit – aber auch mit einer gewissen Leidenschaft – das Gleichgewicht zwischen Menschheit und Natur in diesem Land erläutert, ein Gleichgewicht, das nicht nur ökologische Aspekte betraf, sondern auch als heilig betrachtet wurde.

Die Liturgie ging weiter. Trommeln und Pfeifen stimmten mit ein. Die Menschen begannen sich hin und her zu wiegen und mit den Füßen zu stampfen.

Die Stimme wurde schrill. »... nieder mit den Lügen der Biosophisten ...«

Ein Raubtier schrie irgendwo in der Dunkelheit. Zeyd fragte sich, wie heiter und gelassen die Erde wirklich war und wie lange ihr Friede sich halten konnte.

Die Sternfahrerstadt war leer und verlassen bis auf automatische Wartungsroboter. Sie war ein antikes Museum. Die Stile, Einrichtungen, Besitztümer in ihren Gebäuden hatten sich im Laufe der Jahrtausende verändert, doch immer nur schrittweise und niemals vollständig. Selbst die jüngsten Häuser, die erst vor wenigen Jahrhunderten verlassen worden waren, verfolgten Nansen mit Hinweisen auf seine Kindheit.

Besucher kamen nur selten. Jeder, den die Neugier

plagte, konnte sich ein Virtual bestellen. Es gab jedoch ein Besucherzentrum, zu dem auch Übernachtungsmöglichkeiten gehörten. Nansen stand schon vor Tagesanbruch auf. Varday wartete vor ihrem Zimmer, das neben seinem lag, wie sie es vereinbart hatten. Er wollte nicht mehr sagen müssen als Guten Morgen, und ihre Kultur setzte sie nicht unter den Zwang, ein Gespräch anzufangen. Sie gingen schweigend hinaus in die Stille.

Es war kalt. Ihr Atem bildete weiße Dampfwolken, die im Sternenlicht kaum zu erkennen waren. Düsternis füllte die von Bauwerken umfriedete Straße aus. Die Schritte klangen hohl.

Die Häuser endeten an einer klar definierten und alten Grenze. Da der Himmel über ihnen klar war, konnte das Paar von seiner Umgebung mehr erkennen. Ein paar Lichter schimmerten nicht weit entfernt. Ihr Licht wurde von den Sternen überstrahlt. Nähergelegen durchbrachen Reste von Mauern und Schächten, die einst als Fundamente gedient hatten, das Grau des erfrorenen Grases und Buschwerks. Von Zeit zu Zeit hatte sich die ein oder andere Stadt die Heimat der Sternfahrer einverleibt.

»Sie kommen nicht mehr«, sagte Varday kaum laut genug für ihn und unnötigerweise. »Es geschieht so selten, daß ein Schiff eintrifft, und wenn, dann bleibt es nur sehr kurz. Die Mannschaft kommt in einer Herberge unter oder bleibt die ganze Zeit an Bord.«

Ob sie wohl spüren, daß sie nicht mehr erwünscht sind? dachte Nansen. *Ihre Waren sind nicht mehr von großem Nutzen. Die Geschichten und Fragen, die sie von draußen mitbrachten, waren oft unangenehm.*

Er blieb stehen und hielt Ausschau. Sie machte es

ihm nach. Sternformationen hatten ihre Form verändert, zwar nicht sehr, aber auf jeden Fall wahrnehmbar. Er zeigte auf ein Bild, das er als den Kleinen Bären erkannte. »Sehen Sie dort«, sagte er zu ihr, »das war unser Polarstern.« Es war jetzt Delta Cygnis, und er war nicht weit vom Himmelspol entfernt.

»Rufen die Sterne Sie immer noch?« fragte sie so leise wie vorher.

Aus einem Impuls heraus breitete er seinen Mantel über sie beide und legte einen Arm um ihre Taille. Sonst geschah nichts zwischen ihnen. Sie standen nebeneinander und warteten auf die Sonne.

Eine Jagdhütte lag in den Ausläufern des Himalaya. Sie war von einer Idylle umgeben. Abgeschieden, von Robotern versorgt, beherbergte sie im Augenblick keine anderen Gäste als die Reisenden und ihre Führer. Sie kamen in einem Raum zusammen, der zu groß war für vier, wo Farben in den Wänden spielten, wo eine Symphonie von Vogelstimmen erklang und wo wechselnde Düfte seltsame Empfindungen weckten.

»Ja, wir haben uns entschieden«, sagte Nansen. »Die anderen möchten gerne ebenfalls die Erde besuchen, aber nur ganz bestimmte Gegenden.« *Nur der Pietät wegen oder um das zu vergessen, was ohnehin nicht mehr existiert.* »Danach gehen wir weg.«

»Warum?« wollte Mundival wissen.

»Wir haben auf der Erde nichts zu tun«, sagte Nansen. »Woanders vielleicht.«

»Sie sind hier willkommen! Sie würden hier für den Rest Ihres Lebens als Helden verehrt!«

Zeyd betrachtete das verzweifelte Gesicht und antwortete so behutsam und sanft wie möglich: »Ja, wir könnten uns als Geschichtenerzähler betätigen, sicher. Aber was wird aus unseren Kindern?«

»Sie sind ebenfalls willkommen –«

»Willkommen, um Erdlinge zu sein. Tut mir leid. Ich wollte nicht andeuten, daß dies etwas schlechtes ist.« Zeyd versuchte zu lächeln. »Durchaus möglich, daß sie mit Ihrer Lebensart glücklicher wären als mit unserer. Aber wir sind Sternenleute.«

Leute wie Jean, dachte Nansen.

Varday erhob sich von ihrem Platz und streckte die Arme nach ihm aus. Zum erstenmal sah er, wie ihr die Tränen kamen. Sie funkelten auf ihren bernsteinfarbenen Wangen. »Werdet ihr mich dann mitnehmen?« fragte sie schluchzend.

49

Tau Ceti. *Das fünfte Jahr.*

Die junge Risiko-Liga hatte in Argosy ein altes Gebäude als Zentrale erworben. Die Akademie nahm eine Suite im siebten Stock ein. Andererseits war diese Schule für Sternfahrer noch immer nicht in Betrieb und kaum mehr als ein Traum und eine Reihe von Testprogrammen. Sie wollte keinen Campus haben, ehe die Schiffe, die selbst bis jetzt nicht mehr waren als Pläne in Computern, wirklich gebaut zu werden begannen.

Falls überhaupt jemals.

Der Raum, in dem Ricardo Nansen und Chandor Barak saßen, war hell und geräumig. Farbenspiele wirbelten wie träger Qualm in Wänden und Decken, nur nicht in der vierten Wand, die sich zu einem Balkon öffnete. Dort leuchteten Blumen in Pflanzkästen – Geranien, Ringelblumen, Vergißmeinnicht, denn Harbor hatte niemals eine nennenswerte Blumenpracht hervorgebracht. Die Luft war warm und leicht in Bewegung und brachte das Murmeln der Stadt mit. Obgleich auf dieser Hemisphäre Sommer war, hatte der Sonnenschein, der aus dem blauen Himmel herabstrahlte, für Erdlingsaugen etwas gedämpftes, herbstliches in sich. Mittlerweile hatte Nansen sich daran gewöhnt, und Chandors Leute waren fast seit dem Zeitpunkt auf dem Planeten, als die *Envoy* das erste Mal startete und das Sol-System verließ.

Wie viele von ihnen war der Direktor und voraussichtliche Kommandeur der Akademie mittelgroß und hatte eine gebräunte Hautfarbe und Gesichtszüge, die auf ein nordasiatisches Erbe hinwiesen. Seine Augen waren jedoch grün, und der Schnurrbart und das kurzgeschnittene Haar dunkelblond. Zum Dandyhaften neigend, trug er heute eine puprpurfarbene Bluse mit ausladendem rotem Kragen, einen Kilt in Regenbogenfarben und weiche Halbstiefel, deren Nähte mit Gold abgesetzt waren. Ansonsten hatte er nichts Geckenhaftes an sich, und die Tatsache, daß seine Mutter, Chandor Lia, Präsidentin des Duncan'schen Kontinents war, hatte die Entscheidung, ihn auf diesen Posten zu setzen, in keiner Weise beeinflußt. Es hatte ihm allerdings auch nicht geschadet, aber was zählte, war, daß er sich als fähiger Administrator erwiesen hatte, der den gleichen Traum hatte.

»Ja, wir müssen den Kometen reiten«, sagte er. Nansen, der die Sprache recht flüssig beherrschte, aber natürlich noch nicht alle ihre idiomatischen Redewendungen kannte, war für einen kurzen Moment verwirrt, dann übersetzte er aus dem Zusammenhang den Ausdruck mit ›mit der Flut auslaufen‹ oder ›das Eisen schmieden, so lange es heiß ist.‹«

Wieviel gibt es, das ich noch nicht weiß? Diese Frage quälte ihn täglich. Und er hatte noch nicht einmal aktiv in die öffentlichen Angelegenheiten eingegriffen. Der Flug von Sol nach Tau Ceti ... ein überwältigender Empfang ... Auftritte, Interviews, Empfänge ... Vorlesungen, Konferenzen, ausführliche Hilfe beim Übersetzen und Analysieren der Datenflut aus dem Schiff ... die Suche und Einrichtung einer Bleibe für Hanny und sich selbst, dann für die gesamte Crew und schließlich für die Handvoll Erdlinge, die sich von allem trennten, um ihn zu einem unbestimmten Ziel zu begleiten ... Die Jahre jagten durch seine Erinnerung.

Er richtete seine Aufmerksamkeit wieder auf Chandor. Wenn sein Einfluß – und, ja, die beträchtliche Summe, die er beitragen konnte – die Gründung der Liga ermöglicht hatte, dann oblag es ihm, dieser Bitte um seine Hilfe nachzukommen.

Der Direktor beugte sich vor und sah ihn eindringlich an. »Unser Start war vielleicht zu erfolgreich«, sagte er. »Es besteht die Gefahr, daß wir regelrecht überrollt werden. Hunderte von jungen Leuten melden sich und äußern lautstark ihre Forderungen. Wenn wir sie zu einem Kern formen können, zu einer aktiven Institution und tatsächlich den ersten Schritt nach vorne tun, dann rekrutieren wir Tausende auf dem Planeten und im gesamten System. Aber wenn wir nicht bald irgendwelche Fortschritte vorweisen können, dann, so fürchte ich, wird die erste Begeisterung verfliegen und die allgemeine Unterstützung läßt nach.«

»So schnell?«

»Es sind Kräfte am Werk, um genau das zu erreichen. Ist Ihnen eigentlich klar, Sir, welche mächtigen Interessen sich uns entgegenstellen? Sie betrachten unser Ziel als nackten Irrsinn. Sie glauben nicht, daß ein echtes Wiederaufleben der Sternfahrt überhaupt möglich ist. Sie wollen, daß die Möglichkeiten, die Sie mitgebracht haben, weiterentwickelt und zu Hause für Unternehmungen eingesetzt werden, von denen sie wissen, daß sie am Ende hohe Profite einbringen werden.«

Nansen schüttelte ungehalten den Kopf. »Das ist doch eine freie Gesellschaft, nicht wahr? Wie können sie uns verbieten, unser Wissen nach unserem Gutdünken einzusetzen, um Geld zu verdienen und dieses Geld für die Dinge auszugeben, die wir für richtig halten?«

»Sie haben eigene Finanzen, Rücklagen und Beziehungen, und zwar mehr und umfangreichere, wie wir sie noch in Jahren nicht haben werden. Sie können unsere Unternehmungen stören, können Druck auf all jene ausüben, die uns bei der Finanzierung helfen wollen, und die Welt mit zersetzender Propaganda überfluten. Ich habe Gründe anzunehmen, daß sie bereits die seladorianischen Missionare unterstützen.«

»Können ein paar wenige Prediger in dem Zeitraum, der für uns von Bedeutung ist, tatsächlich so viel ausrichten?«

»Wenn die wortgewandten Predigten, die per Laserstrahl von der Erde hierher gelangen, regelmäßig in den wichtigen Nachrichtensendungen verbreitet werden, vielleicht ja. Was Sie mitgebracht und bekanntgemacht haben, ist absolut neu. Wie viele Menschen haben auch nur andeutungsweise verstanden, was sich daraus ergeben kann? Seit Jahrtausenden waren die Sterne für uns nichts anderes als ein paar Lichter am Himmel, ein paar Signale von weither und gelegentlich mal ein Raumschiff mit einer völlig fremden, seltsam verschworenen Besatzung.«

»Glauben Sie im Ernst, daß wir bedroht werden?«

»Nein, so weit geht es sicher noch nicht«, schränkte Chandor ein. »Ich fürchte, daß es bald dazu kommen kann, aber das muß es nicht, wenn wir unseren Schwung erhalten – und wenn wir keine Rückschläge erleiden. Aber das liegt außerhalb unserer Kontrolle.

Daher, Captain Nansen, müssen wir die Welle der

Hoffnung, die sie in Gang gesetzt haben, unterstützten und vorantreiben. Wir sollten jetzt Rekruten aufnehmen, mit der Ausbildung anfangen, sie darauf vorbereiten, das nächste Sternfahrerschiff willkommen zu heißen und sich mit dessen Besatzung anzufreunden. Ein solches Schiff könnte praktisch täglich eintreffen.«

»Hm. Sind Sie denn bereit für einen solchen Schritt?«

Chandor nickte. »Ja. Unsere Datenbanken sind organisiert. Wir haben fähiges Personal und ausreichende Computerleistung zur Verfügung. Natürlich können wir zuerst nur theoretische Kurse anbieten, aber diese sollten für eine solide Grundlage sorgen. Im nächsten Jahr haben wir dann die Einrichtungen für ein Simulator-Training, und in zwei Jahren sollten wir mit einer praktischen Raumfahrerausbildung anfangen können. Es wäre zwar nur ein kleines Kadettencorps, aber immerhin ein *Corps*, eine aktive Kernmannschaft.«

»Das geht aber schnell«, sagte Nansen. Er war beeindruckt.

»Und es lohnt sich! Ich habe Sie gebeten, mich aufzusuchen – solche Dinge lassen sich viel besser in einem persönlichen Gespräch regeln –, um mich zu beraten, was gelehrt werden soll und wie. Wir haben die Theorie; Sie verfügen über die echte Erfahrung. Und Sie sind der Held. Ich könnte genausogut sagen, Sie sind unserer Prophet. Wir brauchen Ihre Phantasie, Ihren Einfallsreichtum.«

Nansen empfand dabei ein gelindes Unbehagen. Aber egal. Die Begeisterung und der Eifer, die sich ihm darboten, fachten sein inneres Feuer neu an. Es ging nicht mehr um Ruhm und Ehre, sondern um die Natur der Menschheit und um den Platz dieser Menschheit im Universum.

Ein melodischer Rufton erklang. »Entschuldigen Sie«, sagte Chandor und wandte sich zum Visiphon: »Ich nehme an. Weiter.«

»Captain Ricardo Nansen wird gewünscht«, erklärte die Stimme.

Chandor sah seinen Besucher überrascht an. Nansen nickte. Er hatte genausowenig Ahnung, was das zu bedeuten hatte. *Bist du okay, Hanny?* »Hier bin ich«, sagte er.

Der Scanner fand ihn. An der Wand gegenüber entstand eine Bildkonsole. Er sah einen ziemlich kleinen, dunkelhäutigen Mann in einem Uniformrock mit einem Emblem auf der linken Brust. Das Bild hinter ihm zeigte hereinbrechende Dunkelheit. Trotz des Zwielichts erkannte Nansen die hohen, vorsintflutlich anmutenden Dächer, die so anders waren als alles, was er hier sah. Und er erkannte den Mann selbst. Es war Kenri Fanion, der sich aus dem Sternfahrerdorf auf der Insel Weyan meldete.

»Entschuldigen Sie, daß ich Sie störe, Captain Nansen.« Er benutzte die auf Harbor am weitesten verbreitete Sprache. Einmal hatte er angedeutet, daß seine Sternfahrersprache ziemlich eingerostet war. Sie wurde in der Niederlassung nicht mehr allzu häufig benutzt außer bei alten Ritualen und festlichen Zeremonien.

Außerdem hatte sie sich von den in den Schiffen gebräuchlichen Versionen zu einem eigenen Dialekt entwickelt.

Dennoch, obgleich er niemals die Sterne direkt

gesehen hatte, war er nach Blut und Herkunft ein Sternfahrer. Seine Gemeinde war die letzte, die sich erhalten hatte, und er selbst war ein Informationshändler von Beruf, aber seiner Berufung nach ein Mitglied des Tau Ceti-Service der Sternfahrer. Er redete sachlich und selbstsicher mit dem Kommandanten der *Envoy*, doch die Ehrfurcht und Bewunderung in seinen Augen waren unverkennbar.

»Eigentlich kann es warten«, sagte er. Er biß die Zähne zusammen. »Es wird auch warten müssen. Ich dachte jedoch, Sie sollten es sofort erfahren, ehe es in den Nachrichten gemeldet wird.«

Nansen zwang sich innerlich zur Ruhe. »Vielen Dank. Worum geht es?«

»Ich habe gerade eine Meldung von Shipwatch erhalten.« Er meinte das System im Orbit befindlicher Instrumente, die die Wege der Sternenschiffe überwachten. »Schlechte Nachricht. Ein Schiff, das hierher unterwegs war ... es wird wohl nicht ankommen.«

Chandor sog zischend die Luft ein. »Reden Sie weiter«, befahl Nansen.

»Shipwatch hat eine Spur aufgezeichnet.« *In großer Entfernung. Sonst wäre das Schiff, das fast mit Lichtgeschwindigkeit unterwegs war, längst in Teleskopsichtweite gewesen.* »Plötzlich war die Spur erloschen.«

»Sie könnten doch für eine Weile in den Normalantrieb gegangen sein, um bestimmte Beobachtungen durchzuführen«, sagte Nansen und wußte gleichzeitig, wie unsinnig seine Worte waren.

»Das ist jetzt schon fünf Stunden her, Captain Und warum sollten sie überhaupt so etwas tun? Sie kennen diese Region.« Ein Tic pulsierte in Fanions Wange. »Wir halten natürlich weiterhin nach irgendwelchen

Zeichen Ausschau. Aber ich fürchte, es ist etwas ganz Schlimmes passiert.«

»Haben Sie eine Position?«

»Entfernung etwa siebeneinhalb Lichtjahre aus Richtung Cassiopeia kommend. Wir erhalten genauere Werte, wenn die Angaben von den äußeren Orbitalstationen eintreffen.« Längere Seitenmaße für eine genauere Triangulation. Nicht daß ein paar Milliarden Kilometer bei einer solchen Entfernung von Bedeutung sind.

Chandors Knöchel hoben sich fahlweiß von der Armlehne seines Sessels ab. Aus irgendeinem Grund schaffte er es, ebenfalls Ruhe zu bewahren. »Cassiopeia. Das deutet auf die *Fleetwing* hin. Sie war noch nicht oft hier. Gewöhnlich ist sie in ferneren Gefilden wie in den Regionen von Brent und Olivares unterwegs, manchmal sogar noch weiter entfernt.«

Fanions Kopf nickte ruckartig. »Ja. Es ist das älteste Schiff, nicht wahr?« Er blinzelte krampfhaft. »Nun, jetzt hat der Tod wahrscheinlich auch sie ereilt.«

»Auch?« fragte Nansen.

»Manchmal erhalten wir entsprechende Nachrichten, entweder per Laser oder durch das jeweilige Schiff. Wenn wir seit Jahrhunderten von einem bestimmten Schiff nichts mehr gehört haben, kann es manchmal sein, daß es sich woanders gemeldet hat. Aber wenn über einen langen Zeitraum hinweg niemand mehr etwas von ihm gehört hat – dann war es das wohl.«

Es gibt eine ganze Menge Dinge, die sich als tödlich erweisen können ... Aber was denn? In einer vertrauten Region wie Tau Ceti dürfte es nichts dergleichen geben, jedenfalls nichts, womit das Schiff in seinen

Tausenden von Sternenjahren nicht irgendwann schon fertig geworden ist.

»Das war meine Nachricht, Captain Nansen«, endete der Sternfahrer. »Ich wünschte, ich hätte etwas Angenehmeres für Sie gehabt. Ich melde mich, sobald wir mehr wissen.«

»Wenn es mehr gibt«, sagte Chandor.

»Ja, wenn. Möge Gott sie beschützen.« Fanion beendete die Übertragung hastig, als wollte er sich die üblichen Formalitäten ersparen.

Das Bild verschwamm, und die Wand leerte sich. Der Himmel draußen schimmerte in einem falschen Licht. Die Stadt murmelte.

»Gott schütze uns alle«, sagte Chandor, »und erhalte unser aller Hoffnungen.«

»Was meinen Sie damit?« wollte Nansen wissen.

»Sie sollten es doch am besten wissen, Captain. Wie wenige Sternfahrerschiffe noch vorhanden und wie weit verstreut sie sind. Jetzt werden wir wahrscheinlich für die nächsten hundert Jahre keins mehr zu Gesicht bekommen. Und dann sind Sie und ich schon lange tot.«

»Es sei denn, ein anderes ist ebenfalls hierher unterwegs.«

»Damit ist wohl kaum zu rechnen.« Chandors Stimme wurde ausdruckslos. »Es wäre ein zu großer Zufall, glaube ich, wenn man bedenkt, wie sehr der Handel abgenommen hat und wie wenig organisiert er immer gewesen ist. Aber im allgemeinen haben die Schiffe schon vor langer Zeit die Routen unter sich aufgeteilt. Es ist ziemlich kompliziert und durchaus variabel – ich kenne die Einzelheiten nicht –, aber man kann wohl behaupten, daß wenn dies die *Fleetwing* war, sich für mindestens hundert weitere Jahre kein anderes Sternenschiff zu uns verirren wird.«

»Ja, stimmt. Entschuldigen Sie, ich habe davon gehört, es aber fast vergessen.«

Chandor lächelte traurig. »Das ist durchaus verständlich, Sir, wenn man überlegt, was Sie in vier kurzen Jahren lernen mußten und was Sie in der Zeit alles geschafft haben.«

Indem er den Kummer so gut wie möglich verdrängte, versuchte Nansen seiner Stimme wieder ein wenig Kraft und Nachdruck zu verleihen. »Das muß für die Liga nicht unbedingt eine Katastrophe sein.«

»Ich fürchte aber, das ist es. Unsere Gegner werden sicherlich schnellstens ihre Vorteile daraus ziehen wollen. Die psychologische Wirkung –«

»Naja, Sie kennen die Gesellschaft schließlich besser als ich.« *Eine freie Gesellschaft mit Idealvorstellungen, in der die Geschichte von großen Forschungstaten geradezu mythische Kraft hat. Würden die jungen Vertreter dieser Gesellschaft ihre neugeborenen Träume wirklich so schnell verwerfen?*

Vielleicht. Denn diese Träume sind wirklich schrecklich neu.

»Und wissen Sie«, fuhr Chandor fort, »wir haben auf eine Schiffsladung Sternfahrer gehofft, auf ihre Erfahrung und ihr Beispiel, ihre Hilfe.«

»Ja. Das haben wir.« *Er hat recht, das könnte ein Schlag sein, von dem wir uns nie mehr erholen.* »Möglich, daß sie nicht verloren sind.« *Sieh zu, daß das nicht zu verzweifelt klingt.* »Sie können doch wieder von vorne anfangen – vielleicht haben sie es sogar schon getan – und in weiteren sieben oder acht Jahren eintreffen.«

Chandor schüttelte den Kopf. Seine Schultern sackten herab. »Das kann ich nicht glauben, Sir.« Er atmete tief ein. »Früher, ehe die *Envoy* zurückkehrte, dachte ich des öfteren über das rätselhafte Verschwinden nach. Wie Sie sich erinnern, habe ich mich mein ganzes Leben lang für die Sternfahrer interessiert. Ich habe alles über sie herausgesucht, was in den Datenspeichern auf Weyan zu finden war. Es reicht jahrtauendweit zurück und enthält viele Beobachtungen und Erkenntnisse aus anderen Regionen. Dreimal haben die Shipwatch-Systeme in der Vergangenheit Spuren entdeckt – niemand, der hierher unterwegs war, wie sich ergab, aber dennoch deutlich genug –, und damit war plötzlich Schluß. Niemand weiß, warum.«

»Ist denn kein Schiff auf die Suche gegangen?«

»Es stand keins zur Verfügung. Außer – ich muß nachdenken – ja. Ein Schiff, das auf Aerie gelandet war, Jahrzehnte nach einer dort gemachten Beobachtung, machte sich auf den Weg um nachzuschauen. Schließlich war die Entfernung nicht allzu groß, nur ein paar Lichtjahre. Aber das Schiff hat nichts gefunden. Es gab Fehler bei den Messungen, die sich auf Grund der verstrichenen Zeit vervielfacht hatten. Das Volumen des zu durchsuchenden Raums war einfach zu groß.«

»Hätten Überlebende denn nicht irgendein Signal geben können?«

»Es wurde nichts dergleichen festgestellt. Die Suche wurde aufgegeben. Niemand hat danach jemals wieder einen ähnlichen Versuch unternommen. Sie konnten es sich nicht leisten.«

Es rieselte Nansen kalt über den Rücken. Er straffte sich. Nach einigen Sekunden sagte er, während er an dem anderen Mann vorbei zum Himmel schaute: »Vielleicht können wir es.«

Chandors Mund klappte auf. »Sir?«

»Lassen Sie mich mal bitte Ihr Visiphon benutzen.«

Zuerst rief Nansen Dayan in ihrem Haus an und redete kurz mit ihr. Danach gab er dem Kommunikationsnetz den Auftrag, die restlichen Angehörigen der *Envoy*-Mannschaft zu suchen, die auf dem Planeten verstreut lebten. Sie sollten sich so schnell wie möglich mit ihm in Verbindung setzen.

»Und jetzt entschuldigen Sie mich«, sagte er, während er sich erhob. »Wir unterhalten uns später. Machen Sie einstweilen weiter wie bisher.«

»Ja, Captain«, flüsterte Chandor. In seinem Gesicht stritten Verwirrung und etwas, das an Ehrfurcht erinnerte, miteinander.

Nansen hatte sein Fahrzeug zwei oder drei Kilometer vom Liga-Gebäude entfernt geparkt. Er ging gerne zu Fuß. Ihm gefielen die Blicke, die er auf der Straße auf sich zog, ganz und gar nicht. Nicht daß sie Verdruß bedeuteten. Die meisten waren freundlich, viele sogar voller Bewunderung, vor allem in dieser Stadt. Ein paar waren wachsam und sogar ablehnend – die *Envoy* hatte viel Fremdes nach Harbor gebracht, und die Auswirkungen waren bereits spürbar – aber nicht allzu offensichtlich. Auch sprach niemand den berühmten Mann an. Einige nickten ihm lediglich zu oder grüßten ihn mit dem Handzeichen, das tiefen Respekt ausdrückte. Es lag ihm einfach nicht, eine Sehenswürdigkeit zu sein.

Der Boulevard war breit und mit den reizvoll

gekrümmten Doppelstämmen und dem gefiederähnlichen orangefarbenen Laub der Leierbäume gesäumt. Fahrzeuge bewegten sich darauf, Fußgänger waren in den Seitenstraßen unterwegs. Die Gebäude dahinter waren selten mehr als zehn Stockwerke hoch und standen auf gepflegten Flächen des goldfarbenen einheimischen Rasens oder grünen terrestrischen Grases. Die Fassaden waren bunt und wiesen elegante Säulen und Erker auf. Argosy war vor etwa sechshundert Jahren von Sternfahrern gegründet worden, die des Herumziehens überdrüssig geworden waren. Eine totale Assimilation hatte jedoch nicht stattgefunden. Anlagen der Vorfahren zeigten sich stellenweise in kleinen, straffen Körpern und faltigen Gesichtern. Dauerhafter und bedeutungsvoller war die Tradition der Ahnen, ein halbvergessener Ethos, der wieder erwachte. Dies alles machte Argosy zu einem idealen Ort für eine Organisation, die es sich zum Ziel gesetzt hatte, die Weiten zwischen den Sternen mit neuen Unternehmungen auszufüllen.

Und Harbor selbst ist eine begünstigte Welt. Jeans Welt. Wir hatten großes Glück, dorthin zu kommen, als eine neue Zivilisation das Planetensystem reindustrialisierte und unternehmungslustige Individualisten dort ihr Glück zu suchen begannen. Allzu lange kann das nicht anhalten.

Obgleich niemand weiß, was echter interstellarer Verkehr, ganze Schiffsflotten, bewirken, da es niemals zuvor in Geschichte der Menschheit stattgefunden hatte?

Nachdem er sein Fahrzeug geholt hatte, ließ er es einen Weg aus der Stadt suchen und startete. Der Feldantrieb, für Fahrzeuge wie diese eigens miniaturisiert, ermöglichte, daß es sicher landen und starten konnte, wo immer es wollte. Das alleine bedeutete schon einen enormen Reichtum für seine Erfinder. Aber jemand anderer, der besser qualifiziert war, sollte sich die richtigen Helfer suchen, um diese Gewinne einzustreichen. Nansen war kein Geschäftsmann. Seine Fähigkeiten und Ziele lagen ganz woanders.

Von oben entdeckte er eine Gruppe von Gebäuden, die erst kürzlich errichtet worden waren. Sie beherbergten Labors für Forschung und Entwicklung in den aufkommenden Technologien. Den Finanziers der Liga mangelte es nicht an Weitsicht – falls ihre Weitsicht sich nur auf das Finanzielle erstreckte, was war schlecht daran? –, während die aktuelle Computer-, Roboter- und Nanotechnk rapide Fortschritte machte.

Die Gebäude blieben zurück, und er schwebte über einer lohfarbenen Ebene. Zottelbäume säumten Flußufer mit leuchtend gelben und roten Feuerblüten. Dieser Teil Duncans war während der Todesqualen des Mandatariums wieder zu einer Naturlandschaft geworden. Mehrere runde Sümpfe waren aus Einschlagskratern von Kriegsraketen entstanden. Die Urbarmachung war im Gange, gelegentlich behindert durch Eigentumsstreitigkeiten. Zweimal jedoch überquerte er breite Streifen, Grün, Ackerland und Weideland, wo ein Dorf als Mittelpunkt einzelner Farmbetriebe entstanden war.

Keine allzu begünstigte Welt. Die Bevölkerungszahl stieg sehr schnell, mehr und mehr Land war überbevölkert.

Ja, die Technik füttert, kleidet, schützt und versorgt medizinisch jeden, aber sie kann keinen Lebensraum schaffen, und Armut ist etwas Relatives. Die Wirtschaft von heute ist gnadenlos. Für jeden, der Erfolg hat, gehen hundert oder tausend andere unter. Und es gibt andere Unzufriedene, Versager in Religion, Politik, Lebensgestaltung – und einige wenige, die mit absolut reiner Sehnsucht zu den Sternen hinaufblicken.

Wenigstens konnte man freies Land erwerben, quadratkilometerweise, wenn man dafür bezahlen konnte.

Nansens Luftfahrzeug schwang sich zur *estancia* hinunter, wo Dayan ihn erwartete.

Er hatte das Haus seiner Kindheit nicht kopiert. Das wäre eine Farce gewesen, hier, wo das Gras sich nur langsam ausbreitete und wo nur terrestrische Schößlinge hervorwuchsen. Blumenrabatten zierten einen Rasen, aber beherrscht wurde alles von einer großen Arachnea, einem Spinnenetz vor dem Himmel, das in einem Wind flatterte und raschelte, der Düfte mit sich führte, die noch kein Mensch je gerochen hatte. Zwei Hunde lungerten in der Nähe der Veranda herum und hechelten in der Wärme. Aber die funkelnden Pünktchen, die in der Luft über ihnen tanzten, waren keine Insekten, und ein Sonnenfalke, der am Himmel kreiste und Ausschau nach Beute hielt, hatte vier Schwingen. Dennoch hatte das Haus sehr hohe Räume, und es war verschachtelt, hatte einen mit roten Fliesen belegten Steinfußboden, und im Innenhof plätscherte ein Brunnen.

In seiner Nähe, unter einem mit Weinranken durchflochtenen Spalier, saß die Mannschaft der *Envoy* zusammen. Hauspersonal hatte Getränke serviert und sich dann zurückgezogen. Es bestand keine Notwendigkeit für Bedienstete. In den meisten Bereichen hätten Roboter sicherlich bessere Arbeit geleistet. Diese jungen Leute jedoch waren wie Lehrlinge. Sie wohnten bei Don Ricardo und Doña Hanny, um von ihnen zu lernen und sich eines Tages einen Platz auf ihren Schiffen zu verdienen. Sie gehörten praktisch zur Familie.

Aber nicht sie waren es, die mit Nansen zu den Sternen geflogen waren. Sein Blick wanderte über seine Crew. Wie schon früher saßen sie im Halbkreis um ihn herum. Seine Geliebte saß ganz rechts, ihr Haar eine lodernde Flamme über einem kühlen, weißen Kleid in der Mode Duncans. Sundaram saß neben ihr, den üblichen milden Ausdruck auf seinen Zügen, hinter denen sich seine angeborene Nachdenklichkeit verbarg. Bei Yu waren Anzeichen von Müdigkeit festzustellen. Zeyds schlanke Gestalt war angespannt, und Mokoenas Arme hielten einen Säugling.

Nansen stand auf. »Ich bitte um Aufmerksamkeit«, sagte er.

Es war keine Wichtigtuerei. Sie brauchten wenigstens eine Andeutung von Förmlichkeit, um ihre Aufmerksamkeit in die richtigen Bahnen zu lenken. Bis der letzte von ihnen eintraf, hatten sie sich über ihre jeweiligen Aktivitäten auf dem Planeten unterhalten: Yu und Zeyd waren im Begriff, eine industrielle Revolution in Gang zu setzen, Dayan und Mokoena taten das gleiche im Bereich der Naturwissenschaften, während Sundaram versuchte, die religiösen und philosophischen Veränderungen zu steuern, die nach den Offenbarungen vom Holont eingesetzt hatten. Nun mußten sie sich jedoch wieder den Unergründlichkeiten des Alls zuwenden.

Nansen setzte sich. Für einen kurzen Moment war nur das silbrige Plätschern des Wassers zu hören.

»Ihr kennt die Situation«, sagte er. »Die Frage ist, was sollen wir unternehmen?«

Mokoena reagierte sofort. »Zuerst einmal, so denke ich, sollten wir fragen, ob wir überhaupt etwas tun sollen.«

Dieser Einwand überraschte sie ganz und gar nicht.

»Wir haben viel zu verlieren.« Sie drückte ihr Baby fester an sich.

»Alles, was wir erreicht haben, unser Zuhause, unser neues Leben. Alles, was wir leisten«, pflichtete Sundaram ihr bei. Sie konnten das Widerstreben in seiner Stimme hören. »Warum sollen wir die Jahre, die uns noch bleiben – und die *Envoy* –, vergeuden, um ein Wrack zu suchen?« Vor allem die *Envoy*, das einzige funktionierende Sternenschiff im Umkreis von -zig Lichtjahren.

»Können wir sicher sein, daß wir es mit einem Wrack zu tun haben?« hielt Nansen ihm entgegen.

Yus Augen leuchteten auf.

»Meinst du, es könnte eine Fehlfunktion des Quantentors vorliegen?« Ihre Miene verdüsterte sich gleich wieder. »Wenn ja, dann hat der Energiewechsel wahrscheinlich das Schiff oder zumindest seine Mannschaft vernichtet.«

»Vielleicht aber auch nicht. Hanny, würdest du es bitte erklären?«

Die Blicke aller richteten sich auf die Physikerin. Sie redete schnell, unpersönlich, als wollte sie von vornherein darauf achten, daß keine Emotion ihre

Erklärung trübte. »Ihr erinnert euch, was wir auf Tahir und beim Schwarzen Loch erfahren haben, nämlich daß die geringe Wahrscheinlichkeit besteht, daß das Einstein-Bose-Kondensat instabil wird. Nicht alle entliehene Energie kehrt problemlos zum Substrat zurück. Sie wird stattdessen von der umliegenden Materie ziemlich heftig wieder übernommen. Das geht natürlich aus den Daten hervor, die wir hierher überspielt und zur Verfügung gestellt haben, doch in der Masse der Informationen scheint das von niemandem bemerkt worden zu sein.

Nun, seit wir die modernen Computersysteme beherrschen, habe ich mich immer wieder ihrer Leistung bedient, um an den Gleichungen zu arbeiten. Ich habe nur Rico davon erzählt. Verdammt noch mal, es war nicht genug Zeit vorhanden, um ein entsprechendes Arbeitspapier vorzubereiten! Aber ich habe eine Lösung gefunden, die Hinweise darauf liefert, wie man die Gefahr eliminieren kann. Man muß versuchen, die Richtung der Quantenwellen zu steuern.« Sie konnte ihre Begeisterung nur schwer zügeln. »Oh, wenn die Menschen wieder die Sternfahrt aufnehmen, dann benutzen sie dieses Wissen und den Feldantrieb und so vieles andere.«

»Wenn sie es tun«, schränkte Sundaram ein.

Ja«, gab Nansen zu. »Chandor Barak, dessen Bewertung wir uns lieber anhören sollten, denkt, daß wir höchstwahrscheinlich eine Art Schwelle überwinden müssen – hier, jetzt, auf Harbor – und daß, wenn wir es nicht schaffen, die Sternfahrt weiterhin zurückgehen und sterben wird, bis sie für die Menschen ... und alle anderen ... nicht mehr vorhanden sein wird.«

»Wir haben erwartet, daß sich ein Sternfahrerschiff mit uns verbünden würde«, sagte Zeyd. »Aber diese Katastrophe –«

»Es könnte sein, daß noch Leben an Bord ist«, erklärte Dayan.

»Wie bitte? Um Gottes willen –«

»Aus meiner Lösung geht auch noch etwas anderes hervor. Die Art und Weise der Energierückführung, falls ein Tor versagt. Sie findet in Gestalt von Masseverzögeung in der unmittelbaren Umgebung statt. Dadurch würde sicherlich der Maschinenteil des Schiffs zerstört. Aber je nach der Energiedifferenz brauchte der vordere Teil keine allzu großen Schäden davontragen, und die Verzögerung braucht nicht tödlich abrupt zu erfolgen.«

»Ich habe mir die Konstruktionspläne von Sternfahrerschiffen eingehend angesehen«, sagte Yu. »Aus ihnen geht hervor, das sich im vorderen Teil des Rumpfs ein Reservekernreaktor befindet. Unter der Voraussetzung, daß die automatische Abtrennung und Selbstreparatur funktioniert – und daß alle lebenserhaltenden Systeme und die Recyclinganlage intakt sind – könnte die Besatzung überleben.«

Mokoenas Stimme klang heiser. Das Baby schien ihr Unbehagen zu spüren und begann zu weinen. Sie wiegte es hin und her. »Das Recycling findet niemals absolut perfekt statt. Ein Schiff ist kein Planet. Es kann keine vollständige Ökologie enthalten. Es hat keine Plattentektonik und läßt keine weitgefaßten Toleranzgrenzen zu. Abfälle, Gifte, nicht wieder verwendbare Stoffe sammeln sich an. Im Raum dahintreibend, ohne die Möglichkeit, sich von den Abfällen zu trennen, Verbrauchtes aufzufüllen – und falls die Mannschaft überhaupt den Schock überlebt hat – würde ich ihnen nicht mehr als zwanzig Jahre geben.«

»Was für ein schrecklicher langsamer Tod.« Zeyd wandte sich an Nansen. Es sprudelte aus ihm heraus. »Aber Rico, du glaubst, du kannst sie retten?«

»Wenn sie tatsächlich am Leben sind, was wir nicht wissen, dann, so glaube ich, können wir es schaffen«, sagte der Kapitän vorsichtig. »Und ich denke, daß ein Versuch sich lohnen würde.«

»*Allah akbar!*« rief Zeyd. »Die alte Mannschaft macht sich wieder auf die Reise –«

Mokoena legte eine Hand auf seinen Arm. »Nein«, sagte sie sanft und unbeugsam. »Es tut mir leid, Selim, Liebling, aber nein.«

»Sie hat recht«, pflichtete Nansen ihr bei. »Es geht um mehr als um euer Kind oder andere Kinder, die wir noch kriegen wollen. Es geht um alles, was wir hier aufbauen. Um die ganze Zukunft, von der wir geträumt haben, für die wir gelebt haben. Dein Rat, dein Beispiel und deine Inspiration sind absolut lebenswichtig. Eure Pflicht, und zwar meine ich euch alle, ist es, hierzubleiben.«

»Aber nicht deine?« fragte Yu herausfordernd.

»Ich bin von allen der Unwichtigste. Die Liga kann ohne mich weitermachen – wenn die Leute sehen, daß sie weitermacht, daß die industriellen und sozialen Grundlagen für eine Sternenflotte geschaffen werden –, wenn sie die Hoffnung lebendig erhalten können, daß ihnen ihre Arbeit auch zu ihren Lebzeiten noch belohnt wird.«

»Und was für eine Mannschaft willst du mitnehmen?« fragte Zeyd ungehalten.

Nansen lächelte. »Oh, wir haben keinen Mangel an

abenteuerlustigen jungen Leuten. Sie werden sich darum reißen, mitgehen zu dürfen. Fünfzehn Jahre Abwesenheit erscheinen ihnen nicht allzu schlimm, und außerdem sind es für sie ja nur ein paar Tage. Aber sie sollten lieber einen erfahrenen Kommandanten haben.«

Sundaram schüttelte den Kopf. »Das sind für uns fünfzehn Jahre ohne dich, mein Freund. Oder vielleicht für immer.«

»Wir haben noch genug Zeit, um zusammen zu sein«, sagte Nansen. »Die *Envoy* kann unmöglich schon morgen starten. Ihr Gamma schützt sie ausreichend vor einem Quantenunfall. Aber es gibt noch andere Gefahren. Und die Sternfahrer haben während unserer Abwesenheit die Technologie weiterentwickelt. Das Schiff braucht den Einbau aller möglicher Verbesserungen. Und die Crew muß trainiert werden und – ich denke, bis wir starten, wird mindestens ein Jahr vergehen.«

Mokoenas Blick ruhte auf ihm. »Das bedeutet auch ein weiteres Jahr, das sie in diesem defekten Schiff verbringen müssen. Du läßt es wirklich darauf ankommen, nicht wahr, Rico?«

»Ich habe keine andere Wahl. Auch was meine Entscheidung betrifft, dorthin zu fliegen. Aber ich möchte mich vielleicht mit meiner alten Mannschaft beraten und vorbereiten.«

»Dir ist doch wohl klar«, sagte Dayan, »daß ich dich begleite, oder?«

»Darüber reden wir später«, meinte Nansen barsch.

»Das werden wir nicht.« Dayan erhob sich. »Es gibt keine Diskussionen.« Sie kam zu ihm herüber und blieb vor ihm stehen. »Ich bin auch erfahren. Wie kannst du nur annehmen, daß ich bereit sein könnte, fünfzehn Jahre ohne dich zu sein, und dann, wenn du zurückkommst, keine Kinder mehr kriegen zu können, weil ich zu alt bin? Meschugge!«

50

Jahrtausende zwischen den Sternen und Jahrhunderte seines eigenen Lebens war das Schiff eine grandiose und stolze Erscheinung gewesen. Es war in seinem allgemeinen Grundriß der *Envoy* ähnlich – aus einer Entfernung von fünfzig Kilometern betrachtet, gab es einige Unterschied, deren größter ein proportional größerer Rumpf war –, aber mehr als zweimal so lang und zehnmal so schwer. Sogar als Wrack strahlte das Schiff etwas Majestätisches aus. Nansen dachte unwillkürlich an Machu Picchu, die Festung Krak des Chevaliers, das Löwentor von Mykene. Es gehörte in die Gefilde, die es durchkreuzt hatte. Er erinnerte sich an das Gokstad-Schiff, die *Mary Rose*, die *Constitution*, und dachte, daß die *Fleetwing* ein besseres Ende gefunden hatte.

Aber vielleicht hatten die Mannschaften der alten Schiffe einen besseren Tod gefunden.

Er verringerte die Bildschirmvergrößerung wieder, um sich einen Gesamtüberblick zu verschaffen. Kleinere Schäden verschwanden, und er sah, daß das vordere Rad sich weiterhin drehte, langsamer als sein eigenes, weil es größer war, aber für die gleiche Gravitation sorgte. Das bedeutete, daß die reibungslosen magnetischen Lager im Bereich der hohlen Achse vorhanden waren, was wiederum bedeutete, daß die Supraleiter, die die Magnetfelder erzeugten, in Betrieb waren, was letztendlich darauf hinwies, daß ein Kernreaktor arbeitete und demnach Leben innerhalb des Schiffs möglich war.

Der Energiemast, der aus der Nabe herausragte, um

die Strahlenschutzschirme zu erzeugen und zu formen, war verbogen, und ein Viertel seiner zwei Kilometer Länge war abgebrochen. Der äußere Rumpf rotierte entgegen dem Rad, was eigentlich niemals hätte passieren dürfen. Daß das Rad sich nicht am inneren Rumpf rieb und ihn dadurch zerstört hatte, war den Überresten des Lagersystems zu verdanken – und den Ingenieuren, die das System entwickelt hatten, und den ehrlichen Arbeitern, die es gebaut hatten und schon seit Jahrhunderten zu Staub zerfallen waren. Die acht Boote, die außen angedockt gewesen waren, immer vier gleichmäßig verteilt um das Rad – waren verschwunden. Die Magnethalter, die sie fixiert hatten, hatten zweifellos im Moment der Katastrophe den Geist aufgegeben, und die Boote waren zusammen mit anderen Trümmern davongetrieben.

Der mächtige Zylinder endete in zerrissenem und gezacktem Stahl. Ein paar innere Verstrebungen ragten heraus wie Knochen aus einem Bruch. Der innere Rumpf war nicht zu sehen. Kein hinteres Rad drehte sich vor der Milchstraße. Seine Teile waren ebenfalls für immer verloren. Sie hatten sich wahrscheinlich nicht allzu schnell entfernt, aber innerhalb von sechzehn Jahren waren sie sicherlich in der Unendlichkeit verschwunden.

Nansen zog die Daten zu Rate, die seine Instrumente geliefert hatten und die sein Computer berechnet hatte. Die nüchternen Zahlen verbanden sich mit dem bitteren Anblick und erzählten ihm die Geschichte der *Fleetwing*.

Ihre Normalgeschwindigkeit im galaktischen Bezugsrahmen hatte etwa fünfundsiebzig Kilometer pro Sekunde betragen. Als das Substrat den unbezahlten

Teil seiner Schuld zurückforderte, wurde soviel Masse auf Null verzögert, wie bei dieser Geschwindigkeit als Energie gebunden war. Das geschah im Bruchteil einer Sekunde und zwar mit enormer Gewalt. In Bezug auf das Schiff raste die Null-Null-Maschine schlagartig nach achtern und trennte sich vom inneren Rumpf ab. Die einzelnen Teile rauschten in die solide Nabe am Ende. Diese und den Plasmabeschleuniger rissen sie glatt ab. Ungesichert, von den wirkenden Kräften erfaßt – auch wenn sie nur elektrostatischer Natur waren – entfernte sich auch das hintere Rad. Umherwirbelnd und schlingernd krachte die Achse gegen den äußeren Rumpf, durchschlug mehrere Etagen und alles, was sich darin befand. Seine lineare Bewegung riß ein Loch in den Zylinder, und seine Kreisbewegung versetzte ihn in Rotation. Die *Fleetwing* bekam Schlagseite und gierte. Das übte noch mehr Kraft auf den langen, dünnen Mast aus, die er nicht mehr kompensieren konnte, und er gab nach.

Nicht daß er oder seine Schirmfelder noch benötigt wurden, dachte Nansen. *Dieses Schiff wird nie mehr Lichtgeschwindigkeit erreichen.*

Unglaublich, daß die vorderen Systeme irgend etwas haben retten oder sogar so etwas wie Stabilität hatten erzeugen können.

Nein, vielleicht war das gar nicht so unglaublich. Das Schiff war so gut konstruiert und solide gebaut, daß es alles überstanden hatte, womit der Kosmos es attackiert hatte. Und die Sternfahrersippe.

Er stand mit Hanny Dayan und Alanndoch Egis in der Kommandozentrale der *Envoy*. Seine zweite Offizierin war jung. Alle an Bord, die von Harbor kamen, hatten ein weitaus kürzeres Leben hinter sich als er und seine Frau. Sie hatte helles Haar und graue Augen und war hochgewachsen, was durch die einteilige blaue Uniform noch unterstrichen wurde. Aber ihre sternfahrenden Vorfahren hatten sich in ihrem Gesicht verewigt.

Konsolen, Anzeigeinstrumente und Displays umgaben sie. Die Luft roch im Augenblick ein wenig nach Kiefernholz. Ein- und Umbauten hatten nicht viel an der alten *Envoy* verändert.

Alanndoch starrte auf einen Radiomonitor. Das Gerät suchte sämtliche Frequenzen von einem Ende des Spektrums bis zum anderen und zurück ab, falls eine Nachricht einging, für die die Audioanlage nicht empfänglich war. »Noch keine Antwort«, sagte sie hilflos und verzweifelt. »Sind sie dann tot? Ihre Sendungen gehen weiter.« Sie war *wirklich* noch jung.

»Das sollen sie auch«, meinte Dayan. »Sie erfolgen automatisch. Offenbar war der beste Sender, den sie in Gang bringen konnten, ziemlich grob, aber er war robust. Der Ruf wird noch jahrzehntelang hinausgehen, bis der Energiereaktor den Geist aufgibt.«

Nansen fuhr sich mit einer Hand durchs Haar. Es wurde an den Schläfen weiß. »Sie hätten uns sehen sollen«, murmelte er genauso unsinnig. »Wenn sie schon nichts anderes hinkriegen, könnten sie wenigstens das Signal modulieren oder modifizieren. Wenn Sie es alle paar Minuten unterbrächen, wäre das wenigstens ein Zeichen dafür, daß sie noch am Leben sind.«

Dayans Stimme erklang. »Vielleicht blickt niemand mehr hinaus. Sie könnten doch die Sichtschirme abgeschaltet haben. Sechzehn Jahre lang in den leeren Raum zu starren –«

»Das klingt so völlig anders als alles, was ich von der Sternfahrersippe gehört habe«, sagte Alanndoch.

»Was mag aus ihnen nach all der Zeit unter diesen Bedingungen geworden sein?«

»Tot.« Alanndoch ließ den Kopf sinken. »Wir kommen zu spät.«

Siebeneinhalb Jahre – für sie nur ein halber Erdentag – bis etwa zu dieser Stelle. Dann ein Zick-Zack-Kurs mit Null-Null-Sprüngen, mit dem sie sich dem Ziel näherten. Dann eine intensive Beobachtung mit optischen Geräten, Neutrinodetektoren, mit allem, was sie zur Verfügung hatten. Das Radiosignal, kaum wahrnehmbar, ein Signal, das über diese Entfernungen schwächer geworden war, und nicht mehr als ein Wellenbereich, der nicht im interstellaren Medium gefunden wurde. Trotzdem unverkennbar ein Leitstrahl, eindeutiger Beweis dafür, daß jemand das Desaster überlebt hatte. (Nun, die *Fleetwing* war stabil und trug eine recht umfangreiche Fracht. Offenbar hat der Schock sie nicht allzu heftig durchgeschüttelt.) Die Quelle wurde genau angemessen. Eine letzte Annäherung im Normalstadium. Ein Angleichen der Geschwindigkeiten in einem sicheren Abstand. Suche abgeschlossen.

Gefunden: ein Wrack und ein monotones Radiosignal, einsam zwischen den Sternen.

Nansens Faust schlug auf eine Konsole. »Nein, es war nicht umsonst«, sagte er. »Wenigstens erfahren wir Einzelheiten darüber, was wirklich passiert ist. Die Zukunft muß davon Kenntnis erhalten.«

Dayan schüttelte ihre Verzweiflung ab. »Gut gebrüllt, Rico!« Sie klopfte ihm auf die Schulter. »Dann laß uns anfangen.«

Alanndochs Miene hellte sich ebenfalls ein wenig auf. »Oh ja, wir müssen rübergehen.« Sie sah die anderen an. »Aber, Captain, Wissenschaftler«, sagte sie fast in flehendem Ton, »Sie dürfen das nicht. Bitte überlegen Sie es sich noch einmal. Bringen Sie sich nicht in Gefahr. Sie haben eine Mannschaft, die liebend gerne bereit wäre, umzusteigen. Angefangen mit mir.«

»Danke«, sagte Dayan. »Aber Rico und ich haben dieses Recht verdient.«

Für sie, dachte er, *ist das Recht zu sein noch nicht aufgebraucht. Um die Zeit noch einmal zu herauszufordern, Zeit, die auf der Erde alles verschlungen hat, was einmal ihr gehört hat.*

Für mich – Er ergriff auf seine gewohnt sachlich nüchterne Art das Wort: »Wir haben schon darüber diskutiert. Ich kenne die Bestimmung. Der Kommandant sollte stets auf seinem Schiff bleiben. Dr. Dayan und ich haben jedoch ein etwas besseres Training« – kurz, aber intensiv. »Wir haben die Erfahrung« – seit der Zeit, ehe die *Envoy* das Sol-System verließ, und auf unbekannten Welten, bis sie sie abholte, und am Schwarzen Loch; für einen kurzen Moment glaubte er, jedes einzelne der ganzen elftausend Jahre in seinen Knochen zu spüren. »Wir haben bei weitem die besten Chancen, mit unerwarteten Dingen zurechtzukommen. Halten Sie die Augen offen.«

Dayan munterte sie ein wenig auf. »Wir werden Sie und die gesamte Crew sicher später brauchen. Wenn wir Überlebende finden, haben Sie ein paar knifflige Aufgaben zu erledigen.«

»Schlimmstenfalls«, schloß Nansen, »müssen Sie unser Schiff zurück nach Hause bringen.«

51

Das Wrack wuchs auf dem vorderen Sichtschirm und blendete die Sterne völlig aus. Die Drehung brachte ein Emblem in Sicht, zerkratzt und zerbeult, nahm die blau-silberne Schwinge weg, dann kam sie wieder zurück. Nansen wendete sein Raumboot, glitt mit einem Abstand von wenigen Metern am Rumpf entlang und suchte eine Stelle, um anzudocken. Der Feldantrieb reagierte ungemein präzise. Es war fast genauso, als lenke man ein Luftfahrzeug.

Fast. Nicht ganz. Das meiste wurde von der Roboterautomatik übernommen, die schneller und genauer reagieren konnte als menschliches Fleisch. Aber die grundlegenden Entscheidungen und Befehle kamen von ihm, und ein Fehler seinerseits konnte durchaus tödlich sein.

Er arbeitete sich nach hinten, wendete wieder, paßte seine Geschwindigkeit an und ruhte schwerelos in seinem Gurtsystem. Vor ihm klaffte das schreckliche Loch, wo das hintere Rad und der Plasmabeschleuniger sich befunden hatten. Er gab einen Bericht zur *Envoy* durch. Dayan, die neben ihm saß, überprüfte das Innere mit Radar, Detektoren und empfindlicheren Instrumenten, immer noch im Experimentierstadium, in denen ihre neuen Kenntnisse in der Quantenphysik zur Anwendung kamen.

»Es ist, wie wir angenommen haben«, sagte sie nach ein paar Minuten. »Die mittschiffs gelegenen Notschotts müssen sich sofort geschlossen und das vordere Ende abgetrennt haben. Der Fusionsreaktor arbeitet normal und liefert genügend Spannung, um alle Systeme funktionsfähig zu erhalten.« Sie runzelte die Stirn. »Die am Rad gemessenen Werte sind nicht so gut, aber ich kann von hier aus nicht erkennen, welche Probleme es dort gibt.«

»Genau das wollen wir herausbekommen«, sagte er. »Bereit? Halt dich fest.«

So langsam es nur ging, manövrierte er um den Rumpf herum und nach vorne. Etwa hundert Meter vom Bugende des Zylinders entfernt ging er auf einen Rundkurs – keinen Orbit. Die Gravitation sogar dieses riesigen Schiffs war nur gering. Um auf Kurs zu bleiben, war ein ständiges Zusammenspiel verschiedener Vektoren notwendig. Er verdrängte einen kurzen Anflug von Benommenheit und konzentrierte sich darauf, sich der Rotation ›unter‹ ihm anzupassen.

Und jetzt: Annäherung. Er hatte sich eine freie Fläche ausgesucht ohne Installationen oder irgendwelche Schäden. Der Rumpf bewegte sich jedoch mit mehr als zweihundert Stundenkilometern. Ein winziger Rechenfehler nur, und er krachte mit einer Einrichtung auf dem Rumpf zusammen. Das Boot neigte sich. Der Kontakt schüttelte es durch, und ein Dröhnen ging durch den Stahl. Er machte sofort fest. Mit Magneten hätte es nicht so schnell funktioniert, aber ein elektronischer Manipulator, zu dem der Holont ihn inspiriert hatte, verlieh ihm Klauen. Stille spülte über ihn hinweg.

Gewicht machte sich bemerkbar, als hinge er mit dem Kopf nach unten. Sterne strömten in seinen Sichtschirm. Die *Envoy* kam in Sicht. Sie war nicht mehr als ein winziges Funkeln, bis er die Vergrößerung einschaltete. »Wir haben angedockt!« teilte er den dort Wartenden mit.

»*Elohim Adirim!*« stieß Dayan hervor. Eine Haarsträhne hatte sich unter ihrem Stirnband gelöst und tanzte wie eine kleine Flamme vor ihrer Stirn. »Das war Maßarbeit.«

Nansen erkannte, daß er gebraucht worden war. Er erkannte auch, daß er es nicht ganz alleine geschafft hatte. »Dem Boot sei Dank«, sagte er.

Sein Name lautete *Herald II*.

Die Raumanzüge überzustreifen und Sicherheitausrüstung zusammenzusuchen war eine mühsame Aufgabe. Das Gewicht betrug etwa ein Zehntel des Erdgewichts, allerdings wirkte es in die falsche Richtung. Sie halfen sich gegenseitig. Nansen bemerkte Dayans besorgte Miene, als er sich eine Pistole umschnallte. »Das letzte, was ich möchte, ist dieses Ding abzufeuern«, sagte er, »aber wir wissen nicht, was uns erwartet.«

»Es ist grauenhaft«, sagte sie, »sich vorzustellen, daß du sie tatsächlich benutzen mußt.« Sie straffte sich. »Nun, hoffen wir, daß es nicht nötig sein wird.«

Sie gaben sich einen flüchtigen Kuß, ehe sie die Helme aufsetzten und verriegelten. Danach sahen sie kaum noch menschlich aus. Ihre Köpfe waren mit Sensoren und Antennen versehen, die Visiere waren verspiegelt und undurchsichtig, und die Insektenaugen waren nichts anderes als optische Verstärker. Sie überwanden die Luftschleuse, setzten mit Haftsohlen bestückte Stiefel auf den Rumpf der *Fleetwing* und machten sich langsam auf den Weg, sorgfältig einen Stiefel vor den anderen setzend. Antriebseinheiten befanden sich auf ihren Rücken, aber auf diese wirbelnde Oberfläche zurückzukehren, wäre ein akrobatisches Kunststück. »Ja«, murmelte Nansen, »wir beide mußten wirklich die ersten sein. Ich finde jetzt schon einige Dinge, vor denen ich die anderen warnen muß.«

Dayans Atem klang rasselnd in seinem Audioempfänger.

Schritt für Schritt drangen sie vor. Eine Luke befand sich auf ihrem Weg. »Das ist ein Einstieg«, sagte Dayan.

»Ich weiß«, antwortete Nansen. Sie hatten den Plan des Schiffs, den sie sich aus den Datenspeichern der Sternfahrersippe geholt hatten, aufmerksam studiert.

»Bist du sicher, daß wir nicht versuchen sollten, einzudringen und unseren Weg innerhalb des Rumpfs fortzusetzen?«

»Ja, ich bin mir sicher. Es gibt dort zuviel Unbekanntes.«

Sie schoben sich langsam um den Einstieg herum. »Es ... es tut mir leid«, sagte Dayan. »Das war eine dumme Frage. Ich fühle mich ein bißchen schwindelig.«

Medikamente konnten Übelkeit unterdrücken, aber sie schafften nicht alles. Sie klammerten sich an eine stark gekrümmte Welt, die sie am liebsten weggeschleudert hätte. Das Blut strömte ihnen rauschend in die Köpfe, und der Nachthimmel wirbelte wild um sie herum. »Schau am besten nicht auf die Sterne«, riet Nansen.

Dayan schluckte. »Wie witzig«, sagte sie. »Dabei geht es doch im Grunde um nichts anderes als um die Sterne, nicht wahr?«

Sie erreichten das Ende des Zylinders und krochen über die Kante. Sie verlor den Boden unter den Füßen. Er bekam ihren Knöchel gerade noch rechtzeitig zu fassen und zog sie zurück. »*¡Nombre de Dios!*« stöhnte er. »Tu das lieber nicht!« Zwanzig Meter von ihnen entfernt sichelten die Speichen des Rades durch das Vakuum.

»Es tut mir leid –«

»Nein, nein, mir tut es leid. Ich hätte besser aufpassen müssen ... auf meine Partnerin.«

Er hörte ein Kichern. »Es reicht mir bald mit diesen Süßholzgeraspel. Aber trotzdem vielen Dank, *b'ahavah.*«

Sie kamen jetzt einfacher voran, da sich der Zentrifugaleffekt seitlich bemerkbar machte. Es war, als marschierten sie gegen eine steife Brise, die schwächer wurde, je mehr sie sich der Mitte näherten. Trotzdem ließen sie nicht nach in ihrer Wachsamkeit. »Ich fühle mich wieder besser«, stellte Dayan nach einer Weile fest.

»Gut.« *Oh, viel mehr als gut, Geliebte.*

Sie gelangten schließlich zu einem nicht besetzten Fährentor.

Obgleich das kleine Vehikel Jahrhunderte nach dem Boot konstruiert worden war, das die Envoy nach Tahir mitgenommen hatte, schien es ziemlich ungeschlacht im Vergleich mit den frühen Feldantriebsmodellen, die die *Envoy* jetzt bei sich hatte. Nansen half Dayan, das Stativ abzunehmen, das zu ihrem Gepäck gehörte, und seine Füße auf dem Rumpf zu verankern. Sie erhielt damit ein Haltegestell, an dem sie ihre Instrumente befestigen konnte. Als er damit fertig war, hörte er nur noch Atemgeräusche. Irgendwie ließ die Stille das Rad, das rechts von ihm rotierte, noch monströser erscheinen.

Dayan war einige Minuten lang beschäftigt.

»Davor hatte ich Angst«, seufzte sie. »Es bestätigt die Messungen, die ich achtern vorgenommen habe. Die Startkontrolle ist defekt. Wahrscheinlich wurde die Energieerzeugung für den Computer bei der Katastrophe zerstört.«

»Was ist mit den anderen los?« Neben den verlorenen Booten hatte die *Fleetwing* acht Fähren mitgeführt. Ihre Besatzung hatte mehr Gelegenheiten gehabt, sich hin und her zu bewegen, als seine Leute es je gehabt hatten. Zudem war die Besatzung zahlenmäßig viel größer. Er schaute zu denen, die am vorbeiwirbelnden Rad angedockt waren.

»Ich kann von hier aus erkennen, daß alle gestrandet sind, zumindest auf dieser Seite.«

»Nun, offen gesagt, bedaure ich das kaum. Mir wollte die Vorstellung nicht gefallen, mich auf ein nicht sehr vertrautes System zu verlassen, das auf irgendeine gefährliche Art beschädigt sein könnte.«

»Wie wollen wir denn mögliche Überlebende evakuieren?«

»Das hängt von der Situation ab. Im Augenblick halte ich es für am besten, wenn unsere Ingenieure die entsprechenden Umbauten vornehmen, die nötig sind, um eine Fähre der *Envoy* zu benutzen. Wir bringen sie rüber, bugsieren sie zu einem Dock auf der Radseite und bringen die Leute über den Rumpf. Zuerst müssen wir dort sicherlich einige Reparaturen vornehmen. Sie können dann einen Ausgang aufsuchen, und unsere Boote bringen sie zu unserem Schiff hinüber. Das bedeutet zwar eine größere Anzahl von

Flügen, doch für mich ist das der beste, sicherste Plan. Laß uns bis dahin deine Sachen wieder zusammenpacken und das Manöver zu Ende führen, das wir angefangen haben.«

War das ein Schluchzen, das seine unpersönlichen Worte quittierte? Er beschloß, nicht nachzufragen. Dayan absolvierte ihre Aufgaben so umsichtig und gründlich wie eh und je.

Die Wahrheit kam heraus, als er ein Kabel von der Schulter nahm und anfing, es abzurollen. Unter dem geringen Gewicht und der Wirkung der Corioliskraft wand es sich wie eine Schlange von ihm weg. Er hörte, wie ihre Stimme plötzlich ganz hoch und dünn klang.

»Rico, ich habe Angst.«

Verblüfft, wie er war, konnte er nur bemerken: »Wir können es uns nicht leisten, Angst zu haben.«

»Nicht um mich.« Sie ergriff seinen Arm. »Um dich, Liebling.« Ihre freie Hand deutete zum Rad. »Ich erinnere mich, wie Al Brent gestorben sein muß.«

»Das ist lange her und unendlich weit weg.« Sechstausend Jahre und Lichtjahre. Nicht genug, um völlig vergessen zu werden.

Ihre Stimme wurde fester. »Laß mich zuerst gehen. Ich bin am ehesten zu verschmerzen.«

»Nein.« Er schüttelte den Kopf, was sie in seinem Helm nicht sehen konnte. »Ich habe viel mehr Erfahrung im freien Raum. Wir halten uns an den Plan, den wir besprochen haben.«

»Aber wenn du – erwischt wirst –«

»Das werde ich schon nicht. Wenn aber doch, dann kehrst du sofort zum Boot zurück und bringst es zum Schiff. Hast du verstanden?«

»Ja«, sagte sie nach einem Moment. »Vergib mir meine Dummheit. Es ist nur so, daß ich dich liebe.«

»So wie ich dich. Was ein weiterer Grund dafür ist, daß ich dich nicht vorgehen lassen kann.« Vielleicht konnte sie sich jetzt sein Grinsen vorstellen. »Außerdem gestatte mir dieses Bißchen Machogehabe.«

Sie lachte und umarmte ihn. Ihre Helme prallten klirrend gegeneinander.

Das Kabel, eine dünne und flexible Ader, stärker als Stahl, trieb in einem weiten Bogen neben ihnen her. Er benutzte die Molekularkupplung, um ein Ende an der Vorderseite ihres Anzugs zu befestigen. Das andere Ende klebte sie ihm auf die Rückseite. Als er absprang, winkte sie ihm und blieb stehen, wie es sich für eine Soldatentochter gehört.

Er aktivierte seinen Antrieb und bremste seinen Flug nach draußen ab. Die nächsten Minuten würden heikler, als das Rendezvous und der Andockvorgang es gewesen waren. Obgleich die Drehgeschwindigkeiten so nahe bei der Nabe nicht sehr groß waren, verliefen die Rotationen gegenläufig. Der Platz zwischen den Geräten war winzig, der Rotationsschwung enorm. Er genoß den Übergang, wie ein Mann einen Sturm auf hoher See oder die Leidenschaft der Liebe genießen kann. Von Natur aus alles anderes als leichtsinnig, fand er sogar in Momenten größter Gefahr die berauschende Fülle des Lebens. Das Blut schien in einen Adern zu singen.

Sein Geist trennte sich von seinem Körper, beobachtete und lenkte.

Er näherte sich einer Speiche. Dabei hatte er einen Abstand von fünfzehn Metern zur Nabe und justierte die Geschwindigkeiten, bis die achthundert Meter lange Röhre unverrückbar vor ihm stand. Er tastete sich Stück für Stück weiter nach innen. Er schwang seinen Körper herum. Seine Stiefel fanden Kontakt. Der Aufprall erfolgte eher sacht. Er mußte die Geschwindigkeiten bis auf einige Zentimeter pro Sekunde angeglichen haben. Hervorragend! Er nahm sich eine halbe Minute Zeit, um den Triumph im Angesicht der Sterne auszukosten.

Er drehte sich um und vergewisserte sich, daß das Kabel sich nicht verheddert hatte. Er streckte eine Hand aus und löste es von seinem Anzug und befestigte es dafür an der Radspeiche. »Alles in Ordnung, Hanny!« rief er. »Bist du bereit?«

»Ja, oh ja.«

»Dann spring.«

Die Leine spannte sich, als ihre Masse sich entfernte.

Er packt sie und begann sie Hand über Hand einzuholen. Sie zu sich heranzuziehen. Er spürte, wie sie ihren Antrieb einsetzte, um die Abdrift abzufangen. Bist ein tolles Mädchen. Wahrscheinlich hätte sie es auch ohne Hilfe geschafft. Aber warum sollten sie ein unnötiges Risiko eingehen? Wer gegen das Rad prallte, würde in Fetzen gerissen und ins All hinausgeschleudert. Er war für solche Aktionen wirklich besser ausgebildet.

Deshalb hatte er sich entschieden, vom Boot aus den Weg zu Fuß zurückzulegen anstatt direkt hinzufliegen. Die ersten Ingenieure, die unter Alanndochs Führung herüberkamen, mußten seinem Weg folgen. Aber sie waren jung und – nun – Vielleicht könnten sie ein Haltenetz für die installieren, die ihnen folgten. Und am Ende würde eine Fähre zur *Envoy* verkehren, um den Weg zwischen Rad und Rumpf noch mehr zu erleichtern.

Das aber nur, wenn wir einen Grund finden, diese Arbeit auszuführen. Seine Erregung ließ ein wenig nach.

Dayan traf ein. Er umarmte sie und sammelte das Kabel ein. Sie würden es später wieder brauchen – das laterale Gewicht betrug hier etwa ein Zwanzigstel *g*, wobei die Corioliskraft die Bewegung komplizierter machte.

Dayan ging zum Einstieg. »Hm-hm«, sagte sie.

»Was ist?« Er hängte sich das Kabel wieder über die Schulter und ging zu ihr hinüber. Sie deutete auf etwas. »Das ist aber keine Luftschleuse, wie sie im Plan steht«, sagte sie.

»Nein.« Er untersuchte den versengten Stahlkasten, der später angebracht worden war. Die Schweiß- und Werkzeugspuren waren deutlich zu erkennen. Nachdem er vorsichtig die Tür geöffnet hatte, die in Drehrichtung aufschwang, sah er im Halbdunkel, daß der Kasten so etwas wie eine Kabine war, die einem Mann gerade genug Platz bot. Die Tür war luftdicht abschließbar. Wenn sie geschlossen war, konnte sie mit einer einzigen Drehung geöffnet werden. Eine Röhre, die auf der Rückseite befestigt war, schien eine von einer Batterie gespeiste Lampe gewesen zu sein. Auf der Innenseite der Tür befand sich eine Inschrift. Er beherrschte die Sternfahrersprache immerhin so gut, daß er die Worte lesen konnte.

SEI GESEGNET
LEBEWOHL

Er schloß die Box und wartete einen Moment, ehe er fragte: »Warum haben sie das gemacht?«

»Viel wichtiger«, erwiderte Dayan, »wie?«

»Hm?«

»Wir wissen nicht, was sie sonst noch getan haben. Wenn wir überhaupt hineingelangen können, ist es möglich, daß wir damit ganz entsetzliche Dinge auslösen. Wenn wir zum Beispiel die Ventile der Luftschleuse nicht schließen können, dann wird die Luft hinausströmen.«

Ein Wind, der Leichen mit sich reißt so wie der Herbstwind das Laub der Bäume vor sich hertreibt?

»Du hast recht«, sagte Nansen. »Vielleicht können wir den nächsten Einlaß benutzen.«

Sie machten sich auf den Weg zur Nabe und von dort weiter zu der Speiche, die sie sich ausgesucht hatten. Das Rad drehte sich in eisigem Schweigen.

Sie kamen an.

»Diese Schleuse sieht aus, als wäre sie intakt«, stellte Dayan fest. »Wir können sie benutzen.«

Werden wir auch mit dem fertig, was sich dahinter befindet? fragte Nansen sich.

Er drückte auf die Platte, die die Schleuse öffnete. Nichts rührte sich. »Die Schaltkreise sind tot«, verkündete er. »Hör nicht auf, alles zu überwachen, Hanny.« Er stemmte sich mit aller Kraft gegen den manuellen Öffnungsmechanismus. Ein Getriebe setzte sich in Gang. Die Tür schwang langsam zur Seite. »Stop«, sagte er. Er konnte die *Envoy* nicht zwischen den Sternen erkennen, aber sein Anzug verfügte über einen Sender von ausreichender Stärke. »Wir gehen jetzt rein«, meldete er. »Daher wird für einige Zeit die Verbindung unterbrochen sein.«

»Wie ... wie lange sollen wir warten, bis wir ... Verstärkung losschicken?« fragte Alanndoch.

»Falsches Wort«, erwiderte Nansen. »Egal, was wir da drin vorfinden, es wird nicht feindlich gesonnen sein.« *Jedenfalls hoffe ich es inständig.* »Der wahre Feind umringt uns von allen Seiten.« *Das Universum, unser Feind und unser Glück.* »Geben Sie uns vierundzwanzig Stunden. Danach gehen Sie behutsam und möglichst diskret vor, aber denken Sie stets daran, daß Ihre erste Pflicht darin besteht, das Schiff zurückzubringen.«

»Viel Glück, Captain, Wissenschaftler.«

»Vielen Dank.« Nansen schaltete ab und winkte Dayan zu. Sie betraten die Kammer.

Während Nansen die Ventilklappe schloß und den Himmel nicht mehr sehen konnte, senkt sich totale Dunkelheit auf ihn herab. Dayan knipste ihren Handscheinwerfer ein. Im Vakuum sorgte er für eine Lichtpfütze auf der gegenüberliegenden Wand. Reflexionen verschwamm im Dunkeln. Nansen sah sie als einen wuchtigen Schatten und ein paar ungewisse Glitzereffekte.

Er schloß das Ventil. Keine Luft strömte ein. Die Pumpe funktionierte auch nicht. Umhertastend fand er die Kommandoplatte für das innere Ventil und drückte darauf. Wie er erwartet hatte, rührte sich der Servomotor nicht. Falls es draußen eine Atmosphäre gab, dann lastete sie mit Tonnengewicht auf diesem Ausgang.

Hilflosigkeit zauberte eine metallischen Geschmack auf seine Zunge.

»Lebendige Leute hätten sicherlich Reparaturen durchgeführt«, meinte er rauh.

»Nicht unbedingt«, sagte Dayan. »An eingegossenen Schaltkreisen herumzufummeln und dabei ungeeignetes Werkzeug zu benutzen, könnte einiges verschlimmern. Falls sie jemals einen Grund hatten, hinauszugehen, dann hätten sie das mit den Hilfssystemen geschafft. Vielleicht ist die Hydraulik hier nicht defekt. Damit hätten die Leute sich helfen können.«

Nansen versuchte sein Glück. Das Laufrad widersetzte sich seinen Händen. Er sammelte seine Kräfte und drückte. Es war, als versuchte er, seine eigenen Knochen auseinanderzureißen. Dann drehte das Rad sich. Ein dünner Lichtfaden erschien vor ihm. Durch seinen Helm konnte er das erste Pfeifen einströmender Luft hören. Das Rad drehte sich immer leichter.

Die Sicht verschwamm. »Rauhreif!« rief Dayan. »Eis auf unseren Linsen!« Wasserdampf. Der Hauch des Lebens.

Sie traten in absolute Leere. Auf der Plattform stehend, während sich das Äußere ihrer Anzüge anwärmte und der Rauhreif verdampfte, sahen sie einen Schacht, der sich endlos weit nach oben streckte. Sein Fluoreszieren war beängstigender als die grabestiefe Dunkelheit der Luftschleuse. Auf einer Seite verschwand ein Schienenwagen in der Ferne, auf der anderen Seite eine Leiter mit gelegentlichen breiten Standsprossen. Es war ein langer Aufstieg.

»Luft.« Dayans Stimme zitterte. »Ich öffne jetzt meinen Helm und teste sie.«

»Nein, tu das nicht«, warnte Nansen. »Nicht bevor wir wissen, womit wir es zu tun haben – Druck, Zusammensetzung, Konzentration.«

»Richtig. Meine Testgeräte –«

»Dafür halten wir noch nicht an. Wir müssen uns erst einmal umsehen.« *Was wir finden, kann alles andere, sogar unsere ganze Reise, zur Bedeutungslosigkeit verdammen.* »Komm.«

Der Schienenwagen verharrte bewegungslos. Nansen seufzte und suchte die Leiter. Während sie die hunderte von Metern abstiegen, nahm ihr Gewicht bis auf normales Erdniveau zu, und auch ihre Lasten wurden schwerer.

Stumm, Seite an Seite, stiegen sie oben aus und gingen durch einen kahlen Raum in einen Korridor.

Ein Meer von Grün! So weit sie blicken konnten, sahen sie Pflanzen in handgefertigten Kästen, sprießend, blühend, Früchte tragend, wuchernd, emporrankend, Rosen, Lilien, Weilchen, Bambus, Kürbis, Zwergwacholder, Trompetenkraut, Wilder Wein, Pflanzen, die die Erde nicht kannte, ein Überfluß des Lebens.

»Leben –« Dayan streckte zitternd, zaghaft die Hand aus, um eine Blume zu berühren.

Sie waren noch nicht sehr weit vorgedrungen, als ihnen drei Personen entgegenkamen.

Die Fremden kamen durch den Korridor. Sie hatten Werkzeuge in den Händen, die Nansen nicht erkannte. Er hatte noch nicht die Zeit gefunden, sich sämtliche Informationen über diese Ära einzuverleiben. In einem Winkel seines Bewußtseins entstand der Gedanke, daß es sich um Geräte handelte, die helfen sollten, Gefahren zu bewältigen. Die Geräusche, die er und Dayan verursachten, hätten auch Schwierigkeiten signalisieren können. Seine Gedanken wandten sich den Menschen direkt zu.

Ein älterer Mann, ein jüngerer Mann, eine junge Frau, klein, dunkel, geschmeidig, mit prägnanten Gesichtern: Sternfahrer. Sie waren nachlässig gekleidet und hager, aber sie sahen gesund aus. Freude brandete in ihm auf. Er öffnete seinen Helm und klappte ihn nach hinten, um milde Luft und grüne Düfte einzuatmen.

Die drei waren abrupt stehengeblieben. Sie starrten verblüfft das Wunder an. Zeit raste vorbei, ehe der alte Mann flüsterte: »Sind – sind Sie von draußen?« Es war eine ziemlich alt klingende, aber verständliche Version der auf Harbor gebräuchlichen Sprache, wohin sie unterwegs gewesen waren.

Dayan hatte ebenfalls ihren Helm abgenommen. »Ja«, antwortete sie mit schwankender Stimme. »Wir sind hergekommen, um Sie nach Hause zu bringen.«

»Nach, nach ... so vielen Jahren«, stammelte die Frau. »Sind Sie endlich gekommen.«

Der junge Mann wirbelte herum und rannte davon. Seine Rufe hallten. Die Frau fiel auf die Knie, hob die Augen und sprach ihrem Gott ihren Dank und ihre Liebe aus.

Sie redete nicht laut. Der andere Mann stand einfach da. Er hatte graue Haare, ein zerfurchtes Gesicht. Er war eindeutig der Führer. Vielleicht würde ihn später das Wissen, endlich erlöst zu sein, überwältigen, aber im Augenblick hatte er sich vollkommen unter Kontrolle, und seine Stimme klang absolut ruhig und gelassen. »Willkommen an Bord. Ein millionenfaches Willkommen. Ich bin Evar Shaun. Meine Gefährtin ist Tari Ernen. Wir sind die Mannschaft der *Fleetwing*.«

Nansen antwortete nicht sofort auf gleiche Art und Weise. Daß es die *Envoy* war, die ganz in der Nähe wartete, hätte in diesem Moment durchaus zuviel sein können. »Wir haben auf Harbor den Defekt Ihres Null-Null-Antriebs mitbekommen«, sagte er. »Wir kamen heraus, sobald wir konnten. Warum haben Sie unsere Rufe nicht beantwortet?«

»Wir wußten nichts davon«, sagte Shaun. »Fast unsere gesamte Elektronik fiel aus, als das Unglück geschah.« Natürlich hatte er keine Ahnung, was genau das Unglück gewesen war. »Wir haben seitdem keine Sichtschirme mehr.« Glücklicherweise – nein, es war keine Frage des Glücks, sondern es war ganz einfach das Produkt umsichtiger Konstruktionstätigkeit – waren Systeme wie Beleuchtung, Temperaturregelung und Belüftung einfacher aufgebaut und daher um einiges robuster. »Nur wenn wir mit einem Kabel gesichert hinausgingen, konnten wir etwas sehen.«

Tari Ernen erhob sich wieder. »Jedes Jahr«, erzählte sie. »Wir haben jedes Jahr mit einem Ausblick auf die Sterne gefeiert. An unseren Geburtstagen.«

»Wie geht es Ihnen?« fragte Dayan leise.

»Wir leben«, erwiderte Shaun. »Wir haben Methoden entwickelt, mit deren Hilfe wir normal blieben.« Nach ein paar Sekunden fügte sie hinzu: »Es wird ... nicht einfach sein ... wieder auf einem Planeten zu leben.«

»Wir sind keine Kinder mehr«, sagte Ernen. »Wir

waren Kinder und sind mittlerweile erwachsen. Wir hätten keine eigenen gehabt. Nicht wenn wir gewußt hätten, daß es mindestens fünfzehn Jahre bis zu unserer Rettung dauern würde.«

»Und höchstwahrscheinlich ewig«, fügte Shaun völlig ruhig hinzu. Er nannte eine Tatsache, mit der er sich abgefunden hatte, die jedoch keine Tatsache mehr war, wie seine Emotionen Mühe hatten zu begreifen.

»Sie haben dieses Schiff verloren«, sagte Nansen, »aber wir bauen weitere Schiffe. Sie brauchen Besatzungen.«

Das Paar starrte ihn entgeistert an. Es mußte ein zu großes Wunder sein, als daß sie es auf Anhieb hätten begreifen können.

Dann begann Ernen zu schluchzen. »Wir werden wieder Sternfahrer sein?«

»Danke, danke«, murmelte Shaun.

Ehe die Gefühle sie endgültig übermannten, stellte Nansen eine Frage, die ihn schon die ganze Zeit beschäftigte: »Wie viele sind Sie?«

»Etwa zweihundert«, antwortete Shaun.

»Was, nicht mehr? Haben Sie viele bei der Katastrophe verloren?«

Sein Erbgut – Kultur, Chromosomen, Geist – erwachte in Shaun, und er konnte sachlich und ruhig antworten: »Der Schock hat die meisten von uns getroffen, aber nur wenige tödlich. Er fügte dem lebenserhaltenden System einen viel schlimmeren und irreparablen Schaden zu. Was noch intakt war, konnte uns allen nicht für die gesamte Zeitdauer dienen, die wir warten mußten. Wir würden in Gift und Schmutz unserer eigenen Körper umkommen. Sie sehen ja, wie wir überall Gärten angelegt haben, um die Luft frisch zu erhalten und Nahrungsmittel zu produzieren, aber auch das reichte nicht aus.

Die Alten und Kranken und andere, die vom Los ausgewählt wurden, gingen nacheinander ins All hinaus. Wir haben eine Schleuse umgebaut, um es ihnen so leicht und sanft wie möglich zu machen. Sie treiben zwischen den Sternen. Ihre Namen leben in Ehren fort.«

Nansen erstarrte. »Wie haben Sie es geschafft, daß sie weggingen?« wollte er wissen.

Shaun erwiderte seinen Blick. »Wir brauchten sie nicht zu zwingen. Sie gingen freiwillig. Sie waren Sternfahrer.«

»Sie sind Sternfahrer«, sagte Ernen. »Für immer und ewig.«

Dayan senkte den Kopf und weinte.

52

Voller Hingabe gepflegt, hatte irdisches Leben sich in den Jahren ihrer Abwesenheit auf der gesamten *estancia* ausgebreitet. Und wieder, nach Jahrtausenden, ritten Nansen und Dayan über eine Ebene, wo Gras wogte und Wälder im Sommerwind raschelten. Die untergehende Sonne versah alles mit einem goldenen Schimmer, und wilde Tiere streiften umher, und eilige Flügel schlugen die abendliche Luft.

Für einige Zeit galoppierten sie dahin, genossen das Spiel der Muskeln zwischen ihren Oberschenkeln, die fliegenden Mähnen, die trommelnden Hufe und die würzigen Pferdegerüche, die sich mit dem Duft von Erde und Wachstum mischten. Als sie ihre Tiere zügelten, waren die Gebäude nicht mehr zu sehen. Alleine bis zum Horizont und unter der unermeßlichen Kuppel des Himmels setzten die Reiter ihren Weg im Schrittempo fort. Sattelleder knarrte.

»Freiheit!« sagte Nansen.

Dayan warf ihm einen Seitenblick zu. »Freiheit?« fragte sie.

Ein wenig verlegen, denn er hatte für Dramatik nicht viel übrig, und dies war ein spontaner Ausdruck gewesen, erklärte er: »Um unser Leben so zu leben, wie wir es uns wünschen.«

Ihre Brauen hoben sich ein wenig. »Nun, das haben wir beide, du und ich, doch eigentlich immer getan.« Mit einem Blick nach vorne: »Vielleicht mehr als jeder andere.«

»In letzter Zeit nicht. Ich glaube nicht, daß es dir viel Spaß gemacht hat.«

»Hm, das stimmt, ich hatte nicht gewußt, wie viele Pflichten der Status des Berühmt-und-Gefeiert-Seins einschließt. Aber die Menschen haben es immer sehr gut gemeint.« Sie grinste. »Und wir – vor allem du – hast es sinnvoll angewendet.«

»Nicht sehr effizient, fürchte ich. Zeremonien und Reden halten und ständig erleben, wie mir hunderte von Leuten vorgestellt werden – das ist nicht meine Art von Arbeit.«

Seine Stimmung hatte sich verdüstert.

Er war unzufrieden mit seiner Ansprache an das Parlament und die Menschen von Harbor. Bruchstücke der Rede kamen ihm wiederholt in den Sinn und quälten ihn.

»*... Unsere ersten Sternenschiffe sind bereit, Schiffe, die besser sind als alles, was man vorher kannte, dank der Verbindung von menschlicher Technologie und dem neuen Wissen, das von weither mitgebracht wurde. Die Besatzung der* Fleetwing *ist da, bereit zu beraten, zu instruieren, um als Offiziere wieder an Bord zu gehen. Weitere Sternfahrer werden zu uns stoßen, wenn wir uns auf diesem und auf anderen Planeten mit ihnen treffen. Aber es werden nicht mehr die einzigen sein, die die Sternfahrt pflegen. Von jetzt an dürfen alle es versuchen, die stark und geschickt genug sind und die den innigen Wunsch danach haben ...*

Durch die Fleetwing *haben wir von zwei Welten erfahren, wo Menschen sich heimisch niederlassen können. Bestimmt existieren noch sehr viele andere, aber diese sind ein Anfang für jeden, der diesen Traum gehabt hat ... Das System planetaren Engineerings, das wir aufbauen, wird das Siedeln erheblich vereinfachen, wo es einst schwierig war, und dort ermöglichen, wo es früher nahezu unmöglich war. Angesichts solcher Möglichkeiten und der Kapitalin-*

vestition, die die Risiko-Liga beabsichtigt, wird die Sternfahrt profitabel – nicht geringfügig, nicht nur für wenige, sondern für jeden. Deshalb wird sie weitergehen, wird sie wachsen ...

... die Offenbarungen, die Inspirationen, die wir von anderen Rassen erhalten ... Wir werden jene erwecken, die erweckt werden wollen, um sich unter den Sternen mit uns zu verbinden ...

... Millionen von Jahre sind so viele Sternenschiffe unterwegs, daß sie Universum und Substrat miteinander vermischen und die Existenz zu einer Sache ewiger Sicherheit machen ... Was wir über die Kommunikation über alle Zeiten hinweg gelernt haben, legt die Vermutung nahe, daß der Kosmos uns hervorgebracht hat, damit wir ihn schließlich retten. Kann das zutreffen? Vorstellbar ist es ...

Für uns heißt das heute, daß wir zu den Sternen zurückkehren und sie nie mehr im Stich lassen werden.«

»Mir gefielen die Dinge, die ich gesagt habe, überhaupt nicht«, gestand er, »und auch nicht die Dinge, die ich getan habe.«

»Was war nicht in Ordnung?« fragte Dayan. »Ich finde, deine Rede war sehr gut.«

»Zu überladen.«

Sie nickte. »Nicht dein Stil. Na schön, sie wurde für dich geschrieben.«

»Ich bin nur sehr ungern ein Sprachrohr. Und ich habe geredet wie eine schlecht programmierte Maschine.«

Dayan lachte leise. »Rico, Rico. Du hattest einen Job zu erledigen, der dir nicht gefiel, und jetzt zerbrichst du dir den Kopf, ob das, was du getan hast, richtig war. Sei ehrlich, hat das, was du gesagt hast, deine innersten Überzeugungen ausgedrückt?«

»Natürlich. Sonst hätte ich es niemals ausgesprochen.«

»Nein, das hättest du nicht. Na schön, du warst ehrlich. Und was deinen Vortrag angeht, Liebling, das war gar nicht so wichtig. Du warst du, der Kapitän der Kapitäne. Das war es, was sie wollten und was sie brauchten.«

»Aber es ist falsch«, protestierte er. »Ich verdiene diese Art von Prestige nicht. Und du auch nicht, *querida*. Wir haben nicht das Fundament geschaffen und nicht das Haus gebaut« – das dauerhafte Haus der Sternfahrer. »Wenji, Ajit, Mam, Selim«, vier ergraute Kameraden und Kameradinnen, »und die, die mit ihnen hier auf Harbor zusammengearbeitet haben«, fleißig, geduldig, manchmal verbissen, Jahr für Jahr, »während wir unterwegs waren – sie sind es eigentlich.«

»In gewisser Weise, ja«, erwiderte Dayan. »In anderer Weise, nein, ganz und gar nicht. Unsere Mission, Menschen, die ausziehen, um Menschen zu retten, es ... hat alles verkörpert. Es hat die Menschen dazu gebracht, sich in all dieser Zeit zu *sorgen*. Ajit erzählte mir, er glaube, das machte den wesentlichen Unterschied aus.«

»Aber das ergibt keinen Sinn!«

Dayan schüttelte lächelnd den Kopf. »Oh, Rico, wann hat irgend etwas vom Menschen Kommendes je einen Sinn gehabt? Unsere Rasse ist verrückt. Vielleicht ist das der Grund, weshalb diese Rasse zu den Sternen geht. Nein, mein Lieber, du wirst dich niemals davon freimachen können, ein Symbol, ein Held zu sein.«

»Naja«, murmelte er, »wenigstens werden du und ich wieder unser Privatleben haben.«

»Das hoffe sich doch sehr«, meinte sie. »Und eine Menge kleine Nansens großziehen.«

Seine Miene hellte sich auf. »Und es wird auch einige Dayans geben.«

Die Sonne sank dem Horizont entgegen, und die Reiter kehrten um. Sie waren weiter geritten, als ihnen bewußt war, und die Abenddämmerung holte sie auf der Prärie ein. Der Himmel war im Westen violett und dunkel im Osten. Dazu brannte in einigen vereinzelten Häuser Licht. Über ihnen funkelten die ersten Sterne.

Dayan murmelte etwas.

Nansen streifte ihre schattenhafte Gestalt neben ihm mit einem prüfenden Blick. »Was ist?« fragte er.

»Oh, ich habe nur zu diesen Sternen emporgeschaut«, antwortete sie mit einer Stimme, die fast zu leise war, als daß er sie hätte hören können. »Mir kamen einige Zeilen in den Sinn. Auf Englisch – hm – ›*Have you curbed the Pleiades?*‹«

Er nickte. »Ja. Ich erinnere mich, Hiob. Auf Spanisch – Aber eine traditionelle englische Version ist mir im Gedächtnis geblieben ... ›*Can'st thou bind the sweet influences of the Pleiades, or loose the bands of Orion? ... or can'st thou guide Arcrurus with his sons?*‹ Was hat dich denn darauf gebracht.

»Ich habe angefangen nachzudenken. Wenn unsere Kinder – einige werden es ganz bestimmt tun, wenn sie also hinausreisen, dann verlieren wir sie für immer.«

»Vielleicht nicht«, widersprach er. »Sobald wir herausbekommen haben, wie man einen holontischen Kommunikator zusammenbastelt – dann bedeutet es mehr, als daß die Zukunft mit der Vergangenheit spricht. Es bedeutet, daß ein Ruf quer durch das Universum geschickt wird.«

»Und daß auf diese Weise das Universum gleichzeitig geeint wird.« Sie seufzte. »Eine hehre Vision. Du und ich werden es nicht mehr erleben.« Solche Mächte zu beherrschen würde viele Leben erforderlich machen. »Es sei denn, wir leben nach dem Tod weiter. Nein, ich kann nicht sagen, welches unsere Grenzen sind. Das wäre genauso arrogant, als würde man sagen, daß es keinerlei Grenzen gibt. Aber –«

Sie schwieg eine Weile. Sie ritten auf die Herdfeuer zu. Weitere Sterne gingen auf. Der Wind hatte sich abgekühlt.

»Ich weiß nur«, sagte sie, »daß ganz gleich, was wir eines Tages sein werden, wir niemals Gott sein werden.« Plötzlich brach sie in schallendes Gelächter aus. »Aber wir können unseren Spaß dabei haben, es wenigstens zu versuchen!«

ENDE

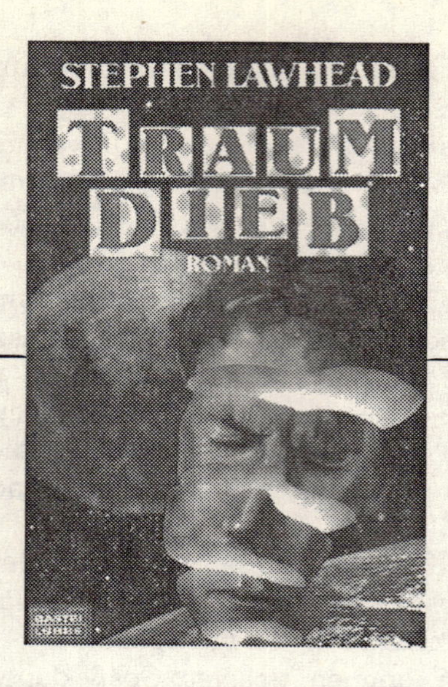

›Die Leute behaupten, daß es einen Dämon gibt – den Traumdieb –, der die Träume der Menschen stiehlt, während sie schlafen. Sie sagen, er lebe in den Bergen des Himalaja, wo er die gestohlenen Träume in einem großen Rubin eingeschlossen hält. Es heißt, wenn ein Mensch keine Träume mehr hat, dann schickt ihn der Traumdieb in die Nacht hinaus, so daß er sich sein Leben nimmt.‹

Der ehrgeizige junge Wissenschaftler Spencer Reston ist Traum-forscher auf Gotham, einer riesigen Weltraumstation, wo er die Auswirkungen langer Aufenthalte im All studiert. Eine unheimliche Macht scheint während seiner Selbstversuche nach seinem Geist zu greifen. Ohne es zu ahnen, ist er zum Bindeglied eines gewaltigen Komplotts geworden, geschmiedet von einem geheimnisvollen Wesen. Die abenteuerliche Suche nach dem Traumdieb führt Spencer und seine Freunde vom Mars bis in die Bergwelt Nordindiens.

ISBN 3-304-24241-6

AD 2600. Die Menschheit entdeckt endlich ihr ganzes Potential. Hunderte von Kolonien, verstreut über die ganze Galaxis, bieten eine Unzahl unterschiedlichster Kulturen und unermeßlichen Reichtum. Gentechnik hat die Grenzen der Natur gesprengt. Der Handel blüht, und die Konföderation sorgt für Frieden und Sicherheit. Ein goldenes Zeitalter ist angebrochen.
Doch etwas ist schiefgelaufen. Extrem schief! Auf einem kleinen, primitiven Planeten trifft ein Mensch rein zufällig auf ein vollkommen nichtmenschliches Wesen – und löst die Apokalypse aus: eine Macht, die all unsere Ängste wahr werden läßt.

Mit dieser neuen Serie beweist Peter Hamilton endgültig, daß er vom Hoffnungsträger der modernen SF zu deren Bannerträger geworden ist. Was zahllose Autoren vor ihm versucht haben, ist ihm alleine mit unvergleichlicher Bravour gelungen: einen klassischen Space-Opera-Roman zu schreiben, der alle Tugenden dieses alten Genres in sich birgt, ohne antiquiert zu sein, und der alle Entwicklungen der modernen SF, von Gen- bis Nanotechnologie aufgreift und logisch in die Geschichte integriert.

ISBN 3-404-23221-6

Einsam steht sie auf Iapetus, einem Mond des Saturn: die riesige Statue eines außerirdischen Wesens, mit einer Inschrift, die allen Entschlüsselungsversuchen trotzt. Sie ist nicht das einzige Relikt. Nach Entwicklung des überlichtschnellen Antriebs entdecken Forscher weitere geheimnisvolle Bauwerke – und alle auf Welten, die von kosmischen Katastrophen heimgesucht wurden. Die Archäologen von der Erde stehen vor einem Rätsel. Gibt es einen Zusammenhang zwischen den fremden Wesen und dem Untergang so vieler Zivilisationen? Und wohin sind die Monument-Erbauer verschwunden?
Doch es bleibt nicht mehr viel Zeit, Antworten zu finden, denn die Erde, die sich am Rande einer ökologischen Katastrophe befindt, kann keine weiteren Gelder für Forschungen bereitstellen – selbst wenn in ihnen der Schlüssel für das Überleben der ganzen menschlichen Rasse liegen könnte ...

Ein neuer, ungewöhnlicher SF-Roman aus der Feder des Philip-K.-Dick-Anward-Preisträgers JACK McDEVITT.

›Interstellare Archäologie mit erstaunlichen Ideen, einer beeindruckenden Atmosphäre und der Spannung eines ausgeklügelten Krimis. Unwiderstehlich!‹‹ *Gregory Benford*

ISBN 3-404-24208-4